HEYNE <

Das Buch
Wir schreiben das Jahr 2365. Eine gewaltige Flotte von Holoschiffen mit Millionen von Menschen an Bord macht sich auf den Weg zu dem Planeten Crucible, der achtundzwanzig Lichtjahre von der Erde entfernt ist. Chiku Akinya, die Urenkelin der legendären Raumfahrerin Eunice Akinya, befindet sich an Bord von einem dieser Schiffe. Allerdings gibt es inzwischen drei Chikus – geklonte Kopien, die an unterschiedlichen Orten die vielen Rätsel zu lösen versuchen, die Eunice Akinya der Menschheit aufgegeben hat. Chiku Gelb ist auf der Erde geblieben. Chiku Rot ist aufgebrochen, um Urgroßmutter Eunice's letzte Reise zu erforschen. Und Chiku Grün ist auf dem Holoschiff, unterwegs in eine ungewisse Zukunft auf einem neuen Planeten. Einem Ort, der für die Holoschiffe bereits ein tödliches Geheimnis bereithält …

Mit *Duplikat* setzt Alastair Reynolds seine atemberaubende Trilogie fort, in der er die Geschichte der Familie Akinya im 24. Jahrhundert erzählt – eine Geschichte, die hunderttausende Jahre in die Zukunft und in die Weiten unserer Galaxis hineinreicht.

Erster Roman: *Okular*
Zweiter Roman: *Duplikat*
Dritter Roman: *Enigma*

Der Autor
Alastair Reynolds wurde 1966 im walisischen Barry geboren. Er studierte Astronomie in Newcastle und St. Andrews und arbeitete viele Jahre als Astrophysiker für die Europäische Weltraumorganisation ESA, bevor er sich ganz dem Schreiben widmete. Er lebt in der Nähe von Leiden in den Niederlanden. Von Alastair Reynolds sind unter anderem im Heyne Verlag erschienen: *Unendlichkeit, Himmelsturz, Aurora* und *Okular*. Gemeinsam mit Stephen Baxter schreibt Alastair Reynolds gerade an den *Medusa-Chroniken*.

Alastair Reynolds

Duplikat

Roman

WILHELM HEYNE VERLAG
MÜNCHEN

Titel der englischen Originalausgabe
ON THE STEEL BREEZE
Deutsche Übersetzung von Irene Holicki

Der Verlag weist ausdrücklich darauf hin, dass im Text enthaltene externe Links vom Verlag nur bis zum Zeitpunkt der Buchveröffentlichung eingesehen werden konnten. Auf spätere Veränderungen hat der Verlag keinerlei Einfluss. Eine Haftung des Verlags ist daher ausgeschlossen.

MIX
Papier aus verantwortungsvollen Quellen
FSC® C014496
FSC
www.fsc.org

Verlagsgruppe Random House FSC® N001967

2. Auflage
Deutsche Erstausgabe 04/2017
Redaktion: Ralf Dürr

Printed in Germany
Umschlaggestaltung: Nele Schütz Design, München,
unter Verwendung von shutterstock
(Festa, Inga Nielsen, tsuncomp)
Satz: KompetenzCenter, Mönchengladbach
Druck und Bindung: GGP Media GmbH, Pößneck

ISBN 978-3-453-31755-0
www.diezukunft.de

Für Louise Kleba, mit der alles anfing.

A starlit or a moonlit dome disdains
All that man is,
All mere complexities,
The fury and the mire of human veins.

Im Stern- und Mondenscheine schätzt die Kuppel
gering des Menschen Art,
Die schnöde Vielfalt, die ihm eigen,
Die Hitze, den Morast in seinen Adern.

– W. B. Yeats, *Byzantium*

Prolog

Zu Anfang gab es nur eine von uns, und nun könnte es – wenn man den Nachrichten von Crucible glauben kann – bald wieder nur noch eine geben.

In letzter Zeit verbringe ich mehr Zeit als früher an der Küste und sehe dem Kommen und Gehen der Segelschiffe zu. Ich liebe das Knarren der Takelage im Wind und die Matrosen, Landratten wie Meerleute, die so flink und geschickt auf und ab huschen und von ihrer Furchtlosigkeit und ihrer besonderen Sprache zu einer Einheit zusammengeschweißt werden. Ich sehe den Seemöwen zu, die sich um das Futter balgen, und lausche ihrem schrillen Gezeter. Manchmal bilde ich mir ein, sie beinahe verstehen zu können. Nur ganz selten müssen sie sich den Himmel mit einem Luftschiff oder einem anderen Flugkörper teilen.

Lange Zeit fiel es mir schwer, an diesen Ort zurückzukehren. Nicht dass ich mich in Lissabon jemals unwohl gefühlt hätte, auch nach den Veränderungen nicht. Gewiss, man musste manches entbehren. Aber die Stadt hat schon Schlimmeres erlebt und wird, wenn sie genügend Zeit bekommt, auch wieder Schlimmeres ertragen müssen. Ich habe hier viele Freunde, und dank der Kurse, die ich organisiere und in denen ich Kindern und Erwachsenen dabei helfe, Portugiesisch zu lernen, verlassen sich inzwischen überraschend viele Menschen auf mich.

Nein, die Stadt selbst war nicht das Problem, und ich kann auch nicht behaupten, sie hätte mich nicht gut behandelt. Ich glaubte jedoch jahrelang, bestimmte Orte meiden zu müssen, weil sie mit unerfreulichen Assoziationen belastet waren. Die Baixa und der Elevador de Santa Justa, das traditionsreiche Café auf dem Dach des Aufzugs, der Turm von Belém und das Denkmal der Entdeckungen gehören dazu. Das soll nicht heißen, dass überall dort schlimme Dinge geschehen wären, aber es waren Punkte, an denen ein bis dahin geregeltes Leben jäh eine unerwartete Wendung nahm, die (das muss gesagt werden) nicht immer zum Besseren war. Doch ohne diese Wendungen wäre ich vermutlich nicht hier und hätte weder Mund noch Stimme. Wenn ich heute zurückblicke auf die Verkettung von Ereignissen, die mich nach Lissabon führte, kann ich mit einiger Überzeugung sagen, dass es nichts gibt, was ausschließlich gut oder schlecht gewesen wäre. Ich glaube, die Stadt würde mir beipflichten. Ich bin durch ihre breiten Straßen geschlendert und habe den wohltuenden Schatten ihrer prächtigen majestätischen Gebäude genossen. Doch bevor Lissabon in dieser Schönheit neu erstehen konnte, musste es einst an einem einzigen schrecklichen Morgen in Wasser und Feuer untergehen. An einem anderen Tag machte meine Schwester der Welt ein Ende, um dieser Welt das Weiterleben zu ermöglichen.

Ich fasse nach dem Amulett, das sie mir an jenem Morgen übergab, eine einfache Holzscheibe, die ich an einem ebenso schlichten Lederband um den Hals trage. Wer diesen Talisman sieht, mag nicht sonderlich beeindruckt sein, und einerseits hätte er damit nicht unrecht. Das Stück ist von geringem Wert und besitzt sicherlich keine besonderen Kräfte. Ich glaube an solche Dinge ohnehin nicht, auch wenn jetzt mehr Aberglauben in der Welt unterwegs ist als in meiner Jugend. Viele Menschen klammern sich wieder an Götter und Geister, aber ich gehöre nicht zu ihnen. Dennoch ist die Tatsache, dass das Amulett immer noch existiert, an sich schon ein kleines Wunder. Es hat eine erstaunlich lange Zeit überdauert und sich durch die Geschichte bis zu mir getunnelt. Einst gehörte es meiner Urgroßmutter, und weiter denken die meisten Menschen ohnehin nicht zurück. Ich vermute allerdings, dass es selbst meiner Urgroßmutter unendlich alt vorgekommen ist und dass es *ihrer* Urgroßmutter, wer sie auch gewesen sein mag, ebenso alt erschien. Gewiss stand der Talisman unzählige Male dicht davor, verloren zu gehen oder zerstört zu werden, aber irgendwie hat er alle Gefahren überstanden und wie ein Gruß aus der Vergangenheit den Weg in die Gegenwart gefunden.

Auch ich kann mich glücklich preisen. Von Rechts wegen dürfte ich gar nicht hier stehen, sondern wäre schon vor Jahrhunderten im All ums Leben gekommen. In einem gewissen Sinn ist genau das auch geschehen. Ich bin eine Wette gegen Zeit und Raum eingegangen und habe verloren. Natürlich kann ich mich kaum daran erinnern, wie ich vor dem Unfall war. Was ich heute weiß oder zu wissen glaube, wurde mir fast alles von meiner Schwester erzählt. Sie sprach von einem Treffen unter einem Kandelaberbaum, bei dem wir mit farbigen Losen die einzelnen Schicksale bestimmten und über unser weiteres Leben entschieden. Damals war sie neidisch auf mich, weil sie den mir zugefallenen Weg für ruhmreicher hielt als ihren eigenen.

Auf ihre Weise hatte sie recht, doch dann geschahen Dinge, die alle unsere Pläne und Wünsche zum Gespött werden ließen. Chiku Grün stand tatsächlich auf Crucible und atmete die

Luft einer fremden Welt. Chiku Rot erreichte tatsächlich jenes winzige, im All treibende Raumschiff und brachte etwas über seinen Inhalt in Erfahrung. Chiku Gelb blieb tatsächlich zurück und würde (so hoffte man) ein ruhiges, sicheres, von Abenteuern freies Leben führen.

Eine Weile blieb es auch so. Wie bereits gesagt, in jenen aufgeklärten Zeiten glaubten die Menschen in der Regel nicht an Geister. Aber es gibt Geister der einen und Geister der anderen Art. Wäre dieser Spuk nicht gewesen, dann hätten sich die Meerleute niemals für Chiku Gelb interessiert, und hätte sie deren Aufmerksamkeit nicht auf sich gezogen, dann wäre meine spätere Rolle in der Ereigniskette zumindest sehr viel kleiner ausgefallen.

Das Erscheinen des Gespensts bedauere ich also nicht. Alles andere jedoch schon. Ich bin froh, dass das Phantom meine Schwester aus ihrem selbstzufriedenen Dasein riss. Sie wusste damals gar nicht, was für ein gutes Leben sie hatte.

Doch das ging auch allen anderen so.

1

Chiku war auf dem Weg zum Elevador Santa Justa, als sie das Gespenst wiedersah.

Es war unten in der Baixa, nicht weit vom Fluss entfernt. Ein Straßengaukler hatte Zuschauer um sich geschart, eine Touristengruppe mit bunten Sonnenschirmen. Als sich in der Menge eine Lücke auftat, kam das Gespenst zum Vorschein und streckte die Arme nach ihr aus. Es war schwarz gekleidet und trug einen schwarzen Hut mit breiter Krempe, und es versuchte ihr etwas zu sagen. Sein Gesichtsausdruck wurde immer gequälter, und schließlich versperrten die Touristen wieder die Sicht. Der Gaukler gab noch ein paar Kunststücke zum Besten. Dann machte er den Fehler, um Geld zu bitten. Die Gruppe war verärgert und zerstreute sich. Chiku wartete noch einen Moment, doch das Gespenst tauchte nicht wieder auf.

Im Aufzug überlegte sie, was sie wegen der Erscheinungen unternehmen sollte. In letzter Zeit traten sie häufiger auf. Sie wusste, dass ihr das Gespenst nichts anhaben konnte, doch das hieß noch lange nicht, dass sie sich mit seiner Gegenwart so einfach abgefunden hätte.

»Sie sehen besorgt aus«, sagte eine Stimme. »Warum müssen

Sie sich an diesem wunderschönen Nachmittag mit trüben Gedanken quälen?«

Der Sprecher war einer von drei Meerleuten, die sich neben ihr an den Aufzugtüren zusammendrängten. Im letzten Moment hatten sie sich in die Kabine gezwängt und belästigten sie nun mit ihrem Salzgeruch und den harten Kanten ihrer Exoskelette. Sie hatte sich schon gefragt, wohin sie wohl wollten. Es hieß, Meerleute hassten enge Räume und große Höhen und entfernten sich nicht gern allzu weit vom Ozean.

»Wie bitte?«

»Ich hätte Sie nicht ansprechen sollen.«

»Ganz recht.«

»Es *ist* aber doch ein wunderschöner Nachmittag, nicht wahr? Wir lieben den Regen. Wir bewundern das Reflexionsvermögen von nassen Flächen. Die Art, wie das Sonnenlicht darauf zersplittert und gebrochen wird. Den Glanz von vormals matten Dingen. Die Schwere des Himmels.«

»Ich habe nicht vor, mich Ihnen anzuschließen. Versuchen Sie anderswo Ihr Glück.«

»Oh, wir wollen niemanden anwerben. Das haben wir inzwischen nicht mehr nötig. Wollen Sie ins Café?«

»Was für ein Café?«

»Oben auf dem Dach.«

Das war tatsächlich ihre Absicht gewesen, doch die Frage hatte sie wie ein Blitz aus heiterem Himmel getroffen. Woher kannte der Meermann ihre Gewohnheiten? Nicht alle Fahrgäste wollten ins Café, nicht einmal die Mehrheit. Manche machten auf dem Rückweg vom Carmo-Kloster dort Station, doch das Café war nur selten das erste Ziel für Leute, die von der Rua do Ouro nach oben fuhren.

»Wer sind Sie?«, fragte sie.

»Ein Freund der Familie.«

»Lassen Sie mich in Ruhe.«

Die Türen gingen auf. Chiku schlenderte mit den anderen Touristen hinaus, steuerte geradewegs das Café an und nahm ihren gewohnten Platz am Fenster ein. Die Seemöwen vollführten mit heiserem Kreischen auf einer Warmluftsäule halsbrecherische Sturzflüge. Die Wolken rissen allmählich auf, Sonnenlicht spiegelte sich auf den roten Ziegeldächern, über die ihr Blick hinunter zum Platinband des Tajo wanderte.

Sie bestellte Kaffee. Zunächst hatte sie auch an Kuchen gedacht, aber das Gespenst und das seltsame Gespräch im Aufzug hatten ihr den Appetit verdorben. War sie womöglich gerade dabei, eine Abneigung gegen Lissabon zu entwickeln?

Sie hatte ihr Buch mitgebracht. Es hatte einen marmorierten Einband und sah sehr alt aus. Viele Seiten waren bereits mit handgeschriebenen Zeilen gefüllt. Die Buchstaben neigten sich alle nach rechts wie Bäume im Sturm. Chiku entdeckte, dass sie auf einer Seite etwas ausgelassen hatte, und berührte dort das Pergament mit der Spitze ihres Füllfederhalters. Die Tintenschrift rückte zusammen und ließ eine Lücke entstehen, in die sie das fehlende Wort einsetzen konnte. An anderer Stelle strich sie zwei überflüssige Zeilen, worauf der Text zu beiden Seiten der Löschung von selbst zusammenrückte.

Sie spürte, dass jemand sie ansah, und schaute auf.

Die Meerleute hatten das Café betreten und den Besitzer genötigt, Tische und Stühle beiseitezurücken, um Platz für ihre Exos zu schaffen. Nun saßen sie in einem lockeren Dreieck um ein niedriges rundes Tischchen, auf dem eine große Kanne mit dampfendem Tee stand.

Einer der Meerleute erwiderte ihren Blick. Vielleicht war es derselbe, der sie im Aufzug angesprochen hatte. Der Wasserbewohner – sie war inzwischen fast überzeugt, dass es ein Mann war – hielt eine Teetasse in seinen feisten grauen Fingern und führte sie nun an seine lippenlose Mundspalte. Seine Augen waren wie schwarze Löcher, er blinzelte nicht. Er nippte an der wässrigen Flüssigkeit, stellte die Tasse auf den Tisch und wischte sich mit dem Handrücken einen grünlichen Schleimstreifen vom Mund. Seine Haut glänzte wie nasse Steine. Meerleute rieben sich ständig mit Öl und Parfum ein, wenn sie an Land waren.

Der Wasserbewohner hielt den Blick unverwandt auf sie gerichtet.

Chiku hatte genug. Sie bezahlte mit einem subvokalen Befehl und schickte sich an zu gehen. Zuerst hatte ihr das Gespenst den Nachmittag verdorben, nun verdarben ihr die Meerleute auch noch den Rest des Tages. Eigentlich sollte sie den Raum verlassen, ohne ein Wort zu sagen. Das wäre ein würdevoller Abgang gewesen.

»Ich habe keinerlei Interesse an Ihnen und Ihren Seesiedlungen, Ihre törichten Pläne zur Kolonisierung des Universums lassen mich vollkommen kalt, und Sie kennen weder mich noch meine Familie.«

»Sind Sie da ganz sicher?« Es war eindeutig derselbe, der sie vorher angesprochen hatte. »Wenn Sie ehrlich sind, haben Sie sogar ein lebhaftes Interesse an uns – den Vereinigten Wasser-Nationen und der *Panspermischen Initiative*. Und deshalb interessieren auch wir uns für Sie. Ob es Ihnen gefällt oder nicht.«

Blitzend wie ein nagelneues Schmuckstück, war durch ein Fenster hinter den Meerleuten die Hängebrücke zu sehen. Eine Reparaturmaschine in Form einer Silberkugel schob sich seit Wochen über die altehrwürdige Konstruktion, verdaute Metallteile, die fast so alt waren wie der Elevador Santa Justa, und erneuerte sie. Zwei heuschreckenähnliche Versorger auf absurden Stelzenbeinen überragten die Brücke und überwachten die diffizilen Arbeiten.

»Ob es mir gefällt oder nicht? Verdammt, wer sind Sie eigentlich?«

»Mein Name ist Mecufi. Sie haben sich sehr gründlich mit unserer öffentlichen und privaten Geschichte befasst – woher dieses brennende Interesse an der Vergangenheit?«

»Das geht Sie nichts an.«

»Wir leben hier in der *Überwachten Welt*«, sagte Mecufi so streng, als wollte er einem Kind einen einfachen Sachverhalt erklären. »In der *Überwachten Welt* geht jeden alles an. Das ist der Sinn der Sache.«

In der Ferne wanderten Touristen über die zinnenbewehrten Mauern der Burg. Cyberklipper, die den Atlantik überquert hatten, legten an den Ufern des Tajo an. Die eleganten, schnittigen Segel blähten sich in der steifen Brise über dem Fluss. Luftschiffe und Airpods glitten, bunt wie Luftballons, unter den Wolken dahin.

»Was verstehen Sie schon von der *Überwachten Welt?* Sie gehören nicht einmal dazu.«

»Ihr Einfluss erstreckt sich weiter in unsere Sphäre, als uns lieb ist. Und Datenabfragen, besonders wenn sie uns betreffen, entgehen uns nicht so leicht.«

Der ungewöhnliche Wortwechsel erregte allmählich die Aufmerksamkeit der anderen Café-Besucher. Chiku bekam eine Gänsehaut. Sie war gerne hier, und sie genoss es, ungestört zu sein.

»Ich bin Historikerin. Das ist alles.«

»Und Sie schreiben eine private Geschichte der Akinya-Sippe? Eunice Akinya und so weiter? Geoffrey und die Elefanten? Die verstaubten Geschehnisse von vor zweihundert Jahren? Ist es das, wovon Ihr Buch handelt?«

»Wie gesagt, selbst wenn es so wäre, es geht Sie nichts an.«

»Das nenne ich ein überzeugendes Dementi.«

Die beiden anderen gluckten wie die Frösche.

»Das ist Schikane«, empörte sich Chiku. »Als freie Bürgerin kann ich so viele Nachforschungen anstellen, wie ich will. Wenn Sie dagegen etwas einzuwenden haben, müssen Sie sich an den *Mechanismus* wenden.«

Mecufi hob beschwichtigend die Hand. »Wir könnten Ihnen vielleicht behilflich sein. Aber dafür wäre ein … sagen wir, ein gewisses Entgegenkommen Ihrerseits erforderlich.«

»Wozu sollte ich Ihre Hilfe brauchen?«

»Zum Beispiel dieses Gespenst – dabei können wir Ihnen auf jeden Fall helfen. Aber zuerst benötigen wir etwas von Ihnen.« Mecufi griff in einen Beutel an seinem Exo und brachte ein schmales Holzkästchen zum Vorschein, wie man es zur Aufbewahrung von Bleistiften oder Zeichenzirkeln verwenden mochte. Er bewegte einen kleinen Riegel und ließ eine Schublade herausgleiten. Sie war mit Filz ausgekleidet und mit Trennwänden in zwölf kleinere Fächer unterteilt. In jedem dieser Fächer lag eine farbige Kugel von der Größe eines Glasauges. Zögernd näherte er seine Hand den Kugeln. Sie waren in verschiedenen schillernden Pastellfarben gehalten. Nur eine Kugel ganz hinten war entweder von einem sehr dunklen Violett oder völlig schwarz.

Schließlich entschied er sich für eine bernsteinfarbene Kugel mit feuerroten Flecken. Er hielt sie zwischen den Fingern und schloss für ein paar Sekunden die Augen. Dann hatte er eine eindeutige Formulierung gefunden und die erforderliche Zuweisung vorgenommen.

»Ich möchte Ihnen meine Motio überreichen«, sagte Mecufi.

»Ich weiß nicht …«, begann Chiku.

»Nehmen Sie die Motio.« Mecufi drückte ihr die Bernsteinkugel in die Hand und schloss ihre Finger darum. »Wenn es ihr gelingt, Sie von meinen guten Absichten zu überzeugen, dann kommen Sie morgen Vormittag bis spätestens zehn Uhr zum Denkmal der Entdeckungen. Danach werden wir die atlantischen Seesiedlungen besuchen. Nur ein kleiner Ausflug – zum Tee sind Sie wieder zurück.«

Pedro Braga säuberte seine Pinsel und summte dabei leise vor sich hin. Ein beißender Geruch nach Farbe und Lack hing in seinem Atelier, unterlegt mit dem Duft von Hobelspänen, Sägemehl und kostspieligen traditionellen Harzen.

»Mir ist heute etwas Komisches passiert«, erzählte Chiku.

»Inwiefern komisch?«

»Es hing mit dem Gespenst zusammen. Aber damit nicht genug. Ich bin einem Meermann begegnet. Er heißt Mecufi.«

An den offenen Dachbalken waren Gitarren in unterschiedlichen Stadien der Fertigstellung an den Hälsen aufgehängt. Einige befanden sich noch ganz am Anfang ihrer Entstehung und waren mit viertelnotenförmigen Umrissen markiert. Andere waren fast fertig, nur die Saiten und die letzten Verzierungen fehlten noch. Der Aufwand war hoch, die Arbeit schwer zu durchschauen, aber die Instrumente verkauften sich gut. In einer Welt, in der Montageprogramme und Versorger so gut wie jeden Artikel nahezu kostenlos liefern konnten, galt Unvollkommenheit als Vorzug.

»Ich hätte nicht gedacht, dass du mit denen etwas zu tun haben wolltest.«

»Das wollte ich auch nicht. Dieser Mecufi hat mich angesprochen – im Aufzug, auf dem Weg zum Café. Sie waren zu dritt, und sie wussten, wer ich bin. Sie wussten auch von dem Gespenst.«

»Das *ist wirklich* sonderbar.« Pedro war mit dem Reinigen der Pinsel fertig und steckte sie zum Trocknen in ein Holzgestell. »Können sie etwas dagegen tun?«

»Ich weiß es nicht. Ich soll die Seesiedlungen besuchen.«

»Du Glückspilz. Millionen von Menschen würden für eine solche Einladung einen Mord begehen.«

»Meinetwegen. Meine Begeisterung hält sich in Grenzen.«

Pedro öffnete eine Flasche Wein und füllte zwei Gläser. Nach einem flüchtigen Kuss traten sie auf den Balkon hinaus und setzten sich zu beiden Seiten eines vor sich hin rostenden Tisches, von dem die weiße Farbe abblätterte. Um das Meer zu sehen, mussten sie sich am Ende des Balkons weit hinauslehnen. Dann zeigte es sich verschämt in einer Lücke zwischen zwei benachbarten Mietshäusern. Bei Nacht, wenn der Lichtschein aus den Fenstern und von den Straßenlaternen die Stadt in buttriges Gelb tauchte, hatte Chiku den Meerblick noch nie vermisst.

»Du kannst sie wirklich nicht leiden, wie?«

»Sie haben sich meinen Sohn geschnappt. Ist das nicht Grund genug?«

Sie hatten kaum jemals über ihr Leben vor dem Tag gesprochen, an dem sie sich in Belém kennengelernt hatten. Das war so vereinbart, ihre Beziehung gründete auf einer soliden Basis beiderseitigen Nichtwissens. Pedro wusste von Chikus Schwestern, und er wusste, dass sie einen Sohn hatte, der sich den Seesiedlern angeschlossen hatte – und damit faktisch zum Angehörigen einer neuen Art geworden war. Chiku wiederum wusste, dass Pedro weit herumgekommen war, bevor er sich in Lissabon niederließ, und dass er nicht immer Gitarrenbauer gewesen war. Die finanziellen Mittel, über die er verfügte, waren mit den bescheidenen Einkünften aus seinem Gewerbe nicht zu vereinbaren – allein die Miete für das Atelier hätte seine Verhältnisse übersteigen müssen. Aber sie hatte kein Verlangen, ihn deshalb mit Fragen zu behelligen.

»Vielleicht solltest du irgendwann darüber hinwegkommen.«

»Darüber hinwegkommen?« In jäher Gereiztheit beugte sich Chiku so heftig über den Tisch, dass er auf seinen ungleich langen Metallbeinen schaukelte. »Über so etwas kommt man nicht hinweg. Außerdem war das bloß der Anfang – die mischen sich schon viel zu lange in unser Familienunternehmen ein.«

»Aber wenn sie das Gespenst vertreiben können …«

»Er sagte, er könne mir ›dabei helfen‹. Das könnte auch heißen, mit dem Gespenst zu sprechen. Herauszufinden, was Chiku Grün will.«

»Würdest du das wollen?«

»Die Möglichkeit hätte ich schon gerne. Ich glaube …« Chiku vollendete den Satz nicht, sondern trank einen Schluck Wein. Durch die offene Tür einer Bar unten an der Straße schallte die Stimme einer Frau, die immer wieder die gleichen drei *Fado*-Zeilen schmetterte – sie übte für einen abendlichen Auftritt. »Ich weiß nicht, ob ich ihnen trauen kann. Das hat mir dieser Mecufi gegeben.«

Sie legte die Kugel auf den Tisch.

Pedro nahm sie mit Daumen und Zeigefinger und betrachtete sie mit leicht angewidertem Gesichtsausdruck. Chiku wusste, dass er von Motien nichts hielt. In seinen Augen schalteten sie ein wesentliches Element der menschlichen Kommunikation einfach aus.

»Die sind nicht unbedingt zuverlässig.«

Sie nahm die Bernsteinkugel wieder an sich. Bei Pedro würde sie ohnehin nicht funktionieren. Motien waren immer für einen bestimmten Empfänger chiffriert.

»Ich weiß, trotzdem bin ich bereit, es zu versuchen.«

Chiku zerdrückte die Motio. Der Glaskörper zerbrach, die Scherben lösten sich selbsttätig auf, und der Inhalt – die Emotionsfracht – entfaltete sich in ihrem Kopf wie eine Blüte.

Stimmen sprachen von vorsichtiger Zurückhaltung, von Hoffnung und dem starken Wunsch, ihr Vertrauen zu gewinnen. Bedrohliche Töne waren in dem Chor nicht enthalten.

»Ich hatte recht, Mecufi ist ein Er«, entschied Chiku. »Das kam ganz deutlich durch.«

»Was hast du sonst noch gespürt?«

»Es ist ihm sehr wichtig, dass ich die Seesiedlungen aufsuche. Sie brauchen mich mindestens so dringend wie ich sie. Und es geht nicht allein um das Gespenst. Da ist noch etwas anderes.«

Die *Fado*-Sängerin wiederholte ein weiteres Mal die gleichen drei Zeilen. Bei der letzten Silbe schnappte ihr die Stimme über. Die Frau lachte.

2

Bald nach ihrer Ankunft in Lissabon hatte sie Pedro in Belém kennengelernt. Sie hatten sich beide am selben Stand ein Eis gekauft und lachend zugesehen, wie die Seemöwen wild entschlossen herabstießen, um ihnen das Erworbene wegzuschnappen.

Nun stieg Chiku auf das Dach des Denkmals der Entdeckungen mit seinen steinernen Seefahrern, die über das Meer blickten. Es war der einzige Ort, von dem aus man eine passable Aussicht auf die Windrose hatte, eine Karte der antiken Welt, die sich in rotem und blauem Marmor über eine weitläufige Terrasse ausbreitete. Galeonen und Seeungeheuer bewachten die tiefen Meere und Ozeane. Ein Krake zerrte mit seinen Fangarmen ein Schiff in die Tiefe. Außerhalb der Karte zeigten Pfeile die Himmelsrichtungen an.

»Wie schön, dass Sie gekommen sind.«

Sie drehte sich abrupt um. Bei ihrem Eintreffen hatten sich auf der Aussichtsplattform des Denkmals keine Meerleute aufgehalten, zumindest hatte sie keine entdeckt. Es war kurz nach zehn Uhr, und sie war davon ausgegangen, dass die Verabredung durch ihre Verspätung gegenstandslos geworden war.

Doch nun stand Mecufi, in ein Exoskelett gezwängt, aufrecht vor ihr.

»Sie hatten das Gespenst erwähnt. Heute Morgen habe ich es schon wieder in der Straßenbahn gesehen.«

»Es wird schlimmer, nicht wahr? Doch dazu kommen wir später. Vorher stehen noch ein paar andere Punkte auf dem Programm. Wollen wir fliegen?«

»Fliegen?«

Mecufi schaute nach oben. Chiku folgte seinem Blick und spähte mit zusammengekniffenen Augen durch den Dunst. Aus dem weißen Möwenschwarm löste sich ein Gebilde, sank herab und wurde dabei immer größer. Es war ein Flieger, etwa so breit wie das Dach des Denkmals.

»Wir haben eine Sondergenehmigung«, erklärte Mecufi. »In Lissabon sind wir sehr beliebt, seit wir die Tsunamibrecher eingebaut haben. Man hat hier ein langes Gedächtnis – 1755 war erst gestern.« Aus dem grünen Bauch des Fliegers strömte warme Luft. Eine Rampe schob sich herunter, und Mecufi ermunterte Chiku, an Bord zu gehen. »Warum zögern Sie? Sie können uns getrost vertrauen. Ich habe Ihnen doch die Motio gegeben.«

»Motien lassen sich fälschen.«

»Alles lässt sich fälschen. Sie müssen sich eben darauf verlassen, dass die meine nicht gefälscht war.«

»Dann stehen wir also wieder am Anfang? Ich muss darauf vertrauen, dass Sie vertrauenswürdig sind?«

»Vertrauen ist gut und paradox zugleich. Ich habe Ihnen versprochen, Sie noch vor dem Abend nach Hause zurückzubringen – nehmen Sie mich einfach beim Wort.«

»Wir fliegen nur zu den Seesiedlungen?«

»Und nicht weiter. Was für ein wunderschöner Tag. Das Licht auf dem Wasser ist so rastlos wie die See! Ist es nicht eine Freude zu leben?«

Chiku gab sich geschlagen. Sie gingen an Bord und nahmen in der geräumigen Kabine auf bequemen Sesseln Platz. Der Zugang wurde geschlossen, der Flieger stieg auf und beschleunigte. In wenigen Atemzügen hatten sie die Küste hinter sich gelassen. Unter ihnen schillerte das Meer in verschiedenen Schattierungen, als hätten sich Seen aus indigo- und ultramarinblauer Tinte darauf verteilt.

»Es ist schön auf der Erde, finden Sie nicht?« Von seinem Exo war Mecufi wie ein großes Stofftier auf den Sitz geladen worden, dann hatte sich die Prothese für die Dauer des Flugs zusammengeklappt.

»Bisher war ich hier ganz zufrieden.«

»Warum haben Sie sich ausgerechnet in das marode alte Lissabon verkrochen, um die Geschichte Ihrer Familie zu studieren?«

»Ich hatte gehofft, hier ein wenig Ruhe und Frieden zu finden. Aber das war offenbar ein Irrtum.«

Der Flieger blieb tief über dem Wasser. Gelegentlich sahen sie unter sich einen Cyberklipper, eine Vergnügungsjacht oder ein kleines, bunt bemaltes Fischerboot. Die Maschine war so schnell, dass Chiku nur einen kurzen Blick auf die Fischer werfen konnte, die an Deck mit Netzen und Seilwinden hantierten. Die Männer sahen nicht einmal auf. Das Flugzeug löste den selbst erzeugten Mach'schen Kegel hinter sich auf, sodass kein Überschallknall entstand.

Der Rumpf hatte sich gewiss der Farbe des Himmels angepasst.

»Dürfte ich Sie nach Ihren anderen Ichs fragen?«

»Darüber möchte ich lieber nicht sprechen.«

»Leider muss es sein. Beginnen wir am Anfang. Ihre Eltern Sunday Akinya und Jitendra Gupta sind beide noch am Leben. Sie selbst wurden vor etwa zweihundert Jahren in der ehemals

Überwachungsfreien Zone auf dem Mond geboren. Wollen Sie das bestreiten?«

»Warum sollte ich?«

Mecufi salbte sich mit einem nach Lavendel duftenden Öl aus einem kleinen Spender, bevor er fortfuhr: »Sie hatten eine sorgenfreie Kindheit und lebten in wohlhabenden Verhältnissen, in einer Zeit, die geprägt war von weltweitem Frieden und positivem gesellschaftlichem und technologischem Wandel. Es gab keine Kriege, keine Armut und so gut wie keine Krankheiten. Sie konnten sich überaus glücklich preisen – Milliarden von Toten hätten jederzeit mit Ihnen getauscht. Dennoch stellten Sie beim Eintritt ins Erwachsenenalter eine innere Leere bei sich fest. Es fehlte Ihnen an Orientierung, an festen moralischen Richtwerten. Mit diesem Namen aufzuwachsen war nicht leicht. Ihre Eltern, Großeltern und Urgroßeltern hatten Berge versetzt. Eunice hatte das Sonnensystem für die Besiedlung und die kommerzielle Nutzung erschlossen. Sunday und Ihre anderen Verwandten eröffneten den Weg zu den Sternen! Was blieb für Sie an Vergleichbarem zu tun?«

Chiku verschränkte die Arme. »Sind Sie fertig?«

»Noch lange nicht. Das ist das Problem mit unserer Langlebigkeit – es gibt so unglaublich viel zu berichten.«

»Vielleicht sollten Sie allmählich doch zum Punkt kommen.«

»Als Sie fünfzig Jahre alt waren, gelangte eine neue Technologie zur Reife, und Sie trafen eine folgenschwere Entscheidung. Sie beauftragten die Firma *Quorum Binding*, mit dem Verfahren der beschleunigten Phänotypisierung zwei Klone von Ihnen herzustellen. Die Klone waren nach wenigen Monaten physisch vollkommen ausgeformt, dämmerten aber nur als leere Leinwände vor sich hin. Sie hatten zwar Ihr Gesicht, aber weder Ihre Erinnerungen noch Ihre Narben. Sie waren nicht von den Spuren Ihres Lebens gezeichnet, Ihre persönliche Entwicklungs- und Immungeschichte war nicht vorhanden. Doch das war Teil des Plans.

Während die Klone heranreiften, wurde Ihr eigener Körper einer Strukturanpassung unterzogen. Medizinische Nanomaschinen fraßen sich bis in den Kern Ihrer Weiblichkeit in Sie hinein. Sie nahmen Ihre Knochen, Ihre Muskeln und Ihr Nervensystem auseinander und setzten alles neu zusammen, bis Sie genetisch und funktional nicht mehr von Ihren Klonschwestern zu unterscheiden waren. Eine Front von Neuralmaschinen fegte wie ein Buschfeuer durch Ihr Gehirn und zeichnete Ihr idiosynkratisches Konnektom auf – ein detailliertes Abbild Ihrer mentalen Verkabelung. Gleichzeitig prägten ähnliche Maschinen – sogenannte Skriptoren – genau dieses Abbild dem Bewusstsein Ihrer Schwestern auf. Deren Geist war dem Ihren von jeher ähnlich gewesen, doch nun waren sie identisch – bis hinunter zur Gedächtnisebene. Woran Sie sich erinnerten, das wussten auch die beiden anderen. Der Prozess war eine Art von stochastischer Mittelung. Einige der natürlichen Strukturen Ihrer Schwestern wurden sogar in Ihren Kopf zurücktranskribiert. Als am Ende alle drei aus den Immersionsbehältern geholt wurden, konnte man sie tatsächlich nicht mehr unterscheiden. Sie sahen gleich aus und dachten gleich. Die telomere Uhr in Ihren Zellen war auf null gestellt worden. Epigenetische Faktoren hatte man korrigiert und zurückgesetzt. Da Sie alle Zugriff auf dieselben Erinnerungen hatten, konnten Sie nicht einmal mehr selbst sagen, wer von Ihnen das Original war. Genau das war beabsichtigt: Keine Schwester sollte bevorzugt werden. Nicht einmal in der Firma *Quorum Binding*, die den Auftrag ausgeführt hatte, wusste man noch, wer von Ihnen authentisch war. Es war ein rigoroses Blindverfahren. Die Kunden erwarteten nichts anderes.«

»Und was haben Sie nun damit zu tun …?«

»Wir haben uns *immer* mit Ihnen beschäftigt, Chiku, ob es Ihnen gefällt oder nicht. Erzählen Sie mir, wie die Einzelschicksale ausgewählt wurden.«

»Warum?«

»Weil das der einzige Teil der Geschichte ist, auf den ich keinen Zugriff habe.«

Sechs Monate nach Abschluss des Klon-Verfahrens hatten sich die drei in Äquatorial-Ostafrika wiedergetroffen. Es war ein warmer Tag gewesen, und sie hatten beschlossen, mit drei Airpods zu einem Picknick aufzubrechen. Nach einem schnellen Flug dicht über dem Boden hatten sie einen geeigneten Platz ausfindig gemacht. Noch jetzt sah Chiku im Geiste die Airpods auf dem Boden und den gedeckten Tisch im schwülen Schatten eines Kandelaberbaums. Aus einer Laune heraus hatten sich die drei darauf geeinigt, ihre Schicksale durch Brotbrechen zu bestimmen. Die Brotlaibe enthielten farbige Papierlose, über deren Bedeutung sie sich im Vorhinein verständigt hatten. Zwei der Schwestern sollten sich getrennt voneinander auf Reisen begeben, die mit gewissen Risiken verbunden waren. Die dritte Schwester sollte als eine Art Rückversicherung im Sonnensystem bleiben. Von ihr wurde lediglich verlangt, dass sie ein halbwegs behütetes Leben führte. Da die Erträge des Familienunternehmens immer noch exponentiell anwuchsen, würde diese dritte Schwester nur zu arbeiten brauchen, wenn sie das selbst wollte.

Insgeheim wünschte sich jede, diese dritte Schwester zu sein. Es wäre keine Schande gewesen.

In der Erinnerung hatte Chiku das Brot gleichzeitig dreimal gebrochen, aus der Sicht jeder der Frauen. Danach hatten sie alle immer wieder ihre Erinnerungen miteinander geteilt, und natürlich war darin aus unterschiedlichen Blickwinkeln auch die Erinnerung an jenen Tag unter dem Baum enthalten. Die jeweiligen Emotionen waren so deutlich ausgeprägt, als hätte man drei gleiche Fotografien verschieden eingefärbt.

Die Schwester, die in ihrem Brot ein hellgrünes Los fand, sollte an der Expedition nach Crucible teilnehmen. Der Gedanke erfüllte sie mit einer schwindelerregenden Mischung aus Begeisterung und Furcht, ähnlich wie vor dem ersten Anstieg einer Achterbahn. Sie würde die Erde hinter sich lassen und einhundertfünfzig Jahre im steinernen Bauch eines Holoschiffs verbringen. Die Gefahren waren schwer abzuschätzen: Holoschiffe waren neu und unerprobt, noch niemand hatte bis dahin eine solche Reise gewagt. Doch an ihrem Ende winkte unermesslicher Lohn – das Recht, eine neue Welt zu betreten, die um eine neue Sonne kreiste.

Die Schwester, die sich auf die Suche nach der steuerlos im All treibenden *Winterkönigin* begeben sollte – ihr Los war rosarot – hatte klarer umrissene Bedenken, die mit oboenähnlichen Untertönen von Angst unterlegt waren. Bei dieser Expedition lagen die Risiken offener zutage. Sie würde allein aufbrechen und ihrem kleinen Raumschiff das Äußerste abverlangen. Wenn sie allerdings als Siegerin zurückkehrte, wäre die Schuld an die Nachwelt beglichen. Das Risiko war hoch, aber der Lohn noch höher. Während die Schwester auf dem Holoschiff ihren Erfolg mit Millionen von anderen Menschen teilen müsste, könnte sie den Triumph für sich allein verbuchen.

Die Schwester, die das gelbe Los zog und zu Hause bleiben sollte, atmete zunächst auf. Ihr war die einfachste Aufgabe zugefallen. Doch zugleich durchzuckte sie der Neid wie ein Messerstich. Sie würde sich weder mit dem Betreten Crucibles noch mit dem Erreichen der *Winterkönigin* schmücken können. So lautete die Vereinbarung. Sie hatte keinen Grund, sich zu grämen. Jede von den dreien hätte dieses Los ziehen können.

Auf dem Tisch stand ein Holzkästchen. Alle drei streckten zugleich die Hand danach aus. Die Reaktion verriet, wie festgelegt sie in ihrem Verhalten waren. Es war so peinlich, dass sie lachen mussten. Dann legten wie auf ein Stichwort zwei von ihnen die Hände in den Schoß zurück und überließen es der dritten – Chiku Gelb –, den Deckel anzuheben.

Das Kästchen enthielt eine Reihe von Erbstücken der Akinya-Familie. Viele waren es nicht. Die Bleistifte und die zerkratzte Ray-Ban-Sonnenbrille hatten Onkel Geoffrey gehört. Der Papierabzug eines Digitalfotos zeigte Eunice als kleines Mädchen. Ihre Mutter Soya hatte die Aufnahme in einem Durchgangslager gemacht, wo sie beide als Klimaflüchtlinge gelebt hatten. Eine Rarität war das Mobiltelefon der Marke Samsung, außerdem waren ein Schweizer Offiziersmesser, ein Kompass und ein daumengroßes digitales Speichermedium in Form eines Schlüsselrings vorhanden. In dem zerlesenen Exemplar von *Gullivers Reisen* fehlten einige Seiten. Sechs Holzelefanten standen auf kohlschwarzen Sockeln – ein Bulle, eine Matriarchin, zwei Jungtiere und zwei Kälber. Die Elefanten wurden zwischen den beiden Schwestern aufgeteilt, die ins All fliegen sollten. So war es abgemacht.

Nachdem auch alle anderen Gegenstände gerecht verteilt worden waren, blieb nur noch ein einfaches hölzernes Amulett an einem dünnen Lederriemen übrig. Ein kreisrunder Talisman unbestimmbaren Alters. Alle wussten, dass er einst ihrer Urgroßmutter gehört hatte und von Eunice auf Soya übergegangen war: nicht die Soya, die Eunice' Mutter gewesen war, sondern die Tochter von Eunice' früherem Ehemann Jonathan Beza. Soya wiederum hatte das Amulett an Sunday verschenkt, als die den Mars besucht hatte, und Sunday hatte es ihrer Tochter Chiku Akinya weitergegeben.

Nun gab es drei Chikus.

»Es sollte hierbleiben«, sagte Chiku Grün, die Version von Chiku, die nach Crucible reisen sollte.

»Einverstanden«, erklärte Chiku Rot, die Version von Chiku, die nach der *Winterkönigin* suchen sollte.

»Wir könnten es in drei Teile zerschneiden«, überlegte Chiku Gelb, doch dieser Vorschlag war bereits ein Dutzend Mal gemacht und wieder verworfen worden. Das Amulett gehörte auf die Erde oder in ihre Nähe, daran war nicht zu rütteln. Es sollte das Sonnensystem nicht verlassen.

Chiku Gelb nahm die hölzerne Scheibe und hängte sie sich um den Hals. Nun waren alle auf die Schienen gesetzt, die Schicksalsbahn konnte anrollen, und sie hatte zum ersten Mal, seit sie die Lose gezogen hatten, eine greifbare Vorstellung von den Einschränkungen ihrer eigenen Zukunft. Sie würde nicht ins All reisen.

»Es fing gut an«, sagte Mecufi.

»Das ist meistens so.«

Mecufi steckte den Ölspender zurück in den Beutel neben seinem Sitz und setzte seine gedrängte Zusammenfassung von Chikus Leben fort. »Das Konzept sah vor, dass Sie alle drei verschiedene Erfahrungen machen und dabei im Grunde ein und dasselbe Individuum bleiben sollten. Jede würde in ein unabhängiges Leben aufbrechen, aber die Leser und Skriptoren in Ihren Köpfen sollten Ihre Erinnerungen streng deckungsgleich halten wie Buchhalter, die mehrere identische Bücher führten. Was eine von Ihnen erlebte, sollten auch die beiden anderen erfahren, nicht durch kontinuierliche Synchronisierung, sondern eher durch regelmäßige Neuorientierung. Doch aus irgendwelchen Gründen entfernten Sie sich allmählich voneinander. Sie blieben zwar in Kontakt, aber die Beziehungen erkalteten, und Spannungen traten auf. Sie hatten nicht länger das Gefühl, vieles gemeinsam zu haben. Natürlich gab es ein Ereignis, das diesen Vorgang katalysierte …«

»Ich dachte, Sie hätten mir etwas zu sagen«, unterbrach ihn Chiku. Sie sah sich nicht als Chiku Gelb, sondern einfach als Chiku. Die Farben dienten dazu, ihre Schwestern im Blick zu behalten, aber nicht sie selbst. »Wenn das alles ist«, fuhr sie fort, »dann können wir auch gleich nach Lissabon zurückfliegen.«

»Wir sind noch nicht bis zu dem Gespenst vorgedrungen.«

»Was ist damit?«

»Eine von Ihnen versucht, den Kontakt wiederherzustellen. Sie haben Ihre Erinnerungen gegen die Leser und Skriptoren abgeschottet, deshalb versucht Ihre Schwester, Sie auf anderem Weg zu erreichen. Wir wissen natürlich, welche von Ihnen es sein muss.«

»Das ist keine große Kunst – wir sind nur noch zu zweit.«

»Ich kann verstehen, wie es zur Entfremdung von Chiku Grün gekommen ist. Je weiter sie sich entfernte, desto größer wurde der Zeitunterschied. Wochen und Monate waren gerade noch zu bewältigen. Aber Jahre? Jahrzehnte? Darauf sind wir nicht eingerichtet. Es ist uns nicht möglich, mit jemandem, der so weit von zu Hause fort ist, eine empathische Beziehung aufrechtzuerhalten. Besonders, wenn einem der andere mit der Zeit wie ein Konkurrent erscheint, der ein besseres und aufregenderes Leben führt. Ein Leben, das einen Sinn hat. Als Sie beide Kinder bekamen, spürten Sie eine Verwandtschaft – Sie hatten etwas vollbracht, und das verband sie. Chiku Grün bekam Ndege und Mposi. Sie bekamen Kanu. Doch als Ihr Sohn sich von Ihnen abwandte …«

»Nicht er hat sich abgewandt. Sie haben ihn dazu verführt,

allem untreu zu werden, was er kannte und liebte – seiner Familie, seiner Welt, sogar seiner Art.«

»Wie auch immer, seine Wahl hat Ihnen Kummer bereitet. Danach konnten Sie es nicht mehr ertragen, Chiku Grüns Existenz zu teilen. Sie hassten sie nicht etwa – wie könnten Sie denn auch? Das wäre ja, als würden Sie sich selbst hassen. Aber Sie verabscheuten die Vorstellung, dass eine Version von Ihnen ein besseres Leben haben könnte. Was Ihren Sohn betrifft – da muss ich Sie bitten, nicht uns für Kanus Entscheidungen verantwortlich zu machen.«

»Ich lasse mir nicht vorschreiben, wofür ich Sie verantwortlich mache.«

Mecufi drehte sich auf seinem Sessel um wie ein hyperaktives Kind. Er war offenbar leicht abzulenken. »Sehen Sie, da sind schon unsere Inseln!«

Sie waren in der Nähe der Azoren. Doch die Inselkette vor ihnen war nicht natürlich entstanden. Riesige schwimmende Platten, sechseckig, zehn Kilometer breit, waren so zu Flößen und Archipelen zusammengefügt, dass wiederum größere Inseln mit eigenen gezackten Küstenlinien, Halbinseln, Atollen und Buchten entstanden.

In den Vereinigten Wasser-Nationen gab es Hunderte von einzelnen Insel-Aggregationen. Die kleinsten waren frei bewegliche Mikrostaaten aus einigen wenigen miteinander verbundenen Platten. Daneben gab es Superkolonien aus Tausenden oder Zehntausenden von Bestandteilen, die sich aber in ständigem Wandel befanden – einzelne Platten lösten sich, suchten sich andere Standorte und fügten sich zu neuen Gemeinwesen, Föderationen und Allianzen zusammen. Es gab auch abtrünnige Staaten, selbstständige Einheiten oder krisenanfällige Bündnisse zwischen unabhängigen Seesiedlern und den Landmächten. Für diese instabilen Territorien existierten keine Karten.

»Wo lebt er denn jetzt?«, fragte sie. »Das können Sie mir doch sagen, nicht wahr? Auch wenn Kanu nicht mit mir sprechen will?«

»Ihr Sohn ist noch auf der Erde, aber auf der anderen Seite von Afrika. Er arbeitet im Indischen Ozean mit Kraken.«

»Sie kennen ihn also?«

»Nicht persönlich, nein. Ich weiß jedoch aus sicherer Quelle, dass er ein sehr glückliches und erfülltes Leben führt. Es wäre nicht zum Bruch gekommen, Chiku, hätten Sie nicht versucht, ihn uns abspenstig zu machen. Wenn er Sie seither meidet, können Sie ihm das nicht verdenken.«

»Und mir können Sie nicht verdenken, wenn ich wissen will, wie es meinem Sohn geht.«

»Dann haben Sie sich ja gegenseitig nichts vorzuwerfen.«

Das Flugzeug war tiefer gegangen und langsamer geworden. Es gab keine zwei Platten, die vollkommen gleich gewesen wären. Einige wurden landwirtschaftlich genutzt, dort ragten senkrechte Farmen bis in die Wolken hinein. Auf anderen klebten wie Froschlaich versiegelte Biome, die spezifische terrestrische Ökosysteme kopierten. Wieder andere waren dicht besiedelt. Sie waren von Luftatmern bewohnt, die in stufenförmig übereinander angeordneten Arkologien hausten, blühenden Städten, die einem Ballungsraum auf dem Festland in nichts nachstanden und eigene kleine Wettersysteme mitführten. Andere waren gitterförmig mit eleganten Spiegelflächen überzogen, die der Sonne folgten. Ein paar waren zu Vergnügungszentren voller Spielcasinos und Ferienanlagen geworden. Chiku wusste, dass nahe am Äquator etliche solcher Inseln als Ankerpunkte für Weltraumaufzüge dienten. Doch diese Technologie war bereits von der Entwicklung überholt worden. Inzwischen errichteten die Meerleute über ihren Seesiedlungen einschüchternde schornsteinähnliche Konstruktionen, die über die Atmosphäre hinausragten und eine Vakuumsäule umschlossen. Einer dieser Türme kam jetzt in Sicht, er war aus Glas, und sie konnte ihn nur erkennen, wenn sie ihn direkt ansah. Er strebte zum Zenit empor und schien kein Ende zu nehmen. In seinem Inneren schwebte lautlos wie ein winziger sonnenheller Funke ein Schiff nach oben.

»Erzählen Sie mir, was Sie über das Gespenst wissen.«

»Chiku Grün hat es geschickt, nachdem der normale Kommunikationsweg blockiert war. Es ist ein Datenschwarm, der den Globus umkreist und nach einem Ort zum Landen sucht. Solche Phänomene erregen unsere Aufmerksamkeit. Bedauern Sie, was Sie mit der Blockade angerichtet haben?«

»Ich ging davon aus, dass sie rückgängig zu machen wäre.«

»Und jetzt?«

»Was geschehen ist, ist geschehen.«

Sie hatte bei *Quorum Binding* den Antrag gestellt, sie von den Gedächtnis-Synchronisationen auszuschließen, und sich damit effektiv von ihren Schwestern abgeschnitten. Doch beim Zusammenbruch der *Überwachungsfreien Zone* hatte *Quorum Binding* Konkurs angemeldet, und als die Gläubiger kamen und die Unterlagen prüften, fand sich kein Verfahren mehr, um den Ausschluss wieder aufzuheben. Ein entscheidender Zahlencode war verschwunden.

»Sie hatten die letzte mentale Brücke hinter sich abgebrochen.«

»Was wollen Sie damit sagen?«

»Es besteht eine Chance, die Brücke wieder instand zu setzen – Sie könnten abermals Erinnerungen empfangen und senden, und Sie könnten die Verbindung zu Chiku Grün wiederherstellen. Um herauszufinden, was sie Ihnen so verzweifelt mitteilen möchte.«

»Definieren Sie ›Chance‹.«

»Sagen wir, die Vorzeichen sind günstig. Aber Sie müssten eine Gegenleistung erbringen. Wir haben den Kontakt zu einer alten Freundin verloren und glauben, dass Sie uns helfen könnten, sie wiederzufinden.«

3

Eine Insel ragte auf wie ein künstlicher Berg mit einer Schneehaube aus terrassenförmig angelegten und mit Balkonen versehenen weißen Gebäuden, die sich über den Rand des Gipfelkraters ergossen – Hotels und Transformationskliniken für all jene, die sich den Meerleuten anschließen wollten. Zwischen den Gebäuden wucherte üppiger Regenwald gleich einer Art Industrieschaum aus allen Ritzen und Spalten. Schwärme von zinnoberroten Vögeln – Papageien oder Sittichen – fegten hektisch durch das dichte Blätterdach. Unterhalb der Hotels stürzten sich schillernde Wasserfälle in die Tiefe, prasselten auf Felssimse mit Seen und Lagunen nieder, die das Fundament für weitere Hotels und Kliniken im Inneren des hohlen Berges bildeten. Langsam um seine Achse rotierend, sank der Flieger in den künstlichen Berg hinab. Den größten Teil der Strecke war es gleißend hell. Sonnenlicht wurde von Spiegel zu Spiegel reflektiert und dahin gelenkt, wo es gebraucht wurde. Vom Fuß der Wasserfälle stiegen Nebelschleier auf.

»Es heißt immer wieder, irgendwann würde die Nachfrage nach unseren Diensten ihren Höchststand erreichen«, bemerkte Mecufi. »Doch tatsächlich ist kein Ende abzusehen. Die

Rückkehr ins Meer ist die älteste Sehnsucht der Menschheit – viel älter und viel schwerer zu befriedigen als der einfache und ziemlich kindliche Wunsch, fliegen zu können. Wir waren nie zum Fliegen *bestimmt* – das ist einer anderen Spezies vorbehalten. Aber wir kamen ursprünglich alle aus dem Meer.«

»Wenn Sie noch ein wenig weiter zurückgehen«, entgegnete Chiku, »kamen wir alle aus dem Urschleim.«

»Wie man hört, legte Ihre Urgroßmutter gegenüber unserer Gründerin den gleichen Zynismus an den Tag. Lin Wei hatte eine visionäre Vorstellung von den Möglichkeiten des Menschen, sie träumte vom Panspermianismus und vom *Grünen Frühling*. Für Eunice gab es dagegen kein höheres Ziel, als überall ihre Fahne aufzupflanzen.«

»Und was wollen Sie damit sagen?«

»Lassen Sie mich noch einen anderen Namen in die Debatte werfen. June Wing war eine alte Freundin Ihrer Familie, nicht wahr?«

»Nicht dass ich wüsste.«

»Dann sind Sie keine sehr kundige Historikerin. June Wing war – ist – eine Freundin Ihres Vaters Jitendra. Die beiden haben gemeinsam an kybernetischen Problemen gearbeitet. Ebenso wie Ihr Vater ist auch June Wing noch am Leben. Sie ist eifrig im Sonnensystem unterwegs, um altes Zeug für ein Museum zu sammeln.«

»Und inwiefern ist das von Bedeutung?«

»Wir glauben, dass zwischen June Wing und Lin Wei – oder Arethusa, wie sie sich inzwischen nennt – eine Verbindung besteht. Wir möchten sehr gerne mit Arethusa, unserer Gründerin, sprechen. Aber Arethusa antwortet nicht auf unsere Anrufe, und auch June Wing ist nicht unbedingt erpicht darauf, mit uns zu reden. Immerhin wissen wir von June Wing zumindest, wo sie ist und was sie gerade treibt. Wir brauchen bloß noch jemanden, der ihr Vertrauen genießt und in unserem Namen an sie herantreten kann. Und damit kommen Sie ins Spiel.«

»Ich hätte auf Geoffrey hören sollen.«

»Was hat er gesagt?«

»Lass dich niemals mit den Meerleuten ein.«

»Kanu gegenüber haben Sie sich ähnlich geäußert, und was dabei herausgekommen ist, wissen Sie selbst am besten. Aber wenn Sie so viele Gespräche mit Geoffrey geführt haben, dann können Sie mir sicher sagen, was er von Arethusa hielt.«

»Wir hatten viele andere wichtige Themen – Ihre Gründerin stand nicht für jedermann an oberster Stelle.«

Sie dachte an Geoffrey, dem sie nur ein paarmal begegnet war. Natürlich hatten sie miteinander gesprochen, und natürlich hatten sie auch von Arethusa gesprochen, die einmal Lin Wei geheißen, sich aber sehr weit von einer menschlichen Frau entfernt hatte. Doch das waren alte Geschichten.

Sie hatten den Grund des Schachts erreicht. Der Flieger tauchte übergangslos unter. Wasser schlug gegen die Fenster. Die Kliniken, Hotels und Geschäfte setzten sich auch unter der Oberfläche fort, nur waren sie jetzt luftdicht und erstrahlten in hellem Neonlicht. Andere Fahrzeuge und Schwimmer glitten, in Leuchtfarben konturiert, durch das Wasser. Zwischen den Netzen und Schirmen der Wasserpflanzen entdeckte Chiku Schwärme von glitzerblauen Fischen und Korallengebilde in unglaublichen Pastellfarben. Von Schwimmern beaufsichtigt, half ein riesiges biomechanisches Ungeheuer, das aussah wie eine Kreuzung zwischen Hummer und Tintenfisch, vorgefertigte Bauteile einzupassen. Chiku stellte sich vor, welchen Schaden es mit seinen Klauen und Tentakeln anrichten könnte, und beobachtete es mit Unbehagen, aber die Schwimmer schienen sich von ihrem braven Helfer nicht bedroht zu fühlen.

»Ein Bau-Krake«, bemerkte Mecufi, als wäre das Ungeheuer

eine ganz alltägliche Erscheinung. »Kanu arbeitet mit den gleichen Tieren. Sie sind eigentlich sehr gutmütig, wenn man sie erst näher kennenlernt.«

Durch einen beleuchteten horizontalen Tunnel glitten sie in die riesigen Gewölbe des künstlichen Berges.

»Wie wir feststellen konnten, ist das Gespenst eine Botschaft von Ihrer Schwester auf dem Holoschiff«, sagte Mecufi. »Erzählen Sie mir von der *anderen* Chiku – von Chiku Rot, die nicht zurückkehrte.«

»Was gibt es da zu erzählen?«

»Tun Sie mir den Gefallen.«

Chiku seufzte. »Eunice hatte ein Schiff mit Namen *Winterkönigin*. Sie hatte es auf all ihren Expeditionen im Sonnensystem benutzt. Bevor irgendjemand vom Chibesa-Prinzip auch nur gehört hatte, rüstete sie das Triebwerk der *Winterkönigin* auf, startete das Schiff und flog damit in den interstellaren Raum. Ein bestimmtes Ziel hatte sie nicht – es war eine Herausforderung, ein hingeworfener Fehdehandschuh. Mit der Zeit fand man heraus, wie weit sie sich entfernt hatte. Aber niemand hielt es irgendwie für möglich, sie einzuholen.«

»Bis auf Chiku Rot.«

»Es hatte gewisse Verbesserungen in der Triebwerkskonstruktion gegeben, die es einem Schiff gestatteten, Eunice zu erreichen und auch wieder zurückzukommen, aber das erforderte immer noch radikale Beschränkungen – nicht mehr als ein Passagier, ein absolutes Minimum an Redundanzsystemen, kein Back-up, wenn irgendetwas ausfiel. Man rechnete mit sechzig Jahren, um Eunice zu erreichen, noch mehr als das war nötig, um abzubremsen, zu wenden und zurückzukehren.«

»Was genau war das Ziel der Mission? Die *Winterkönigin* zurückzuholen – oder Ihre Urgroßmutter?«

»Es ging nicht darum, sie nach Hause zu bringen. Ihren

Körper vielleicht. Und die Geheimnisse, die sie womöglich mitgenommen hatte.«

»Sie hätte vermutlich nicht gewollt, dass diese Geheimnisse zur Erde zurückfänden.«

»Da kannten Sie meine Urgroßmutter schlecht. Noch von jenseits des Grabes hat sie ihre Familie auf eine Art kosmische Schnitzeljagd geschickt. Vielleicht war auch dies eine solche Aufgabe. Wir hofften einfach auf *irgendetwas.*«

»Eine neue Physik, die noch über das Chibesa-Prinzip hinausging?«

»Wer weiß?« Chiku zuckte die Achseln. Das Verhör begann sie zu langweilen. »Es gab nur eine Möglichkeit, es herauszufinden. Man musste hinterherfliegen und nachsehen.«

»Und was wurde aus Chiku Rot?«

»Sie kehrte nicht zurück. Ihr Schiff – die *Memphis* – schickte eine Nachricht, es befinde sich im Anflug auf die *Winterkönigin* und hätte den Aufwachprozess für Chiku Rot eingeleitet. Danach kam nichts mehr. Es war das Letzte, was man von ihr gehört hat.«

»Sie gehen also davon aus, dass sie da draußen ums Leben gekommen ist?«

»Im Alter war meine Urgroßmutter sehr argwöhnisch geworden. Sie hatte bereits auf ihrer Raumstation und einem Eis-Asteroiden Verteidigungsanlagen installiert, um Eindringlinge im Vorfeld abzuwehren. Etwas in dieser Art ist wohl auch dem Schiff von Chiku Rot zum Verhängnis geworden.«

»Vielleicht ist auch nur die Kommunikation abgerissen.«

Die Maschine tauchte in einer kuppelförmigen, zur Hälfte mit Wasser gefüllten Höhle wieder auf. Sie war zuerst ein Flieger, dann ein Unterseeboot gewesen, nun wechselte sie mühelos in die Rolle des Bootes. Als sie sich einer Anlegestelle näherte, öffnete sich eine weitere Tür in ihrem Rumpf, diesmal allerdings nicht im Bauch, sondern an der Seite. Mecufis Exoskelett kehrte zurück, hob seinen Schützling sanft aus dem Sessel und nahm ihn in seine Obhut.

»Chiku Rot ist nie nach Hause gekommen.«

»Selbst wenn … was hätte das geändert?«

Sie stiegen aus. Feuchtwarme Luft empfing sie. Um die Kuppel zogen sich bis zum Scheitelpunkt konzentrische Kreise von Fenstern und Balkonen. Über dem Flieger hing an unsichtbaren Drähten, von Scheinwerfern angestrahlt, das mächtige Skelett eines Plesiosauriers. Seine Flossen waren in der Paddelbewegung erstarrt.

»Schluss mit den Spielchen«, protestierte Chiku. »Ich bin eine Akinya. Wir lassen uns nicht gern zum Narren halten.«

»Früher einmal«, entgegnete Mecufi, während ihn sein Exo an den Rand des Bootsstegs trug, »hätte diese Aussage vielleicht noch ein Körnchen Wahrheit enthalten.«

Neben dem Bootssteg schaukelte ein durchsichtig eisblaues Boot auf den Wellen, die der Flieger erzeugt hatte. Sein Bug war wie der Hals und der Kopf eines Schwans geformt. Mecufi ließ sich aus dem Exo ins Wasser gleiten und verschwand unter der Oberfläche. Sekunden später tauchte er blinzelnd wieder auf, rieb sich lächelnd das Wasser aus den großen dunklen Augen und schwamm auf dem Rücken wie ein Seeotter. Sein Körper wirkte mit einem Mal elegant und athletisch.

»Was soll ich jetzt tun?«

»Sie können schwimmen, wenn Sie möchten – es ist nicht weit –, aber vielleicht nehmen Sie doch lieber das Boot.«

Chiku ging auf den Vorschlag ein. Das Boot war ein Zweisitzer mit sehr rudimentärer Steuerung – ähnliche Fahrzeuge konnte man anderswo stundenweise mieten, um auf einem See herumzuschippern. Mecufi schwamm voraus, das Boot folgte ihm. Vom Bootssteg führte ein Kanal aus der Höhle und durch

Korridore mit leuchtend grünen Wänden, die sich immer wieder verzweigten. Einmal kam ihnen ein Schwimmer entgegen, ein älterer Wasserbewohner, doch Chikus Boot war weit und breit das einzige. Das wurde ihr mit der Zeit sogar peinlich, so als hätte man ihretwegen besondere Umstände gemacht, weil sie zum Schwimmen zu ungeschickt war.

Nach einer Weile gelangten sie in eine weitere Höhle, und Mecufi zog sich auf ein Sims mit Geländer, das auf Höhe des Wasserspiegels an der Wand entlangführte. Chikus Boot kam zum Stillstand und nickte mit seinem Schwanenkopf, als sie hinauskletterte. Von der Decke hing senkrecht ein Raumschiff wie ein mit Verzierungen überladener Kronleuchter.

Chiku blieb der Mund offen stehen, als sie erkannte, was sie da vor sich sah, doch Mecufi kam ihr zuvor.

»Chiku Rot ist doch nach Hause gekommen – das ist ihr Schiff, die *Memphis*. Wie Sie sehen, ist es ziemlich schwer beschädigt.«

Chiku sprach zunächst einmal kein Wort. Es war zu viel, um es zu begreifen, die Auswirkungen einzuschätzen und zu bedenken. Nichts in ihrem langen Leben hatte sie auf diesen Anblick vorbereitet.

Endlich sagte sie langsam und ruhig: »Das ist entweder ein schlechter Scherz oder ein Skandal.«

»Wir entdeckten das Schiff auf seinem Weg durch das System und konnten berechnen, dass es zu schnell unterwegs war, um vom Schwerkraftfeld der Sonne eingefangen zu werden. Daraufhin haben wir Ihnen einen Gefallen getan und es geborgen.«

»Sie hatten kein Recht, so etwas vor meiner Familie geheim zu halten.« Chiku umfasste das Geländer fester. Sie zitterte vor Empörung. »Woher wissen Sie überhaupt, dass das Schiff echt ist?«

»Eine ausgezeichnete Frage – anfangs hielten wir es für möglich, dass jemand *uns* einen Streich spielen wollte. Wir brachten das Schiff hierher zurück, untersuchten es Stück für Stück, führten alle erdenklichen Tests durch und kamen schließlich zu dem Ergebnis, dass es sich tatsächlich um die *Memphis* handelt und sie aus dem All zurückgekehrt ist. Das hat viel Zeit in Anspruch genommen, und wir sahen auch keinen Grund zur Eile.«

»Wie lange ist es schon hier?«

»Nicht allzu lange. Ein paar Jahre.«

Mecufi glitt ins Wasser zurück und schwamm im Becken umher. Chiku folgte ihm vorsichtig auf dem Sims.

»Wie lange genau?«

»Zwölf, seit wir sie zur Erde zurückbrachten. Entdeckt haben wir sie vor fünfzehn Jahren. Kaum der Rede wert verglichen mit den einhundertzweiundzwanzig Jahren, die sie da draußen unterwegs war.«

»Das werden Sie noch büßen.«

»Wohl kaum, wenn Sie erst den Rest gehört haben. Leider war Chiku Rot mit den Mitteln der Medizin nicht mehr wiederzubeleben – aber dass diese Reise ein Vabanquespiel war, wussten Sie ja von vornherein.«

Chiku betrachtete das hängende Schiff und fragte sich, ob es möglich war, dass Mecufi die Wahrheit sagte. Es hatte die richtige Form, und vom Äußeren her wirkte es auch angemessen antiquiert. Die *Memphis* war das beste Schiff, das man zur Zeit des Starts mit Geld hatte kaufen können – sie hatte das hochwertigste Triebwerk und die modernsten und sparsamsten Steuerungs-, Navigations- und Lebenserhaltungssysteme gehabt. Man hatte alles so lange radikal auf das Wesentliche reduziert, bis das Schiff bloß noch aus Muskeln und Nerven bestand und nirgendwo ein einziges überflüssiges Molekül zu finden war. Das Lebenserhaltungsmodul war winzig wie ein verkümmertes Organ, während Triebwerk und Treibstofftanks überdimensioniert, ja geradezu aufgebläht wirkten.

Auch Schäden waren zu erkennen. Einzelne Teile waren weggeschossen oder abgesprengt worden. Überall gähnten faustgroße Löcher. Es gab Brandspuren und Beulen. Es hatte nicht nur die üblichen Strapazen des Weltraumflugs hinter sich, sondern ordentlich Prügel bezogen.

»Was ist mit meiner Urgroßmutter?«

»Von ihr gibt es keine Spur. Ich erstelle Ihnen eine Motio, wenn ich Sie damit leichter überzeugen kann.«

»Wie ist es möglich, dass von ihr nichts mehr vorhanden war?«

»Wir fanden zwei Truhen an Bord der *Memphis* – in der einen lag Chiku Rot, die andere war vermutlich für Eunice bestimmt, falls Chiku sie gefunden hätte. Doch als wir das Schiff bargen, war die zweite Truhe nie benützt worden.«

Wieder schwirrte Chiku der Kopf. Zuerst das Schiff ihrer Schwester, nun die Nachricht, dass ihre Urgroßmutter aus dem Schiff verschwunden war, das Chiku Rot hatte suchen sollen.

»Wo ist sie dann?«

»Keine Ahnung. Nach den Schäden an der *Memphis* sind wir ziemlich sicher, dass sie bis in die Nähe der *Winterkönigin* gekommen ist – die Löcher und Brandspuren lassen auf Antikollisions-Systeme schließen, die zu empfindlich eingestellt waren. Alles Weitere ist Spekulation. Die Kommunikationssysteme waren beschädigt, und es gab weder Back-ups noch Ersatzteile an Bord – als bei dem Angriff die Antenne zerstört wurde, konnte Chiku sie nicht ersetzen.«

»Sie können also nicht mit Sicherheit sagen, dass die *Memphis* jemals an der *Winterkönigin* angedockt hat. Vielleicht hat sie sich zurückgezogen, als sie angegriffen wurde, und kam deshalb nie dazu, einen Blick ins Innere zu werfen.«

»Das können wir natürlich nicht ausschließen«, räumte Mecufi ein. »Aber wäre es nicht sehr untypisch für eine Akinya – auf den letzten Metern aufzugeben, nachdem sie so weit gekommen war? Wenn Sie ehrlich sind, müssen Sie das zugeben.«

»Ich weiß nicht, was ich denken soll, davon abgesehen, dass ich Ihre Einmischung in Akinya-Belange empörend finde. Und was hat das alles mit der Begründung zu tun, mit der Sie mich überhaupt hierhergelockt haben? Das Gespenst wurde von Chiku Grün geschickt, nicht von Chiku Rot.«

»Nach meiner Erfahrung«, entgegnete Mecufi, »stellt sich letztlich fast immer heraus, dass alles miteinander in Zusammenhang steht.«

Nicht weit vom Schiff entfernt befand sich eine Höhle mit weißen Wänden, hell erleuchtet und von einer aggressiven Sterilität, die Chiku an einen Operationssaal oder an ein Leichenschauhaus erinnerte. Eine Handvoll Techniker, Meerleute in Exoskeletten, bedienten eine Reihe von senkrechten Konsolen, die eine Kälteschlaftruhe umstanden wie ein Ring von Menhiren. Der Form nach stammte der eckige Sarg aus den Anfängen des dreiundzwanzigsten Jahrhunderts. Er stand auf einem Sockel und war über ein Gewirr von Röhren und Kabeln mit einem provisorischen Versorgungssystem verbunden. Auf den schräg stehenden Konsolenflächen waren Bildschirme und altmodische Bedienungselemente zu sehen, die wie die Knöpfe eines Akkordeons angeordnet waren. In dieser Hinsicht waren die Meerleute wie die Kinder, sie wollten immer irgendwelche Dinge, auf die sie drücken konnten.

Chiku sah Graphen und Bilder, begleitet von Analysewerten, über die Schirme huschen. Temperaturprofile, chemische Gradienten, neuronale Querschnitte, Großaufnahmen der Hirnanatomie bis hinunter zur Synapsenebene.

Unter dem Rauchglasdeckel der Truhe lag eine schlafende Gestalt.

Sie trug ein Gesicht, das Chiku so gut kannte wie ihr eigenes.

»Sie sagten doch, sie sei tot.«

»Ich sagte, sie könne nicht wiederbelebt werden«, verbesserte Mecufi bedächtig. »Das ist nicht *ganz* dasselbe. Die Truhe hat sie auf der gesamten Rückreise in diesem Zustand erhalten. Sie schwebt am Rande des Todes oder am Rande des Lebens, je nachdem, wie man es sehen will.«

»Warum haben Sie sie nicht aufgeweckt?«

»Dafür ist sie nicht stabil genug. Diese neuronalen Scans … die Auflösung ist nicht höher, als es die in die Truhe integrierten Instrumente zulassen, und von denen sind die meisten ohnehin defekt. Wir können nicht weiter in ihren Kopf eindringen, ohne irreversible Schäden zu riskieren.«

»Dann öffnen Sie die Truhe. Schleusen Sie Nanos in ihr Gehirn ein. Leser und Skriptoren. Stabilisieren Sie die Hirnstruktur, und leiten Sie die Wiederbelebung ein. Das ist ein *Kinderspiel*, Mecufi. Mein Kopf wurde schon einmal von Maschinen in seine Bestandteile zerlegt – um aus mir drei zu machen.«

»Unter kontrollierten Bedingungen und ausgehend von einem intakten Bewusstsein. Das ist hier nicht der Fall. Sie ist eine Eisskulptur, Chiku – der kleinste Eingriff wäre so verheerend, als würde man mit einem Schweißbrenner auf sie losgehen.«

»Sie gehört mir – sie *ist* ich. Ich will sie zurückhaben. Ich will über mich selbst verfügen.«

»Natürlich gehört sie Ihnen, das war immer so. Sie können sie auf ewig in diesem Zustand erhalten, wenn Sie Glück haben. Oder wenn sie Glück hat. Oder Sie können das Risiko eingehen und sie ins Leben zurückholen, wenn Sie sich das zutrauen.«

»Das hat die Familie zu entscheiden. Sie sind bereits viel zu weit gegangen – sie so lange hier liegen zu lassen, ohne jemanden von uns zu informieren ... nach irgendeinem Gesetz muss das ein Verbrechen sein.«

»Dann sollten Sie sich fragen, wieso wir Ihnen jetzt von ihr erzählen, auf die Gefahr hin, dass wir uns damit juristische Schwierigkeiten einhandeln. Es muss doch einen Grund dafür geben.«

»Dies wäre ein sehr guter Zeitpunkt, ihn mir zu nennen.«

»Sie hat ein Implantat im Kopf, ein Implantat, das von *Quorum Binding* eingesetzt wurde und die Leser und Skriptoren steuert. Es ist identisch mit dem, das man Ihnen eingesetzt hat, nur ist der numerische Schlüssel bei ihr noch vorhanden. Sie hat nicht beschlossen, ihn zu vergessen.«

Allmählich dämmerte Chiku, was das bedeutete, und sie erschauerte.

»Es müsste derselbe Schlüssel sein wie bei mir.«

»Sie nehmen mir das Wort aus dem Mund. Das Gespenst ist eine Botschaft von Chiku Grün, aber Sie können nicht mit ihr sprechen. Chiku Rot *könnte* es – aber sie ist eingefroren. Ein Eingriff könnte sie töten ... wenn wir allerdings ihren Schädel öffnen und das Implantat entnehmen könnten – es müsste sehr schnell gehen –, dann hätten wir gute Chancen, den numerischen Schlüssel zu isolieren. Anschließend könnten wir ihn auf Ihr Implantat übertragen, und Sie könnten mit dem Gespenst von Chiku Grün in Verbindung treten. Das Gespenst muss eine sehr wichtige Nachricht für Sie haben – möchten Sie nicht wissen, worum es sich handelt?«

Chiku wandte sich wieder der schlafenden Gestalt zu. »Auf ihre Kosten?«

»Sie ist nicht am Leben. Sie würden ihr nichts wegnehmen.«

»Außer der Möglichkeit, jemals wieder leben zu können.«

»Sie hatte ein Leben. Niemand hat sie gezwungen, es aufs Spiel zu setzen.«

Chiku kniff die Augen zusammen. »Warten Sie – Sie sagten eben, es müsste sehr schnell gehen. Warum hat es solche Eile?«

»Die Implantate – das ihre wie Ihr eigenes – sind gegen unbefugte Eingriffe gesichert. Wenn die Implantate *registrieren*, dass sie entnommen oder in irgendeiner Weise manipuliert werden sollen, werden die Codes gelöscht. Wir glauben, die Protokolle so weit zu verstehen, dass wir den Prozess rechtzeitig abschließen können – aber Sie müssen verstehen, dass der Vorgang nicht viel Ähnlichkeit mit Hirnchirurgie hat. Man könnte eher an Bergbau denken.«

»Mecufi, Sie sind ein Schuft.«

»Denken Sie darüber nach – Sie brauchen sich nicht sofort zu entscheiden. Lassen Sie sich Tage oder, wenn Sie wollen, auch Wochen Zeit. Aber schieben Sie die Entscheidung nicht um Monate und erst recht nicht um Jahre hinaus. Unsere Geduld ist nicht unerschöpflich.«

»Ich möchte jetzt nach Lissabon zurück«, sagte Chiku.

Als der Flieger sie nach Belém und die Straßenbahn sie zu Pedros Atelier zurückgebracht hatte, war es nicht nur in Lissabon, sondern in ganz Portugal und überall auf dieser schläfrigen Hemisphäre der guten alten Erde Nacht geworden. Chiku sah in ihrer Fantasie eine Welle von Wachheit und Lebendigkeit von einer Hälfte des Planeten zur anderen schwappen und musste an das Schlafverhalten von Delfinen denken, die ihr aktives Bewusstsein von einer Hirnhälfte auf die andere verlagerten.

Sie erzählte Pedro, was geschehen war, schilderte ihm die Komplikationen und erklärte ihm, in welcher Situation sie sich nun befand. Bei diesem einen Gespräch gab sie mehr von sich preis als in den vorhergehenden fünf Jahren ihres Zusammenlebens.

Pedro reagierte mit Liebe, Mitgefühl und Verständnis. Die Entscheidung konnte er ihr nicht abnehmen.

»Ich weiß«, sagte sie.

Doch am nächsten Morgen war alles ganz einfach.

Sie fuhr mit dem Santa-Justa-Aufzug zum Café hinauf und wartete dort. Als Mecufi schließlich erschien, teilte sie ihm mit, was zu tun war. Mecufi nickte, erläuterte noch einmal die Risiken für Chiku Rot und ließ nicht locker, bis sie ihm überzeugend versicherte, sie hätte diese Risiken vollkommen verstanden und akzeptiert. Wenn sie der Prozedur zustimmte, wäre das im Grunde das Todesurteil für Chiku Rot. Auf Mecufis Drängen hin verfasste sie eine Motio, die, wie sie hoffte, ihre Bereitschaft deutlich zum Ausdruck brachte. Der Meermann nahm die Motio zwar entgegen, verzichtete aber höflichkeitshalber darauf, den Inhalt in ihrer Gegenwart freizusetzen.

Als Mecufi gegangen war, kehrte sie in die Baixa zurück und schlenderte ans Ufer des Tajo. Im Süden standen dicke gelbe Regenwolken am Himmel. Auf der anderen Seite des Flusses erhob sich die Statue von Christus dem Erlöser. Chiku überlegte, ob sie dort die Art von Erlösung finden könnte, die sie wahrscheinlich brauchen würde, aber sie hatte so ihre Zweifel. Dennoch war sie froh, dass die alte Statue noch da war. Zwar wurde immer wieder davon gesprochen, wie man damit verfahren sollte, so als wäre sie ein Schandfleck für die Gegenwart, ein Stück Vergangenheit, das sich länger gehalten hatte, als es wünschenswert war. Bei der Hängebrücke hatte man solche Bedenken nicht, dabei war sie genauso alt. Heute blitzte sie, als wäre sie aus Quecksilber. Ein Wunderwerk. Die Hängebrücke liebte jeder.

Sie weinte über das, was sie sich antun wollte. Aber ihr Entschluss stand fest.

4

Wie eine grüne Flut brachen die Erinnerungen über sie herein. Die Delegation raste in einem offenen Einschienenwagen zwischen den Bäumen hindurch. Chiku musste immer wieder ihren Hut festhalten, aber sie genoss die kleinen Freuden, die schnelle Fahrt, den Wind in ihrem Gesicht.

»Also …«, der Gastgeber legte die Fingerspitzen aneinander, »… können unsere Einrichtungen Ihren hohen Ansprüchen genügen, ehrenwerte Repräsentanten?«

Chiku blieb klugerweise höflich, ohne sich festzulegen. »Wir müssen uns die gewonnenen Erkenntnisse noch gründlich durch den Kopf gehen lassen, bevor wir mit einem offiziellen Bericht vor unsere Gesetzgebende Versammlung treten.«

»Allerdings«, fügte Noah hinzu, »gibt es an dem, was wir gesehen haben, nichts auszusetzen. Nicht wahr, Gonithi?«

Gonithi Namboze war neben Chiku und Noah das dritte Mitglied der *Sansibar*-Delegation. Namboze, Expertin für die Dynamik des Ökosystems von Crucible, war mitgekommen, um herauszufinden, ob die Kaverne auf der *Malabar* für Elefanten geeignet war.

»Ich rechne nicht mit Schwierigkeiten«, stimmte Namboze zu, doch die Nervosität war ihr deutlich anzuhören.

Noah war vorgeprescht und hatte die junge Repräsentantin damit auf ihren Platz verwiesen.

»Schwierigkeiten?«, fragte Endozo, als wäre allein schon die Vorstellung ein Grund zur Besorgnis.

Chiku lächelte schmal. »Wie gesagt, wir sind hier, um die Bedingungen einer gründlichen Prüfung zu unterziehen. Es steht so viel auf dem Spiel, dass wir es uns nicht leisten können, bei irgendwelchen Details nachlässig zu sein.«

»Natürlich nicht«, stimmte Endozo zu. Sein Lächeln war ebenso schmal.

Sie waren auf dem Weg zum Shuttledock. Eigentlich sollten sie schon gestartet sein, aber Chiku hatte darum gebeten, einen zweiten Blick auf die in Aussicht genommene Kaverne werfen zu dürfen, bevor sie auf ihr eigenes Holoschiff zurückkehrten. Hier auf diesem wunderschönen bewaldeten Gelände könnte der Ableger ihrer Elefantenherde untergebracht werden.

Auf der *Malabar* gab es bisher noch keine Elefanten, aber es gab ein geeignetes Biom und eine stabile Ökologie, in der bereits große Pflanzenfresser lebten. Bei der Verlegung der Elefanten müsste man sehr behutsam vorgehen – die Tiere der *Sansibar* hatten ihre Kaverne in den hundertfünfzig Jahren seit dem Start nicht verlassen –, aber Chiku sah keine unüberwindlichen Hindernisse. Es wäre nicht das erste Mal. Einen kleineren Ableger der Herde hatte man bereits auf die *Majuli* ausgelagert. Es war eine der ersten erfolgreichen Entscheidungen in Chikus politischer Laufbahn gewesen.

Während sie noch mit den Formalitäten beschäftigt waren, hatte man am Shuttledock ihre kompakte kleine Maschine gewartet und startklar gemacht. Chiku war erschöpft, obwohl der

Besuch am Ende monatelanger gewissenhafter Vorbereitungen und unermüdlicher Überzeugungsarbeit in den Ausschüssen der Versammlung gut verlaufen war.

In letzter Zeit hatte sie sich öfter gefragt, ob ihre Müdigkeit womöglich tiefere Ursachen hatte. Ihre letzte Auszeit lag viele Jahrzehnte zurück. Die beiden Anträge, die sie und Noah zuletzt gestellt hatten, waren abgelehnt worden – vermutlich weil sie für die Gemeinschaft zu wertvoll waren. Eigentlich hätte sie sich geschmeichelt fühlen können. Und als sie Mposi und Ndege mit der Frage konfrontiert hatte, waren die beiden keineswegs begeistert gewesen, von ihren Freunden getrennt und aus ihrem Alltag herausgerissen zu werden. Aber sie hatte gehört, dass sie bei ihrem nächsten Ansuchen mit einem günstigeren Bescheid rechnen könnte. Sechzig Jahre bei uneingeschränkter Bewilligung – danach wären sie gerade noch dreißig Jahre von ihrem Ziel entfernt.

Dreißig Jahre, eine Kleinigkeit – das könnten sie alle leicht ertragen. Selbst wenn es den Kindern nicht passte, mit der Zeit würden sie sich von ihren Eltern schon überzeugen lassen.

»Ich werde unseren Präsidenten informieren«, sagte Endozo. »Wir erwarten Ihren Bericht über unsere Anlage mit großem Interesse.«

Als Zeichen des guten Willens verfassten sie Motien und tauschten sie aus. Endozo hatte zusätzlich zwei Motien von hochgestellten Vertretern seiner eigenen Gesetzgebenden Versammlung mitgebracht. Wie üblich durften alle Kugeln erst später geöffnet werden.

Bald waren die drei Politiker von der *Sansibar* für den Rückflug in ihre Sitze geschnallt. Das Shuttle schoss aus dem Dock der *Malabar*. Sobald sie das Holoschiff und seine Armada von geschäftigen Hilfsschiffen hinter sich gelassen hatten, beschleunigte das Schiffchen rasant. Wenig später schalteten sich die Triebwerke ab, und in der Kabine herrschte Schwerelosigkeit. Für künstliche Schwerkraft war das Shuttle zu klein.

Als Erster machte Noah seiner Anspannung mit einem tiefen Seufzer Luft. »Was für ein sarkastischer Mistkerl. Musste er uns alles so gründlich unter die Nase reiben?«

»Er wollte nur seine Pflicht erfüllen.« Chiku war zwar der gleichen Meinung wie ihr Mann, hütete sich aber, der jungen Namboze einen falschen Eindruck zu vermitteln. »Wir brauchen ihre Unterstützung mehr als umgekehrt, und ihre Anlage ist hervorragend. Trotzdem müssen sie unsere Anforderungen erfüllen – oder besser, die der Elefanten. Die werden hier leben, nicht wir. Um ihretwillen sollten wir also keine Fehler machen.«

»Ihr Familienname«, sagte Namboze zögernd. »Das ist doch kein Zufall, nicht wahr? Dass Sie sich für diese Tiere einsetzen?«

Chiku wusste bereits, worauf sie abzielte, sie hatte es oft genug erlebt.

»Nein, es ist kein Zufall. Die Arbeit mit Elefanten ist Tradition in unserer Familie.«

»Reicht diese Tradition weit zurück?«

»Sehr weit – bis nach Afrika und zu den Forschungen, mit denen sich mein Onkel dort beschäftigte.«

»Geoffrey Akinya?«

Die fleißige Namboze hatte also ihre Hausaufgaben gemacht.

»Richtig.« Chiku hoffte, mit dieser höflichen, aber knappen Antwort das gewünschte Signal gesendet zu haben. Sie war viel zu erschöpft für eine Geschichtsstunde, so gut die Frage auch gemeint sein mochte.

Leider ließ sich Namboze nicht so leicht entmutigen.

»Sind Sie ihm jemals begegnet?«

»Ein- oder zweimal.«

»In Afrika?«

»In der Ostafrikanischen Föderation. Dort haben wir einst gelebt, von dort stammen wir. Unser Familiensitz liegt in der Nähe der alten Grenze zwischen Tansania und Kenia.«

»Meine Familie lebte viel weiter südlich«, sagte Namboze.

»Gonithi ist ein Zulu-Name, nicht wahr?«, versuchte Chiku das Thema zu wechseln. »Ich finde ihn sehr schön.«

Während des Gesprächs war die *Malabar* zu einem leicht verschwommenen blaugrünen Daumenabdruck geschrumpft. Von der Schar von Siedlungs- und Wartungsmodulen, die das Holoschiff vom Bug bis zum Heck umgaben, strahlte Licht aus. Der große Asteroid trug einen feinen Pelz aus Andocksäulen und Servicetürmen. Hunderte von kleineren Schiffen waren ständig in Bereitschaft.

Jenseits der *Malabar* waren die Lichter eines halben Dutzends weiterer Holoschiffe zu erkennen, zumeist so schwach, dass man sie mit Planeten oder Sternen hätte verwechseln können. Die übrigen Elemente der Unterkarawane waren zu weit entfernt und mit bloßem Auge nicht sichtbar. Sie wurden durch frei schwebende Namensschilder kenntlich gemacht, außerdem verrieten die größeren Taxis und Shuttles, die zwischen ihnen unterwegs waren, wo sie sich befanden.

Chiku brauchte solche Anhaltspunkte nicht. In dieser Phase der Überfahrt hatten sich die alten Rivalitäten und Bündnisse längst verfestigt, die Formation der Unterkarawane war seit Jahrzehnten gleich geblieben, und daran würde sich bis Crucible auch nicht mehr viel ändern.

Nur die *Pemba* fehlte.

Sie befanden sich bereits im Anflug auf die *Sansibar* und hatten die Bremsphase eingeleitet, als Namboze auf ihre Frage zurückkam.

»Es heißt, Ihr Onkel hätte die Verlängerung abgelehnt.«

»Stimmt.«

»Eine ziemlich ungewöhnliche Entscheidung, nicht wahr?«

»Nach menschlichen Maßstäben hatte Geoffrey immer noch ein langes Leben«, antwortete Chiku. »Er hielt es für übertrieben, seine Spanne noch weiter zu verlängern, es erschien ihm wie eine besondere Form von Habgier.«

»Ich weiß nicht, ob ich das verstehe.«

Ob du es verstehst oder nicht, ist mir vollkommen egal, dachte Chiku.

Doch dann ließ sie sich erweichen. »Das ging mir zumindest am Anfang genauso. Geoffrey war nur dreißig Jahre vor mir geboren worden, er hätte also noch Jahrhunderte länger leben können, wenn er gewollt hätte.«

»Und warum wollte er nicht?«

Chiku merkte, dass Namboze nicht lockerlassen würde, bis ihre Neugier gestillt war. »Bei einem meiner Besuche hat er versucht, es mir zu erklären. Wenn Sie sich seine Biografie angesehen haben, dann wissen Sie, dass er Wissenschaftler war, sein Fachgebiet war die Kognitionsforschung bei Tieren. So landete er bei den Elefanten. In einer späteren Lebensphase gab er das jedoch alles auf und wurde stattdessen Künstler. Seine Schwester Sunday – meine Mutter – ging genau den entgegengesetzten Weg. Geoffrey verlegte sich darauf, Elefanten zu malen, anstatt sie zu studieren, und Sunday engagierte sich so sehr im Familienunternehmen, dass sie es für erforderlich hielt, etwas von der Physik zu verstehen, mit der wir uns einen Namen gemacht hatten – das Chibesa-Prinzip und so weiter. Wie sich herausstellte, besaß sie dafür eine unglaubliche Begabung, sie entwickelte sogar diese neue Mathematik, die bis dahin völlig unbekannt war. Zahlen ließen sich damit formen wie Ton. Ist es nicht großartig, dass in einem einzigen Menschenleben so viel enthalten sein kann?«

Namboze lächelte höflich. »Wohl schon.«

»Wie auch immer, Geoffrey hatte ein kleines Atelier auf dem Familiensitz, im rückwärtigen Teil eines Flügels. Auf zwei Gemälde wies er mich besonders hin, beide zeigten Elefanten in einiger Entfernung vor dem Kilimandscharo. Eines war lediglich eine Leinwand mit ausgefransten und eingerissenen Rändern und flüchtigen Pinselstrichen. Das andere hatte er früher gemalt, es war fertig und gerahmt. Onkel Geoffrey fragte mich, welches mir besser gefiele. Ich entschied mich für das gerahmte, ohne so recht zu wissen warum. Vermutlich sah mir das andere zu dilettantisch und unvollendet aus. Anfang und Ende waren nicht eindeutig zu erkennen. Ein Werk, das womöglich niemals vollendet sein würde.«

»Wie ein Leben.«

»Genau das war auch Geoffreys Begründung. Geburt und Tod rahmten ein Leben ein und verliehen ihm eine Form. Ohne solche Grenzen würde es zu einer ausufernden Masse ohne Ränder, undefiniert und ohne ein Zentrum.«

»Stimmten Sie ihm zu?«

»Damals nicht«, antwortete Chiku.

»Und heute?«

»Man könnte vielleicht sagen, mein Horizont hat sich etwas erweitert.«

Nach einer Weile sagte Namboze: »Es muss fantastisch gewesen sein, die Elefanten in ihrer natürlichen Umgebung zu sehen. Ich kann verstehen, warum Ihnen dieses Projekt so sehr am Herzen liegt. Wenn wir einige von unseren Elefanten auf die *Malabar* verlegen können, wird sich das bei den Fördergeldern deutlich bemerkbar machen.«

»Es geht nicht allein um die Elefanten«, sagte Chiku. »Auch wenn mit ihnen alles begonnen und geendet hätte, würde ich für Unterstützung plädieren. Aber meine Vorfahren – Menschen wie Geoffrey – haben etwas Wichtiges erkannt. Wir tun dies nicht für die Elefanten, weil es uns nützt oder weil sie uns nach der Landung auf Crucible nützlich sein werden. Wir tun es, um eine Schuld abzutragen. Wir haben ihrer Art über viele Jahrhunderte schweres Unrecht zugefügt. Wir haben sie fast ausgerottet, aus reinem Gewinnstreben abgeschlachtet und verstümmelt. Aber wir sind imstande, uns zu bessern. Indem wir die Elefanten mit uns ins All nehmen, auch wenn die Kosten hoch sind und wir deshalb anderswo Opfer bringen müssen, zeigen wir, dass wir fähig sind, über uns hinauszuwachsen.«

»Angenommen, es kämen wirklich schlechte Zeiten«, sagte Namboze. »Würden wir das Wohl der Elefanten auch dann noch über unser eigenes stellen? Was glauben Sie?«

Eine ungewöhnlich direkte Frage. Chiku überlegte eine Weile. »So weit wird es nicht kommen«, sagte sie dann. »Wir werden einen Weg finden, auch wenn es schwierig wird. Das haben wir bisher noch immer geschafft. Man begnügt sich mit dem, was man hat. Schlägt sich irgendwie durch. Und bittet notfalls um Hilfe von außen. Wir sind Teil einer Gemeinschaft. Deshalb reist man in einer Karawane.«

Chiku war mit ihren Kräften am Ende, sie wollte nicht mehr sprechen, keine Verantwortung mehr übernehmen. Der Tag forderte nun doch seinen Tribut. Sie nahm Namboze ihre Neugier nicht übel, aber sie wollte jetzt nur noch mit Noah, Mposi und Ndege in ihrem Haus sein.

Namboze schien zu einer Erwiderung anzusetzen – ihre Lippen öffneten sich einen Spalt breit und erstarrten. Ihr Gesicht leuchtete auf, wurde für einen Moment zum Negativ seiner selbst. Hartes, grelles Licht durchflutete das Shuttle und wurde an den Rändern weißer als weiß.

Dann erlosch es mit einem Schlag. Chiku blinzelte die Nachbilder weg.

Nambozes Augen waren fest zusammengekniffen. Sie hatte nach vorne geschaut, während Noahs und Chikus Sitze nach hinten gerichtet waren.

»Es ist etwas passiert«, sagte Namboze.

Chiku fand kaum die Kraft, sich umzudrehen, um zu sehen, was die junge Politikerin direkt beobachtet hatte.

Die *Sansibar* war immer noch da. Sie war nicht schlagartig aus dem Dasein gerissen worden wie damals die *Pemba.* Natürlich waren sie ihr auch so nahe, dass sie ein *Pemba*-Ereignis nicht überlebt hätten. Dieses Geschehen war nicht vergleichbar, es hatte eine andere Größenordnung.

Dennoch war es ein Unglück.

»Anflug abbrechen«, rief Noah. »Entfernung bis auf weitere Anweisung beibehalten.«

Das Shuttle gehorchte Noah ebenso, wie es Chiku oder Namboze gehorcht hätte. Sitzgurte und Fußschlaufen strafften sich.

»Entfernung wird gehalten«, meldete die Maschine.

»Alles in Ordnung, Gonithi?«, fragte Chiku. »Sie haben die volle Ladung abbekommen, was immer es war.«

»Mir geht es gut.« Sie hatte die Augen wieder geöffnet. »Ich glaube, die Filter haben sich zugeschaltet, bevor die Helligkeit ihren Höhepunkt erreicht hatte. Was könnte das gewesen sein?«

Noah hatte sich aus den Fußschlaufen befreit und schwebte näher an das Beobachtungsfenster heran. »Es war jedenfalls ziemlich schlimm.«

In der Hülle der *Sansibar* klaffte ein immer noch weiß glühendes Loch. Es befand sich im ersten Drittel zwischen dem hinteren Pol und der dickeren Mitte des Holoschiffs. Aus der Wunde ringelte sich eine langsam rotierende Gasspirale. Chiku konnte den beschädigten Bereich nicht deutlich erkennen, schätzte aber, dass er mehrere Hundert Meter, vielleicht bis zu einem halben Kilometer umfasste. Das Loch im Rumpf war groß genug, um mühelos mit einem Shuttle hindurchfliegen zu können.

Immer noch traten Gase aus. Luft, Wasserdampf, andere wichtige flüchtige Stoffe … Chiku wollte gar nicht daran denken, wie wenig sie davon erübrigen konnten. Die Korkenzieherspirale erinnerte an eine Galaxis – eine Milchstraße im Kleinformat.

Mit einem Mal verringerte sich der Gasstrom zu einem Rinnsal.

»Schadensbegrenzung«, stellte Noah fest. »Die aufgerissene Kaverne wurde nach innen hin abgedichtet. Jetzt entleert sie sich vollends.«

»Was befand sich dort?«, fragte Namboze.

»Ich weiß es nicht«, antwortete Chiku, Es fiel ihr schwer, die Außenansicht mit ihrem Bild von der inneren Aufteilung des Holoschiffs in Einklang zu bringen.

»Bring uns rein«, befahl Noah dem Shuttle. »Minimale Anfluggeschwindigkeit.«

Als die Andockstation in Sicht kam, war auch das Rinnsal an austretenden Gasen nahezu versiegt. Wartungsfahrzeuge und Reparaturtrupps in Vakuumanzügen strömten aus Rumpfschleusen und Andockluken und machten sich ans Werk. Sicherlich drangen sie inzwischen auch von innen zu der beschädigten Kaverne vor. Chiku beobachtete, wie die winzigen Gestalten in ihren Vakuumanzügen wie Leuchtkäfer über die Außenhaut huschten. Die *Sansibar* rotierte noch – Präsident Utomi hatte die Drehung nicht stoppen lassen, vielleicht war er der Meinung, die Lage sei für eine derart drastische Maßnahme nicht ernst genug –, und so hingen die Mechaniker im Grunde genommen mit dem Kopf nach unten. Ein falscher Tritt, und sie würden ins All gerissen.

Wegen der an- und abfliegenden Wartungsmaschinen verzögerte sich das Andocken um dreißig Minuten. Das Shuttle wartete, bis es an der Reihe war, und stürzte in den offenen Rachen der Polöffnung.

Wie die *Malabar*, so hatte auch die *Sansibar* die Form eines dicken Ellipsoids. Alle Holoschiffe glichen sich äußerlich, und alle hatten sie bis auf wenige Kilometer etwa die gleiche Größe. Fünfzig Kilometer große Walnüsse, aufgespießt an der Längsachse ihrer Triebwerke.

Im Jahr vor der Auftragserteilung an *Quorum Binding* war Chiku mit einem luxuriösen Hochgeschwindigkeits-Liner von der Größe eines kleineren Stadtstaates von Triton zu den Werft-Orbits geflogen, um sich anzusehen, wie die Kolosse entstanden. Die Holoschiffe hingen in unterschiedlichen Stadien der Fertigstellung wie Perlen an einer unsichtbaren Kette. Schwerkrafttraktoren schleppten als Rohmaterial für den Bau Asteroiden heran, Berge aus Fels und Eis, ausgewählt nach Größe, Zusammensetzung und Stabilität. Die Asteroiden wurden geglättet und ausgehöhlt, sodass riesige Kavernen entstanden, in denen Chikus Liner tausendmal Platz gefunden hätte. Der lose Schutt wurde verschmolzen und verklebt, dann wurde die Masse aus Fels und Eis mit Spinnenseide verstärkt, bis sie stabil genug war, um der Rotation und den gewaltigen, kaum zu zügelnden Impulsen eines Chibesa-Triebwerks von wahrhaft monströser Größe standzuhalten. Die inneren Kavernen wurden abgedichtet und mit Luft, Wärme und Wasser versehen, um dann mit zehntausend verschiedenen Formen pflanzlichen und tierischen Lebens besiedelt zu werden. Danach baute man Dörfer und Städte, legte Parks an, errichtete Schulen, Krankenhäuser und Regierungsgebäude. Schließlich durften die Menschen einziehen, Hunderttausende von Siedlern, die schon ungeduldig auf diesen Moment gewartet hatten. Aus der leeren Hülle war eine kleine Welt geworden.

Ganz zuletzt wurden die Chibesa-Triebwerke gezündet. Bedächtig wie Wolken lösten sich die fertigen Archen aus den Werft-Orbits. Um sich gegenseitig zu unterstützen, brach man in Karawanen auf. Jede Karawane war Teil eines größeren Schwarms von Holoschiffen, der einem bestimmten Sonnensystem zugewiesen worden war, und Hunderte solcher Schwärme steuerten die beliebtesten Zielsysteme an. Gemeinhin bildeten ein Dutzend Holoschiffe eine Unterkarawane, wobei die Karawanen ein oder auch mehrere Lichtjahre Abstand voneinander hielten.

Es dauerte Jahre, Jahrzehnte, bis die Holoschiffe ihre Reisegeschwindigkeit – derzeit knapp unter dreizehn Prozent Lichtgeschwindigkeit – erreichten. Aber wenn es so weit war, hatten die Triebwerke vorerst ihren Zweck erfüllt. Einige von den Schiffen, darunter die *Sansibar*, hatten sie teilweise demontiert, um die Öffnungen an den vorderen und hinteren Polen zum Andocken für große Schiffe zu nützen. Die abgebauten Komponenten wurden wie Teile eines rätselhaften Puzzles in kleineren Kavernen gelagert.

Chikus kleines Schiff glitt nun in den Raum, in dem sich einst das Ende des Chibesa-Triebwerks befunden hatte. An den gewölbten Wänden waren größere Schiffe, Shuttles und Taxis festgemacht und durch Röhren und Serviceleitungen verbunden. Das Shuttle passte sich der Rotationsgeschwindigkeit an und dockte an. Die Kopplungssysteme lösten aus, der Tunnel zur Luftschleuse klinkte sich ein.

Chiku löste die Sicherheitsgurte. »Vor einer Stunde war unsere einzige Sorge, ob unsere Präsentation gut angekommen war.«

»Den Elefanten ist doch hoffentlich nichts passiert?«, fragte

Namboze. »Was immer sich in dieser Kaverne befand, sie ist weit weg von den Elefanten.«

»Sie müssten in Sicherheit sein«, bestätigte ihr Chiku. »Die Schäden sind auch nicht in der Nähe der Gemeinschaftszentren oder der Schulkaverne.«

Sie stiegen aus. Chiku hatte im Abfertigungsbereich auf der anderen Seite der Schleuse chaotische Verhältnisse erwartet, aber alles lief überraschend geordnet ab, auch wenn mehr Betrieb herrschte und die Spannung spürbar höher war als sonst. Statusberichte scrollten über die Wände – Bilder und Textzeilen wurden ständig aktualisiert. Pulsierende rote Streifen um Türen und Fenster zeigten an, dass man auf Notbetrieb umgestellt hatte.

Chiku konnte sich kaum erinnern, wann dies das letzte Mal der Fall gewesen war. Vielleicht bei der Zerstörung der *Pemba*. Oder bei einer der gelegentlichen Katastrophenübungen. Doch auch die fanden nur äußerst selten statt.

Präsident Utomi war mit Krisenbewältigung beschäftigt und hatte ein anderes Mitglied der Gesetzgebenden Versammlung beauftragt, die diplomatische Delegation am Dock in Empfang zu nehmen. Chiku war nicht allzu überrascht, ihre alte Kollegin Sou-Chun Lo zu sehen.

»Können Sie uns sagen, was passiert ist?«, fragte Namboze.

»Was immer es war, es blieb wohl auf die Kappa-Kaverne beschränkt. Wir hoffen und beten, dass es dabei bleibt.«

»Die Kappa-Kaverne«, wiederholte Chiku leise. Für einen Moment brachte das Wort eine Saite zum Klingen.

»Chiku, Noah – eure Kinder und eure nächsten Angehörigen sind in Sicherheit«, berichtete Sou-Chun Lo. »Gonithi – es gibt vorerst keinen Anlass, sich um Ihre Freunde und Kollegen Sorgen zu machen. Ich glaube nicht, dass jemand von ihnen in Kappa war, es sei denn, er hätte direkt mit einem der Forschungsprogramme zu tun gehabt.«

Chiku, Noah und Namboze bedankten sich für die Information.

»Ihr habt alle schwer gearbeitet.« Sou-Chun Lo faltete die Hände wie zum Gebet. »Ihr solltet jetzt nach Hause gehen.«

»Falls noch Anzüge verfügbar sind«, sagte Noah, »wollen Chiku und ich uns an der Suche in Kappa beteiligen.«

Chiku warf ihrem Mann einen schnellen Blick zu. Das war nicht abgesprochen gewesen.

»Das ist wirklich nicht nötig«, sagte Sou-Chun Lo freundlich. »Ihr habt in letzter Zeit alle mehr als genug für die Gemeinschaft geleistet. Besonders dein Einsatz wurde durchaus vermerkt, Chiku.«

Sollte das ein Hinweis sein, dass sie auf eine Auszeit hoffen durften?

»Ich würde trotzdem gerne helfen«, beharrte Noah.

Chiku schüttelte den Kopf. »Am besten hilfst du, wenn du zu den Kindern gehst – sie sind sicher halb wahnsinnig vor Angst. Ich komme hier auch alleine zurecht. Es ist wichtig, dass jemand aus der Versammlung sich bei den Rettungsbemühungen die Hände schmutzig macht, und das kann ich so gut wie jeder andere.«

»Ich möchte auch helfen«, erklärte Namboze. »Ich kann mit Raumanzügen umgehen und habe praktische medizinische Erfahrung.«

»Wir rechnen nicht mit Überlebenden«, warnte Sou-Chun. »Darauf sollten Sie vorbereitet sein. Sie werden schlimme Dinge zu sehen bekommen.«

»Das ist uns bewusst«, sagte Chiku. »Wir haben die Explosion mit angesehen.« Trotz ihrer Müdigkeit versuchte sie, einen zuversichtlichen Ton anzuschlagen. »Dennoch besteht die Chance, dass einige die Detonation überlebt haben und Raumanzüge anlegen oder sich in belüftete Gebäude oder sogar in die Wartungstunnel unter der Kaverne retten konnten. In jedem Fall muss alles abgesucht werden, auch wenn es unwahrscheinlich ist, dass dort Überlebende gefunden werden. Wir müssen wissen, was geschehen ist und ob wir auch weiterhin mit Gefahren rechnen müssen.«

»Unmittelbare Bedenken wegen der Bausubstanz bestehen nicht«, versicherte ihr Sou-Chun. »Die Explosion und der Druckverlust haben uns zwar geringfügig vom Kurs abgelenkt, aber das lässt sich über die Steuertriebwerke leicht korrigieren. Die meisten Bürger haben wohl gar nichts bemerkt – sie erfuhren wohl erst von dem Unfall, als Utomi in ihren Wohnungen erschien.«

»Was ist mit den Forschungsprogrammen? Die waren doch fast alle in Kappa untergebracht, nicht wahr? Tausende von Wissenschaftlern, Technikern und Assistenten … zu dem Zeitpunkt müssen sich Hunderte von Menschen dort aufgehalten haben.«

»Travertine eingeschlossen«, sagte Noah leise.

Da war die Verbindung, die Chiku noch nicht ganz hergestellt hatte. Travertine und Kappa.

Wieso war sie nicht selbst darauf gekommen?

»Bei xiesen Arbeitszeiten … wie hätte Travertine *nicht* dort sein können?«

»Travertine?«, fragte Namboze ungläubig. »*Dier* Travertine?«

»Travertine gibt es nur einmal«, sagte Noah mit einem leicht gequälten Blick.

»Ich dachte, Travertine dürfe keine Experimente mehr durchführen«, entgegnete Namboze.

»Das ist nicht ganz richtig«, verbesserte Chiku. »Travertine hat die alten Gesetze nicht *absichtlich* gebrochen, sie waren nur unzureichend formuliert. Nach der *Pemba*-Katastrophe hatte man verzweifelt versucht, möglichst schnell neue Regelungen aufzustellen, und dabei nicht sorgfältig genug gearbeitet.«

»Ich glaube, Travertine wusste sehr gut, was xier tat«, bemerkte Sou-Chun.

»Ebenso gut könntest du sagen, xier hätte im Interesse der Unterkarawane gehandelt«, gab Chiku zurück. »Niemand hat Travertine jemals unterstellt, xier hätte sich persönlich bereichern wollen, xiem ging es ausschließlich darum, das Problem des Abbremsens zu lösen. Hört mal, können wir das auf später verschieben? Wir wissen nicht einmal, ob xier nicht unter den Toten oder Sterbenden ist.«

»Ich werde versuchen, die Kinder zu erreichen«, versprach Noah. Dann legte er Chiku die Hand auf den Arm. »Bitte sei vorsichtig.«

»Versprochen«, sagte sie. Im Stillen gelobte sie sich, von heute an nie wieder über ihr eintöniges Dasein zu klagen.

5

Chiku und Namboze gingen zum nächsten Transitpunkt und bestellten eine Gondelfahrt nach Kappa. Als die Gondel eintraf, brachte sie vier Arbeitskräfte mit, die gleich Raumanzüge anlegen und nach draußen gehen sollten. Die Arbeiter stiegen aus, Chiku und Namboze gingen an Bord und setzten sich einander gegenüber. Die Gondel nahm Fahrt auf, die geglätteten Felswände rauschten an der luftdichten Kanzel vorbei.

»Sie sind nicht zur Mithilfe verpflichtet«, erklärte Chiku der Jüngeren.

»Sie auch nicht.«

»Ich bin alt genug, um gewisse Risiken einzugehen – und eine gewisse Verantwortung zu übernehmen. Wie alt sind Sie, Gonithi?«

»Achtunddreißig.«

»In absoluten Jahren?«

»Ja. Ich wurde vor achtunddreißig Jahren geboren.«

»Dann kennen Sie nichts anderes als die *Sansibar.*« Chiku schüttelte den Kopf, als wäre dies eine so seltene und wundersame Eigenschaft wie die Fähigkeit, Wasser zu teilen oder unedle Metalle in Gold zu verwandeln. »Keine Auszeiten dazwischen?«

»Ich habe keinen Antrag gestellt, und in meinem Alter wäre das wohl auch zwecklos.«

»Mir will es immer noch nicht in den Sinn, dass hier Erwachsene sind, die nie irgendwo anders als auf dem Holoschiff gelebt haben.«

Namboze zuckte die Achseln. »Für mich ist das ganz normal. Die *Sansibar* ist meine Welt, ebenso wie Crucible meine Welt sein wird, wenn wir erst dort sind. Was hatte es eigentlich mit alledem auf sich?«

»Was meinen Sie?«

»Nun, zwei Dinge. Ich wusste nicht, auf welche Seite ich mich stellen sollte, als Sie über Travertine sprachen.«

»Travertine ist eine ziemlich umstrittene Figur. Xier ist – oder war – ein Freund von mir. Als xier zum letzten Mal in Schwierigkeiten war, gehörte ich zu denen, die sich für eine mildere Bestrafung einsetzten. Das Thema hat die Versammlung gespalten – Sou-Chun stand auf der Seite derjenigen, die fanden, wir müssten an xiem ein deutliches Exempel statuieren, und sei es nur, um den Rest der Unterkarawane zufriedenzustellen.«

Namboze grübelte eine Weile über diese Aussage nach. »Waren Sie und Sou-Chun nicht früher einmal politische Verbündete?«

»Wir sind auch jetzt nicht unbedingt verfeindet. Ich kenne Sou-Chun länger, als Sie auf der Welt sind, und wir haben eine Menge gemeinsam. Natürlich hatten wir Travertines wegen unsere Differenzen. Und dann war da dieser törichte Streit darüber, was mit dem Großraum-Lander geschehen sollte – ob wir ihn behalten oder demontieren sollten, um Platz für etwas anderes zu schaffen. Eigentlich eine Nichtigkeit.« Bei sich fügte sie hinzu: *Wenn du etwas länger in der Politik mitmischst, wirst du selbst sehen, wie das ist.* Laut sagte sie: »Ich habe nach wie vor großen Respekt vor Sou-Chun.«

Die Gondel schwenkte jäh in einen anderen Tunnel ein, und Chikus Magen machte einen Satz. Sie fuhren gegen die Rotation der *Sansibar* und verringerten bis zu einem gewissen Grad deren Wirkung.

»Was ist, wenn sich herausstellt, dass dieses Unglück mit Travertine zu tun hat?«

»Das wird nicht geschehen. Alles, was in Kappa vor sich ging, wurde streng kontrolliert. Sämtliche Forschungsprogramme. Es wurde an Verbesserungen bei der Umwandlung und Speicherung von Energie gearbeitet, an besseren Auszeitprotokollen und wirtschaftlicheren Recycling- und Reinigungstechniken. Man experimentierte mit Verfahren, die uns nach der Landung auf Crucible gute Dienste leisten werden. Landwirtschaft, Wasserbewirtschaftung, schonendes Terraforming. Mein Gott, ich rede wie ein Politiker! Das waren jedenfalls die Vorhaben. Man simulierte sogar, womit wir rechnen müssen, wenn wir ganz praktisch mit der Untersuchung von Mandala beginnen.«

»Also keine Grundlagenforschung?«

»Nach der *Pemba*-Katastrophe? Du meine Güte, nein. Wir sind doch nicht verrückt, Gonithi. Ich werde bis zu meinem letzten Atemzug gegen sinnlose Gesetze kämpfen, aber für gewisse Regeln gibt es gute Gründe.«

Die Gondel wurde langsamer, sie näherten sich einem der Kappa-Zugänge. Das Tor schloss bündig mit dem Felsgestein ab, aus dem die Kaverne ausgehöhlt worden war. Sie brauchten also nicht zu befürchten, noch mehr Luft zu verlieren, immer vorausgesetzt, die druckfesten Dichtungen hatten sich automatisch geschlossen.

Chiku und Namboze stiegen aus der Gondel. Im Vorhof herrschte ebenso viel Betrieb wie an der Andockstation, aber man spürte eine unterschwellige Resignation, so als wären die Helfer nur anstandshalber gekommen. Als Chiku sich umschaute, sah sie zwar Sanitäter, Freiwillige, Ärzteteams und Angehörige der Versammlung, aber niemanden, der so aussah, als wäre er soeben aus dem Schutt im Inneren von Kappa herausgezogen worden. Die Triageteams standen ratlos herum.

Chiku machte sich bewusst, dass sich das Unglück erst vor Kurzem ereignet hatte – vor einer knappen Stunde waren sie noch im All gewesen und hatten auf die Genehmigung zum Andocken gewartet. Warum, fragte sie sich, zog das Gehirn die Zeit nur dann in die Länge, wenn man unter starkem emotionalem Druck stand? Warum konnte es Mposi und Ndege an ihrem Geburtstag nicht den gleichen Gefallen erweisen?

Chiku und Namboze suchten sich einen Koordinator und boten ihre Dienste an. Man verwies sie an einen Bereich, wo Anzüge ausgegeben wurden. Einige kamen frisch aus dem Lager, andere wurden ausgetauscht, sobald ein Arbeitstrupp nach seinem Einsatz Kappa verließ. Manche Anzüge waren mit einem zweiten Paar Armen ausgestattet, die auf Hüfthöhe angesetzt waren und ferngesteuert wurden. Dafür war eine besondere Ausbildung erforderlich. Inzwischen trafen weitere Anzüge aus anderen Bereichen der *Sansibar* ein. Sie kamen selbstständig mit den Gondeln angefahren, meldeten sich zum Einsatz und wanderten kopflos, den Helm unter den Arm geklemmt, dahin, wo sie gebraucht wurden.

Namboze hatte ihren Anzug bereits angelegt und war bis auf ein paar Kleinigkeiten – Handschuhe und Stiefel mussten ausgetauscht werden – startbereit, während Chiku immer noch nach einem Rumpfsegment suchte, das um die Taille nicht zu eng war oder unter den Achseln scheuerte. Endlich war auch sie fertig, der Helm war eingerastet, das Sichtfeld blendete alle unnötigen Ablenkungen aus. Durch die Servounterstützung konnte sie sich ohne Anstrengung bewegen.

Durch eine Luftschleuse, die an ein Fallgatter erinnerte, betraten die beiden Frauen das zerstörte Kappa. Vor ihnen führte eine sanft abfallende Rampe in die Kaverne hinab. In den Gemeinschaftszentren waren die Rampen vor den Gondelstationen oft mit Fahnenstangen, Bänken und leuchtend bunten Kiosken gesäumt. Hier war das nicht der Fall.

In Kappa war es jetzt dunkler als in den fünfunddreißig anderen Kavernen im Inneren der *Sansibar*, die Chiku besucht hatte. Selbst bei Nacht, wenn sich der Himmel in eine Schüssel voll simulierter Sterne verwandelte, spendeten dort Gebäude und Straßenlaternen noch Licht. Hier war die Kaverne so gründlich entkernt wie eine leere Augenhöhle, und es war so finster wie im All zwischen den Galaxien.

Die ER legte ein schwaches Overlay über Chikus Sichtfeld. Es speiste sich aus den Datenbanken der *Sansibar* und zeigte Straßen und Gebäude, Brücken und Unterführungen sowie unterirdische Tunnel und Gänge, in die sich Überlebende hätten flüchten können. Alles war farbcodiert und mit Kommentaren versehen. Das Overlay aktualisierte sich laufend anhand der Berichte anderer Suchtrupps und verbesserte so das Echtzeitbild der Kaverne.

Chiku war dafür sehr dankbar. Sie hatte Kappa zwar ein paar Mal besucht, kannte sich dort aber weit weniger gut aus als in den Wohn- und Regierungskavernen, wo sie sich die meiste Zeit aufhielt.

»Wie steht es mit Ihren Augen, Gonithi?«, fragte sie.

»Sie sind wieder in Ordnung.« Namboze zögerte. »Moment mal. Ich muss die Verstärkung anpassen.«

Auch Chiku rief sich mit Mühe die dazu erforderlichen subvokalen ER-Befehle in Erinnerung. Sie verwendete sie so selten. Dann ließ sie den Blick über die Schwärze gleiten und deutete auf eine Stelle. »Da drüben bewegen sich einige Lichter. Das muss der Suchtrupp vom nächsten Eingang sein.«

Sie gingen die Rampe hinab, die lumineszierenden Muster ihrer Anzüge schickten zwei wandelnde Lichtpfützen vor ihnen her. Chiku aktivierte die Lampe an ihrem Helm und ließ den Strahl vor sich auf und ab wandern. Er streifte die Wände niedriger rechteckiger, zumeist fensterloser Gebäude zu beiden Seiten einer schmalen Straße. Einige schienen oberflächlich unversehrt zu sein, doch viele lagen in Trümmern: auseinandergerissen durch Explosion und Dekompression oder eingestürzt unter dem Geröll, das unmittelbar nach dem Blow-out niedergegangen war. Die Straße war übersät mit schorfähnlichen Teilen der Wandverkleidungen, verformten Maschinen unbekannter Herkunft, entwurzelten und umgestürzten Bäumen und den eingedrückten Kadavern zerstörter Gebäude. Und nirgendwo ein Lichtstrahl, nirgendwo eine Spur von Leben, außer da, wo die Rettungsmannschaften zugange waren.

Die beiden Frauen erreichten das Ende der Rampe und tasteten sich die Straße entlang. Chikus Anzug suchte die Umgebung nach Lebenszeichen von Menschen ab, wobei er darauf achtete, Namboze und die anderen Helfer auszusparen. Bislang ohne Erfolg. Sie arbeiteten sich weiter vor, die Straße mündete in eine zweite. Bald erreichten sie eines der Gebäude auf ihrer Liste. Auf dem Overlay war es blau umrandet und pulsierte sanft – ein weißer Würfel mit Türen und Fenstern im untersten Stockwerk und ansonsten glatten Wänden. Ein Baum, der irgendwo entwurzelt worden war, hatte sich durch das Dach gebohrt. An der Rückwand war ein hausgroßer Berg von Geröll niedergegangen. Davon abgesehen schien das Gebäude einigermaßen intakt zu sein.

Sie meldete sich bei den Koordinatoren an der Gondelstation. »Hier spricht Chiku. Gonithi und ich haben das erste Zielgebäude erreicht. Die Tür ist noch geschlossen – sieht nicht so aus, als hätte sie vor uns jemand geöffnet. Wir gehen jetzt rein.«

»Markiert es, wenn ihr wieder rauskommt«, wies sie der Koordinator an. »Und seid vorsichtig, solange ihr drin seid.«

»Wird gemacht«, versprach Chiku.

Nur wenige Gebäude in Kappa waren so gesichert, dass sie bei einer Dekompression die Luft halten konnten, deshalb durchsuchte man die zuerst. Der Blow-out schien mehr Schaden angerichtet zu haben als der Blitz, der ihm vorausging. Chiku hatte nicht vor, in Gegenwart der jungen Politikerin Theorien aufzustellen, sie hielt es jedoch für zunehmend unwahrscheinlicher, dass sich die Detonation innerhalb von Kappa ereignet hatte. Bei einer Explosion im Inneren der Kaverne, die so stark war, dass dabei die Außenhülle der *Sansibar* – mehrere zehn Meter Felsgestein – durchlöchert wurde, wäre nichts übrig geblieben.

Folglich musste der Ausbruch in der Außenwand der Kaverne stattgefunden haben.

Das Gebäude war mit einer Luftschleuse geschützt, hatte aber nicht dicht gehalten. Chiku und Namboze durchsuchten das pechschwarze Innere – ein Labyrinth von Korridoren mit Glaswänden, hinter denen sich vermutlich biowissenschaftliche Laborräume befanden – bis ganz nach hinten, wo die Außenwand von Trümmern durchschlagen worden war. Im ersten Stock fanden sie Leichen: Eine Frau war, ihre Forschungsunterlagen noch in der Hand, in einem Korridor zusammengebrochen – Chiku sah förmlich vor sich, wie ihr der

Sog die Luft und mit ihr das Leben aus den Lungen und aus dem Körper riss, aber ihre Notizen hatte sie nicht losgelassen. Zwei Menschen saßen noch auf hohen Hockern an ihren Schreibtischen – die Dekompression hatte ihre Instrumente und Aufzeichnungen an einem Ende der Tischplatte zusammengeschoben, als hätte jemand eine Bar geräumt, bevor es zu einer Schlägerei kam, doch irgendwie war es ihnen gelungen, aufrecht sitzen zu bleiben. Im nächsten Stockwerk lag ein junger Mann unweit einer Toilette in einem Gang. Eine weitere Person lag mit gebrochenem Bein in der Mitte der Verbindungstreppe.

Ihrer Körperhaltung nach zu urteilen hatte keiner dieser Menschen versucht, sich in Sicherheit zu bringen. Chiku nahm an, dass sie allenfalls ein paar Sekunden lang mitbekommen hatten, wie die Luft hinausrauschte. Danach hatten sie wohl sehr rasch das Bewusstsein verloren, und dann war der Tod eingetreten. Sie glaubte nicht, dass sie dazu gekommen waren, Angst zu haben.

Sie waren nur überrascht gewesen.

Chiku und Namboze markierten die Lage der Leichen. Bald würden spezielle Medizinerteams eintreffen, um sie mit größter Sorgfalt liebevoll im Vakuum zu konservieren. Mit nicht-invasiven Verfahren würde man die neuronalen Schäden feststellen. Falls auch nur eine entfernte Chance auf Wiederherstellung bestand, würde man die Körper in eines der Holoschiffe mit ausreichend hoch entwickelter Medizintechnik bringen, um die nötigen Prozesse durchzuführen.

Beim Hinausgehen markierten sie auch die Luftschleuse, dann setzten sie ihre Suche fort.

Auf dem Weg zum nächsten Gebäude kamen sie der Wunde ihrer Welt beängstigend nahe. Einen Häuserblock weiter hörten die Straße und die flankierenden Forschungsgebäude unvermittelt auf. Der Boden fiel jäh ab, er war voller Risse und Sprünge und wölbte sich nahezu senkrecht nach unten. Sie stiegen eine Rampe empor, um besser sehen zu können, und schauten in einen Kreis von Sternen vor schwarzem Hintergrund.

Die Außenhülle der *Sansibar* war von Stollen, Tunneln und Versorgungsschächten durchzogen, die auf dem Overlay je nach ihrer Funktion in verschiedenen Farben leuchteten und mit Angaben zu ihrem Alter, dem Ausgangs- und Endpunkt versehen waren. Viele waren nicht mehr in Gebrauch oder stillgelegt. Aus einigen trat noch Luft oder Flüssigkeit aus – dort entschwebten weiße oder geisterblaue Dünste in die Finsternis. Winzige Mengen nur, neben den gesamten Reserven des Holoschiffs nicht der Rede wert, aber Chiku fand den Anblick so quälend, als sähe sie ihr eigenes Blut verrinnen.

Crucible war noch sehr weit entfernt.

»Was war hier?«, fragte Namboze und wies mit ihrem leuchtenden Arm auf das fehlende Geländestück.

Chiku hatte bereits auf der Karte ihres Anzugs nachgesehen. »Verschiedenes. Aber vor allem Travertines Physiklabor.«

»Sind Sie sicher?«

»Sonst hätte ich es nicht gesagt.«

Namboze ließ sich von Chikus gereiztem Ton nicht einschüchtern. »Was immer es war, die Explosion muss da unten im Grundgestein stattgefunden haben, glauben Sie nicht auch?«

»Wie kommen Sie darauf?«

»Wenn es hier oben passiert wäre, hätten die Gebäude sehr viel mehr Schaden genommen.«

Namboze war zu dem gleichen Schluss gelangt wie Chiku selbst, doch deshalb gefiel ihr das Ergebnis nicht besser.

»Überlassen wir die Erklärung den Spezialisten, Gonithi«,

sagte sie entschieden. »Unsere Aufgabe ist es, nach Überlebenden zu suchen.«

Sie war froh, dass sie dabei nicht näher an die Kante zu gehen brauchten. Ein paar Straßenzüge weiter fanden und durchsuchten sie ein weiteres Gebäude. Es stand ganz allein in einem leicht hügeligen Parkgelände, das bewaldet gewesen wäre, wenn die Explosion nicht die meisten Bäume aus dem Boden gerissen hätte. Das Dach war weggerissen worden, dadurch war die Atmosphäre aus den meisten Stockwerken entwichen. Überlebende fanden sie auf keiner der luftlosen Etagen. Im Untergeschoss – wo der Druck trotz des zerstörten Dachs gehalten hatte – ging nur eine stupide Bodenreinigungsmaschine unverdrossen ihrer Tätigkeit nach.

Der Tag hatte bereits mehr Leichen gebracht, mehr Beweise für die Sterblichkeit der Menschen, als Chiku in ihrem ganzen Leben begegnet waren. Trotz allem, begriff sie vage, hatten sie noch Glück gehabt. Viele Labors und Forschungseinrichtungen von Kappa waren nur minimal besetzt. Nach den Berichten von den anderen Suchtrupps lief manches sogar vollautomatisch. Experimente zur Pflanzenernährung, Bodenbewässerung und dergleichen brauchten, wenn sie einmal angelegt waren, nicht mehr überwacht zu werden.

Dennoch war das Ausmaß der Zerstörung kaum vorstellbar, und wenn man erst alle Gebäude abgesucht hatte, mochte die Zahl der Opfer in die Hunderte oder gar Tausende gehen. Natürlich war es eine Tragödie. Aber es wäre noch viel schlimmer gewesen, wenn sich das Unglück in einer der dichter bevölkerten Kavernen ereignet hätte. Dann wären leicht Zehntausende von Toten zu beklagen gewesen. Eine gesellschaftliche Katastrophe, wie es seit dem Start kaum eine größere gegeben hatte.

Sie waren also noch einmal davongekommen. Aber für dieses Desaster in Kappa musste es eine Ursache geben. Und Travertines Forschungskomplex hatte sich genau im Epizentrum befunden.

Chiku spürte, wie in ihrem Inneren die Angst erwachte. Das würde kein gutes Ende nehmen.

Für keinen von ihnen.

»Wo ist das nächste Gebäude?«, fragte Namboze.

»Da drüben«, antwortete Chiku. »Die beiden miteinander verbundenen Kuppeln. Aber ich sollte zuerst bei den Koordinatoren rückfragen – wir sind bereits ein wenig im Verzug, vielleicht wollen sie uns zurückpfeifen, bevor wir zu müde werden.«

»Das ist ein Notfall, Repräsentantin Akinya – wird da nicht erwartet, dass wir Initiative zeigen?«

Insgeheim gab Chiku ihr recht. Dem Plan nach hatten sie eines der ältesten Gebäude von Kappa vor sich, es war schon Jahre vor dem Start entstanden. Beim Anblick der zwei miteinander verbundenen Kuppeln musste sie an die Seifenblasen denken, die Mposi und Ndege so gerne machten. Von da, wo sie standen, sah es so aus, als hätte nur eine der beiden Schaden genommen. Ein Stück der Kavernendecke war daraufgestürzt und hatte sie eingedrückt wie eine Eierschale. Im Inneren gab es sicher luftdichte Türen, wenn das Gebäude so alt war, wie der Plan behauptete – solche Türen waren in allen älteren Bauten Standard. Anfangs hatte man noch ein starkes Bedürfnis verspürt, sich gegen einen Blow-out der Kavernen abzusichern. In den letzten Jahren hatte man die Vorschriften gelockert. Bei den neueren Gebäuden experimentierte man eher mit Bauweisen, die auf Crucible sinnvoll waren, anstatt sie auf einen ausgehöhlten Felsblock abzustimmen, der Lichtjahre von jeder Sonne entfernt war.

Sie fanden eine Drehtür und gingen hindurch. Auf der anderen Seite war Druck vorhanden, sieben Zehntel des Normalwerts. Chiku studierte die Anzeige so lange, bis kein Zweifel mehr bestand, dass die Luft langsam entwich. Grob gerechnet, konnte man in dem Gebäude allenfalls noch zwanzig Minuten überleben.

»Ich halte es für unwahrscheinlich, dass hier noch jemand am Leben ist«, sagte sie, »aber wir sehen auf jeden Fall nach. Der Luftdruck fällt jedoch rasch, wir müssen uns also beeilen.«

»Darf ich einen Vorschlag machen, Chiku?«

»Selbstverständlich, Gonithi.«

»Es geht viel schneller, wenn wir verschiedene Bereiche absuchen. Unsere Anzüge bleiben in Verbindung, damit wissen wir sofort Bescheid, sollte einer von uns in Bedrängnis geraten. Falls es Probleme gibt, können wir einander unverzüglich erreichen.«

»Ich weiß nicht so recht, ob wir uns trennen sollten.«

»Ich werde sehr vorsichtig sein.«

Mit weiteren Debatten verschwendete man bloß noch mehr kostbare Zeit, also einigten sie sich rasch auf eine Verteilung der Aufgaben: Namboze sollte die oberen Stockwerke der heil gebliebenen Kuppel absuchen, Chiku die unteren.

Das Gebäude diente offensichtlich ebenfalls als Labor. Zwar schwieg sich die ER über den genauen Zweck hartnäckig aus, aber man hatte dort eindeutig irgendwelche physikalischen oder chemischen Experimente durchgeführt. Die hohen Räume waren voll mit massigen kesselförmigen Maschinen, die von beeindruckend dicken Rohren und Leitungen gespeist wurden. Mit der richtigen Fragetechnik hätte Chikus Anzug wahrscheinlich genauere Informationen erhalten können, aber für ihr aktuelles Vorhaben brauchte sie nicht mehr zu wissen. Selbst in der physikalischen Grundlagenforschung gab es nur wenige Forschungswege, die auch nur ansatzweise in die Nähe der nach dem *Pemba*-Erlass verbotenen Gebiete führten.

Außerdem hatte das Unheil anderswo seinen Anfang genommen.

Sie schloss die Durchsuchung der unteren Stockwerke ohne Zwischenfälle ab. Es gab keine Überlebenden, aber auch keine Leichen. Dann kontrollierte sie die Anzeigen ihres Anzugs. Der Luftdruck sank gerade unter die Marke von vierzig Prozent.

»Ich habe jemanden gefunden«, ächzte Namboze. »Noch am Leben, aber kaum bei Bewusstsein. Ich schaffe ihn jetzt in den mobilen Konservierungsbehälter.« Ihre Stimme klang heiser, fast atemlos.

»Ich bin gleich bei Ihnen«, sagte Chiku.

»Schon gut – alles unter Kontrolle. Wir könnten allerdings jemanden brauchen, der uns hilft, den Überlebenden durch die Kaverne nach draußen zu bringen.« Namboze hielt inne und atmete schwer. »Sobald der hier stabilisiert ist, schließe ich die Suche der oberen Stockwerke ab. Wir haben seine Lebenszeichen nicht bemerkt – vielleicht gibt es noch weitere Überlebende.«

»Ich rufe um Hilfe. Gehen Sie kein Risiko ein, Gonithi – das war ohnehin eine beachtliche Leistung.«

»Haben Sie jemanden entdeckt?«

»Hier unten ist offensichtlich alles leer. Der Druck fällt jedoch weiter, schon bald wird es keine Rolle mehr spielen, wen wir finden. Ich werfe noch einen Blick in die zweite Kuppel für den Fall, dass sich ein Lufteinschluss gebildet hat. Geben Sie mir Bescheid, falls Sie noch weitere Überlebende finden.«

Die Karte zeigte Chiku, dass es im Erdgeschoss einen Zugang zur zweiten Kuppel gab, der durch eine robuste Innenschleuse von antiquierter, aber pannensicherer Bauart geschützt war. Die Schleuse ließ sie durch. Dahinter herrschte Vakuum. Sie bewegte ihre Helmlampe hin und her, um sich in dem Trümmerfeld zurechtzufinden. Das Deckenfragment hatte Fußböden durchschlagen und Trennwände geknickt und war bis zum Fundament durchgebrochen. Nun steckte es in spitzem Winkel fest. Sie wusste nicht, wie tief es in den Boden eingedrungen war, und zwängte sich vorsichtig daran vorbei. Da sie weder Maschinen noch Ausrüstung entdeckte, ging sie davon aus, dass dieser Teil des Komplexes der Verwaltung und Überwachung der Experimente gedient hatte. Tische und Stühle waren bis zur Unkenntlichkeit verbogen oder zerdrückt. Ein kleiner Speiseraum war zum Zeitpunkt des Unfalls leer gewesen. Soweit sie sehen konnte, gab es weder Überlebende noch Leichen.

»Wie sieht es bei Ihnen aus, Gonithi?«

Die Stimme ihrer Begleiterin klang sehr viel zuversichtlicher. »Ich habe den Überlebenden eingepackt und stabilisiert. Der Fundort ist markiert, jetzt schließe ich die Suche ab. Und bei Ihnen?«

»Ich glaube nicht, dass hier jemand ist, aber ich will mich vergewissern, bevor wir die Kuppel als durchsucht kennzeichnen.«

Chiku war das Untergeschoss der zweiten Kuppel abgegangen, aber es hatte keine Verbindung hierher gegeben. Wo das Deckenfragment den Boden durchschlagen hatte, konnte sie hinunterschauen. Es gab eine Treppe, aber die war jetzt unter den Trümmern des eingestürzten Daches begraben. Das Deckenfragment bildete so etwas wie eine provisorische Rampe, es bestand jedoch die Gefahr, dass es verrutschen oder zusammenbrechen würde. Die Beleuchtungselemente am oberen Rand – die Platte war irgendwann nach dem Sturz von der Decke umgekippt – mochten genügend Halt bieten, um ihr den Auf- oder Abstieg zu ermöglichen.

Chiku trat so dicht an die Kante des Lochs, bis sie mit den Zehen den Rand berührte. Vier, vielleicht fünf Meter unter ihr hatte sich auf dem Boden des Untergeschosses ein Trümmerberg angehäuft. Um die schräge Seite des Deckenfragments zu erreichen, müsste sie gut einen Meter überspringen und darauf hoffen, dann Halt zu finden. Zögernd bückte sie sich, hob ein Stück Schutt von der Größe ihres Helmes auf und schleuderte es gegen das Deckenfragment. Der Anzug verstärkte die Kraft ihres Arms. Der Brocken zersprang lautlos zu einer blaugrauen Wolke. Das Fragment hatte den Aufprall ohne die leiseste Bewegung abgefangen. Es schien zuverlässig festzusitzen.

Chiku trat zwei Schritte zurück und übersprang die Schwelle. Sie landete hart, ein Fuß rutschte ins Leere, doch der andere fand Halt. Sie bekam zwei Beleuchtungselemente zu fassen und suchte einen festen Stand. Unter normalen Umständen hätten nicht einmal Ndege oder Mposi diesen Sprung gescheut, aber sie war allein an einem gefährlichen Ort und nur durch einen Schutzanzug vom Vakuum getrennt. Ihr Herz begann vor Aufregung und Erleichterung zu rasen.

Vorsichtig, mit Händen und Füßen die Beleuchtungselemente nützend, stieg sie nach unten, bis sie den Schuttberg berührte. Es knirschte, doch das Geröll trug ihr Gewicht. Zaghaft trat sie von der Rampe, drehte sich langsam und ließ den Lichtstrahl über das unwirtliche Chaos wandern. Sogar der Staub, den sie mit jeder Bewegung aufwirbelte, setzte sich mit geradezu ungebührlicher Hast.

»Chiku«, hörte sie Nambozes Stimme. »Ich bin hier fertig. Niemand ist mehr am Leben, ich bin auf dem Weg nach draußen. Mit dem Konservierungsbehälter komme ich wahrscheinlich alleine klar.«

»Gute Arbeit«, lobte Chiku. »In ein paar Minuten bin ich bei Ihnen.«

Sie beugte sich an einem eingeknickten Metallpfeiler vorbei und wagte sich mit unsicheren Schritten weiter vor. Das Untergeschoss war in zwei große Räume unterteilt, doch die Zwischenwand war zusammengebrochen, als das Deckenfragment herunterkam. Sie watete knietief im Schutt und achtete bei jedem Schritt sorgsam darauf, wohin sie den Fuß setzte.

»Wo sind Sie?«, fragte Namboze.

»Ich schließe gerade die Durchsuchung des zweiten Untergeschosses ab. Es ist zwar zum Vakuum hin offen, aber ich wollte ganz sichergehen. Es sieht jedoch nicht so aus, als ob hier unten etwas zu finden wäre.«

Chiku verstummte, das Herz schlug ihr bis zum Hals. Sie hatte gerade auf eine Stelle zwischen zwei Trümmern treten wollen, die auf den ersten Blick wie ein Schatten aussah. Im letzten Moment erkannte sie, dass es kein Schatten war, sondern ein Hohlraum.

Im Fußboden klaffte ein Loch.

Namboze musste gehört haben, wie sie die Luft einzog. »Chiku?«

»Ich bin noch da. Beinahe hätte ich das Gleichgewicht verloren.«

Chiku fing sich wieder. Sie stieß mit dem Stiefel gegen einen der Brocken am Rand des Hohlraums. Er schwankte und stürzte in die Tiefe, der Durchmesser der Lücke vergrößerte sich. Anfangs hätte sie nur einen Fuß verschlucken können, jetzt war sie groß genug für die ganze Chiku.

Wenn der Brocken auf etwas fiel, so war davon nichts zu hören. Chiku fand diesen Hohlraum in einer Weise beunruhigend, die in krassem Missverhältnis zu seiner Größe stand. Laut ER gab es unter diesem Labor weder weitere Stockwerke noch irgendwelche Infrastruktur, auch nichts, was seit Jahrzehnten stillgelegt oder gänzlich aufgegeben worden wäre. Bislang hatte sich das Overlay stets als zuverlässig erwiesen.

Diese plötzlich aufgetretene Unstimmigkeit erschütterte

Chiku gewaltig. Das Gedächtnis der *Sansibar* war in gleichem Maße unbegrenzt und unfehlbar, wie das menschliche Erinnerungsvermögen limitiert und unzuverlässig war. Das Holoschiff hatte jedes Fältchen und jede Pore seiner selbst zu kennen.

Doch von diesem Loch wusste es nichts.

Chiku atmete noch einmal tief durch, um sich zu beruhigen. Was war wahrscheinlicher: dass immer schon ein Loch da gewesen war, obwohl es nicht vermerkt war? Oder dass der Unfall, die Wucht der einstürzenden Decke das Fundament unter dem Labor verschoben und die Öffnung freigelegt hatte? Die Spalte könnte sich erst heute geöffnet haben, als Kappa explodierte. Bei dem Ausmaß der Zerstörung, das Chiku bereits mit angesehen hatte – jenem vierhundert Meter breiten Leck in der Außenhülle der *Sansibar* – wäre es eher auffällig gewesen, wenn es innerhalb der Kaverne keine weiteren Verschiebungen gegeben hätte.

Doch als sie ihren Mut zusammennahm und sich so weit über die Kante beugte, dass ihre Helmlampe den Hohlraum ausleuchten konnte, musste sie erkennen, dass dies auf keinen Fall ein neuer Riss war.

Das Loch war der Eingang zu einem Schacht, und dessen Wände waren nicht nur geglättet, sondern mit versenkten Handgriffen versehen. Er führte im Bogen nach unten in die Dunkelheit hinein. Chiku erschauerte, denn so etwas durfte es auf der *Sansibar* nicht geben.

Ein Geheimgang.

Sie sah sich um. Ihr Blick fiel auf ein Stück leichtgewichtiger Wandverkleidung, das sich wohl gelöst hatte, als der Boden darüber durchbrach. Sehr behutsam – ihr ohnehin geringes Vertrauen in die Tragfähigkeit des Bodens unter ihren Füßen war in dem Moment verflogen, als sie den Hohlraum entdeckte –

griff Chiku nach dem Fragment, das die Form einer Klinge hatte, und hebelte es heraus. Dann legte sie es über das Loch und rückte es zurecht, bis sie den Eindruck hatte, dass es ihren Fund so gut wie möglich verdeckte. Der dunkle Rachen war unter den Rändern noch zu erkennen, sah jedoch für einen ahnungslosen Beobachter wie ein Schatten aus.

Sie hielt es nicht für nötig, die Stelle zu markieren.

6

Auf der gesamten Strecke von der Transitstation über die vielfach gewundenen und von Steinmauern gesäumten Wege bis zu ihrem Haus wurde Chiku von wohlmeinenden Bürgern mit Fragen bedrängt. Sie hatten durch Noah von ihrem Besuch in Kappa erfahren und wollten nun wissen, was sie dort gesehen hatte. Vor allem wollten sie jedoch beruhigt werden. Präsident Utomi mochte allen beteuert haben, die *Sansibar* sei sicher, aber was sollte er auch sonst sagen? Chiku hatte Informationen aus erster Hand, nach denen alle verlangten. Sie brauchte weder zu lügen noch die Wahrheit allzu sehr zu beugen, um den Wunsch der Menge zu erfüllen. *Alles wird gut*, versicherte sie ihnen. *Es ist schlimm, aber wir stehen es durch. Die Unterkarawane stärkt uns den Rücken. Weitere Todesfälle wird es nicht geben.*

Irgendwann musste sie die Menschen bitten, von weiteren Fragen Abstand zu nehmen, sie habe ihnen bereits alles gesagt, was sie wisse. Die restlichen Neugierigen schickte sie zu den Leuten zurück, denen sie bereits Auskunft gegeben hatte. *Sprecht mit ihnen, sie wissen, wie es steht.*

Als sie schließlich das Haus erreichte, sah sie zu ihrer Überraschung, dass Noah davor auf einer der niedrigen Mauern hockte. Mposi und Ndege saßen zu seinen Füßen und zankten sich beim Murmelspiel. Noahs seltsamer Blick fiel ihr auf – weder Erleichterung noch Besorgnis, wie sie gedacht hätte.

»Ich bin froh, dass du in Sicherheit bist«, sagte er und erhob sich.

Sie hatte erwartet, dass er sich im Haus um das Essen kümmerte, anstatt sich hier draußen in Tagträumen zu verlieren. »Ja, mir geht es gut«, bestätigte sie zurückhaltend. »Ist hier alles in Ordnung?«

»Ich weiß nicht so recht.« Noah umarmte sie kurz und ließ sie sofort wieder los. »Wir haben … es ist schwer zu erklären. Ich glaube, du musst hineingehen.«

»Warum wartest du hier draußen?«

»Ich glaube, du musst hineingehen«, wiederholte Noah, als hätte sie ihn beim ersten Mal nicht gehört. »Ich bleibe mit den Kindern hier. Du musst entscheiden, wie wir weiter vorgehen wollen.«

Sein eigenartiges Verhalten am Ende eines harten Tages war nun eindeutig zu viel. Andererseits war Noah ein guter Ehemann, der nicht zum Dramatisieren neigte. Also nickte sie nur wortlos, beugte sich zu den Kindern hinab – küsste sie, strich ihnen über den Kopf und ermahnte sie, brav zu spielen. Dann atmete sie tief durch und ging ins Haus.

Travertine saß am Küchentisch. Xier hatte ein Weinglas vor sich stehen und spielte damit herum.

»Hallo, Chiku.«

Chiku antwortete nicht. Travertine hatte das Glas aus derselben Flasche eingeschenkt, die sie und Noah am Vorabend ihres Flugs zur *Malabar* geöffnet hatten. Chiku ließ sich xiem gegenüber nieder, ergriff xies Glas und nippte daran. Der Schluck wurde größer, und sie trank weiter, bis das Glas leer war und ihr die Kehle brannte.

»Du solltest nicht hier sein«, sagte sie dann.

»Im unmittelbaren oder im existenziellen Sinn?«

»Tot oder lebendig – du solltest nicht in meinem Haus sein. Nicht nach dem, was heute geschehen ist.«

»Ich habe keine Ahnung, was heute geschehen ist.«

»Was es auch war, es ging von deinem Labor aus. Du hast es verursacht. Du hast es verursacht, und dafür wird man dich hängen.«

»Es tut gut, Freunde zu haben, die einem Mut machen.«

»Verlass mein Haus.«

Travertine nahm ihr das Glas aus der Hand und schenkte nach. »Ich bin kein Idiot. Natürlich wird man mich deshalb verhaften. Ich habe es nur hierhergeschafft, weil überall Chaos und Verwirrung herrschten.«

»Warst du in Kappa, als es passierte?«

»Wäre ich dort gewesen, dann könnten wir uns wohl nicht so gemütlich unterhalten.«

»Ich kann dich nicht verstecken.«

»Das verlange ich auch nicht.«

»Was war los? Was zum Teufel hast du getrieben?«

»Nichts Besonderes. Ich habe nur versucht, die Welt zu retten. Und wie war dein Tag?«

»Man hat dich schon einmal bestraft. Damals konntest du von Glück reden, dass man dich nicht eingesperrt hat. War dir das keine Lehre?«

»Ich habe daraus lediglich gelernt, dass ich es klüger anstellen musste.«

»Ich bitte dich.«

»Unser kleines Problem hat sich nicht einfach in Luft aufgelöst, falls dir das entgangen sein sollte. Raubt es dir nachts den

Schlaf? Das sollte es nämlich. Mir beschert es schlimme Albträume.«

»Ich will nicht mit dir streiten. Das bringt uns nicht weiter. Willst du dich selbst stellen, oder muss ich die Behörden benachrichtigen?«

»Du *bist* die Behörden, Chiku. Das ist es ja gerade.« Travertine seufzte. »Ich werde mich stellen – schließlich habe ich nicht die geringste Chance, der Gerechtigkeit zu entgehen.«

»Warum bist du dann hierhergekommen, anstatt gleich zu den Gendarmen zu gehen?«

»Weil wir etwas zu besprechen haben.«

»Im Lauf der Jahre habe ich genügend Ausreden von dir gehört. Du hast soeben ein Loch in die Außenhülle des Holoschiffs gesprengt.«

»Richtig. Aber weißt du was? Das beweist nur, dass wir noch nicht alles verstanden haben. Die *Pemba* hat das auch schon gezeigt, nur gab es damals keine Trümmer, die man durchkämmen, und keine Überlebenden, die man befragen konnte. Wir hatten keine Ahnung, was man da drin getrieben hatte, bevor alles hochging.«

»Das Gleiche wie du – sie haben herumgepfuscht.«

»Genau das tun wir. Das ist es, was uns ausmacht. Beim Herumpfuschen haben wir das Feuer, die Werkzeuge, die Zivilisation und die Schlüssel zum Universum entdeckt. Gelegentlich verbrennt man sich dabei die Finger, gewiss. Aber das liegt in der Natur der Sache.« Travertine betrachtete xiese Finger. Sie waren kräftig und um die Knöchel voll feiner Fältchen. Im Gegensatz zu Chikus Händen schienen sie von ehrlicher Arbeit gezeichnet.

»Und weiter?«, fragte sie, nachdem Travertine verstummt war und keine Anstalten machte, das Gespräch so schnell wieder aufzunehmen.

»Ich habe etwas gefunden. Die Andeutung eines Durchbruchs, ein Türchen in die Post-Chibesa-Physik. Eine Ahnung von den Energien, die wir benötigen werden, um abzubremsen, wenn wir uns Crucible nähern. Mit einem einfachen Experiment wollte ich der Sache weiter nachgehen. Heimlich natürlich – unter meinem Labor.«

»Ich finde, du solltest dir das alles für das Gerichtsverfahren aufsparen.«

»Wenn man unter einem Stein gräbt, Chiku, macht man oft eine Entdeckung.«

»Wie zum Teufel soll ich das verstehen, Travertine?«

»Ich habe Informationen, die für dich als geachtetes Mitglied der Gesetzgebenden Versammlung wie als einflussreiche Stimme im Rat der Welten von Interesse sein könnten.«

»Und wie lange hast du diese ›Informationen‹ bereits?«

»Ich habe immer gewusst, dass ich zu irgendeinem Zeitpunkt deine Unterstützung brauchen würde, als ich daher meine Entdeckung machte, beschloss ich, sie nicht sofort zu verwerten.«

»Du hast sie als Faustpfand zurückgehalten.«

Travertine verzog das Gesicht, als hätte xier in eine Zitrone gebissen. »Das hört sich *schrecklich* zynisch an. Ich würde lieber von einer klugen Investition sprechen. Ich wollte die Gemeinschaft nicht gefährden. Was immer ich gefunden hatte, war bereits seit vielen Jahren vorhanden, ohne Schaden anzurichten. Ich hatte keinen Grund zu der Annahme, dass sich das ändern könnte.«

»Und was genau hast du denn nun entdeckt?«

»Damit kommen wir wohl endlich zum Kern der Sache, nicht wahr? Wie gesagt, ich werde mich stellen, und mir ist vollkommen klar, dass ich mit furchtbaren Folgen rechnen muss. Ich muss ja selbst zugeben, dass man mit Fug und Recht auf die Todesstrafe drängen könnte.«

»Dann solltest du vielleicht endlich auf den Punkt kommen.«

»Ich brauche jemanden, der mir zur Seite steht. Ich möchte, dass du mich vertrittst, dass du der Obrigkeit meine Sicht der Dinge darlegst – auch wenn du dich damit in den Ausschüssen unbeliebt machst. Es wird viele Stimmen geben, die mich verdammen. Ich brauche einen Menschen, der darlegt, dass ich kein Monstrum bin. Einen Menschen, der unter den gleichen Albträumen leidet wie ich.«

Chiku schüttelte langsam den Kopf. »Ich werde die Wahrheit sagen. Darüber brauchst du nicht mit mir zu verhandeln.«

»Aber ich will mehr als Neutralität. Ich möchte, dass du als mein Anwalt auftrittst, wenn sich niemand sonst für mich einsetzen will.«

»Das kannst du nicht von mir verlangen.«

»Ich kann es, und ich werde es. Das hier ist wichtiger als alles andere auf der Welt, Chiku. Ich weiß, dass ihr beide, Noah und du, in letzter Zeit hart gearbeitet habt und dass ihr hofft, dafür ein paar Gefälligkeiten einfordern zu können – vier kuschelige Auszeitplätze für dich und deine Familie, eine einfache Fahrkarte in die Zukunft, um diesen Problemen zu entkommen.«

Chiku sah ihren Freund vorwurfsvoll an. Natürlich hatte er recht, aber sie nahm es ihm übel, dass er es ihr so schonungslos vorhielt.

»Wie der Ausschuss dein Gesuch behandelt, ist seine Sache – ich habe darauf keinen Einfluss.«

»Das mag so sein oder auch nicht. Mir geht es um Folgendes – ich muss auf jeden Fall die Erlaubnis bekommen, meine Arbeit fortzusetzen. Und wenn nicht ich selbst, dann eine Gruppe von Leuten, die ich benennen und anleiten werde. Geschieht das nicht, sind wir alle erledigt.«

»Und diese … Informationen, die du so eifersüchtig hütest?«

»Bei Ausgrabungen unter meinem Labor fand ich Tunnel in der Außenhülle der *Sansibar*, die da nicht sein sollten.«

»Ich weiß.«

Travertine kniff misstrauisch die Augen zusammen. »Das sagt sich so leicht.«

»Unter einem der Gebäude habe ich einen Schacht entdeckt, als ich in Kappa nach Überlebenden suchte. Er führt tief hinunter und ist nicht dokumentiert.«

»Und das ist *alles*, was du weißt?«

»Der Schacht, den ich gesehen habe, ist ziemlich weit von deinem Komplex entfernt. Nichts weist darauf hin, dass die beiden miteinander verbunden wären.«

»Das sind sie aber. Ich habe sie ausgekundschaftet. Ich bin Wissenschaftler – wie hätte ich anders handeln können? Ich habe ein Netz von Tunneln und Schächten erkundet, die von dem Zugang unter meinem Labor strahlenförmig ausgehen. Die meisten endeten im Nichts, sie waren mit verschmolzenem Schutt oder mit Beton verschlossen. In den offiziellen Dokumenten taucht kein einziger davon auf, dabei sind all die Gänge offensichtlich so alt wie die *Sansibar* selbst. Das heißt, jemand hat sie ganz bewusst aus einem bestimmten Grund angelegt und dann beschlossen, niemandem davon zu erzählen.«

»Ist das alles, was du zu bieten hast?« Chiku schüttelte den Kopf. »Das wusste ich schon vorher, Travertine. Ich werde darüber einen offiziellen Bericht anfertigen, sobald wir diese unerfreuliche Geschichte hinter uns haben.«

»Dann ist die Existenz dieser Gänge noch nicht allgemein bekannt?«

»Bekannt oder nicht, ein Druckmittel hast du damit nicht.«

»Eine Karte des Tunnelsystems wäre demnach von keinerlei Interesse für dich?«

»Eine Karte kann ich mir auch selber erstellen.«

»Ich könnte dir die Arbeit ersparen. Und es gibt noch etwas, das du nicht auf die harte Tour in Erfahrung zu bringen bräuchtest. Ich habe einen Tunnel gefunden, der aus Kappa hinausführt. Den konnte ich allerdings nicht untersuchen.«

»Zu viel Angst?«

»Die Erforschung der Tunnel war nur eine Nebenbeschäftigung, vergiss das nicht – ich musste auch bei meiner hauptamtlichen Tätigkeit vorankommen. Wie auch immer, auch wenn ich neugierig war und die Zeit gefunden hätte, ich hätte diesen Gang nicht erkunden können. Nicht so ohne Weiteres. Aber es gibt keinen Grund, warum *du* es nicht könntest.«

»Was ist an mir so besonders?«

»Du hast den richtigen Namen.«

»Jetzt verstehe ich gar nichts mehr, Travertine.«

»Dann will ich es dir in ganz einfachen Worten erklären. Es gibt eine Art von … Sphinxware, die den Zugang zu dem Tunnel versperrt. Ich vermute – und meine Vermutungen treffen im Allgemeinen zu –, dass das Programm auf einen reinblütigen Akinya wartet. Einen Vertreter dieses altehrwürdigen Geschlechts. Mit der Zeit hätte ich die Sphinxware überlisten können, aber wie gesagt, ich hatte Wichtigeres zu tun. Und ich war überzeugt, dass mir das, was ich bereits in Erfahrung gebracht hatte, in einem Notfall nützen würde.«

»Und dieser Notfall ist jetzt eingetreten?«

»Deine Familie hat mit ihrem Netz von Verbündeten eine wichtige Rolle beim Bau und beim Stapellauf der Holoschiffe gespielt, Chiku. Jemand, der mit der Familie in Verbindung steht, wollte ein Geheimnis an Bord dieses Schiffes schmuggeln.«

»Ausgeschlossen. Ich war schon damals am Leben, vergiss das nicht. Ich habe zugesehen, wie die Holoschiffe gebaut wurden, und ich war dabei, als die ersten ihre Reise antraten.«

»Dann warst du dem Busen der Familie vielleicht nicht so nahe, wie du glaubtest. Vielleicht gibt es *düstere Geheimnisse*, die keiner der Beteiligten mit der jungen naiven Chiku Akinya teilen wollte.« Zum ersten Mal lächelte Travertine. »Könnten wir noch einmal auf mein Verfahren zurückkommen?«

»Ich will deine Karte«, sagte Chiku.

»Ist das ein Versprechen, mir zu helfen?«

Chiku antwortete nicht. Sie holte aus Ndeges Zimmer ein Blatt Papier und ein paar Wachsmalstifte, kehrte an den Tisch zurück und legte alles vor Travertine hin.

Noah betrat die Küche und räusperte sich leise.

»Sehr viel länger geht das nicht mehr«, sagte er.

Travertine drehte sich um und sah ihn an. »Du kannst die Gendarmen rufen, wann immer du willst. Sag ihnen, ich wäre völlig verwirrt und erschüttert hier aufgetaucht. Es wird eine Weile dauern, bis sie hier sind – niemand wird unterstellen, ihr hättet mir Unterschlupf gewährt.«

»Das tun wir auch nicht.« Noah hatte abwehrend die Arme verschränkt. Er und Chiku waren früher mit Travertine befreundet gewesen, doch nach Travertines erster Verurteilung stand Noah xiem sehr skeptisch gegenüber.

Travertine griff nach den Stiften, beugte sich über das Papier und begann zu zeichnen.

»Es dauert nicht lange«, versprach xier.

Präsident Utomi gab abermals eine öffentliche Erklärung ab. Die Kinder schliefen bereits, und Chiku und Noah sahen sich die Sendung in der Küche an. Beide waren zittrig vor Erschöpfung, aber gespannt auf die neuesten Nachrichten mit den jüngsten Opferzahlen und den aktuellen Hinweisen darauf, wie der Rest der Unterkarawane reagieren würde.

»Inzwischen«, sagte Utomi, »haben einige von Ihnen sicherlich mitbekommen, dass der heutige Unfall seine Ursache im Gebiet von Travertines Forschungsanlage hatte. Dafür gibt es zwingende Beweise. Sie werden auch gehört haben, dass Travertine überlebt hat. Ich kann bestätigen, dass beide Gerüchte der Wahrheit entsprechen. Des Weiteren kann ich bestätigen, dass Travertine sich der Regierung gestellt hat und sich in Gewahrsam befindet. Der Rat der Welten kann davon ausgehen, dass wir in allen Fragen zu diesem Zwischenfall zu rückhaltloser Zusammenarbeit bereit sind. Sollte sich herausstellen, dass Travertine sich mit Forschungen beschäftigt hat, die den Bestimmungen des *Pemba*-Erlasses widersprechen, so unterwerfen wir uns in vollem Umfang der Autorität der Karawane.«

»Warum wirft er Travertine nicht gleich den Wölfen vor?«, fragte Chiku, als Utomi zu Ende war.

»Das nimmt kein gutes Ende«, prophezeite Noah. »Travertine hat diesen Verstoß begangen, während xier unter unserer Aufsicht stand – wie stehen wir jetzt da?«

»Dümmer als Travertine«, sagte Chiku. »Aber wenn Dummheit mit dem Tode bestraft würde, müssten wir alle an den Galgen.«

Noah nickte bedächtig. »Worüber wollte Travertine eigentlich mit dir sprechen?«

»Xier war schockiert. Wer wäre das unter diesen Umständen nicht gewesen? Ich sollte xiem bestätigen, dass xier einen fairen Prozess bekommen würde.«

»Xier hat auch beim ersten Mal ein faires Verfahren bekommen.«

»Diesmal wird es anders laufen.« Chiku klopfte mit den Fingernägeln auf die Tischplatte. Das Weinglas hatte einen roten

Ring hinterlassen. »Wegen dieses Experiments mussten Menschen sterben. Daran kommt man nicht so leicht vorbei.«

»Und was hat Travertine auf dieses Blatt gezeichnet? Xier hat es nicht mitgenommen, und den Gendarmen hast du es auch nicht gezeigt.«

»Wer steht hier eigentlich vor Gericht, ich oder Travertine?«

»Es war nur eine Frage.« Noahs gekränkter Tonfall ließ sie innerlich zusammenzucken. Es war nicht zu bestreiten, er hatte tatsächlich nur gefragt, und das war sein gutes Recht – schließlich war dies auch sein Heim. Gewöhnlich hatten sie keine Geheimnisse voreinander.

»Travertine wollte sichergehen, dass keine weitere Dekompression droht«, sagte Chiku. »Die Skizze zeigt die unterirdischen Schächte, die mit dem Labor in Verbindung stehen, für den Fall, dass einige davon abgedichtet oder verstärkt werden müssen.«

Das war so weit richtig – Travertine hatte beiläufig erwähnt, dass jemand die Tunnel und Schächte noch einmal kontrollieren sollte, insbesondere, bevor Kappa wieder belüftet würde. Aber das war nicht Travertines Hauptanliegen gewesen.

Chiku belog Noah nicht gerne – und sie speiste ihn auch nicht gern mit Halbwahrheiten ab.

»Es gibt da etwas, dem ich nachgehen möchte«, sagte sie. »Ich hätte es dir schon früher erzählt, aber als ich nach Hause kam, war Travertine da, und danach ging es einigermaßen hektisch zu. Wie auch immer, als ich mit Namboze in der Kaverne war, habe ich etwas Ungewöhnliches entdeckt. Wahrscheinlich hat es nichts zu bedeuten, aber ich muss es mir noch einmal genauer ansehen.«

»Verrätst du mir, worum es geht?«

»Wahrscheinlich eine Nichtigkeit, deshalb werde ich es auch noch nicht melden.«

»Das ist nicht hilfreich.«

»Hör zu, ich war ziemlich müde, als ich reinging. Unter einem der Gebäude glaubte ich einen Hohlraum zu sehen.« Sie vermied es sorgsam, von einem »Schacht« zu sprechen, denn ein Schacht führte an einen anderen Ort, und das konnte so vieles bedeuten, dass sie im Moment nicht daran rühren wollte.

»War Gonithi dabei?«

»Nein – sie hat einen anderen Teil des Gebäudes abgesucht.«

»Aber du hast ihr doch davon erzählt?«

»Dafür sah ich keine Notwendigkeit. Wie gesagt, wahrscheinlich ist es völlig belanglos, außerdem will ich mich vor der Versammlung erst zum Narren machen, wenn ich definitiv weiß, dass es etwas gibt, wofür es sich lohnt.«

»Wir sollten es nicht zur Gewohnheit werden lassen, Geheimnisse voreinander zu haben, einverstanden?«

»Hoffentlich wird es nicht nötig.« Sie rang sich ein Lächeln ab – es fühlte sich an, als wollte sie einen Teil ihres Gesichts zum ersten Mal bewegen. »Ich werde dafür sorgen, dass ich noch einmal nach Kappa komme – man wird in der nächsten Zeit noch weitere Suchtrupps hineinschicken.«

»Was immer du tust, bring dich nicht in Schwierigkeiten.«

»Wir stecken bereits mittendrin – und zwar alle. Ich kann nicht mehr viel verderben.«

»Das ist keine Antwort.« Noah machte seinem Überdruss in einem gereizten Seufzer Luft. »Du bist meine Frau, und wir müssen an Mposi und Ndege denken. Wir wollen alle vier eine Auszeit, und diesmal stehen unsere Chancen viel besser als beim letzten Antrag. Was immer du glaubst, der *Sansibar* schuldig zu sein, es kann nicht wichtiger sein als unsere Familie.«

»Das war es nie«, versicherte sie ihm. »Ich werde vorsichtig sein.«

Das Gebäude der Gesetzgebenden Versammlung lag inmitten von Rasenflächen, Seen und gepflegten Baumgruppen, die an Stachelschweinborsten erinnerten, in einer flachen Senke. Wenn Chiku in die Gamma-Kaverne kam, weckte der erste Blick auf das Regierungszentrum jedes Mal gemischte Gefühle in ihr. In der *Sansibar* gab es sechsunddreißig Kavernen, vierundzwanzig waren nach dem griechischen Alphabet, die restlichen zwölf (sie waren weder nach Nutzung noch nach Bevölkerungsdichte geordnet) nach den Monaten des terrestrischen Kalenders von Januar bis Dezember benannt. Das ›A‹-förmige Gebäude verriet, dass die Akinyas bei der Gestaltung der *Sansibar* ein gewichtiges Wörtchen mitzureden gehabt hatten. Es war bewusst dem alten Familiensitz im äquatorialen Ostafrika nachgebildet, eine exakte Kopie bis zur letzten blauen Fliese, der letzten Ziermauer aus weißem Stein. Chiku hatte den echten Familiensitz mehrmals besucht. Sie hatte – ohne Exo-Unterstützung eine mörderische Tour – den nahe gelegenen Kilimandscharo bis hinauf zur scharf abgegrenzten Schneehaube bestiegen, wo die Laser der alten ballistischen Abschussrampe immer noch Wache hielten. Zu Fuß und vom Airpod aus hatte sie die Amboseli-Herden beobachtet. Sie hatte den friedfertigen alten Geoffrey getroffen und aufmerksam zugehört, wenn er über Malerei und den endlosen Dialog zwischen Kunst und Erinnerung dozierte.

Das Taxi setzte sie ab und fuhr davon, um neue Fahrgäste abzuholen. Sie ging an der leicht grünlichen Bronzestatue ihrer Urgroßmutter vorbei, ohne in das herrisch finstere Gesicht zu blicken. Gendarmen bewachten den Eingang zum Park. Obwohl sie ihnen bekannt war, ging es nicht ohne Formalitäten ab, Abzeichen und Dokumente mussten vorgezeigt und überprüft werden. Die Gendarmen fragten nach Noah, erkundigten sich nach den Suchaktionen in Kappa, die immer noch fortgesetzt wurden, und wollten wissen, wie ihre Kinder mit dem Unglück zurechtkamen. Chikus Antworten fielen knapper aus, als sie eigentlich wollte, aber die Gendarmen schien das nicht zu stören. Heute lagen bei allen die Nerven blank, da war etwas Nachsicht angebracht.

»Einen Moment«, sagte Chiku, als sie bemerkte, wie spät es war.

Über ihr teilte eine steife Metallschiene den künstlichen Himmel von einem Ende der Kaverne zum anderen in zwei Hälften. An dieser Schiene hing ein schwarzes Oval von der Größe eines kleinen Hauses. Dieses Oval, ein verkleinertes Modell der *Sansibar*, diente als Uhr. Es hatte seine Reise an einem Ende begonnen, als das Holoschiff vom Stapel lief, und inzwischen mehr als die Hälfte des Weges durch die Kaverne zurückgelegt. Anstatt sich gleichmäßig zu bewegen, rückte es jeden Tag etwa eine Handbreite weiter.

Diese Bewegung fand immer zur Mittagszeit statt. Chiku betrat oder verließ die Versammlung oft zu dieser Stunde und vergaß nie, einen Blick auf die Himmelsuhr zu werfen. Es war schwer zu erkennen, ob sich das Modell bewegte, aber manchmal gelang es ihr, besonders dann, wenn sich sein Rand auf gleicher Höhe mit einer projizierten Wolke oder einem anderen Bezugspunkt befand.

Sie hörte den leisen Klingelton, der anzeigte, dass das Modell um die vorgeschriebene Strecke weitergerückt war. Doch wie so oft konnte sie keine sichtbare Veränderung feststellen.

Man hatte diese Himmelsuhr zu Beginn der Überfahrt für eine gute Idee gehalten. Sie sollte die Menschen daran erinnern, dass sie ihr Ziel, auch wenn es noch so weit entfernt schien, irgendwann erreichen würden. Sie brauchten nur diese täglichen Klingeltöne zusammenzuzählen. Achtzigtausend –

weniger, als ein einziger Tag Sekunden hatte. Wenn man es so ausdrückte, wurde es erträglicher. Die Lebensspanne eines Menschen.

Mittlerweile hatte Chiku die Himmelsuhr hassen gelernt.

Sie hatte genau das vermeiden wollen, dennoch betrat sie schließlich neben Präsident Utomi den Saal. Beide waren in Amtstracht, traditioneller afrikanischer Stil mit einigen Zugeständnissen an die Moderne. Utomi war ein mächtiger, breitschultriger Mann mit dem Körperbau eines Ringers.

»Was für eine unerfreuliche Situation. Alles wäre viel einfacher, wenn Travertine so viel Anstand besessen hätte, mit den anderen ums Leben zu kommen.«

Eine derart brutale Bemerkung war für den sonst so umgänglichen Utomi ganz und gar untypisch und ließ erahnen, unter welchem Druck der Mann stand.

»Travertine ist sicher der gleichen Meinung«, hielt Chiku dagegen. »Es wird für xien nicht einfach sein, nach vorne zu schauen.«

»Wenigstens ist xier Realist.«

»Travertine hält es für möglich, dass man die Todesstrafe verhängt. Aber so tief werden wir doch wohl nicht sinken?«

»Es wäre nicht das erste Mal. Und ich glaube nicht, dass es diesmal einen Aufschrei in der Bevölkerung geben würde.«

»Aber man kann Travertine doch keinen kaltblütigen Mord vorwerfen.«

»Und niemand von uns kann sich Haarspaltereien leisten. Selbst wenn es kein kaltblütiger Mord war, dann war es doch auf jeden Fall eine kaltblütige Missachtung unserer Gesetze.«

»Wir brauchen Travertines Verstand. Was immer xier getan hat, xies Intellekt ist zu kostbar, wir dürfen xien nicht verlieren.«

»Es liegt nicht in unserer Hand.« Unter der Brokatrobe

quietschten Utomis Schuhe auf dem gebohnerten Boden. Er hatte einen schweren, gravitätischen Schritt. Von einer Verletzung bei einem Vakuumunfall vor vielen Jahren war ein leichtes Hinken zurückgeblieben, das er nie hatte korrigieren lassen. »Die Sache wird vor dem Rat der Welten verhandelt. Wenn man dort die Todesstrafe unbedingt will, wird man sie auch bekommen.«

»Aber dann müsste man nachweisen, dass Travertine vorsätzlich gehandelt hat.«

»Das wird nicht allzu schwierig sein. Sie können nicht bestreiten, dass die Vorschriften des *Pemba*-Erlasses allgemein bekannt sind.«

»Wir müssen uns auch Travertines Darstellung anhören.«

»Natürlich. Sie haben gestern mit Travertine gesprochen, als xier in Ihr Haus kam. Wie würden Sie xiese Verfassung beschreiben?«

Chiku überlegte. »Xie war verstört.«

»Angst um sich selbst oder Schuldgefühle wegen xieses Verbrechens?«

»Etwas von beidem, würde ich meinen. Hören Sie, ich will wirklich nicht behaupten, Travertine wäre ein Engel oder würde für uns gewöhnliche Sterbliche mehr empfinden als Verachtung. Aber was geschehen ist, hat xien schockiert.«

»Eigenartig. Wie ich Travertine kenne, hätte ich hochmütige Geringschätzung erwartet.« Sie näherten sich den schweren schwarzen Türen des Versammlungssaals. »Aber so ist es nun einmal – irgendwie kennt jeder von uns eine andere Seite von Travertine. In einer geschlossenen Gemeinschaft ist das unvermeidlich. Falls Sie befürchten, Ihre Freundschaft zu xiem könnte Ihre Objektivität beeinträchtigen, sollten Sie nicht zögern, sich als befangen zu erklären. Die Versammlung wird einer befristeten Beurlaubung für die Dauer der Verhandlung zustimmen. Ruhen Sie sich aus. Sie arbeiten doch gerne im Garten, nicht wahr?«

»Sie können sich auf meine Unvoreingenommenheit verlassen, Präsident.«

»Das freut mich, Chiku.« Utomi verhielt im Schritt, als wäre sein Hinken stärker geworden. »Ach ja – noch etwas.«

»Präsident?«

»Sie haben auf der *Malabar* und bei der Kappa-Katastrophe gute Arbeit geleistet. Das ist nicht unbemerkt geblieben. Mir ist bekannt, dass Sie vor Kurzem einen Antrag auf volle Auszeit gestellt haben.«

»Verstehe.«

»Natürlich kann nichts entschieden werden, bevor wir diese Krise bewältigt haben. Doch danach könnten Sie die erforderlichen rechtlichen und pädagogischen Maßnahmen in die Wege leiten.«

»Danke. Das ist sehr freundlich …«

»Natürlich inoffiziell.«

»Natürlich.«

»Und Ihre Kinder – Ndege und … wie heißt das andere?«

»Mposi, Präsident.«

»Wie alt sind sie jetzt?«

Er meinte ihr physiologisches Alter. »Ndege ist zwölf und Mposi ist elf.«

»Wie stehen sie zu einer Auszeit?«

»Sie haben die Prozedur während unserer letzten zwei Perioden zwei Mal durchgemacht. Ich glaube nicht, dass sie sich an allzu viel erinnern.«

»Aber das waren nur Auszeiten von zwanzig Jahren. Außerdem sind sie jetzt älter – sicher haben sie Freunde. Es wird ihnen nicht gefallen, sich für sechzig Jahre von ihnen trennen zu müssen.«

»Sie werden sich über die Auszeit freuen, Präsident. Und wenn wir erst Crucible erreichen, sind wir alle glücklich.«

Gendarmen öffneten die Doppeltür und ließen sie eintreten. Der große dunkle Saal hatte einen Podesterieboden und fächerförmig angeordnete konzentrische Sitzreihen. Zumindest hier unterschied sich das Gebäude der Gesetzgebenden Versammlung von seinem Vorbild im alten Afrika. Auf dem ursprünglichen Familiensitz hatte es keinen so prächtigen Raum gegeben.

Die konzentrischen Reihen umfassten sechsunddreißig Plätze, für jede Kaverne der *Sansibar* einen. Die Reihen bildeten ein Hufeisen, zwischen den Enden war eine kleinere Sitzgruppe aufgestellt. Der erhöhte Thronsessel für Präsident Utomi war den gewählten Repräsentanten zugewandt und wurde von den Tischen und Stühlen zweier Protokoll-Gendarmen flankiert. Unmittelbar vor Utomi und den Protokollanten stand ein schwarzer Tisch. Darüber schwebte wie aus vielen bunten Glasschichten zusammengesetzt ein geisterhafter Plan der *Sansibar*. Die von der ER erzeugte Projektion war das einzige Objekt, das in diesem Raum nicht physisch präsent war.

Chikus Platz befand sich in der vordersten Reihe. Nicht mehr als fünfundzwanzig Repräsentanten waren anwesend, aber das war besonders während eines Ausnahmezustands nicht ungewöhnlich. Nach Abschluss der Präliminarien wurde Travertine von zwei Gendarmen hereingebracht. Sie platzierten xien auf einem Stuhl unmittelbar vor dem Bild der *Sansibar*, sodass xier und Utomi sich direkt gegenübersaßen. Chiku konnte Travertines Gesicht nur im Profil sehen.

Das kam ihr sehr gelegen. Sie wollte heute keinen Blickkontakt herstellen.

»Wie hoch sind die aktuellen Opferzahlen?«, erkundigte

sich Utomi bei seinen Protokollanten, nachdem Travertine Platz genommen hatte.

»Nach neuester Schätzung sind insgesamt zweihundertzwölf Todesfälle zu verzeichnen«, berichtete der Gendarm rechts von Utomi, eine blasse, nordisch aussehende Frau mit kurzem, grau meliertem Haar. »Die Such- und Rettungseinsätze dauern an, zugleich laufen die Vorbereitungen zur Stabilisierung der Schäden. Es besteht eine geringe Chance, dass sich vereinzelte Überlebende in Lufteinschlüsse retten konnten. Wir müssen auch damit rechnen, weitere Opfer zu finden. Alle Toten zu registrieren – einschließlich derjenigen, die sich in unmittelbarer Nähe der Explosion befanden – kann Tage, womöglich sogar Wochen dauern.«

Utomi nickte ernst. Diese Unsicherheit war der Preis für die Lebensweise auf der *Sansibar*. Auf der *Malabar* – im Grunde auf jedem anderen Holoschiff – wären Identität und Fundort der Toten unverzüglich erfasst und öffentlich gemacht worden. Doch hier hatten nicht einmal die Gendarmen routinemäßig die Möglichkeit, Individuen über ihre Implantate aufzuspüren. Auf der *Malabar* hätte Travertine selbst für wenige Stunden keine Chance gehabt, sich zu verstecken.

Hier handhaben wir die Dinge anders, dachte Chiku. *Das ist der Sinn einer Karawane. Wir reisen nicht allein deshalb in vielen Holoschiffen, um uns gegenseitig unterstützen und uns vor einer Katastrophe wie der mit der* Pemba *schützen zu können, sondern auch, weil wir auf diese Weise verschiedene Lebensstile und neuartige Verfahren ausprobieren können, bevor wir Crucible erreichen.* Was zu Hause gut war, musste auf einer neuen Welt unter fremden und entstellten Sternbildern nicht zwangsläufig funktionieren.

»Wir hatten überwiegend Glück«, fuhr der Gendarm fort. »In Kappa arbeiten inzwischen weniger Menschen als früher.

Wir haben eine gewisse Menge an Luft und Wasser verloren, aber nicht so viel, dass wir kurzfristig in Schwierigkeiten wären. Unsere Sicherungssysteme bei Hüllenbrüchen haben sich bewährt, und durch das Loch in der Außenhaut, das bei der Explosion entstand, wurden keine kritischen Systeme hinausgerissen. Dennoch sind die Schäden immens, und wenn der Energieausstoß um eine Größenordnung höher gewesen wäre, könnten wir durchaus vor einer zweiten *Pemba*-Katastrophe stehen.«

Den Subtext zu dieser bedrohlichen Erklärung brauchte man nicht eigens zu formulieren. Bei einer »zweiten *Pemba*-Katastrophe« hätte niemand auf oder im näheren Umkreis der *Sansibar* mehr vor irgendetwas gestanden.

Denn die *Sansibar* hätte nicht mehr existiert.

Nun ergriff Utomi das Wort. »Ungeachtet aller glücklichen Umstände ist festzustellen, dass die strengsten Gesetze – Gesetze, die erlassen wurden, um die Unversehrtheit des Holoschiffs zu gewährleisten – ignoriert und mit Missachtung gestraft wurden, als gälten sie für alle anderen, nur nicht für Travertine. Wollen Sie das leugnen?«

In der Kaverne war es totenstill. Alle warteten auf die Antwort des Wissenschaftlers. Chiku kannte Travertines Eigensinn und wäre keineswegs überrascht gewesen, wenn xier mit einem trotzigen Blick jede Stellungnahme verweigert hätte.

Doch nach mehreren Sekunden drehte sich Travertine auf xiesem Stuhl um und ließ xiesen Blick über die Anwesenden schweifen.

»Was ist der Zweck dieser Veranstaltung?«

»Sie soll Ihnen Gelegenheit geben, Ihren Respekt für die Autorität dieser Versammlung zu zeigen«, sagte Utomi.

»Ich werde die Versammlung erst respektieren, wenn Sie alle aufhören, sich etwas vorzumachen. Es geht hier nicht um mich.

Es geht nicht einmal um den Kappa-Unfall. Es geht um Sie und Ihre Doppelmoral – Sie erlassen Gesetze und hoffen zugleich, dass jemand sie bricht!«

»Solche Ansichten haben Sie oft genug zum Besten gegeben«, mahnte Utomi sichtlich verdrossen. »Sie haben Ihre Meinung offensichtlich nicht geändert.«

»Auch unsere Situation hat sich nicht geändert. Wir rasen immer noch mit zwölf Komma sieben Prozent Lichtgeschwindigkeit durch das All, ohne zu wissen, wie wir abbremsen sollen. In weniger als neunzig Jahren werden wir einfach an unserem Ziel vorbeirauschen. Und daran wird sich so lange nichts ändern, bis Sie die Köpfe aus dem Sand ziehen und der Realität ins Auge schauen.«

»Sie brauchen uns nicht an unsere Schwierigkeiten zu erinnern«, sagte Utomi, »ebenso wenig, wie wir Sie daran erinnern müssen, dass wir noch viele Jahrzehnte unseres Fluges vor uns haben.«

»Und wann werden Sie den *Pemba*-Erlass endlich aufheben? In zwanzig Jahren? In fünfzig? Was ist, wenn dann die Zeit nicht reicht?«

»Sobald die Vorschriften des *Pemba*-Erlasses gelockert werden«, entgegnete Utomi, »wird karawanenweit ein Forschungsprogramm zum Problem des Abbremsens aufgelegt werden. Hunderte, Tausende von klugen Köpfen mit allem, was sie an Material und Gerätschaften brauchen. Ein Gemeinschaftsunternehmen von gewaltigen Ausmaßen. Das hat Ihnen nie so recht behagt, nicht wahr? Sie könnten niemals in einer Kooperation arbeiten. Travertine muss das einsame Genie bleiben.«

Wieder drehte sich Travertine um und richtete das Wort an die Versammlung. »Ich habe in meinem Labor mehr Energie verbraucht, als mit den Experimenten, die ich *angeblich* durchführte, zu erklären gewesen wäre. Aber hat auch nur einer von Ihnen jemals den Mut aufgebracht, mich darauf anzusprechen?«

»Das hört sich für mich wie ein Geständnis an«, sagte Utomi. »Möchten Sie Ihre Aussage vielleicht korrigieren, bevor meine Gendarmen sie für die Nachwelt festhalten?«

»Ich habe kein Verbrechen begangen, sondern nur meine Pflicht erfüllt. Ich bleibe bei meiner Aussage.«

»Warum sind Sie dann geflüchtet?«, fragte Utomi.

»Weil ich ein Mensch bin. Weil ich weiß, was mich jetzt erwartet.«

»Noch ist nichts … entschieden«, sagte Utomi. Es hörte sich an, als wollte er diesem in die Enge getriebenen Individuum ein Fünkchen Hoffnung zukommen lassen. »Das Gesetz ist sehr präzise formuliert – das war auch nötig, nachdem Sie die bestehenden Regelungen beim letzten Mal mit so zerstörerischen Folgen bis zum Äußersten ausgereizt hatten. Wir müssen beweisen, dass Sie diese Gefahr wissentlich heraufbeschworen haben, dass Sie die Post-Chibesa-Physik in voller Absicht angewendet haben, und nicht versehentlich im Zuge anderer Forschungen hineingestolpert sind.«

Travertine strafte diese Aussage mit einem Blick glühender Verachtung. »Ich bin in meinem ganzen Leben noch nirgendwo hineingestolpert.«

Bisher hatte keiner der Repräsentanten gesprochen, doch nun konnte sich Chung, der Repräsentant der Mu-Kaverne, der einige Plätze weiter rechts von Chiku saß, nicht länger beherrschen. »Es war nicht das Ziel des *Pemba*-Erlasses, alle wissenschaftliche Forschung im Keim zu ersticken, Travertine. Er sollte nur sicherstellen, dass die Forschung nicht außer Kontrolle gerät. Wenn wir alle Experimente verbieten wollten, hätten wir das nach der *Pemba*-Katastrophe leicht tun können.

Dennoch erlauben, ja ermutigen wir die Forschung auch weiterhin – allerdings immer unter der Voraussetzung, dass diejenigen, die sich damit befassen, dies in verantwortungsvoller Weise tun.«

»Die Schwierigkeit ist«, ließ sich hinter Chiku Firdausi, der Repräsentant der Sigma-Kaverne vernehmen, »dass wir Travertines Vorgeschichte kennen. Es gibt niemanden, dem man weniger zutrauen würde, *versehentlich* gegen den Erlass zu verstoßen.«

»Es ist wahr«, stimmte Travertine zu, ohne sich um die Folgen dieses Eingeständnisses zu scheren. »Warum sollte ich es auch bestreiten? Wir verstehen die Post-Chibesa-Physik nicht, wie können wir also eine Barriere darum errichten und jedem verbieten, diese Linie zu überschreiten?«

»Im Lauf der Zeit«, schaltete sich Utomi ein, »werden wir zu einem vollkommeneren Verständnis finden.«

»Gewiss«, gab Travertine ruhig zurück. »Und wenn ich mich recht erinnere, haben Sie genau das Gleiche vor fünfzig Jahren gesagt – liebe Kinder, es wird alles gut. Geht zu Bett, ihr könnt ruhig schlafen. Und nehmt in anständiger Gesellschaft das Wort *Abbremsen* nicht mehr in den Mund.«

Travertine hatte nicht ganz unrecht, dachte Chiku. Das Abbremsen, einst ein peinliches, emotional aufwühlendes Thema, wurde inzwischen kaum noch erwähnt. Als ob das Problem einfach weggezaubert würde, wenn man nicht darüber sprach.

Im Grunde war es ganz einfach: Die Holoschiffe flogen zu schnell. Im Frühstadium der Reise hatten ihre Regierungen in der in einer Phase rasanten technischen und wissenschaftlichen Fortschritts aufgeflammten Euphorie eine Wette auf die Zukunft abgeschlossen. Anstatt realistisch zu bleiben und sich – wie man es ursprünglich vorgehabt hatte – für die Reise durch das Weltall nach Crucible dreihundert Jahre Zeit zu nehmen, konnte man die Überfahrt auch auf zweihundertzwanzig Jahre verkürzen. Man brauchte nur weiter Treibstoff aus den gewaltigen Reserven zu verbrennen, die eigentlich für den Abbremsvorgang bestimmt waren. Wenn es so weit war, dass man die Geschwindigkeit verringern musste, würde sich schon *etwas anderes* finden – ein effizienteres Verfahren oder ein vollkommen neues Antriebssystem.

Mit anderen Worten, ein System, das erst noch entwickelt werden musste.

Doch dieses *andere* weigerte sich hartnäckig, in Erscheinung zu treten. Zahlreiche vielversprechende Ansätze hatten im Nichts geendet. Erste Erkenntnisse hatten sich als Fata Morgana oder als Falschmeldungen herausgestellt. Dennoch arbeiteten die Forscher weiter: an Theorien zur Untermauerung von Experimenten; an Experimenten zur Untermauerung von Theorien. Die Bemühungen beschäftigten viele Holoschiffe und reichten bis ins Sonnensystem zurück. Das Unternehmen verschlang Menschenleben und Träume und spuckte nichts als Verbitterung und Enttäuschungen aus.

Zumindest anfangs hatte das niemanden gestört. Doch allmählich hatte die Entschlossenheit nachgelassen. Forschungsfelder wurden aufgegeben, Anlagen eingemottet oder abgebaut.

Allerdings gab es immer ein paar Individualisten, helle Köpfe wie Travertine, die überzeugt waren, dass es eine Lösung gab und dass sie zum Greifen nahe war. Nur noch ein kleiner Ruck, und der Weg ins Gelobte Land wäre frei. Sie entwarfen immer größere und aufwendigere Experimente und stellten zunehmend abartigere Versuche mit Materie, Energie und der Raumzeit an.

Schließlich erzielten sie einen Durchbruch, an dem niemand zweifeln konnte.

Die Energie, die bei der Zerstörung des Holoschiffes *Pemba* freigesetzt wurde, war den Berechnungen zufolge mit den Gesetzen der orthodoxen Chibesa-Physik nicht mehr zu erklären. Sie war ein Existenzbeweis für PCP – die Post-Chibesa-Physik. Wenn diese ungebärdige Kraft gezähmt und für den Antrieb verwendet werden könnte, wären alle Probleme gelöst. Dann könnte man sogar noch ein wenig schneller fliegen.

Doch auf der *Pemba* war man einen Schritt zu weit gegangen. In einem einzigen Moment waren zehn Millionen Menschenleben infolge eines Experiments ausgelöscht worden, dessen Parameter so unklar waren, dass es niemals ausreichend rekonstruiert werden konnte, selbst wenn man das gewollt hätte. Und da man das Risiko, dass sich eine solche Katastrophe wiederholte und ein zweites Holoschiff zerstörte, nicht eingehen konnte, war der *Pemba*-Erlass herabgesaust wie eine Guillotine.

Daher hatte Travertine diesen Weg eingeschlagen, immer wieder die Autorität der Versammlung infrage gestellt, sich gegen Restriktionen gestemmt und xies Glück aufs Äußerste strapaziert. Nach der letzten Verurteilung hatte xier sich zurückgehalten, um einer Haftstrafe zu entgehen. Aber Travertine konnte es nicht lassen, xier musste xiese Forschungen weiter vorantreiben. Und hier musste Chiku xiem recht geben – die Gesetzgebende Versammlung hatte immer von Travertines Aktivitäten gewusst und nichts dagegen unternommen. Denn man war sich stillschweigend einig, dass man xiem Erfolg wünschte.

Wenn aus der gestrigen Tragödie ein positives Ergebnis abzuleiten war, dachte Chiku, dann war es die Erkenntnis, dass Travertine eine heiße Spur verfolgt haben musste.

Sie nützte die Gelegenheit, das Wort zu ergreifen. »Dein Experiment in Kappa wurde restlos zerstört«, sagte sie. »Und wie ich annehme, auch alle Aufzeichnungen, die damit in Zusammenhang stehen. Trotzdem wirst du Rechenschaft darüber ablegen müssen, worum es dabei ging.«

»Damit jemand anderer meine Arbeit nachvollziehen kann?«

»Damit wir sicherstellen können, dass niemand auch nur in die Nähe kommt«, erwiderte Utomi.

»Ich habe eindeutig Fortschritte gemacht.« Travertine streckte mit der für xien typischen dreisten Arroganz das Kinn vor. »Und wenn ich die Chance hätte, würde ich wieder genauso handeln. Ich habe ein Experiment durchgeführt, und ich habe ein *Ergebnis* erzielt. Das bringt uns weiter als fünfzig Jahre Theorienbildung.«

»Wenn Sie vorhaben, Reue zu zeigen«, mahnte Utomi, »wäre jetzt eine ausgezeichnete Gelegenheit, um damit anzufangen.«

»Wofür? Zweihundert Menschenleben?«

»Zweihundertzwölf«, verbesserte ein Gendarm. Dann schaute er nach unten. »Nein, zweihundertvierzehn. Seit Beginn der Sitzung wurden zwei weitere Leichen geborgen.«

»Und wenn es dreihundert oder tausend wären. Was spielt das für eine Rolle?« Travertine entging die Bestürzung nicht, die sich nach diesen Worten in allen Gesichtern spiegelte. »Ich trauere um diese Toten, glauben Sie mir. Aber das Überleben des gesamten Holoschiffs hängt davon ab, dass wir abbremsen können. Das sind zehn Millionen Menschenleben. Hunderte von Millionen in der Unterkarawane, eine Milliarde in allen Holoschiffen zusammen, nicht allein in denen auf dem Weg nach Crucible, sondern auch zu den anderen extrasolaren Welten in anderen Systemen. Wenn mein Tod den Durchbruch bringen könnte, den wir brauchen, würde ich auf der Stelle Selbstmord begehen.«

»Ist das Ihre aufrichtige Überzeugung?« Fassungslosigkeit malte sich in Utomis Zügen.

»Unbedingt.«

Chiku studierte die Reaktionen ihrer Kollegen. Sie konnte nicht erkennen, was sie am meisten verstörte: dass Travertine eine solche Erklärung ausgerechnet an dem Ort abgab, an dem xier eigentlich um Milde hätte flehen müssen, oder dass xier in xiesen Überzeugungen so vollkommen und unerschütterlich aufrichtig war.

Vielleicht war es beides.

7

Noch am selben Tag begab sich Chiku abermals nach Kappa. Beim Anlegen ihres Schutzanzugs bemängelte sie so viele Komponenten, wie sie, ohne Verdacht zu erregen, nur finden konnte. Das war zum Glück nicht weiter schwierig, denn viele Anzüge wurden mit allerhand kleineren Defekten zurückgebracht. Als sie durch die Schleuse ging, war ihr Suchtrupp bereits weit voraus und machte auch keine Anstalten, sein Tempo zu drosseln. Das kam ihr sehr gelegen. Ihr Vorschlag, nach der Durchsuchung des ersten Abschnitts an einer Kreuzung zwei Straßenzüge hinter der Bresche zu den anderen zu stoßen, wurde widerspruchslos angenommen, in einem gleichgültigen Tonfall, der deutlich verriet, dass es niemanden kümmerte, was Repräsentantin Chiku Akinya vorhatte.

Dieses Manöver verschaffte ihr eine Frist von dreißig Minuten, gerade genug, um in das Labor mit dem eingestürzten Untergeschoss zurückzukehren. Wenn sie zu dem vereinbarten Treffen zu spät kam, könnte das womöglich auffallen.

Kurz darauf stand sie in dem beschädigten Gebäude und schaute durch das zerstörte Dach hinauf zur Decke der Kaverne, wo jetzt unbekannte Sternbilder leuchteten – die Lampen der Reparaturtrupps, die hoch über ihr zu verhindern versuchten, dass sich weitere Teile der Verkleidung lösten. Sie wandte sich ihrer provisorischen Rampe zu, dem herabgestürzten Himmelsfragment. Es war noch an seinem Platz. Diesmal überwand Chiku die Lücke viel beherzter als beim ersten Versuch.

Dann machte sie sich an den Abstieg.

Für ihre früheren Bedenken war jetzt keine Zeit mehr, auch wenn der Boden nicht so tragfähig sein mochte, wie er aussah. Im Untergeschoss angekommen, watete sie durch das Geröll, bis sie die Platte aus der Wandverkleidung fand, die sie zur Tarnung über das Loch gelegt hatte. Sie lag noch genauso da wie zuvor. Chiku zog sie vorsichtig beiseite, um sie nicht zu zerbrechen.

Am Rand des Lochs blieb sie stehen und richtete den Strahl ihrer Helmlampe in die Tiefe. Alles sah genauso aus, wie sie es in Erinnerung hatte, nur ging es sehr viel weiter hinab, als sie ursprünglich gedacht hatte. Ganz am Ende des Lichtstrahls machte der Schacht eine Biegung und setzte sich weniger steil, vielleicht sogar als horizontaler Stollen fort. Die in die Wand eingelassenen Griffe für Hände und Füße schienen intakt zu sein. Daran hinunterzuklettern wäre kein Problem, die Schwierigkeit war eher, sie erst einmal zu erreichen – die Öffnung war nur halb so breit wie der Schacht darunter.

Chiku sah auf die Uhr. Noch etwa zwanzig Minuten.

Sie suchte nach einem größeren Trümmerstück und fand einen Felsblock von der Größe einer Kiste. Ohne die Servounterstützung ihres Anzugs hätte sie ihn kaum bewegen können. Sie kehrte an den Rand des Lochs zurück, hob den Block bis in Brusthöhe und stieß ihn dann mit aller Kraft von sich. Gleichzeitig trat sie zurück, bevor ihr der Felsen auf die Füße fallen konnte.

Sie hatte gut gezielt. Der Felsblock traf die vorspringende

Kante und schlug sie ab. Chiku sah die Trümmer vollkommen lautlos den Schacht hinunterprasseln. Nun hatte das Loch mehr oder weniger den gleichen Durchmesser wie der Schacht selbst. Sie brauchte sich nur noch hinabzulassen und mit dem Abstieg zu beginnen.

Chiku kämpfte alle Zweifel nieder, ging mit dem Rücken zum Loch auf die Knie und streckte den rechten Fuß in den Hohlraum. Dabei achtete sie sorgsam auf ihr Gleichgewicht, um vom Lebenserhaltungsrucksack ihres Schutzanzugs nicht in die Tiefe gezogen zu werden. So ging es jedenfalls nicht. Wieso hatte sie das jemals geglaubt? In jedem normalen Bereich der *Sansibar* wäre ein solcher Schacht mit einem Geländer oder einer Stange versehen gewesen, die den Einstieg erleichterten. Hier gab es nichts außer dem Loch im Boden … nichts, was einen Sturz verhindern konnte. Vielleicht sollte sie sich hinsetzen, die Füße über die Kante hängen lassen und sich irgendwie auf den Bauch rollen …

Dann hatte sie eine Idee. Sie hatte ein Stück Rohr oder ein Rundholz so dick wie ihr Handgelenk entdeckt, das auf einer Seite in einem Stück Mauerwerk steckte. Es war vielleicht drei Meter lang, und das freie Ende hörte so abrupt auf, als wäre es abgebrochen.

Sie wusste, dass es Wahnsinn war, aber jetzt hatte das Ganze eine Eigendynamik bekommen. Sie trug die Stange samt dem Mauerstück an den Rand des Loches, hob sie wie zum Stabhochsprung und rammte das abgebrochene Ende in einen Schutthaufen. Es knirschte, verkeilte sich und steckte fest. Das Ende mit dem Steinbrocken ließ sie einen halben Meter über Fußbodenhöhe zwischen zwei große Felsblöcke fallen, die es festhielten. Nun ragte die Stange einen halben Meter von der Kante entfernt schräg aus dem Loch. Chiku trat mit dem Fuß dagegen, um zu prüfen, ob sie nachgab.

Dann kniete sie vor dem Loch und dem provisorischen Geländer nieder und hielt sich mit beiden Händen an der Stange fest. Sie streckte den rechten Fuß nach unten, bis sie einen Tritt ertastet hatte, nahm all ihren Mut zusammen und verlagerte ihren Schwerpunkt über das Loch. Das linke Bein folgte und suchte ebenfalls einen Tritt. Die Stange verrutschte ein wenig, fand aber neuen Halt.

Chikus Herzschlag setzte wieder ein.

Sie löste die rechte Hand von der Stange und tastete sich mit einem Fuß nach dem anderen weiter, bis sie sich auch mit der Hand festhalten konnte. Nun war ihr Gesicht fast auf gleicher Höhe mit dem Rand des Lochs. Die Tritte und Griffe wirkten stabil. Sie holte tief Luft und ließ die Stange vollends los. Jetzt blieb ihr nichts anderes übrig, als den Abstieg fortzusetzen.

Bald fand sie in einen Rhythmus hinein. Der Anzug machte ihr das Klettern leicht, denn die Servounterstützung ließ alle Bewegungen mühelos erscheinen. Selbst die Handschuhe hatten eine eingebaute Bewegungsverstärkung, sodass ihre Finger nicht müde wurden. Die Illusion von Schwerelosigkeit war natürlich tückisch. Abstürzen konnte sie trotzdem.

Chiku hielt inne, um Atem zu holen, und schaute nach oben. Wenn sie den Kopf so weit wie möglich in den Nacken legte, sah sie das zackige Loch nur noch als hellen Kreis, ein künstlicher Mond, über dem die matten Lichter der Rettungskräfte flimmerten. Chiku hatte sich noch keine Gedanken gemacht, wie weit sie gehen wollte, bevor sie umkehrte.

Jedenfalls noch ein Stück weiter. Wieder sah sie auf die Uhr. Das Zeitfenster war auf zehn Minuten geschrumpft.

Sie setzte den Abstieg so lange fort, bis sie spürte, wie der Schacht eine Biegung machte und flacher wurde. Jetzt kam sie zwar leichter voran, konnte aber das Loch über sich nicht mehr sehen. Kein heller Kreis mehr, nur noch pechschwarze Finsternis auf beiden Seiten.

Chiku hielt inne und überlegte, ob sie umkehren sollte. Dann schluckte sie und kletterte weiter.

Als es nicht mehr abwärts ging, hielt sie an. Der Stollen war so hoch, dass sie aufrecht darin stehen konnte. Griffe und Tritte waren noch vorhanden; vielleicht hatte man sie eingebaut, bevor das Holoschiff in Rotation versetzt wurde, damit man sich bei Schwerelosigkeit leichter fortbewegen konnte. Sie zwängte sich an einigen Trümmern vorbei, die durch den Schacht gefallen, um die Biegung gerollt und hier zum Stillstand gekommen waren.

Wieder hielt sie inne und zog Travertines Karte aus ihrer Schenkeltasche. Es hatte sie einiges an Nerven gekostet, sie an den scharfen Augen der Techniker vorbei zu schmuggeln, die ihr beim Anlegen des Anzugs halfen. Die Karte selbst wäre nicht weiter verdächtig gewesen – sie sah aus wie eine Kinderzeichnung –, aber sie hätte nicht so ohne Weiteres erklären können, wozu sie sie mitgebracht hatte.

Travertine hatte diesen Zugang markiert und auch angedeutet, wo der Stollen in das unterirdische Netzwerk mündete, mit dessen Erkundung xier bereits begonnen hatte. Nicht weit vor ihr kamen zwei Tunnel zusammen, und ein kleines Stück dahinter – zu Fuß wahrscheinlich leicht zu erreichen – befand sich die Barriere, das Hindernis, das Travertine nicht hatte überwinden können.

Chiku legte nach der Anzeige des Anzugs weitere fünfzig Meter zurück. Jetzt bewegte sie sich horizontal, parallel zur Oberfläche von Kappa, aber weg von dem Loch in der Hülle. Der Tunnel mündete in einen zweiten. Im Vertrauen auf Travertines Skizze kämpfte sie sich weiter. Sie sah auf die Uhr. Noch war es möglich, planmäßig zu ihrem Suchtrupp zu stoßen und sich heikle Erklärungen zu ersparen – aber nur, wenn sie bald umkehrte.

Dann entdeckte sie etwas im Schein ihrer Helmlampe, weit vorne, an der Grenze ihres Sichtfelds. Was das war, wollte sie doch noch wissen. Der Stollen weitete sich, die glatten Wände wölbten sich nach beiden Seiten von ihr weg, und sie konnte erkennen, dass da vorne etwas wartete. Ein massiges schwarzes Ding mit Ecken und Wölbungen. Eine Maschine. Ein Generator vielleicht oder ein Wasserreinigungsfilter.

Weder das eine noch das andere, sondern eine Transitgondel, groß genug, um sowohl Fracht als auch Fahrgäste zu befördern, eine plumpe Kapsel mit stumpfen Enden und mit Türen und Frachtluken in den gewölbten Seiten. Eine Erinnerung regte sich. In den Anfangszeiten der Reise war sie mit solchen Gondeln gefahren, aber nach fünfzig oder fünfundsiebzig Jahren hatte man das ganze interne Verkehrsnetz der *Sansibar* herausgerissen und modernisiert. Dabei mussten die Techniker diese Gondel zusammen mit Travertines vergessenem unterirdischem Tunnelsystem wohl übersehen haben.

Die Gondel ruhte auf drei blanken, kalt glänzenden Induktionsschienen, die sich in die Ferne erstreckten, so weit ihr Helmscheinwerfer reichte. Im Tunnel sah sie in Abständen konzentrische rote Kreise leuchten.

Das konnte nicht sein. Es war noch vorstellbar, dass ein kleineres Detail von *Sansibar*s Geschichte in Vergessenheit geraten war und in den Bauprotokollen nicht auftauchte. Aber dieser Tunnel war riesig, das Vorhandensein einer Transitgondel ließ vermuten, dass er noch ziemlich lange weiterging, und die Gondel war groß genug, um fast alles zu befördern, was Chiku sich denken konnte.

Sie berührte das Gefährt mit einer Hand. Eine dumpfe Kälte drang durch den Handschuh, als hätte diese Gondel seit Urzeiten hier gestanden und mit unendlicher Geduld auf diesen Augenblick gewartet. Sie spürte auch ein leises Beben, als würde sie aus den Induktionsschienen immer noch mit Energie versorgt. Die Schienen endeten hier an großen, schrägen Prellböcken, die eine außer Kontrolle geratene Gondel aufhalten konnten. Dieses Gefährt war wenige Meter davor sicher zum Stehen gekommen.

Chiku ging an das vordere, zum Tunnel hin zeigende Ende. Die in der Ferne scheinbar konvergierenden Schienen blitzten wie blankes Messing. Die Gondel war verschlossen. Sie strich mit der Hand über das schwach erkennbare Oval der vorderen Fahrgasttür und fragte sich, wer wohl als Letzter mit diesem Ding gefahren sein mochte – vielleicht jemand, der sich noch an Bord der *Sansibar* befand, vielleicht auch einer der Architekten des Holoschiffs bei der letzten Inspektion vor der Zündung des CP-Triebwerks.

Unter ihrer Berührung leuchteten die Umrisse der Tür vor dem schwarzen Hintergrund violett auf. Chiku trat unwillkürlich einen Schritt zurück, Die Tür schob sich nach außen und glitt am Rumpf entlang zur Seite.

Chiku schaute in den Fahrgastraum. Die indirekte Beleuchtung und mehrere tiefe, üppig gepolsterte Sessel schufen eine einladende, behagliche Atmosphäre. Jetzt herrschte im Tunnel Vakuum, aber normalerweise wären die Fahrgäste bei voller Belüftung eingestiegen.

Es war zu verlockend. Chiku betrat die beleuchtete Kabine und nahm auf einem der Sessel Platz. Sie sahen nagelneu aus. Außer einer schrägen Konsole unter dem gewölbten vorderen Fenster waren so gut wie keine Bedienungselemente zu sehen. Unter der glänzend schwarzen Oberfläche der Konsole zeigte eine illuminierte dreidimensionale Karte das Transitnetz des Holoschiffs. Chiku verglich die Darstellung mit ihren Erinnerungen. Die Anordnung der Kavernen war seit dem Stapellauf gleich geblieben, aber die Verbindungen zwischen ihnen waren mehrfach verändert worden. Die Bürger der *Sansibar* hatten im Lauf der Jahre die strenge Logik der Architektenentwürfe durch praktikablere Lösungen den menschlichen Bedürfnissen angepasst. Große Durchgangsstraßen, als wichtige Verkehrsadern geplant, waren rätselhafterweise zugunsten von einer Reihe sehr viel beliebterer Nebenstrecken aufgegeben worden. Die kürzesten Verbindungen zwischen den Kavernen wurden nicht immer bevorzugt, und so war die Karte im Lauf der Jahre neu gezeichnet, von überflüssigen Verästelungen befreit und vereinfacht worden.

Chiku legte die behandschuhte Hand auf die Konsole, und eine Strecke leuchtete stärker. Sie versuchte sie durch den Wirrwarr der Verbindungslinien zu verfolgen, aber der Knoten war allzu verschlungen. Sie führte jedoch nach vorne, zum Bug des Holoschiffs. Unter der Konsolenoberfläche erschienen Worte, die eben noch nicht da gewesen waren.

Kaverne siebenunddreißig.

Weitere sanft pulsierende Zeichen folgten.

Genetische Verifizierung der Familienzugehörigkeit erforderlich.

Hier war Travertine vermutlich an eine Grenze gestoßen. Xier hatte die Gondel gefunden, es aber nicht fertiggebracht, sie in Bewegung zu setzen. Intuitiv oder durch genauere Untersuchungen war xier zu dem Schluss gelangt, dass das Fahrzeug darauf wartete, Akinya-Blut zu kosten.

Vielleicht war es auch nur eine geniale Idee gewesen – ein Trick, um Chikus Sympathie zu gewinnen und sie dazu zu bringen, xien bei xiesem Prozess zu unterstützen, bevor sie Gelegenheit hatte, xiese Behauptung zu überprüfen.

Das war ganz leicht festzustellen.

Chikus Finger schwebte kurz über der Platte, dann brachte sie ihn ganz dicht an die Oberfläche. Sie glaubte zwar nicht, dass die Maschine durch den Handschuh eine DNA-Probe entnehmen konnte, aber sie wollte das Risiko nicht eingehen und zog, misstrauisch wie ein Saboteur, der von einer scharfgemachten Bombe zurückweicht, die Hand zurück, ohne die Platte zu berühren.

Sie verließ die Gondel und stand wieder im Tunnel. Die Tür spürte, dass sie ausgestiegen war, und glitt nach wenigen Sekunden zu. Die Umrisse pulsierten noch sekundenlang violett, dann verblassten sie und erloschen.

Chikus Neugier war noch nicht gestillt. Es wäre interessant zu sehen, wo die Strecke endete, falls die Gondel tatsächlich fahrtüchtig wäre. Aber eines war klar. Wo immer sie angeblich hinfahren sollte, Kaverne siebenunddreißig konnte es nicht sein.

Denn einen solchen Ort gab es nicht und hatte es auch nie gegeben. Die *Sansibar* hatte nie mehr als sechsunddreißig Kavernen gehabt.

Das wusste jedes Kind.

»Ich war krank vor Sorge«, sagte Noah vorwurfsvoll. Er stand am Schultor und hatte die verschränkten Arme auf die niedrige weiße Mauer gelegt.

»Ich habe doch versprochen, keine Dummheiten zu machen.«

»Dummheiten oder nicht, du bist ein großes Risiko eingegangen. Hat es sich wenigstens gelohnt?«

»Ich denke schon.« Chiku hielt kurz inne, dann fuhr sie fort. »Eigentlich bin ich nicht sicher. Ich finde ja, ich sollte noch einmal hingehen, aber eine sehr viel lautere innere Stimme meint, das wäre nicht unbedingt eine gute Idee.«

Sie waren getrennt gekommen, bevor Ndeges und Mposis

Unterricht zu Ende war. Chiku sah einen Lehrer durch den überdachten Gang zwischen zwei Schulgebäuden gehen. Xier trug eine Topfpflanze in den Händen, die xien am Kinn kitzelte.

»Es wäre eine ganz schlechte Idee, das geheim zu halten«, mahnte Noah.

»Ich habe mich noch nicht entschieden – dazu muss ich erst noch mehr in Erfahrung bringen. Ich möchte alle Fakten kennen, bevor ich damit vor die Versammlung trete. Das soll nicht heißen, dass ich den Repräsentanten nicht vertraue, aber mit ihren Beschlüssen bin ich nicht immer einverstanden.«

»Das klingt aber doch so, als hättest du gewisse Vorbehalte.«

»Du weißt, wie ich es meine. Wenn du in meiner Lage wärst, würdest du dich genauso verhalten.«

Noah ließ jenes leise Brummen hören, das sie inzwischen als widerstrebende Zustimmung zu deuten gelernt hatte. »Dann erzähl mal, was du entdeckt hast.«

»Bist du sicher, dass du es wissen willst?«

»Du hast damit angefangen, Frau. Jetzt kannst du mich nicht mehr im Dunkeln lassen.«

»Unter einem der Gebäude, die ich gestern durchsucht habe, habe ich ein Loch gefunden. Tatsächlich ist es ein Schacht, aber er ist in keinem der Baudokumente vermerkt.«

»Und dann hast du dich so verhalten, wie es jeder normale, vorsichtige Mensch mit familiären Verpflichtungen getan hätte. Du bist ganz sicher nicht in diesen Schacht hinuntergeklettert, um zu sehen, wohin er führt.«

»Nur ein kleines Stück weit. Es sah harmlos aus, und ich habe mich vergewissert, dass ich auch wieder hinausklettern konnte. Unten fand ich … nun, zunächst weitere Tunnel. Und dann eine Gondel.«

»Eine Gondel.«

»Sie stand auf Schienen, eingeschaltet und startbereit. Travertine hatte mir gesagt, da unten gebe es etwas, das mich interessieren würde.«

»Travertine ist auch in die Sache verwickelt?« Noah tat so, als nehme er das alles auf die leichte Schulter, aber Chiku sah die Bestürzung hinter seinem Lächeln ganz deutlich. »Ich kann dir gar nicht sagen, wie sehr das mein Herz erfreut.«

»Travertine hat lediglich am Rande damit zu tun. Xier ist nie weiter als bis zur Gondel gekommen. Auf xien hat sie nicht reagiert – sie hat ein genetisches Schloss.«

»Hätte Travertine nicht zu Fuß durch den Tunnel gehen können?«

»Xier hat das Interesse an der Gondel verloren, als xier sie nicht in Betrieb setzen konnte. Von da an wurde sie nebensächlich, nur als potenzielles Faustpfand von Interesse.«

»Wozu hat xier dich angestachelt?«

»Ich habe Travertine nichts versprochen, und Travertine hat mir auch nicht viel mehr verraten. Alles in allem bin ich deshalb der Meinung, ich muss noch einmal hinunter.«

»Das genetische Schloss ist kein Hindernis?«

»Nicht wenn es auf jemanden wie mich wartet. Eine Akinya, meine ich.«

»Nicht alles im Universum dreht sich zwangsläufig um deinen Namen.«

»Wenn man bedenkt, wie entscheidend meine Familie am Bau der Holoschiffe beteiligt war, dann hatten wir durchaus die Möglichkeit, etwas in die *Sansibar* einzuschmuggeln, ohne dass es auf den Plänen erschien.«

Chiku war nicht sicher, ob Noah sie bei Laune halten wollte, oder ob nun auch ihn die Neugier gepackt hatte. »Hast du eine Ahnung, wo die Gondel hinfahren könnte?«

»An einen Ort, den es nicht gibt – Kaverne siebenunddreißig. Die existiert natürlich nicht.«

»Natürlich nicht«, bestätigte Noah.

»Trotzdem würde ich gerne herausfinden, wohin das Ding fährt.«

»Das ist aber nun wirklich eine Angelegenheit für die Gesetzgebende Versammlung, Chiku.«

Sie ließ sich Zeit mit der Antwort. »Ich weiß es wirklich nicht.«

»Es ist aber ganz einfach«, sagte Noah. »Du hast eine erste Erkundung durchgeführt und sehr viel mehr gefunden als bloß ein Loch im Boden. Das kannst du nicht länger für dich behalten.«

Sie rang sich ein versöhnliches Lächeln ab, in der Hoffnung, ihn damit zu beschwichtigen. »Immerhin teile ich mein Geheimnis ja mit dir.«

Die ersten Kinder kamen aus der Schule. Normalerweise wäre die ganze Horde übermütig herausgestürmt und vor lauter Ungeduld, aus den Klassenräumen zu kommen, über die eigenen Füße gestolpert. Heute waren sie so ernst und feierlich, als hätten sie alle zusammen eine Standpauke bekommen. Man hatte ihnen wohl mehr über die gestrigen Geschehnisse erzählt, unter anderem auch, dass bei dem Unfall mehr als zweihundert Menschen ums Leben gekommen waren.

Wahrscheinlich waren die meisten Kinder zum ersten Mal damit konfrontiert worden, dass Menschen sterblich waren. Tiere starben, und gelegentlich wurden auch Maschinen defekt oder versagten – das verstanden sie. Aber die meisten Menschen lebten einfach weiter. Nur sehr wenige von den Bürgern, die mit der *Sansibar* gestartet waren, waren gestorben, und seither war so viel Zeit vergangen, dass die wenigsten Kinder davon etwas mitbekommen hatten.

Doch heute hatte der Tod sie berührt, und das würde sich auf Dauer in ihrer Psyche einnisten. Chiku beneidete die Lehrer nicht, sie hatten sicher unglaublich schwierige Fragen zu beantworten gehabt. Schließlich hatten auch sie nicht allzu viel Erfahrung mit dem Tod.

Sie entdeckte ihre Kinder ziemlich weit hinten in der Reihe.

»Du gehst nicht mehr da hinunter«, sagte Noah. Dann schwieg er kurz und fügte hinzu: »Jedenfalls nicht ohne mich.«

Sie schüttelte energisch den Kopf. »Das kommt nicht infrage.«

»Diese Antwort zeigt mir, dass es nicht so harmlos ist, wie du behauptest. Sei ehrlich, Chiku – ist es riskant oder nicht?«

»Ich habe keine Ahnung, was einen am Ende des Tunnels erwartet, das heißt, ja, es besteht ein Risiko – aber es ist nicht groß. Außerdem weiß ich, dass du trotz deiner Bedenken fast so neugierig bist wie ich und wissen möchtest, wohin mich die Gondel bringen will.« Sie warf einen Blick über die Mauer und senkte die Stimme, als sie sah, dass Ndege und Mposi fast schon in Hörweite waren. »Ihretwegen können wir nicht beide hinuntersteigen. Wir müssen uns für einen entscheiden. Und da ich die Akinya bin …«

»Wann?«, fragte er ruhig.

»Nach Möglichkeit morgen.«

»Dann versprich mir eines. Wenn du zurückkommst, bringst du die Sache entweder vor die Gesetzgebende Versammlung, oder wir sprechen nie wieder darüber. Und du steigst nie mehr in diesen Schacht hinunter. Nicht jetzt und nicht in hundert Jahren.«

»Das klingt vernünftig«, sagte Chiku.

8

Am nächsten Tag musste Chiku in ihrer Eigenschaft als Repräsentantin die *Sansibar* verlassen. Man hatte sie dazu bestimmt, Travertine mit einer Abordnung von Mitgliedern der Gesetzgebenden Versammlung und einer Eskorte von Gendarmen zum Rat der Welten zu begleiten. Sie hätte xiem gern versichert, dass dieser Ausflug nicht ihre Idee gewesen war, aber sie wusste nicht, wie sie das tun sollte, ohne dass es sich anhörte, als wollte sie die Schuld auf ihre Kollegen abwälzen.

Sie starteten mit einem Großraum-Shuttle und beschrieben eine langsame Runde um ihr eigenes Holoschiff, bevor sie beschleunigten und ins All flogen. Der Explosionsbereich glitt ins Blickfeld: ein Riss in der Seite, der sich zu einer klaffenden Höhlung weitete. Bautrupps säumten die Ränder der Wunde und ließen sie im blauweißen Licht ihrer Scheinwerfer und den gelb leuchtenden Behelfsquartieren und Ausrüstungscontainern deutlich hervortreten. Kleine Schiffe und Roboter schwebten von Chiku aus gesehen *unterhalb* der Wunde und hielten mit Schubstößen oder Enterleinen ihre Position. Auch innerhalb der Bruchstelle waren Reparaturarbeiten im Gange. An Kappas fernem konkavem Himmel funkelten künstliche Sterne.

Die *Sansibar* war riesig, aber als sie sich mit einer halben Ge Dauerschub entfernten, schrumpfte sie rasch auf die Größe eines Kieselsteins. Holoschiffe erschienen einem nur groß, wenn man sich im Inneren befand, überlegte Chiku. Von außen betrachtet fand man es absurd, dass zehn Millionen quicklebendige Menschen sich in die Ritzen dieses kleinen Felsbrockens zwängen oder ihn durchsetzen sollten wie endolithische Bakterien.

Vor Kurzem war Chiku auf der *Malabar* gewesen, diesmal war *New Tiamaat* das Ziel. Von außen glich auch dieses Holoschiff allen anderen. Es hatte die gleiche felsige Hülle, auf der sich die Industrien der Menschen wie ein Muschelbesatz angesiedelt hatten; die Oberfläche war mit den gleichen Andockstationen gespickt, mit breiteren Öffnungen an den vorderen und hinteren Polen. Schiffe und Transportfahrzeuge umschwirrten es wie fette Hummeln. Dazwischen flitzten wie winzige Goldfünkchen Schwärme von Drohnen und Menschen in Raumanzügen umher. Im Moment befanden sich viele Menschen außerhalb der *Sansibar*, aber das lag nur an dem Unfall. Um *New Tiamaat* herrschte immer reger Betrieb. Ständig wuchsen neue Blasen und Kuppeln aus der Oberfläche, um die Nachfrage der Bürger nach weiterem Wohnraum zu decken. Die Rotation der Welt war verlangsamt und das Innere größtenteils ausgehöhlt worden.

Chikus Vertrauen zu den Bewohnern von *New Tiamaat* war begrenzt. Zum einen waren es Panspermier, und Panspermier hatten in vielen Dingen sehr eigenartige Vorstellungen. Sie hatten zwar mit ihrem Holoschiff Kurs auf Crucible genommen, doch in letzter Zeit war öfter die Rede davon, bei der Ankunft gar nicht erst auf dem Planeten zu landen, sondern in eine Umlaufbahn zu gehen und weiterhin in *New Tiamaat* zu leben. Vielleicht würde man die Reise ins All auch fortsetzen, schließlich hatte man sich bereits voll und ganz an die Verhältnisse im interstellaren Raum angepasst. Den Panspermiern gefiel es, hier draußen zwischen den Sternen zu schweben. Als der *Pemba-Erlass* verfasst wurde, hatten die Menschen von *New Tiamaat* auf die strengsten Regelungen gepocht. Sie waren nicht wirklich daran interessiert, das Abbremsproblem zu lösen.

Da die Rotation zu gering war und *New Tiamaat* inzwischen auch ohne Antrieb flog, gab es kein oben und unten. Den Abraum, der beim Einreißen der Trennwände angefallen war, hatte man – zumindest teilweise – zu fantastischen Türmen und Vorsprüngen, Spiralen, Bögen und Strebepfeilern verschmolzen, die nun aus Boden, Decke und Wänden ragten und sich auch nach draußen ins All reckten und dort das Fundament für märchenhafte Himmelspaläste und ätherische Zitadellen bildeten. Gebäude und Türme wuchsen wie Kristalle oder Korallen in alle Richtungen – schroffe Glasberge, Steinblöcke mit Fensteröffnungen, Netze und Nester, die an Fallen oder Filter erinnerten, oder froschlaichähnliche Klumpen aus pastellfarbenen Kugeln. Winzige Flugwesen – Bürger von *New Tiamaat* – schwebten allenthalben schwerelos durch den Raum. Es war eine Explosion des Möglichen, der architektonische Ausdruck des von den Pans so heiß geliebten *Grünen Frühlings*.

Doch indem man eine Gruppe von Möglichkeiten verwirklichte, verhinderte man eine andere. Diese Bauten waren so zerbrechlich wie Zuckerwerk. Die Bremsphase – ein Schub von nicht mehr als einer Hundertstel Ge – wäre ihr sicherer Untergang. Das war den Bürgern natürlich bekannt. Sie hatten in voller Kenntnis der Gefahr die Genehmigung zu diesen wundersamen Palästen und Städten gegeben.

Die Abordnung der *Sansibar* wurde ins Zentrum eines der Stadtkomplexe geleitet. Kelchförmige Türme strebten, verankert in einem Fundament aus grün bemoostem Fels, nach allen

Richtungen auseinander. Irgendwo im Inneren befand sich, knochenweiß wie ein monströser ausgehöhlter Schädel, ein kugelförmiger Gerichtssaal. Zartes Licht sickerte durch geschickt verborgene Schächte. Funktionäre und Abgeordnete hatten sich an den gewölbten Wänden aufgereiht und hielten sich an Knöpfen und Griffen fest, die aus warzenförmigen Vorsprüngen herauswuchsen.

Eine zentrale Plattform war mit kreideweißen Strebepfeilern an den Wänden befestigt. Auf der Plattform stand, mächtig wie ein Thron, ein überreich verzierter und mit Gurten versehener Sessel. Dorthin wurde Travertine von Gendarmen und Funktionären aus *New Tiamaat* gebracht und festgebunden. Um die Plattform zog sich ein Ring von kleineren, weniger imposanten Sitzgelegenheiten. Sie waren für die Repräsentanten der elf demokratisch gewählten Gesetzgebenden Versammlungen der Unterkarawane bestimmt. Die Stühle für die *Pemba*-Delegation blieben leer.

Der Rat der Welten wurde von Präsident Teslenko eröffnet, dem ranghöchsten Repräsentanten von *New Tiamaat*. Der gestrenge Teslenko, ein Wasserbewohner, der aus einer der Seesiedlungen der Erde stammte, hatte vor langer Zeit die Meere verlassen und sich für das Weltall entschieden. Der schnauzbärtige Repräsentant mit dem Seehundkörper atmete keuchend, und seine Haut musste in regelmäßigen Abständen mit verschiedenen Ölen befeuchtet werden.

Chiku kannte Teslenko recht gut. Er hatte nie ein Hehl daraus gemacht, dass es ihm missfiel, wie lasch man auf der *Sansibar* die Überwachung im öffentlichen Raum handhabte. Travertine hätte schwerlich einen erbitterteren Feind finden können.

Die Präliminarien waren rasch erledigt. Zum Beweis des beiderseitigen guten Willens wurden Motien verfasst und ausgetauscht. Chiku brauchte eigentlich nur dabeizusitzen und alles abzunicken. Travertines Identität wurde offiziell festgestellt, und die *Sansibar*-Abordnung lieferte Belege dafür, dass xier auch dier war, als dien man xien ausgab. Travertine widersprach weder der Identifikation der Delegation noch dem Vorwurf, xier trage für das Geschehen in Kappa die Verantwortung.

»Ich weiß, was ich getan habe, und ich würde das Risiko auch ein zweites und drittes Mal eingehen. Kann ich jetzt gehen?«

»Natürlich nicht«, grollte Teslenko unter seinem Schnauzbart hervor.

»Es war auch nur eine rhetorische Frage.«

»Sie haben sich bei Ihrer ersten Vernehmung nicht verteidigt«, stellte ein anderer Delegierter von *New Tiamaat* fest. »Möchten Sie Ihrer Aussage etwas hinzufügen?«

»Ich habe alles gesagt, was es zu sagen gibt.«

»Sie zeigen keinerlei Zerknirschung und keine Spur von Reue«, bemerkte Repräsentant Endozo, der Politiker von der *Malabar*, den Chiku erst vor Kurzem wegen der Elefanten kontaktiert hatte.

»Wenn man zulässt, dass jemand etwas tut«, sagte Travertine, »wenn man insgeheim sogar *möchte*, dass derjenige es tut, dann hat er keinen Anlass, zerknirscht zu sein.«

»Soll das heißen, Sie hätten für Ihr Projekt auf das stillschweigende Einverständnis der Gesetzgebenden Versammlung der *Sansibar* zählen können?«, fragte einer der Abgeordneten des Holoschiffs *Cheju* in skeptischem Ton. »Eine ungeheuerliche Unterstellung, Travertine.«

»Die wir entschieden zurückweisen«, erklärte Utomi mit einem flehentlichen Blick zu Chiku und ihren Begleitern. »Wir haben dieses Projekt ganz gewiss nicht genehmigt. Travertine hat mit großem Aufwand dafür gesorgt, dass niemand von uns davon erfuhr. Von einem ›stillschweigenden Einverständnis‹ kann keine Rede sein.«

Chiku meldete sich zu Wort. »Ich kenne Travertine mindestens so gut wie jeder andere hier im Saal. Wir waren einmal Freunde – ich will es nicht bestreiten. Xier ist sicherlich übermäßig stolz auf xiese Intelligenz. Dieser Charakterzug ist mir nicht fremd, ich beobachte ihn bei vielen von uns, mich selbst eingeschlossen. Aber Eitelkeit ist kein Verbrechen, und Aufrichtigkeit ebenso wenig. Ich glaube, Travertine stellt xiese Position richtig dar. Xier wird niemals gestehen, einen einfachen Fehler begangen zu haben, denn das wäre eine Lüge. Aber ich weiß auch, dass xier bei allem, was xier tat, davon überzeugt war, zum Wohl von uns allen zu handeln.«

»Dies ist nicht der richtige Zeitpunkt, um über den *Pemba*-Erlass zu debattieren«, mahnte Teslenko und erntete damit zustimmendes Gemurmel von allen Seiten.

Chiku ließ sich nicht beirren. »Aber wir können Travertines Handlungsweise nicht so erörtern, als hätte sich alles im luftleeren Raum abgespielt. Immer wieder haben fähige Leute mit legitimen politischen Mitteln versucht, den Erlass infrage zu stellen. Doch alle Vorstöße wurden abgeschmettert. Travertine konnte es nicht mit xiesem Gewissen vereinbaren, dabei tatenlos zuzusehen.«

»Wollen Sie rechtfertigen, was geschehen ist?«, fragte Endozo.

Chiku schüttelte energisch den Kopf. »Travertines Vorgehen war falsch – aber deshalb ist xier noch lange kein Unmensch.«

Teslenko wandte sich an Präsident Utomi. »Es wurde keine plausible Rechtfertigung für Travertines Verhalten vorgetragen. Was wäre in Ihrem politischen System eine angemessene Reaktion?«

Teslenko kannte die Bandbreite der auf der *Sansibar* verfügbaren Sanktionen natürlich genau und wusste auch, wo ihre Grenzen lagen.

»Wir haben keine Todesstrafe«, sagte Utomi.

»Dennoch hat Travertine eines der schlimmsten Verbrechen begangen, mit denen Sie jemals zu tun hatten«, behauptete Teslenko.

»Xier hat all diese Menschen nicht mit Absicht ermordet«, hielt Utomi dagegen.

»Und es gibt bei Ihnen keine Strafe, die strenger wäre als Freiheitsentzug, aber milder als die Hinrichtung?«, fragte Teslenko.

»Durchaus, und das wissen Sie auch«, antwortete Utomi. »Aber wir wenden sie nicht gerne an. Historisch gesehen war sie immer ein allerletztes Mittel. Inzwischen gilt sie sogar als noch schlimmer als die Todesstrafe.«

Teslenko richtete seinen Blick auf Travertine. Seine dunklen, wässrigen Augen schienen wie schwarze Steine in den fleckigen Lehm seines Gesichts gedrückt zu sein. »Sie wissen, worum es geht – den Entzug der Lebensverlängerung?«

»Natürlich«, antwortete Travertine.

»Würden Sie das nicht als Gnade empfinden, wenn eine Hinrichtung die Alternative wäre?«

»Die Hinrichtung ist nicht die Alternative«, protestierte Chiku so entschieden, wie sie es wagte. »Die Alternativen sind Hausarrest oder hundert andere Disziplinierungsmaßnahmen.«

»Nach *Sansibar*-Recht vielleicht«, sagte Teslenko. »Aber diese Entscheidung liegt beim Rat der Welten, und uns steht eine breite Palette von Möglichkeiten offen. Wenn die *Sansibar* ein verantwortungsvolles Urteil spricht, hat der Rat keine Veranlassung, die Todesstrafe zu verhängen. Der Rat wäre auch geneigt, weitere Sanktionen wie die Einsetzung einer externen Verwaltung wohlwollend in Erwägung zu ziehen. Außerdem wäre Travertines … Zustand eine ständige Warnung an alle, die in Zukunft daran denken, den *Pemba*-Erlass infrage zu stellen.«

Chiku sah mit einem Mal überdeutlich, was hier gespielt wurde. Man würde eine Scheindebatte führen, die in einem durchsichtigen Verfahrenskompromiss mündete. Doch in Wirklichkeit war Travertines Schicksal bereits besiegelt. Die *Sansibar* würde begierig nach der Chance greifen, die ganze unangenehme Geschichte schnellstmöglich zu den Akten zu legen. Kein Weg durch höhere Instanzen, keine Repressalien, keine drohende Übernahme durch ein anderes Holoschiff.

»Die Entscheidung muss nicht sofort getroffen werden«, schloss Teslenko. »Sagen wir … drei Tage Bedenkzeit?«

Drei Sekunden hätten genügt, dachte Chiku.

9

Die Gondel wich so sehr von der Norm ab, dass Chiku sich nicht gewundert hätte, wenn sie in den zwei Tagen seit ihrem letzten Besuch im Tunnel verschwunden und nicht mehr aufgetaucht wäre. Aber im schwankenden Lichtschein ihrer Helmlampe stand sie immer noch da. Wie beim letzten Mal ging die Tür bereitwillig auf, und beklommen stieg Chiku in die luxuriöse Kabine. Alles war noch so, wie sie es in Erinnerung hatte. Die Karte des Transitsystems schwebte in ihrer dreidimensionalen Komplexität unverändert unter der glänzenden Oberfläche der Konsole. Und die Gondel bot ihr immer noch an, sie in Kaverne siebenunddreißig zu befördern.

Genetische Verifizierung der Familienzugehörigkeit erforderlich.

Sie war so weit gekommen. Jetzt gab es kein Zurück mehr.

Sie legte die behandschuhte Hand auf die Konsole und fragte sich abermals, ob das genügen würde, um ihre genetische Zugehörigkeit nachzuweisen. Doch die Gondel fuhr nicht los. Stattdessen glitt die Tür hinter ihr zu, und ihr Anzug registrierte einströmende Luft. Sobald sich der Luftdruck normalisiert hatte, zog sie den Handschuh aus und drückte die Hand gegen das Glas. Sie spürte ein Prickeln wie von statischer Elektrizität.

Genetische Verifizierung abgeschlossen. Fahrt wird eingeleitet.

Chiku zog den Handschuh wieder an.

Mit einem leichten Ruck löste sich die Gondel von den Induktionsschienen und setzte sich in Bewegung. Sie beschleunigte so sanft und reibungslos, als hätte sie eben erst den letzten Fahrgast befördert. Chiku ließ sich auf den nach vorn gerichteten Sessel sinken, soweit es ihr Anzug zuließ. Die Geschwindigkeit stieg schnell an und blieb dann konstant. Die Gondel hatte keine Vorderscheinwerfer, aber in regelmäßigen Abständen unterbrachen rote Leuchtringe die glatten Tunnelwände, wahrscheinlich markierten sie Wartungsluken oder Versorgungsschächte. Lange Zeit blieben die roten Kreise vollkommen konzentrisch, doch dann machte der Tunnel eine leichte Biegung, die zunehmend schärfer wurde. Wohin führte er sie wohl? Dem Inertialkompass ihres Anzugs zufolge nach vorne – näher an den Bugkegel des lang gezogenen Rumpfs der *Sansibar* heran. Der Anzug schätzte die Geschwindigkeit auf irgendwo zwischen einhundertfünfzig und zweihundert Stundenkilometer. Wenn das stimmte, brauchte sie es sich gar nicht erst bequem zu machen. Wo immer das Ziel war, sie würden es bald erreichen.

Angst erfasste sie. Würde die Gondel auch wirklich anhalten, falls der Tunnel plötzlich aufhörte? So wie sie dahinrasten, hätte Chiku nur wenige Augenblicke Zeit, um zu reagieren. Unwillkürlich spannte sie alle Muskeln an und stützte sich mit einer Hand an der Konsole ab.

Doch die Gondel raste weiter, und der Tunnel hörte nicht auf. Chiku entspannte sich bewusst und ergab sich in ihr Schicksal. Wieder machte der Tunnel eine Biegung, verlief gerade, beschrieb Haarnadelkurven und Schleifen und führte abermals geradeaus. Weitere rote Ringe fegten vorbei. Und nach fünfzehn Minuten spürte Chiku, wie das Fahrzeug sanft und gemächlich abbremste.

Die Gondel kam zum Stehen. Auf der Konsole war zu lesen: *Kaverne siebenunddreißig. Ankunft. Bitte Druckausgleich abwarten.*

Die Luft wurde in das Reservoir zurückgesaugt. Als das Vakuum wiederhergestellt war, öffnete sich die Tür. Chiku erhob sich aus dem Sessel und verließ die Gondel.

Tatsächlich war das Ende der Reise erreicht. Vor ihr verschwanden die drei Schienen wie unter Kappa in schrägen Prellböcken. Auch war der Tunnel hier breiter, sodass man von allen Seiten um die Gondel herumgehen konnte. Um sich zu vergewissern, dass sie auch wieder zurückfahren konnte, ging Chiku zur anderen Seite, öffnete die Tür und stieg ein. Auch hier die gleichen Sessel und die gleiche Konsole.

Auf der Konsole stand:

Kaverne Kappa. Start?

Fast wollte sie schon auf das Feld drücken. Vielleicht sollte sie es für heute genug sein lassen. Doch dann zog sie die Hand zurück und verließ das Abteil. Nachdem sie noch einmal ihre Anzugsysteme kontrolliert hatte – alle funktionierten optimal, alle Reserveanzeigen standen knapp unter Maximum –, betrat sie vor der Gondel den Tunnel. Alle paar Dutzend Schritte überzeugte sie sich mit einem Blick über die Schulter, dass die Gondel noch da war.

Der Tunnel machte einen leichten Bogen und wurde nach etwa hundert Schritten noch breiter. Am Boden leuchteten blaue Lichter, weiter oben zogen sich hellgrüne Leuchtstreifen über die Wände. Chiku suchte nach Fußspuren oder Handabdrücken, die zeigten, dass vor ihr schon einmal jemand hier gewesen war, doch alle Flächen waren makellos sauber.

Vor sich sah sie an einer Wand ein grün umrandetes Rechteck – eine Tür. Als Chiku sie berührte, pulsierten die grünen Streifen und wurden heller, die Tür zog sich in ihre Nische zurück und glitt beiseite. Ein weicher goldener Schein empfing sie. Stufen mit so scharfen Kanten, als wären sie erst vor Kurzem mit einem Laser aus Marmor geschnitten worden, führten nach oben. Zwar erschien es weniger riskant, weiter dem Tunnel zu folgen, doch Chiku wollte unbedingt wissen, was am Ende der Treppe lag.

Sie stieg hinauf. Die Treppe schraubte sich spiralförmig nach oben. Nach drei vollen Windungen erreichte sie einen rechteckigen Raum etwa von der Größe eines kleinen Badezimmers. In einer der Wände befand sich eine weitere Tür. Zunehmend sicherer geworden, öffnete Chiku auch sie. Dahinter befand sich eine enge Kammer.

Eine Luftschleuse.

Nachdem sich die Tür hinter ihr geschlossen hatte, strömte Luft ein. Bald hatte die Schleuse ihren Zweck erfüllt, Chiku trat durch die äußere Tür und stand in einem kurzen Gang mit grob behauenen Felswänden. Weiter vorne sah sie einen Vorhang von Grünpflanzen, und dazwischen blitzte blaues Licht hervor.

Chiku ging darauf zu. Sie musste sich immer wieder bücken und zur Seite neigen, um ihren Anzug an den scharfen Felskanten nicht zu beschädigen. Der Tunnelboden bestand aus verdichtetem Erdreich, und ringsum wucherte üppiges Grün. Sie schob den Pflanzenvorhang – ein Gewirr von belaubten Ästen, die über die Öffnung gewachsen waren – beiseite und stand in hellem Tageslicht.

Ein unbekannter Ort.

Das konnte nicht sein, es war unmöglich, und doch war es so. Dies war keine bekannte Kaverne, die sie aus einem neuen Blickwinkel sah. Hier war sie noch nie gewesen.

Für die Verhältnisse der *Sansibar* war die Kaverne nicht besonders groß, aber für menschliche Begriffe war sie auch nicht gerade klein – die andere Seite des steilen Tals, über das sie jetzt hinwegschaute, war immer noch gut zwei bis drei Kilometer entfernt. Die Kaverne war deutlich länger als breit, und die Decke war gewölbt und facettenartig mit beleuchteten Himmelselementen verkleidet. Schwarze Quadrate zeigten an, wo die Beleuchtung ausgefallen war oder Teile des Himmels sich gelöst hatten.

Es gab keinerlei Spuren einer Zivilisation: keine Städte, keine Dörfer, keine Straßen. Aber vom Tunnelausgang wand sich ein schmaler Pfad in Serpentinen zwischen Bäumen und Sträuchern hindurch bis zum zwei- bis dreihundert Meter tiefer liegenden Grund des Tales hinab.

Nachdem Chiku einmal mehr die Anzeigen ihres Anzugs kontrolliert hatte – alles im grünen Bereich –, folgte sie vorsichtig, auf jeden Schritt achtend, diesem Steig. Zu ihrer Linken ging es steil in die Tiefe. Die fehlenden Himmelsteile – rätselhafte Tagesgestirne – erweckten den Eindruck von Verfall, aber der größte Teil des Firmaments funktionierte noch, und außerdem gab es in dieser Kaverne auch Bäume. Es musste also gelegentlich Regen durch das feine Leitungsnetz an der Decke fallen. Allein das Vorhandensein eines Ökosystems war ein Beweis dafür, dass es nicht übermäßig kalt oder warm werden konnte. Ein Wunder, das sich durch eine robuste Gestaltungsphilosophie und die angeborene Zähigkeit lebender Organismen erklärte. Dass dieser Ort sich erhalten hatte, war zu gleichen Teilen dem Know-how der Menschen und der natürlichen Anpassungsfähigkeit von Bäumen, Pflanzen und der Bodenökologie zu verdanken.

Ein paar Schritte vor ihr schlängelte sich der Pfad um einen kleinen Felsvorsprung, und plötzlich schoss dort etwas in die

Höhe. Sie erschrak, geriet ins Wanken und ruderte mit den Armen, um das Gleichgewicht zu halten. Das Herz klopfte ihr bis zum Hals. Dann musste sie lachen. Sie hatte einen Vogel aufgescheucht. Als sie wieder sicher stand, beobachtete sie, wie er vor dem schwarz gemusterten Himmel seine Kreise zog. Ein ziemlich plumper Bodenbrüter.

Die Ökologie in Kaverne siebenunddreißig war also nicht auf Pflanzen und Bäume beschränkt. Allerdings waren viele Vögel Insektenfresser. Wie abgeschottet mochte dieser Ort tatsächlich sein? War er seit dem Start hermetisch abgeriegelt gewesen?

Chiku hatte ihre Fassung wiedergefunden und setzte den Abstieg vorsichtig fort. Über ihr kreiste der Vogel. Der Talgrund war dicht bewaldet, aber es gab auch Lichtungen und größere freie Flächen. Als sich ihr Blickwinkel veränderte, entdeckte sie eine spiegelnde bräunliche Fläche – ein kleiner, von Bäumen umstandener See oder Teich. Noch weiter entfernt erblickte sie eine halbkreisförmige Lichtung vor einer schroffen Felswand. Der Fels kam ihr etwas unnatürlich vor, er war so glatt und flach wie ein Grabstein. Aus dem Augenwinkel bemerkte sie, wie etwas zwischen den Bäumen verschwand.

Langsam, schwerfällig und grau wie ein Felsblock auf Beinen.

Sie blinzelte. Kein Zweifel war möglich. Sie hatte einen Elefanten gesehen.

Chiku grinste und schüttelte ungläubig den Kopf.

»Das wäre nun wirklich nicht nötig gewesen«, flüsterte sie entzückt. »Wir haben bereits mehr Elefanten, als wir gebrauchen können.«

Sie traf eine Entscheidung. Wenn es hier Elefanten gab, musste die Luft atembar sein. Sie wollte sie kosten, sie in ihre Lungen einströmen lassen und mit der Luft vergleichen, die sie seit dem Start des Holoschiffs atmete. Sie hob die Hand und löste das Ausgleichsventil an der Seite ihres Halsrings. Es zischte, dann spürte sie ein schmerzloses Knacken in einem Ohr. Sie hob den Helm ab und nahm gierig ein paar tiefe Atemzüge.

Die Luft schmeckte enttäuschend normal.

Sie klemmte sich den Helm unter den Arm und setzte den Abstieg fort. Doch bevor sie noch mehr als ein paar Dutzend Schritte zurückgelegt hatte, fiel ihr ein schrilles, künstliches Winseln an der oberen Hörschwelle auf – unter dem Helm hätte sie es niemals gehört.

Chiku blieb stehen. Der Vogel war längst verschwunden, dennoch schien der Laut von oben zu kommen. Sie drehte sich langsam um sich selbst, um die Quelle zu lokalisieren. Aus dem Insektensurren war ein gleichmäßiges elektrisches Brummen geworden, stabil in der Tonhöhe, aber von wachsender Lautstärke.

Dann sah sie es. Rechts von ihr schwebte ein kleines Flugzeug, silbrig oder weiß, an der Talseite entlang. Es kam rasch näher, und sie beobachtete es skeptisch. Auf der *Sansibar* gab es nicht viele Flugmaschinen. Sie überlegte, ob es sich wohl um eine Drohne oder ein Spielzeug handelte, das ziellos in dieser Kaverne herumschwirrte, seit man es hier vergessen hatte.

Die Maschine neigte sich zur Seite, um eine Klippe zu umfliegen. Nun war sie besser zu erkennen. Sie hatte weit vorne zwei große Flügel, in der Nähe des Hecks ein kleineres Paar, eine senkrechte Schwanzflosse und ganz vorne ein Gebilde, das sich mit rasender Geschwindigkeit drehte.

Chiku war wie gelähmt, aber weniger aus Angst denn aus Unschlüssigkeit. Die Maschine fegte an ihr vorüber, so dicht an der Talseite, dass sie mit einem Flügel fast die Wand streifte. Bäume und Sträucher schnellten zur Seite. Chiku riss sich aus ihrer Erstarrung und trat zurück. Das Flugzeug strebte weiter talaufwärts, bog scharf nach rechts ab und beschrieb eine Kurve über dem Waldboden. Dann wendete es in engem Bogen und flog geradewegs auf sie zu.

Chiku hob eine Hand – die Geste konnte als Kapitulation oder als Gruß gedeutet werden. Die Maschine näherte sich fauchend, die Himmelslichter spiegelten sich wie sprühende Funken in dem rotierenden Mechanismus. Chiku kauerte sich zusammen, um ein möglichst kleines Ziel zu bieten.

Bei der hastigen Bewegung rutschte sie mit dem Fuß ab. Sie fing sich wieder, ließ aber ihren Helm fallen. Er landete im Dreck und polterte den Pfad hinunter. An einem Stein prallte er ab und verschwand im Gebüsch. Die Maschine schoss vorbei, diesmal kam sie so nahe, dass der Flügel tatsächlich durch das Unterholz pflügte. Und dabei bemerkte Chiku im Schatten dieses Flügels eine Gestalt, die sie durch das dunkle Glas eines Cockpits ansah.

Die Maschine sauste talaufwärts und schwenkte abermals scharf nach rechts. Gleich würde sie zurückkommen. Chiku richtete sich zaghaft wieder auf. Etwas vor ihr bot ein überhängender Felsen Deckung. Sie hastete zu der Stelle. Ob sie wohl noch Zeit hätte, ihren Helm zu suchen?

Noch hatte sie den Vorsprung nicht erreicht, als der Boden unter ihren Füßen nachgab. Sie knickte mit dem Knöchel um, und schon kullerte sie durch das Gestrüpp den steiler werdenden Hang hinab. Keine Chance, irgendwo Halt zu finden. Bei einer Drehung erblickte sie ein letztes Mal die zurückkehrende Maschine. Dann wurde es dunkel um sie.

10

»Nicht bewegen«, sagte eine Stimme. »Sie sind gestürzt. Ich glaube zwar nicht, dass Sie ernsthaft Schaden genommen haben, aber ich möchte mich erst vergewissern.«

Chiku stellte ihre trüben Augen scharf. Sie lag flach auf dem Rücken. Der Himmel war eine leuchtend blaue Steppdecke mit einem Muster aus dunklen geometrischen Feldern. In einiger Entfernung sah sie einen Vorhang aus dicht beieinander stehenden Bäumen. Dahinter war ein sattgrüner Hang, der sich bis zum Himmel emporwölbte. Sie befand sich irgendwo unten auf dem Boden des Tals. Eine Gestalt beugte sich über sie und legte ihr die Hand auf die Stirn. Sie wagte es, den Kopf zu drehen, und erblickte eine zierliche Frau.

»Wer sind Sie?«

»Spielt keine Rolle. Wie heißen Sie?«

Sie musste kurz nachdenken, doch dann bekam sie die Antwort zu fassen. »Chiku. Chiku Akinya. Sie müssten meinen Namen aus der Gesetzgebenden Versammlung kennen.«

»Schön«, sagte die Frau ruhig. »Und wie kommen Sie hierher, Chiku Akinya aus der Gesetzgebenden Versammlung? Ich möchte wissen, woran Sie sich erinnern.«

»Ich … kam in einer Gondel.« Das war die Wahrheit, ohne etwas Wesentliches preiszugeben. Chiku hielt es für klüger, sich zurückzuhalten, solange sie nicht wusste, mit wem sie es zu tun hatte. »Ich stieg einen Pfad hinab. Dort wurde ich attackiert. Ich versuchte, in Deckung zu gehen. Danach weiß ich nichts mehr.«

Die Frau nahm ihre Hand von Chikus Stirn und bewegte sie mit steif ausgestreckten Fingern über Chikus Brust und ihrem Unterleib hin und her, ohne sie tatsächlich zu berühren. »Ein paar Schrammen und Blutergüsse am Kopf und im Gesicht, eine Muskelzerrung im Bein. Sie werden es überleben. Warum sind Sie eigentlich in Panik geraten?«

»Sie meinen, als diese Maschine mich umbringen wollte?«

»Ich bin Ihnen mit dem Flugzeug ein wenig zu nahe gekommen. Das tut mir leid. Ich wollte Sie mir nur genauer ansehen.«

Chiku versuchte sich aufzurichten. Der Oberkörper tat ihr weh. Ächzend setzte sie sich aufrecht hin und untersuchte Arme und Beine auf Verletzungen. Den Anzug hatte sie immer noch an. »Vielleicht sollten Sie Ihr Begrüßungsritual überdenken. Haben Sie meinen Helm gefunden?«

»Er kann nicht weit gefallen sein. Warum tragen Sie einen Vakuumanzug, Chiku Akinya?« Chiku hatte das Gefühl, die Frau kenne die Antwort bereits und verhöre sie bloß zum Vergnügen. Wieder sah Chiku ihr ins Gesicht. Anders als auf den ersten Blick hatte sie jetzt nicht mehr das Gefühl, sie zu kennen. Eine Afrikanerin unbestimmbaren Alters, zart gebaut, mit kurz geschorenem schwarzem Haar.

Sie konterte ihrerseits mit einer Frage. »Wissen Sie, wo wir sind? Kennen Sie den Namen dieser Kaverne?«

»Sicher. Früher wurde sie Kaverne siebenunddreißig genannt, aber sie tauchte in den offiziellen Plänen des Holoschiffs nie auf. Alles in allem wussten weniger als zwanzig Leute davon. Heute sprechen wir nur von ›der Kaverne‹.« Die Frau hielt inne. »Irgendetwas ist passiert, nicht wahr? Vor ein paar Tagen? Ich habe die Vibrationen gespürt, ein Schauer ging durch das ganze Holoschiff. Als wären wir mit einem Eisberg kollidiert.«

»Das haben Sie gespürt?«

»Sagen wir, ich habe für solche Dinge einen sechsten Sinn entwickelt. Glauben Sie, Sie könnten aufstehen?«

Chiku hatte nicht vor, den Rest ihres Lebens hier zu verbringen, und hielt das Aufstehen für eine hervorragende Idee. Sie verzog das Gesicht, als sie das verletzte Bein belastete, aber der Schmerz war nicht unerträglich. Offenbar hatte die Anzugpanzerung Schlimmeres verhindert.

Die Frau hatte recht gehabt, sich auf Chikus Kopf zu konzentrieren: er war der einzige Teil ihres Körpers gewesen, für den wirklich Gefahr bestanden hatte.

Die Fremde war kleiner als Chiku, aber sehr stark für ihre Größe. Sie stützte Chiku, bis diese selbst das Gleichgewicht gefunden hatte, dann trat sie zurück und verschränkte die Arme vor der Brust. Sie war wie eine Agrartechnikerin oder Botanikerin für Arbeiten im Freien gekleidet: enge braune Leggins, kniehohe Stiefel mit vielen Schnürlöchern, ein brauner Pullover mit kurzen Ärmeln. Darüber trug sie eine kakifarbene Outdoorweste mit einer Vielzahl von Taschen und Schlaufen.

»Erzählen Sie mir, was vor ein paar Tagen passiert ist.«

»Es gab eine Explosion«, sagte Chiku. »In der Kappa-Kaverne, genauer gesagt in der Außenhülle von Kappa. Die Hülle wurde dabei durchbrochen. Ein physikalisches Experiment war aus dem Ruder gelaufen.«

»Wie groß war der Schaden?«

»Ziemlich groß, aber er hätte noch viel schlimmer sein können. Die Wirkung blieb auf Kappa begrenzt, und dort hielten sich nicht allzu viele Menschen auf. Es gab zwar mehr als zweihundert Opfer, aber man braucht sich nur vorzustellen, wie viele es hätten sein können, wenn die Explosion sich in einem der Gemeinschaftszentren ereignet hätte … Dennoch ist es eine gewaltige Katastrophe.«

»Und wie kommen Sie so kurz nach dieser Explosion hierher? Das kann kein Zufall sein.«

»Wir suchen immer noch nach Überlebenden. Und nach Beweisen. Hauptsächlich Letzteres. Dabei entdeckte ich …« Chiku zögerte. »… etwas, das dort nichts zu suchen hatte. Ich ging der Sache nach und gelangte hierher. Wo immer *hier* auch sein mag.« Sie machte ein paar unsichere Schritte, die aber rasch fester wurden. »Aber genug von mir: Wie sind *Sie* hierhergekommen? Sie müssen doch zwischen dieser Kaverne und dem Rest der *Sansibar* unterwegs sein.«

»Ich würde nicht sagen, dass das ständig der Fall wäre.«

»Aber irgendwoher kenne ich Sie. Ich habe Sie sicher schon einmal gesehen. Sie können nicht ständig hier leben.«

»Wieso nicht?«

Chiku sah sich um. Es gab weder Gebäude noch Produktionsanlagen; eigentlich keinerlei Anzeichen für eine Zivilisation außer der fliegenden Maschine – dem »Flugzeug«, wie die Frau es genannt hatte –, die ein paar Dutzend Meter entfernt auf ihren breiten schwarzen Rädern stand. Auf dem Boden wirkte sie auffallend friedlich und harmlos.

»Hier gibt es nichts. Keinerlei Annehmlichkeiten, keine Häuser, nichts. Sie können doch nicht von den Bäumen und vom Regen leben.«

»Ich bin nicht anspruchsvoll.«

»Haben Sie etwas mit den Elefanten zu tun?«

Die Frau lächelte erfreut. »Die haben Sie also gesehen?«

»Nur flüchtig. Ich kenne unsere Elefanten, und eine weitere

Gruppe, von der niemand je gehört hat, dürfte es eigentlich nicht geben. Wie viele sind es denn?«

»Etwa fünfzig. Mal mehr und mal weniger.«

»Und Sie sind Ihre Wärterin?«

Die Frau zuckte leicht zusammen. »Ich kümmere mich um sie, wenn Sie das meinen. Aber ich sehe es eher so, dass wir uns den Lebensraum gleichberechtigt teilen.«

»Sie sagten vorhin schon ›wir‹, als es um den Namen dieser Kaverne ging; demnach sind Sie nicht allein.«

Die Frau legte den Kopf schief, dann nickte sie. »Ich habe ›wir‹ gesagt.«

»Wie viele von Ihnen leben hier? Sie brauchen doch Medizin, Nahrung, eine Grundversorgung. Sie sehen gesund aus.«

»Fit wie ein Turnschuh, bis auf einige Gedächtnislücken. Aber ich bin tatsächlich allein hier, und in die anderen Bereiche des Schiffes komme ich nicht sehr oft. Ich frage noch einmal: Warum der Vakuumanzug? Ist aus dem Tunnel die Luft entwichen?« Sie schloss die Augen, als wäre ihr mit einiger Verspätung eine Erleuchtung gekommen. »Natürlich – der Hüllenbruch. Wenn dabei alle Luft aus Kappa abgesaugt wurde, ist wahrscheinlich auch der Zugangstunnel luftleer.«

»Wahrscheinlich war es so. Ist dieser Tunnel der einzige Zugang?«

»Die einzige Verbindung nach Kappa. Aber es gibt andere Tunnel.«

Chiku staunte. Abermals wurde sie in ihren Überzeugungen erschüttert. Die *Sansibar* war also durchsetzt mit solchen Tunneln, im Fels waren jahrzehntealte Geheimnisse verborgen. »Wo münden die anderen?«, fragte sie.

»Ich kann mich nicht an alle Einzelheiten erinnern. Aber der Zugang, durch den Sie gekommen sind – war er bis zu diesem Unfall nicht zu sehen?«

»Ohne den Einsturz hätte ich ihn niemals gefunden.«

»Und Ihre Begleiter … werden sie bald hier sein? Sie sind doch nicht etwa *allein* gekommen?«

»Wird es etwas ändern, wie ich auf diese Frage antworte? Sie können auch gleich tun, was immer Sie im Schilde führen.«

»Und was sollte das sein?«

»Mich töten oder als Geisel hier festhalten, nehme ich an. Denn Sie wollen offensichtlich nicht, dass irgendjemand sonst von diesem Ort erfährt.«

»Ich habe schon einige extreme Dinge getan«, überlegte die Frau. »Aber ein Mord ist doch eine Nummer zu groß für mich. Mir wäre es viel lieber, wenn wir zu einer für beide Parteien befriedigenden Einigung kämen.«

»Als Erstes könnten Sie mir Ihren Namen verraten. Ich weiß, dass wir uns schon gesehen haben.«

»Sie kennen lediglich mein Gesicht. An der Statue im Park vor der Gesetzgebenden Versammlung haben Sie es wahrscheinlich tausend Mal gesehen.«

Diesmal ging Chiku ein Licht auf.

Die Frau hatte recht – die Ähnlichkeit mit der Bronzefigur war frappant. Ein wenig jünger, das Haar etwas kürzer, aber von unverwechselbarem Gesichtsschnitt.

»Du bist also eine von uns. Eine Akinya.«

»Nicht bloß irgendeine von euch, Chiku. Ich bin Eunice Akinya.«

Chiku schüttelte den Kopf. »Das ist entweder eine Lüge, oder du bist wahnsinnig.«

»Ich will nicht bestreiten, dass die Sache etwas komplizierter sein könnte, als es den Anschein hat.« Die Frau deutete auf das wartende Flugzeug. »Ich muss darauf bestehen, mich wenigstens ansatzweise gastfreundlich zu zeigen. Würdest du mit mir in die *Sess-na* steigen?«

Chiku hatte keine Ahnung, was mit dem Wort gemeint war. Hatte die Frau ihrem Flugzeug etwa einen Kosenamen gegeben?

»Komm schon – es ist nur ein Katzensprung von hier, dann kannst du die anderen kennenlernen, und ich verspreche dir, dich rechtzeitig hierher zurückzubringen.«

»Könnten wir zuvor noch meinen Helm suchen?«, fragte Chiku. »Danach werde ich mich entscheiden.«

»Ein ausgezeichneter Vorschlag.«

Die Frau fand den Helm so schnell, als hätte sie schon immer gewusst, wo er lag. Sie hob ihn vom Boden auf und warf ihn Chiku wie einen Rugbyball zu. Die konnte ihn nur mit Mühe fangen, die Frau hatte unglaublich viel Kraft in den Wurf gelegt. Chiku drehte den Helm hin und her. Er schien heil geblieben zu sein, nur etwas Staub und Erde klebten daran, und er hatte ein paar Kratzer. Die mochten allerdings schon vorher da gewesen sein.

Vermutlich war nichts weiter damit passiert, dennoch beschloss sie, ihn vorerst nicht aufzusetzen.

Der Propeller verschwamm zu einem trüben Fleck, als hätte man vorne an die Maschine eine Glasscheibe geschraubt.

»Wie hast du das Ding genannt?« Chiku kämpfte mit dem komplizierten System von Gurten und Schnallen. In der Maschine war es heiß, und es roch nach altem Leder.

»*Sess-na*«, antwortete die Frau. »Ein alter Massai-Ausdruck – bedeutet so viel wie ›außerordentlich zuverlässiger Gegenstand‹. Das Flugzeug ist schon sehr lange im Familienbesitz. Im Lauf der Jahre wurden natürlich ein paar Verbesserungen vorgenommen – würde man es aufschneiden, es würde fast bluten. Es hat ein ganz neues selbstreparierendes Nervensystem bekommen, das die gesamte Flugzelle durchzieht, sie verstärkt und Mikrorisse schließt.«

Sie holperten ein Stück weit über den Boden, bevor sie abhoben. Für Chiku schien das Flugzeug eher auf einem wackeligen Matratzenturm herumzuschaukeln, als zu fliegen.

»Es wundert mich, dass du es für nötig hältst«, bemerkte sie. Der Helm ruhte wie ein Ei in ihrem Schoß. Es war nicht einfach gewesen, sich in das winzige Cockpit zu zwängen.

»Was halte ich für nötig?«

»Zu fliegen. Auf der *Sansibar* liegt doch alles nahe beieinander.«

»Es geht nicht darum, ob es *nötig* ist.« Die Frau bewegte den Steuerknüppel ruckartig zur Seite und flog eine Rechtskurve. »Wie auch immer, du kannst dich geehrt fühlen – die Maschine hat einst Geoffrey gehört.«

Chiku erinnerte sich vage an ein Bild ihres greisen Onkels, eine Fotografie, die zwischen seinen späteren Elefantengemälden hing. Darauf war Geoffrey neben einer weißen Flugmaschine vor einer sonnengebleichten Savannenlandschaft zu sehen. Eher ungläubig als ehrfürchtig berührte sie die geschwungene Polsterung der Cockpitkonsole und fragte sich, ob das alles wahr sein konnte. Gut möglich, dass bisher jedes Wort aus dem Mund dieser Frau eine Lüge gewesen war.

»Wir sollten etwas klarstellen. Du kannst nicht die sein, als die du dich ausgibst.«

»Wieso nicht?«

»Weil ich unsere Familiengeschichte kenne. Eunice ist irgendwo in den Tiefen des Weltalls gestorben. Ich … ich … eine von uns … wir sind aufgebrochen, um nach dir zu suchen. Aber Chiku Rot ist nie zurückgekehrt. Du kannst nicht auf der *Sansibar* sein – das widerspricht den Gesetzen der Physik. Du bist mit der *Winterkönigin* in eine ganz andere Richtung geflogen.«

»Hast du eben ›eine von uns‹ gesagt?«

»Es ist kompliziert. Im Grunde geht es nur darum, dass du nicht hier sein kannst. Das ist einfach nicht möglich.«

Sie kamen an der schroffen Felswand vorbei, die Chiku vom Pfad aus gesehen hatte. Der graue Schimmer war, wie sie jetzt erkannte, weder durch die Witterung noch durch die Geologie bedingt. Vielmehr waren vom Boden aus spaltenweise Inschriften eingraviert worden. Sie waren erstaunlich präzise und regelmäßig ausgeführt. Chiku kniff die Augen zusammen, um Einzelheiten erkennen zu können. Die Inschriften sahen aus wie wild gewordene Hieroglyphen.

Wieder neigte sich die *Sess-na* zur Seite.

»Was die Physik angeht, hast du recht. Wobei ich wahrscheinlich die Einzige gewesen wäre, die das hätte erreichen können.«

»Du bist nicht Eunice. Mag sein, dass du dir das einbildest – vielleicht heißt du Eunice und hast eine gewisse Ähnlichkeit mit meiner Vorfahrin, aber deshalb bist du noch lange nicht sie.«

Die Frau schien das Flugzeug auf eine Wand am Ende des Tales zusteuern zu wollen. Die Kaverne hatte die Form einer Badewanne: ein flacher Geländestreifen, der auf allen Seiten von Steilwänden umgeben war. Eunice – Chiku beschloss, sie vorerst so zu nennen – schob den Steuerknüppel nach vorne, die Nase der *Sess-na* senkte sich, das Flugzeug ging in eine scharfe Kurve und glitt auf zwei backenzahnähnliche Felsformationen zu, die so aussahen, als wollten sie das Pflanzengewirr zwischen sich zermalmen. Zu Chikus Erstaunen tat sich in der grünen Wand eine Öffnung auf, und das Flugzeug schlüpfte – scheinbar mit hauchdünnem Abstand – zwischen diese grünen Lippen. Chiku hörte, wie die Flügel und die wild rotierende Propellersichel Blätter und Äste abrasierten, und zog den Kopf tief in ihren Halsring. Die *Sess-na* schoss durch einen kurzen Verbindungsschacht mit rauen Felswänden, der breiter war als hoch, und dann waren sie im Freien und schwebten in einem anderen Raum.

»Mein Gott!« Chiku reckte den Hals und sah sich um. »Wo sind wir denn *jetzt*?«

»Immer noch in derselben Kaverne«, antwortete Eunice. »Sie ist lediglich in drei schmale Lappen unterteilt. Du bist im mittleren herausgekommen. An der Talwand führt ein Pfad nach oben zum Verbindungsgang, er ist breit genug für Elefanten, aber das ist ein weiter Weg, und mit dem Flugzeug ist man schneller. Die *Sess-na* hat durchaus ihre Vorzüge.«

Unter sich sah Chiku noch mehr dichten Wald, über ihr spannte sich derselbe blaue Himmel mit den kreuz und quer verteilten schwarzen Quadraten. Eunice legte die *Sess-na* unvermittelt schräg und verlor in einer engen Spirale an Höhe und Geschwindigkeit. Sie streiften die Baumwipfel und suchten sich in halsbrecherischem Zickzack einen Weg durch die Bäume. Eunice steuerte die Maschine so ruhig, als hätte sie das schon Millionen Mal gemacht. Sie bewegte den Knüppel, wackelte mit den Flügeln und korrigierte den Kurs immer wieder schneller, als Chiku blinzeln konnte.

Endlich setzte sie das Flugzeug auf einer ebenen Bahn aus nackter brauner Erde auf. Hier wuchs kein Gras mehr. Sie stiegen aus.

»Wenn du dich in diesem Anzug wohlfühlst, habe ich nichts dagegen.« Eunice packte das Flugzeug am Heck und drehte es um, als wäre es ein Papierflieger. »Aber von mir hast du nichts zu befürchten. Ich habe keinen Grund, dir zu schaden, und vor allem wäre es langweilig. Und nun komm mit«, fügte sie gebieterisch hinzu.

»Wohin?«

»Als anständige Gastgeberin muss ich dir zumindest Chai

anbieten. Und dir Gelegenheit geben, die anderen kennenzulernen.«

Damit marschierte sie in den Wald hinein. Chiku folgte ihr. Die Neugier war stärker als alle Bedenken. Sie gingen ein kurzes Stück auf einem staubigen Pfad und erreichten alsbald eine Lichtung mit einem Camp. In der Mitte stand eine Behausung aus vier kakifarbenen Kuppelzelten in so etwas wie einem Garten. Die Seitenwände der kleeblattförmig angeordneten Zelte waren zurückgeschlagen. In den Schatten dahinter konnte Chiku Möbelstücke erkennen – Tische und Stühle, Schränke und Regale – und ein beeindruckendes Sortiment an Werkzeugen und Instrumenten. In einer Ecke stand mit hängenden Schultern ein antiker Stellvertreter.

Eunice forderte sie auf, an einem der Tische Platz zu nehmen. Der Stuhl, ein mit Segeltuch bespanntes Metallgestell, wirkte nicht sehr solide. Chiku, die immer noch ihren Vakuumanzug trug, ließ sich vorsichtig nieder. Alles wurde offenbar mit peinlicher Sorgfalt in Ordnung gehalten. Sanitätskästen, Vorratskisten, vereinzelte chirurgische Instrumente und Teile von Vakuumanzügen waren entweder gekonnt ausgebessert worden oder verrieten ein ausgeprägtes Improvisationstalent.

Hinter den Zelten erstreckte sich ein säuberlich angelegter Kräutergarten: Kulturpflanzen in Holzkästen und an Spalieren. Das waren keine reinen Zierbeete – dafür wirkte alles zu planmäßig.

Eunice setzte Wasser auf und stellte vor Chiku einen Metallbecher auf den Tisch. »Trink den Chai«, befahl sie in einem Ton, der keinen Widerspruch duldete. »Er wird dir nicht schaden, und einige der enthaltenen Substanzen fördern die Heilung deiner Schrammen und Blutergüsse.«

»Substanzen.«

»Trink einfach. Ich habe die Tantoren gerufen – sie werden in Kürze hier sein.«

Chiku nahm einen kleinen Schluck von der kochend heißen grünen Brühe. Sie schmeckte nicht ganz so abscheulich, wie sie aussah.

»Das sind dann wohl die ›anderen‹, von denen du vorhin gesprochen hast? Haben sie auch mit den Elefanten zu tun?«

»Es *sind* die Elefanten.« Eunice unterstrich die Aussage mit einem verschmitzten Lächeln. »Ich habe mir erlaubt, dir eine Blutprobe zu entnehmen, während du bewusstlos warst. Du siehst aus wie eine Akinya, sonst hätte dich die Gondel nicht hierhergebracht, aber ich musste ganz sichergehen. Die Analyse hat bestätigt, dass du tatsächlich Chiku Akinya bist. Jedenfalls beinahe.«

»Was soll das heißen?«

»Du bist so etwas wie ein Klon – auf deiner DNA finden sich unzählige kommerzielle Spuren. Du bist wie ein Buch, aus dem man alle Seiten herausgerissen und wieder eingeklebt hat. Jemand oder etwas mit Namen *Quorum Binding* hat dich dupliziert. Hat das mit dieser Chiku Rot zu tun, von der du vorhin gesprochen hast?«

»Ich finde wirklich, ich sollte die Fragen stellen und du solltest sie beantworten.«

»Das Problem ist, dass wir beide eine interessante Geschichte haben. Sollten wir da nicht aufeinander zugehen?«

Chiku entschied, dass sie nicht viel zu verlieren hatte, wenn sie vollkommen aufrichtig war, so ungern sie auch mit ihrer Vergangenheit konfrontiert wurde. »Was *Quorum Binding* angeht, hast du recht. Es ist ohnehin kein Geheimnis. Im Alter von fünfzig Jahren wurden aus mir drei Personen – ich, Chiku Rot und Chiku Gelb. Zwei von uns sind Klone des Originals, aber wer das ist, kann niemand mehr feststellen. Ich bin für die anderen Chiku Grün, ich selbst sehe mich als Chiku.«

»Natürlich. Ich glaube, ich habe schon von solchen Verfahren gehört.«

»Du glaubst?«

»Wie bereits erwähnt, ist mein Gedächtnis nicht mehr das beste.« Sie saß Chiku gegenüber und hatte die gefalteten Hände auf die Tischplatte gelegt, trank aber nicht. »Mich könnte man vermutlich für etwas Ähnliches halten – so etwas wie ein genetisches Konstrukt.«

»Bist du das nicht?«

»Nein. Und ungeachtet dessen, was ich vorhin sagte, bin ich *eigentlich* auch nicht Eunice Akinya.« Sie machte ein bekümmertes Gesicht. »Du meine Güte. Was jetzt kommt, wird dir wohl nicht gefallen.«

»Probiere es doch einfach.«

»Ich bin ein Roboter.« Nach dieser Äußerung schien sie sehr mit sich zufrieden. »So. Das wollte ich immer schon einmal laut aussprechen, aber du würdest dich wundern, wie selten ich jemals Gelegenheit dazu hatte. Wenn ich übrigens ›Roboter‹ sage – nun, dann meine ich genau genommen ein ›Artilekt‹. Deine Mutter hat mich erschaffen. Zumindest hat sie damit begonnen. Ich bin das Endergebnis ihres Plans, ein interaktives Denkmal meiner selbst zu kreieren. Davon hast du doch sicher gehört? Sie hat mithilfe von Nachweltsuchmaschinen ein Intelligenzkonstrukt zusammengeflickt, das jede meiner Reaktionen emulieren kann. Ich bin mir selbst sehr ähnlich. Ich sehe aus wie Eunice, ich verhalte mich wie sie, und in meinen eigenen Datenspeichern befinden sich große Teile ihrer Lebensgeschichte. Allerdings bin ich nicht lebendig. Ich bin nur eine Maschine.«

Sosehr Chiku diese Vorstellung auch missfiel, die Erklärung

leuchtete ihr ein. Sunday hatte tatsächlich an einem Konstrukt ihrer Großmutter gearbeitet, doch was daraus geworden war – wozu es sich entwickelt hatte –, darüber konnte man nur spekulieren. Weder Sunday noch Jitendra oder Geoffrey hatten sich dazu geäußert.

»Ich müsste überrascht sein, aber ich bin es nicht.«

»Das finde ich ausgesprochen ermutigend.«

»Es beantwortet mir einige Fragen – angefangen damit, wie jemand so lange ganz allein überleben konnte. Ein Mensch hätte längst den Verstand verloren, wäre krank geworden oder verhungert. Aber ein Roboter braucht nicht viel.«

Chiku suchte nach einem Makel, etwas, woran sie erkennen konnte, dass ihre Gastgeberin nicht aus Fleisch und Blut war. War die Haut um Augen und Lippen vielleicht zu trocken oder so glatt und straff, wie sie nur mit künstlichen Polymeren und nicht durch biologische Wachstums- und Heilungsprozesse erzeugt werden konnte?

Nein, entschied sie. Eunice hatte nichts an sich, was künstlich wirkte.

»Ich dachte, du wärst schwerer zu überzeugen.«

»Ich habe gesehen, wie mühelos du dieses Flugzeug gesteuert hast, außerdem bist du sehr stark und sehr schnell – als du mir meinen Helm zugeworfen hast, ist mir fast die Luft weggeblieben.«

»Wenn du noch mehr Beweise brauchst, sieh her.« Eunice griff nach einem der medizinischen Geräte auf dem Tisch. Ein kreisförmiger Reifen an einem hellgrauen Griff. »Ein Scanner. Streiche damit zuerst über deinen Arm und dann zum Vergleich über meinen.«

Chiku tat wie geheißen. Sie steckte die Hand durch den Reifen und schob ihn über das Handgelenk. Ganz oben im Griff befand sich ein handtellergroßes Display. Der Scanner schickte seine Strahlen durch ihren Anzug, ihre Haut und ihre Muskeln und hob die darunterliegenden härteren Knochen und Sehnen hervor. Über das kleine graugrüne Feld huschten medizinische Werte und kennzeichneten wichtige anatomische Strukturen.

Eunice streckte ihren Arm aus. Er war steif wie ein Laternenpfahl. »Jetzt ich.«

Chiku schob den Scanner über ihre Hand. Auf dem Schirm erschienen Armaturen, Universalgelenke, Scharniere, Energieleitungen, Versorgungsnetze und Aktoren.

»Auch das könnte ein Trick sein«, sagte Chiku.

»Sicher, ich hätte den Scanner so programmieren können, dass er falsche Ergebnisse anzeigt. Vielleicht bin ich auch nur vom Ellbogen abwärts mechanisch und überall sonst aus Fleisch und Blut. Aber wenn du mich nicht aufschneiden willst, wirst du mir glauben müssen. Natürlich wäre da noch *dies*.«

»Was?«

Chikus Finger fassten plötzlich ins Leere. Einen Herzschlag zuvor hatte sie noch den Scanner in der Hand gehalten.

Jetzt war er in Eunice' Hand. Sie legte ihn auf den Tisch zurück.

»Ein kleiner Partygag für Zweifler und Skeptiker. Wenn Not am Mann ist, kann ich sehr schnell sein.«

Chiku hatte nicht einmal einen Luftzug gespürt. Eunice hatte ihre vorherige Position so schnell wieder eingenommen, dass sie durch eine Lücke in Chikus Wahrnehmungsvermögen geschlüpft war.

»Du bist nicht schreiend davongelaufen. Das spricht für dich.«

»Wenn du so schnell bist, hätte ich ohnehin keine Chance. Warum bist du hier, Eunice?«

»Ich verstecke mich vor jemandem, der mich töten wollte.« Sie streckte sich in die Höhe, ohne aufzustehen, nur so weit, dass sie über Chiku hinwegschauen konnte. »Aha – da kommen die Tantoren.«

Chiku wagte kaum, sich umzusehen, doch auch diesmal gewann ihre Neugier die Oberhand. Etwas Großes – mehrere große Gestalten – näherten sich, brachen durch das Unterholz und trampelten es nieder. Mit zusammengekniffenen Augen spähte sie ins Halbdunkel, bis sie die Elefanten unterscheiden konnte. Inzwischen waren sie auch zu hören: das Knirschen und Rollen ihrer Schritte, ihr schnaubendes Atmen, viel tiefere Töne, als ein Mensch sie hervorbringen konnte. Chiku entspannte sich ein wenig. Elefanten konnten ihr keine Angst einjagen. Niemand sonst auf der *Sansibar* war so vertraut mit ihnen wie sie.

Sie fragte sich nur, warum Eunice sie anders genannt hatte.

»Wie bereits erwähnt«, erklärte Eunice, als nähme sie nach kurzer Unterbrechung einen Gesprächsfaden wieder auf, »ich sehe mich nicht gerne als ihre Wärterin. Wahr ist allerdings, dass sie mich brauchen … oder bisher gebraucht haben. Das ist ein wichtiger Grund, warum ich hier bin. Die Tantoren brauchten Schutz und Anleitung, und – mit allem gebührenden Respekt – ein Mensch wäre dieser Aufgabe einfach nicht gewachsen.«

»Auch wir haben Elefanten«, rief ihr Chiku in Erinnerung. »Weit mehr als die fünfzig, die du nach deinen eigenen Worten hier hast, und wir kommen bisher sehr gut mit ihnen zurecht.« Sie sah Eunice scharf an. »Wieso hast du eigentlich Gedächtnislücken? Müsste eine Maschine nicht besser funktionieren?«

Die Tantoren brachen zur Lichtung durch. Es waren vier, vermutlich lauter Erwachsene, dachte Chiku. Doch hier handelte es sich nicht um irgendwelche Elefanten. Sie waren afrikanischer Herkunft, wahrscheinlich nicht allzu weit entfernte Nachkommen der ursprünglichen Herden, aus denen auch die anderen Elefanten auf der *Sansibar* hervorgegangen waren. Sie sahen gesund und kräftig aus, Stoßzähne und Ohren waren sauber und unbeschädigt. Die wachen Augen unter der breiten Stirn waren aufmerksam auf Chiku gerichtet.

Die Tiere trugen nicht gerade Kleider, aber doch eine Art Zaumzeug – breite elefantengraue Gurte aus flexibel verbundenen Plastik- oder Metallplatten waren um ihre Körper und Köpfe gelegt, ohne sie in ihrer Bewegungsfreiheit einzuschränken. An diesen Geschirren waren, besonders um den Kopf herum, Gegenstände befestigt: schwarze Module, Kästen und Zylinder, deren Zweck nicht erkennbar war. Man konnte beinahe den Eindruck gewinnen, die Elefanten hätten Trophäen oder Schmuckstücke gesammelt.

Chiku rief sich zum Vergleich den Elefanten in Erinnerung, dem sie in der anderen Kaverne begegnet war, aber sie hatte ihn zu flüchtig gesehen, um seine Art zu bestimmen, geschweige denn, um festzustellen, ob er ein ähnliches Zaumzeug getragen hatte.

»Sie kommen außer mit mir nur selten mit Menschen zusammen«, sagte Eunice ruhig. »Immer vorausgesetzt natürlich, ich falle in diese Kategorie. Verhalte dich ruhig, bis ich dir etwas anderes sage.«

Die Tantoren marschierten in einer Reihe auf die Zelte zu und hielten an. Chiku beobachtete Eunice, sah sie aufstehen und erhob sich ebenfalls. Sie drehte sich langsam um, die Arme an den Seiten, nur den Helm in Händen. Wie fremdartig und bedrohlich mochte sie in ihrem Vakuumanzug wohl aussehen? Ein Ungeheuer, hart gepanzert, mit einem winzigen Schrumpfkopf.

»Was sind das für Geschöpfe?«, flüsterte sie.

»Elefanten mit erweiterter Kognition«, antwortete Eunice ebenso leise. »Höherentwickelte Tiere. Das Ergebnis illegaler Genexperimente, die durchgeführt wurden, bevor die *Sansibar* das Sonnensystem verließ. Sie haben mehr Verstand als Standardelefanten, und die modulare Organisation kommt der des menschlichen Gehirns ziemlich nahe. Sie verfügen über ein ausgeprägtes Ichbewusstsein, im Werkzeuggebrauch sind sie weit fortgeschritten, sie besitzen eine rudimentäre Sprachfähigkeit und begreifen die Bedeutung von Vergangenheit, Gegenwart und Zukunft. Einige dieser Eigenschaften waren natürlich schon bei den Elefanten vorhanden. Sie wurden nur ... verstärkt, erweitert, erhöht. Doch was immer diese Kreaturen auch sein mögen, gewöhnliche Tiere sind sie nicht mehr.«

Chiku war so beeindruckt und zugleich entsetzt, als hätte sich der Himmel aufgetan und das Räderwerk seiner eigenen Mechanik wäre zum Vorschein gekommen. Sie war über weite Strecken ihres Lebens in Gesellschaft von Elefanten gewesen, eine altehrwürdige Familientradition.

Die Widernatürlichkeit der Tantoren durchfuhr ihre Wertvorstellungen wie eine glühende Lanze.

»Wer hat das getan?«

»Falls ich es jemals gewusst habe, so kann ich mich nicht mehr daran erinnern. Aber sie sind nun einmal, wie sie sind, Chiku. Abscheu zu empfinden ist sinnlos. Die Tantoren haben ihre Entwicklung nicht selbst vorangetrieben. Sie hatten dabei nichts mitzureden.«

»Es hätte niemals geschehen dürfen.«

»Soviel ich weiß, war Geoffrey der gleichen Meinung, als er von den lunaren Zwergen erfuhr. Sie waren das Ergebnis einer Genmanipulation, die ihm in tiefster Seele zuwider war.« Eunice ging auf die vier Tantoren zu und bedeutete Chiku, sie zu begleiten. »Aber Geoffrey sah auch ein, dass er die Existenz der Zwerge akzeptieren und alles tun musste, was in seiner Macht stand, um ihnen ein besseres Leben zu ermöglichen. So waren die Karten für ihn gemischt. Du wirst ebenfalls lernen, dich mit diesen Kreaturen abzufinden.«

Eunice' unerschütterliche Selbstgewissheit ging Chiku allmählich auf die Nerven. »Woher willst du das wissen?«

»Weil du mich ein wenig an Geoffrey erinnerst. Der zweite von links – das ist Dreadnought.«

Chiku studierte den Elefanten mit dem Wissen jahrelanger Erfahrung. »Er ist ein Bulle.«

»Richtig – gut erkannt. Und ganz links? Das ist Juggernaut – man könnte sie als die Matriarchin dieser Gruppe bezeichnen. Die beiden anderen, Castor und Pollux, sind Brüder. Du hältst es wohl für ungewöhnlich, dass ein Bulle so lange nach der Pubertät noch in der Gruppe bleibt?« Eunice nahm Chikus Antwort mit einem Nicken vorweg. »Die alten Regeln, Hierarchien und Strukturen gelten hier nicht mehr. Was die gesellschaftliche Organisation angeht, stehen die Tantoren ebenso weit über den Standardelefanten wie wir über den Schimpansen. Sie leben nicht mehr in einer Herde. Sie leben in einer Gemeinschaft.« Eunice erhob ihre Stimme. »Dreadnought! Diese Frau ist Chiku. Chiku ist ein Freund.« Sie wandte sich an Chiku. »Gib mir den Helm, und tritt vor. Lass dich von Dreadnought untersuchen. Hab keine Angst.«

»Ich fürchte mich nicht.«

Das stimmte nicht ganz. Der Anzug bot zwar einen gewissen Schutz, aber ein erboster Elefant konnte sie mühelos umrennen, wieder aufheben und wie eine Puppe herumschleudern.

»Den Helm«, wiederholte Eunice.

Chiku reichte ihn ihr und ging langsam über den sonnenbeschienenen Waldboden auf die wartenden Tantoren zu. Dabei ließ sie Dreadnought keinen Moment aus den Augen. Der Tantor erwiderte den Blick ebenso unverwandt, in den schwarzen Augen unter den schweren Lidern glomm eine wache Intelligenz, die Chiku unheimlich war. Als sie näher kam, entdeckte sie auf dem Zaumzeug des Elefanten vor dem breiten Rammbock seiner Stirn ein flaches schwarzes Rechteck. Es enthielt einen gepanzerten, flexiblen Bildschirm. Aktuell zeigte dieser Schirm ein Bild von Chiku, so wie Dreadnought sie vermutlich sah.

Dreadnought streckte seinen Rüssel aus. Chiku blieb stehen und wich keinen Zentimeter zurück. Der Rüssel tastete ihren Anzug ab, strich an ihrem Körper nach oben, verweilte über den Gelenken und den Steuerbatterien. Stachlige Borsten kitzelten sie am Kinn, als er über den Halsring glitt. Warme, feuchte Luft blies ihr ins Gesicht, und sie musste sich beherrschen, um nicht zurückzuzucken. Dreadnought erkundete überraschend sanft ihr Gesicht. Der Rüssel fuhr die Umrisse ihres Kopfes nach, dann zog er sich zurück.

»Dreadnought, sag uns den Namen dieser Frau.«

Auf Dreadnoughts Bildschirm erschienen Buchstaben.

CHIKU

CHIKU

CHIKU

Chiku sah Eunice an. »Er buchstabiert erstaunlich gut, wenn man bedenkt, dass wir einander eben erst vorgestellt wurden.«

Eunice fasste sich an die Schläfe. »Ich habe das Wort soeben seinem Lexikon hinzugefügt. Wenn ich wollte, könnte ich sie auch sprechen lassen – ich müsste nur einen Sprachsynthesizer in den Schaltkreis einbauen. Aber das brauchen sie nicht und ich auch nicht. Das System ermöglicht den Austausch von symbolischen Strukturen auch dann, wenn keine Sichtverbindung besteht oder sie für stimmliche Kommunikation zu weit voneinander entfernt sind.«

»Also haben wir jetzt sprechende Elefanten, die aber nicht wirklich sprechen.«

Auf dem Bildschirm erschienen neue Zeichen. Jetzt stand da:

TANTOR ≠ ELEFANT

TANTOR > ELEFANT

»Tantor ist nicht gleich Elefant«, übersetzte Eunice. »Tantor ist größer als oder steht über Elefant. Warum stellst du dich nicht vor? Sagst ihm, dass du ein Freund bist?«

Chiku wusste nicht, ob sie Dreadnought in die Augen oder auf den Bildschirm schauen sollte. Ihr Blick wechselte zwischen beiden hin und her.

»Ich bin ein Freund. Ich will euch nichts Böses.«

»Kommst du vom Mars? Du kannst mit ihm sprechen wie mit einem dreijährigen Kind.«

»Es tut mir leid. Ich habe leider wenig Erfahrung mit sprechenden Elefanten.«

Wieder veränderte sich der Text auf dem Bildschirm.

TANTOR

TANTOR

TANTOR

TANTOR > ELEFANT

»Ich habe verstanden. Das Wort Elefant hören sie wohl nicht so gern? Was hast du ihnen erzählt? Dass sie etwas Besseres sind als Elefanten?«

»Dass sie mehr sein können als Elefanten.«

»Haben sie überhaupt jemals einen Elefanten ohne erweiterte Kognition gesehen?«

»Nein, aber ich habe ihnen Bilder gezeigt und das Land beschrieben, aus dem sie einst kamen. Du solltest dich bei Dreadnought entschuldigen.«

»Es tut mir leid«, sagte Chiku.

DREADNOUGHT ≠ BÖSE

CHIKU FREUND DREADNOUGHT

»Sieht so aus, als hätte man dich akzeptiert. Die Nachricht, dass du da bist, wird sich verbreiten. Die Tantoren wissen, dass meine Freunde auch ihre Freunde sind.«

»Leicht gesagt, wenn man nicht viele Freunde hat«, bemerkte Chiku.

»Treffer.«

Chiku trat vorsichtig einen Schritt zurück. Die anderen Tantoren beobachteten sie mit zurückhaltendem Interesse. Einer der Brüder – sie wusste nicht mehr, wer Castor und wer Pollux war – schob mit seinem Rüssel einen Erdklumpen weg. Chiku hörte ein leises Grollen, konnte es aber keinem einzelnen Tier zuordnen. Alle hatten einen Bildschirm auf der Stirn, aber nur Dreadnought hatte mit ihr kommuniziert.

»Glaubst du, die Zeit ist reif?«, fragte Eunice.

»Wofür?«

»Dafür, dass wir alle die Kaverne verlassen und uns der *Sansibar* zeigen.«

»Ist das dein Ernst? Du bist ein übermenschlich schneller und starker Roboter. Und das sind sprechende Elefanten.«

»Ich hatte gehofft, nach so langer Zeit wäre man etwas aufgeschlossener geworden.« Sie hob eine Hand. »Dreadnought – ihr könnt gehen. Juggernaut, Castor, Pollux – ich danke für euren Besuch. Wir sehen uns vor dem Dämmerdunkel.«

Die Tantoren machten kehrt und marschierten von der Lichtung.

»Wer wusste von dieser Kaverne?«, fragte Chiku.

»Nur sehr wenige. Geoffrey und Lucas natürlich, und deine Mutter wusste natürlich von mir, zumindest anfangs.«

»Was soll das heißen?«

»Um es schonend auszudrücken, Chiku, ich war ihrer Kontrolle entwachsen. Danach hatten wir nicht mehr viel miteinander zu tun. Das lag in beiderseitigem Interesse. Je weniger sie über mich wusste, desto weniger brauchte sie vor der Obrigkeit zu verheimlichen. Vergiss nicht, ich war vollkommen illegal. Und je weniger Kontakt ich mit der Familie hatte, desto geringer war das Risiko, dass meine Existenz bekannt wurde. Du bist vermutlich erschüttert darüber, dass dies alles geschehen konnte, ohne dass du irgendeine Ahnung davon hattest?«

»Glaubst du?«

»Oh, ich denke schon. Mir ginge es sicherlich so.« Eunice schwieg einen Moment, dann fuhr sie fort. »Aber du solltest dich deshalb nicht allzu sehr grämen. Man wollte dich lediglich vor den Konsequenzen schützen. Selbst innerhalb der Familie war über die Tantoren sehr wenig bekannt. Für sie waren Chama und Gleb zuständig, Freunde deiner Mutter und Jitendras. Chama und Gleb überwachten die Entwicklung der Tantoren, seit auf dem Mond die ursprünglichen Elefanten-Genstämme angelegt worden waren. *Das* hielten sie wohlweislich unter der Decke – sie wussten sehr genau, wie man die Tantoren damals aufgenommen hätte.«

»Sicherlich nicht allzu gut.«

»Nachdem diese kognitiv erweiterten Lebewesen nun einmal geschaffen waren, hielt man es damals für die sicherste Lösung, sie in den interstellaren Raum zu schicken. Ich war als Beschützerin, Führerin und medizinische Betreuerin vorgesehen, bis die Zeit reif war, uns der Öffentlichkeit zu präsentieren.«

»Du sagtest doch, du musstest dich verstecken«, erinnerte sich Chiku.

»Erstaunlicherweise kann ich zwei Dinge auf einmal tun. Ich kann mich verstecken *und* den Tantoren nützlich sein. Chama, Gleb und die anderen träumten davon, dass die Tantoren vielleicht hundert oder zweihundert Jahre nach dem Start auf dem Holoschiff in Erscheinung treten und von den Menschen als ebenbürtig anerkannt würden. Und dass auch ich mich dann gefahrlos frei bewegen könnte.«

»Ich fürchte, darauf musst du noch ein Weilchen warten.«

»So viel zum Thema Toleranz gegenüber dem Unbekannten. Wir drängen hinaus in den interstellaren Raum – wer weiß, was uns dort erwartet? Wenn wir nicht einmal einen Roboter und ein paar sprechende Elefanten akzeptieren können, wie wollen wir dann bestehen, wenn wir auf *wirklich* fremdartige Wesen treffen?«

In einer zutiefst hoffnungslosen Geste breitete Chiku die Arme aus. »Du bist gewohnt zu warten, Eunice. Möglicherweise musst du dich noch länger gedulden. Dass ich hierherkam, dass ich den Weg in diese Kaverne gefunden habe … das war reiner Zufall. Wäre Kappa nicht zerstört worden, ich stünde nicht hier. Wer weiß, wie lange du hättest warten müssen, bis dich jemand gefunden hätte?« In diesem Moment fiel ihr eine weitere Bemerkung von Eunice wieder ein. »Aber du bist ja schon draußen gewesen.«

»Ich hatte zu viel vergessen, und das machte mir allmählich Sorgen. Eigentlich waren sichere Datenverbindungen zum Rest der *Sansibar* vorgesehen, sodass ich auf die öffentlichen Netze zugreifen konnte, ohne diese Kaverne verlassen zu müssen. Und dieser Stellvertreter – inzwischen funktioniert er nicht mehr, aber ursprünglich hatte man ihn hier deponiert, um jemandem wie dir, einem Akinya mit Insiderwissen, Besuche ohne körperliche Anwesenheit zu ermöglichen. Nachdem ich weder auf die Datenverbindungen noch auf den Stellvertreter zurückgreifen konnte, blieb mir nichts anderes übrig, als die Kaverne zu verlassen, um meine Erinnerungslücken zu füllen.«

Die Vorstellung, dass diese Maschine, dieses Artilekt sich mehrfach in den öffentlichen Bereichen der *Sansibar* aufgehalten hatte, traf Chiku bis ins Mark.

»Ist es dir denn gelungen, die Lücken zu füllen?«

»Bis zu einem gewissen Grad, aber es gibt immer noch blinde Stellen. Ich wurde nämlich beschädigt. Über lange Zeit war ich mächtig. Erschreckend mächtig sogar. Doch dann trat eine Veränderung ein.«

»Inwiefern?«

»Ich bin mit etwas zusammengestoßen. Was immer es war, wir sind einander in die Quere gekommen. Es muss ein anderes Artilekt gewesen sein. Ebenso mächtig wie ich und ebenso unbekannt.«

»Jemand wie du?«

»Ähnlich, aber so körperlos, wie ich es einst war. Über die Netzwerke verteilt, an allen Schwachstellen unterwegs. Was immer sie war, sie muss schon lange da gewesen sein und im Sonnensystem unbemerkt auf mich gelauert haben.«

»Du sagst ›sie‹ …«, bemerkte Chiku.

»Ich sagte doch, dass ich beschädigt wurde. Dieses Artilekt hat mich gefunden und wollte mich töten. Es hat mit den Waffen der Mathematik auf mich eingestochen. Hat mich mit Viren und Malware infiziert, die sich ausbreiteten wie eine Krankheit und meine zentralen Systeme zunehmend lahmlegten. Selbst nachdem ich mich zu einem einzelnen Körper konsolidiert hatte und so klein geworden war, dass ich mich unbemerkt unter Menschen bewegen konnte, schritt die Krankheit fort. Irgendwann kehrte ich auf die *Sansibar* zurück und versuchte, die Schäden zu beheben – die Löcher in meiner Seele zu stopfen.«

»Warum hat es ausgerechnet dich aufs Korn genommen? Was hattest du damit zu tun?«

»Ich weiß es nicht, aber ich wüsste es sehr gerne. Was war das für ein Artilekt? Wer hat es geschaffen, und wozu? Wie weit konnte es sich in unserem heimischen Sonnensystem ausbreiten? Könnte es immer noch dort sein, oder ist es ihm gelungen, sich auf die *Sansibar* einzuschleusen? Sucht es noch immer nach mir?«

Chiku seufzte. »Allzu viel weißt du nicht darüber.«

»Ich habe einen Namen. Das Artilekt, das mich töten wollte, nennt sich Arachne.«

Chiku war froh, als sie nach Hause zu Noah und den Kindern zurückkehren konnte. Die Gondel brachte sie wieder nach Kappa, und sie kletterte ohne Zwischenfälle aus dem Schacht. Als sie ihren Anzug zurückgab, war sie fast enttäuscht, als niemand wissen wollte, wo sie gewesen war. Wie sich herausstellte, waren nicht mehr als fünf Stunden vergangen, und niemand hatte sich Sorgen gemacht. Ihre beiläufig vorgebrachte Erklärung für die Dellen und Kratzer – es habe während ihrer Durchsuchung einen Steinschlag in einem der Untergeschosse gegeben – wurde ohne Rückfrage akzeptiert. Eunice hatte die geringfügigen Schrammen an ihrem Kopf so weit gesäubert, dass sie nicht ins Auge sprangen. Lediglich ein Grasbüschel mit Erde daran, das sich im Gelenk zwischen Knie und Oberschenkel verfangen hatte, gefährdete Chikus Version der Ereignisse. Aber wenn es jemand bemerkte, dann ging man davon aus, dass sie es aus dem Inneren von Kappa mitgebracht hatte.

Als Ndege und Mposi an diesem Abend eingeschlafen waren und die Nachbarn das Licht gelöscht hatten, berichtete sie Noah von ihrer Entdeckung.

»Bevor ich anfange«, begann sie, »musst du mir versprechen, alles, was ich dir erzähle, widerspruchslos zu akzeptieren.«

»Warum sollte ich das nicht tun?«

»Das wirst du gleich sehen. Ich will nur sagen, wenn du mich wegen jeder Kleinigkeit unterbrichst und alles anzweifelst, sitzen wir nächste Woche noch hier. Bist du bereit, zuerst zuzuhören und dir alle Fragen für später aufzuheben?«

Noah schenkte Wein ein. »Leg los.«

Das tat sie, und Noah verschonte sie tatsächlich mit kleinlichen Zweifeln. Zwar unterbrach er sie ein oder zwei Mal, aber nur, um sich etwas genauer oder ausführlicher erklären zu lassen, nicht aber, um den Wahrheitsgehalt ihrer Geschichte infrage zu stellen. Sie schilderte alles, was sie erlebt hatte, von der Gondel über das Flugzeug bis hin zu Eunice und den Tantoren. Sie verschwieg auch nicht, was sie über Eunice' Wesen erfahren hatte und warum sie keinen Anlass sah, daran zu zweifeln, dass sie mit einer Maschine gesprochen hatte. Und schließlich erzählte sie ihm von Eunice' Gedächtnisverlust und dem Artilekt mit Namen Arachne.

»Ich weiß, dass ich dir ganz zu Anfang etwas versprochen habe«, sagte sie, als sie mit ihrem Bericht zu Ende war. »Wir hatten vereinbart, dass ich meine Erkenntnisse entweder der Versammlung vorlegen oder die Sache nie wieder erwähnen würde. Aber jetzt musst du doch einsehen, dass ich dieses Versprechen nicht halten kann.«

»Du kannst das nicht allein stemmen, Chiku.«

»Zugegeben. Aber eines steht fest – wir können auf keinen Fall riskieren, damit vor die Versammlung zu treten.«

»Früher oder später«, gab Noah zu bedenken, »wird man in Kappa mit dem Wiederaufbau beginnen, und dann wird jemand anderer diesen Schacht finden.«

»Dessen ist sich Eunice bewusst. Aber sie weiß auch, dass die Zeit für eine solche Enthüllung noch nicht reif ist.«

»Kannst du ihr vertrauen? Ist sie nach allem, was du mir über ihr Gedächtnis erzählt hast, noch vollkommen bei Verstand?«

»Das weiß ich nicht. Zumindest werde ich versuchen, über

Arachne in Erfahrung zu bringen, so viel ich kann. Doch davon abgesehen sehe ich eines ganz klar. Ich habe festgestellt, dass wir diese Kaverne einigermaßen gefahrlos betreten und auch wieder verlassen können – jedenfalls bis auf Weiteres.« Sie hielt inne und krallte die Finger ineinander. »Wenn ich das nächste Mal hinuntersteige, solltest du mitkommen, Noah. Du musst das alles mit eigenen Augen sehen.«

»Ich halte die Sache noch immer für riskant – was wird aus den Kindern, wenn uns etwas zustößt?«

»Ich weiß jetzt, was mich erwartet, und ich glaube auch nicht, dass wir in dieser Kaverne irgendetwas zu befürchten haben. Aber uns bleibt nicht viel Zeit – sobald der Wiederaufbau beginnt, ist uns der Weg versperrt.«

»Ich könnte allein gehen«, überlegte Noah.

»Die Transitgondel würde dich nicht befördern, aber selbst wenn, ich habe Eunice versprochen, dass ich wiederkomme. Ich vertraue ihr, Noah. Auch sie ist eine Akinya. Nicht aus Fleisch und Blut vielleicht, aber wir *haben sie geschaffen*. Damit ist meine Familie für sie zuständig.«

»Die Vergangenheit deiner Familie hat die aufreizende Angewohnheit, sich in die Gegenwart zu drängen«, stellte Noah fest.

»Du bist nicht der Einzige, der sich wünscht, dass sie damit aufhört«, gab Chiku zurück.

Am nächsten Morgen war sie zu einem Vieraugengespräch mit Präsident Utomi ins Gebäude der Versammlung bestellt. Beim Kaffee in Utomis Büro machte der Präsident aufreizend lange Konversation. Das stand im Gegensatz zu seiner gewohnten Direktheit. Chiku fand es beunruhigend. Sie spürte ganz deutlich, dass er sich zu einem Thema vortastete, das ihr wahrscheinlich nicht angenehm sein würde.

»Sie sehen müde aus«, bemerkte er, als ob das ihre Stimmung heben könnte. »Ist alles in Ordnung?«

»Abgesehen von der Sache mit Travertine, dem Unfall, der uns alle das Leben hätte kosten können, ganz zu schweigen von den zu erwartenden politischen Differenzen mit dem Rest unserer Karawane und dem drohenden Abbremsproblem ... nein, es ist alles gut.«

»Ihr Sarkasmus wird noch einmal Ihr Tod sein.« Utomi musterte sie mit weisem Eulenblick über den Rand seiner Kaffeetasse hinweg. In seinen kräftigen Fingern wirkte die Tasse wie ein Spielzeug. »Aber Sie haben ja recht. Wir leben in schwierigen Zeiten, und diese unselige Geschichte mit Travertine hat die Lage nicht gerade verbessert. Möchten Sie zur Abwechslung einmal gute Nachrichten hören?«

Sie war nicht sicher, ob sie ihr Misstrauen völlig verbergen konnte. »Das würde uns allen guttun, Präsident.«

»Zwei Dinge. Ich hatte Ihnen vor ein paar Tagen Hoffnungen auf eine positive Entscheidung über Ihren jüngsten Antrag auf Auszeit gemacht. Noch ist es nicht amtlich, aber heute kann ich Ihnen sagen, dass die Aussichten sehr, sehr günstig sind. In der Gesetzgebenden Versammlung schätzt man Sie sehr, Chiku, und man würde es bedauern, beim Endanflug auf Crucible auf Ihre Erfahrung verzichten zu müssen.«

»Ich hoffe, bis dahin noch am Leben zu sein, was auch geschieht, Präsident.«

»Gewiss, das hoffen wir alle. Aber solange Sie auf den Beinen sind, besteht immer die Gefahr, dass Ihnen ein Unfall oder Schlimmeres zustößt. In der Auszeit können wir Sie umfassend schützen – jedenfalls vor Missgeschicken, die vorhersehbar sind.«

»Ich verstehe. Wann kann ich mit dem offiziellen Bescheid rechnen?«

»Schon bald, wie ich hoffe – und das bringt mich zur zweiten guten Nachricht. Die Unterkarawane will wahrhaftig keinen Ärger, Chiku – wir haben schon genug am Hals, auch ohne dass man über die *Sansibar* den Ausnahmezustand verhängt. In den öffentlichen Stellungnahmen werden Sie davon natürlich nichts hören – der Rat der Welten muss zumindest den Eindruck vermitteln, sich an das zu halten, was er androht oder verspricht –, aber man hat so seine Verbindungen. Nicht einmal Teslenko möchte, dass es zur Ausrufung des Kriegsrechts kommt. Man sucht lediglich nach einem Weg, diese leidige Angelegenheit abzuschließen und zur Normalität zurückzukehren. Wir wollen einen sauberen Schlussstrich ziehen, indem man an den Beteiligten ein Exempel statuiert.«

»Ein Exempel«, wiederholte sie.

»Ich weiß, Sie sind mit Travertine befreundet oder waren es jedenfalls – das ist nicht mehr zu ändern, und niemand macht Ihnen das zum Vorwurf. Xier war einst mit vielen von uns befreundet. Aber Travertine hat ein schweres Verbrechen begangen, und bei aller Loyalität, die eine solche Freundschaft mit sich bringt … Kann ein Gesetzesbruch dieser Größe ungestraft bleiben?«

»Ich glaube nicht, dass Ihnen jemand widersprechen würde, Präsident.«

»Ich will nicht behaupten, dass Ihre Stimme so oder so den Ausschlag geben könnte, Chiku. Travertines Schicksal ist so gut wie besiegelt. Aber wenn wir Einigkeit demonstrieren … mit Nachdruck erklären, dass wir derart fahrlässige Experimente nicht dulden … damit könnten wir unseren Feinden doch viel Wind aus den Segeln nehmen. Im Gegenzug wird man uns auch weiterhin erlauben, in einer offenen, demokratischen Gesellschaft zu leben. Außerdem bin ich der Ansicht, dass eine solche Demonstration von Einigkeit sogar in Travertines Interesse wäre.«

»Ich weiß nicht, ob ich Ihnen ganz folgen kann.«

»Wenn der Rat auch nur einen Hauch von Uneinigkeit spürt, wird man auf Hinrichtung drängen. Aber wenn wir uns mit einer solchen Geste einigermaßen solidarisch zeigen, wird man sich vielleicht mit einem milderen Urteil, der Verweigerung der Lebensverlängerung zufriedengeben.« Sein Lächeln wirkte verkrampft. »Wir würden Travertine wirklich einen Gefallen tun.«

»Und wir könnten alle ruhig schlafen.«

»Wir müssen an die gesamte Gemeinschaft denken, Chiku. Die steht über der Existenz eines Einzelnen. Über einem Menschenleben. Über persönlicher Loyalität. Ich verlange schließlich nicht, dass Sie xiem mit eigener Hand den Dolch ins Herz stoßen, Sie sollen lediglich Ihre Gefühle hintanstellen und befürworten, dass Travertines Verbrechen eine strenge Strafe verdient.«

»Angenommen, ich schließe mich der Mehrheit nicht an?«

»Sie waren bislang ein wertvolles Mitglied unserer Gemeinschaft. Warum wollen Sie sich mit einer einzigen unüberlegten Aktion Ihren Ruf ruinieren?«

»Ich verstehe.«

»Wobei ich nicht sagen will, dass es irgendeinen Einfluss auf die Entscheidung über Ihre Auszeit haben wird, ob Sie für oder gegen Travertine stimmen.«

»Nein, so etwas würden Sie natürlich niemals sagen.«

»Genau.« Utomi seufzte und lächelte matt. »Ich glaube, wir haben uns verstanden, Chiku.«

11

Chiku stand so reglos wie die scharfkantigen Trümmer in dem zerstörten Gebäude und wartete auf Noah. Seit ihrem letzten Besuch war offenbar niemand hier gewesen. Sie hatte ihrem Mann den Weg genau beschrieben, aber er verspätete sich. Sie hatten eine klare Absprache: Wenn Noah in irgendetwas verwickelt würde, was es schwierig machte, allein zu ihr zu kommen, sollte er das Treffen platzen lassen. Dann würde Chiku ohne ihn zu Eunice gehen.

Doch da erblickte sie ihn. In seinem Vakuumanzug kam er wie ein Neonskelett über eine der geräumten Durchgangsstraßen auf sie zu. In einiger Entfernung zankten sich zwei gelbe Maschinen, die eine der größeren Kuppeln abreißen sollten, um ein großes Mauerstück und zerrten von beiden Seiten daran.

Beim Betreten der zerstörten Kuppel, unter der ihn Chiku erwartete, dunkelte Noah seine Anzugmarkierungen ab.

Über die Privatverbindung drang seine Stimme zu ihr. »Ich hatte schon befürchtet, dein Gespräch mit Utomi würde so lange dauern, dass du nicht rechtzeitig hier sein könntest.«

»Nein, ich konnte mich loseisen. Aber ich habe keine guten

Nachrichten. Er hat mir mehr oder weniger offen erklärt, wenn ich nicht gegen Travertine stimme, können wir die Auszeit vergessen.«

»Das ist Erpressung!«

»Nennen wir es gezielte Überredung. Selbstverständlich alles inoffiziell und nichts, worauf man sich berufen könnte. Aber ich werde deshalb auf keinen Fall meine Grundsätze verraten. Wir haben ein verbrieftes Recht auf eine Auszeit, ob ich mich nun der Mehrheit anschließe oder nicht.«

»Mag sein.« Noah suchte sich einen Weg durch den Schutt. »Irgendwelche Anzeichen, dass jemand hier herumgeschnüffelt hat, seit du das letzte Mal hier warst?«

»Alles sieht noch genauso aus, wie ich es verlassen hatte, aber es wird nicht mehr lange dauern, bis die Räumgeräte anrücken. Nicht auszuschließen, dass sie den Schacht entdecken, aber ich halte es für viel wahrscheinlicher, dass sie ihn einfach verschließen, ohne dass ihn irgendjemand bemerkt.«

Sie führte ihn ins Untergeschoss. Noah war mit Höhen immer gut zurechtgekommen, viel besser als Chiku, und so folgte er ihr ohne Zögern in den Schacht. Chiku ging voran und spürte, wie mit jedem Schritt ein weiteres Stück Normalität zurückkehrte. Nein, sie wurde nicht verrückt. Dies war der Schacht, hier fing der Stollen an, zu dem er führte. Als Nächstes erreichten sie die Gabelung, die auf Travertines Plan eingetragen war. Und schließlich standen sie vor der Gondel, die genauso, wie sie sie verlassen hatte, auf ihren drei Induktionsschienen ruhte.

»Die ist ja riesig«, staunte Noah.

Chiku lächelte. »Groß genug für Elefanten.«

Sie stieg mit Noah in das vordere Abteil der Gondel. Sobald sich die Tür geschlossen hatte, strömte Luft ins Innere. Chiku zog ihren Handschuh aus und setzte die Gondel in Bewegung. Bald glitten die roten Leuchtreifen immer schneller vorbei.

»Wir sind auf dieser Route«, erklärte sie und fuhr mit dem Finger über eine schimmernde Linie auf der Karte in der Konsole. »Ich glaube, sie endet nahe am Bug der *Sansibar*. Das klingt doch vernünftig?«

»Sonst gibt es nirgendwo Platz«, sagte Noah. »Jedenfalls nicht für eine Kaverne von der Größe, wie du sie beschrieben hast. Allerdings befindet sich am Bugkegel viel massives Felsgestein, das Kollisionen abfangen soll.«

»Richtig – jede Menge Rohmaterial, um Partikel zu absorbieren, die mit hoher Geschwindigkeit auftreffen, deshalb gibt es dort weder Quartiere noch wichtige Infrastruktur. Wenn du dringend einen Platz für eine geheime Kaverne suchen müsstest, wärst du dort an der richtigen Stelle.«

»Auf einer tieferen Ebene«, überlegte Noah, »muss die *Sansibar* von diesem zusätzlichen Hohlraum in ihrem Inneren gewusst haben. So viel fehlende Masse, eine Gesteinsmenge von der Größe eines Berges, die nicht da ist, wo sie sein soll – das muss die Dynamik des Holoschiffs doch messbar verändert haben. Warum ist uns das nie aufgefallen?«

»Wer immer dafür verantwortlich ist, hat die Pläne sehr gründlich gefälscht«, sagte Chiku. »Die Kaverne war von Anfang an vorgesehen, anschließend hat man dafür gesorgt, dass sie auch bei aufmerksamster Suche auf keiner Ebene zu finden wäre.«

Diesmal kam Chiku die Fahrt zu Eunice' Kaverne kürzer vor, eine bekannte Täuschung, mit der sie hätte rechnen müssen. Sobald die Gondel anhielt und der Druckausgleich abgeschlossen war, stiegen sie im Vakuum aus und überprüften die Funktion ihrer Anzüge, bevor sie den Weg fortsetzten. Alles war in Ordnung.

»Jetzt ist es nicht mehr weit«, versprach Chiku nicht ohne Stolz darauf, dass sie sich hier so gut auskannte.

Die Luftschleuse am oberen Ende der Wendeltreppe bot nur für eine Person Platz. »Ich gehe als Erste durch …«, begann Chiku.

»Nein, diese Ehre möchte ich für mich in Anspruch nehmen«, widersprach Noah. »Dieses Mal jedenfalls.«

Er wartete auf der anderen Seite, bis sie kam. Den Helm hatte er bereits abgenommen und trug ihn unter dem rechten Arm. Natürlich hatte er ihren Bericht gehört, und die Anzeigen seines Anzugs hatten ihm sicher auch bestätigt, dass die Luft atembar war, aber es beunruhigte sie, dass er es so eilig hatte. Ihr wäre es lieber gewesen, wenn er auf ihre Zustimmung gewartet hätte, bevor er den Helm absetzte.

»Die Luft ist gut«, sagte er zwischen zwei demonstrativen Atemzügen. »Irgendwie anders. Diese Kaverne steht mit dem Rest der *Sansibar* nicht in Verbindung, nicht wahr? Bisher ist noch keines dieser Moleküle durch meine Lungen gegangen.«

Chiku zuckte die Achseln. Woher sollte sie so etwas wissen?

In Kaverne siebenunddreißig war Tag. Der Himmel war hell bis auf die schwarzen Quadrate, wo die Deckenelemente ausgefallen waren. Chiku zeigte in Richtung des Talverlaufs auf den dicht bewachsenen Hang, der die Kaverne scheinbar abschloss. »Das ist nicht das Ende. Es gibt eine Verbindung, einen Durchgang zu einer Unterkaverne. Auf der anderen Seite ist es ebenso. Eunice fliegt mit einem Flugzeug hin und her.«

»Weiß sie, dass wir hier sind?«

»Wahrscheinlich. Beim ersten Mal hat sie mich ziemlich schnell wahrgenommen.«

Den Helm immer noch unter dem Arm, betrat Noah den Pfad. Mit jedem Schritt wühlte er ockergelben Staub auf. Chiku nahm ihrerseits den Helm ab und folgte ihm, den Blick auf den Weg, aber auch auf den Talgrund gerichtet. Sie hatte die Tantoren in Eunice' Beisein kennengelernt, und Eunice hatte ihren Freunden versichert, dass Chiku keine Gefahr darstellte. Was geschehen wäre, wenn sie unvorbereitet auf sie gestoßen wäre, konnte sie nur schwer abschätzen. Wahrscheinlich wäre es ihr nicht gut bekommen.

»Das ist unglaublich«, rief Noah und deutete mit großer Geste in die Runde. »Das alles hier – es war die ganze Zeit da, und wir hatten keine Ahnung. Was hätten wir nicht alles daraus machen können!«

»Wir hätten es bloß in eine Kaverne verwandelt wie die sechsunddreißig anderen«, antwortete Chiku trübselig. »Häuser, Parks und Schulen. Über Platzmangel würden wir trotzdem noch klagen! Und was hätten wir mit den Elefanten gemacht, die bereits hier sind?«

Noah grinste. »Da kommt unsere Gastgeberin, wenn ich mich nicht irre.«

Er hatte den Arm ausgestreckt. Chiku schaute in die gleiche Richtung. Im Gegensatz zu ihrem ersten Besuch kam das Flugzeug, die *Sess-na*, vom anderen Ende der Kaverne auf sie zu. »Das ist sie.«

»Was für ein Unsinn, in diesem Ding herumzufliegen.«

»Genau deshalb tut sie es wahrscheinlich.«

Noah lachte.

Das Flugzeug umschwirrte sie. Diesmal blieb Chiku stehen und winkte der Gestalt im Cockpit zu. Eunice wackelte mit den Flügeln und flog in Spiralen dem Talboden zu. Die winzige weiße Maschine steuerte eine freie Fläche an und setzte so leicht auf wie eine Libelle. Als sie ausgerollt war, erschien Eunice' winzige Gestalt unter dem hoch angesetzten weißen Flügel.

Noah wurde offenbar von brennender Neugier erfasst und stolperte Hals über Kopf los. Nur mit viel Glück vermied er einen Sturz. Chiku folgte in weniger halsbrecherischem Tempo.

Bald kämpften sie sich durch das dichte Gestrüpp in den unteren Bereichen des Tales. Das Flugzeug hatten sie inzwischen aus dem Blick verloren, aber die künstlichen Gestirne am Himmel dienten als zuverlässige Orientierungshilfe.

»Was weiß sie über die Welt draußen?«, fragte Noah, als Chiku ihn einholte. Durch das feine Gitterwerk des Blätterdachs fielen Sonnenstrahlen auf ihre Anzüge.

»Sie hat nicht vergessen, was die *Sansibar* ist, und sie weiß auch, dass meine Familie etwas damit zu tun hat. Alles Weitere ist rudimentär.«

»Wenn sie glaubt, dass die Welt für Artilekte und sprechende Elefanten bereit ist, steht ihr der Schock ihres Lebens bevor.«

Endlich lichtete sich der Wald, und zu ihrer Erleichterung sahen sie die *Sess-na* vor sich. Die Schwanzflosse ragte blitzend aus feinem, weizengelbem Gras heraus, das ihnen bis zu den Oberschenkeln reichte. Sie beschleunigten ihre Schritte. Chiku hörte, wie Noahs Anzug mit leisem Winseln seine Bewegungen unterstützte. Die Anzüge waren zu sperrig. Chiku hätte ihren am liebsten abgelegt, um das Gras auf der Haut zu spüren.

»Hallo«, rief Eunice und hob die Hand. »Da bist du ja wieder, Chiku. Ich muss gestehen, ich hatte meine Zweifel. Oh, ich Kleingläubige! Und wer ist dein gut aussehender Begleiter?«

»Ich bin Noah«, stellte er sich mit verlegenem Lächeln vor. »Chikus Ehemann und ebenfalls Mitglied der Gesetzgebenden Versammlung der *Sansibar*.«

»Willkommen alle beide. Man lernt, auf Gesellschaft zu verzichten, findet aber schnell wieder Geschmack daran.«

»Ich wollte Noah das alles zeigen, bevor es zu spät ist. Hoffentlich bist du nicht enttäuscht, weil ich ihn mitgebracht habe.«

Eunice saß auf einem der großen Gummiräder der *Sess-na.* »Habe ich dir verboten, irgendjemandem davon zu erzählen?« Sie stand auf, als die beiden näher kamen, und streckte ihnen die Hand entgegen. Noah schüttelte sie als Erster und hielt sie etwas länger fest, als die Höflichkeit es erforderte. Suchte er etwa – selbst mit Handschuh – nach einem Hinweis darauf, dass sie kein echter Mensch war?

Chiku fuhr fort: »Die Arbeiten in Kappa gehen zügig voran – es wird nicht mehr lange dauern, bis der Zugang verschlossen wird.«

»Dann sollten wir uns beeilen. Wollen wir losfliegen? Ich nehme an, Noah kann es nicht erwarten, die Tantoren kennenzulernen.«

Noah warf seiner Frau einen Blick zu. Sie nickte.

Vertrau mir.

Bald waren sie in der Luft. In der *Sess-na* gab es vier Sitzplätze, und diesmal setzte sich Chiku nach hinten und überließ Noah den Sitz rechts von Eunice. Da sie schon zum dritten Mal in dem Flugzeug saß, wurde sie nicht mehr überrascht, wenn es auf Luftlöcher und Thermiken traf und schwankte oder jäh absackte. Sie streckte den Arm aus und legte Noah die Hand auf die Schulter. Er duldete es für einen Moment, dann schob er sie sanft weg und nickte. Gegen den Flug hatte er nichts einzuwenden. Diesmal ging es nur zwei Kilometer weit durch das Tal, dann sanken sie in Spiralen einer halbkreisförmigen Lichtung entgegen. Chiku erkannte die Stelle wieder – es war die Lichtung vor der schroffen Felswand mit den penibel ausgeführten Inschriften.

Beim Sinkflug waren sie für einen Moment fast im freien Fall – Chiku hatte den Verdacht, dass Eunice die Maschine weit über ihre Leistungsgrenzen hinaus strapazierte –, dann holperten sie über einen staubigen Fleck im Zentrum der Lichtung.

Hohe dunkle Bäume säumten den Rand des Halbkreises, die gerade Seite wurde von der Felswand begrenzt. Das Flugzeug rollte aus.

Sie ließen die Helme auf den Sitzen liegen. Mit offenem Mund spähte Noah an der Wand empor. Sie war zwanzig bis dreißig Meter hoch, der Anblick ließ ihn nicht mehr los.

»Was ist das?«, fragte er.

»Mein Gedächtnis«, antwortete Eunice. »Chiku hat dir sicher von der kybernetischen Demenz erzählt, mit der man mich infiziert hat. Sie schreitet langsam, aber unaufhaltsam fort. Es ist mir nicht gelungen, sie zum Stillstand zu bringen, deshalb habe ich so viele Informationen wie möglich in Stein konserviert, solange ich mich noch daran erinnern konnte.«

»Die Zeichen sehen wie Hieroglyphen aus«, sagte Chiku, doch als sie näher trat, erkannte sie, dass sie solche Symbole noch nie zuvor gesehen hatte. Es gab zahlreiche Strichmännchen oder Formen, die an Strichmännchen erinnerten, dazu viele Linien, Spiralen und Kringel.

»Ich habe dieses Verfahren auf Phobos entdeckt und erkannt, dass es sich gut zur Speicherung und Verschlüsselung eignet. Zum Glück war die Syntax in einem Teil meines Gedächtnisses vergraben, an den sie nicht herankam.«

»Du brauchst all das … also nur zu lesen, und dann ist es, als hättest du nie etwas vergessen?« Chiku fuhr mit der Hand über die eng beschriebene, senkrecht aufragende Wand und sah im Geiste die winzige Eunice affengleich an diesem Felsen auf und ab turnen und ihre Vergangenheit in Stein meißeln, während ihre Erinnerung zerfiel.

»Nicht ganz«, lautete die Antwort. »Meine gesamte Wissensbasis in *Stein* zu speichern wäre unmöglich. Hier befinden sich hauptsächlich Hinweise, eine Art Beschilderung ähnlich dem Katalogsystem in einer Bibliothek.« Sie schnalzte verächtlich mit der Zunge. »So ganz hat es leider nicht funktioniert. Die Demenz hat auch Teile von mir befallen, die ich für sicher hielt. Als sie ihr Werk verrichtet hatte, wusste ich nur noch mit einem winzigen Bruchteil dieser Inschriften etwas anzufangen.«

»Heißt das, die Demenz schreitet nicht weiter fort?«, fragte Noah.

»Sie wird nicht schlimmer, eine Heilung ist allerdings nicht in Sicht. Seit Jahrzehnten stehe ich kurz davor, mich selbst zu verstehen, aber letztlich kommt es nie dazu.«

»Dann war all die Mühe umsonst«, bedauerte Chiku.

»Nicht ganz. Ich war so schlau, mehrfach redundante Zugänge zu den wichtigsten Wissensbereichen einzurichten. Dazu gehören etwa der Name Arachne und etwas von dem, was sie einst war. Auch einen zweiten Namen habe ich mir eingeprägt.«

»Nämlich …?«, fragte Chiku.

»Sie heißt … oder hieß … June Wing.«

Chiku lächelte. »Den Namen habe ich schon gehört. In irgendeiner Weise hatte sie mit unserer Familie zu tun, nicht wahr?«

»Sie war eine Freundin, eine Verbündete. Die Verbindung zu ihr blieb erhalten, auch nachdem der routinemäßige Kontakt zu deiner Mutter abgerissen war. June Wing half mir, am Leben zu bleiben und hierherzugelangen. Ich hoffe, sie ist auch selbst noch am Leben.«

»Ich könnte in den öffentlichen Archiven nachsehen«, erbot sich Chiku. »Vielleicht ist sie im alten System noch vorhanden. Infolge der Zeitverzögerung könnte die Information zwar überholt sein, aber mehr kann ich nicht tun.«

»Dafür wäre ich dir dankbar.«

In diesem Augenblick kamen die Tantoren zwischen den Bäumen hervor.

Dank ihrer ausgedehnten Erfahrung mit Elefanten war Chiku imstande, Individuen zu unterscheiden. Sie wusste, woran man das Alter und die Vitalität der Tiere erkannte, wie sie einzelne Tiere auseinanderhalten und Verwandtschaftsbeziehungen feststellen konnte. Dazu brauchte sie jedoch Zeit, und sie war bei Weitem nicht lange genug mit Dreadnought zusammen gewesen, um sich sein Bild einzuprägen. Außerdem hatten die ersten vier Tantoren die üblichen Verletzungen – fehlende Stoßzähne, Bissnarben in den Ohren –, die zu ihrem Arsenal von Erkennungstechniken gehörten, vermissen lassen. Nun stand sie sechs unversehrten Kreaturen gegenüber und war nicht sicher, ob sie eine von ihnen schon einmal gesehen hatte.

»Ist das Dreadnought?«, fragte sie und nickte zu dem größten Elefanten in der Gruppe hin.

»Nein – Dreadnought ist noch in Lappen eins. Das ist Aphrodite, Dreadnoughts jüngere Schwester.«

»Dann solltest du ihr sagen, dass ich keine Gefahr darstelle.«

»Oh, das weiß sie inzwischen. Was Dreadnought sieht und erlebt, das sieht und erlebt auch sie.«

Chiku musste unwillkürlich schmunzeln. »Was können sie denn sonst noch? Bäume nur mit Gedankenkraft bewegen?«

»In der *Überwachten Welt*«, entgegnete Eunice, »hatte so gut wie jedes Tier, das größer war als ein Floh, Maschinen in seinem Zentralnervensystem. Die Menschen hatten diese Maschinen eingesetzt, um zu verhindern, dass Mutter Natur übermütig wurde. Ein Löwe will dich fressen? Du siehst ihn an, flüsterst einen Fluch, und der Löwe fällt tot um, bevor er noch einmal blinzeln konnte. Die Neuromaschinen hatten ihm sämtliche Gehirnzellen verbrannt. Diese Maschinen waren selbstreplizierend und wurden ohne weiteres Zutun des Menschen von Generation zu Generation weitergegeben. Auch die phyletischen Zwerge hatten diese Neuromaschinerie. Die Tantoren sind entfernte Nachkommen der Zwerge, und die Maschinen wurden über Generationen weitervererbt. In der Zwischenzeit wurden natürlich einige Verbesserungen vorgenommen.«

»Von dir?«

»Ich kann nicht anders. Ich war schon immer ein unverbesserlicher Bastler.«

Chiku forderte Noah auf, sich zusammen mit ihr Aphrodite vorzustellen. Wie die Tantoren, die sie bereits kennengelernt hatte, trugen auch diese hier Geschirre am Körper und Kommunikationssysteme an der Stirn. Vermutlich war die Population so stabil, dass kaum Bedarf für neue Geräte bestand.

Auf Aphrodites Bildschirm erschienen die Worte:

WILLKOMMEN CHIKU

»Das ist Noah, mein Ehemann.« Dann fiel ihr Eunice' Mahnung wieder ein, einfache Begriffe zu verwenden, und sie verbesserte sich: »Mein Freund Noah.«

WILLKOMMEN NOAH

Noah hob die Hand. »Hallo, Aphrodite. Ich freue mich, dich kennenzulernen. Wo sind wir?«

Chiku versetzte ihm einen Rippenstoß. »Du weißt doch genau, wo wir sind.«

»Ich will aber hören, was sie denkt.«

Aphrodite wedelte mit den Ohren, die an steifes Segeltuch erinnerten. Chiku überlegte, was die Bewegung wohl ausdrückte. Konzentration, Irritation oder etwas so Elefantentypisches, dass es ihren Vorstellungshorizont überstieg?

Nach einigen Sekunden antwortete Aphrodite:

IN KAVERNE

»Und was ist außerhalb der Kaverne?«, setzte Noah nach.

AUSSEN = NICHTS

»Sie hat recht«, flüsterte Chiku. »Vakuum. Die Leere zwischen den Sternen.«

»Sie wissen nichts von den anderen Kavernen auf der *Sansibar*, geschweige denn von anderen Welten.«

SPRICH LAUT

Chiku lächelte über die Ermahnung. »Es sind Elefanten«, flüsterte sie. »Es ist schon unglaublich, dass sie überhaupt etwas begreifen.« Dann wandte sie sich an Aphrodite: »Noah hat viele Fragen an dich.«

»Du willst, dass ich mit Elefanten Konversation mache?«

Trotz seiner angeblichen Entrüstung war Noah sichtlich begierig darauf, sich mit den Tantoren zu unterhalten. Chiku wandte sich ab, als er sich von Aphrodite die Namen der fünf anderen Tiere nennen ließ, und schlenderte zu Eunice hinüber. Die hatte im Schatten unter dem Flugzeugflügel gestanden und sie beide beobachtet. Die *Sess-na* gab seltsam klickende Geräusche von sich, als ginge auch ihr einiges im Kopf herum.

»Hast du mir etwas zu berichten?«, fragte Eunice.

Chiku nickte. »Ich weiß nicht, ob es etwas nützt, aber ich habe so viel ich konnte über den Namen herausgefunden, den du mir genannt hast.«

Eunice sah sie gespannt an. »War es schwierig?«

»Nein, sogar erstaunlich einfach.« Chiku hatte das Bedürfnis, sich zu setzen, und schwang sich auf das Rad, auf dem Eunice bei ihrer Ankunft gehockt hatte. »Ich habe in den öffentlich zugänglichen Dateien gesucht. Ich weiß, das war riskant, aber ich habe auch andere Namen eingegeben – so als wollte ich nach einem Namen für ein Kind suchen. Natürlich gibt es viele Personen und Sachen mit Namen Arachne, das ließ sich jedoch rasch eingrenzen. Arachne ist – oder war – die Kontrollintelligenz hinter *Ocular*.«

»*Ocular*«, wiederholte Eunice. »Irgendwo weiß ich, was das bedeutet. Es liegt mir auf der Zunge.«

»So wurde das Weltraumteleskop genannt, das Mandala entdeckte. Die Akinyas waren an seinem Bau beteiligt. Mandala ist das außerirdische Gebilde auf Crucible. *Ocular* hat es gefunden, und deshalb sind wir hier, siebzehn Lichtjahre von der Erde entfernt, auf dem Weg nach Crucible.«

»Aber es gibt noch andere Holoschiffe und andere Karawanen auf dem Weg zu anderen extrasolaren Planeten.«

»Schon«, bestätigte Chiku, »aber Crucible war das erste Ziel. Es ist die nächste wirklich erdähnliche Welt und die einzige mit einem Alien-Artefakt, das geradezu danach schreit, genauer untersucht zu werden.«

Eunice schüttelte den Kopf. »Ich kann mir nicht vorstellen, dass das die Verbindung sein soll.«

»Es muss aber so sein.«

»Selbst wenn Arachne ebenfalls ein Artilekt wäre, wie sollte ich ihr schaden? Wie hätte sie mir schaden können? Warum musste ich aus dem System fliehen?«

»Leider gibt es immer noch mehr Fragen als Antworten, aber vielleicht ist dir das eine Hilfe.« Chiku griff in die Tasche des Anzugs, zog eine Art Buch aus einer Plastikhülle und reichte es Eunice.

Der Roboter nahm es in beide Hände und betrachtete es skeptisch.

»Sieht aus wie ein Spielzeug für Schimpansen.«

»Es ist ein Gerät für Kinder«, erklärte Chiku. »Ich weiß nicht, wie es zu deiner Zeit war, heute setzen wir den Kindern jedenfalls nicht vor ihrem zehnten Geburtstag Implantate ein. Bis dahin müssen sie damit arbeiten. Es gehört eigentlich Ndege – meiner Tochter. Man nennt es einen *Gefährten*. Es ist Tagebuch, Lesebuch und Enzyklopädie in einem. Man kann es auch als Portal benützen und damit auf die öffentlichen Dateien zugreifen.«

»Dann nützt mir das Ding nichts – ich habe dir bereits gesagt, dass es von hier keine Datenverbindung zum Rest der *Sansibar* gibt.«

»Du irrst dich.« Chiku nahm den Gefährten wieder an sich und setzte zum Beweis eine einfache Anfrage ab. »Die ursprünglichen Verbindungen müssen durch irgendeine Veränderung auf der *Sansibar* beschädigt worden sein, aber der Gefährte ist davon nicht betroffen. Wahrscheinlich verwendet er ein anderes Protokoll.« Sie gab Eunice das Buch zurück.

»Aber wird es nicht jemandem auffallen, wenn ich es benütze?«, fragte Eunice.

»Es wurde für Kinder gemacht, und seine Suchfunktionen sind begrenzt. Deshalb werden die Geräte nicht routinemäßig überwacht. Wenn du mit deinen Anfragen vorsichtig bist, sollte nichts passieren.«

»Und deine Tochter wird es nicht vermissen?«

»Wenn uns nichts Schlimmeres passiert, als dass Ndege sich ärgert …« Chiku schüttelte entschieden den Kopf. »Sie wird es verstehen. Eines Tages.«

»Ich werde sehr achtsam damit umgehen.«

Chiku stand auf. »Ich weiß nicht, wann wir uns wiedersehen, es könnte eine Weile dauern. Was du mir über Arachne erzählt hast – ich glaube, damit hast du mir eine schwierige Aufgabe gestellt. Ich muss mich an Chiku Gelb wenden und sie um Hilfe bitten. Ich werde sie fragen, ob sie June Wing erreichen kann – immer vorausgesetzt, sie sind beide noch am Leben.«

»Wird sie auf dich hören?«

»Das möchte ich ihr geraten haben. Aber ich kann nichts versprechen – wir stehen schon sehr lange nicht mehr in Kontakt.«

»Ich muss dich warnen – sollte Arachne noch Einfluss haben, dann ist sie wahrscheinlich nicht erfreut, wenn jemand Erkundigungen über sie einzieht. Du könntest deine andere Version in große Gefahr bringen.«

»Glaube mir«, sagte Chiku mit einem stählernen Unterton in der Stimme. »Es kann nichts schaden, wenn ihr Leben ein wenig aufregender wird.«

12

Der Raum war unbeleuchtet bis auf die bunten Leuchtfäden, die sich, verflochten zu einer vielfarbigen Säule so dick wie Chikus Faust, vom Boden bis zur Decke erstreckten. Die Säule blieb bis auf Augenhöhe in dieser Form, dann breiteten sich die Fäden plötzlich wie straff gespannte Harfensaiten fächerförmig aus und strebten in vielen verschiedenen Winkeln der Decke zu. Nun verzweigten sich die einzelnen Fäden, die an ihrem Ausgangspunkt im Boden noch eindimensional gewesen waren, an unzähligen Stellen wieder und wieder. Wo das Muster die Decke erreichte, war es praktisch unmöglich geworden, die einzelnen Fäden zu unterscheiden.

Mecufi stand aufrecht in seiner Mobilitätsprothese neben ihr. Er war ihr nicht von der Seite gewichen, seit die Skriptoren ihr Werk begonnen und ihre Erinnerungen angefangen hatten, sich zu entfalten.

»Wir haben wirklich unglaubliches Glück«, sagte er.

Er verwickelte sie immer wieder in ein Gespräch, um ihre Reaktionen auf ein breites Spektrum von Reizen zu erkunden und festzustellen, wie gut die Skriptoren gearbeitet hatten.

»Inwiefern?«

»Wir hätten beinahe unser eigenes Ende heraufbeschworen«, sagte er und deutete mit großer Geste auf die Fäden. »Nur mit sehr viel Glück haben wir bis in die Gegenwart überlebt, uns durch den Flaschenhals gezwängt und sind zu dem explodiert, was wir heute sind.«

»Ein Haufen von Streithähnen«, sagte Chiku.

»Lieber ein Haufen von Streithähnen als gar keine Existenz. Streithähne lassen sich *erziehen*. Der Flaschenhals ist der Punkt, an dem wir kurz davor standen, uns auszurotten. Bevor es vor einhundertfünfundneunzigtausend Jahren dazu kam, waren wir einige Zehntausend. Dann folgte ein brutaler Ausleseprozess. Das Klima wandelte sich, es wurde kalt und trocken. Eine Handvoll von uns konnten zum Glück überleben – in einem Winkel von Afrika, wo die Lebensbedingungen nicht ganz so unerträglich geworden waren wie überall sonst. Inzwischen waren wir intelligent – das lässt sich aus den Überresten ablesen, die wir zurückließen –, aber die Intelligenz half uns nur begrenzt dabei, durch den Flaschenhals zu kommen. Überwiegend verdanken wir unseren Erfolg dem blinden Zufall. Wir waren zur rechten Zeit am rechten Ort und folgten dann dem Meer, das immer stieg und sich zurückzog. Das Meer war unsere Rettung, Chiku. Als die Welt sich abkühlte, lieferte der Ozean Nahrung. Schalentiere mögen es kalt. So lebten wir als Jäger und Sammler, entfernten uns niemals allzu weit von den Stränden und Gezeitenzonen, hausten in Höhlen und wateten Tag für Tag im seichten Wasser. Das Plätschern der Wellen, das Tosen der Brandung, der Geruch nach Ozon, das Kreischen der Seemöwen – es gibt Gründe, warum wir das alles als beruhigend empfinden. Und heute, einen genetischen Herzschlag später, bezahlen wir unsere Schulden. Wir geben den Ozeanen zurück, was sie uns einst geschenkt haben. Die Meere haben uns damals gerettet. Nun retten wir die Meere und nehmen sie mit uns zu den Sternen.«

»Die Skulptur ist sehr hübsch.«

»Wenn sie an der Decke angekommen ist, besteht sie aus zwölf Milliarden Fäden. Spinnenseide, nur ein paar Kohlenstoffatome dick – das gleiche Material, aus dem man früher die Trossen für die Weltraumaufzüge hergestellt hat –, ein Faden für jeden Menschen, der jetzt auf der Erde oder in einer Umlaufbahn um die Sonne wohnt, in den Oort-Gemeinschaften lebt oder in den Holoschiffen durch das Weltall zieht. Wenn Sie möchten, kann ich Ihren Faden ausfindig machen – dann wird er heller leuchten als die anderen, und Sie können seinen Weg in die Geschichte zurückverfolgen und sehen, wo aus dreien wieder eins wird. Und wo Sie sich einst durch den Flaschenhals zwängten.«

»Ich nehme an, Sie verfolgen mit alledem ein bestimmtes Ziel?«

»Arethusa hat uns gerne Poseidons Kinder genannt. Nach dem großen Sturm sind wir als Waisen zurückgeblieben. Wir hatten das Schlimmste erlebt, was die Welt uns antun konnte, hatten die schlimmsten Folgen unserer eigenen Dummheit getragen, uns durch die Nacht gekämpft wie die Überlebenden auf dem *Floß der Medusa* und warteten nun auf den Morgen. Aber es gibt immer neue Stürme, Chiku. Niemand wusste das besser als Arethusa. Die Frage, vor der wir nun stehen, lautet: Haben wir das Schlimmste überstanden? Oder kommt noch etwas auf uns zu, womit wir nicht gerechnet haben?«

Sie dachte zurück an die Gefühle, die Mecufi an dem Abend, bevor sie mit ihm zu den Seesiedlungen flog, in seine Motio gepackt hatte. Seither war noch nicht einmal eine Woche vergangen, auch wenn sich das ganz und gar nicht mit der gewaltigen Last von neuen Erinnerungen vereinbaren ließ, die jetzt ihren Kopf füllten.

»Irgendetwas macht Ihnen Sorgen, nicht wahr? Deshalb haben Sie es mit einem Mal so eilig, mit Arethusa in Kontakt zu treten. Und deshalb brauchen Sie mich.«

»Wir haben eine Möglichkeit gesehen, eine gute Tat zu tun. Wenn sich damit auch für uns ein Bedürfnis erfüllt … dann können wir doch einfach von einer glücklichen Fügung sprechen.«

Sie befanden sich unweit der Azoren in einer der atlantischen Seesiedlungen. Chikus Fortschritte wurden stündlich kontrolliert, die neuen Erinnerungen verzweigten sich immer weiter. Die Meerleute hielten diese Vorsichtsmaßnahme für angebracht. Seit die Quorum-Technologie zum letzten Mal wie ursprünglich geplant hatte eingesetzt werden dürfen, waren viele Jahre vergangen, und unter den Sicherungsblockaden, die sie bereits identifiziert und neutralisiert hatten, befanden sich weitere, die sich nicht eliminieren ließen. Auch einige mehr oder weniger harmlose Störungen in der mnemonischen Transkription waren nicht auszuschließen.

Immerhin hatte Chiku keine offensichtlichen Fehler entdeckt. Die Erinnerungen reichten nicht viel weiter zurück als bis zu Chiku Grüns Treffen mit dem Repräsentanten Endozo an Bord des Holoschiffs *Malabar* an dem Tag, an dem Kappa explodierte. Das Erinnerungspaket, das sie an Chiku Gelb zur Erde gesendet hatte, enthielt lediglich einen schmalen Ausschnitt ihres Lebens. Alles Übrige, was sich seit der *Pemba*-Katastrophe ereignet hatte, war nur zu erschließen. Eine glückliche Ehe, zwei wohlgeratene Kinder und eine verantwortliche Position in der Gesetzgebenden Versammlung. Was blieb da noch zu wünschen übrig?

Sie fand es seltsam, sich für einen Moment nicht als Chiku, sondern als Chiku Gelb zu fühlen, so als hätte sie ihren Körper verlassen und beobachte sich nun von außen. In den ersten Jahren nach der Triplikation war es ebenso gewesen, aber sie hatte vergessen, wie eigenartig es sich anfühlte, nicht verortet zu sein – als wäre ihr Ichbewusstsein nicht an einen bestimmten Körper gebunden, sondern hänge irgendwo zwischen ihnen dreien in der Schwebe.

Eine bestimmte Qualität, eine ganz zarte Einfärbung, eine kaum wahrnehmbare Modulation der Klangfarbe oder ein um eine Winzigkeit veränderter Reflexionswinkel wiesen freilich darauf hin, dass die Erinnerungen an die *Sansibar* neu waren, Erlebnisse ihrer anderen Version. Irgendeine raffinierte Veränderung an ihrem Hippocampus ermöglichte es ihr, die beiden Erlebnisströme zu unterscheiden und sich darin zu orientieren. Ohne diese Fähigkeit wäre die Verwirrung unerträglich gewesen.

Sie wusste also, wer sie war und was ihr in beiden Strömen widerfahren war. Schwieriger war es, den unterschiedlichen Zeitrahmen im Blick zu behalten. Die Erinnerungen waren nicht frisch, auch wenn sie sich so anfühlten. Tatsächlich hatten sie siebzehn Jahre gebraucht, um von der *Sansibar* hierherzugelangen.

Auf der Erde schrieb man das Jahr 2365. Das Erinnerungspaket war seit 2348 auf Reisen gewesen – in dieser Zeit war es in mehreren Sprüngen nach Hause zurückgekehrt und hatte monatelang die Welt umkreist, bis es geöffnet wurde. Für Chiku Gelb lagen diese Ereignisse, all das, was Chiku Grün erlebt hatte, ebenso weit zurück. Ndege und Mposi waren inzwischen älter geworden und würden noch älter sein, wenn ihre Antwort die *Sansibar* erreichte. Wenn ihre andere Version von ihr hörte, würden fast vierzig Jahre vergangen sein.

Wie sollte ein Mensch das begreifen?

Chiku fragte sich, was ihr anderes Ich von ihr erwartet hatte. War sie wirklich bereit gewesen, da draußen vierzig Jahre auf eine Antwort zu warten? Was in aller Welt konnte so wichtig sein?

Ein Schacht, der in die Tiefe führte. Ein strahlend blauer Himmel mit geometrischen schwarzen Flecken. Das Stampfen und Schnauben von Tantoren, das unterschwellige Pulsieren eines Musth-Grollens. Die Stimme von Dreadnought, dröhnend wie eine biblische Verkündigung. Eine Frau, die wie ihre Urgroßmutter aussah und auf dem Rad eines Flugzeugs saß. Ein Name – Arachne –, der womöglich gar keine Bedeutung hatte.

Ein zweiter Name, June Wing, der durchaus etwas bedeutete.

Und im Hier und Jetzt die Meerleute, die als Gegenleistung für diese Erinnerungen eine Gefälligkeit von ihr erwarteten. Es war ihrer Aufmerksamkeit nicht entgangen, dass auch sie sich für die schwer zu fassende June Wing interessierten.

Die Frau ist gefragt, dachte Chiku.

Zu Mecufi sagte sie: »Ich soll zu dieser Person Kontakt aufnehmen, weil Sie hoffen, sie könnte eine Verbindung zu Arethusa für Sie herstellen.«

»Ich finde es sehr ermutigend, dass Sie sich daran so deutlich erinnern. Bisweilen, wenn auch sehr selten, entsteht eine gewisse Verwirrung, wenn die neuen Erinnerungen auf jene treffen, die vor Beginn der mnemonischen Transkription angelegt wurden. In Ihrem Fall scheint alles ohne Komplikationen verlaufen zu sein.«

»Mir geht es gut. Sie erwähnten, dass sich June Wing auf der Venus befindet.«

»Richtig, aber June ist viel unterwegs, um nach Stücken für ihre Sammlung zu suchen, und wird nicht lange dort bleiben. Sie sollten sich baldmöglichst auf den Weg machen, solange sie sich noch im Inneren System aufhält.«

»Ich kann nichts versprechen.«

»Aber Sie werden Ihr Bestes tun. Die Erinnerungen scheinen stabil zu sein, doch wir können sie auch auf Ihrer Reise zur Venus weiter überwachen. Besitzen Sie ein Raumschiff?«

»Wohl kaum.« In ihrer Jugend hatte sie sogar mehrere besessen, darunter eine schnittige kleine Maschine, an der sie sehr gehangen hatte. »In letzter Zeit nicht mehr, nein. Ich musste sie verkaufen – das hat man inzwischen davon, eine Akinya zu sein.«

»Sie Ärmste«, bedauerte Mecufi.

Er wollte, dass sie sofort aufbrach und durch den großen Glasschlot in den Orbit fuhr, um dort mit einem kommerziellen Ring-Liner zur Venus zu fliegen. Chiku beharrte jedoch darauf, zuerst nach Lissabon zurückzukehren. Sie diskutierten lange, und schließlich bekam Chiku ihren Willen.

Als sie vor Pedros Werkstatt stand und er an die Tür kam, hielt er den Hals einer Gitarre mit sauber ausgefrästen Rillen für die Bünde in der Hand und musterte sie so misstrauisch, als hätte er sie in Verdacht, eine Hochstaplerin zu sein. »Du warst einen Tag länger weg als geplant. Ich dachte schon, ich müsste mir Sorgen machen. Doch dann sagte ich mir, was kann schon schiefgehen?«

»Eigentlich gar nichts.«

»Ganz meine Meinung. Man hätte mir schon Bescheid gegeben, wenn Probleme aufgetreten wären. Schließlich ist es ganz normal, sich von winzigen Maschinen Tausende von neuen Erinnerungen in den Kopf stopfen zu lassen, nicht wahr?«

Noch vor dem ersten Kuss, ja sogar noch bevor sie sich setzte, schaffte sie sich die schlimmste Nachricht vom Hals. »Ich muss zur Venus fliegen.«

»Eine wunderschöne Stadt. Bei Ebbe sind noch einige von den alten Gebäuden zu sehen.«

»Venus. Ich sagte Venus, nicht Venedig.«

Pedro lächelte. »Ich weiß.«

»Mecufi meint, derzeit stünde der Planet besonders günstig,

und was ich dort zu erledigen habe, sollte nicht allzu lange dauern.«

»Nämlich?«

»Ich soll June suchen, eine alte Bekannte meiner Mutter und meines Vaters, und ihr von den Pans lediglich ausrichten, sie würden gern den Kontakt zu Arethusa wieder aufnehmen. Dabei kann sie ihnen behilflich sein, wenn sie will. Wenn nicht, ist es nicht mein Problem.«

»Und was dann? Hast du deine Verpflichtungen erfüllt?«

»Mehr oder weniger.«

Pedro legte den Gitarrenhals aus der Hand. »Mir ist das alles nicht geheuer. Sie haben dir einen Gefallen getan, schön und gut. Das heißt aber nicht, dass sie nun lebenslang über dich verfügen können. Schließlich hattest du dich vor dieser Geschichte nie für June interessiert.«

»Eigentlich wollte ich irgendwann mit ihr sprechen, wenn es denn möglich wäre – schon allein wegen der Biografie.«

»Aber jetzt steckt mehr dahinter, nicht wahr?«

Dieses Gespräch hätte sie bis zum Ende des Universums gern vermieden. Aber jetzt musste sie die Karten auf den Tisch legen.

»Es gibt noch einen anderen Grund, warum ich mich gerne mit June treffen würde.«

»Ich nehme an, es hat etwas mit dem Gespenst zu tun, den Erinnerungen der anderen Chiku.« Pedro kratzte sich wie immer, wenn er ratlos war, unter seinen Stirnfransen und blinzelte zwischen den herabhängenden Locken zu ihr heraus. Sie liebte diese Geste. »Die hast du noch mit keinem Wort erwähnt.«

»Können wir essen? Ich habe einen Bärenhunger.«

»Und danach reden wir?«

»Lass uns erst essen. Du kannst auch eine Flasche Wein

aufmachen – wenigstens einer von uns wird einen Schluck brauchen.«

»Wir haben keinen mehr im Haus. Ich wollte einkaufen gehen, aber dieser Auftrag hat mich aufgehalten. Es ist doch noch nicht zu spät?«

Sie zogen los, um Wein zu kaufen. Chiku hatte den Kopf voll mit Tantoren und Artilekten und hatte die Bodenhaftung fast verloren. Wie ein Luftballon an einer Schnur schwebte sie durch Lissabons Straßen. Sie fanden eine Flasche guten patagonischen Merlot und machten sich auf den Heimweg. Dann überlegten sie es sich anders und betraten ein Restaurant. Es hatte senffarbene Wände, der bröckelige Verputz war sicher schon tausendmal überstrichen worden und hätte dennoch eine weitere Schicht vertragen. Es dämmerte bereits. In einer Ecke drängten sich Musiker mit ihren Instrumenten wie Statuen in einem Schrein.

»Es ist kompliziert«, sagte Chiku, als der erste Hunger gestillt war.

»Ich bitte dich«, sagte Pedro zwischen zwei Bissen. »Wann wäre bei dir etwas *nicht* kompliziert?«

»Ich habe jetzt die Erinnerungen von Chiku Grün und weiß, warum sie mich erreichen wollte.« Sie war froh um die Musiker, die *Fado*-Sängerin und die Gäste, die nicht einmal so viel Anstand aufbrachten, während der Darbietungen die Stimme zu senken. Durch den Lärm im Hintergrund entstand eine viel intimere Atmosphäre, als wenn sie in Pedros Werkstatt vor den stummen, unfertigen Gitarren gesessen hätten.

»Was sie mir übermittelt hat, ist wichtig, und es sind Dinge dabei, die ich wahrscheinlich niemandem erzählen kann.«

»Nicht einmal mir?«

»Chiku Grün hat mir etwas sehr Bedeutsames anvertraut.« Sie schloss die Augen. Zu gerne hätte sie ihm alles erzählt, aber sie konnte erst mit der vollen Wahrheit, ihren Zweifeln in Bezug auf Arachne und Crucible herausrücken, nachdem sie mit June Wing gesprochen hätte. Sie fühlte sich mit diesem Wissen ja selbst überfordert. Es brannte ihr wie Feuer auf der Zunge und wollte heraus.

»Nun?«

»Auf der *Sansibar* habe ich eine Entdeckung gemacht. Ich meine natürlich, Chiku Grün hat die Entdeckung gemacht. Ich … sie will, dass ich mit June spreche.«

»Moment mal. Jetzt verstehe ich gar nichts mehr. Die Pans wollen, dass du mit June sprichst, und dein anderes Ich will es ebenfalls?«

»Ja. Aber so einfach ist es nicht. Die Pans brauchen Junes Hilfe aus einem Grund, Chiku Grün aus einem anderen. Und über den zweiten Grund möchte ich den Pans im Moment lieber nichts erzählen.«

»Dagegen haben sie sicher nichts einzuwenden.«

»Ich muss sie unbedingt erreichen. Arethusa ist mir vollkommen egal, meinetwegen kann sie mich deshalb zum Teufel schicken. Aber die andere Sache … darüber *muss* ich mit ihr sprechen, und zwar an einem sicheren Ort. Morgen startet ein Schiff zur Venus. Die Pans werden mir einen Platz besorgen. Ich muss auf dieses Schiff, Pedro. Im Augenblick gibt es nichts Wichtigeres auf der Welt.«

»Diese Nachricht war jahrelang unterwegs, bis sie dich erreicht hat – was kann daran so wichtig sein?«

»Alles. Nichts. Ich weiß es nicht, und ich werde es auch erst wissen, wenn ich mit June gesprochen habe. Ich denke, sie kann es mir sagen.«

»Wird sie es auch tun?«

»Sie kannte meine Mutter. Mein Vater war bereits mit ihr befreundet, bevor er Sunday kennenlernte.«

»Vielleicht solltest du stattdessen mit deinen Eltern sprechen.« Er verbesserte sich. »Ich meine, mit Jitendra. Entschuldige bitte.«

Ihre Mutter und ihr Vater waren beide noch am Leben. Jitendra stand in seinem zweihundertdreißigsten Jahr und spürte nun doch die Folgen der lebensverlängernden Therapien, denen er sich in seinem ersten Jahrhundert unterzogen hatte. Sunday … befand sich jenseits eines kognitiven Horizonts, ihr Bewusstsein hatte sich immer weiter verändert, je tiefer sie in die Geheimnisse der Chibesa-Physik eingedrungen war.

»Selbst wenn sie mir helfen könnten, es ist nicht ihr Problem. Auch deines nicht. Die Sache geht nur June und mich an.«

»Ich begreife immer noch nicht, warum du ausgerechnet zur *Venus* musst.« Es klang, als seien interplanetare Reisen eine riskante neue Mode vergleichbar einer Ballonfahrt.

»Auch wenn sich June am anderen Ende von Lissabon befände, müsste ich sie persönlich aufsuchen. Sie wird nicht mit mir sprechen wollen, und wenn sie nur die geringste Chance hat, mir auszuweichen, wird sie es tun. Einen Ching könnte sie jederzeit ablehnen, und einen Stellvertreter könnte sie ignorieren. Wenn ich nach der langen Reise von der Erde leibhaftig vor ihr stehe, wird ihr das schwererfallen.« Chiku tupfte sich mit der Serviette die Lippen ab. »Hör mal, es ist doch nur die Venus – wir reden nicht von der Oort'schen Wolke.«

»Ich könnte mitkommen.«

»Oder du könntest hierbleiben und dich um dein Geschäft kümmern.«

»Mit meinen Aufträgen bin ich mehrere Monate im Rückstand«, räumte Pedro ein.

»Genau.«

»Deshalb kommt es auf eine oder zwei Wochen mehr doch auch nicht mehr an.«

»Nein, kategorisch nein.«

»Sprich mit deinem Freund, dem Fischgesicht. Sag ihm, es ist ganz einfach. Wenn er die ganze Welt in Bewegung setzen kann, um dich so mir nichts, dir nichts zur Venus zu bringen, dann findet er sicher auch noch Platz für einen zweiten Passagier. Ich stelle keine großen Ansprüche. Ich zahle sogar meine Drinks selbst.«

»Darauf wird Mecufi nicht eingehen.«

»Das kannst du erst wissen, wenn du ihn fragst, nicht wahr?« Mit einem Lächeln ergriff er sein Glas und trank.

Zwei Tage später nahmen sie in Lissabon die Magnetschwebebahn. Von der Endstation brachte sie ein schwarz-gelbes Passagier-Luftschiff über das Meer zum Fuß eines Atmosphärenschlots. Das Shuttle bestiegen sie auf Meereshöhe durch ein belüftetes Verbindungsdock. Das Schiff selbst befand sich bereits im Vakuum und war startbereit. Das Triebwerk arbeitete vollkommen lautlos und ruhig – Chiku spitzte die Ohren, um wenigstens den Anflug eines Ratterns zu hören, als sie Fahrt aufnahmen, doch das Rauschen der Klimaanlage und die Stimmen zweier tamilischer Geschäftsleute, die sich in einiger Entfernung in der Kabine leise unterhielten, waren die einzigen Geräusche.

Das Shuttle verließ die trompetenförmige Öffnung des Schlots und stieg weiter. Nach dem Eintritt in den Weltraum dauerte es noch ein bis zwei Stunden bis zum Rendezvous mit dem Ring-Liner, einer massigeren, bunteren Version jenes Schiffes, das Chiku einst zu den Werft-Orbits gebracht hatte. Es war weiß, mit Verzierungen in Gold und Platin. Große, gegeneinander rotierende Mühlräder simulierten die Schwerkraft verschiedener Planeten. Die Kugeln und Zylinder in der Mitte blieben statisch. Chiku fühlte sich an eine überdimensionierte Hochzeitstorte erinnert.

Auf dem dreitägigen Flug zur Venus fanden sie kaum Zeit, ihre Reisetaschen auszupacken. Der Ring-Liner war so riesig, dass sie Wochen oder gar Monate gebraucht hätten, um alle Promenaden und Galerien mit ihren Geschäften und Restaurants zu besuchen. Chiku und Pedro beschränkten sich auf die Bereiche mit terrestrischer Schwerkraft, und selbst die konnten sie bei Weitem nicht alle erkunden. Auf dem Weg durch die Säle entdeckte Chiku eine Reproduktion von Watteaus *Einschiffung nach Kythera.* Ein Hauch von Melancholie umwehte das Gemälde trotz – oder vielleicht gerade wegen – der seltsam widersprüchlichen Thematik: einerseits die fröhlichen Nymphen und Amoretten, daneben die wehmütigen Liebespaare, die offenbar an Bord gehen wollten, um dieses windumtoste Insel-Arkadien zu verlassen. Sie schifften sich nicht ein, sie nahmen Abschied.

Chikus Mutter hatte immer einen sehr eigenwilligen Kunstgeschmack gehabt. Nun fragte sich ihre Tochter, was Sunday wohl zu diesem Gemälde gesagt hätte.

Die Stunden vergingen wie im Flug. Mecufi meldete sich in regelmäßigen Abständen, um sich zu vergewissern, dass Chikus Erinnerungen sich auch ordentlich benahmen. Pedro chingte zur Erde zurück, um gewisse Dinge zu erledigen, bevor es durch die Zeitverzögerung zu schwierig wurde. Wenn sie zusammen waren, mussten sie viele Themen aussparen. Chiku ließ sich kein Wort zu June Wing entlocken, bevor sie mit der Frau gesprochen hatte. Pedro akzeptierte ihr Schweigen bis zu einem gewissen Grad. Schließlich hatte auch er seine Geheimnisse.

»Wir sollten ehrlich sein«, bemerkte er am dritten Abend des Fluges. »Es gibt eine Menge, was wir voneinander nicht wissen.«

»Eine Menge, was wir nicht wissen wollen«, ergänzte Chiku.

»Du solltest nicht von dir auf andere schließen. Ich hoffe, wir können aufrichtiger sein, wenn das alles vorüber ist.«

»Wenn ich bereit bin, über June zu reden, bist du der Erste, der es erfährt. Aber umgekehrt wird auch ein Schuh draus. Wer bist du wirklich? Wie bist du zu dieser Werkstatt und deinen Geschäftsbeziehungen gekommen? Du bist nicht aus Lissabon – oder wenn doch, dann bist du viel gereist. Du sprichst Suaheli und Zulu und wer weiß was noch alles, mit ER oder ohne. Zuerst machst du ein großes Trara darum, dass ich zur Venus fliegen will, und dann stellt sich heraus, dass Raumflüge oder Schwerelosigkeit nichts Besonderes für dich sind.«

»Ich bin kein unbeschriebenes Blatt und habe so einiges erlebt.«

»Darüber möchte ich gern mehr erfahren.«

»Mit einer ER-Anfrage könntest du das meiste selbst herausfinden, bevor ich mit meinem Drink fertig bin.«

»Aber das wäre nicht das Gleiche, als wenn ich es von dir erfahre.«

Pedro lächelte und wandte kurz den Blick ab. »Ich habe … gewisse Dinge getan.«

»Das grenzt es gewaltig ein.«

»Recht interessante Dinge, über die wir irgendwann sprechen werden, aber nicht hier und ganz bestimmt nicht jetzt. Trotzdem wirst du mir doch von June erzählen?«

»Immer vorausgesetzt, dass es etwas zu erzählen gibt.«

So drückten sie sich um alles herum, was sie nicht sagen konnten oder wollten, während Erde und Mond immer weiter zurückblieben und die heiße, wolkenverhangene Schwester der Erde zunehmend größer wurde.

Aus einem hellen Fleck mit halbmondförmigen Schatten wurde eine milchig weiße Murmel, die einem Augapfel mit großflächig getrübter Linse glich.

Ein Shuttle brachte sie vom Ring-Liner zu einer der Orbitalstationen, die sich wie eine Kette um die Venus zogen. Hier würden sie nicht lange bleiben. Behutsame Nachforschungen hatten bereits ergeben, dass sich June Wing noch unten in den Wolken befand. Nicht direkt auf der Venus, sondern in einer der vielen Schwebegondeln, die gegen die ewigen Winde mit Trossen gesichert waren. Chiku und Pedro hätten die Möglichkeit gehabt, in organische oder mechanische Körper zu chingen, aber davon hatte ihnen Mecufi abgeraten. Sie müssten June ganz und gar leibhaftig aufsuchen. In diesem Punkt sei sie eigen. Also flogen sie mit einem Shuttle von Maersk Intersolar hinunter, einem pfeilförmigen transatmosphärischen Transportmittel, das wie ein Unterseeboot gebaut war.

Das Shuttle stieß an der Tagseite wie eine Injektionsspritze in die Atmosphäre und wurde durchsichtig. Die Flugbahn flachte allmählich ab. Eine Schlittenfahrt konnte nicht ruhiger sein. Chiku stand auf und ging herum, während Pedro ein Nickerchen machte. Obwohl sie sich noch vierzig höllische Kilometer über der Oberfläche befanden, betrug der Außendruck bereits unglaubliche zwei Atmosphären. Außerdem war es stürmisch, doch das Shuttle fing alle Turbulenzen ab, bevor die Passagiere etwas davon mitbekamen. Die Venus war eine Schlechtwettermaschine. Sie brauchte acht Monate, um einmal um die eigene Achse zu rotieren, ein Tag war damit länger als ein Jahr, aber diese Winde peitschten die Wolken in ein paar Dutzend Stunden um den gesamten Planeten.

Die Gondel, in der June sich aufhalten sollte, hieß Tekarohi High. Sie bekamen sie erst in den letzten Sekunden des Anflugs zu sehen. Die Wolken teilten sich nicht, sie wurden nur dünner, und plötzlich ragte Tekarohi High vor ihnen auf wie ein Spukschloss bei Gewitter, ein praller Zylinder, so groß, als hätte man mehrere Wolkenkratzer zusammengefügt. Der Wohnbereich war nur ein Teil des Gebildes. Vom Fundament führte unterhalb eines Saums von Andocksimsen und Plattformen ein ungeheuer starkes Spannseil in die darunterliegenden Wolken, eine vierzig Kilometer lange Trosse, die die Station an der Venuskruste verankerte. Darüber, ebenso fern und unsichtbar, schwebten monströse Ballone, um die Plattform in der Schwebe zu halten. Der Rumpf war von zahlreichen Turbinen eingefasst, die aus den unermüdlich wehenden Winden Energie bezogen. Davon gab es offensichtlich mehr als genug. Hinter den Fenstern der vielen Hundert Stockwerke flimmerte grelles Neonlicht.

Dicht über dem Fundament dockten sie an. Kopplungsriegel schnappten ein und hielten das schwebende Shuttle fest. Dann verging wie üblich eine Ewigkeit, bis sie endlich aussteigen und die Gondel betreten konnten. Der Boden unter Chikus Füßen fühlte sich so fest an, als befände sich unmittelbar darunter der Planet und nicht vierzig Kilometer kochend heißen, erdrückenden Kohlendioxids mit leichten Beimischungen von Schwefelsäure.

Wo die innere Architektur es erlaubte, hatten die Erbauer in unregelmäßigen Abständen Glasplatten in den Boden eingelassen. Vor Korridoren und Aussichtsdecks wölbten sich gewaltige gepanzerte Fenster, die nach unten hin fast waagrecht ausliefen und einen Blick in die Tiefe gewährten. Draußen waberte eine graue Nebelbrühe. Aus dieser Höhe war wohl gelegentlich die Oberfläche zu erkennen, aber Chiku sah nichts, was sie eindeutig als real und nicht als Ausgeburt ihrer Fantasie hätte beschreiben können. Immer wieder ging ihr die alte Warnung vor dem Blick in den Abgrund durch den Sinn.

»Ich glaube, da ist sie«, sagte Chiku leise.

Sie tranken Kaffee in einem der Aussichtssalons. Wolken so grau wie Sackleinen drängten gegen die Fenster, in den Tiefen des Wettersystems zuckten Blitze. Pedro folgte ihrem Blick zu einer kleinen, makellos gekleideten Frau, dem Aussehen nach uralt, die mit zwei sehr gepflegten jüngeren Leuten an einem niedrigen Tisch saß. Alle drei deuteten auf etwas Unsichtbares zwischen sich und führten diffizile geschäftliche Verhandlungen, die womöglich gar nichts mit der Venus zu tun hatten.

»Ich weiß nicht …«, begann Pedro.

Chiku setzte eine ER-Anfrage ab. Den Identifikatoren nach war die Frau nicht June Wing. Aber June war eine mit allen Wassern gewaschene Kybernetikerin gewesen und hätte durchaus mit einer gefälschten Markierung herumlaufen können.

»Sie muss es sein. Die ER findet sie nirgendwo sonst in der Station, um wen sollte es sich sonst handeln?«

»Laut ER war sie hier, während wir noch unterwegs waren«, gab Pedro zu bedenken. »Warum sollte sich das geändert haben?«

Nach einer Weile erhob sich die Frau und ließ die beiden Jüngeren allein zurück. Ihre Bewegungen waren so geschmeidig, dass sie vermutlich ein Exoskelett trug. Chiku überlegte, ob sie ihr folgen sollte. Bevor sie noch zu einer Entscheidung gelangt war, trat ein hochgewachsener Mann in langem Gewand mit einem Fez auf dem Kopf an ihren Tisch.

»Chiku Akinya? Ich bin Imris Kwami.«

Chiku hätte gerne mit einer schlagfertigen Erwiderung Überlegenheit demonstriert, aber ihr fiel nichts ein.

»Hallo.«

»Sie haben meinen Namen vermutlich noch nie gehört.« Kwami ließ sich auf einem freien Stuhl nieder und nickte Pedro lächelnd zu. »Sonst hätten Sie die ER wahrscheinlich nicht nur nach meiner Arbeitgeberin, sondern auch nach mir suchen lassen.«

»Sie arbeiten für June?«, fragte Chiku.

»Ja. Und mir scheint, Sie waren eben im Begriff, jene Frau anzusprechen und sie zu fragen, ob sie June sei.«

Chiku runzelte die Stirn. »Woher wissen Sie das?«

»Mit hundertjähriger Erfahrung bekommt man einen Blick für solche Dinge.«

Chiku war nicht wohl bei dem Gedanken, dass man in ihr lesen konnte wie in einem offenen Buch. »Wenn diese Frau nicht June ist, was ist sie dann?«

»Niemand – und das meine ich im allerbesten Sinn. Ich bin überzeugt, dass sie eine ganz reizende Dame ist. Gerne würde ich behaupten, wir hätten sie genau zu diesem Zweck als Köder eingesetzt, aber wenn Sie etwas näher an sie herangekommen wären, hätten Sie gesehen, dass die Ähnlichkeit mit June nicht allzu groß ist.«

Pedro beugte sich vor. »Aber wo ist sie dann?«

»Unten«, antwortete Kwami, als wäre damit alles erklärt.

»Ich dachte, wir wären im untersten Stockwerk«, sagte Chiku mit einem Blick zum Boden.

»Ein umgangssprachlicher Ausdruck, nehme ich an«, sagte Pedro.

»Ganz richtig, junger Herr. June hat sich vor etwa zwölf Stunden zur Venusoberfläche hinabbegeben. Seit dieser Zeit haben Sie wohl nicht noch einmal versucht, sie ausfindig zu machen?«

»Wir wissen immerhin, dass sie in keiner der Kuppeln ist«, sagte Chiku.

»Wenn ich Oberfläche sage, dann meine ich genau das. Sie ist in einem Schutzanzug zu einer ihrer Erkundungstouren aufgebrochen. Dazu sind wir auf die Venus gekommen. Sobald sie damit fertig ist, reisen wir wieder ab.«

»Jetzt verstehe ich gar nichts mehr«, klagte Pedro.

»Unterwegs habe ich einiges über sie gelesen«, schaltete sich Chiku ein. »Sie sucht nach Ausstellungsstücken für ein Museum.«

»Nach Robotartefakten aus den Anfängen der Raumfahrt.«

Kwami fuhr mit den Händen durch die Luft, als schwebe eine Fahne über ihm. »Das ist ihr neuestes Projekt nach vielen anderen. Vielleicht das letzte und ehrgeizigste von allen.«

»Wie lange wird sie da unten bleiben?«, fragte Chiku.

»Vielleicht vierzig oder auch fünfzig Stunden. Es ist mühsam und langwierig, zur Oberfläche und wieder zurückzukommen. Für eine kurze Stippvisite lohnt es sich nicht.«

Pedro zuckte unbekümmert mit den Achseln. »Wir können ohne Weiteres einen oder zwei Tage warten, notfalls auch länger.«

»Wie schön für Sie, aber das wird Ihnen bei meiner Arbeitgeberin leider nichts nützen. Sie hat mir nämlich genaue Anweisungen hinterlassen.« Der leutselige Fremde, sein Alter war schwer zu schätzen, tippte sich mit dem Finger an die Nase und zwinkerte ihnen zu. »Sie müssen wissen, dass sie vollständig über Sie im Bild ist. Sie weiß, dass Sie den Ring-Liner genommen haben, dass Sie an ihr interessiert sind und in welcher Angelegenheit Sie kommen. Ihr ist auch bekannt, dass es Sie in mehrfacher Ausführung gibt und dass Sie in jüngster Zeit Kontakt zu den Meerleuten hatten.«

»Ich verstehe«, sagte Chiku. Innerlich fröstelte sie.

»June merkt sehr schnell, wenn sich jemand für sie interessiert. Sie sollten also nicht überrascht sein. Es genügt, ihren Namen nur zu *denken*. Ich übertreibe natürlich, aber nicht allzu sehr. Augenblick bitte.« Kwami zog ein hellgrünes Kästchen aus der Tasche, klappte den Deckel auf, nahm eine fliederfarbene Motio heraus und reichte sie Chiku. »Sie wurde von June verfasst. Öffnen Sie sie, wenn Sie möchten.«

»Wir wollen sie nicht lange in Anspruch nehmen«, sagte Pedro. »Wenn sie so viel über uns weiß, wie Sie behaupten, ist ihr sicher auch das bekannt. Und sie braucht keine faulen Tricks zu befürchten.«

»Natürlich«, lächelte Kwami. »Leider hat June sich sehr klar ausgedrückt. Wenn Sie mit ihr sprechen wollen, müssen Sie zu ihr hinunterkommen. Ob sie dann mit Ihnen spricht, hängt von ihrer Laune ab. Aber das ist die einzige Möglichkeit.«

»Dieses Gespräch ist sehr wichtig«, beteuerte Chiku. Sie drehte die Motio unschlüssig in den Fingern und wusste nicht, wie sie sich verhalten sollte.

»Nur zu«, ermutigte sie Kwami.

Sie zerbrach die Motio. Wie immer dauerte es einen Augenblick, bis die Gefühlsfracht sich entfaltete. Sie spürte keine Wärme, nur strenge, abweisende Kratzbürstigkeit. June Wing war unter Vorbehalt mit einer Kontaktaufnahme einverstanden, aber nur zu ganz speziellen Bedingungen, die nicht verhandelbar waren. Und sie verpflichtete sich zu nichts. Außerdem spürte Chiku eine ständig vorhandene schwache Angst im Hintergrund. Wobei nicht June Wing sich fürchtete, sondern sie selbst allen Grund dazu hätte. Die Motio war eine letzte Warnung. Sie gab ihr die Chance, jetzt aufzuhören, bevor sie noch tiefer hineingeriet.

Du solltest wissen, worauf du dich einlässt.

»Das heitert mich richtig auf«, sagte Chiku grimmig.

»Ihre Anzüge sind bereits reserviert, Plätze im Aufzug ebenfalls«, antwortete Kwami. »Sie können im Handumdrehen auf der Oberfläche sein.«

»Da unten kommen Menschen ums Leben, nicht wahr?«, fragte Pedro.

»Nur hin und wieder«, gab Kwami munter zurück.

13

Wie eine schwarze Garnspule fuhr der Aufzug am Haltetau von Tekarohi auf und ab. *Die Einschiffung nach Kythera*, dachte Chiku, als sie mit einem Häufchen Mitreisender einstieg. Noch hatten sie die Schutzanzüge nicht angelegt, und die vierzig Kilometer lange Abfahrt dauerte so lange, dass man den Aufzug mit einer kleinen Bar, einem Aufenthaltsraum und mehreren Toiletten ausgestattet hatte. Zwei winzige Fenster glichen eher Inspektionsluken. Von einer Aussicht konnte nicht die Rede sein. Beim Abschied hatte Imris Kwami ihnen versichert, auf der Oberfläche sei alles für sie vorbereitet und die beiden Anzüge wüssten, wohin sie zu gehen hätten.

»Können wir ihm trauen?«, fragte Chiku, nachdem sich der Fahrstuhl in Bewegung gesetzt hatte und mit etwa zwei Kilometern pro Minute an der Trosse hinabglitt. Ein Display über der Tür zeigte die jeweilige Höhe, die Temperatur und den Druck an.

»Die Frage fällt dir ziemlich spät ein!« Pedro betastete die Tischplatte, vielleicht hoffte er auf einen Firnis oder eine Beschichtung, die er bei seiner Arbeit verwenden könnte. Seine Art, mit der Situation umzugehen, dachte Chiku.

Aber nicht die ihre.

Immerhin ging es abwärts, der Aufzug versank in immer dichteren und heißeren Atmosphärenschichten wie ein Unterseeboot in einem säurebrodelnden Graben in den schwärzesten Tiefen des Ozeans und ließ dabei ein Unheil verkündendes Klicken hören. Alle taten demonstrativ so, als ließen diese Proteste der Konstruktion sie völlig ungerührt, auch als sie sich zu heftigen Schlägen steigerten, die sich anhörten, als wollte ein sehr zorniger Einbrecher um jeden Preis ins Innere gelangen.

Zehn Atmosphären ... fünfzig ... Der Fahrstuhl erbebte, als sie einen Pferdeschweif von Scherwinden passierten. Immer noch tiefer. Siebzig Atmosphären, achtzig. Die Fahrt wurde ruhiger, als wäre die schwere Atmosphäre zu träge, um sich mit etwas so Unstetem wie dem Wetter abzugeben. Diese eine Kabine fuhr tagein, tagaus Jahr für Jahr an der Ankertrosse auf und ab. Demnach müsste sie inzwischen genügend Erfahrung haben, um mit den Druckveränderungen fertigzuwerden, dachte Chiku. Das sicherste Boot war ein altes Boot, sagte ein Sprichwort. Vielleicht konnte man diese Regel auch auf Aufzüge anwenden wie den in Santa Justa.

Endlich erreichte die Kabine die Höhe null. Vor den Fenstern wurde es dunkel, als sie in die Ankeranlage auf der Oberfläche glitten. Der Druck betrug fünfundneunzig Atmosphären, die Temperatur siebenhundertfünfzig Kelvin.

Der Aufzug hielt an und wurde festgemacht. Wieder waren klirrende Schläge zu hören, dann öffnete sich die Tür. Chiku und Pedro folgten den anderen Fahrgästen in den Empfangsbereich der Anlage. Ein kahler, unwirtlicher Raum, etwas zu warm, mit matter Fabrikbeleuchtung und fleckigen grauen Wänden. Das rhythmische Pulsieren der Luftumwälzer lag über allem. In einer Ecke saß ein Musiker im Schneidersitz auf einem Stapel Teppichen und versuchte, eine Kora zu stimmen. Vielleicht, dachte Chiku, war das auch schon seine Art zu spielen.

Einige Fahrgäste mit teurem Gepäck bedrängten einen Touristenbeauftragten und beklagten sich, dass der Bus, der sie zur nächsten Kuppelsiedlung bringen sollte, mehrere Stunden Verspätung hatte. Die Gepäckstücke waren ebenso ungeduldig wie ihre Besitzer und zankten miteinander. Einige Fahrgäste wollten bereits wieder nach oben fahren. Sie saßen wartend auf Metallbänken oder umstanden einen der Essensstände. Einer hatte sich auf einer Bank ausgestreckt, den Mantel über den Kopf gezogen und schlief. Chiku erkannte, dass das aufreizende rhythmische Pulsieren nichts mit der Luftumwälzung zu tun hatte, sondern sein Schnarchen war.

Um zu den Anzügen zu gelangen, musste man einen langen abschüssigen Tunnel hinunter und einen anderen wieder hinauf. Als sie das Ziel erreichten, wurde dort gerade ein anderer Tourist in einen Anzug verfrachtet, der an ein mittelalterliches Foltergerät erinnerte. Die Prozedur erforderte Roboter, Winden und komplizierte Elektrowerkzeuge. Ein Schutzanzug für die Venusoberfläche war das Barbarischste, was Chiku jemals gesehen hatte.

»Warum plagt man sich mit diesen Dingern ab?«, fragte Pedro. »Kann man denn nicht in einem Rover mit bequemen Sitzen und einer Bar hinausfahren?«

»Hauptsächlich aus Angeberei«, vermutete Chiku. »Damit man vor seinen Freunden damit prahlen kann, etwas beispiellos Gefährliches und Reales gemacht zu haben.«

»Auch wenn man sich dabei in sehr reale Lebensgefahr begibt?«

»Das ist die Kehrseite.«

»Mir fällt noch ein Nachteil ein. Wäre dies vielleicht der Moment zu gestehen, dass ich ganz leicht unter Klaustrophobie leide?«

»Nein.«

»Das dachte ich mir. Dir macht das sicher nichts aus – du hast viel Zeit in Raumanzügen verbracht.«

»Nicht in solchen, Noah. Selbst der Schrott, den wir in Kappa tragen mussten, war bequemer als diese Dinger.«

»Keine Ahnung«, sagte Pedro schroff. »Und nur fürs Protokoll. Ich bin nicht Noah. Noah ist nicht *dein* Mann. Noah ist der Ehemann von Chiku Grün, jener *anderen* Frau, die ich nie kennengelernt habe und nie kennenlernen wollte.«

»Entschuldige«, sagte sie. »Ich wollte nicht …«

»Schon gut.« Er winkte ab, aber seine Großmut kostete ihn sichtlich Überwindung. »Wahrscheinlich ist das ganz natürlich, wenn man seine Erinnerungen wie Handschuhe tauscht.«

Darauf erwiderte Chiku nichts mehr.

Die Anzüge waren im Grunde wandelnde Panzer, weiß glänzend wie in Milch getauchte Hummer. Anstelle von Visieren hatten sie lediglich Kameraöffnungen, anstelle von Händen hatten sie Klauen. Die Kühlsysteme waren mehrfach redundant. Wie Chiku bei der Einweisung erfuhr, war dies die entscheidende Sicherheitsvorkehrung. Tod durch Überdruck war so selten, dass er in der gesamten Geschichte der Venuserforschung nur wenige Male vorgekommen war. Aber Hunderte, ja Tausende von Menschen waren am Hitzeschock gestorben, weil ihre Kühlung überlastet war.

Sobald sie in den Anzügen steckten, verbrachten sie ein paar Minuten damit, sich in so elementaren Fähigkeiten wie der Fortbewegung und der Objektmanipulation zu üben. Bei Chiku blitzten immer wieder Erinnerungen an Kappa auf. Dort war im Vergleich zu diesen Riesenkolossen alles so einfach gewesen. Andererseits fühlte sie sich jetzt unverwundbar.

Diese Sicherheit verschwand, sobald hinter ihnen die Türen der Luftschleuse zugeschlagen wurden und die Atmosphäre einrauschte. Temperatur und Druck stiegen auf Oberflächenwerte, und der Anzug teilte ihr mit, wie hart er für ihr Wohlbefinden arbeiten musste. Wie der Aufzug gab er Protestgeräusche von sich. Systemanzeigen wechselten von Grün auf Gelb. Wenn der Anzug auf Normalbetrieb lief, war die Kühlleistung kaum noch zu steigern.

Die Außentüren öffneten sich, und sie watschelten über einen Parkplatz zu ihrem wartenden Rover, der nicht viel mehr war als ein Käfig auf Rädern. Sie stiegen ein und stellten sich hinter eine Art Umzäunung. Das Gefährt wusste offenbar, wohin es sie bringen sollte. Sie rollten über eine Rampe hinauf in die schwüle Mittagshitze unter der Wolkendecke der Venus. Die Landschaft erschien Chiku nicht allzu fremdartig – solch trockene Gebirgsregionen mit einer ähnlich unspektakulären Topografie gab es auch auf der Erde. Der zerklüftete Felsboden war übersät mit Felsblöcken und Steinen. Natürlich gab es keinerlei Vegetation, und nichts wies darauf hin, dass hier jemals irgendwelche Flüssigkeiten unterwegs gewesen wären. Die Farben, die ihr die Kameras des Anzugs übermittelten, waren gedämpft, Grau, Ocker und schmutziges Weiß, alles mit hellgelbem Staub bedeckt wie mit einer alten Lackschicht, die sich allmählich verfärbte.

Der Rover querte einen gewundenen Pfad, zu beiden Seiten waren Steine und Geröll lose zusammengeschoben. Chiku drehte sich um, sie fürchtete immer noch, dabei den Anzug zu beschädigen, und erspähte die Ankeranlage, von der sie gekommen waren. Der Aufzug glitt wie eine Garnspule an der straffen Trosse empor und verschwand in der Watte einer niedrigen Wolkenbank. Für Venusverhältnisse herrschten optimale Bedingungen: tief hängende Wolken, kein Himmel, die Sicht auf wenige Kilometer begrenzt.

Nach einer Weile verließ der Rover den Hauptweg und nahm einen holprigen Pfad, der sich um einen schlafenden Vulkan herumwand und dann in eine breite Senke hinabführte, die auf allen Seiten von zerklüftetem Gestein umgeben war. Die konzentrischen und radialen Linien erinnerten Chiku an die runzlige Haut um ein Elefantenauge. Diese Spinnennetzformation wurde, dem Gelände-Overlay zufolge, Arachnoid genannt und war dadurch entstanden, dass sich die Oberfläche unter dem Druck aufwallenden Magmas verformte und wieder entspannte. Abgesehen von der Straße selbst und vereinzelten Transponderstangen oder Rover-Wracks gab es außerhalb der Anlage kaum Anzeichen für die Anwesenheit von Menschen. Ganz unten in der Senke, wo ewiges Halbdunkel herrschte, sahen sie ein Fahrzeug aufblitzen. Wie ihr eigener Rover war es ein offener Käfig auf Rädern. Es parkte an einem flachen Hang. Nicht weit davon, fast auf dem Grund der Senke, war eine Gestalt in einem Venus-Anzug mit etwas beschäftigt, das auf dem Boden lag. Sie befand sich im Schatten einer überhängenden, etwa zwanzig Meter hohen Felswand. Hier hatte sich ein Teil des Arachnoids abgesenkt oder war nach oben gedrückt worden.

»June«, rief Chiku aufgeregt und ängstlich zugleich. »Sie ist es. Es gibt sogar eine ER-Markierung.«

»Rufe sie über den allgemeinen Kanal an und frage, ob sie mit dir reden will«, sagte Pedro.

»Natürlich will sie das. Schließlich haben wir nur deshalb den weiten Weg zurückgelegt.« Dennoch aktivierte sie die Verbindung. »June Wing? Hier spricht Chiku Akinya. Ich glaube, Sie erwarten uns.«

Eine Stimme ertönte: »Parken Sie neben meinem Rover, steigen Sie aus, und kommen Sie zu Fuß zu mir, aber seien Sie vorsichtig. Ich möchte nicht, dass Sie hier alles zertrampeln wie zwei Gorillas.«

»Ich freue mich auch, dich kennenzulernen«, flüsterte Pedro so laut, dass auch June es gehört haben musste.

Chiku übernahm die Steuerung und lenkte den Rover neben das andere Fahrzeug. Sie traten aus der Umzäunung und ließen sich vorsichtig auf die Venusoberfläche hinunter. Die Atmosphäre des Planeten fiel über ihren Anzug her und suchte nach Schwachstellen.

»Vielen Dank, dass Sie sich bereit erklärt haben, uns zu empfangen«, sagte Chiku, während sie sich den Hang hinuntertasteten.

»Ich habe mich zu gar nichts bereit erklärt.«

»Aber Mister Kwami sagte doch …«

»Wenn Imris Kwami nicht seine Befugnisse überschritten hat, was ich für sehr unwahrscheinlich halte, nachdem er seit einem halben Jahrhundert in meinen Diensten steht, hat er keinerlei Versprechungen in meinem Namen gemacht. Ich habe ihm gesagt, Sie müssten schon hierherkommen, denn wenn ich zur Gondel zurückkehrte, hätten sie keinerlei Aussicht, mit mir zu sprechen.«

»Ich habe Ihre Motio geöffnet.«

»Sehr gut. Was Sie hineingelesen haben, ist allerdings Ihre Sache.«

»Wir sind hier, nicht wahr?«, fragte Pedro.

»Offensichtlich.«

»Mister Kwami hat mir mitgeteilt, Sie wären über meine Kontakte zu den Seesiedlern informiert«, sagte Chiku. »Wenn dem so ist, können Sie sich sicher auch denken, was Mecufi und seine Freunde von Ihnen wollen.«

»Die Panspermier, oder wie sie sich diese Woche nennen, haben schon vor zweihundert Jahren alle Brücken zu Arethusa abgebrochen«, erklärte June. »Für eine Wiederannäherung ist es jetzt etwas spät.«

»Trotzdem würden sie gerne Kontakt zu ihr aufnehmen, wenn das möglich ist. Stehen Sie noch in Verbindung mit ihr?«

»Was denken Sie denn?«

»Ich halte es für sehr wahrscheinlich, falls Arethusa noch lebt. Und Sie sollten unbedingt mit mir sprechen. Sie kannten meine Mutter und meinen Vater. Sie haben ihnen geholfen.«

»Das ist lange her.«

Chiku und Pedro hatten sich der Gestalt im Anzug bis auf wenige Schritte genähert. June betrachtete aufmerksam eine Stelle auf dem Boden. Die Gelenke der Anzüge gestatteten nicht, dass man sich hinkniete, aber wenn der Träger in der Hüfte abknickte und die teleskopischen Unterarme ausfuhr, konnte er Felsbrocken und andere Dinge berühren. June war mit einem verbogenen Metallteil von der Größe eines Wasserballs beschäftigt, das zur Hälfte im Boden steckte, als hätte es sich mit großer Wucht hineingebohrt.

»Die Sache ist die …«, begann Chiku.

»Wollen Sie mir helfen, oder wollen Sie nur dastehen und gaffen?«

Chiku trat an Junes Seite, hielt aber Abstand von ihrem Rucksack. Die leuchtenden Abgasöffnungen waren kirschrot gerändert und von Hitzeflimmern umgeben.

»Was ist das?«, fragte Chiku skeptisch. Sie war nicht sicher, ob sie die Antwort hören wollte.

»Der Überrest einer russischen Sonde. Das Ding liegt seit fast vier Jahrhunderten hier und wartet drauf, dass es gefunden wird. Seit Jahren komme ich immer wieder in dieses Gebiet, weil ich überzeugt war, dass es hier irgendwo sein musste.«

»Sie können von Glück reden, dass Sie es gefunden haben«, bemerkte Pedro.

»Mit Glück hat das nichts zu tun. Jahrelanges gründliches Suchen und geduldiges Eliminieren haben sich endlich ausgezahlt. Die Radarreflexion ist wegen dieses Überhangs sehr schwach – deshalb sind alle anderen nicht fündig geworden. Hier, Chiku – helfen Sie mir, es rauszuhebeln.«

»Ist es etwas wert?«

»Es ist ein unbezahlbares Überbleibsel aus der Frühgeschichte der Raumfahrt.«

»Und Sie haben es ausgerechnet jetzt gefunden?«, fragte Pedro skeptisch.

»*Gefunden* habe ich es vor achtzehn Monaten, aber meine Konkurrenten saßen mir ständig im Nacken. Ich musste sie täuschen, sie glauben machen, hier wäre nichts. Also gab ich zum Schein alle Bemühungen auf und setzte die Suche anderswo fort, um sie von diesem Gebiet wegzulocken. Bis vor Kurzem war ich auf dem Mars oder so nahe am Mars, wie man es derzeit wagen kann. Dann bin ich so schnell, dass sie nicht mehr reagieren konnten, hierher zurückgehetzt. Und jetzt habe ich meine Trophäe.«

»Beinahe«, sagte Chiku.

Das Objekt begann sich zu lockern. Es war so schwer wie ein Felsblock; das spürte sie, obwohl der Anzug ihre Kräfte verstärkte. Und dann kam es frei, eine deformierte Sphäre, versengt, eingedellt und voller Rost wie eine Kanonenkugel, die seit dem Mittelalter auf dem Meeresgrund gelegen hatte. An der Seite war, schwach bis zur Unleserlichkeit, die Inschrift *CCCP* zu erkennen.

Chiku hatte keine Ahnung, was das bedeutete.

»Gut gemacht«, lobte June. »Und nun helfen Sie mir, es auf den Truck zu laden.«

Sie meinte den zweiten Rover. Zu zweit schleppten sie das ramponierte Teil zur hinteren Ladepritsche des Fahrzeugs. June legte es in eine stabile weiße Kiste, die innen ausgepolstert war, und schloss den Deckel. »Ich werde es so lange beim

Oberflächendruck der Venus aufbewahren, bis ich weiß, dass sich im Inneren keine Lufttaschen befinden. Hundert Atmosphären können einem wirklich den Tag verderben.«

»Mecufi erwähnte, Sie würden Objekte für eine Sammlung zusammentragen«, sagte Chiku in der Hoffnung, mit Konversation das Eis zu brechen. »Als wir mit Imris Kwami sprachen, meinte er, es ginge dabei um Robotartefakte.«

»Mein Museum, richtig.« June tippte Befehle in die externe Schalttafel des Kastens. »Ich trage Artefakte aus dem frühen Robotzeitalter zusammen, bevor sie durch die Ritzen der Geschichte fallen. Sie würden staunen, wie viel Zeug hier draußen noch herumliegt und darauf wartet, vergessen zu werden. Weniger im Inneren Sonnensystem – obwohl immer noch ausgebrannte Raketenstufen um die Sonne kreisen, wenn man weiß, wo man zu suchen hat. Aber dumme Raketen interessieren mich nicht. Ich suche Roboter, Sonden, Objekte mit rudimentärer Intelligenz. *Sehr* rudimentär in diesem Fall. Aber das ist nicht scharf zu trennen. Man kann es mit den Gebeinen früher Hominiden vergleichen. Es gibt keinen bestimmten Punkt, an dem wir aufgehört haben, Affen zu sein, und zu Menschen wurden.« Sie klopfte mit einer Klaue ihres Anzugs auf die Kiste. »Und *dieses* unscheinbare Ding gehört noch zur Familie. Es hat Schaltkreise, primitiv verästelte Entscheidungs- und Handlungsbäume. Damit ist es auf dem Weg zur Intelligenz, allerdings noch weit von Artilekten und Versorgern entfernt.«

»Sie haben ein langes und sehr interessantes Leben geführt«, sagte Chiku. »Wollten Sie so etwas immer schon machen?«

»Jemand muss das Zeug dokumentieren und katalogisieren, warum also nicht ich? Ihre Urgroßmutter hielt doch auch nichts davon, untätig herumzusitzen, wenn es Arbeit gab?«

Chiku wählte die nächsten Worte mit großer Sorgfalt. »Eigentlich komisch, dass Sie Eunice erwähnen.«

»Ich dachte, Sie wollten mich nach Arethusa fragen.«

»Stimmt«, sagte Pedro.

»Nun, Sie haben getan, was die Pans von Ihnen verlangten. Sie können ihnen ausrichten, wenn Arethusa mit ihnen sprechen wollte, hätte sie sich schon gemeldet.«

»Ich bin nicht nur wegen der Meerleute hier«, sagte Chiku.

June ging zur Steuerplattform des Rovers und schickte sich zum Einsteigen an. »Weshalb dann? Wegen der Landschaft? Der lauen Lüfte?«

»Ich hatte Kontakt zu meiner Urgroßmutter.«

»Wie nett. Nein, wirklich – das freut mich sehr. Und was hatte sie Ihnen zu sagen? Dass Sankt Petrus grüßen lässt und auf der anderen Seite alles wunderschön ist? Ich habe doch die richtige Religion erwischt?«

»Ich habe die Tantoren gesehen.«

Schweigen trat ein. June bewegte sich nicht. Sie stand da wie versteinert, wie ein Stück Fels, als wollte sie mit der Landschaft verschmelzen. Chiku warf Pedro einen fragenden Blick zu. Hatte sie einen schrecklichen Fehler gemacht?

Endlich sagte June: »Wiederholen Sie das noch einmal.«

»Ich habe die Tantoren gesehen. Und ich habe mit dem Konstrukt an Bord des Holoschiffs gesprochen.«

»Ich interessiere mich für die *Sansibar*. Ich überwache die Feeds. Ich verfolge, was dort geschieht. Niemand weiß von den Tantoren. Sie sind nicht öffentlich bekannt. Es gibt nicht einmal den Hauch eines Gerüchts über sie.«

»Es gab einen Unfall, eine Explosion in einer unserer Kavernen. Ich meine, ihrer Kavernen. Ich habe Nachforschungen angestellt … ich meine, Chiku Grün, mein anderes Ich auf dem Holoschiff.« Sie gab auf. Es war zu schwierig, die beiden Versionen von sich auseinanderzuhalten. »Dabei habe ich Kaverne siebenunddreißig im Bug der *Sansibar* gefunden – die Kaverne, von der niemand weiß. Ich bin dem Konstrukt begegnet, der Artilekt-Simulation meiner Urgroßmutter. *Sie* haben mitgeholfen, es zu entwickeln und an Bord des Holoschiffes zu schmuggeln, damit es sich um die Tantoren kümmert. Seither wartet sie dort. Jetzt können Sie mich nicht mehr ignorieren, nicht wahr? Es gibt nur eine Möglichkeit, wie ich das alles erfahren haben kann.«

June schwieg einen Moment, dann fragte sie: »Wie geht es ihr?«

»Sie ist noch am Leben, versteht sich, aber sie ist beschädigt. Ihr Gedächtnis ist völlig durcheinander, sie erinnerte sich kaum noch an Dinge, die vor der *Sansibar* geschehen waren. Aber sie weiß noch, dass Sie ihr geholfen haben, als sie in Schwierigkeiten war – sie musste sich verstecken, war vor irgendetwas auf der Flucht.«

»Wahrscheinlich vor der Kognitionspolizei – sie war ein nicht lizenziertes Artilekt.«

»Nicht nur das«, sagte Chiku. »Sie hat mir einen Namen genannt und …«

»Nicht hier«, unterbrach June, bevor Chiku ein weiteres Wort herausbringen konnte.

»Ich bitte Sie um Hilfe. Wenn nicht für mich, dann im Namen meiner Mutter. Sie haben Sunday und Jitendra vor langer Zeit schon einmal geholfen.«

»Hat Ihre Mutter Ihnen von den Tantoren erzählt? Sie wusste zumindest von ihrer Existenz.«

»Nein. Seit Jahren habe ich nicht mehr mit ihr gesprochen. Auch niemand sonst.«

»Sie kommen aus einer wirklich ungewöhnlichen Familie.«

»Danke. Ich konnte mir keine andere aussuchen, sonst hätte

ich es getan. Aber es geht hier nicht um mich. Es geht um die Entwicklung, die Sie und Ihre Freunde in Gang gesetzt haben. Dies sind die Konsequenzen; nun müssen Sie sich damit auseinandersetzen.«

»Glauben Sie etwa, ich kenne die Konsequenzen nicht?«

»Wenn wir nicht hier offen reden können«, schaltete sich Pedro ein, »wo sollen wir dann hingehen?«

»Warten Sie.« Eine Pause, dann: »Imris? Ich bin es. Ja, sehr gut. Ja, ich habe sie beide getroffen – sie sind hier bei mir, zusammen mit dem Fund. Ja. Verpackt und verladen – wir können sofort zurückfahren.« Sie wandte sich an Chiku. »Wie sind Sie hierhergekommen? Mit Ihrem eigenen Schiff?«

»Wir schwimmen nicht im Reichtum«, sagte Chiku. »Wir haben den Ring-Liner und dann das Shuttle genommen.«

»Imris, machen Sie die *Gulliver* für einen Notstart bereit. Wir sind in einer Stunde an der Ankeranlage und in zwei Stunden an Bord der Gondel.«

»Wir verlassen die Venus?«, fragte Chiku.

»Ich halte es für das Beste, wenn wir diese Unterhaltung auf meinem Schiff führen. Später kümmern wir uns darum, wie Sie zur Erde zurückkommen. Ach ja, und was den Reichtum angeht: Sie haben einmal mehr Schiffe besessen als ich Schuhe.«

»Ich meine, in letzter Zeit.«

»Dann sagen Sie doch auch, was Sie meinen.«

Die Rover konnten nur jeweils zwei Fahrgäste aufnehmen, also kehrten Chiku und Pedro zu ihrem eigenen Gefährt zurück und rumpelten damit hinter June auf dem gleichen Weg zur Ankeranlage zurück, auf dem sie hergekommen waren.

»Wie war es auf dem Holoschiff?«, fragte June, als sie die Arachnoid-Senke verlassen hatten und wieder im Hochland waren. »Ich wäre beinahe mitgeflogen, als die *Sansibar* startete, doch dann fand ich, dass ich meine Fähigkeiten hier unten nutzbringender einsetzen könnte.«

»Indem Sie alten Weltraumschrott sammeln?«, fragte Pedro.

»Sie drücken sich sehr unverblümt aus.«

Chiku warf Pedro einen warnenden Blick zu. »Die Menschen gehen dort schwierigen Zeiten entgegen. Mittelverteilung, Spannungen innerhalb der Unterkarawane, das Problem mit dem Abbremsen.«

»Ich habe von der *Pemba* gehört«, sagte June. »Wer hätte das nicht? Solche Katastrophen machen Schlagzeilen. Es war eine idiotische Wette gegen die Physik.«

»Eine Weile sah es ja zumindest so aus, als wäre die Physik auf ihrer Seite«, entgegnete Chiku.

»Die Physik ergreift keine Partei.«

»Es war ein schrecklicher Unfall, aber kein Grund, alle Forschungsprogramme auf Eis zu legen. Andererseits finde ich es ziemlich unfair, dass man uns alles allein überlässt. Die Holoschiffe waren ein Projekt für die ganze Zivilisation des Sonnensystems, eine Geste für die Ewigkeit. Und ursprünglich liefen auch hier Forschungsprogramme, nicht nur in der Karawane – Labors und Forschungseinrichtungen arbeiteten am Chibesa-Problem. Aber zu Hause habt ihr aufgegeben, wir sollten das Problem allein lösen. Im Grunde genommen habt ihr uns im Stich gelassen.«

»Ihr und *uns*. Eine interessante Perspektive. Als verträten Sie die Wertvorstellungen der Chiku auf dem Holoschiff und nicht der Person, mit der ich spreche.«

»Sie bringt die beiden immer wieder durcheinander«, erklärte Pedro. »Sie hätten hören sollen, wie sie mich vorhin genannt hat.«

»Unsere hiesigen Forschungsprogramme waren teuer und gefährlich und führten nirgendwohin«, sagte June. »*Nur* aus diesem Grund wurden sie beendet. Sie haben von Sunday gesprochen, Chiku – steht es wirklich so schlimm um sie?«

»Sie hat ihre Entscheidung getroffen.«

»Die Mathematik ist eine schreckliche Berufung, so unerbittlich wie die Schwerkraft. Sie verschlingt die ganze Seele. Im Umkreis eines schwarzen Lochs gibt es eine Bahn, den man den letzten stabilen Orbit nennt. Wenn man diesen Radius überschreitet, kann einen keine Kraft im Universum mehr aufhalten, man stürzt hinein. Das ist mit Ihrer Mutter geschehen – sie ist zu nahe an die Theorie herangeschwommen und unter den letzten stabilen Orbit gefallen. Für Ihren Vater muss es entsetzlich schwer sein.«

»Sie waren glücklich miteinander.« Aber sie hatte auch Jitendras Traurigkeit erlebt, die so grenzenlos war wie das Meer. Gewiss, es gab gute Tage, an denen Sunday in die seichte Gegenwart zurückkehrte, aber an weitaus mehr Tagen war sie gar nicht präsent.

»Vielleicht taucht sie eines Tages wieder auf«, tröstete June. »Ich wünsche Ihrer Mutter nur das Beste. Warten Sie, was ist das?«

»Ich weiß es nicht.«

In Chikus Helm hatte eine Sirene eingesetzt, und in ihrem Sichtfeld hatte ein rotes Statussymbol wie wild zu pulsieren begonnen, aber die Lebenserhaltungs- und Bewegungssysteme des Anzugs funktionierten einwandfrei. »Bei mir und meinem Anzug scheint alles in Ordnung zu sein.«

»Wir empfangen es alle«, sagte Pedro. »Das sind nicht die Anzüge.«

»Es wird an jeden gesendet, der draußen ist«, ergänzte June.

Eine Stimme ließ sich vernehmen, vielleicht eine Tonaufzeichnung: »Anweisung an alle an der Oberfläche im Tekarohi-Sektor. Vorschriften für den Ernstfall sind in Kraft. Kehren Sie unverzüglich zur Ankeranlage zurück. Beachten Sie alle erforderlichen Vorsichtsmaßnahmen. Das ist *keine Übung*. Ich wiederhole, *das ist keine Übung*.«

»Was ist los?«, fragte Pedro.

»Irgendetwas ist nicht optimal«, antwortete June. »Vielleicht ein Erdbeben. Allerdings kündigen sich größere Erschütterungen gewöhnlich mehrere Tage vorher an.«

»Ist das wahrscheinlich?«, fragte Chiku. Sie hatte in Erinnerung, dass sich die Oberfläche der Venus durch Magmaausbrüche ständig erneuerte und Krater immer wieder verschwanden. Wenn man lange genug stillstand, würde der Boden, auf dem man stand, unter einer langsam abkühlenden Decke aus Magma und Asche verschwinden. Das ging schon seit undenklichen Zeiten so.

»Vulkanausbrüche oder Lavaströme hat es im Tekarohi-Sektor seit Jahrhunderten nicht mehr gegeben«, überlegte June, »deshalb ist es nicht sehr *wahrscheinlich*, dass so etwas genau dann passiert, wenn wir hier auftauchen.«

»Können Sie Imris erreichen?«, fragte Pedro.

»Ich versuche es, aber im Moment sind alle lokalen Verbindungen blockiert. Die Warnung wird auf allen Kanälen gesendet. *Das* ist an sich schon merkwürdig – die Kapazitäten sollten trotzdem ausreichend sein. Wissen Sie was? Die Sache wird mir allmählich unheimlich.«

Die eindringliche Aufforderung, zur Ankeranlage zurückzukehren, wurde ständig weiter wiederholt. Dort würden sie in Sicherheit sein, dachte Chiku – was immer gerade geschah oder geschehen sollte. Weniger sicher als auf der Venusoberfläche, lediglich in einem Schutzanzug, der wie wild arbeiten musste, um zu verhindern, dass sie gebraten wurde, konnte man schließlich kaum sein. Irgendein Urinstinkt trieb sie in den Bau zurück. Sie wünschte sich in ein

Gebäude, möglichst unter der Erde, wo es kühl und dunkel war und die Welt nicht die Absicht hatte, einen Pfannkuchen aus ihr zu machen.

»Ihre Konkurrenten«, sagte sie. »Könnte es sein, dass die versuchen, Ihnen die Tour zu vermasseln?«

»Eigentlich ist das nicht ihre Art. Sie wollen mir zwar zuvorkommen, das schon. Aber dazu gefälschte Katastrophenwarnungen loszuschicken? Das wäre eine ganz neue Strategie. Außerdem ein schweres Verbrechen, das wahrscheinlich Menschenleben kosten würde.«

»Und was jetzt?«, fragte Pedro.

»Ich denke, wir tun, was man uns sagt. Wir wollten ohnehin zur Ankeranlage zurück, und wenn es wirklich Probleme gibt … nun, dann wollen wir nicht unbedingt in diesen Anzügen draußen festsitzen.«

»Ganz meine Meinung«, sagte Chiku.

»Die aktiven Kühlsysteme der Anzüge brauchen viel Energie, und ich weiß nicht, wie viel Zeit uns bliebe, bevor die Zellen nachgeladen werden müssen. Man kann hier nicht damit rechnen, schnell gerettet zu werden.«

»Ich hasse diesen Planeten«, erklärte Chiku.

»Willkommen auf der Venus. Ein Luder von einer Welt.«

»So hätte es auch meine Urgroßmutter ausgedrückt.«

»Wahrscheinlich hatte sie die gleiche Einstellung zum Leben wie ich. Oh, warten Sie – die Verbindungen scheinen frei zu werden. Da ist Imris. Was dagegen, wenn wir für ein paar Minuten auf privat umschalten?«

»Nur zu«, sagte Chiku.

Als June das Gespräch beendet hatte, sagte sie: »Mit der Gondel stimmt etwas nicht. Vorsichtshalber werden alle Besucher von der Oberfläche evakuiert und in den Orbit gebracht.«

»Wären sie hier unten nicht sicherer?«, fragte Chiku.

»Kommt darauf an. Sollte da oben wirklich etwas schiefgehen, dann kann man keine Hilfe herunterschicken, falls wir hier in Schwierigkeiten geraten. Hinaufzufahren, solange es noch geht, könnte vernünftig sein.«

»Was ist mit Imris – kommt er klar?«

»Er nimmt so viele Leute mit, wie er in die *Gulliver* hineinquetschen kann. Ich habe ihm gesagt, er soll nicht auf uns warten – wir schließen uns denen an, die regulär evakuiert werden.«

»Was ist denn eigentlich passiert?«, fragte Chiku.

»Ein Versorgungsshuttle flog ungünstig an, geriet in Turbulenzen und hat einen Teil der Takelung durchtrennt oder die Taue durcheinandergebracht. So lautet jedenfalls die amtliche Version. Der Aufzug ist beschädigt, aber man wirft Ballast ab, um die Gondel zu stabilisieren. Damit sollte sie die Höhe für eine Weile halten können.«

»Wie lange genau?«, fragte Chiku.

»Auf jeden Fall mehrere Stunden. Reichlich Zeit, damit der Aufzug ein paar Mal auf und ab fahren kann, während zugleich Menschen mit Shuttles von der Gondel zu den Orbitalstationen befördert werden.«

»Da ist die Ankeranlage«, sagte Pedro. »Wir sind so gut wie in Sicherheit.«

»Ich liebe es, wenn jemand das Schicksal herausfordert«, spottete June.

An der Ankeranlage war nichts davon zu bemerken, dass es am anderen Ende vierzig Kilometer über ihnen Probleme geben könnte. Die Trosse war so straff wie bei der Fahrt nach unten, der Aufzug glitt ruhig in den flachen Bauch einer ockerfarbenen, prall mit Gift gefüllten Wolke hinein, die wie eine Matratze am Himmel hing. Sie waren nicht die einzigen Touristen, die in aller Eile zurückkehrten. Chiku sah andere Rover und Schutzanzüge aus verschiedenen Richtungen der Anlage zustreben.

Die ganze Welt schien aus den Fugen geraten zu sein. »Ist das … normal?«, fragte sie.

»Was soll normal sein?«, fragte June zurück.

»Dass Shuttles gegen Hindernisse krachen und Gondeln evakuiert werden. Und ausgerechnet dann, wenn wir auf der Venus sind.«

»Kommt es Ihnen normal vor?«

»Sie meinten, Ihre Konkurrenten können es nicht sein. Hat es demnach mit uns zu tun, mit dem Grund für unsere Reise zur Venus?«

»Würde das Ihren Handlungen nicht ein ziemlich großes Gewicht verleihen?« Chiku hörte jedoch an Junes Tonfall, dass sie ein solches Szenarium durchaus in Betracht gezogen hatte.

Vor dem Parkbereich für die Rover hatte sich eine Schlange gebildet, Schutzanzüge und Fahrzeuge drängten über die Rampe und mussten dann warten, bis die Luftschleusen frei waren. Chiku zählte die Minuten. Jahre ihres Lebens waren schneller vergangen. Von hier unten sah es aus, als würde der Aufzug jetzt schneller nach oben schießen als zuvor. Sie fragte sich, wie viele Fahrgäste er auf einmal fassen konnte, wie oft er wohl hin und her fahren müsste. Unter normalen Umständen war man nirgendwo sicherer als auf der Oberfläche eines Planeten. Doch diese Umstände waren nun einmal nicht normal.

»Da ist Imris wieder«, sagte June, als sie ihre Maschinen in den Ausstiegsbereich manövrierten. »Die Evakuierung läuft reibungslos. Die Gondel hat ein wenig an Höhe verloren, ist aber noch weit genug oben, um nicht erdrückt zu werden. Wir können froh sein, dass man den Sicherheitsspielraum großzügig bemessen hat.«

»Weiß man inzwischen genauer, was passiert ist?«, fragte Pedro.

»Das Bild ist immer noch unscharf. Man schickt Roboter hinaus, um die Takelung zu untersuchen. Vielleicht können sie die Taue entwirren, die Trümmer des Shuttles entfernen oder einen Notballon anbringen, um den optimalen Auftrieb wiederherzustellen.«

June bat Chiku, ihr beim Abladen der Kiste von der Ladefläche des Rovers zu helfen. Sie trugen sie zu zweit in die Luftschleuse.

Es war die größte Luftschleuse, die Chiku jemals gesehen hatte, dennoch konnte sie nicht mehr als drei Venusanzüge auf einmal aufnehmen. Der Atmosphärenaustausch erschien ihr wie ein übertrieben kompliziertes Ritual. Der Ausstoß mit hohem Druck, das Auswaschen der Toxine und das Abkühlen der Temperatur, all das dauerte seine Zeit. In der Gegenrichtung war es viel schneller gegangen.

Endlich eilten Roboter und Hilfspersonal herein, um sie abzuwaschen und ihnen aus den Anzügen zu helfen. Wie sich herausstellte, waren sie als Letzte zurückgekehrt. Jetzt war niemand mehr draußen, jedenfalls nicht im Umkreis der Ankeranlage. Chiku wurde als Erste aus dem Panzer geschält und behielt die Kiste im Auge, während Roboter und Techniker sich an June zu schaffen machten.

Chiku wusste immer noch nicht, wie ihre neue Reisegefährtin leibhaftig aussah. Sie mochte nur eineinhalb Mal so alt sein wie sie selbst, aber dieses zusätzliche Jahrhundert war von großer Bedeutung. Chiku war in eine Zeit hineingeboren worden, in der man die schweren Fehler bei der Therapie zur Lebensverlängerung bereits hinter sich hatte. Das Leben einer June Wing oder Eunice Akinya war eine Expedition in unerforschtes Gebiet. Sie mussten auf ihr Glück vertrauen und brauchten einen unerschütterlichen Glauben an die eigene medizinische Intuition. Dass sie dieses Alter erreicht hatten, war ein Erfolg. Chiku hatte irgendwo im Sonnensystem, vielleicht auch auf dem Holoschiff gelegentlich sehr alte Personen gesehen. Die eine hatte sie wegen ihres krummen Rückens und ihres schütteren Haars zunächst für einen zahmen Orang-Utan gehalten. Die andere hatte wie ein Säugling mit einer schweren erblichen Behinderung in einer Art Kinderwagen mit lebenserhaltenden Maschinen gelegen. Chiku rechnete fast damit, June noch gebrechlicher zu erleben. Dreihundertdrei Jahre – ein gutes Alter für einen Baum.

Doch als June schließlich aus ihrem Anzug befreit war und vor ihr stand, glaubte Chiku an eine Verwechslung, einen Fehler draußen an der Oberfläche, denn dieser Organismus war sicher keine dreihundert Jahre alt. Diese Frau sah ganz normal aus, grauhaarig und deutlich älter als Chiku, aber sie war keine Greisin aus einem Lehrbuch über Gerontologie, kein Überbleibsel aus grauer Vorzeit, das der Zufall in die Gegenwart verschlagen hatte.

June sprang von der Plattform herunter. Sie trug schwarze Hosen und eine schwarze Bluse mit Stehkragen, eine edelsteinbesetzte Brosche am Hals war der einzige Schmuck. Die Haut war gebräunt und runzlig und wies etliche seltsame Flecken auf. Ihre Reflexe schienen hervorragend zu sein, und ihren Knochen schien es nichts auszumachen, mit neun Zehnteln einer Ge auf dem Boden aufzukommen.

»Wo waren wir stehen geblieben?«, fragte sie.

»Ich hätte erwartet …« Chiku wusste nicht, wie sie den Satz beenden sollte, ohne einfältig zu klingen. »Was haben Sie mit der Kiste vor?«

»Ich glaube nicht, dass man uns dafür den kostbaren Platz im Aufzug überlassen wird, es sei denn, wir fahren als Letzte.«

June glättete ihr Haar, das durch den Helm in Unordnung geraten war. Es war kurz geschnitten und reichte ihr gerade bis über die Ohren. »Auf jeden Fall ist sie verschlossen und beschriftet«, fuhr sie fort. »Wenn es zum Schlimmsten kommt, kann ich sie auch später noch abholen.«

»Es würde mich interessieren, was aus Ihrer Sicht ›das Schlimmste‹ wäre.«

Pedro trat heran, bevor June antworten konnte. »Wir sollten durchgehen und sehen, wie lange wir warten müssen.« Er war damit beschäftigt, seine verspannte Schulter zu lockern, und nahm June, die hinter Chiku stand, nicht sofort wahr. »Oh, hallo, June – ich meine, Ms. Wing. Mir ist, als hätten wir uns noch gar nicht richtig kennengelernt.«

»Das ist auch so, aber ich glaube, wir können uns die Höflichkeiten vorerst sparen.«

Sie kehrten in den großen Empfangsraum zurück. Dort herrschte inzwischen sehr viel weniger Betrieb. Abgesehen von Chiku, Pedro, June und den drei Technikern, die sie nach dem Ablegen der Anzüge hierherbegleitet hatten, waren nur sechs Personen anwesend. Sie beobachteten die Fahrt des Aufzugs auf der Tafel über der Tür und verfolgten seine Rückkehr zur Gondel. Die Notrufanlage sendete immer noch die gleiche Warnung, und an den Wänden, auf dem Fußboden und an der Decke blinkten rote Streifen und Felder.

»Sie hat es nicht mehr weit«, bemerkte Chiku.

»Das Ausladen geht rasch«, erklärte ihr einer der Techniker, vielleicht glaubte er, sie beruhigen zu müssen. »Wenn der Aufzug leer ist, fällt er herunter wie ein Stein – in höchstens zehn Minuten müsste er wieder hier sein, dann können wir weg.«

»Wie läuft die Evakuierung?«, erkundigte sich June.

»Ohne Schwierigkeiten. Wenn wir oben ankommen, erwartet uns bereits ein angedocktes Shuttle. Mit etwas Glück sieht in ein paar Stunden alles wie eine gewaltige Überreaktion aus. Wenn es den Robotern gelingt, den Auftrieb zu stabilisieren, können wir den Notstand aufheben.«

June hob eine Hand. »Moment. Imris meldet sich wieder.« Die Lethargie einer ER-Trance ließ ihre Züge so jäh erschlaffen, als hätte soeben jemand alle Nerven unter ihrer Haut durchschnitten. Nach einer Minute nickte sie ernst und holte tief Luft. »Das ändert die Lage. Ich glaube nicht, dass wir den Aufzug noch brauchen, vielen Dank.«

»Was ist los?«, fragte Pedro.

»Die Gondel konnte nicht stabilisiert werden. Die Roboter, die man ausgeschickt hat, um die Takelage zu reparieren, haben die Situation nur noch verschlimmert. Imris sagt, die Gondel sinkt schneller als zuvor. Es besteht keine Aussicht mehr, sie zu stabilisieren. Sie kommt herunter.«

»Wie lange kann sie standhalten?«, fragte Pedro.

»Zwanzig, dreißig Atmosphären sollten ihr nichts anhaben«, antwortete der Techniker. »Aber bei fünfzig stößt sie an ihre Grenzen, und für den Druck an der Oberfläche ist sie eindeutig nicht ausgelegt.«

Chiku schüttelte den Kopf. »Da kommt zu viel zusammen, als dass es noch Zufall sein könnte. Das hat doch irgendwie mit Arethusa oder dem Konstrukt zu tun?«

»Es geht nicht gegen uns«, widersprach Pedro. »Wir sitzen nicht in der Gondel, die gerade in die Atmosphäre absinkt.«

»Das zwar nicht«, bestätigte June, »aber wenn uns jemand da oben auf indirekte Weise schaden wollte, wäre das eine ganz ausgezeichnete Methode.«

»Jemand will uns schaden?«, fragte der Techniker stirnrunzelnd.

»Privatsache.« June rang sich ein Lächeln ab. Dann klatschte sie in die Hände und erhob die Stimme. »Alles herhören – kleine Planänderung! Nach den jüngsten Informationen sollten wir nicht mehr zu lange in der Landezone bleiben.«

»Die Gondel muss vierzig Kilometer tief fallen«, wandte einer der anderen Passagiere ein, ein stämmiger Europäer mit dichter kupferroter Mähne. »Wie hoch sind bei dem Wind die Chancen, dass sie uns genau auf den Kopf fällt?«

»Tatsächlich sehr gering«, erklärte June freundlich. »Aber wo immer diese Gondel auch landet, die Trosse ist nach wie vor mit dieser Anlage verbunden. Sind Sie wirklich ganz sicher, dass es zu keinerlei Komplikationen kommt, wenn das Ding heruntersaust, als würde Gott selbst die Peitsche schwingen?«

»So schlimm wird es nicht werden«, widersprach einer der Techniker. »Es ist nur eine Trosse …«

»Schön«, entgegnete June. »Für alle, die *nicht* Physik-Roulette spielen wollen, stehen Venusanzüge bereit. Es sind doch genug für uns alle, nicht wahr?«

»Ich denke schon«, sagte der Techniker zögernd. »Ich meine, ja, eigentlich müssten sie ausreichen.«

»Sie *müssten*?«

»Wir haben zwanzig Anzüge, aber sie müssen einen obligatorischen Wartungszyklus durchlaufen. Deshalb werden nicht alle zur Verfügung stehen.«

»Wir sind zwölf.« June schaute in die Runde. »Ich bin ziemlich sicher, dass ich vorhin, als wir draußen warten mussten, mehr als zwölf Anzüge gesehen habe.«

»Zumindest müssen wir es versuchen«, sagte Pedro.

June war für einen Moment in die ER-Trance abgetaucht. »Das war Imris«, sagte sie. »Die *Gulliver* hat abgelegt, er hat Evakuierte an Bord und beobachtet den Sinkflug der Gondel. Hört sich an, als hätte sie einen weiteren Ballon verloren … es geht noch um fünfzehn Minuten, wenn wir Glück haben auch zwanzig. Wollen wir die Diskussion vertagen? Die Venus ist zu dieser Jahreszeit wunderschön.«

Die anderen ließen sich schnell überzeugen. Inzwischen hatten sogar die Techniker der Ankeranlage die Hoffnung aufgegeben, den Aufzug benutzen zu können. Die Trosse protestierte kreischend, als die Zugbelastungen alle Toleranzen überschritten. Auf dem Weg zu den Anzügen rief sich Chiku in Erinnerung, was sie beim Warten vor der Schleuse gesehen hatte. Da waren eindeutig weitere Anzugträger gewesen, aber sie hätte nicht beschwören können, dass sie insgesamt zu zwölft gewesen waren. Hatte June das nur gesagt, um sie zur Eile anzutreiben?

Zum Anlegen der Anzüge gab es mehrere verschiedene Räume mit jeweils drei bis vier Anzügen. Chiku konnte nicht auf den ersten Blick erkennen, welche davon einsatzbereit und welche für die Wartungsarbeiten deaktiviert waren. Bevor man sie anlegen konnte, wurden sie in jedem Fall in mehrere große weiße Abschnitte zerlegt, die an Eierschalen erinnerten.

»Aufprall in … irgendwo zwischen sechzehn und zwanzig Minuten«, meldete June. »Imris würde gerne genauere Angaben machen, aber dafür gibt es zu viele Variablen.«

»Kann er das Schiff nicht herunterbringen und uns von der Luftschleuse aus an Bord nehmen?«, fragte eine Touristin. Sie hatte die Hände in die Hüften gestemmt.

»Nein, es sei denn, Sie möchten sich in einen Metallklumpen vom Durchmesser einer Regenrinne hineinzwängen«, gab June zurück.

»Wir haben ein Problem«, meldete einer der Techniker.

June lächelte schmal. »Dieser Tag wird mit jeder Minute besser.«

»Die Zahl der verfügbaren Anzüge ist … nicht optimal.«

»Sie brauchen uns die Pille nicht zu versüßen.« Ihr Tonfall

war von aggressiver Freundlichkeit. »Wie sieht es aus? Schnell – wir brauchen allein fünf Minuten, um in die Anzüge zu steigen, und danach müssen wir noch durch die Schleuse.«

»Wir brauchen zwölf einsatzfähige Anzüge«, sagte der Techniker. »Sechs sind startbereit. Drei sind an der Grenze: Sie kamen mit Defekten herein und würden normalerweise sofort zur Instandsetzung geschickt, aber in einem Notfall können wir die Fehler übersteuern und damit losziehen. Die übrigen … befinden sich mitten im Wartungsprozess. Mit einer Ausnahme vielleicht, aber auch der …«

»Wir haben also neun Anzüge«, stellte June fest, »drei weniger, als wir brauchen. Und die Uhr tickt.«

»Hierzubleiben ist nicht zwangsläufig ein Todesurteil!«, erklärte der Fahrgast mit dem kupferroten Haar. »Alles eine Frage des Risikomanagements. Ich vertraue auf den Schutz der Anlage.«

»Damit fehlen uns noch zwei Anzüge«, sagte der Techniker. »Schön … ich entscheide mich ebenfalls fürs Hierbleiben. Nun geht es nur noch um eine Maschine. Möchte jemand Streichhölzchen ziehen?«

»Ich bleibe auch hier.« June zuckte so gleichmütig mit den Schultern, als wäre alles nur ein Spiel. »Geschafft. Neun Anzüge, neun zufriedene Kunden.«

»Neun was?«, fragte Chiku.

»Sie können nicht hierbleiben«, protestierte die Frau, die nach Imris und dem Schiff gefragt hatte. »Nicht nachdem Sie uns so drastisch vor Augen geführt haben, dass die Anzüge unsere einzige Chance sind.«

»Ich bin immer noch der Meinung, dass man auf der Oberfläche am besten aufgehoben ist«, gab June bewundernswert geduldig zurück. »Aber die Entscheidung liegt bei Ihnen. Ich bin bereit, auf meinen Anspruch zu verzichten. Ich bin dreihundertdrei Jahre alt – in diesem Stadium ist jeder Atemzug eine Gnade.«

»Ich glaube Ihnen nicht. Das ist ein …«

»Trick? Ja, ich habe Sie *getäuscht*, um Ihre Überlebenschancen zu erhöhen – eine Unverschämtheit ohnegleichen. Hören Sie, unsere Frist ist inzwischen wahrscheinlich auf sechs Minuten oder noch weniger geschrumpft. Wollen Sie wirklich noch mehr kostbare Zeit mit moralischen Haarspaltereien vergeuden?«

»Das können Sie nicht machen«, schaltete sich Chiku ein. »Wir brauchen Sie … *ich* brauche Sie. Ich bin nur Ihretwegen hierhergekommen. Wir können Sie nicht einfach zurücklassen.«

»Chiku, kommen Sie bitte kurz zu mir? Was die anderen angeht – entscheiden Sie sich, wer bleibt und wer nicht, aber machen Sie schnell.«

Chiku atmete schwer. Sie wollte hinaus auf die Oberfläche und möglichst weit weg von hier. Junes großmütiger Verzicht kam für sie nicht infrage. »Vielleicht wird es nicht ganz so schlimm …«, begann sie.

»Wir werden es bald erfahren. Aber jetzt müssen Sie mir ganz genau zuhören. Ich bin froh, dass Sie auf die Venus gekommen sind und mir von Eunice und den Tantoren erzählt haben. Doch nun stehen wir vor einem Problem.«

»Ja.« Chiku schaute zur Decke. Im Geiste sah sie die Gondel durch die Wolkendecke gleiten, mit jeder Sekunde schneller werden und schließlich auf sie herabstürzen wie einen viele Millionen Tonnen schweren Kronleuchter.

»Einem Problem, das viel größer ist als dieses kleine Debakel«, sagte June streng. »Das, wovon Sie mir da draußen erzählen wollten – es weiß mit hoher Wahrscheinlichkeit, was

Sie von Ihrer Klon-Schwester erfahren haben. Das ist Arachnes Werk – sie schützt sich auf die einzige Weise, die sie kennt.«

Chiku dachte zurück an die Gespräche auf dem Holoschiff, an Eunice' feste Überzeugung, von einem Artilekt mit Namen Arachne mit einem zerstörerischen Virus infiziert und bis in ihr Versteck verfolgt worden zu sein.

»Sie wissen also, was vorgeht?«

»Ich kenne Teile der Geschichte, vielleicht so viele, dass ich einige der fehlenden Mosaiksteine ergänzen könnte. Aber wir haben keine Zeit, uns Anekdoten zu erzählen. Sie *müssen* überleben, Chiku, und Sie müssen sich mit Imris treffen. Das sollte nicht allzu schwierig sein. Und wenn Sie ihn sehen, dann übermitteln Sie ihm eine Botschaft von mir.«

»Was für eine Botschaft?«

»Einen Code. Pleistozän, Grapefruit, Rokoko. Können Sie sich diese drei Worte merken? Pleistozän, Grapefruit, Rokoko.«

Chiku wiederholte die Worte. »Was bedeuten sie?«

»Eine Vollmacht.« Sie hob mahnend den Zeigefinger, bevor Chiku sie unterbrechen konnte. »Imris wird es verstehen. Sagen Sie ihm dann, er soll Ihnen den Kontakt zu Arethusa herstellen. Alles andere können Sie ihm überlassen. Arethusa können Sie rückhaltlos vertrauen. Erzählen Sie ihr alles, was Sie wissen. Aber Sie müssen auf der Hut sein, Chiku … mehr als je zuvor in Ihrem Leben.«

»Was ist mit Crucible?«

»Crucible ist eine Lüge. Was wir dort zu finden glauben … es ist nicht die Wahrheit, jedenfalls nicht die ganze Wahrheit. Die Informationen, die uns von dieser Welt erreichen, sind falsch. Was immer die *Sansibar* und die anderen Holoschiffe bei ihrer Ankunft erwarten … es ist nicht Realität.«

Chiku schüttelte den Kopf. »Das können Sie nicht wissen.

Und selbst wenn es wahr wäre, warum haben Sie niemandem davon erzählt?«

»Zu wissen, dass etwas eine Lüge ist … reicht nicht aus. Ich musste die Wahrheit finden, die Arachne hinter der Lüge verborgen hat. Damit beschäftige ich mich seit vielen Jahren – geduldig und in aller Stille, ohne von ihrem Radarblick erfasst zu werden. Bis jetzt ist mir das offenbar recht gut gelungen. Aber ich mache Ihnen keinen Vorwurf. Mir war immer klar, dass sie mich früher oder später finden würde.«

»Das geht zu weit. Mit diesem Wissen *kann* ich Sie nicht hier zurücklassen.«

»Sie können es, und Sie werden es tun. Vielleicht bleibe ich ja am Leben. Noch einmal diese drei Worte, Chiku – Sie dürfen sie nicht vergessen.«

Chiku schluckte. »Pleistozän, Grapefruit, Rokoko.«

»Sehr gut. Und jetzt in den Anzug mit Ihnen. Die Zeit ist fast um.«

»Es tut mir leid, June.«

»Das muss es nicht. Ich bin sehr froh, dass wir uns begegnet sind. Gehen Sie.«

Chiku nickte. Sie ergriff Junes Hände, drückte sie kurz und kehrte dann in den Raum mit den Anzügen zurück. Ihr schwirrte der Kopf. Was sie eben erfahren hatte, war von so monumentaler Bedeutung. Aber sie hatte keine Zeit, es bis zum Ende zu durchdenken. Zuerst mussten sie in Sicherheit sein.

Die anderen hatten sich darauf geeinigt, das Los entscheiden zu lassen. Jemand hatte neun Stäbchen zum Umrühren von einem der Kaffeestände geholt, drei hatte man gekürzt, sie standen für die defekten Anzüge. Chiku zog ein Stäbchen und bekam einen der intakten Anzüge. Pedro fiel eine der fehlerhaften Maschinen zu, was er äußerlich ungerührt hinnahm. Es gab keine Diskussionen und keine Tauschgeschäfte. Alle hatten sich verpflichtet, die Losentscheidung zu akzeptieren.

June und die beiden Männer, die zurückbleiben wollten, halfen den anderen beim Anlegen der Anzüge. Chiku und Pedro verließen als Letzte den Raum. June klopfte Chiku ermutigend auf den Arm und schob sie zur Luftschleuse. Diesmal lief die Schleuse mit einem Notfallprotokoll und wurde sofort mit Venus-Atmosphäre geflutet, ohne dass man zuerst die atembare Luft abgesaugt hätte. Dann waren sie endlich auf dem Weg nach oben, in die trübe Helligkeit eines Venusmittags.

Die Techniker wussten, woher die Winde meistens wehten. Nach ihrer Schätzung würde die Gondel irgendwo entlang einer Vierzig-Kilometer-Bahn abstürzen, die vom Wind-Vektor bestimmt wurde. Also steuerten sie die Rover in die entgegengesetzte Richtung. Sie fuhren schnell und folgten, soweit es das Gelände erlaubte, einer geraden Linie. Chiku hatte inzwischen jegliches Gefühl dafür verloren, wie viel Zeit ihnen noch blieb, ob es Sekunden oder Minuten waren. Als sie sich umschaute, sah sie, dass sich die Trosse am Ankerpunkt immer noch fünfundvierzig, vielleicht auch fünfzig Grad von der Vertikalen wegneigte. Ein guter Anhaltspunkt, dachte sie. Wie ein Pfeil, der durch die Wolken ragte und ihnen zeigte, wo sich die Gondel befinden musste. Falls der Wind nicht umschlug, waren sie bereits außerhalb der Gefahrenzone. Selbst June sollte nichts geschehen, wenn die Gondel tatsächlich so weit vor dem Wind herunterkam.

Doch dann wanderte der Winkel so schnell wie der Sekundenzeiger einer Uhr auf fünfzig und weiter auf fünfundfünfzig Grad. Chiku sah wie gebannt zu. Die Trosse war etwa vierzig Kilometer lang, demnach kam das Objekt an ihrem Ende sehr viel schneller herunter als zuvor, das war kein Sinkflug mehr, sondern ein Absturz. Es musste zu einer weiteren Katastrophe gekommen sein, entweder hatten sich die Ballons vollends gelöst, oder die ganze Gondel war unter dem unerbittlichen Druck der Atmosphäre zusammengebrochen. Vielleicht war die Trosse auch gerissen und peitschte nun unter ihrem eigenen Gewicht herunter, während die Winde die Gondel noch weiter forttrugen.

Gleich darauf schien die Trosse zu verschwinden, als wäre sie aus der Verankerung gerissen worden. Doch das war Illusion. Sie hing immer noch am Boden fest, schnellte aber durch die Luft und verschwamm dabei wie eine vibrierende Gitarrensaite. Die Spannenergie konnte sich jetzt nur noch im Ankerpunkt entladen.

Das Ende kam frei. Die Trosse flog davon. Chiku sah Metall-, Kohlenstoff- und Betonpartikel über den Himmel schießen. Dann bildete sich für einen Moment ein Wirbeltrichter aus Luft, der sich wie ein Korkenzieher über dem Ankerpunkt in den Himmel schraubte – ein Bild des Grauens. Das Gebilde war transparent wie Glas, lediglich sichtbar, weil es sich bewegte. Nach ein oder zwei Sekunden war es bereits wieder verschwunden. Die Venus hatte sich den kleinen Fleck ihrer Oberfläche zurückgeholt, den die Erdbewohner mit Beschlag belegt hatten.

Und June war tot.

Im nächsten Augenblick ging ein Zittern durch den Boden des Rovers – die Gondel, seit Menschengedenken das schwerste Objekt, das auf der Venus aufgeschlagen war, hatte ein Erdbeben ausgelöst. Die dünne Gesteinshülle, die hier einen Ozean aus brodelndem Magma bedeckte, erzitterte und schwankte und drohte zu reißen. Das Magma konnte jeden Moment durchbrechen. Die Messgeräte auf der einzigen tektonischen Platte des Planeten schlugen bedrohlich weit aus. So viel Bewegung hatten sie seit Jahrzehnten nicht mehr registriert.

Allmählich klangen die Schwingungen ab, und auf der Venus kehrte wieder Ruhe ein. Nirgendwo im näheren Umkreis war es zu einem Magma-Ausbruch gekommen. Auch die Luft über der Verankerung hatte sich beruhigt, die Trosse lag schlaff auf dem Boden. Chiku wollte sich gar nicht vorstellen, wie June und die anderen gestorben waren. Hoffentlich war es ein schneller Tod gewesen. Früher oder später würden Retter in Schutzanzügen oder Roboter die Leichen aus den Trümmern der Anlage bergen müssen.

Chiku, Pedro und die sieben anderen Überlebenden waren selbst noch nicht vollends außer Gefahr. Die Rover hatten sie über einen ausgebaggerten Pfad zehn Kilometer von der Ankeranlage weggebracht, bevor ihnen durch Katastrophenbeauftragte mitgeteilt wurde, Rettung sei unterwegs. Auf dem Landweg fuhren Menschen und Maschinen von Siedlungen auf der Oberfläche her auf sie zu, aber die nächstgelegenen Stützpunkte waren mehr als achthundert Kilometer entfernt. Außerdem machten sich druckfeste Shuttles bereit, menschliche Retter in Schutzanzügen und Stellvertreter näher an der Katastrophenstelle abzusetzen. Nachbargondeln schickten an ihren Trossen Hilfstrupps herab, aber die Entfernungen zwischen ihren Ankeranlagen und den Überlebenden waren so unvorstellbar riesig wie die Abgründe zwischen den Galaxien. Solange die Helfer sie nicht erreichten, standen ihre Überlebenschancen schlecht.

Dafür kam Hilfe von anderer Art. Lediglich zweihundert Kilometer von der Ankeranlage entfernt arbeiteten Versorger an einem Bauprojekt, und diese riesigen gepanzerten Roboter näherten sich nun mit Siebenmeilenschritten.

Chiku dachte an die Versorger, die sie auf der Erde gesehen hatte, etwa die beiden, die die Renovierung der Brücke über den Tajo geleitet hatten. Manchmal verschmolzen diese gewaltigen und zugleich langsamen Maschinen förmlich mit der Landschaft und traten so weit in den Hintergrund, dass das Auge sie einfach ausblendete. Auf der Erde verrichteten sie zu Tausenden die schwersten Arbeiten beim Bau neuer Städte, Aquädukte, Straßen und Raumhäfen. Mehrere Zehntausend dieser Maschinen waren über das ganze Sonnensystem verteilt – und sie waren groß genug, um fast im wörtlichen Sinne Berge versetzen zu können.

Es gab sie auch auf Crucible, fiel ihr ein. Sobald die Saatpakete zu Boden fielen, quollen sie heraus wie silbriger Faulschleim. Der Schleim organisierte sich zu primitiven Maschinen, und diese Maschinen verschlangen Materie und schufen größere und komplexere Versionen ihrer selbst. Das ging so lange weiter, bis wahre Riesen über die neue Erde schritten. Inzwischen hatten diese Kolosse begonnen, Crucible zu zähmen und die Fundamente für neue Städte und Dörfer zu legen. Sie hatten auch mit Remotestudien des Mandala-Objekts begonnen und sendeten bessere Bilder, als man sie über interstellare Entfernungen jemals bekommen konnte. Ihre Aufgabe beschränkte sich darauf, das Objekt zu beobachten und zu dokumentieren. Detaillierte Scans und eine physische Untersuchung des Mandala sollte den Menschen überlassen werden.

Chiku hatte die Bilder selbst gesehen. Sie hatte mit Ndege und Mposi davorgesessen und ihnen die Wunder erklärt, die sie in der Ferne erwarteten. Sie hatte in Simulationen hineingechingt, die Mandala mit mikroskopischer Genauigkeit bis ins kleinste Detail wiedergaben. Sie war über die breiten Straßen und Plätze der künftigen Städte geschlendert. Sie hatte die Welt im Wartestand bestaunt.

Und nun hatte ihr June Wing erklärt, diese schöne neue Welt sei eine Lüge.

Acht von ihnen schafften es, einer blieb auf der Strecke.

Wie es der Zufall wollte, war es nicht einer der drei problematischen Anzüge, der schließlich versagte, sondern einer von den sechsen, die angeblich voll einsatzfähig waren. Vielleicht war es in der Eile der Evakuierung auch zu einer Verwechslung gekommen. Wie auch immer, acht Stunden vom Ankerpunkt entfernt fiel in einer der Maschinen die Kühlung aus. Es begann mit einer Warnung und der Empfehlung, sofort Hilfe anzufordern, doch wenig später kam es zum totalen Zusammenbruch sämtlicher Kühlsysteme. Die Versorger waren zwar schon nahe, aber nicht nahe genug, und alle anderen Retter waren noch Stunden entfernt.

Die Gruppe scharte sich um den Pechvogel und diskutierte über die beste Lösung. Einer der beiden Techniker, eine Frau, hielt es für möglich, die Kühlsysteme zweier Anzüge zu koppeln, war sich jedoch über die Vorgehensweise nicht sicher. Der zweite hielt den Vorschlag ohnehin für zu riskant, schließlich befände man sich bereits in einer Notsituation. Der Betroffene geriet in Panik, der Fluchtreflex übernahm das Kommando, und er wollte unbedingt den Rover verlassen. Die anderen taten, was sie konnten, um ihn davon abzuhalten. Die Rover krochen weiter, der Weg war zunehmend schwerer zu erkennen. Techniker im Orbit chingten ein, übernahmen das Kommando über die Anzüge der anderen Überlebenden und bemühten sich, den Defekt zu beheben. Doch das war aussichtslos. Die anderen klinkten den Todgeweihten aus der Funkverbindung aus und debattierten, wie sie sein Leiden lindern könnten. Ein schneller Tod, wie er June und die beiden anderen Zurückgebliebenen ereilt hatte, wäre womöglich das Beste. Sie könnten seinen Anzug noch weiter beschädigen und den Zusammenbruch der Systeme beschleunigten. Doch als sie den Mann wieder ins Gespräch einbezogen, spürte er, was sie vorhatten, und protestierte energisch.

Die Versorger waren immer noch zu weit entfernt. Die Schreie des Mannes sollten Chiku bis zum Ende ihrer Tage verfolgen.

Aus dem Orbit chingte ein Neuropraktiker ein. Er brauchte keinen Körper zu übernehmen, da er nicht physisch eingreifen würde. Sie sahen ihn als Projektion, ein netter junger Mann mit polynesischen Zügen in einem strahlend weißen Arztkittel. Er griff über eine private Verbindung in den Kopf des Unglücklichen ein und veränderte einige seiner neuronalen Parameter. »Er wird sterben«, erklärte der Spezialist den anderen, als er fertig war. »Das kann ich nicht verhindern. Aber ich habe seine Schmerzen und seine Angst blockiert und ihm die Option gegeben, sich aus der Situation hinauszuchingen.«

Normalerweise konnten derart tiefgreifende Interventionen nur mit Einwilligung des Betroffenen vorgenommen werden. Gelegentlich trat auch der *Mechanismus* in Aktion, um das Schlimmste abzumildern, wenn er Verzweiflung spürte, ebenso wie er eingriff, um Verbrechen, Gewaltakte und Unfälle zu verhindern. Doch dabei hatte diese Instanz nur selten die Bedürfnisse des Individuums im Blick. Der Neuropraktiker war dem Sterbenden nie zuvor begegnet, aber er war ein Mensch, der seinem Mitmenschen etwas Gutes tun wollte, und nur darauf kam es an.

»Es ist vorbei«, verkündete der Neuropraktiker und verbesserte sich, um Missverständnissen vorzubeugen. »Das heißt, er hat sich aus seinem Körper hinausgechingt. Er ist noch am Leben, er nimmt nur seine Umgebung nicht mehr wahr.«

»Wissen Sie, wohin er geflüchtet ist?«, fragte Chiku.

»Ich könnte die Verbindung verfolgen, aber damit würde ich seine Privatsphäre mehr verletzen, als ich es guten Gewissens tun könnte. Ich überwache seine Hirnfunktionen, er hat keine Schmerzen und steht auch seelisch nicht unter Belastung. Wo immer er sein mag, er wird nicht lange dort bleiben.« Der Neuropraktiker faltete die Hände und verneigte sich. »Es tut mir leid, dass ich nicht mehr für ihn tun konnte. Darf ich Ihnen allen viel Glück und baldige Rettung wünschen?« Damit verschwand die Projektion.

Wenig später war der Mann tot. Er war in seinem Anzug bei lebendigem Leib gebraten worden. Chiku konnte nur hoffen, dass der Neuropraktiker sie nicht belogen hatte, um ihnen Kummer zu ersparen.

Sie kämpften sich unter giftig gelben Aschewolken weiter durch das Hochland, bis die Versorger kamen. Inzwischen war die Sicht so schlecht, dass sie die Maschinen erst bemerkten, als sie schon fast über ihnen waren. Sie schritten unvermittelt auf Beinen so dick wie Baumstämme aus dem ätzenden Nebel. In Lissabon und von ferne hatten die Versorger wie spindeldürre Heuschrecken ausgesehen. Aus der Nähe waren sie riesengroß und mächtig, der Boden erzitterte unter ihren Tritten. Chiku konnte sie erst vollends sehen, als der Nebel sich lichtete. Die turmhohen Gestalten waren nach vorne geneigt wie Segelschiffe. Die winzigen Köpfe schwenkten ambossförmige Sensorbündel hin und her, und die Körper waren gespickt mit gegliederten Armen, verschiedenen Auslegern und segmentierten Tentakeln. Sie kündigten ihre Ankunft mit Hornstößen an, die an Sauriergebrüll erinnerten.

In den Tentakeln hielten sie belüftete Module, die sie von der Baustelle mitgebracht hatten. Von unten gesehen schienen sie so klein wie Bierdosen zu sein, doch als sie zu Boden fielen, waren sie größer als die Rover. Die Module wurden hochgefahren, die Luftschleusen waren aufnahmebereit. Jede Schleuse konnte nur eine Person auf einmal fassen, deshalb ließ man den dreien mit den defekten Anzügen den Vortritt, und Pedro kam noch vor Chiku an die Reihe. Doch schließlich waren sie alle im Inneren, hatten die Panzerung abgelegt und atmeten reine, kühle Luft.

»Ich dachte schon, sie wollten uns töten«, flüsterte Chiku. Sie hatte sich mit Pedro in eine Ecke verdrückt und hielt seine Hand.

»Wer?«

»Sie.« Sie wagte nicht, den Namen laut auszusprechen. »Die Maschinen.«

»Die haben noch nie einer Fliege etwas zuleide getan.« Doch dann hatte er wohl ihren Gesichtsausdruck bemerkt. »Was hat June vorhin noch zu dir gesagt? Was hat sie dir erzählt?«

14

Die Versorger hielten Wache, bis die über Land kommenden Rettungstrupps eintrafen, dann zogen sie weiter. Die Module wurden auf schwere Rover verladen, die viel größer waren als jene, auf denen sie die Ankeranlage verlassen hatten. Nun folgte eine lange Fahrt ohne weitere Zwischenfälle zur nächstgelegenen Ankeranlage einer Gondel, von wo sie mit einem Frachtaufzug nach oben befördert wurden. In der Gondel wurden sie ärztlich untersucht und zu den Geschehnissen befragt. Es gab juristische Formalitäten zu erledigen, außerdem lagen Interviewanfragen verschiedener Medien vor – die alle abgelehnt wurden. Endlich durften sie einen Aufenthaltsraum betreten, wo sie von Imris Kwami schon seit Stunden sehnsüchtig erwartet wurden. Er hatte zwar alle Nachrichten mitverfolgt, war aber begierig darauf, sie von ihnen bestätigt zu bekommen.

»Wir waren draußen, als es passierte«, berichtete Chiku. »Ich glaube, es ging sehr schnell. Jedenfalls sah es so aus. Es tut uns wirklich leid, Imris.«

»Sie war sehr tapfer«, fügte Pedro hinzu. »Unfassbar, wie viel Mut sie bewiesen hat. Dabei wusste sie doch bestimmt, wie die Chancen standen.«

»Höchstwahrscheinlich«, schränkte Kwami ein.

»Es wird eine Weile dauern, bis man Suchtrupps in die Ankeranlage schicken kann«, fuhr Pedro fort. »Es könnte Lufteinschlüsse geben, vielleicht hatten sich Sicherheitstüren geschlossen.«

Kwami berührte den kleinen Fez auf seinem Kopf. »Ich stehe mit June in neuraler Verbindung, seit sie mich damals eingestellt hat. Natürlich hatte ich keinen Zugang zu ihren tiefsten Gedanken, und das hätte ich auch nie gewollt, aber sie war für mich immer als lebendes Wesen präsent, wie weit wir auch voneinander entfernt waren. Als der Unfall passierte, spürte ich eine scharfe Trennung, als wäre die ER plötzlich zusammengebrochen. So abrupt und so radikal, wie die Verbindung abriss, muss sie sofort tot gewesen sein.« Beim Sprechen krallte er immer wieder seine knochigen Finger ineinander. »Ich spürte keine Angst, kein Bedauern, keinen Moment des Grauens. Nur ruhige Gelassenheit, als warte sie auf den Sonnenaufgang. Und so blieb es bis zu ihrem letzten Atemzug. Ich empfinde es als unvergleichliche Ehre, diese Frau gekannt zu haben.«

»Beim Abschied hat sie mir etwas mitgegeben«, sagte Chiku. »Sie müssen uns helfen, Imris. Sie sagte, Sie könnten uns mit Arethusa zusammenbringen.«

Sein Lächeln war nicht ohne Mitgefühl. »Tatsächlich?«

»Pleistozän, Ananas, Rokoko«, sagte Chiku. »Hat das eine Bedeutung?«

Kwami schwieg lange, dann fragte er: »Ananas?«

Chiku verbesserte sich hastig. »Ich meinte, Grapefruit.«

»Nun denn, junges Fräulein. Das hat *durchaus* eine Bedeutung.«

Die *Gulliver* war eine kohlschwarze Nadel, weltalltüchtig und mit Kryotruhen ausgestattet, die ihre Besatzung bis hinaus zur

Oort'schen Wolke und wieder zurück am Leben erhalten konnten. Mit ihren einziehbaren Flügeln und den Steuerflächen, die sich jederzeit wie die Klinge eines Taschenmessers ausklappen ließen, war sie schnittig und beweglich genug, um mit so gut wie jeder Atmosphäre im System zurechtzukommen. Der Passagierbereich war luxuriös ausgestattet und konnte neben den drei bereits Anwesenden leicht dreißig weitere Fahrgäste aufnehmen. Dazu gab es Bibliotheken mit dunklen Vitrinen voller gedruckter Bücher mit roten und grünen Einbänden, Tausende von Kilogramm aufwendig aufbereiteter Zellstoffmasse. Marmorstatuen und Büsten stellten einen weiteren Teil des verschwenderischen Interieurs dar. Ein abgetrennter Bereich des Schiffes enthielt offenbar ein großes, gut ausgestattetes Lazarett.

Chiku hatte Imris Kwami vor Junes Tod kaum gekannt, deshalb konnte sie nur schwer beurteilen, wie stark er unter Druck stand. Auf jeden Fall wirkte er gehetzt und konnte es kaum erwarten, zur Sache zu kommen. Chiku hatte erwähnt, dass June ihr dringend geraten hatte, Kontakt zu Arethusa aufzunehmen. Imris hatte ihr spontan versprochen, ihr dabei zu helfen, doch mittlerweile war die Rede von einem Abstecher zum Mars.

Zwölf Stunden nachdem sie die Venus verlassen und den Kurs der gemächlich dahingleitenden mächtigen Ring-Liner gekreuzt hatten, versammelten sie sich zu dritt um einen niedrigen Jadetisch im Salon der *Gulliver.* Kwami hatte Chai gekocht. Das Schiff war zu klein für zentrifugale Schwerkraft, aber das ständig laufende Triebwerk sorgte immerhin für ein Viertel einer Ge.

Chiku nippte dankbar an dem wohlschmeckenden, warmen Getränk. »Imris, ich müsste mir in einem Punkt Gewissheit verschaffen, aber es ist nicht so leicht, darüber zu sprechen.«

»Sie haben mir die drei Worte genannt, Chiku – wir brauchen keine Geheimnisse mehr voreinander zu haben.«

»Ich bin zu June gekommen, weil ich vor etwas Angst hatte, und ich halte es für möglich, dass dieses … *Etwas* auf der Venus gezielt versucht hat, uns Schaden zuzufügen.«

Er neigte die Tasse, die kaum größer war als ein Fingerhut. »Sie sprechen von Arachne.«

Chiku war so erleichtert, dass ihr fast schwindlig war. Sie wäre sich schwachsinnig vorgekommen, hätte sie das alles noch einmal erklären müssen.

»Ich glaube, Arachne hat die Gondel sabotiert, deshalb meine Frage – kann sie uns auch hier angreifen?«

»Ihr Einfluss reicht sehr weit.« Kwami nickte ernst. »Aber sie ist nicht allwissend, auch wenn sie das gerne wäre. Doch die Gesetze der Physik und die begrenzte Leistungsfähigkeit der Geräte und Netzwerke, die sie übernehmen und infiltrieren kann, schränken sie in ihren Möglichkeiten ein. Zum Glück ist … *war* June eine sehr kluge Frau.« Der Fehler war ihm peinlich. »Sie müssen entschuldigen.«

»Ich bitte Sie.« Chiku winkte ab.

»Arachnes Wahrnehmung war von jeher lückenhaft. June hat gelernt, durch die Lücken zu schlüpfen und sie sich zunutze zu machen. Das Schiff ist sicher, soweit es in solchen Dingen überhaupt Sicherheit gibt. Anders ist es allerdings mit den Systemen für die Fernkommunikation. Arachne kann wahrscheinlich jede Verschlüsselung knacken.«

Pedro lehnte sich in seinem Sessel zurück und zog ein Bein unter sich. »Was will sie?«

»Ihr oberstes Ziel, junger Herr, ist das gleiche wie bei uns allen – sie will weiterexistieren. Sie weiß, dass sie längst eliminiert und neutralisiert worden wäre, hätte die Kognitionspolizei erfahren, wer sie wirklich ist.«

»Aber dass sie ein Artilekt ist, war doch bekannt«, wandte Chiku ein.

»Natürlich, aber sie ist hart an der Grenze dessen, was man noch zu tolerieren bereit war«, erklärte Kwami mit leisem Vorwurf in der Stimme. »Man hatte bereits Zugeständnisse gemacht, weil *Ocular* eine hoch entwickelte Kontrollexistenz brauchte, aber man erkannte nicht, dass Arachne noch sehr viel klüger war.« Er hielt inne und schenkte frischen Chai nach. »June pflegte von zwei Stufen der Intelligenz zu sprechen. Die erste ist süchtig nach Aufmerksamkeit und wirbt für sich. Die zweite ist klüger, sie tarnt und verbirgt sich und stellt sich notfalls sogar dumm.«

»Das war Arachne«, sagte Pedro.

Kwami nickte. »Niemand ahnte etwas von ihrem wahren Wesen, bis es viel zu spät war.«

»Bis auf Eunice«, sagte Chiku. »Oder das Konstrukt.«

»So ist es. Sie haben mit dem Roboter gesprochen?«

»Ja. Nur zwei Mal, aber das genügte, um mir ein Bild zu machen.«

»June hat mir von ihm erzählt, aber ich hätte natürlich nie erwartet, jemandem gegenüberzusitzen, der ihm tatsächlich *begegnet* war. Vielleicht sollte ich besser *ihr* sagen.«

»Bedauerlicherweise«, fuhr Chiku fort, »hatte das Konstrukt kaum eine Erinnerung an Arachne wie auch an June. Aber es beschwor mich, unbedingt und möglichst bald mit June zu sprechen, das sei lebenswichtig. Das habe ich getan, und nun bin ich hier, aber ich bin nicht klüger geworden. Hat sie Ihnen die ganze Geschichte erzählt, Imris?«

»Alles, was sie für wichtig hielt.«

»Auch die Sache, dass Crucible womöglich nicht das wäre, was wir erwarten?«

»Sie hat einige Theorien erwähnt, ohne konkret zu werden.«

Chiku fasste sich mit der gleichen Geste wie Kwami an den Kopf. »Mir wurden von einem Unternehmen namens *Quorum*

Binding gewisse Maschinen eingesetzt, durch die ich mit meinen anderen Ichs in Verbindung stehe. Wobei es inzwischen außer mir nur noch eines gibt.«

Kwami nickte knapp. »Die Verfahren sind mir bekannt. In den ersten Jahren der Holoschiffe waren sie gang und gäbe.«

»Ich bin hier, weil die Version auf der *Sansibar* wollte, dass meine Version Kontakt zu June aufnahm. Chiku Grün hat mir ihre Erinnerungen geschickt … sie wurden meinem Bewusstsein durch Skriptoren aufgeprägt und zwangen mich zum Handeln. Nun muss ich meine Erinnerungen an die *Sansibar* zurückschicken, damit Chiku Grün entscheiden kann, wie sie sich verhalten soll.«

»Kannst du die Information nicht einfach auf normalem Wege senden?«, fragte Pedro.

»Nein – sie sind nur für meine oder genauer gesagt für Chiku Grüns Ohren bestimmt. Würden sie auf der *Sansibar* allgemein bekannt, sie würden das Schiff gefährden.«

»Ihre Vorsicht ist berechtigt«, pflichtete Imris ihr bei. »Die normalen Nachrichtenkanäle zwischen hier und der *Sansibar* … ich könnte nicht garantieren, dass sie vor Eingriffen durch Arachne sicher sind. Und dabei ziehen wir noch nicht einmal in Betracht, dass eine solche Sendung auch von menschlichen Ohren abgefangen werden könnte, wenn die Signale in der Karawane weitergegeben werden.«

»Wer sagt, dass mit ihren Erinnerungen nicht das Gleiche geschieht?«, fragte Pedro.

»Auszuschließen ist es nicht, aber die Verschlüsselung ist bedeutend höher als bei gewöhnlichem Datenverkehr – deshalb konnten Sie diese Erinnerungen ja auch nur mithilfe der Meerleute entschlüsseln.«

»Auch das ist Ihnen also bekannt«, stellte Chiku fest.

»Die Schwierigkeit ist jetzt, dass Arachne Sie ganz besonders im Auge behalten wird, Ms. Akinya. Sie wird mit allen Mitteln zu verhindern suchen, dass Sie Erfolg haben.«

»Sie hätte mich durch die Versorger töten lassen können.«

»Gewiss, aber ein solcher Unfall wäre schwer zu erklären gewesen. Glauben Sie mir, Arachne ist alt und gerissen, sie versteht es, ihre Spuren zu verwischen.«

»Aber am Ende kriegt sie uns doch, nicht wahr?«, fragte Pedro. »Wenn sie so sehr darauf bedacht ist, sich selbst zu schützen, ist das wohl unvermeidlich. Und wir können niemandem von ihr erzählen. Entweder würde man uns nicht glauben, oder es bräche eine Massenpanik aus, bei der es weitere Tote gäbe.«

»Wir stecken sozusagen in einer Zwickmühle«, räumte Kwami ein, eine maßlose Untertreibung.

»Bei aller Gefahr kann ich nicht untätig bleiben«, erklärte Chiku. »Chiku Grün muss von Crucible erfahren. Selbst wenn ich den Leuten auf dem Holoschiff nicht sagen kann, was sie dort tatsächlich erwartet, sollten sie doch wenigstens wissen, dass sie belogen werden.«

»Vielleicht kann ich Ihnen eine akzeptable Alternative anbieten«, überlegte Kwami. »Sie hatten Arethusa erwähnt.«

»Richtig.« Chiku nickte. »June meinte, wir müssten auch mit ihr sprechen.«

»Können Sie das arrangieren?«, fragte Pedro.

»Das kann ich. Aber zuerst müssen wir etwas vom Mars holen. Wir halten uns dort aber nicht lange auf – und kommen ihm auch nicht zu nahe.«

»Hoffentlich«, sagte Chiku.

Schon als die Raumfahrt noch in den Kinderschuhen steckte, waren Phobos und Deimos wichtige Zwischenstationen bei der Erkundung des Sonnensystems gewesen. Auf beiden Monden waren als Etappenziele vor dem Sprung zur Marsoberfläche Außenposten, Treibstoffdepots und Teleoperations-Camps eingerichtet worden. Eunice Akinya hatte monatelang auf Phobos festgesessen, bis sich das Wetter änderte. Hundert Jahre später hatte Chikus Mutter dem hässlichen kleinen Mond ihren eigenen Stempel aufgeprägt. Damals war der Stickney, einer der größten Krater, von Hotels und Wartungsanlagen für interstellare Flüge regelrecht überwuchert worden. Als nun die *Gulliver* zum Endanflug ansetzte, konnte sich Chiku kaum noch vorstellen, dass Phobos jemals ein natürlich entstandener Himmelskörper gewesen sein sollte. Der Mond war unter einem Wildwuchs menschlicher Siedlungen verschwunden. Gebäude voller Neonreklamen – Hotels, Kasinos und Einkaufspassagen, Vergnügungszentren und Aussichtsplattformen – bedeckten ihn von Pol zu Pol, als hätte sich eine Stadt in ihren eigenen Traum von sich selbst gehüllt.

»Wie sicher sind wir da unten?«, fragte Chiku. »Wenn Arachne auf der Venus an uns herankam, kann sie uns hier ebenfalls leicht erreichen.«

»Einen Unfall auf der Venus vorzutäuschen, wo auch sonst vieles schiefgeht, ist sehr viel einfacher als ein Unfall im Umfeld des Mars.«

»Hoffentlich täuschen Sie sich da nicht, Imris.«

»Ich täusche mich selten.« Das sagte er ohne jede Ironie. »Noch etwas, Chiku – Victor Gallicean, der Mann, mit dem wir verabredet sind, ist vertrauenswürdig. Er ist seit vielen Jahren ein guter und treuer Freund und hat June beim Zusammentragen der Ausstellungsstücke für das Museum tatkräftig unterstützt. Aber von Arachne weiß er nichts, und es wäre besser, sie nicht zu erwähnen.«

Sie dockten an, passierten die Einwanderungskontrolle und schlenderten durch hell erleuchtete, glamouröse Konsumtempel. Den Mars konnte Chiku hin und wieder durch ein Panoramafenster sehen, eine Trophäe, zum Greifen nahe. Wie sich herausstellte, hatte June dieses Treffen lange vor dem Unglück auf der Venus vereinbart. Victor Gallicean, seines Zeichens Extraktionsspezialist, wartete in der Halle eines Hotels. Das Gebäude erzeugte durch Rotation Schwerkraft von einer halben Ge, sodass die Landschaft vor den Fenstern ständig vorbeizog. Gallicean war ein wahres Ungeheuer von einem Mann, sein Benehmen erinnerte an einen Piraten, sein Gesicht war eine zerklüftete Landschaft aus verschiedensten Narben und Verletzungen. Er umarmte Imris Kwami und schüttelte Chiku und Pedro die Hand.

»Die Nachricht betrübt mich tief, Imris. Zuerst wollte ich es gar nicht glauben. Wie kann June Wings Leben nach so langer Zeit so banal enden? Ein lächerlicher Unfall auf der Venus? Was sagt man dazu?«

»Wenn man dreihundertdrei Jahre alt ist, kann man nicht würdevoll abtreten«, bemerkte Kwami weise.

»Wenn sie nicht auf ihren Anzug verzichtet hätte, wären Pedro und ich vielleicht nicht hier«, sagte Chiku.

»Hatten Sie sie schon lange gekannt?«

»Eigentlich so gut wie gar nicht, aber es gibt eine Verbindung zu meiner Familie. June kannte meine Mutter und meinen Vater aus der Zeit, als sie noch alle auf dem Mond lebten.«

»Damit sind Sie nicht irgendeine, sondern eine von *jenen* Akinyas.«

»Richtig«, sagte Chiku. »Bitte nehmen Sie es mir nicht übel.«

»Wie käme ich dazu?« Gallicean hatte einen dichten schwarzen Bart, der vermutlich weitere Entstellungen verdeckte, und ungebärdiges schwarzes Haar. In einem vernarbten Ohrläppchen hing ein schlichter Goldring. Seine Kleidung war dagegen eher auffällig. »Hört mal, warum stehen wir hier dumm herum?

Am anderen Ende von Phobos gibt es eine ziemlich gute Bar – trinken wir uns zu ihrem Andenken um den Verstand.«

»Ich trinke nicht«, sagte Imris Kwami.

»Ich weiß, aber du bist ungewöhnlich tolerant, wenn sich andere betrinken.«

»Das stimmt.«

»Außerdem kennst du mehr Anekdoten über June als jeder andere Mensch. Vielleicht mit Ausnahme von mir selbst.«

»Auch das ist wahr.«

Durch den Mond bohrten sich Bahnlinien wie Wurmgänge. Bald waren sie in der Bar und saßen an einem Tisch, von dem sie einen guten Blick auf die beleuchtete Seite des Mars hatten. An Schwerkraft gab es hier nur die schwache Anziehung von Phobos selbst, aber die Drinks kamen in herrlichen Saugbirnen, und es gab Armbänder und Epidermispflaster für alle, die nicht gewohnt waren, nahezu schwerelos zu sein. Pedro und Chiku bestellten sich solche Pflaster und schnallten sich dann in gepolsterte Aussichtsstühle.

»Unser Freund Victor ist viel zu bescheiden, um damit zu prahlen«, begann Kwami, »dabei ist er einer der ganz wenigen Menschen, die in den letzten fünfzig Jahren den Mars betreten haben – und das sogar mehrmals. Wie viele Besuche sind es inzwischen, Victor? Vier?«

»Sechs«, sagte Gallicean und räusperte sich verlegen. »Eigentlich sogar sieben.«

»Es überrascht mich, dass heutzutage überhaupt noch jemand auf den Mars geht«, sagte Chiku.

»Alles inoffiziell und ohne Versicherung«, sagte Gallicean. »Wir fliegen kurz hinunter, wählen unsere Landeplätze mit Sorgfalt und nehmen uns keine Zeit zum Blumenpflücken – bei meinem letzten Ausflug war ich weniger als acht Minuten an der Oberfläche. *Insgesamt* habe ich in meiner ganzen Laufbahn als Extraktionsspezialist noch keine ganze Stunde dort verbracht.« Er rieb sich die Nase und schniefte. »Früher habe ich den Planeten nie besucht. Heute bedauere ich das.«

»Ich habe gehört, dass der Mars Adrenalinjunkies anzieht«, sagte Pedro.

»Dummköpfe und Schurken.« Galliceans Gesicht drückte schrankenlose Verachtung aus. »Sie werfen etwas auf die Oberfläche ab. Dann rennen sie wie Hunde, die sich um einen Knochen balgen, um die Wette, um noch vor den Maschinen dort zu sein, und kehren mit dem Ding unverzüglich in den Orbit zurück. Natürlich geht es dabei um Ruhm und Geld – warum sonst würde man sich so erniedrigen?«

»Victor Gallicean hält solche Aktivitäten für unter seiner Würde.« Kwami sprach in der dritten Person, als säße ihm der Mann nicht direkt gegenüber.

»So ist es«, bestätigte Gallicean entschieden. »Ich gehe ähnlich hohe Risiken ein, aber nicht aus persönlicher Eitelkeit, sondern für ein höheres Ziel.«

Auf dem Mars war es wolkenlos und windstill, sodass sie ohne Mühe bis zur Oberfläche sehen konnten. Zufällig schauten sie genau an die Stelle, wo alles angefangen hatte – auf die Tharsisregion, drei Schildvulkane wie Einschusslöcher nebeneinander, und weiter im Osten die spinnwebförmigen Grabenbrüche des Valles Marineris, die so tief waren, dass Chiku selbst aus dem Orbit die unterschiedlichen Höhen sehen konnte. Wo die Maschinen am Werk gewesen waren, hatten sie sichtbare Spuren auf der Oberfläche hinterlassen, als wäre der Mars ganz plötzlich von neuen gravierenden Verwitterungsprozessen heimgesucht worden. Die Maschinen hatten helle neue Krater gesprengt und zickzackförmige Festungsgräben ausgehoben. Anderswo waren die Veränderungen exotischer und weniger beständig. Geometrische Muster schwebten flimmernd über dem Staub, Quadrate und Gruppen von Quadraten mit Seitenlängen von Hunderten von Kilometern. Manchmal trafen diese Formationen auf andere Quadratgruppen und bildeten Schlachtfronten, gewölbte Linien von kontinentalen Ausmaßen, an denen sich die kämpfenden Formen brachen. Diese Muster erblühten im Lauf eines Tages und verschwanden über Nacht, es waren äußere Zeichen unterirdischer Prozesse, die für die Sensoren im Orbit unerreichbar waren. Die Maschinen behielten ihre Geheimnisse zunehmend für sich.

Verteidigungsplattformen umkreisten den Mars und lauerten argwöhnisch auf jeden Versuch der Maschinen, womöglich ins All zu gelangen.

»Und was«, fragte Pedro, »extrahiert ein Extraktionsspezialist denn nun eigentlich?«

»Verschiedene Dinge für verschiedene Kunden – und nicht bloß vom Mars. Ich habe im ganzen System gearbeitet. Bei unserer lieben Freundin June ging es im Allgemeinen um Robotik.«

»Auf dem Mars dreht sich alles um Robotik«, sagte Chiku.

»Wir sprechen hier von einer viel früheren Phase robotischer Aktivität. Imris hat doch sicher von Junes Museum erzählt? Seit Jahren war sie damit beschäftigt, Relikte aus den Anfangszeiten der Erkundung durch Roboter zu sammeln, soweit sie sich bergen lassen. Landegeräte, Sonden und Rover. Es ist unglaublich, wie viel davon noch herumlag, als sie mit ihrer Arbeit anfing.«

»Deshalb war sie auch auf der Venus.« Chiku erinnerte sich an das Objekt, das sie an der Ankeranlage zurückgelassen hatten.

»In ihrem Alter«, erklärte Gallicean, »war es wahrscheinlich nicht ratsam, sich so viel Arbeit aufzuhalsen. Aber sie wollte ja nicht hören!«

»Ich habe ihr immer wieder abgeraten«, beteuerte Kwami.

Gallicean rutschte auf seinem Stuhl hin und her und stellte die Anschnallgurte neu ein. »Die Frage ist vielleicht taktlos, Imris, aber ich stelle sie lieber jetzt als später oder gar nicht. Gibt es Pläne, das Museum fortzuführen?«

Auf Phobos' Umlaufbahn kam langsam ein neuer Bereich des Mars in Sicht. Am Horizont kräuselten sich seltsame Staubfahnen bis in die oberen Schichten der dünnen Atmosphäre. Auf der Nachtseite, die bald sichtbar sein würde, tummelten sich oft pastellgrüne und -blaue Lichter auf dem Boden oder in der Luft. Niemand hatte wirklich eine Vorstellung davon, was die Maschinen da unten taten.

»Es ist alles geregelt«, sagte Kwami.

»Das ist so klar wie dicke Tinte«, murrte Gallicean.

»Du weißt ebenso gut wie ich, dass sie es nicht eilig hatte, das Projekt fertigzustellen – sie hat nie ein Datum für die Eröffnung festgesetzt, und sie hat keine Anweisungen hinterlassen, wie das Museum in Betrieb gehen sollte, wenn sie erst einmal bereit war, die Sammlung Besuchern zu zeigen. Und im System liegen immer noch viele Artefakte herum, die es einzusammeln gilt.«

»Entschuldige meine Neugier.« Gallicean prostete ihm Verzeihung heischend mit seiner Saugbirne zu. »Es war unpassend, jetzt über Geschäfte zu sprechen.«

»Keineswegs«, beruhigte ihn Kwami. »Aber da du das Thema anschneidest … ich hoffe, dein Ausflug war erfolgreich?«

»Ich habe mitgebracht, was du haben wolltest. Ein paar Dellen und Kratzer, aber das war zu erwarten, nachdem es so lange da unten gelegen hat. Es tut mir nur leid, dass sie es nicht mehr selbst sehen kann.«

»Was haben Sie extrahiert?«, fragte Chiku.

»Einen Rover. Indische Raumfahrtbehörde, Mitte der 2030er. Ich weiß, es ist schwer zu glauben, aber auf dem Mars wandern immer noch Dinge herum, die das große Glück haben, vom Evolvarium noch nicht zerlegt worden zu sein. In manchen Fällen hat es ihnen offenbar *erlaubt zu überleben.* Wir werden es nie mit Sicherheit wissen, aber man hat fast den Eindruck, als hätte sich das Evolvarium einiger altehrwürdiger Maschinen erbarmt oder würde sie respektieren. Der Rover der Inder ist leicht verseucht und wurde ein Stück weit nachgerüstet und weiterentwickelt, aber damit hätte June sicher gerechnet.«

»Sie wäre dir sehr dankbar gewesen«, sagte Kwami. »Ich danke dir in ihrem Namen, dass du das Risiko auf dich genommen hast.«

»Ohne Risiken in unserem Leben wären wir selbst kaum besser als Maschinen.« Er prostete dieser Beobachtung mit einem Schluck aus seiner Saugbirne zu und nickte sich selbst unbescheiden selbstgefällig zu.

»Glauben Sie, wir Menschen können jemals wieder zurückkehren?«, fragte Pedro. »Auf den Mars, meine ich. Oder ist er für immer verloren?«

»Er ist nicht mehr unsere Welt. Aber was wollten wir denn auch dort? Ich würde viel lieber abwarten, wie die Geschichte ausgeht. Das Evolvarium durchläuft deutlich erkennbare Entwicklungsphasen. Angefangen hat es mit dem blutig roten darwinistischen Überlebenskampf, jeder für sich. Zurzeit erleben wir den Übergang zu einer komplexeren Organisation. Kooperative Bündnisse, Ansätze von Maschinenaltruismus – vielleicht sogar das Aufkommen von Maschinenstaaten, den Beginn einer globalen Zivilisation konkurrierender Parteien. Niemand weiß, wie der Mars aussehen wird, wenn die Maschinen *wirklich* Intelligenz entwickeln. Dann müssen wir womöglich Botschafter hinunterschicken!«

»Es sei denn, sie sind schneller und schicken die ihren schon vorher zu uns.«

Danach wurden Geschichten erzählt. Gallicean fing an, aber Imris Kwami machte bald mit. Beide beschuldigten einander, Erlebnisse auszuschmücken und zu übertreiben, dennoch lachte jeder bereitwillig über die Anekdoten des anderen und zuckte zusammen, wenn es peinlich wurde, was nicht selten vorkam. Während Chiku diesen komischen, anregenden und traurigen Erinnerungen lauschte, überkam sie fast so etwas wie Höhenangst, die schwindelerregende Erkenntnis, dass sie kaum begonnen hatte, die Tiefen eines sehr langen Lebens zu erahnen, das so weit in die Vergangenheit zurückreichte. Eine Existenz, in der man nach unten fahren konnte wie in einem Fahrstuhlschacht, durch viele Stockwerke, von denen jedes einzelne so viel Liebe und Trauer, Abenteuer und Enttäuschung, Träume und Zerstörung, Freude und Leid enthielt wie ein gewöhnliches Menschenleben. Manche Reiche und Dynastien hatten sich nicht so lange gehalten wie June Wing. Gewiss, mit den dreihundertdrei Jahren ihrer irdischen Existenz war sie ein Ausreißer, ein statistisches Extrem. Aber Menschen wie sie wurden zunehmend mehr. In naher Zukunft würde ein so weit verlängertes Leben nicht mehr als beispiellos, sondern lediglich als ungewöhnlich und schließlich nur noch als unauffällig gelten.

Viel zu bald war es Zeit zum Aufbruch. Die medizinischen Armbänder ließen den Alkoholnebel schlagartig verfliegen, natürlich mit Ausnahme von Imris Kwami, der ohnehin keinen Tropfen angerührt hatte. Wie mit Nadeln stach die Klarheit in Chikus Kopf. Minutenlang schienen ihre Gedanken zu Eis geworden, als hätte man ihr ganzes Gehirn in flüssiges Helium getaucht. Besonders angenehm war das nicht. Die vier kehrten mit der Bahn zu den Raumdocks zurück. Die *Gulliver* hing noch immer summend in den Kopplungsriegeln, das Auftanken war nicht abgeschlossen. Kwami und Gallicean erledigten die Formalitäten für die Übergabe des Marsobjekts.

»Wo geht es jetzt hin?«, fragte Gallicean.

»Zum Saturn, dort hoffen wir eine alte Freundin zu treffen. Natürlich müssen wir auch noch Junes Überreste entsorgen. Zum Glück hat sie dafür genaue Anweisungen hinterlassen.«

»Sonst wäre June auch nicht June gewesen«, bemerkte Gallicean weise.

»Du kannst uns gerne begleiten. Spätestens in einem Monat sind wir wieder zurück.«

»Nein, aber vielen Dank für die freundliche Einladung. Ich habe zu tun, ein Vermögen zu machen und wieder zu verlieren, du kennst das ja. Werdet ihr die Zeremonie aufzeichnen?«

»Ich lasse dir eine Kopie zukommen. Noch einmal vielen Dank – für alles.«

Chiku verstand von alledem kein Wort. Vielleicht war sie doch noch nicht wieder ganz nüchtern. »Moment mal«, sagte sie. »Entschuldigen Sie, Imris, aber von welchen Überresten sprechen Sie? June ist doch auf der Venus zurückgeblieben.«

»Das ist nicht so einfach«, gab Imris Kwami zurück.

15

Als der Saturn die Hälfte des Himmels verdeckte, rief Kwami Chiku und Pedro in den Teil der *Gulliver*, der bis dahin hinter Glastüren verschlossen gewesen war.

Chiku hatte richtig geraten. Es handelte sich um eine Art Lazarett. Hinter den Türen befanden sich Räume von aggressiver Sterilität, ausgestattet mit den modernsten chirurgischen Geräten – Scannern, medizinischen Aggregaten und Roboterärzten, die an Fangschrecken erinnerten. An sich keine Überraschung, dachte Chiku. Mit dreihundertdrei Jahren und bei den lebensbestimmenden Entscheidungen, die June in ihrer Jugend getroffen hatte, waren wohl etliche Wartungsarbeiten erforderlich gewesen. Allerdings hätte man mit dieser Ausrüstung eine ganze Balletttruppe am Leben erhalten können.

Erst als Kwami ihnen die Körper zeigte, ging ihr ein Licht auf.

Sie befanden sich in einem separaten Raum mit einer Reihe von Glaszylindern. Jeder enthielt einen menschlichen Körper in einer Suspensionslösung. Von oben und von unten führten Bündel von Rohren und Leitungen in die Behältnisse.

»Es sind keine Klone«, beeilte sich Kwami zu erklären. »Im

technischen Sinne sind es nicht einmal Lebewesen, sondern Roboter, androide Körper, die nach biomimetischen Prinzipien konstruiert wurden. Sie haben Knochen, Muskeln und ein Kreislaufsystem, aber es sind immer noch Maschinen.«

»So etwas wie Ching-Stellvertreter?«, fragte Pedro.

»Genau das Gegenteil. Diese Körper sind nicht dafür gedacht, von einem Geist gesteuert zu werden, der sich in mehr oder weniger großer Entfernung in einem anderen Körper befindet. Sie hat diese Körper bewohnt. Sie hat sie getragen wie Kleidung. Sie war mit ihnen eins.«

»Wir haben sie gesehen, Imris. Auf der Venus.« Chiku hatte Mühe zu erfassen, was sie da hörte.

»Sie haben einen von diesen Körpern gesehen. Insgesamt waren es zehn. Sie werden feststellen, dass einer fehlt – diesen Körper bewohnte sie zum Zeitpunkt ihres Todes.«

»Wie lange hatte sie ihn … bewohnt?« Pedro schluckte schwer.

»Die chirurgische Integration war sehr zeitaufwendig, um nicht zu sagen riskant. Normalerweise wechselte sie den Körper nicht öfter als ein- bis zweimal im Jahr und in letzter Zeit noch seltener. Den letzten, in dem sie schließlich starb, hatte sie zweiundzwanzig Monate lang getragen. Ich glaube, sie brachte für eine weitere Integration die innere Kraft nicht mehr auf.«

Chiku wollte gar nicht mehr wissen, die Details waren ohnehin klar. June war zum Zeitpunkt ihres Todes nicht viel mehr als ein Zentralnervensystem gewesen. Diese Körper waren Träger für ein Gehirn und Teile eines Rückenmarks. Ihr Gehirn war seit Langem durchsetzt von ER-vermittelnden Implantaten, sodass sie alle für die Steuerung einer Körperprothese erforderlichen Nervensignale mühelos senden und empfangen konnte.

Chiku musste zugeben, dass der Unterschied zum Chingen

in einen Stellvertreter oder einen Warmblutkörper im Grunde genommen gar nicht so groß war. Als sie sich auf die *Sansibar* gechingt hatte, hätten Chirurgen ihr Zimmer in Lissabon betreten und alles bis auf ihr Gehirn abtrennen können. Solange das am Leben erhalten wurde, hätte sie nichts mitbekommen. Während des Ching-Prozesses empfing ein Gehirn so überzeugende Signale, dass man glaubte, an einem anderen Ort zu sein.

June hatte diese Illusion nur einmal umgeklappt wie eine Origami-Figur.

»Sie war nicht allein«, sagte Kwami. »Es gibt im Moment Tausende wie sie.«

»Davon habe ich noch nie gehört«, staunte Chiku.

»Den Ersten, die sich auf dieses Verfahren einließen, begegnete die Gesellschaft mit ungeheurem Abscheu. Als die Körper nach einiger Zeit so weit fortgeschritten waren, dass sie sich von lebenden Menschen nicht mehr unterschieden, brauchten die Bewohner sich nicht mehr zu erkennen zu geben. *Gesetzlich* waren sie jedenfalls nicht dazu verpflichtet. Wären Sie mit June anders umgegangen, wenn Sie Bescheid gewusst hätten?«

»Nein«, sagte Chiku. »Das heißt, ich glaube nicht.«

»Aber Sie haben Zweifel«, sagte Kwami, »und das kann man Ihnen nicht verdenken. Das ist eine nur allzu menschliche Reaktion.«

»Warum so viele Körper?«, fragte Pedro.

»Sie sind nicht alle gleich – sie wollte lieber eine gewisse Auswahl haben, anstatt einen einzigen Körper mit verschiedenen Konfigurationsmodi auszustatten. Doch seit dem letzten Wechsel war viel Zeit vergangen, ich erwähnte es bereits. Einen oder zwei von diesen Körpern hat sie so gut wie nie verwendet, aber sie brachte es nicht über sich, sie zu zerstören.«

»Hätte sie … auf der Venusoberfläche überleben können, als das Unglück geschah?«, fragte Pedro.

»Ebenso wenig wie Sie, mein Freund. Sie brauchte vielleicht weder Luft noch Wasser, aber diese Atmosphäre war für sie so tödlich wie für uns alle. Noch einmal, sie starb in Frieden. Sie hatte in ihrem langen Leben dem Tod oft ins Auge geschaut und sich in irgendeiner Form damit arrangiert.« Kwami faltete die Hände. »Doch wir haben jetzt eine Aufgabe zu erfüllen. Diese Körper sollten nach ihrem Willen entsorgt werden, wenn sie ihrer nicht länger bedurfte. Das sind die Überreste, von denen ich sprach.«

»Es tut mir sehr leid, Imris«, sagte Chiku.

»Das ist nicht nötig. Sie hat gute Arbeit geleistet und hatte ein langes Leben.«

Sie schickten die neun Körper zum Saturn. Wie Samenkörner wurden sie von der *Gulliver* abgeschossen, in so großen Abständen, dass sie verschiedenen Flugbahnen folgten. Durch ein Fenster im Schiff beobachteten die drei, wie sie, in Sekundenschnelle schockgefrostet, glitzernd durch das Nichts trudelten. Mit der Zeit, sagte Kwami, würden sie durch die Ringe schweben. Die Eispartikel, die den Saturn umkreisten, waren so weit voneinander entfernt, dass Kollisionen zumindest bei der ersten Durchquerung unwahrscheinlich waren. Doch die Körper würden sich im Kreis bewegen und die Ringe immer und immer wieder durchqueren. Früher oder später, beim zehnten oder beim hundertsten Durchgang, würde Eis auf Eis treffen, und ein weißer Hauch kinetischer Energie würde aufblitzen. Im dichten Gewebe des Rings würde für kurze Zeit eine Lücke entstehen, die vielleicht aus dem All oder von einem der luftlosen Monde des Planeten zu beobachten wäre.

Doch Zeit und Schwerkraft würden ihr heilendes Werk verrichten. Mitgezogen von den gleichen Resonanzkräften, die ursprünglich die Ringe geformt und zusammengehalten hatten, würden sich die June-Teilchen einreihen in die feierliche

Prozession all der anderen Eispartikel. Bis auf eine leichte, durch die chemische Verunreinigung entstandene Verfärbung würde niemand feststellen können, dass diese Teilchen jemals Leben enthalten hatten.

Chiku hatte schon Monde und Asteroiden gesehen, doch so etwas wie Hyperion noch nicht. Das Besondere an dem Saturnmond war nicht die Kartoffelform, obwohl Hyperion für ein nicht sphärisches Objekt sehr groß war. Bemerkenswert, ja sogar von einer gewissen Schönheit waren die vielen Krater dieses kleinen Klumpens Eis und Schmutz. Die ganze Oberfläche war so übersät damit, dass die Kraterwände einander berührten und sich überschnitten. Die messerscharfen Grate bildeten Muster, wie sie auch im Meer zu finden waren, so als wäre der ganze Mond aus einer perlgrauen Korallenart gezüchtet worden. Und in den verschatteten Tiefen der Krater konnte man Eingänge zu Höhlen voll düsterer Mysterien vermuten. Tatsächlich war ganz Hyperion von Hohlräumen durchsetzt, war weniger ein Mond als ein Haufen losen Gerölls von prekärer Stabilität. In seinen Spalten und Löchern konnte man ganze Städte verlieren.

Als die *Gulliver* von Tausenden von Stundenkilometern auf Hunderte und schließlich zwanzig oder dreißig abbremste und sich dem Himmelskörper näherte, deutete nicht viel darauf hin, dass die Menschen ihn für brauchbar gehalten hätten. Eine Handvoll blinkender Lichter, ein Radarsignal, das von einer Metallanlage oder einem Lager reflektiert wurde, aber keine Städte, keine Landeplätze, keine Bahnröhren, Hotels oder Spielkasinos. Chiku, die während der Bremsphasen an ihrem Sitz festgeschnallt war, empfand den Anflug als bedenklich schnell und fragte sich, ob Imris Kwami womöglich vorhatte, sie alle zerschellen zu lassen. Vielleicht war das seine Absicht gewesen, seit er von Junes Tod erfahren hatte.

Ein herrenloser Samurai, der seinen Selbstmord plante.

Doch dafür waren die Bremsphasen und die Korrekturschübe zu exakt berechnet. Als die Krater zur Landschaft wurden, erstrahlte einer von ihnen in blauem Licht, und die Schwärze an seinem Fuß wurde milchig weiß. Auf diesen Krater steuerte Kwami geradewegs zu. Die *Gulliver* sank – immer noch zu schnell – zwischen messerscharfen Wänden nach unten, dann öffnete sich der Kraterboden unvermittelt wie eine Irisblende, und dahinter erschien ein blaues Muster aus vielen Lichtern und Gebäuden. Sie stürzten hindurch, und hinter ihnen schloss sich der Boden wie eine Fliegenfalle.

Die *Gulliver* bremste stärker ab, nun glitten sie wie durch einen gewaltigen Schlund ins Innere von Hyperion. Chiku staunte. Sie hatte die Innenräume der Holoschiffe gesehen, aber was kühne Techniker hier geschaffen hatten, gehörte in eine andere Kategorie. Der Schlund verzweigte sich immer wieder zu beleuchteten Gewölben. Dieser winzige Mond war unglaublich geräumig.

Es ging immer tiefer, schließlich wurden sie noch langsamer, und dann heftete sich die *Gulliver* neben mehrere andere Schiffe an die konkave Wand einer zwiebelförmigen Höhlung.

»Das alles für Künstler und Querulanten?«, fragte Pedro. »Ich hätte beinahe Lust, probehalber hier einzuziehen.«

»Man würde Sie sicher mit Freuden aufnehmen«, sagte Kwami. »Die Sache hat nur einen Haken. So gut wie jeder, der einmal Kontakt zu Arethusa hatte, muss für immer hierbleiben. Anwesende natürlich ausgeschlossen.«

»Das hoffe ich doch sehr«, sagte Chiku.

Sie stiegen aus. Schon an der Oberfläche war die Schwerkraft auf Hyperion kaum stärker als auf Phobos; in den Tiefen war so gut wie kein Unterschied mehr zur Schwerelosigkeit. Diesmal wurden ihnen keine Armbänder und Epidermispflaster angeboten. Man ging davon aus, dass man wusste, was einen erwartete, wenn man die Reise nach Hyperion auf sich genommen hatte.

Auf der anderen Seite der Luftschleuse erwartete sie ein kleiner, breitschultriger Mann. Sein schlohweißes Haar war gelockt wie bei einem römischen Kaiser. Obwohl er der weißen Rasse angehörte, war seine Haut tief gebräunt, wodurch das Haar noch heller leuchtete. Die Kleidung unter seinem Gehrock aus schwarzem Leder war braun. Er schüttelte ihnen mit sehnigem, kraftvollem Griff die Hände. »Willkommen auf Hyperion. Ich bin Gleb.«

Der Name klang aufreizend bekannt, aber Chiku konnte ihn nicht zuordnen.

»Wir sind hier, um mit Arethusa zu sprechen«, sagte sie.

»Natürlich. Imris – wie geht es dir? Die Nachricht von Junes Tod hat uns alle tief erschüttert.«

»Ich wusste ja, dass der Tag irgendwann kommen würde. Ich hätte mir zwar gewünscht, das Ende wäre nicht ganz so drastisch gewesen, aber sie ist noch nie vor einem Risiko zurückgescheut.«

»Hier wäre sie sicher gewesen. Das wusste sie hoffentlich.«

»O ja. Aber sie wäre innerhalb von Sekunden vor Langeweile gestorben.«

»Versteht sich.« Glebs Lächeln war voller Mitgefühl. »Wie wollen wir verfahren? Seid ihr alle wohlauf? Braucht ihr eine Stärkung?«

»Ich würde gern so schnell wie möglich mit Arethusa sprechen«, sagte Chiku.

»Einige von unseren Besuchern erwarten, dass man ihnen vor der Begegnung Motien überreicht«, sagte Gleb, »aber das ist hier nicht üblich. Wenn jemand so weit gekommen ist und immer noch zweifelt, ob er uns vertrauen kann, lässt er sich auch von einer Motio nicht beruhigen.«

»Das wird nicht nötig sein«, versicherte ihm Chiku.

Gleb führte sie tiefer ins Innere von Hyperion. Sie durchquerten die Höhlen, die man der Künstlerkolonie vom Mond überlassen hatte, oder umgingen sie. Die meisten Räume waren belüftet. Chiku sah Künstler bei Mikroschwerkraft mit Werkzeugen arbeiten, die besser für das Baugewerbe oder gar für den Nahkampf geeignet schienen. Einige hatten sich in vierarmige Anzüge geschnallt, wie man sie auch auf der *Sansibar* verwendete, und andere trugen Exoskelette mit acht oder zehn Paar Gliedmaßen, deren sensomotorische Steuerung ungeheuer schwierig sein musste. Unter ihren Händen entstanden riesige filigrane Konstrukte, Fantasien aus Eis und Luft. Eine Höhle beherbergte eine flüssige Skulptur, einen wabbelnden Sack von der Größe eines Hauses, der durch seine eigene Oberflächenspannung in Form blieb und mit Luftstößen aus Automatikdüsen in der Schwebe gehalten wurde. Er erzeugte unentwegt Pseudoblasen, die sich lösten, zu schillernden Wolken zerplatzten und wieder von der Hauptmasse absorbiert wurden. In einem anderen Raum wand sich ein Feuerdrache aus Flammen, die offenbar keine Nahrung brauchten. Die Augen waren kleine verkniffene Knötchen aus erhöhter Verbrennungstemperatur, die flammend roten Flügel dämpften sich zu den Spitzen hin zu rußigem Schwarz.

Sie schwebten im freien Fall durch Senkschächte, benützten Fahrstühle und Rolltreppen und fuhren sogar in flottem Tempo mit einer Bahn durch einen Bereich von Hyperion, der noch nicht für die Künstler ausgehöhlt worden war.

»Mittlerweile müssen wir tief im Inneren sein«, bemerkte Chiku.

»Wir nähern uns dem Gravitationszentrum«, bestätigte Gleb. »Hier hält sich Arethusa meistens auf.«

»Ich kenne Ihren Namen – ich muss ihn schon einmal gehört haben. Ich habe mich eingehender mit meiner Familie beschäftigt, weil ich ihre Geschichte schreiben will. Jedenfalls wollte ich das, bevor das alles passierte.« Außerdem war da die Erinnerung an die Gespräche von Chiku Grün mit Eunice über die Elefanten.

»Ich kannte Ihre Mutter«, sagte Gleb freundlich. »Auch Ihren Vater und später Ihren Onkel. Wir waren gute Freunde.«

»Haben Sie sich auf dem Mond kennengelernt?«

»Richtig. In der *Überwachungsfreien Zone* hatten wir so etwas wie einen unterirdischen Zoo aufgebaut. Wir, das heißt, Chama und ich.«

Allmählich lichtete sich der Nebel. »Chama ist Ihr Ehemann?«

»Er war es«, verbesserte Gleb sanft. »Er starb vor etwa hundert Jahren.«

»Das tut mir leid.«

»Schon gut, Chiku.« Gleb lächelte über ihre Verlegenheit. »Wir hatten ein sehr langes und glückliches gemeinsames Leben. Mit Kindern und allem. Mehr Erinnerungen, als ein Geist zu fassen vermag. Und seither bin ich ebenfalls glücklich.«

»Ich freue mich, Sie kennenzulernen«, sagte sie. Imris Kwami, Chiku, Pedro und ihr Begleiter waren die einzigen Fahrgäste. »Sie erwähnten vorhin einen Zoo – ist das der mit den Zwergelefanten?«

»Du meine Güte, das war nun wirklich in grauer Vorzeit.«

»Wenn ich mich recht entsinne, waren es die ersten Elefanten, die ins All reisten.«

»Das ist richtig.«

»Waren Sie auch an einem anderen Projekt mit Elefanten beteiligt?«

Er lächelte höflich, aber distanziert. »Das müssen Sie mir genauer erklären.«

»Die Züchtung von Elefanten mit erweiterten kognitiven Fähigkeiten. Elefanten, die komplexe Werkzeuge verwenden. Elefanten, die sprechen können.«

Daraufhin trat eine Stille ein, die nicht mehr enden wollte. Der Zug bog in eine blaue Felsröhre ein. Glebs Gesicht war zur Maske erstarrt. Chiku wusste nicht, ob ihr ein schrecklicher Fehler unterlaufen war, oder ob Eunice ihr falsche Informationen gegeben hatte.

»Woher wissen Sie davon?«, fragte er endlich.

»Das ist eine ziemlich komplizierte Geschichte.«

»Geben Sie mir eine Chance.«

»Ich habe sie gesehen – die Tantoren, falls Sie sie unter diesem Namen kennen.«

»Wie können Sie sie *gesehen* haben?«

»Nicht wirklich. Eine Version von mir ist an Bord des Schiffes, auf dem sie sich befinden.«

»Wann haben Sie sie gesehen?«

»Meinem jetzigen Ich kommt es vor wie wenige Tage, aber wenn man den Zeitunterschied mit einbezieht, sind es an die zwanzig Jahre.«

»Aber innerhalb des letzten Jahrhunderts?«

»Ja. Ich habe sie mehrmals gesehen, bevor ich meine Erinnerungen zur Erde zurückschickte.«

»Dann sind sie am Leben. Ich meine, soweit Sie das sagen können.«

»Sie sind am Leben, und sie sind großartig. Sie haben mit mir gesprochen, Gleb. Sie hat mir ihre Namen genannt … Dreadnought, Aphrodite … aber es gab noch mehr, viele mehr. Eine ganze autonome Herde.«

»Sie. Sie sagten eben ›sie‹.«

»Sie wissen genau, wie es dazu gekommen ist, nicht wahr? Wie Eunice und die Tantoren an Bord gelangt sind?«

Die Maske verrutschte. Das Lächeln kehrte zurück, und seine Augen wurden feucht. »Ich weiß etwas, aber nicht alles. Es war schwierig, es musste schnell gehen, und niemand von uns kannte alle Einzelheiten. Aber es geht ihnen gut? Und ihr ebenfalls? Nach so langer Zeit? Sie belügen mich doch nicht etwa? Um lügen zu können, müssten Sie von den Tantoren wissen, und warum sollten Sie es dann tun?«

»Es geht ihnen gut, Gleb. Eunice wurde … beschädigt, vermutlich von der Instanz, die sie zwang, von der Bildfläche zu verschwinden, aber sie konnte die Ausfälle kompensieren. Sie hat darauf bestanden, dass ich Arethusa aufsuche. Ich weiß nicht, was die Zukunft für Eunice und die Herde bereithält – auf jeden Fall gehen sie unsicheren Zeiten entgegen. Aber sie haben es so weit geschafft, und das ist doch schon etwas, nicht wahr?«

»Sie haben recht, Chiku, das ist etwas. Und Sie haben mich sehr glücklich gemacht.«

»Ich wünschte, Sie hätten sie sehen können.«

»Sie müssen mir später mehr von ihnen erzählen. Dafür findet sich bestimmt noch Zeit.«

»Was Sie und Chama damals getan haben – die Risiken, die Sie eingegangen sind –, es hat sich gelohnt. Ich werde Ihnen alles erzählen, versprochen.«

Gleb drückte ihr die Hand. Er weinte, ohne sich seiner Tränen zu schämen. Dann schossen auch ihr Tränen in die Augen, und sie weinte mit. Es gab so vieles, was ihr auf der Seele lag, wovor sie sich fürchtete, aber sie freute sich, dass sie diesem Mann eine gute Nachricht hatte überbringen können.

16

Schließlich erreichte der Zug Hyperions hohles Herz. Der Mond war gezielt entkernt worden, indem man zahlreiche natürliche Einschlüsse miteinander verband und dann die Wände glättete und verstärkte.

Der Zug löste sich von seinen Schienen und wurde zu einem kleinen autonomen Raumschiff, das in die Höhle schwebte.

Diese Höhle enthielt zwei Dinge. In der Mitte hing eine durchsichtige Sphäre von mehreren zehn Metern Durchmesser aus dunkelblauem Glas. Auf die Glasoberfläche war ein ungeheuer komplexes Muster aus verschlungenen Linien und Knoten eingeätzt, das in einem weichen weißen Licht erstrahlte. Daneben schwebte ein dunkleres Gebilde, länglich und metallisch glänzend. Chiku hielt es zunächst für ein im Herzen des Mondes gefangenes Raumschiff.

Aber es war kein Schiff. Das Gebilde war vorne abgerundet und wurde zur Mitte hin allmählich breiter. Ständig gingen wellenförmige Zuckungen darüber hinweg. Etwa auf halbem Wege zwischen Vorderseite und Mitte waren zwei Flossen angewachsen, hinter der Mitte wurde es zunehmend schmaler und endete schließlich in einer Fluke von der Form eines Halbmondes. Als das Ding mit seinen Flossen im Vakuum paddelte, um seine Stellung zu verändern, erkannte Chiku, dass sie einen Raumanzug für einen Wal vor sich hatte.

»Arethusa«, verkündete Gleb. »Ihre Gäste sind eingetroffen. Vielleicht können Sie sich für eine Weile von Ihrer Arbeit losreißen.«

Eine weiche Frauenstimme ließ sich vernehmen. Sie passte nicht zu einem Wal, sondern schien eher zu einem kleinen chinesischen Mädchen mit wissenschaftlichen Neigungen zu gehören.

»Ist das die Frau, die sich neuerdings so auffallend für Crucible interessiert?«

»June Wing hat ihr geglaubt«, sagte Kwami. »Für mich ist das Grund genug, ihr zu vertrauen.«

»Sie ist Eunice und den Tantoren begegnet«, fügte Gleb hinzu.

»Begegnet?«

»Eine andere Version von ihr befindet sich auf dem Holoschiff – die beiden haben ihre Erinnerungen ausgetauscht.«

»Faszinierend. Vielen Dank, Gleb, dass Sie sich um sie gekümmert haben. Ich hatte nicht vor, mich so völlig in mein Werk zu vertiefen. Bringen Sie sie doch bitte näher. Aber achten Sie auf den Strahl – wir wollen nicht, dass jemand in Scheiben geschnitten wird.«

»Ich werde mich bemühen.«

Unter Glebs Führung näherten sie sich Arethusa. Chiku musste an einen Film aus der Frühzeit der Raumfahrt denken, den sie einmal gesehen hatte. Darin hatte ein lang gestrecktes Raumschiff mit rundem Bug ein winziges kugelförmiges Außenbordmodul mit Klauen ausgespuckt. Sie fühlte sich neben Arethusa so verwundbar, wie sich der Astronaut in jenem Modul gefühlt haben musste – so viel Masse, so wenig Schutz. Als eine der Flossen zuckte, wich sie unwillkürlich zurück, weil sie mit einer Welle rechnete. Doch die gegliederte Panzerung schob sich lediglich zu einer raffinierten, luftdichten Konfiguration zusammen, denn hier gab es natürlich kein Wasser, sondern nur ein Beinahe-Vakuum mit Spuren von Edelgasen.

»Sie müssen Chiku sein, und das ist Pedro. Waren Sie auf der Venus bei ihr, als sie starb?«

»Ganz in der Nähe«, antwortete Chiku.

»Imris, diese Nachricht schmerzt mich sehr. Sie hat uns beiden viel bedeutet. Ich habe gesehen, wie Sie mit ihren Körpern verfahren sind. Sie wird ihre Spuren hinterlassen, wenn sie die Ringe erreicht.«

»Ich denke, das hat sie bereits getan«, sagte Imris. »Außerdem bin ich der Meinung, dass sie ermordet wurde.«

»Ich stimme Ihnen zu. Sie hat mir oft von ihren Sorgen berichtet. Und ich habe ihr natürlich mein Leid geklagt. Wir hatten unterschiedliche Strategien, mit der Situation umzugehen. Ich habe mich hierhergeflüchtet, mich versteckt ... bin ganz in meiner Kunst aufgegangen. Wie gefällt Ihnen die Sphäre?«

»Sie ist sehr hübsch«, sagte Chiku.

»Ich bin zufrieden damit. Das Zentrum der Kugel ist *genau* am Massezentrum Hyperions ausgerichtet. Die Abweichung bleibt immer im Millimeterbereich, auch dann, wenn unser kleiner Mond durch die Ankunft oder den Abflug von Raumschiffen und Menschen aus dem Gleichgewicht gebracht wird. Sie haben bemerkt, dass unsere Dynamik chaotisch ist. Hyperion trudelt ziemlich unberechenbar, weil Titan und die anderen Monde mit Druck- und Zugkräften darauf einwirken. In der Chaostheorie gibt es einen Wert, eine Zahl mit Namen Ljapunow-Exponent, mit deren Hilfe man die Grenze eines chaotischen Systems vorhersagen kann – seinen Wissenshorizont, wenn Sie so wollen. Für Hyperion beträgt der Ljapunow-Exponent nur vierzig Tage – wir können also die Bewegungen des Mondes nicht über die nächsten vierzig Tage hinaus vorhersagen. Das ist die Obergrenze dessen, was wir im Voraus wissen können! Selbst wenn mein Leben davon abhinge, könnte ich über seinen Zustand nach vierzig Tagen kein einziges Wort sagen.«

»Was hat es mit dem Strahl auf sich, den Sie erwähnten?«, fragte Chiku.

»Ein Laser, der von der Wand der Kaverne aus projiziert wird. Sie können ihn verständlicherweise nicht sehen, weil wir uns im Vakuum befinden. Außerdem ist er sehr stark gebündelt. Wo er die blaue Sphäre berührt, zeichnet er eine Vertiefung in das Glas, die sich dann als weiße Verfärbung zeigt. Allerdings ist es keine Vertiefung, denn der Laser ist fest mit der Höhle verbunden, und die Höhle ist ständig in Bewegung. Wegen Titans Drehmoment rotiert sie immer in die eine oder andere Richtung. Der Laser zeichnet diese Spur nach und erzeugt eine gläserne Erinnerung an Hyperions Geschichte.«

Chiku studierte die blaue Kugel mit neuer Aufmerksamkeit. Jetzt verstand sie, dass die weißen Linien nur eine einzige Linie waren – eine Rille, die Hyperions Bewegungen über einen längeren Zeitraum codierte. Wie ein Wollknäuel schlang sich die Linie über die ganze Kugel. Wo sie immer wieder nahezu auf die gleiche Spur zurückkam, waren Bänder und breitere Flecken entstanden. Wenn sie die alte Spur tatsächlich genau traf, dann nur für eine kurze Strecke, bevor sich die chaotischen Unsicherheiten häuften und sie auf eine abweichende Bahn zwangen. Weniger als vierzig Tage. Manche Teile der Sphäre waren fast völlig weiß. Andererseits gab es Bereiche, wo die Linie niemals hingekommen war – blaue Meere und Buchten, die der Laser nicht berührt hatte.

»Wenn ich vor einer schwierigen Entscheidung stehe«, sagte Arethusa, »überlasse ich sie manchmal dem Mond. Ich wähle einen Bereich der Sphäre und überlasse es Hyperion, ob er die Linie durch diesen Teil führt oder nicht. Ich gebe mein Schicksal in die Hände des Zufalls.«

»Und warum tun Sie das?«, fragte Chiku.

»Um Arachne zu überlisten. Der Zufall übertrumpft sie jedes Mal. Sie mag ein Artilekt sein, sogar ein sehr kluges Artilekt, aber Ljapunow kann sie nicht schlagen.«

»Sie ist der Grund, warum wir hier sind«, sagte Chiku.

»June und ich wussten, dass Arachne alles tun würde, um sich zu schützen, wenn sie sich bedroht fühlte. June war immer sehr vorsichtig, aber schließlich muss ihr ein Fehler unterlaufen sein, und sie hat zu viel Aufmerksamkeit auf sich gezogen.«

»Vielleicht liegt die Schuld bei mir«, sagte Chiku. Nachdem sie den Verdacht einmal ausgesprochen hatte, erschien er ihr durchaus plausibel. »Als ich die neuen Erinnerungen bekam, begann ich Erkundigungen einzuziehen, besonders an Bord des Ring-Liners auf dem Weg zur Venus. Ich wollte mehr über June Wing und Arachne erfahren. Zunächst waren es nur harmlose Suchabfragen in den öffentlichen Netzen.«

»Sie sind sicher so vorsichtig vorgegangen, wie Sie konnten. Schließlich wussten Sie damals noch kaum etwas.«

»Darum geht es ja – es gibt immer noch so vieles, was ich nicht weiß.«

»Ich kann vielleicht Klarheit schaffen und Ihnen begreiflich machen, in welcher Zwangslage wir stecken, aber ich bin nicht sicher, ob es in unserer Macht steht, das Problem zu lösen. Zumindest liegt die Lösung jenseits unseres Ljapunow-Horizonts.«

»Sagen Sie mir, was Sie wissen.«

»Sagen Sie mir zuerst, was *Sie* wissen. Beginnen Sie mit *Ocular.*«

»Ich weiß nicht viel. Arachne wurde gebaut … geschaffen … um das Instrument zu steuern und die Daten zusammenzutragen. Das Teleskop hat Crucible und das Alien-Artefakt auf der Oberfläche des Planeten entdeckt, doch dann sagte mir June, das sei alles nur Illusion.«

»Nicht alles. Der Planet, der 61 Virginis umkreist, ist durchaus real, und die Bedingungen an der Oberfläche sind erdähnlich genug, dass Menschen dort leben können. Beides wurde schon vor langer Zeit durch unabhängige Beobachtungen bestätigt. Die Holoschiffe werden nicht vor einem Klumpen verstrahlten Gerölls ankommen oder gar keinen Planeten vorfinden. Mandala dagegen … das ist sehr viel fragwürdiger.«

»Wir haben auch Holoschiffe zu anderen Sonnensystemen geschickt«, schaltete sich Pedro ein.

»Das ist richtig, aber der Auslöser für die gesamte Welle von interstellaren Erkundungsmissionen war Mandala. Ohne diese Entdeckung wäre das Chibesa-Prinzip wahrscheinlich noch jahrzehntelang verborgen geblieben. Mandala hat die ganze Sache ins Rollen gebracht.«

Chiku seufzte. »Das ist es also. Mandala ist nicht real, und die Versorger, die wir nach Crucible geschickt haben, belügen uns.«

»Es ist noch komplizierter«, verbesserte Arethusa. »Die Versorger senden falsche Daten – daran besteht kein Zweifel –, aber Mandala ist nicht Teil der Lüge. Mandala existiert.«

»Woher wissen Sie das alles?«, mischte sich Pedro abermals ins Gespräch. »Chiku hat diese Erinnerungen erst seit einigen Tagen, seither hetzt sie herum, um möglichst viel in Erfahrung zu bringen und die Fakten in einen sinnvollen Zusammenhang zu stellen … und nun hat es den Anschein, als hätten Sie und June die ganze Zeit auf diesem Wissen gesessen.«

»Man kann den Verdacht haben, dass man belogen wird, doch deshalb weiß man noch lange nicht, *was* einem vorenthalten wird. *Dieser* Frage wollte June Wing nachgehen, und das hat sie das Leben gekostet.«

»Ich dachte, sie wollte ein Museum aufbauen«, sagte Chiku.

»Das war nur Tarnung für ihre anderen Aktivitäten. Auf der Jagd nach Relikten im ganzen Sonnensystem umherzureisen war der beste Vorwand, um ihrer eigentlichen Arbeit nachzugehen.«

»Und worin bestand die?«, fragte Pedro.

»Ich werde die Frage beantworten, doch zuvor müssen Sie etwas mehr über *Ocular* erfahren. Bevor das Teleskop ans Netz ging, hatten Eunice und ich einen sichttoten Raum in die Architektur eingearbeitet. Arachne ist – oder war – die Spinne im Zentrum des Netzes, sie sammelte die Daten, die von den einzelnen Elementen des *Ocular*-Systems gesendet wurden. Mehr wusste *sie* nicht. Wir dagegen waren vernünftig genug, uns nicht vollständig auf ein Artilekt zu verlassen. Um zu kontrollieren, ob sie noch bei Verstand war, hatten wir jedes Element darauf programmiert, einmal in einem langen Zeitraum ein Paket mit Rohdaten anderswohin zu schicken.«

»An einen bestimmten Ort?«, fragte Chiku.

»An Orte, wo diese Datenpakete gespeichert werden konnten, ohne dass Arachne es bemerkte. Halb vergessene Netzwerke, ruhende oder mehr oder weniger aufgegebene Archive. Alles, was einen Speicher hatte. Offshore-Bankkonten, die in Auflösung begriffen im Asteroidengürtel schwebten. Noch aktive Netzwerkrouter im interstellaren Raum. Militärische Verschlüsselungssysteme. Raumsonden und Lander, durch deren Schaltkreise noch ein Rinnsal von Elektrizität lief. Tote Astronauten, die steuerlos im All dahintrieben, deren Raumanzüge jedoch noch eine Restfunktion hatten. Das waren nicht unsere einzigen Sicherungen, aber sie dienten June als Deckmantel für ihre übrigen Aktivitäten. Ob wir übermäßig misstrauisch – ja sogar paranoid waren? Das ist durchaus möglich.«

»Alle diese Anlaufstellen«, sagte Pedro, »speicherten also die Daten, bevor Arachne sie in die Finger bekam? Sie brauchen sie also nur zusammenzuführen, um das reale Bild sehen zu können.«

»Leider konnten wir nur einen winzigen Bruchteil des gesamten Datenstroms von *Ocular* verbergen, doch die Pakete sind durchaus nützlich. Sie verraten uns nicht nur, dass sie die ganze Zeit gelogen hat, sondern liefern noch weitere Informationen. Zusammengenommen bilden sie eine Art von Rückfilter. Wenn wir den auf ausgewählte Bereiche der öffentlichen *Ocular*-Daten legen, können wir feststellen, welche Teile manipuliert wurden.«

»Das Objekt auf der Venus und das Ding, das Gallicean vom Mars geholt hat«, sagte Chiku. »Alles Teile des Puzzles, nicht wahr?«

»Die Sonde von der Venus war tatsächlich eine falsche Spur – sie hat nie *Ocular*-Pakete enthalten. Aber an dem Objekt aus dem Evolvarium, dem Rover der Indischen Raumfahrtbehörde, war June sehr interessiert. Sie haben es doch hoffentlich mitgebracht? Sie haben Gallicean getroffen?«

»Wir haben es«, versicherte ihr Chiku.

»Es müsste bereits bei Ihren Spezialisten sein«, fügte Imris Kwami hinzu.

»Es kann nicht so einfach sein.« Chiku schüttelte den Kopf. »Es kann nicht sein, dass das letzte Teilchen wie durch Zauberei an seinen Platz fällt, kaum dass ich hier bin. So geht es nicht zu auf der Welt.«

»Diesmal schon, Chiku. Das letzte Puzzleteilchen sind nämlich *Sie.*«

Ein anderer Teil von Hyperion war in Rotation versetzt worden, um künstliche Schwerkraft zu erzeugen. Dort wies man ihnen Zimmer zu und führte sie dann in einen Salon mit einem üppigen türkisfarbenen Teppichboden und riesigen gewölbten Glaswänden, die an Messingrahmen verschraubt waren. Hinter dem Glas befand sich, nach hinten immer trüber werdend, ein üppig ausgestattetes Aquarium. Zwischen hoch aufragenden Fels- und Korallenburgen und leuchtend grünen Tangwedeln bewegten sich Schwimmer und Wassertiere. Chiku sah auch Maschinen und Fische und einen biotechnisch veränderten Wal, der einmal eine Frau gewesen war. Jetzt war sie in ihrer wahren Walgestalt ohne die Last der Panzerung zu sehen. Arethusa hatte den Raumanzug abgelegt, sobald sie in ihr bevorzugtes Medium zurückkehrte. Vielleicht hatte sie keine Bedenken mehr, ihr wahres Ich zu erkennen zu geben, seit sie sich unter Freunden wusste.

Gleb hatte grünen Chai gebracht. Sie waren nur zu dritt, Imris Kwami hatte sich entschuldigt, um das Auftanken der *Gulliver* zu überwachen. Gleb bewegte sich mühelos bei Schwerkraft. Der Zug war hier nicht viel stärker als auf dem Mars, aber der Mann wirkte so kräftig, dass er wohl auch auf der Erde keine allzu großen Schwierigkeiten gehabt hätte.

»Ich habe nachgedacht«, sagte Arethusa von jenseits des Glases. »Es ist an der Zeit, die Verhandlungen mit Mecufi wieder aufzunehmen. Möglicherweise habe ich Informationen, die für ihn wertvoll sein werden, aber zuerst muss er eine Bewährungsprobe bestehen. Ich werde eine Motio verfassen, die Sie Mecufi übergeben werden. Er wiederum wird Ihnen bei Ihrer Rückkehr nach Afrika behilflich sein und für einen sicheren Transport zum Familiensitz sorgen. Dort können Sie mit Ihrer Akinya-Identität auf die vollständige Rekonstruktion des Crucible-Bildmaterials zugreifen. Danach wird Mecufi mit seinem

Know-how sicherstellen, dass Ihre Erkenntnisse an Chiku Grün übertragen werden. Sollte er bei einer der beiden Aufgaben versagen, werden wir nie wieder ein Wort miteinander sprechen.«

»Müssen wir wirklich auf die Erde zurück?«, fragte Pedro. »Ich meine, ich habe nichts gegen den Planeten, aber …«

»Die Kontrollarchitektur von *Ocular* ist so beschaffen, dass nur Chiku vom Familiensitz aus auf die Daten zugreifen kann. Vorher haben wir nur diese Teilrekonstruktion. Sind Sie bereit, sich die jetzt anzusehen?«

»Ich denke schon«, sagte Chiku.

Ein Teil der Aquariumwand wurde erst trüb, dann undurchsichtig, und auf dem Glas erschien ein zweidimensionales Bild. Es war ein Blick auf Crucible vom Weltall aus. Chiku erinnerte sich an ein ähnliches Bild in Ndeges Gefährten. Die verheißene Welt war peinlich genau mit der ganzen Frömmigkeit einer mittelalterlichen Himmelsvorstellung dargestellt.

»Moment«, sagte Chiku langsam. »Ist das ein manipuliertes oder ein unfrisiertes Bild? Ich bin verwirrt. Es sieht genauso aus, wie ich es erwartet hatte.«

»Innerhalb der Grenzen unserer Auflösung gibt es keine nennenswerten Abweichungen«, sagte Arethusa.

»Schön. Jetzt bin ich *endgültig* verwirrt.«

»Sehen Sie genauer hin. Als dieses Bild aufgenommen wurde, hätten bereits die Vorarbeiten für die Oberflächensiedlungen erkennbar sein müssen. Rodungen, Gräben, künstliche Häfen. Doch davon ist nichts zu sehen.«

»Vielleicht ist das alles zu klein, um es vom All aus zu erkennen«, sagte Pedro.

»Auf den frisierten Bildern finden sich deutlich sichtbare Spuren der Arbeiten. Ich will nicht bestreiten, dass ein Irrtum nicht auszuschließen ist, aber ich kann mit ziemlich hoher

Wahrscheinlichkeit prophezeien, dass auf Crucible keine neuen Städte warten werden. Die Versorger haben sie nicht gebaut. Zumindest das ist eine Lüge.«

»Du lieber Himmel«, seufzte Chiku. »Wie sollen wir denn darauf reagieren, wenn wir in den Orbit gehen?«

»Es gibt keine Garantie, dass die Holoschiffe die Umlaufbahn überhaupt erreichen. Die Versorger werden reichlich Gelegenheit finden, ihr Eintreffen zu verhindern. Eine relativ einfache, auf der Planetenoberfläche stationierte Waffe könnte ein Holoschiff leicht durchlöchern – ich denke an ein Geschütz, mit dem man etwa Meteore abschießt.«

»Habe ich jetzt das Schlimmste gehört?«, fragte Chiku. »Ich war schon darauf gefasst zu erfahren, dass Mandala eine Ausgeburt von Arachnes Fantasie ist.«

»Leider war das noch nicht alles.«

Das Bild wurde ein wenig vergrößert. Chiku runzelte die Stirn. Bisher war der Blick auf Crucible durch nichts verstellt worden, genauso, als würde sie aus dem Orbit nach unten schauen. Doch nun waren schwarze Klumpen um den Planeten erschienen, eine Art von Äquatorring, der mitten durch ihr Sichtfeld führte. Der Ring war unregelmäßig, die Ränder fransig. Genaue Einzelheiten waren schwer zu erkennen.

»Sagen Sie mir, was wir da sehen«, bat sie.

»Wir betrachten jetzt die Bereiche des Bildes – genauer gesagt, den dreidimensionalen Raum im Umkreis von Crucible –, bei denen ich sicher bin, dass Arachne die Daten verfälscht hat. Mit anderen Worten, im All, vielleicht im Orbit um den Planeten gibt es etwas, was sie vor uns verbergen will.«

»Ein Ring wie um den Saturn?«, fragte Pedro.

»Könnte sein, wobei mir nicht klar ist, welchen Grund sie haben könnte, eine natürliche Erscheinung verbergen zu wollen. Da auch Mandala künstlich geschaffen wurde, ist es wahrscheinlicher, dass es sich hier ebenfalls um eine Form von Intelligenz handelt. Es könnte ein Konstrukt oder eine Ansammlung von kleineren Konstrukten sein. Mehr kann ich nicht mit Sicherheit sagen.«

»Was immer es ist, es muss riesig sein«, stellte Chiku fest.

»Richtig.«

»Größer als alles, was wir jemals zustande brächten. Selbst wenn wir alle Holoschiffe in einer Kette um Crucible parken würden …«

»Das ist beängstigend«, sagte Pedro. »Ich fürchte mich zu Tode, obwohl ich noch nicht einmal auf dem Holoschiff bin.« Er drückte Chikus Hand. »Es tut mir leid. Für dich ist es noch schlimmer.«

»Es ist für uns alle eine Katastrophe«, sagte Arethusa. »Unsere ganze Zivilisation baut auf der stillschweigenden Voraussetzung auf, dass wir den künstlichen Intelligenzen, dem *Mechanismus* und den Versorgern vertrauen können … Wir haben kein *einziges* Mal hinterfragt, ob ihnen auch wirklich *unsere* Interessen am Herzen liegen.«

»Ich verstehe es immer noch nicht«, sagte Pedro. »Was bezweckt Arachne mit dieser Illusion? Wenn sie die Existenz eines Alien-Artefakts verheimlichen wollte, warum dann nicht aufs Ganze gehen und auch Mandala verbergen?«

»Sie musste uns zunächst einen Anreiz geben, Crucible überhaupt anzusteuern«, erklärte Chiku. »Sie ist kein Lebewesen, sie ist eine künstliche Intelligenz. Aber sie muss gewusst haben, dass sie einen Teil von sich mit übertragen konnte, wenn wir Maschinen nach Crucible schickten. Ich weiß, das ist Spekulation. Ich habe eine ganz andere Frage, auf die ich wirklich keine Antwort habe. Verdammt noch mal, was ist es, was wir um keinen Preis sehen sollen?«

In einem anderen Teil von Hyperion wartete Gleb mit einem kleinen chinesischen Schulmädchen auf Chiku. Das Mädchen trug ein rotes Kleid, weiße Socken und spiegelblank polierte schwarze Schuhe. Es war entweder eine Projektion oder ein Stellvertreter Arethusas, die damit als ihre frühere Inkarnation Lin Wei in Erscheinung trat.

»Sie können uns für eine Weile allein lassen, Gleb«, sagte Lin Wei freundlich.

Seit die Vorbereitungen für den Abflug abgeschlossen waren, konnte Chiku es kaum erwarten, an Bord des Schiffes zu gehen und zur Erde zurückzukehren. Doch als Lin sie in einen grün gefliesten fensterlosen Raum führte, wo es ätzend medizinisch roch, obwohl nirgendwo Chemikalien oder Maschinen in Sicht waren, keimte ein Verdacht in ihr.

»Warum bin ich hier?«, fragte Chiku und erschauerte.

»Sie wissen, warum. Mecufi hat Ihnen die Überreste der *Memphis* gezeigt, des Schiffs, das zurückgekommen ist, und die Version von Ihnen, die er darauf gefunden hat. Davon abgesehen wissen Sie nicht sehr viel. Das Schiff war beschädigt, die Aufzeichnungen waren nicht mehr zu entschlüsseln, Ihr anderes Ich war eingefroren und nicht gefahrlos wiederzubeleben. Sie konnten sie nicht fragen, was geschehen war. Sie wussten nur, was Mecufi Ihnen sagte: dass sie allein nach Hause gekommen war, ohne den Siegespreis.«

»Das fasst so ziemlich alles zusammen.«

»Haben Sie sich nicht gefragt, was aus Eunice geworden ist?«

»Ich weiß, was aus Eunice geworden ist – sie ist bei den Tantoren.«

»Ich spreche von Ihrer leibhaftigen Urgroßmutter aus Fleisch und Blut. Der Frau, die in Tansania zu einer Zeit geboren wurde, als es die Menschen noch für sinnvoll hielten, Kohle zu verbrennen.«

»Niemand weiß, wo sie ist. Sie war auf diesem Schiff und flog in den interstellaren Raum. Vielleicht hat mein anderes Ich da draußen die Wahrheit entdeckt, vielleicht aber auch nicht. Mecufi konnte mir nicht einmal sagen, ob die *Memphis* an die *Winterkönigin* hatte andocken können.«

»Sie hat tatsächlich angedockt. Ich weiß es, weil ich nach meinem eigenen Besuch Sensoren auf der *Winterkönigin* zurückgelassen hatte. Sie sollten mir melden, wenn ein anderes Schiff sich näherte und andockte.«

»Soll das heißen, Sie sind Chiku Rot zuvorgekommen?«

»Immerhin hat ein Schiff die *Winterkönigin* erreicht. Ist es da so völlig ausgeschlossen, dass ein anderes Schiff noch früher dort war?«

»Erstens behielten wir Eunice' Schiff im Auge. Zum Zweiten sind Sie ein Wal.«

»Ich brauchte nicht persönlich hinzufliegen. Ich schickte eine Sonde, ein unbemanntes Schiff. Wir Panspermier hielten nie sehr viel von Robotern, aber bisweilen mussten wir sie wohl oder übel benutzen – das war ein solcher Fall. Das Schiff war sehr schnell, sehr intelligent und sehr gut getarnt. Als Sie anfingen, von Ihrem ehrgeizigen Werbegag zu träumen, war ich bereits unterwegs. Ich schickte mein Schiff in einer ganz anderen Richtung los, bis es so weit draußen war, dass weder Sie noch sonst jemand zuverlässig die Triebwerksflamme verfolgen konnte, erst dann ließ ich es Kurs auf Eunice nehmen. Natürlich schadete es nicht, dass nur ein einziges Instrument fähig war, diese Aktivität zu detektieren, nämlich *Ocular*, mein eigenes Spielzeug.«

»Sie waren also als Erste dort.« Chiku ärgerte sich, fand sich aber zugleich damit ab, dass daran nichts mehr zu ändern war.

»Meine Roboter haben sie gefunden. Sie lag noch immer in

der Kryokonservierungstruhe, in die sie sich nicht lange nach ihrem Aufbruch aus dem Sonnensystem im Jahre 2101 begeben hatte. Sie war tot.«

»Sie meinen wohl eingefroren.«

»Eingefroren *und* tot. Keinerlei Hoffnung auf eine klinische Wiederbelebung. Expandierende Eiskristalle hatten jede Zelle ihres Körpers gesprengt und ihre Gehirnstruktur zerstört. Irgendetwas Schreckliches war geschehen. Sie hatte ja nie erwartet, irgendwo anzukommen – auf diesem Schiff loszufliegen war Ansporn und Köder genug für uns alle.«

Lange blieb es still, dann fragte Chiku: »Haben Ihre Roboter sie denn nach Hause gebracht? Dazu hatten Sie sie doch losgeschickt?«

»Ja, sie haben sie nach Hause gebracht. Möchten Sie sie sehen?«

»Ich bin nicht sicher.«

»Sie glauben, Sie wären nicht bereit dafür? Ich denke doch. Sie liegt auf Eis, seit meine Roboter zurückgekehrt sind. Auf Zellebene sind die Schäden sehr ausgedehnt, aber die sichtbaren Auswirkungen … sind nicht so stark, wie man sie sich vielleicht vorstellt. Ich finde, Sie sollten sich Ihre Urgroßmutter ansehen, Chiku. Und dann werde ich Ihnen erzählen, was ich außerdem auf der *Winterkönigin* gefunden habe.«

»Was denn noch?«

»Sehen Sie sich zuerst ihren Leichnam an.«

Ein Teil der grün gefliesten Wand glitt heraus und schob sich in den Raum. Mit ihm kam eine Kältewelle, eine scharfe, unerwartete und gnadenlose Front, die Chiku die Tränen in die Augen trieb. Sie schlang die Arme um sich. Es war, als würde ihr jemand schaufelweise Eis durch die Kehle schütten.

Lin Wei in ihrem roten Kleid und den weißen Strümpfen beobachtete die Szene scheinbar ungerührt.

»Gehen Sie zu ihr. Aber nicht anfassen – Sie würden sich verletzen.«

Eunice ruhte auf einer grünen Plattform. Sie lag auf dem Rücken, ins Innenfutter eines Raumanzugs gekleidet, die Arme über der Brust verschränkt, den Kopf heiter entspannt nach hinten geneigt. Ihre Augen waren geschlossen, ihr Gesichtsausdruck wirkte friedvoll. Eis glitzerte auf ihrer Haut. Es sah wunderschön aus, die funkelnden Kristalle erinnerten an den Sternennebel der Milchstraße. Sie sah ein wenig, aber nicht um Jahrzehnte älter aus als das Konstrukt. Als sie sich in die Truhe legte, hatte sie am Anfang ihres achten Jahrzehnts gestanden, und wenn man davon ausging, dass sie nach dem Start der *Winterkönigin* nicht lange wach geblieben war, war dies auch das Alter ihres Todes. Auf ihrer Haut waren tiefschwarze Blutergüsse und helle, blutleere Erfrierungsstellen zu sehen. Chiku wusste nicht, wie viel davon auf das Alter und wie viel auf den kryogenen Unfall zurückzuführen war, der ihre Zellen zerstört hatte. Sie sah jedoch keinesfalls so aus, als wäre eine Wiederbelebung aussichtslos. Aber das wäre bei einem Wachsmodell nicht anders, ermahnte sich Chiku. Mit bloßem Auge waren die Verwüstungen auf mikroskopischer Ebene, da wo sie wirklich zählten, nicht zu erkennen.

»Wir haben diejenigen neuronalen Strukturen, die noch aufzulösen waren, gescannt und aufgezeichnet«, sagte Lin Wei. »Mehr als Spuren und Geister von Spuren waren nicht vorhanden. Aber Sie können die Daten gerne haben. Und auch den Körper, wenn Sie ihn haben möchten.«

»›Mögen‹ ist wohl nicht ganz das richtige Wort.«

»Wenn Sie glauben, Sie nach Afrika zurückbringen zu müssen, werde ich Sie nicht daran hindern.«

»Ich werde sie nicht mitnehmen«, sagte Chiku. »Nicht jetzt. Aber diese neuronalen Muster möchte ich haben.«

»Für sich selbst?«

»Für jemanden, den ich kenne.«

Mit den Fingerspitzen fuhr sie über Eunice' Umrisse, ohne sie zu berühren, spürte aber auf der Handfläche den Kältehauch, der von ihr ausging. Wahrscheinlich würde die Leiche allein dadurch, dass sie in diesem Raum war, leicht erwärmt, dachte Chiku. Und dadurch noch etwas mehr beschädigt, als es ohnehin schon der Fall war. Lin Wei hätte den Körper niemals der Raumtemperatur ausgesetzt, hätte auch nur die leiseste Aussicht auf Wiederbelebung bestanden.

»Sie hat uns alle zum Narren gehalten und uns dafür die Sterne geschenkt«, sagte Lin Wei. »Wenn wir eifrig genug suchen, finden wir wahrscheinlich Vergebung. Möchten Sie nun hören, was ich auf der *Winterkönigin* noch entdeckt habe?«

Chiku nickte. Was sollte sie jetzt noch überraschen?

Seltsame Figuren marschierten durch die Luft wie Regimenter von kleinen Strichmännchen. Chiku erkannte sie. Es war im Wesentlichen das gleiche fremde Alphabet, das Eunice bei den Inschriften an ihrer Erinnerungswand verwendet hatte.

Symbole der Chibesa-Syntax.

»Das muss ich Ihnen erklären«, sagte Lin Wei.

17

Als Chiku ihre Absicht kundtat, zum Mond zu chingen, war Imris Kwami zunächst ausnehmend skeptisch und warnte sie, dass keine Kommunikationsverbindung vollkommen davor sicher sei, von Arachne belauscht zu werden.

»Aber wir werden diesmal gar nicht über sie sprechen«, wandte Chiku ein.

Kwami ahnte inzwischen, worum es bei diesem Gespräch gehen würde. »Wenn Sie anfangen, über Chibesa-Physik zu sprechen, hört sich das sicher nicht nach einer ganz normalen Unterhaltung an.«

»Sie kennen meine Mutter nicht.«

»Ich werde sehen, was sich machen lässt. Wir haben einige quantenverschlüsselte Kanäle für Fälle reserviert, bei denen wir ein Maximum an Privatsphäre brauchen. Ich kann nicht garantieren, dass Arachne sie nicht abhört, aber sie sind der normalen zivilen Verschlüsselung weit überlegen.«

»Ich nehme alles, was Sie zu bieten haben, Imris. Und glauben Sie mir, es wird sicher kein langes Gespräch.«

In den letzten Monaten des Jahres 2365 standen Erde und Saturn in Opposition zueinander. Chiku hatte die beleuchtete

Seite der Erde nahezu auf der ganzen Rückreise gesehen: zuerst als hellblauen Stern, dann als Punkt und schließlich als Scheibe mit weißen und grünen Flecken. Mit der Zeit bekam die Scheibe eine blanke Silbermünze zur Gesellschaft. Erst als sie sehr viel näher waren, sah der Mond grau aus. Und auch dann war es ein Grau in unglaublich vielen Schattierungen – Bräunlichgrau, Nickelgrau, Ockergrau. Eine Lichterkette umschlang den Trabanten im niedrigen Orbit, und weitere Lichter von Städten, Straßen und Raumhäfen waren wie Synapsennetze über die Nachtseite verteilt. Der Mond war so hell erleuchtet, dass er vom All aus freundlicher und einladender aussah, als es die Erde jemals vermochte. Historisch besonders bedeutsame Zonen wie die Landeplätze und frühen Mondbasen glichen schrumpfenden Pfützen aus schwarzem Regolith.

Onkel Geoffrey hatte Chiku einmal erzählt, wie er irgendwo in der Nähe des Familiensitzes in die afrikanische Nacht hinausgegangen war und die ER angewiesen hatte, den Mond mit Territorialmarkierungen und transnationalen Grenzen in den stolzen Farben der großen Raumfahrtnationen zu überlagern. Ein wunderschöner Anblick einerseits, denn der kolonisierte Mond erzählte von internationaler Zusammenarbeit, von Differenzen, die auf dem Verhandlungswege beigelegt worden waren, und von der Herrschaft durch interplanetares Recht anstatt mit Panzer und Machete. Doch heute brauchte Chiku die ER nicht mehr, sie sah auch mit bloßem Auge, dass der Mond unter dem Schorf von Städten zerstückelt worden war, um ihn zu befrieden. Inzwischen musste die ER das alles ausblenden und einen Geistermond über die Realität legen.

Als die *Gulliver* noch dreißig Lichtsekunden von der Erde entfernt war, setzte Chiku eine Ching-Anfrage an Jitendra Gupta ab.

Er hätte ablehnen können – die Chancen, dass er schlief oder anderweitig beschäftigt war, standen mindestens drei zu eins –, aber es dauerte nur eine Minute, bis seine Einwilligung durchkam, und gleich darauf stand sie neben ihm in einer Höhle auf dem Mond. Jitendra war hochgewachsen und schmal wie eh und je, doch inzwischen ging er leicht gebeugt, wenn er sich nicht bewusst aufrichtete. Der Kopf war kahl geschoren oder tatsächlich kahl (was von beidem zutraf, hatte sie nie gewusst, sie kannte ihn nur ohne Haare). Den starken emotionalen Druck, unter dem er seit einigen Jahren stand, überspielte er mit seinem breiten Lächeln und seiner lässigen Liebenswürdigkeit. Er war ein alter Mann. Was Sunday ihm zumutete, war einfach nicht fair.

»Schön, dich zu sehen, Vater. Tut mir leid, dass ich mich so lange nicht gemeldet habe.«

»Schon gut, Chiku. Du hast viel zu tun, und wir wussten ja, dass es dir gut geht.«

»Ich hätte trotzdem anrufen können. Aber ich dachte, wenn sich bei Mutter eine Veränderung …«

»Wärst du die Erste gewesen, die es erfahren hätte. Du hast natürlich recht, nein, eine echte Veränderung hat es nicht gegeben.« Sein Lächeln übertünchte die Jahre der Trauer, als wären sie nicht der Rede wert. »Eines Tages wird sie zu uns zurückkommen, Chiku, davon bin ich überzeugt.« Jitendra klatschte in die Hände. »Aber wie geht es dir? Du bist im All, wie ich sehe – und auch noch auf einem Schiff! Bist du allein unterwegs oder mit …«

»Pedro, ja. Er ist bei mir.«

»Er scheint ein guter Mann zu sein. Ich mochte ihn gleich, als wir miteinander gesprochen haben. Ihr solltet uns beide bald einmal auf dem Mond besuchen. Oder seid ihr etwa schon auf dem Weg hierher?«

»Diesmal leider nicht«, wehrte sie ab. »Wir müssen dringend auf die Erde zurück. Ich war ziemlich lange weg.«

»Gegen die Genetik ist kein Kraut gewachsen. Die Wanderlust liegt dir im Blut. In diesem Punkt waren deine Mutter und ich nie *so ganz* auf einer Wellenlänge. Sunday wollte alles sehen, jede nur denkbare menschliche Erfahrung erleben. Ich war dagegen mit meinem kleinen Mikrokosmos hier auf dem Mond ganz zufrieden.«

Sie waren in Sundays und Jitendras Heim unter dem Mondboden. Aus ihrem Apartment in der ehemaligen *Überwachungsfreien Zone* waren sie schon vor Jahren ausgezogen, als die Immobilienspekulanten Einzug hielten und die Mieten auf dem Wohnungsmarkt in absurde Höhen jagten. Jetzt wohnten sie in einer kleinen Gemeinschaft irgendwo an der Nordflanke des Rima-Ariadaeus-Grabens mit etwa fünfzig Familien in einer kleinen Siedlung aus Reihenhäusern und bescheidenen Erholungsflächen. Das Dorf war abgelegen, zwei Stunden vom nächsten Bahnknoten, sechs Stunden von der nächsten größeren Gemeinde entfernt. Aber die beiden fühlten sich hier geborgen. Für Sunday bot die kleine Gemeinschaft eine Zuflucht vor dem Druck, unter dem jeder Akinya stand, noch dazu, wenn er so etwas wie eine Ikone des Zeitgeists war. Jitendra fand hier alles, was er zum Leben brauchte – Ruhe und Frieden und genügend Freiraum, um mit seinen Robotern und Automaten zu spielen, ein Universum, das ihn immer aufs Neue faszinierte.

Sie lebten dort seit einem Jahrhundert, aber Chiku war höchstens drei Mal leibhaftig zu Besuch gekommen. Beim Chingen sah es kaum besser aus. Je mehr sich ihre Mutter in ihre Mathematik zurückgezogen hatte, desto seltener waren Chikus Anrufe geworden. Jitendra hatte darunter sehr gelitten, doch Sunday schien das Fernbleiben ihrer Tochter gar nicht zu bemerken, und diese Gleichgültigkeit verstärkte Chikus Abneigung noch mehr.

Doch nun chingte sie, den Kopf voller Sorgen, aus einem schnellen Raumschiff ihren Vater an, und es tat gut, ihn wiederzusehen.

»Komm doch mit ins Wohnzimmer«, schlug Jitendra vor und ging durch eine der niedrigen Verbindungstüren voran. »Ich habe übrigens erst vor ein paar Tagen mit deiner Mutter gesprochen.«

»Sie war bei Bewusstsein?«

»Sie hatte eine klare Phase von ein paar Stunden. Wir sprachen über viele Dinge – natürlich über dich und deinen Freund Pedro und über Geoffrey … Ich muss sie immer wieder daran erinnern, dass Geoffrey nicht mehr unter uns ist. Das liegt nicht daran, dass sie ein schlechtes Gedächtnis hätte, sie misst solchen Dingen bloß nicht viel Bedeutung bei, wenn sie so ganz tief unten ist.«

»Wie konnte sie vergessen, dass ihr eigener Bruder tot ist?«, fragte Chiku, hütete sich jedoch, so etwas wie Kritik durchklingen zu lassen.

»Möchtest du Tee?«

Sie trug einen Roboterkörper, hätte also Jitendras Angebot durchaus annehmen können, lehnte aber ab. »Ich kann wirklich nicht lange bleiben, Vater. Wir verwenden eine sehr hohe Quantenverschlüsselung, und je länger wir uns unterhalten, desto mehr Gelegenheit hat jemand anderer, sie zu knacken.«

»Das klingt ja sehr geheimnisvoll!«

»Oh, mach dir deshalb keine Gedanken. Du hast schließlich auch das eine oder andere Abenteuer erlebt.«

»Wir hatten unsere Momente. Allerdings war so etwas eher die Stärke deiner Mutter. Einmal hat sie es fast so weit gebracht, dass wir beide getötet wurden, damals auf dem Mars …« Sie standen jetzt im Wohnzimmer, einem kesselförmigen Raum, von dem andere Zimmer abgingen. Die Wände aus verdichtetem Erdreich waren mit einer harten perlgrauen Plastikschicht versiegelt. Fenster oder Oberlichter gab es nicht – dafür waren sie zu tief unter der Erde. Aber wabenförmige Paneele in den Wänden wechselten leise durch eine Serie von Mondansichten in Echtzeit, Tagseite, Nachtseite und Terminator. Hin und wieder zeigte eines der Paneele auch einen Teil von Afrika. Chiku hörte die Tonkaskaden von Kora-Musik, wahrscheinlich eine verstaubte alte Aufzeichnung. Ein ganz eigentümlicher Geruch hing in der Luft, ein Lavendelduft, der Assoziationen an eine glückliche Kindheit auslöste.

»Ich habe etwas mitgebracht«, sagte sie, während sich Jitendra Tee kochte. Um seine Füße stapften zwei mechanische Soldaten mit Schlüsseln im Rücken. »Du musst es Mutter zeigen, wenn sie das nächste Mal ... klar ist.«

»Das kann eine Weile dauern.«

»Du sagtest doch, nach dem letzten Mal waren es nur ein paar Tage.«

»Ein paar Tage. Vielleicht auch ein paar Wochen, wenn ich recht überlege.« Jitendra kratzte sich den Schädel. »Mein Zeitgefühl ist nicht sehr zuverlässig.«

»Das geht uns allen so. Aber das hier ist ziemlich wichtig, Vater. Wenn du es ihr vorlegen könntest, selbst wenn du sie dazu *mit Gewalt* herausholen müsstest ... Manchmal kannst du das doch?«

»Ich kann es versuchen«, sagte er ohne große Begeisterung.

»Es tut mir wirklich leid, dass sie dir das alles zumutet. Es ist nicht fair.«

»Ich habe ihren Verstand geliebt, Chiku. Und ich liebe ihn immer noch. Da ist es nur recht und billig, dass ich ihn gehen lasse, wohin er will. Was hast du denn nun für sie?«

Mit gespreizten Fingern bildete Chiku ein Quadrat. Sie hatte die Symbole von der *Winterkönigin* in die quantenverschlüsselte

Verbindung mitgenommen. Nun füllten sie das Quadrat in bunten Neonfarben. Sie reichte die virtuelle Scheibe an Jitendra weiter.

»Etwas Kontext könnte hilfreich sein.« Jitendra nahm ihr die Scheibe ab, als wäre sie real.

»Es ist natürlich Chibesa-Syntax«, sagte sie. Jitendra drehte die Scheibe um und betrachtete sie von der anderen Seite. »Du müsstest die Mathematik doch erkennen.«

»Wenn die eigene Frau dieser Mathematik ihr Leben gewidmet hat, ist es schwierig, sie nicht zu erkennen.« Er hielt die Scheibe vor eines der leuchtenden Wandpaneele, auf dem soeben das tiefe Orange eines Sonnenuntergangs in der Serengeti zu sehen war, und schaute mit zusammengekniffenen Augen hindurch. »Glaubst du, das wird ihr gefallen?«

»Ich nehme an, es steckt etwas mehr dahinter. Diese Symbole kamen, immer vorausgesetzt, man hat mich nicht angelogen, von Eunice' Schiff – demselben, mit dem sie das Sonnensystem verlassen hat, bevor Mutter überhaupt geboren war.«

»Wenn ich jetzt eine angebliche Mingvase in Händen hielte, würde ich an diesem Punkt einen Herkunftsnachweis verlangen.«

»Einen Beweis kann ich dir nicht liefern. Aber die Aussage, dass Arethusa mir die Symbole gezeigt hat, wäre doch nicht ohne Gewicht, nicht wahr?«

»Mag sein.« Jitendra schien nicht überzeugt. »Wahrscheinlich würde ich aber einen Nachweis dafür verlangen, dass du mit Arethusa gesprochen hast.«

»Es gibt Gründe, warum ich, jedenfalls im Moment, nicht alles sagen kann, was ich möchte. Nur so viel: Ich bin mit dieser Verbindung ein Risiko eingegangen, und das tue ich nicht nur, um dir die Zeit zu stehlen.« Chiku zögerte und überlegte, wie viel sie wohl verraten konnte. Sie musste sich immer wieder in

Erinnerung rufen, dass sie nicht mit Jitendra selbst, sondern mit seiner um sechzig Sekunden zeitverschobenen Simulation sprach. Der echte Jitendra hätte inzwischen den Beginn des Gesprächs mitbekommen, und die Antworten der Simulation würden im Lauf des Dialogs passend zu seinen Echtzeitreaktionen angepasst werden. Auf jeden Fall war dies nicht Jitendra.

»Ich habe diese Syntax mit ein paar einfachen Verfahren überprüft«, fuhr sie vorsichtig fort. »Sie ist … anders. Sie hält sich offenbar an die Regeln, aber die Argumente gehen in ungewöhnliche Richtungen. Als ob es eine Möglichkeit gäbe, neue logische Strukturen zu bauen, die zwar immer da waren, in der bekannten Mathematik enthalten, die wir aber einfach nicht gesehen hatten.«

»Und wer immer diese Symbole zu Papier gebracht hatte, konnte sie sehen.«

»Ich frage mich, was Mutter davon hält. Ich muss es wissen, Jitendra. Im Moment gibt es nichts Wichtigeres in meinem Leben.«

»Aber du hast doch die Mathematik. Wenn es etwas Neues ist, dann geh damit zu den Experten.«

»Das kann ich nicht. Erstens ist das, was ich habe, nicht vollständig – es sind keine vollständigen Aussagen, nur Ansätze, die noch nicht ausformuliert wurden. Zweitens kann ich in meiner Lage niemandem vertrauen, den ich nicht kenne. Wenn du nichts dagegen hast, wäre es mir lieber, damit innerhalb der Familie zu bleiben.«

»Gut, dass ich dich kenne, sonst hätte ich womöglich schwere Bedenken, was deinen Geisteszustand angeht. Du gehst doch regelmäßig zum Neuropraktiker?«

»Das tue ich, und ich putze mir auch dreimal am Tag die Zähne.«

»Damit sind alle meine Bedenken ausgeräumt.« Jitendra

ging mit der Scheibe im Wohnzimmer herum, als suchte er nach einem Platz, um sie aufzuhängen.

»Wenn die Syntax in Richtung Post-Chibesa-Physik geht …« Chiku wurde plötzlich die Kehle eng. »… dann müssten die Holoschiffe davon erfahren.«

»Und du wärst diejenige, die die Information verbreitet.«

»Gerade du kennst mich doch, Vater. Ich kann die *Sansibar* nicht im Stich lassen.«

»Ich kann nichts versprechen, Chiku. Das solltest du inzwischen wissen.«

»Du zeigst es ihr doch?«

»Ich werde tun, was ich kann, aber du darfst nicht mit einer Antwort rechnen. Dazu müsste sie verstehen, wie wichtig dir die Sache ist, und so etwas kann ich ihr nicht vermitteln.« Jitendra drehte jäh den Kopf zur Seite, wie um seinen Gesichtsausdruck vor ihr zu verbergen. »Wenn sie gute Tage hat und wieder bei uns ist, scheint sie nie weg gewesen zu sein. Aber solche Tage werden immer seltener. Die Schlingen der Mathematik geben sie nicht frei, Chiku. Meine Sorge ist, dass sie irgendwann gar nicht mehr auftaucht und vollends in sich versinkt.«

»Anfangs warst du noch so optimistisch.«

»Ich gebe mir Mühe. Aber es ist nicht immer leicht.« Er legte die Scheibe auf ein Regal. Für jemanden, der zufällig in die Wohnung kam oder sich hineinchingte, wäre sie dort so lange nicht zu sehen, bis Jitendra mental die Erlaubnis dazu gab. Und auch dann hätten neunundneunzig von hundert Besuchern nicht die leiseste Ahnung, was die krakeligen, entfernt anthropomorphen Symbole tatsächlich bedeuteten.

Chiku wusste, dass sie ihm die Platte getrost anvertrauen konnte.

»Bevor ich gehe, möchte ich Mutter gern sehen.«

»Bist du sicher? Ich weiß noch, wie verstört du beim letzten

Mal warst. Niemand würde es dir übel nehmen, wenn du gleich gehst.«

»Ich selbst würde es mir verübeln«, widersprach Chiku.

»Du weißt ja, wo du sie findest.«

Jitendra trat beiseite, und Chiku ging in das angrenzende Schlafzimmer, wo ihre Mutter inzwischen fast jede Stunde ihres Lebens verbrachte. Es war wie ein Besuch im Krankenhaus bei einem körperlich kranken Patienten. Dabei fehlte Sunday Akinya nicht viel, jedenfalls nicht mehr, als bei einem Menschen von zweihundertvierzig Jahren zu erwarten war. Sie lag ausgestreckt auf einem Bett, Kopf und Oberkörper wurden mit Kissen gestützt. Ihre Augen waren geschlossen. Sie trug ein leichtes Seidenhemd und war mit einem Laken aus dem gleichen Material zugedeckt. Die Arme lagen zu beiden Seiten auf dem Laken. Das Gesicht war zur Decke gerichtet. In ihren Armen steckten Schläuche. Ein einfacher Haussanitäter wartete mit gesenktem Kopf neben dem Bett.

»Sie wird von den Maschinen sehr gut versorgt«, sagte Jitendra leise von hinten. »An sich gibt es nicht viel zu tun. Sie betten sie um, damit sie sich nicht wund liegt, verhindern Muskelabbau und Knochenschwund und legen Infusionen und Katheter. Wenn sich ihr Zustand verändert, geben sie mir Bescheid.«

»Kannst du mich einen Augenblick mit ihr allein lassen, Vater?«

»Natürlich, Chiku.« Er zog sich zurück. Sie hörte, wie ein Uhrwerk aufgezogen wurde, es klang wie ein Insekt, das stumpfsinnig den immer gleichen Laut wiederholte.

Chiku trat an Sundays Bett. Sie musste an Eunice' gefrorenen Leichnam denken, den sie nicht hatte berühren können. Diesmal ließ sie ihre Roboterhand auf Sundays Stirn sinken. Sie war warm, dahinter tobten die Berechnungen. Es war sinnlos, ihrer Mutter zu grollen. Sie hatte sich diese Besessenheit nicht ausgesucht, sondern war von ihr gefunden und hinterrücks überfallen worden. Wie Jitendra sagte, sie hatte sich in ihren Schlingen verfangen.

Aber sie könnte etwas dagegen tun. Sie könnte sich wehren, sich in die Normalität zurückkämpfen.

Warum tat sie es nicht?

»Ich habe Jitendra etwas gegeben«, sagte Chiku. »Mir wäre sehr daran gelegen, dass du es dir ansiehst. Ich weiß, dass du mich hören kannst. Es hat ohnehin mit dem zu tun, wonach du suchst, deshalb wird er dich nicht allzu sehr drängen müssen. Ich möchte wissen, was du davon hältst. Es ist wirklich wichtig, glaube ich. Vielleicht wirst du klug daraus. Aber du darfst außer mit Jitendra mit niemandem darüber reden. Versprichst du mir das?«

Die Aufforderung war überflüssig. Es wäre ein Wunder, wenn Sunday Akinya überhaupt mit jemandem spräche. Natürlich würde Jitendra es als Erster zu hören bekommen, wenn sie etwas zu sagen hatte.

»Ich kann nicht bleiben«, sagte Chiku und zog ihre Hand zurück. »Ich bin da in eine Sache hineingeraten, die meine Kräfte und vielleicht sogar die Möglichkeiten der Familie weit übersteigt. Morgen bin ich zurück auf der Erde, zurück in Afrika. Wünschst du mir Glück?«

Sunday wurde unruhig. Ihre Lippen bewegten sich, ihre Lider zuckten. Doch dann sank sie in die Erstarrung zurück.

Chiku verabschiedete sich von Jitendra. »Ich glaube, sie hat mich gehört.«

Er lächelte. »Das ist schön«, antwortete er, und sie verstand. Er glaubte ihr vielleicht, aber er hielt es für ausgeschlossen, dass ihre Worte irgendeinen Einfluss auf Sunday ausüben könnten.

18

Imris Kwami zog sich von seinem Kommandosessel aus ein Mikrofon so selbstverständlich an die Lippen, als wolle er prüfen, ob sein Chai stark genug war, und meldete: »Zivilschiff *Gulliver*, Registriernummer KKR292G7, in schnellem Anflug vom Saturn, erbittet Vektoren für transatmosphärischen Eintritt, Eintrittspunkt Ost-Äquator-Abschnitt, Panafrikanische Union. Ersuche um Freigabe.«

Eine zweifellos synthetische Stimme ließ sich freundlich, aber bestimmt vernehmen: »Anflug freigegeben, *Gulliver*. Halten Sie sich an die beigefügten Vektoren, und gehen Sie oberhalb von zwanzig Kilometern in Horizontalflug. Viel Glück und einen sicheren Wiedereintritt.«

»Vielen Dank.« Kwami schob das Mikrofon beiseite und wandte sich an seine Passagiere: »Anschnallen, Freunde.«

Das Schiff gestaltete sich selbsttätig um und ließ aus dem nahtlosen Rumpf Flügel und Steuerflächen erscheinen. Sie gingen in kontrolliertem Sinkflug tiefer und bremsten ab, lange bevor sie den Widerstand der Atmosphäre spürten. Es war kein feuriger Wiedereintritt, denn Hitze in ein Ökosystem abzugeben, das ohnehin nach Kräften gegen die Erwärmung ankämpfte, wäre unverzeihlich schlechtes Benehmen gewesen. Dann flogen sie nach Osten über das taghelle Afrika. Chiku stemmte sich aus ihrem Sessel und wanderte auf der Suche nach bekannten Landmarken von einer Seite des Schiffes zur anderen. Ihre Augen gingen rastlos hin und her. Sicher war sie nicht oft genug hier gewesen. Sie hätte eine intensive genetische Bindung spüren sollen, aber die Landschaft war ihr ebenso fremd, wie es ihren fernen Vorfahren die dunkle Seite des Mondes gewesen wäre.

Da, dieser glänzende Spiegel – war das der Tanganjika- oder der Viktoriasee? Für den Malawisee zu weit im Norden, es sei denn, sie brächte die Geografie rettungslos durcheinander. Der Viktoriasee vielleicht. Auf jeden Fall ein riesiges Gewässer. Aus dieser Höhe konnte sie nur das nächstgelegene Ufer mit einem faserigen Streifen aus Küstendörfern und Strandsiedlungen erkennen – zackige Kristallgebilde und übereinandergestapelte Kuppeln, die an Seifenschaum erinnerten. An die Uferbebauung schloss sich wie mit breiten Pinselstrichen hingeworfen ein leuchtend grüner, bewässerter Geländestreifen an. Vom See aus gesehen landeinwärts gab es ebenfalls Städte und Dörfer, zwischen denen sich ein Spinnennetz von Straßen spannte. Zwischen Stapelfarmen schwebten wie fette Hummeln Ernteluftschiffe umher, während Airpods wie Blütenstaub durch die Luft schwebten. Sie sah dichte grüne Wälder, bräunliche Ackerflächen, schnurgerade Reihen von blitzenden Spiegelanlagen und die Giraffenhälse von Solartürmen, die sogar noch die Stapelfarmen überragten. Inzwischen gab es einfachere Methoden zur Energiegewinnung, aber einige dieser Sonnenfarmen befanden sich seit Generationen im Familienbesitz und wurden aus einer Mischung von Anhänglichkeit und Pflichtbewusstsein heraus weiterbetrieben.

Bald waren sie westlich des Sees und hatten die Weiten der

Serengeti unter sich. Imris Kwami war indes auf Unterschallgeschwindigkeit gegangen, sodass sie viel tiefer fliegen konnten. Pedro, der – jedenfalls soweit Chiku wusste – nie in Afrika gewesen war, schien fasziniert. Ohne die ER oder optische Vergrößerung zu Hilfe zu nehmen, hatte er bereits Dutzende Tiere verschiedener Arten entdeckt. Bald würden die Regenfälle einsetzen, aber noch stand das Wasser in den Wasserlöchern niedrig, und dort waren die wilden Tiere am ehesten zu finden.

»Löwen!«, rief Pedro und runzelte dann die Stirn. »Von hier oben ist es schwierig, ein Gefühl für Größenverhältnisse zu bekommen. Es könnten auch Hyänen gewesen sein. Bei euch gibt es doch Hyänen?«

»Bei uns gibt es vieles.« Chiku tat so, als wäre die Serengeti ihr persönliches Eigentum.

»Ich glaube, es waren Löwen.«

»Dann waren es auch Löwen.«

Wenig später kam in der Ferne der Kilimandscharo in Sicht, im unteren Bereich von einem Hitzeschleier verzerrt, am Gipfel dagegen viel schärfer und scheinbar näher, als beugte sich der Berg vor, um sie zu sich zu winken. Dabei war er noch Hunderte von Kilometern entfernt. Die Akinyas verdankten diesem Berg so viel. Eunice hatte ihn als Hebelpunkt benützt, um ganze Welten in Bewegung zu setzen.

»Bist du als Kind oft hier gewesen?«, fragte Pedro.

»Eigentlich nicht. Nur ein oder zwei Mal, um Onkel Geoffrey zu besuchen. Als Kind kam ich mir hier draußen vor wie am Rand der Zivilisation. Ich war auf dem Mond aufgewachsen und kam mit der Größe nicht zurecht … Afrika ist so riesig! Und die Entfernungen, selbst damals … bei Nacht schien im Umkreis von mehreren Tausend Kilometern alles menschenleer zu sein. Der Familiensitz war eine kleine Insel inmitten einer dunklen, alles verschlingenden Leere, man fühlte sich wie im interstellaren Raum. Natürlich war es nicht so.« Chiku deutete auf den fernen Horizont. »Es hat immer Dörfer und Siedlungen gegeben, und natürlich die Massai – die werden noch hier sein, wenn wir längst nicht mehr sind. Massai und Elefanten. Der Rest ist Staub.«

»Morbide.«

»Realistisch.«

Kwami hatte auf manuelle Steuerung umgestellt. Nun sagte er: »Wir überfliegen den Familiensitz und gehen in der Nähe herunter. Ich werde versuchen, eine Stelle zu finden, wo wir weder ein Feuer entfachen noch zu viele Tiere verbrennen.«

»Ich bitte darum«, sagte Chiku.

»Wohnt hier noch jemand?«, fragte Pedro. »Auf dem Familiensitz, meine ich.«

»Ich weiß es nicht genau. Es ist schon eine Weile her, dass ich hier gewesen bin. Aber man hat ihn sicher nicht verfallen lassen.«

»Das hoffst du.«

Natürlich hat man ihn nicht verfallen lassen, dachte Chiku. Doch das war wieder eine falsche Erinnerung. Sie dachte an das Duplikat des Familiensitzes an Bord der *Sansibar*, wo Chiku Grün ihrer Arbeit nachging.

»Ich glaube, da sind wir«, sagte sie und deutete nach vorne.

Pedro beugte sich vor. Sie schauten durch Felder im Rumpf der *Gulliver*, die das Schiff angepasst an ihre Blickrichtung entgegenkommenderweise durchsichtig machte. »Kein großartiger Anblick.«

»Ich habe nie behauptet, es wäre das Tadsch Mahal.«

Der Familiensitz hatte die Form eines A, es umfasste zwei lange Flügel, die sich an der Spitze berührten, und einen kurzen Verbindungstrakt, der die Lücke zwischen den beiden überbrückte. Diese A-Form wiederholte sich zunehmend größer vom Gebäude hinaus bis zur Grenzmauer – in den Rasenflächen und Formalgärten, den Innenhöfen, Schwimmbecken und Tennisplätzen und im Grundriss der Airpod-Parkflächen. Beim ersten Überflug konnte Chiku keine Mängel feststellen. Die Mauern waren so weiß wie in ihrer Erinnerung, die Dachziegel glänzten so blau, als hätte es eben erst geregnet. Zu sehen war niemand, aber das war in der Hitze eines afrikanischen Nachmittags nicht weiter verwunderlich. Auch bei ihren früheren Besuchen hatte der Familiensitz stets verlassen und etwas abweisend gewirkt. Manchmal waren neben ihr und Onkel Geoffrey nur ein oder zwei Bedienstete und eine Reihe von Roboterhausmeistern hier gewesen.

Als Kwami eine zweite Runde drehte, kamen ihr erste Bedenken. Die Mauern waren weiß, weil sie selbstreparierend waren, nicht weil sich jemand die Mühe gemacht hatte, sie sauber zu halten. Das Gleiche galt für das Dach. Anderswo waren die Spuren des Verfalls nicht zu übersehen. In den Blumenbeeten hatte sich das Unkraut breitgemacht. Das Wasser in den Schwimmbecken war abgelassen worden, die Fliesen waren mit Schmutz und totem Laub bedeckt. Bogengänge und Kolonnaden waren von Kletterpflanzen überwuchert. Noch war das Anwesen keine Ruine – die Bausubstanz wirkte solide –, aber es machte nicht den Eindruck, als wäre es bewohnt oder würde besonders geliebt.

»Ich hätte früher herkommen sollen«, flüsterte sie sich selbst zu. Sie hatte zwar immer gewusst, dass für den Unterhalt des Familiensitzes alle Akinyas gemeinschaftlich zuständig waren, war aber stillschweigend davon ausgegangen, dass man diese Aufgabe bedenkenlos jemand anderem überlassen konnte.

Was in aller Welt hatte die Familie geritten, alles so verkommen zu lassen?

»Ich möchte lieber nicht so dicht an der Mauer landen.«

Kwami zeigte auf einen der Airpod-Parkplätze. »Etwas weiter draußen gibt es eine geeignete Stelle. Gegen einen kleinen Spaziergang haben Sie doch sicher nichts einzuwenden?«

»Es tut uns sicher gut, wenn wir uns ein wenig die Beine vertreten«, sagte Chiku und kehrte an ihren Platz zurück.

Die *Gulliver* befand sich im Schwebemodus und hielt sich mithilfe ihrer Schubdüsen in der Luft. Die Bäume um den Familiensitz bogen sich im Fallstrom. Das Raumschiff glitt zur Seite wie ein Puck auf dem Eis, fuhr sein klauenförmiges Fahrgestell aus und sank langsam zu Boden. Chiku fragte sich, wie lange sie wohl hierbleiben müssten. Sie wollte die Sache hinter sich bringen.

Sie wurden abgeschossen.

Es ging unglaublich schnell. Zuerst schrillte unmittelbar vor der Kollision eine Sirene. Dann folgte ein Ruck, der durch Mark und Bein ging, als die *Gulliver* dem Geschoss ausweichen wollte. Der Einschlag selbst war noch heftiger, das Raumschiff gierte bedenklich und verlor auf einer Rumpfseite den Schub. Weitere Sirenen ertönten. Kwami, der immer noch manuell steuerte, bemühte sich nach Kräften, den Schwebeflug zu stabilisieren, aber es war bereits zu spät. Die *Gulliver* war beschädigt und konnte sich nicht mehr halten. Wieder wurde sie getroffen. Wieder kippte sie, gierte noch stärker und prallte schließlich mit einem gewaltigen Schlag auf dem Boden auf. Sie waren auf der Erde gelandet.

Die Sirenen heulten weiter. Der Rumpf stand schief, das Schiff lag fast auf der Seite. Zum Glück hatten Pedro und Chiku in Erwartung der Landung ihre Plätze eingenommen, sonst hätten sie den Absturz kaum überlebt.

»Was war das?«, würgte Chiku heraus. Sie konnte kaum fassen, dass sie noch vor wenigen Augenblicken nichts anderes im

Kopf gehabt hatte, als den Familiensitz möglichst schnell zu erreichen und wieder zu verlassen.

»Wir wurden angegriffen.« Kwami befreite sich aus seinem Steuersessel, der wie die anderen Sitze den Aufprall mit Kissen und Polstern gedämpft hatte. »Wir müssen schleunigst von hier weg, denn was immer uns angegriffen hat, ist noch da draußen.«

»Wie? Womit?«, fragte Pedro.

»Mit irgendeiner Waffe. Bitte, junger Herr«, Kwami war bereits an der nächsten Luftschleuse und nahm den Druckausgleich vor, »beeilen Sie sich. Wenn wir vom Himmel geschossen werden können, sind wir hier nicht sicher.«

»Eine Waffe«, wiederholte Pedro pflichtschuldigst wie bei einem Gedächtnisspiel. »*Waffen* gibt es nicht, Imris. So etwas existiert hier nicht.«

»Gleichwohl hat man uns eben abgeschossen.«

»Ich glaube, er meint es ernst«, sagte Chiku, obwohl auch ihr der Kopf schwirrte. Es war einfach unmöglich. Eine Waffe gegen Raumschiffe, die imstande war, die *Gulliver* aus dem Verkehr zu ziehen – so etwas konnte man vielleicht draußen vor Hyperion antreffen, aber hier waren sie im Namen aller guten Geister auf der *Erde.* Auf der Erde konnte man nicht einmal mit der Faust drohen, geschweige denn mit einer *Waffe auf ein Raumschiff schießen.*

Die Luftschleuse öffnete sich zischend, Innen- und Außentüren glitten gleichzeitig zurück, und obwohl Chiku sich noch im Inneren befand, schlug ihr die Tageshitze mit einer geradezu aggressiven Wucht entgegen. Kwami zwängte sich durch die Öffnung und sprang zu Boden. Dort machte er sich trotz seiner Länge möglichst klein und sah sich argwöhnisch um. »Da draußen lauert irgendetwas«, sagte er. »Wir können nicht im Freien bleiben. Vielleicht schaffen wir es, den Familiensitz zu erreichen.«

»Vielleicht?«, fragte Pedro.

Chiku zog sich durch die Luftschleuse, die durch den Schiefstand des Schiffes nach oben zeigte. Als sie die Hände um den Rand der äußeren Tür legte, verbrannte sie sich die Finger an der Außenhülle, die vom Hyperschallflug noch heiß war. Sie unterdrückte den Schmerz und schob sich in das grelle Tageslicht hinaus. Kwami half ihr hinunter – es ging tiefer hinab, als sie nach seinem Sprung gedacht hatte. Sie fiel mit den Knien in den Staub, und Kwami drängte sie, sich noch tiefer zu ducken. »Schnell, junger Herr.«

Pedro kam zum Vorschein, mit gerötetem Gesicht, die Augen vor Angst und Verwirrung weit aufgerissen.

»Das ist nicht möglich, Imris. Die Venus war schlimm genug, aber dass wir hier beschossen werden …«

»Wir müssen los«, mahnte Kwami.

»Was kann das sein?«, fragte Chiku. Gebückt rannten die drei auf die Außenmauer des Familiensitzes zu. »Haben Sie denn beim Anflug nichts bemerkt?«

»Wir sind auf der Erde, junges Fräulein. Da kann man nicht vor jedem Schatten erschrecken.«

Chiku schaute zum Raumschiff zurück. In der Unterseite klafften zwei hässliche Löcher. Irgendeine Energie- oder Projektilwaffe hatte die Außenhülle durchschlagen und das Gewirr von empfindlichen Subsystemen darunter freigelegt.

»Die *Gulliver* hat in dieser Gegend etliche unter der Oberfläche vergrabene Objekte entdeckt. Die unterirdischen Versorgungseinrichtungen Ihres Familiensitzes, die Bahn der ballistischen Abschussrampe … und viele andere Relikte unbekannter Herkunft. Hier leben seit Jahrtausenden Menschen. Unter diesen Bedingungen konnte die *Gulliver* nur schwer unterscheiden, was davon harmlos und was feindselig war.« Er blieb kurz stehen, um Atem zu holen. Sie hatten erst ein Drittel des Weges zur Mauer zurückgelegt. »Und sie konnte auch ihre eigenen Abwehrvorrichtungen nicht einsetzen. Wir waren viel zu dicht am Boden – wir hätten riskiert, uns mit einem Gegenschlag selbst Schaden zuzufügen.«

»Riskiert«, wiederholte Pedro. »Was ist gegen ein *Risiko* einzuwenden?«

»Wir dürfen Imris nicht die Schuld geben«, mahnte Chiku. »Es ging alles viel zu schnell.« In diesem Augenblick rutschte sie mit dem Fuß in eine Vertiefung, knickte mit dem Knöchel um und fiel auf die heiße Erde. Im Sturz drehte sie sich um, sodass sie zum Schiff zurückschaute. Dahinter, in einem Streifen Unterholz, an den sich ein dichterer Wald anschloss, sah sie eine Bewegung. Etwas schleppte sich ans Tageslicht.

»Was ist das?«, fragte Pedro.

»Ich weiß es nicht«, antwortete Chiku.

»Ein Artilekt.« Kwami blieb stehen und half ihr beim Aufstehen. »Können Sie laufen?«

»Ich denke schon.« Der Knöchel tat weh, aber sie konnte ihn belasten. »Was meinen Sie mit ›Artilekt‹? Eunice ist ein Artilekt. Arachne auch. Das Ding dort ist etwas ganz anderes.«

»Es ist ein Kampfroboter, ein militärisches Artilekt.«

Chiku zwang sich weiterzugehen und hielt den Blick auf die Mauer gerichtet, um das Ding nicht sehen zu müssen, das da aus dem Dickicht kroch. »So etwas würde man hier niemals dulden«, stieß sie hervor.

»Wahrscheinlich ist es schon seit mehreren Jahrhunderten da«, sagte Kwami. »Es gab einmal viele von diesen Maschinen. Während der Versorgungs- und Migrationskrise liefen sie Amok. Es gab viele hässliche Zwischenfälle. Dann wurden sie verboten. Bitte, wir sollten uns beeilen.«

Chiku hatte nichts dagegen. Laufen konnte sie zwar nicht, aber ihr stolperndes Humpeln brachte sie dennoch voran. Ein

Rundbogenportikus, kaum zu erkennen unter seinem Pflanzenvorhang, verhieß einen Durchgang durch die Mauer. Jetzt war es nicht mehr weit.

»Ich erinnere mich …« Sie stieß die Worte zwischen keuchenden Atemzügen hervor. »Früher hat meine Mutter noch Geschichten erzählt. Als sie ein kleines Mädchen war, stieß ihr etwas zu. Es muss hier in der Nähe gewesen sein.«

»Es verfolgt uns«, sagte Pedro. »Warum schießt es nicht einfach?«

»Vielleicht ist die Waffe, mit der es die *Gulliver* angegriffen hat, nur für den Boden-Luft-Einsatz geeignet«, sagte Kwami. »Oder es hat diese Art von Munition bereits verschossen.«

Pedro nickte. »Ich glaube, es will uns immer noch töten.«

»Ich teile Ihre Einschätzung.«

Die Strecke bis zur Lücke in der Mauer schien sich auszudehnen wie die Raumzeit zwischen den Galaxien nach Anreicherung mit dunkler Energie. In ihren Träumen war Chiku oft in dieser Lage gewesen – vor etwas wegzulaufen, ohne vorwärtszukommen, weil die Luft so dick war wie Gelee und sie zur Bewegungslosigkeit verurteilte.

»Das muss Arachnes Werk sein«, sagte sie.

»Auch darin stimme ich Ihnen zu. Wenn das Artilekt seit Jahrhunderten inaktiv und unentdeckt hier gelegen hat, gab es ihr die Möglichkeit zu handeln, ohne unmittelbar in Erscheinung zu treten. Sie brauchte nur die inaktiven Systeme zu unterwandern und es aus seinem kybernetischen Schlaf zu wecken.«

»Imris«, sagte Pedro. »Könnten Sie mir einen Gefallen tun und aufhören, so zu reden, als würde das alles jemand anderem widerfahren, auf einem anderen Planeten?«

»Ich bitte um Verzeihung, junger Herr. Ich fürchte, das ist zu einer Art Überlebensmechanismus geworden.« Hinter ihnen ratterte etwas. Rechts vom Tor erschienen Löcher in der Wand. »Jetzt schießt es auf uns«, sagte Kwami, »aber es scheint nicht sehr gut zu zielen.«

Wieder feuerte die Maschine, dann verstummte sie. Chiku warf einen Blick zurück. Das Ding humpelte über die freie Fläche, auf der die *Gulliver* lag. Zwei seiner Gliederbeine zog es kraftlos hinter sich her. Ein Ungeheuer, das besser unter der Erde geblieben wäre. Eine Maschine wie diese hatte versucht, ihre Mutter zu töten, als die noch ein Kind war. Zumindest hatte sie aus Sunday ein Werkzeug machen wollen. Chiku erinnerte sich wieder an die Geschichte: das Ding im Loch, das im Kopf ihrer Mutter sprach und das man weggeschafft und neutralisiert hatte.

Kwami schob die herabhängenden Pflanzen beiseite. Der Weg durch das Tor war frei. Chiku und Pedro folgten ihm in den äußeren Bereich des Familiensitzes.

»Ich weiß nicht, ob diese Mauer es aufhalten wird, aber im Haus gibt es sicher Untergeschosse, in die es nicht vordringen kann.«

Chikus Knöchel schmerzte noch immer, doch vorläufig tat das Adrenalin noch seine Wirkung. Sie gingen vorbei an staubigen, vom Unkraut zerstörten Blumenbeeten und an Brunnenbecken, die seit Jahrzehnten kein Wasser mehr gesehen hatten. In der schattigen Ecke eines Schwimmbeckens verschwand eine Schlange in einem Haufen aus Blättern und Erde. Dann passierten sie die zweite Mauer und standen im Innenbereich. Weitere leere Schwimmbecken, verwahrloste Ziergärten, ausgetrocknete Teiche. »Ich glaube, wir müssen hier entlang«, sagte Chiku und führte die beiden um den linken Flügel herum. »Imris … könnte es sein, dass hier drin noch so ein Ding auf uns lauert?«

»Die Kognitionspolizei hat die militärischen Artilekte mit

großem Eifer aufgespürt und neutralisiert«, sagte Kwami. »Ich glaube nicht, dass sie Arachne viele übrig gelassen hat. Außerdem hätten wir beim Überfliegen des Hauses wahrscheinlich die Schäden gesehen, wenn eine Maschine mit Gewalt durch die Mauer gebrochen wäre.«

»Könnte sie sich vielleicht unter der Mauer durchgegraben haben?«, fragte Pedro.

Kwami überlegte kurz. »Das wäre wohl möglich.«

»Ich hätte besser nicht gefragt.«

Sie bogen um die Ecke und kamen zur Vorderseite des Anwesens. Chiku hatte noch keinen Gedanken daran verschwendet, wie sie ins Gebäude gelangen sollten, falls der Eingang versperrt wäre. Bei ihren früheren Besuchen hatten die Türen immer offen gestanden, auch wenn nur Onkel Geoffrey und ein paar Bedienstete da gewesen waren. Doch damals hatte es kaum Gründe gegeben, eine Tür abzuschließen. Einen Schritt nach dem anderen – im äußersten Notfall könnten sie vielleicht zur *Gulliver* zurücklaufen und sich Werkzeuge holen.

Die Türen waren nicht verriegelt, sondern standen nach innen einen Spalt breit offen. Ob jemand sie gewaltsam aufgebrochen hatte, war schwer zu erkennen, auf jeden Fall sah es nicht so aus, als wäre es eine große Maschine gewesen.

Sie hörten es alle gleichzeitig: ein Knirschen von Metall auf Mauerwerk. Es kam von der anderen Seite des Anwesens, wo sie hereingekommen waren.

»Es gibt nicht auf«, sagte Kwami.

»Das Anwesen dürfte nicht so völlig verlassen sein«, überlegte Chiku. »Es müsste Wachhunde geben, Roboter … selbst wenn niemand mehr hier wohnt.«

»Wenn Arachne ein Artilekt unterwandern und übernehmen kann, sollten wir vielleicht froh sein, dass sich keine Roboter innerhalb der Anlage befinden«, sagte Kwami.

Sie überschritten die Schwelle. Das Haus war gut an das hiesige Klima angepasst, drinnen war es selbst an den heißesten Tagen kühl. Chiku schob die Türen hinter ihnen zu. Für das Artilekt wären sie sicher kein Hindernis, aber sie fühlte sich besser, wenn sie geschlossen waren. Nicht sicherer, nur besser.

»Wie lange dauert es, bis Hilfe kommt?«

»In welcher Form?«, fragte Kwami mit unerschütterlicher Liebenswürdigkeit, während sie mit quietschenden Schuhen über die schwarz-weißen Marmorfliesen durch einen der Korridore gingen.

»Wo zum Teufel ist der *Mechanismus*?«, fragte Pedro. »Wir sind verletzt, wir werden angegriffen! Müsste er da nicht in irgendeiner Form eingreifen?«

»So einfach ist die Sache leider nicht, junger Herr.«

»Sie glauben, Arachne ist auch in den *Mechanismus* eingedrungen«, sagte Chiku.

»June hatte das immer befürchtet. Arachne hat den *Mech* sicher nicht völlig unter Kontrolle, sonst hätte sie uns mit einem direkten Eingriff in unser Nervensystem außer Gefecht gesetzt oder euthanasiert. Aber sie könnte durchaus über Möglichkeiten verfügen, seine Überwachungsfunktion zu blockieren und zu verwirren.«

»Wahrscheinlich hilft es auch nicht unbedingt, dass meine Familie alles getan hat, um den *Mech* vom Familiensitz fernzuhalten«, sagte Chiku verächtlich. »Wir wollten unsere kostbaren Betriebsgeheimnisse nicht vor den Augen und Ohren der ganzen Welt ausbreiten.«

Sie stiegen eine Treppe hinunter. Zum Glück war es Tag, denn nirgendwo im Gebäude brannte Licht. Nur durch die großen Fenster oben fiel etwas Helligkeit ins Untergeschoss. Chikus Augen verstärkten ihre Leistung und holten aus den verfügbaren Photonen das Letzte heraus. Als sie über eine zweite Treppe noch weiter in die Tiefe stiegen, verblassten alle Farben zu einem kränklichen Graugrün.

»Wenn Arethusa recht hatte, befindet sich in diesem Stockwerk, was wir suchen«, sagte Chiku. »Ich bin nicht oft hier unten gewesen. Wenn ich zu Besuch kam, wollte ich mit Onkel Geoffrey sprechen, und der hatte nie einen Grund, mit mir in den Keller zu gehen.«

»Das alles ist mir nicht geheuer«, klagte Pedro. »Wir sollten vor dem Ding da draußen weglaufen, anstatt uns hier drin zu verschanzen.«

»Wenn wir den Familiensitz verlassen«, erklärte Kwami geduldig, »kann das Artilekt alles zerstören, bevor irgendjemand es daran hindern kann.«

»Und was wäre daran so schlimm?«, fragte Pedro.

»Wenn das Haus in Schutt gelegt würde, hätten Sie kaum noch Chancen, das Bildmaterial von Crucible zu bergen. Ich hoffe doch, dass Sie das immer noch wollen?«

»Durchaus«, beteuerte Chiku, ohne tatsächlich davon überzeugt zu sein.

Sie öffnete einige der Türen, die von dem Korridor abgingen. In einem Raum standen an die zwanzig identische schwarze Statuen von Massaikriegern, die einzeln in Plastikfolie verpackt waren und darauf warteten, als Werbegeschenke verteilt zu werden. Ein anderer enthielt eine kleine Privatbibliothek. In einem dritten stand ein Glaskasten mit einem ausgestopften Löwen.

Sie waren an eine Kreuzung gekommen. Hier mündeten zwei andere Korridore seitlich ein – Chiku vermutete, dass der Grundriss ein Stockwerk höher der gleiche war. Für einen Moment verlor sie die Orientierung und wusste nicht, wohin. Sie hatten sich zu hastig ins Innere geflüchtet, als dass sie sich mühelos hätte zurechtfinden können.

»Welche Richtung?«, fragte Pedro.

»Hier entlang«, erklärte sie mit Entschiedenheit, schränkte aber sofort wieder ein: »Glaube ich.«

Pedro schaute in den anderen Korridor, von dem ebenfalls viele Türen abgingen. Einige standen offen, andere waren geschlossen. Es war jetzt viel düsterer, selbst mit der Lichtverstärkung hatten ihre Augen Mühe, noch etwas zu unterscheiden. »Ich glaube, ich habe da hinten etwas gesehen«, sagte er.

»Was?«

»Etwas ist von einer Tür zur anderen gehuscht. Schnell. Wie ein Schatten.« Er zögerte. »Vielleicht habe ich es mir auch nur eingebildet.«

»Das Artilekt kann nicht hier heruntergekommen sein«, sagte Chiku.

»Vielleicht gibt es andere, die nicht so groß sind.«

»Wenn eines hier wäre, wüssten wir es«, versicherte ihm Kwami. »Diejenigen, die die Säuberung überdauert haben, sind stark und gefährlich, aber die militärischen können sich nicht lautlos und auch nicht in so engen Räumen bewegen. Ich glaube nicht, dass das, was Sie gesehen haben, ein Artilekt war.«

Chiku überlegte kurz, dann sagte sie: »Ich glaube doch nicht, dass wir hier entlang müssen.« Jetzt deutete auch sie auf den Korridor, wo Pedro eine Bewegung ausgemacht hatte.

»Wir bräuchten eine Taschenlampe«, sagte Pedro. »Da fliegen wir bis zum Saturn und wieder zurück und nehmen nicht einmal eine Taschenlampe mit.«

Sie stiegen drei Stufen hinab und betraten den Korridor. Chiku stieß eine der geschlossenen Türen auf, bereit, zurückzuspringen, falls dahinter etwas lauerte. Im Halbdunkel unterschied sie weitere Statuen der gleichen Art wie vorhin. Klapperdürre Strichmännchen, mit leeren, blank polierten Ovalen anstelle von Gesichtern. Sie wollte schon weitergehen, als ihr klar wurde, dass es sich nicht um Werbegeschenke handelte. Es waren Stellvertreter, die darauf warteten, dass ein Anrufer in sie hineinchingte.

»Ob Arachne uns wohl überwältigen könnte, wenn sie auf einen davon zugriffe?«, überlegte Chiku laut.

»Einer wäre wahrscheinlich noch keine Gefahr«, sagte Kwami.

»Angenommen, es wären zwei oder gar drei …«

»Der *Mech* ist hier schwach – es dürfte ihr schwerfallen, eine Verbindung zu einem dieser Roboter herzustellen. Wir sollten weitergehen.«

Chiku schloss die Tür.

»Da war es wieder!« Pedro blieb wie angewurzelt stehen.

Chiku spürte seine Angst, als würde sie durch die Luft übertragen. Was sie auch sagte oder tat, er würde keinen Schritt weitergehen. Vielleicht hatte er ja recht.

»Bist du sicher …«, begann sie.

»Ich habe es auch gesehen«, unterbrach Kwami. »Es könnte ein Tier sein.«

»Was für ein Tier?«

»Ich habe es nur flüchtig gesehen.«

»Mit einem Tier könnte ich fertigwerden«, sagte Chiku. »Es könnte uns Angst einjagen, aber das ist auch alles. Sind Sie sicher?«

»Es war ein Tier. Irgendeine Katzenart, würde ich sagen.«

In diesem Augenblick hörte sie Krallen auf dem Boden scharren. Das Geräusch kam von hinten, nicht weit entfernt. Sie drehte sich ganz langsam um. Schnelle Atemzüge waren zu hören, dann ein leises, nachdenkliches Grollen.

»Ja, es sind Katzen«, sagte Kwami.

19

Die Augen waren das Erste, was sie sah. Zwei Augenpaare, die wie Doppelgestirne im Dunkeln schwebten. Ihr Gehirn brauchte ein bis zwei Sekunden, um die geduckten, muskulösen Gestalten zu benennen, zu denen sie gehörten.

Panther. Sie hatte keine Ahnung, woher sie das wusste, ihr Gehirn lieferte die Information ohne ihr Zutun.

»Sie können uns nichts anhaben«, erklärte sie.

»Hoffen wir«, sagte Kwami, »dass die Implantate des *Mechanismus* zur Tötungshemmung noch funktionieren.« Er schloss die Augen und formulierte eine komplexe und tödliche neurale Beschwörung. »Ich werde einen Tötungsbefehl geben.«

Er hob langsam die Hand in Richtung der Panther und subvokalisierte die Anweisung.

Chiku und Pedro folgten seinem Beispiel. Jeder Mensch wusste, wie man das machte, auch wenn kaum jemand damit rechnete, dieses Wissen jemals praktisch anwenden zu müssen. Bei einem ihrer letzten Gespräche hatte Onkel Geoffrey erzählt, wie Memphis Chibesa einst einen großen, angriffslustigen Elefantenbullen einfach dadurch getötet hatte, dass er seinen Tod wollte – das Tier war umgefallen wie ein Sack Fleisch.

Die Panther waren noch am Leben.

»Es funktioniert nicht«, erklärte Kwami überflüssigerweise. »Entweder ist der *Mech* zu schwach, oder Arachne hat die Tötungsfunktion deaktiviert, oder diese Katzen standen noch nie unter dem Einfluss des *Mech.*«

»Können sie uns töten?«, fragte Pedro.

»Wenn sie sich selbst überlassen blieben«, antwortete Kwami, »würden sie Menschen normalerweise nicht als ihre Beute betrachten. Aber sie wären dazu imstande.«

Chiku riss den Blick von den lauernden Katzen los und schaute in die andere Richtung. Wenn Pedro recht hatte – und sie neigte dazu, ihm zu glauben –, wartete dort hinten im Korridor mindestens noch eine weitere Katze.

Katzen. Was für ein cleveres Manöver, dachte sie.

»Sie sind nicht stark genug, um durch die Türen zu brechen«, sagte Chiku. »Wenn wir uns alle in einen dieser Räume flüchten und die Tür von innen blockieren …« Doch ihre Gedanken waren bereits weitergegangen, und sie sah ein, wie töricht dieser Plan hier. Solange das Artilekt da oben herumstreunte, konnten sie nicht einfach warten, bis sich die Katzen verzogen hatten.

»Wir müssen an den Tieren vorbei«, sagte Kwami. »Sie mögen nicht unter dem Einfluss des *Mech* stehen, aber das macht sie nicht zwangsläufig zu Killern.« Er hob die Arme und brüllte die Panther an, als könnte er sie damit in die Flucht schlagen.

Ohne Erfolg. Die Panther ließen sich nicht einschüchtern, stattdessen setzten sie sich in Bewegung. Seite an Seite kamen schwarze, katzenförmige Ausschnitte in der wachsenden Dämmerung die Stufen herab. Inmitten der kopfgroßen Leere leuchteten die Pupillen und glitten wie auf unsichtbaren Schienen entlang einer geodätischen Kurve maximaler katzenhafter Lautlosigkeit auf sie zu.

Chiku schluckte. Diese Tiere würden sie sicher nicht kampflos vorbeilassen. »Vielleicht finden wir in den anderen Räumen etwas, mit dem wir uns wehren können«, sagte sie. »Wir könnten in die Roboter hineinchingen oder sie als Deckung nutzen …«

Kwami hatte sich zwischen Chiku, Pedro und die Panther geschoben. Er hielt die Arme immer noch erhoben und wiederholte wieder und wieder: »Halt. Geht weg. Halt. Geht weg!«, doch die Katzen schlichen weiter auf ihn zu.

»Imris!«, mahnte Chiku. »Sie dürfen sie nicht reizen. Mecufi muss inzwischen unterwegs sein.«

Pedro packte sie am Ärmel. »Wir können ihm nicht helfen.«

Sie gingen den Korridor hinunter. Pedro schaute nach vorne, Chiku konnte den Blick von Kwami nicht losreißen. Die Katzen hatten ihn jetzt fast erreicht. Er hatte die Arme gesenkt, bis die Hände fast waagerecht vor ihm ausgestreckt waren, und murmelte immer noch vor sich hin, doch nun konnte sie die Worte nicht mehr hören. Zu ihrem Erstaunen erzielte er mit dem, was er tat oder sagte, eine gewisse Wirkung. Die Katzen rückten zwar weiter vor, drückten sich aber dabei geradezu unterwürfig an den Boden. Die beiden dunklen Gestalten waren zu einem einzigen Schatten verschmolzen, einem Klumpen Finsternis mit vier leuchtenden Augen.

Die andere Katze – falls es sie gab – hatte sich noch nicht gezeigt. Im Vorübergehen warf Chiku einen Blick durch eine offene Tür. Ein Billardtisch, an der Wand daneben ein Gestell mit hölzernen Queues. Wenn Not am Mann war, könnten sie auf diesen Tisch steigen und mit den Queues nach den Katzen schlagen. Aber sie hatte die Tür noch nicht erreicht, die ihr eigentliches Ziel war.

Sie schaute zu Kwami zurück. Die Katzen verharrten zu seinen Füßen und drückten sich so fest an den Boden, dass sie aus der Entfernung wie Pelze aussahen.

»Imris …«, rief sie.

Er drehte langsam den Kopf. »Ich glaube …«, begann er.

Die schwarzen Gestalten stürzten sich so schnell und fast lautlos auf ihn wie in einem Zaubertrick – zwei schwarze Felle, an unsichtbaren Fäden in die Luft gezogen und wie Decken über Kwami geworfen. Er fiel auf die Knie, und die Katzen umfingen ihn mit ihrer Finsternis. Chiku hörte keinen Schrei, nicht einmal ein Stöhnen. Die einzigen Laute kamen von den Katzen.

Schließlich begriff sie, dass vor ihren Augen ein Mann von zwei Panthern zerfleischt wurde.

»Komm weiter«, zischte Pedro.

»Wir müssen ihm helfen!« Chiku wollte zu Kwami zurück.

Eine Katze kreischte schrill und zischte dann wie eine Schlange. Die schwarze Decke fiel von Kwami ab und wurde wieder zu zwei Katzen. Eine lag auf dem Boden auf der Seite. Die andere kauerte fauchend vor Kwami und wusste nicht, ob sie zurückweichen oder sich abermals auf ihn stürzen sollte.

Chiku sah, dass Kwami etwas Blitzendes in der Hand hielt.

Die Katze, die noch auf den Beinen war, wich weiter zurück. Die andere war tot oder lag im Sterben. Um ihre Schwärze breitete sich eine dunkle Blutlache aus.

Kwami hatte die ganze Zeit ein Messer bei sich getragen. Die kleine blitzende Klinge war nicht viel länger als Chikus Finger. Nun fiel es ihm aus der Hand und rollte auf den Boden. Chiku hob es auf, drohte damit dem zurückweichenden Panther und zischte ihn ihrerseits an. Der Panther entfernte sich weiter. Er blutete zwischen den Vorderbeinen, war aber, soweit sie sehen konnte, nicht tödlich verletzt.

»Imris.« Sie kniete neben dem Verletzten nieder und schaute schnell zwischen ihm und der Katze hin und her. »Imris. Sprechen Sie mit mir.«

Sein Gesicht war blutüberströmt und kaum zu erkennen. Für einen Moment hielt sie ihn bereits für tot. Doch dann blitzten seine Augen im Dunkeln auf, und er konnte sogar sprechen.

»Ich bin verletzt. Die Katzen waren über mir, bevor ich mit dem Messer allzu viel ausrichten konnte.«

»Haben Sie Schmerzen?«

»Nein. Die Schmerzen habe ich ausgeschaltet. Aber ich fühle mich sehr schwach. Ich glaube, ich blute ziemlich stark.«

»Wir holen Hilfe. Ein fliegender Krankentransport kann bald ...«

»Sie vergessen, Chiku, dass wir dem *Mechanismus* nicht trauen können. Ich habe bereits subvokal medizinische Hilfe angefordert, aber keine Bestätigung erhalten, dass mein Ruf empfangen wurde.«

»Ich gehe hinaus und setze noch einen Hilferuf ab. Draußen ist der *Mech* sicher stärker ...«

»Da oben ist es immer noch viel zu gefährlich. Sie müssen jetzt an sich denken. Sie sind aus einem bestimmten Grund hierhergekommen – verlieren Sie die größere Bedrohung nicht aus den Augen.«

Sie warf einen Blick auf die zweite Katze, die sich immer noch nicht entschieden hatte, ob sie bleiben oder gehen sollte. »Ich werde Sie nicht alleine hier zurücklassen.«

»Junges Fräulein, das müssen Sie sogar. Ich bin überzeugt, dass früher oder später irgendeine Form von Aktivität erfolgen wird – man kann in der *Überwachten Welt* kein Raumschiff abschießen, ohne dass es jemand bemerkt. Doch solange der Familiensitz nicht gesichert ist, müssen Sie beide an sich denken. Gehen Sie jetzt. Wenn Sie mir mein Messer zurückgeben, werde ich tun, was ich kann, um mir die andere Katze vom Leibe zu halten.«

»Imris ...«, begann sie.

»Gehen Sie«, flüsterte er.

Sie reichte ihm das Messer. Die Katze beäugte sie. Sie wich zurück.

»Komm schon«, zischte Pedro aus der Tür des Billardzimmers.

»Das Zimmer, das wir suchen, liegt in dieser Richtung«, sagte sie.

Pedro sprang mit einem Satz zurück und riss vier Queues aus dem Gestell. Zwei reichte er Chiku. »Wenn dich die Katze angreift«, sagte er, »ziele auf die Augen. Nur den Kopf und die Augen. Alles andere kann ihr nichts anhaben.«

Sie nahm ein Queue in jede Hand und hielt sie wie zwei Skistöcke. Viel würden sie nicht helfen, dachte sie. Diese Art der Verteidigung war ein Witz. Die Katze würde den Stock mit einer Pfote beiseitefegen. Wäre es nicht doch besser, möglichst hart zuzuschlagen, um sie zu Tode zu prügeln? Seltsam, wie die zahllosen Rätsel ihres Lebens auf eine einzige Frage zusammengeschrumpft waren: Wie ermordete man eine Katze mit einem Stück Holz?

Weiter vorne im Korridor, da, wo sie hinwollten, blitzte etwas auf, und ein Schrei war zu hören. *Kein Panthergebrüll*, dachte Chiku und blinzelte in das grelle Licht. Als Nachbild sah sie, eingerahmt im dunklen Korridor, eine Gestalt, zu dünn für einen Menschen. Sie hielt etwas in den Händen, das aussah wie ein Stock.

»Hierher«, sagte die Gestalt. »Schnell.«

Der Knall schlug den Panther, der immer noch vor Kwami kauerte, endgültig in die Flucht. Es krachte und blitzte noch einmal. Nun konnte Chiku das Strichmännchen besser sehen. Es war ein Stellvertreter wie jene, die sie in den Zimmern gefunden hatten. Der Stock war eine plumpe Waffe aus Holz und Metall mit eingravierten Mustern.

»Schnell«, drängte die Gestalt abermals.

Chiku erkannte die Stimme. »Lin – sind Sie das?«

»Hier entlang. Los!«

Der Stellvertreter öffnete eine der Türen. Der Bereich dahinter lag in einem rötlichen Licht – die erste künstliche Beleuchtung, seit Chiku das Gebäude betreten hatte. Das musste der Raum sein, nach dem sie suchte.

»Wo waren Sie so lange?«, fragte Chiku atemlos, während sie und Pedro dem Licht zustrebten.

»Nur mit Mühe konnte ich genug von meiner Persönlichkeit durch die verschiedenen Irrgänge und Scheinwände zwängen, die sie im *Mechanismus* eingebaut hat. Dieser Stellvertreter läuft autonom – Arachne würde auch ohne die Zeitverzögerung verhindern, dass ich ihn direkt steuere. Ich möchte jedoch nur ungern preisgeben, wo ich mich tatsächlich befinde, also lassen Sie uns alles Weitere auf später verschieben.«

Der Stellvertreter drängte sie in den roten Raum und schloss die Tür hinter ihnen. Dann legte er die Waffe ab. Jetzt erkannte Chiku, dass es ein antikes Gewehr war. »Elefantenbüchse«, erklärte die Gestalt. »Ich habe sie geladen und feuerbereit in einem dieser Zimmer gefunden. Ein grober Verstoß gegen alle Gesetze der Zivilisation, die den Besitz von Feuerwaffen verbieten, aber ihr Akinyas hattet ja schon immer eine Vorliebe für blutige Sportarten.«

»Imris ist verletzt.« Chiku war so außer Atem, dass sie die Worte kaum herausbrachte.

»Ich habe es gesehen und werde bei nächster Gelegenheit versuchen, medizinische Hilfe zu rufen oder, falls das nicht möglich ist, selbst für ihn zu tun, was ich kann.«

»Warten Sie.« Pedro blinzelte sich den Schweiß aus den Augen. »Ich begreife es immer noch nicht. Wieso sind Sie hier? Warum sind Sie nicht gleich mitgekommen, wenn Sie uns helfen wollten?«

Etwas kratzte an der Tür. Der Stellvertreter behielt die Klinke fest in der Hand. »Sagen wir, ich wollte meine Beteiligung auf ein Minimum beschränken, schließlich hatte ich so viel Zeit und Energie aufgewendet, um Arachnes Aufmerksamkeit zu entgehen. Dennoch war ich neugierig, was Sie hier finden würden. Außerdem befürchtete ich, Sie könnten in Schwierigkeiten geraten.«

»Sind wir hier richtig?«, fragte Chiku.

»Ja. Die Tür hinter Ihnen führt in einen anderen Raum. An der Wand ist bereits eine vorläufige Integration der kompletten Crucible-Datensätze zu sehen. In Ihrer Gegenwart wird sie die maximale Auflösung erreichen.«

»Wie kommen wir hier wieder raus?«, fragte Chiku.

»Überlassen Sie das mir.«

Ihr blieb keine andere Wahl. Sie ging durch die Verbindungstür in einen etwas größeren, fensterlosen unterirdischen Raum. Der Stellvertreter blieb zurück und sicherte den Ausgang.

Auf einer ganzen Wand war ein Bild von Crucible zu sehen, so scharf und wirklichkeitsgetreu, dass sie das Gefühl hatte, in einem Raum mit nur drei Wänden zu stehen und durch die fehlende vierte ins All zu schauen. Die ungewohnte Helligkeit tat ihr in den Augen weh. Das Bild war ihr inzwischen vertraut, die erdähnlichen Farben und Konturen der Welt selbst wie auch das fremde Mandala-Konstrukt, das den Eindruck störte – und ihr, nachdem sie es tausend Mal betrachtet hatte, gar nicht mehr so fremd erschien. Die zyklonischen und antizyklonischen Wolkenwirbel, bei denen die Gesetze der Chemie und Physik – Corioliskräfte, Tripelpunkte, Zeit und Gezeiten –, die von hier bis zum Rand des Universums Gültigkeit hatten, der Natur die Hand führten.

Erst jetzt bemerkte sie, dass Pedro neben ihr stand.

Er schwieg zunächst, dann fragte er: »Was sind das für Gebilde rings um Crucible?«

»Ich weiß es nicht. In den frisierten Daten war im Umkreis des Planeten nichts zu sehen. Arethusa hat ... Bereiche, Volumina bemerkt, wo etwas aus dem Datenstrom entfernt wurde. Das ist es wohl, was Arachne tatsächlich verbergen wollte.«

»Sie sind im Orbit.«

»Ja – jedenfalls schweben sie im All um den Planeten. Ich glaube, wir sollten im Moment nicht allzu viel voraussetzen. Wir brauchen das alles nicht zu verstehen, wir müssen nur dafür sorgen, dass die richtigen Leute davon erfahren.«

»Und die richtigen Leute ... damit bist du gemeint ... beziehungsweise Chiku Grün.«

»Sieht ganz danach aus«, sagte sie, mit einem Mal von einem trostlosen Fatalismus erfasst. »Ich hatte meine Zweifel, aber jetzt bin ich mir vollkommen sicher. Dieses Wissen darf nicht an die Öffentlichkeit. Noch nicht. Weder hier noch auf den Holoschiffen. Es ist zu viel. Es würde uns zerreißen.«

»Diese Gebilde sind riesig. Nein, das ist nicht das richtige Wort. Riesig sind die Holoschiffe. Diese Dinger sind wie Teile eines Planeten. Der Durchmesser muss Hunderte, wenn nicht Tausende von Kilometern betragen.«

»Mindestens.«

»Und sie wurden ganz bestimmt nicht von den Versorgern geschaffen?«

Chiku nickte. »Sie waren schon da, als Crucible erstmals entdeckt wurde. Und bei dieser Entdeckung muss Arachne etwas aufgefallen sein, das sie – es – bewog, diese Kolosse, nicht aber Mandala zu verstecken. Sie verheimlichte eine Alien-Intelligenz, nicht aber eine zweite.«

»Dafür muss sie einen Grund gehabt haben.«

»Sagen Sie mir, was Sie sehen«, ertönte Lin Weis Stimme aus dem Nebenraum.

»Dinge, Konstrukte in einer Umlaufbahn um Crucible. Sie

sind riesig und sehr dunkel – sie sind nur auf der Tagseite zu unterscheiden. Von der Form her gleichen sie Tannenzapfen, das schmale Ende ist auf die Oberfläche gerichtet.«

»Wie viele?«

»Nach diesem einen Bild ist das schwer zu sagen. Zwanzig, vielleicht auch mehr. Nach meiner Schätzung kreisen sie ein paar Tausend Kilometer über dem Planeten. Und sie sind groß – von einem Ende zum anderen sicher mehrere Hundert Kilometer lang. Womöglich bis zu tausend. Und sie sind auf keinen Fall natürlich entstanden. Diese Tannenzapfenform – sehr geometrisch, sehr gleichmäßig. Zwischen den überlappenden Teilen sind Lichter zu sehen. Doch überwiegend sind sie einfach dunkel. Vermutlich sind es Schiffe oder Raumstationen … die sich um Crucible gesammelt haben … so wie es bei der Ankunft auch für die Holoschiffe vorgesehen ist.«

»Sehen Sie irgendeine konkrete oder symbolische Verbindung zwischen den Gebilden im Orbit – wir nehmen einmal an, dass sie sich in einer Umlaufbahn befinden – und der Mandala-Konstruktion?«

Chiku überlegte. »Nein … zumindest keine offensichtliche. Wobei ich in solchen Dingen kein Fachmann bin.« Doch dann sagte sie: »Moment mal.«

»Ja?«

»Das Bild bewegt sich – das hatte ich bisher nicht erkannt. Der Blickwinkel verändert sich ganz langsam.«

»Es kann keine Echtzeitaufnahme sein – dafür reicht die Bandbreite nicht aus, erst recht nicht, nachdem Arachne die Daten frisiert hat. Wahrscheinlich handelt es sich um eine phasengemittelte Summation, die über viele orbitale und saisonale Zyklen zusammengestellt wurde.«

»Unser Beobachtungsort über Mandala scheint fest zu sein – nur die Objekte bewegen sich. Wir befinden uns in derselben

Bahnebene wie sie. Eines der Gebilde gleitet soeben unter mir vorbei. Ich sehe sein stumpfes Ende, das ins All gerichtet ist. Die überlappenden Platten fangen hinten an und setzen sich bis zum spitzen Ende fort. Das Ding sieht aus, als wäre es teils künstlich geschaffen und teils natürlich gewachsen. Menschen wären dazu keinesfalls imstande – weder heute noch in vielen Hundert Jahren. Unsere Holoschiffe sind Felsbrocken, die wir zu Schiffen umgebaut haben. Diese Objekte sind wahre Kolosse. In der Mitte des stumpfen Endes befindet sich etwas, das wie eine Triebwerksdüse aussieht – wobei ich nicht glaube, dass es das ist. Ich schaue jetzt daran entlang. Dahinter leuchtet ein sehr helles Licht – das war bisher gar nicht zu sehen. Wirklich sehr hell – es ist blau … ich glaube nicht, dass es ein Triebwerk ist, schließlich befinden sich die Objekte bereits in der Umlaufbahn.«

»Wir werden es weiter analysieren. Wenn ich etwas zu berichten habe, werden Sie es als Erste erfahren.«

»Sie sagten, es gibt einen Weg nach draußen.«

»Gehen Sie zur rechten Wand. Sie ist unterteilt – wenn Sie auf das Paneel in der Mitte drücken, müsste es aufspringen. Dahinter befindet sich ein Treppenschacht. Wenn Sie die Treppe hinuntersteigen, schließt sich die Wand hinter Ihnen. Alles Übrige können Sie selbst herausfinden.«

Chiku befolgte Lins Anweisungen. Die Wand sprang wie versprochen auf, dennoch blieb sie verwirrt und ängstlich. Rotes Licht empfing sie, Metallstufen führten in die Tiefe.

»Da hinunter?«

»Da hinunter. Beeilen Sie sich.«

Chiku und Pedro stiegen hinab. Die spartanische Treppe klirrte und schepperte, als sei sie hastig zusammengeschraubt worden. »Danke, Lin«, rief Chiku noch, dann glitt die Wand wieder zu, und sie waren allein in dem rötlich erleuchteten Schacht.

Die Treppe führte durch einen langen senkrechten Gang, der in massives Grundgestein gebohrt war. Nach jeweils fünfzig Stufen erreichten sie einen kleinen Absatz, die Treppe wechselte die Richtung, und es ging weiter in die Tiefe.

»Was mag sich da unten befinden?«, überlegte Pedro.

»Meine Familie hat eine Anlage gebaut, die sie die ›Rohrpost‹ nannte. Im Grunde ist es ein riesiger Tunnel, der unter dem Familiensitz bis zum Kilimandscharo und im Inneren des Berges nach oben führt. Man hat durch ihn Dinge ins All geschossen.«

»Verstehe.« Die mangelnde Begeisterung in seiner Stimme spiegelte ihre eigenen Befürchtungen genau wider. »Du sagst, man hat ›Dinge ins All geschossen‹ …«

»Im Notfall könnte man wohl auch Menschen damit transportieren.«

»Vielleicht wollte Lin nur, dass wir den Tunnel selbst als Fluchtweg benützen.«

»In diesem Fall bräuchten wir Marschproviant für etwa fünf Tage. Und Raumanzüge.«

Chiku schätzte, dass sie gut hundert Meter abgestiegen waren, als sie das Ende der Treppe erreichten. Sie befanden sich in den kühlen, dunklen Tiefen des afrikanischen Felsbodens, die Hitze und Helligkeit des Tages waren nur noch Erinnerung. Die Treppe hatte sie in einen großen Raum geführt, der von Wand zu Wand von einer Metallröhre durchquert wurde.

Chiku erklärte, dass die Rohrpost nicht hier innerhalb des Familienansitzes anfing, sondern Hunderte von Kilometern weiter östlich, in einer wahrscheinlich längst eingemotteten Umschlagstation, die ebenfalls den Akinya gehörte. Dort wurden Fracht und Passagiere – in erster Linie Fracht – in die kapselähnlichen Behälter der Rohrpost geladen, um dann ins All katapultiert zu werden.

Zu Chikus Überraschung hatten Eunice oder vielleicht auch ihre Kinder tatsächlich Vorkehrungen getroffen, um eine schnelle Flucht zu ermöglichen. Neben dem horizontalen Schacht der Rohrpost stand ein schweres Greifersystem mit drei Kapseln – runde Kugeln, die kaum größer waren als eine Kälteschlaftruhe. Die Röhre selbst hatte an einer Stelle eine Ausbuchtung mit einer Art Ventil oder Luftschleuse, wie Chiku vermutete. Die Türklappe schien die richtige Größe für eine der Kapseln zu haben.

»Das ist Wahnsinn«, stöhnte Pedro. »Wann wurde eines von diesen Dingern zum letzten Mal benutzt?«

»Energie ist vorhanden. Kein Grund, warum die Anlage nicht funktionieren könnte, nur weil sie lange nicht in Betrieb war.« Chiku kletterte auf einen kleinen Laufsteg, der sie auf gleiche Höhe mit den Kapseln brachte, und spähte in den Behälter, der der Rohrpost am nächsten war. Das Innere war dick gepolstert. Sie hatte bald herausgefunden, wo die Füße und wo der Kopf hingehörten.

»Sie ist nur für einen groß genug.« Pedro war neben ihr auf die Plattform gestiegen.

»Sieht so aus – aber es gibt drei Kapseln.«

»Hast du irgendeine Vorstellung, wie man mit den Dingern umgeht?«

»Ich kann nur hoffen, dass sie selbsttätig arbeiten.« Sie stemmte die Hände in die Hüften und atmete tief ein. »Schön – wie wollen wir vorgehen? Strohhalme ziehen?«

»Weil das auf der Venus so gut geklappt hat? Nein, keine Strohhalme.«

»Einverstanden.«

»Einerseits hast du wichtigere Dinge in deinem Kopf als ich, deshalb solltest du vorangehen. Andererseits ist das System nicht erprobt, das spräche dafür, dass ich den Anfang mache.«

»Und während wir darüber diskutieren, hat das Artilekt womöglich Zeit, das Haus einzureißen und uns den Strom abzustellen. Ich nehme die erste Kapsel. Alles Weitere ist Improvisation.«

»Diese Dinger fliegen in den Orbit, richtig?«

»Ja, wir können also nur hoffen, dass Mecufi da oben ist und sich bereithält, um uns zu retten. Sicher überwacht er uns inzwischen und weiß, dass wir in Schwierigkeiten sind.«

Pedro küsste sie. »Steig ein. Es wird alles gut. Ich komme gleich nach.«

»Wir sehen uns auf der anderen Seite.«

»Sicher.« Er küsste sie noch einmal, dann schob er sie sanft in die Kapsel. Sobald sich der Deckel schloss, wurde der ohnehin enge Innenraum noch enger, denn die Polsterung spürte, dass jemand eingestiegen war, und passte sich genau der Körperform an, sodass eine Chiku-förmige Gussform entstand. Als alles um sie herumgeflossen war, konnte sie sich kaum noch bewegen. Ihr Gesicht blieb jedoch frei, und vor sich hatte sie eine kleine Tafel mit Leuchtschrift und Statusdiagrammen, die sich rasch aktualisierten.

Eine weiche Frauenstimme meldete auf Suaheli: *»Funktionsprüfung abgeschlossen. Vakuumintegrität bestätigt. Angepeilter Luftraum frei. Alle magnetischen und optischen Systeme im Nominalbereich. Abschussbereitschaft aktiviert. Erwarte Startbefehl.«*

»Schieß mich ab«, sagte Chiku.

»Abschusssequenz initiiert. Bitte bereithalten für Einschuss in Induktionsröhre.«

Dank der Polsterung spürte sie kaum, wie die Kapsel von der Seite in die Ventil/Luftschleuse-Öffnung eingeführt wurde. Es fühlte sich an, als würde sie wie ein Mantelgeschoss in ein Gewehr geladen.

»Rückführung beginnt. Rückführung endet in neunzig Sekunden und kann jederzeit übersteuert werden. Maximale Beschleunigung bei Rückführung: fünf Ge. Maximale Vorwärtsbeschleunigung beim Abschuss: zehn Ge Dauer, zweihundert Ge kurzfristig.«

Sie verstand – zumindest glaubte sie es. Sie wurde zum Anfang der Rohrpost zurückgefahren, damit die Kapsel ihre Geschwindigkeit über die volle Länge der Röhre aufbauen konnte. Auf dem Display, das vor ihrem Gesicht schwebte, kletterte eine grüne Zahl bis fünf Ge und blieb dann stehen. Dank der Schutzpolsterung war die Beschleunigung leicht zu ertragen.

Aber neunzig Sekunden war eine höllisch lange Zeit. Sie dachte an Pedro, der allein hinter ihr wartete. Vermutlich würde das System seine Kapsel erst in die Rohrpost einschleusen, wenn die ihre bereits abgeschossen und auf dem Weg in den Orbit war. Ihrer Ansicht nach kostete die Rückführung zu viel Zeit, die Kapsel brauchte nicht die ganze Strecke, um auf Abschussgeschwindigkeit zu kommen.

»Übersteuerung. Rückführung abbrechen.«

»Abschusssequenz fortsetzen?«

»Ja.« Ihre Stimme war trocken, kaum verständlich. »Ja. Nur zu.«

»Bremse ab. Alle Sicherheitshöchstgrenzen aufgehoben. Vorwärtsbeschleunigung wird empfohlene physiologische Toleranzen überschreiten. Abschuss kann bis Alpha-Schwelle abgebrochen werden. Maximalinduktion in fünf Sekunden. Vier … drei …«

Sie schloss die Augen, als ob sie damit etwas ändern könnte.

Etwas krachte wie ein monströser Metallkolben gegen die Rückseite der Kapsel und schleuderte sie vorwärts. Chiku dachte erschrocken, dass nichts im ganzen Universum so viel Kraft aufwenden oder ertragen könnte.

Irgendwie blieb sie bei Bewusstsein. Verschwommen und wie durch einen Tunnel sah sie die Beschleunigungswerte auf zehn … elf … zwölf steigen und sich schließlich bei etwa dreizehn Ge einpendeln. Dabei war dies noch der sanftere Teil der Fahrt. Weiter vorne machte die Induktionsröhre eine Biegung und bohrte sich durch das Innere des Kilimandscharo. Sie hatte gehört, dass dies der harte Teil war – wenn die Kapsel um die Biegung schoss, erreichte sie für einen kurzen Moment mehrere Hundert Ge.

»Alpha-Schwelle in zwanzig Sekunden. Nach Alpha-Schwelle Abbruch nicht mehr möglich … Alpha-Schwelle in zehn Sekunden … Alpha-Schwelle überschritten. Abbruch nicht mehr möglich. Abschusssequenz wird im Nominalbereich fortgesetzt. Bereitmachen für kurzfristige Belastung.«

Ihre Vorbereitung, wenn man es so ausdrücken konnte, bestand darin, dass sie sich bemühte, den Kopf frei zu bekommen. Während der Richtungsänderung würde sie das Bewusstsein verlieren, das Blut würde aus ihrem Gehirn herausgedrückt wie Wasser aus einem Schwamm. Alles Denken würde unterbrochen, bis die Kapsel abbremste und das Blut wieder zurückströmte. Dann würde sie für die Dauer eines Lidschlags durch den Kilimandscharo nach oben rasen, die um den Gipfel stationierten Startlaser würden den Rest der Fluchtgeschwindigkeit liefern und sie in die dünnen Schichten der oberen Atmosphäre schießen.

Sie spürte, wie ihr die Sinne schwanden, und fragte sich noch, wie viel von ihren Erinnerungen ihr wohl blieben, wenn alles vorüber war.

20

Stürzen. Sie war einmal im Traum hoch über der ölig grauen See aus der Takelage einer großen schwankenden Galeone gestürzt. Nun fiel sie in wachem Zustand, so schwerelos wie ein Mondstrahl. Sie fühlte sich warm und selig und auf ewig sicher in diesem nicht enden wollenden Sturz. Er sollte immer weitergehen, ein Traum, in dem sie nie geboren wurde.

Doch dann störte eine schrille Stimme ihre Mutterschoßruhe. *Achtung! Einschuss in die Umlaufbahn fehlgeschlagen. Wiedereintritt in die Atmosphäre wird eingeleitet.*«

Sie zwang sich, halbwegs wach zu werden. *Wo bin ich? Was ist geschehen?* Zunächst war ihr Kopf erschreckend leer, doch dann kehrten die Bilder zurück. Der Familiensitz. Ein Albtraum voller Katzen und Finsternis. Rote Stufen und eine Art Sarg. Sie war hineingestiegen und hatte Pedro bei den Katzen zurückgelassen.

Dann war etwas schiefgegangen.

Die Laser-Pusher hätten sie über die restliche Distanz in den Orbit schießen müssen, die Lichtfinger sollten sie vom Schnee auf dem Gipfel des Kilimandscharo emporheben wie ein Geschenk der Erde an den Himmel. Aber sie hatten versagt. Nun stürzte sie nach Hause zurück, eine Gefangene der Ballistik, auf einer mathematischen Parabel. Das konnte nur auf eine Weise enden.

Sie fühlte sich nicht mehr ganz so schwerelos.

»*Atmosphärisches Interface entdeckt. Übergang zum Wiedereintritt der stumpfen Kapsel. Zu erwartende Belastung im Bereich von vier bis vier Komma fünf Ge. Reibungswerte bei Nominaltemperatur. Projizierter Aufschlagort: Indischer Ozean, siebenundfünfzig Komma fünf Grad Ost, eins Komma fünfzehn Grad Nord, Fehlerellipse null Komma fünf Grad. Politischer Zuständigkeitsbereich: Hoheitsgewässer der Vereinigten Wasser-Nationen. Aufsetzen in acht Minuten erwartet. Fliegender Krankentransport und Luft/See-Rettungsdienste benachrichtigt. Bitte bewahren Sie Ruhe.*«

»Chiku?«

Ihr überfordertes Gehirn registrierte eine neue Stimme. »Ja«, brachte sie mit schwerer Zunge heraus.

»Hier spricht Mecufi. Ich bin auf einer der Seesiedlungen. Wir haben Ihre Kapsel angepeilt und eine Kommunikationsverbindung eröffnet, die ich für zuverlässig halte. Sie stürzen derzeit auf die Erde zurück.«

»Ich weiß.«

»Offenbar kam es zu einem kurzen Ausfall der Abschusseinrichtung – einer der Laser war falsch ausgerichtet. In Anbetracht meines jüngsten Gesprächs mit Arethusa lässt sich technische Sabotage nicht ausschließen.«

Sie wollte nicken, aber die Kapsel hatte sie immer noch fest im Griff. »Das könnte sein«, bestätigte sie. Im Geiste sah sie Arachne in das Steuersystem der Laser-Pusher eindringen oder einen Wartungsroboter übernehmen, der dann die Anlage mit physischer Gewalt beschädigte. »Mecufi, hören Sie genau zu. Sie müssen auch jemanden zum Familiensitz schicken – Imris Kwami ist schwer verletzt. Und wenn Sie schon dabei sind, können Sie Pedro sagen, er soll bleiben, wo er ist? Ich möchte nicht, dass er in dieser Kiste Kopf und Kragen riskiert.«

»Mister Braga ist nicht bei Ihnen?«

»Nein – diese Kapseln bieten nur für jeweils eine Person Platz. Ich stieg zuerst ein.«

»Ich verstehe.«

»Mecufi?«

»Ja.«

»Was verschweigen Sie mir?«

»Wir registrieren ... seismische Aktivität und schließen daraus, dass die Rohrpostanlage in Betrieb ist.«

»Sie müssen ihn aufhalten – sagen Sie ihm, er soll den Start abbrechen.«

»Das geht nicht, Chiku. Sie mussten erst oberhalb der Atmosphäre im All sein, bevor wir mit Ihnen sprechen konnten. Die Laser erzeugen ein Plasma, das alle Kommunikationsverbindungen stört ...«

»Mecufi, das ist mir scheißegal. Finden Sie einen Weg, ihn aufzuhalten.«

»Es tut mir leid, Chiku, aber wir können die Anlage nicht so ohne Weiteres abschalten. Das müssten Sie selbst am besten wissen – Ihre Familie hat das Ding gebaut.«

Sie fühlte sich von Angst und Hilflosigkeit überwältigt. »Sie müssen ihm helfen.«

»Wir tun, was wir können, aber im Moment haben Sie Vorrang. Ihr Eintrittsvektor sieht ganz annehmbar aus. Wie fühlen Sie sich?«

»Einfach großartig!«

Tatsächlich konnte sie im Moment über ihr körperliches Befinden nicht klagen. Verglichen mit dem, was sie bereits ertragen hatte, war die Schwerkraftbelastung zu vernachlässigen. In der Kapsel wurde es allmählich wärmer, aber es würde noch eine Weile dauern, bis es unangenehm wurde. Gelegentlich wurde sie von heftigen Turbulenzen durchgeschüttelt, doch auch das war auszuhalten.

»Wir haben Pedro«, verkündete Mecufi plötzlich.

»Sie haben ihn schon erreicht?«

»Nein – aber wir haben ihn im Blick. Er befindet sich über dem Gipfel und steigt steiler auf als Sie. Die Laser schieben die Kapsel noch immer … ich denke, er wird die Umlaufbahn ohne Zwischenfälle erreichen.«

»Sie *denken*?«

»Wir brauchen etwas Zeit, um den projizierten Kurs zu berechnen. Bei Ihnen war von Anfang deutlich zu erkennen, dass der Start fehlerhaft war. Oje, *das* sieht nicht gut aus.«

»Was ist denn jetzt schon wieder?« Sie gab sich keine Mühe, ihre Gereiztheit zu verbergen.

»Die Stelle, an der Sie voraussichtlich auftreffen, liegt sehr nahe an einem Bauprojekt der Versorger.«

»Ich dachte, ich komme mitten auf dem Ozean herunter.«

»Das ist richtig, aber die Versorger sind überall. Die abtrünnigen Seesiedlungen, die Selbstständigen mit ihren albernen Allianzen. Es könnte Zufall sein, aber … vielleicht doch eher nicht.«

»Verdammt, Mecufi, was ist los?«

»Die Versorger verlassen ihre Arbeitsstellen – sie wurden dahin beordert, wo Sie wassern werden.«

»Mecufi, hören Sie zu. Ich weiß nicht, was Arethusa Ihnen gesagt hat, aber die Versorger dürfen mich auf keinen Fall erreichen.«

»Sie aufzuhalten könnte … problematisch sein. Unsere eigenen Tiefseemaschinen sind auf dem Weg zu Ihrem Wasserungsbereich, ob sie allerdings vor den Versorgern bei Ihnen eintreffen, ist fraglich.«

»Sorgen Sie dafür, dass sie es schaffen.« Sie schloss die Augen und ergab sich in ihr Schicksal.

Danach konnte sie nur noch fallen. Die Atmosphäre wurde dichter, und die Kapsel bremste allmählich auf Endgeschwindigkeit ab. Die Temperatur war nicht mehr gestiegen, und die beruhigende Computerstimme versicherte ihr, bald würden Fallschirme ausgefahren werden, um den Sturz weiter zu verlangsamen. Sie schickte ein stummes Dankgebet an die Erbauer der Rohrpost, die auch die Möglichkeit eines Fehlstarts in Betracht gezogen und Notmaßnahmen vorgesehen hatten.

Das Ausfahren der Bremsfallschirme konnte sie spüren – es ruckte ein paar Mal hintereinander, als sie sich entfalteten. Uralte Technologie, aber dennoch ein sauberer und zuverlässiger Mechanismus. Wenige Minuten später spürte sie einen heftigeren Schlag. Die Kapsel schlug auf dem Wasser auf und versank. Als sie wieder auftauchte und auf den Wellen schaukelte, ging es eine Weile auf und ab. Durch irgendeinen Automatismus wurde ein großer Bereich der Außenhülle durchsichtig. Chiku lag auf dem Rücken, und mit jeder Welle schwappte Wasser über ihr Blickfeld.

»*Bitte warten Sie auf Rettung*«, verlangte die Stimme, als ob es eine andere Möglichkeit gegeben hätte. »*Kapselintegrität im optimalen Bereich. Alle Lebenserhaltungssysteme funktionieren normal. Auf Anforderung kann ein Beruhigungsmittel verabreicht werden.*«

Zu wissen, dass die Tiefseemaschinen auf dem Weg zu ihr waren, hätte normalerweise genügt, um sie zu beruhigen. Die Aussicht auf ein paar Stunden in diesem schwankenden gläsernen Rettungsboot war zwar nicht verlockend, aber doch deutlich besser, als zu ertrinken. Mit einiger Anstrengung konnte sie sich sogar vorstellen, dass sie ihre Lage unter besseren Bedingungen positiver beurteilt hätte. Objektiv betrachtet, war es ein schöner Tag, um auf dem Meer zu sein. Das Wasser war von einem satten Jadegrün, und über ihr spannte sich ein wolkenloser Himmel. Weder Schiffe noch Boote waren in Sicht, aber die Kapsel lag so tief im Wasser, dass dennoch Wasserfahrzeuge in der Nähe sein konnten. Sie rief sich die bunten Fischerboote in Erinnerung, die sie auf dem Flug von Lissabon gesehen hatte, und sah sich im Geiste von lachenden Fischern aus dem Wasser gezogen und mit wilden Geschichten und starkem Kaffee in Empfang genommen.

»Wie ich sehe, sind Sie in Sicherheit.« Mecufis Stimme riss sie aus ihrem Tagtraum. »Die Versorger sind auf dem Vormarsch, aber unsere Maschinen müssten Sie als Erste erreichen. Sie befinden sich in den Hoheitsgewässern der VWN, damit sollten die Entscheidungsbefugnisse klar sein. Geht es Ihnen gut?«

»Es ist auszuhalten. Gibt es etwas Neues von Pedro?«

»Ja …« Der Meermann schwieg eine Weile. »Es sieht allerdings nicht so gut aus, wie wir gehofft hatten.«

»Woran liegt es?« Die Angst krampfte ihr den Magen zusammen. »Ist Pedro nicht in die Umlaufbahn gelangt?«

»Die Flugbahn sah zunächst gut aus, und sein Bogen war viel steiler als der Ihre, aber die Laser funktionieren immer noch nicht richtig.«

»Ein Wiedereintritt ist doch immer noch möglich? Er kommt eben anderswo herunter, nicht wahr?«

»Es gibt da eine … Schwierigkeit. Pedros Kapsel fliegt immer noch ballistisch in den allerhöchsten Atmosphäreschichten. Bald wird er jedoch einem unserer Vakuumschlote gefährlich nahe kommen und …«

Sie unterbrach ihn. »Wird er dagegenprallen?«

»Er wird höchstwahrscheinlich knapp vorbeifliegen und tiefer in die Atmosphäre eintauchen, doch leider wird der Schlot eine mögliche Kollision nicht tolerieren.«

»Was soll das heißen?«

»Der Schlot ist mit Selbstverteidigungsprotokollen ausgestattet. Wir versuchen, sie zu übersteuern, aber es könnte sein, dass uns das nicht gelingt.«

Sie hörte die Worte und wusste auch, was sie bedeuteten, doch ihre volle Tragweite vermochte ihr Verstand nicht zu erfassen. »Mecufi, Sie müssen das verhindern.«

»Ich versichere Ihnen, Chiku, wir tun alles, was in unserer Macht steht.«

»Kann ich mit ihm sprechen?«

»Ja, aber denken Sie daran, Pedro weiß nicht, in welcher Gefahr er schwebt. Da er die Information nicht zu seinem Vorteil verwerten kann, wäre es vielleicht gnädiger, ihn …«

»Ich möchte mit ihm sprechen. Jetzt sofort.«

»Sind Sie sicher, Chiku?«

Im Auf und Ab des Wellengangs war sie sich über nichts mehr sicher, und schon gar nicht darüber, wie sie sich am besten verhalten sollte. Was würde sie im umgekehrten Fall wollen? Sich in falscher Sicherheit wiegen? Oder die bittere Wahrheit erfahren und ein paar Momente Zeit haben, um sich zu fassen? Vielleicht auch mit Medikamenten den Schmerz verdrängen und Glücksgefühle, einen kleinen Vorgeschmack auf das Paradies, heraufbeschwören?

»Lassen Sie mich mit Pedro sprechen.«

»Ich stelle die Verbindung her. Sie haben ein paar Minuten Zeit, bevor er in die Sicherheitszone eintritt. Wir bemühen uns weiter.«

Sie konnte Mecufi Vorwürfe machen, aber das wäre sinnlos. Sinn und Zweck einer Sicherheitszone war es, die vielen auf

Kosten der wenigen zu schützen. Eine grausame Rechnung, aber nur so konnte die Welt funktionieren.

»Chiku?« Pedros Stimme drang in ihre Kapsel.

»Ja.« Sie schluckte krampfhaft. »Ich bin es. Ich bin unten und schwimme im Wasser. Man sagt mir, Hilfe sei unterwegs.«

»Hoffentlich auch die richtige. Das war übrigens ein wahrer Höllenritt. Irgendwann sollten wir das noch einmal machen!«

»Ja, das sollten wir.« Sie musste sich auf die Zunge beißen, denn alles, was sie ihm sagen wollte, hörte sich falsch an.

»Ich habe mit deinem Freund gesprochen – Mecufi heißt er, nicht wahr? Er hat mir erklärt, ich hätte die Umlaufbahn fast erreicht, es aber nicht ganz geschafft. Wahrscheinlich werde ich nicht in deiner Nähe runterkommen.«

»Sie werden dich finden«, sagte sie.

»Natürlich. Darüber mache ich mir keine Sorgen, ich bin nur erleichtert, aus diesem Gebäude raus zu sein. Aber Imris geht mir nicht aus dem Kopf. Ich hoffe nur, er kommt heil aus der Sache heraus.«

»Wir haben getan, was wir konnten. Imris wollte, dass wir fliehen. Und er wäre froh, wenn er wüsste, dass wir gesehen haben, was June, Eunice und Arethusa uns zeigen wollten.«

»Das Wissen ist in deinem Kopf – nun geht es nur noch darum, dass du gerettet wirst.«

Hinter seinen Worten stand keine Absicht, aber sie trafen sie mitten ins Herz. Als ob er tief drinnen wüsste, in welcher Lage er war.

»Mecufi wird mich zu den Seesiedlungen bringen. Dort bin ich in Sicherheit, und man hat auch die Mittel, um auf meine Erinnerungen zuzugreifen. Es könnte eine Weile dauern, bis wir uns wiedersehen, das hängt davon ab, wo du landest.«

»Sie wird dich nicht in Ruhe lassen. Du wirst nie vor ihr sicher sein.«

»Auch du nicht.«

»Aber auf dich hat sie es vor allem abgesehen. Ich glaube nicht, dass wir in Lissabon bleiben können – dort hat sie zu viele Möglichkeiten, an uns heranzukommen, wenn sie das weiterhin will.«

»Vielleicht verliert sie das Interesse an uns.« Doch Chiku ahnte, dass das niemals der Fall sein würde, auch nicht, nachdem sie ihre Erinnerungen an die *Sansibar* übermittelt hätte. Arachne konnte sie mit all diesen Geheimnissen im Kopf nicht frei herumlaufen lassen. »Aber du hast recht – wir könnten weiterziehen. Warum werden wir nicht Meerleute? Schließen uns den Wasserbewohnern an! Es müsste ja nicht für den Rest unseres Lebens sein – wir machen einfach Urlaub vom Menschsein.«

»Chiku, stimmt etwas nicht?«

»Nein«, antwortete sie eine Spur zu hastig. »Alles ist gut. Ich meine, so gut wie es sein kann, nach allem, was wir eben hinter uns haben.« Doch sie wusste, dass sie ihn nicht täuschen konnte. Er hatte den falschen Ton in ihrer Stimme gehört, den erzwungenen Optimismus. Die verkrampfte Unbeschwertheit des Besuchers am Sterbebett.

Und dann kam eine tiefe, unermessliche Ruhe über sie. »Eigentlich, Pedro, ist nicht alles gut.«

»Was willst du damit sagen, Chiku?«

»Mecufi glaubt, dass du bald sterben wirst.«

Als er wieder sprach, klang eine Spur von Belustigung in seiner Stimme mit. Kein Lachen, aber unverkennbar Belustigung. »Ich wusste doch, dass der Mistkerl mir etwas verheimlicht. Wie schlimm ist es?«

»Deine Flugbahn bringt dich in die Nähe eines Vakuumschlots. Es besteht eine geringe Chance, dass du dagegenprallst. Aller Wahrscheinlichkeit nach nicht, aber Mecufi fürchtet, dass du abgeschossen wirst, bevor es dazu kommt.«

»Nett von ihm, dir das zu sagen.«

»Ich glaube, er hat es gut gemeint.«

»Das mag schon sein. Dass du es an mich weitergibst, ist ziemlich hart. Aber ich danke dir.«

»Es tut mir leid.«

»Mir ist es lieber, Gewissheit zu haben, Chiku. Du kennst mich lange genug, um das zu wissen. Barmherzigkeit wäre jetzt fehl am Platz.« Er atmete tief ein und wieder aus. »Wie viel Zeit bleibt mir noch?«

»Mecufi sprach von ein paar Minuten.«

»Seit Beginn unseres Gesprächs?«

»Ich denke schon. Ja.«

»Seit wir erleben mussten, was mit June Wing passierte, frage ich mich, ob ich am Ende wohl auch die Kraft haben würde zu sagen, schön, ich habe mein Leben gelebt, ich kann mich nicht beklagen. Ich hätte allerdings nicht erwartet, dass ich die Antwort schon so bald bekommen würde. Ich hatte gedacht, ich könnte noch ein paar Jahrzehnte, vielleicht ein Jahrhundert darauf warten.«

»Es tut mir leid«, sagte sie noch einmal.

»Das muss es nicht. Ich … komme damit klar. Du sagst ja, es besteht eine Chance, also keine heroischen Abschiedsworte. Allerdings habe ich noch eine Frage – eine einzige nur.«

»Sag schon.«

»Du hast dich nie danach erkundigt, wie ich gelebt habe, bevor wir uns begegnet sind. Ich weiß alles über dich, wo du geboren wurdest, was du getan hast … ich kenne fast deine ganze Lebensgeschichte. Du bist eine Akinya – das wird man nicht so leicht los! Ich bin bloß der Mann, der dir über den Weg gelaufen ist, als du dir ein Eis kaufen wolltest. Wenn ich mich nicht irre, ist das alles, was du von mir weißt.«

»Das stimmt.«

»Ich bin ein Mann, der in einer kleinen Werkstatt in Lissabon Gitarren baut. Ein Mann, der mit Holz und Leim und Saiten arbeitet. Das ist die Wahrheit – ich bin dieser Mann. Aber es ist nicht die ganze Wahrheit. Mein Leben war nicht so aufregend wie das deine, aber – es gehört mir. Ich möchte, dass jemand alles darüber weiß und es in Erinnerung behält. Wenn du das willst.«

»Das würde ich gerne.« Und dann, wie ein altehrwürdiges Gelöbnis: »Ja, ich will.«

»Ich habe einen Freund, Nicolas. Du kennst ihn – er kommt manchmal in die Werkstatt. Beklagt sich ständig über dieses und jenes. Nicolas kennt mich. Wenn du ihn für ein paar Stunden ertragen kannst, wird er dir meine Geschichte erzählen.«

»Ich spreche mit ihm. Ehrenwort.«

»Die Sache ist die, es gibt da so einige Höhen und Tiefen. Auch Abenteuer. Ich bin weiter herumgekommen, als du ahnst. Aber was immer geschieht, es hat Spaß gemacht – es war schön, mit dir zusammen zu sein.«

»Es tut mir so leid, dass ich dich da hineingezogen habe.«

»Das muss es nicht. Ich bin immer noch froh, dass wir uns gleichzeitig ein Eis kaufen wollten. Auch wenn diese Seemöwen dreckige Diebe waren.«

»Das waren sie.« Sie wollte lächeln, brachte aber die Kraft nicht dazu auf. »Das waren sie auf jeden Fall.«

Eine Antwort kam nicht mehr.

Selbstvergessen lag sie in ihrem schwankenden Glasschiffchen. Es gab keine Gegenwart, keine Vergangenheit, keine Zukunft. Keine Trauer, kein Leid, denn das waren kleine, gewöhnliche menschliche Empfindungen, die einen Bezugsrahmen brauchten, und sie hatte nichts, woran sie sich halten konnte. Sie war eingebrochen, zu einem Nichts geworden, nicht messbar, ohne

Pole, ohne Längen- oder Breitengrade. Sie war eine Leere, größer als Galaxien, unerforscht und unerforschlich.

Das Schlimmste von allem, das Messer, das sich immer weiter drehte, die Erkenntnis, die sie so gnadenlos quälte, war, dass sie das alles wieder tun würde. Es war nötig gewesen. Welten waren auf sie angewiesen. Das Leben von unendlich vielen Menschen lag auf der Waagschale.

Jetzt sah sie, verzerrt durch das vom Wasser überspülte Glas der Kapsel, am Horizont Versorger auftauchen. Es waren drei an der Zahl – fahle Silhouetten, nichts als Gliedmaßen und Gelenke wie Projektionen von vergrößerten Insekten. Sie türmten sich auf wie Gewitterwolken. Das Wasser musste hier viele Kilometer tief sein, sie konnten also nicht auf dem Meeresgrund gehen – oder doch? Wie sie sich auch fortbewegen mochten, sie jagten ihr Todesängste ein. Wo blieben die Airpods und die fliegenden Krankentransporte?

»Mecufi«, sagte sie, ein Wort nur, Verwünschung und Bitte gleichermaßen. Denn allen seinen Versprechungen zum Trotz hatte Mecufi nur eines getan, er hatte Pedro nicht gerettet. Vielleicht hatte Arethusa sich doch getäuscht, vielleicht hatten die Jahre in Hyperion ihrem Urteilsvermögen geschadet. Vielleicht konnte man Mecufi doch nicht trauen.

Die Versorger kamen immer näher. Sie dachte an die Maschinen auf der Venus, die sich mit Trompetenstößen verständigt hatten. Was würden die hier wohl tun, wenn sie sie erreichten? Sie würden sie sicher nicht töten. Jedenfalls nicht so, dass es offensichtlich wäre und sie als die Schuldigen dastünden. Aber sie verletzen, so sehr vielleicht, dass ihre Erinnerungen nicht wiederherzustellen waren. Sie könnten es wie einen Unfall aussehen lassen, eine weitere Komplikation des Rohrpost-Desasters. Solche Dinge passierten, würde es heißen. Auch in einer perfekten Welt. Die Versorger hatten getan, was sie konnten.

Etwas klopfte an das Glas.

Es war eine Hand, mit Schwimmhäuten zwischen den Fingern. Die schemenhafte Gestalt, zu der sie gehörte, verschwand unter Wasser und tauchte auf der anderen Seite der Kapsel wieder auf. Chiku sah einen Körper und ein Gesicht. Mecufi war der einzige Meeresbewohner, den sie zuverlässig erkennen konnte, aber das war nicht Mecufi. Dieses Meerwesen war schlanker, hagerer, von dunklerer Hautfarbe und anderem Gesichtsschnitt.

Ein bekanntes Gesicht. Es war ihr eigenes, jedenfalls hatte es die gleichen Proportionen, die gleichen Züge, nur waren sie an das Leben im Wasser angepasst. Es war das Gesicht ihres Sohnes.

»Kanu«, sagte sie starr vor Staunen.

Er legte eine Hand an das Glas und spreizte die Finger. Die Haut dazwischen war durchsichtig und von feinen Adern durchzogen. Die Geste hatte nur den Zweck, sie zu beruhigen.

Chiku drehte sich in der Kapsel zur Seite. Jede Bewegung war mühsam, aber sie gab nicht auf, bis sie Kanus Geste erwidern konnte. Nun lagen ihre Handflächen übereinander, nur durch das Glas getrennt. Kanus Lippen bewegten sich. Sie konnte ihn nicht hören, glaubte aber zu verstehen, sie solle sich keine Sorgen machen.

Hinter Kanu brach etwas viel Größeres durch die Wellen, ein riesiges glänzendes Ding, zu reich gegliedert, um es auf einen Blick zu erfassen. Ein anderes tauchte etwas weiter rechts auf. Chiku sah das Wasser in Strömen an ihnen herabfließen, als das Tageslicht auf sie fiel. Sie erinnerte sich, dass Onkel Geoffrey ihr von einer Rettung aus dem Ozean durch Meerleute und eine Fahrt in einem uralten, klapprigen Unterseeboot erzählt hatte. Sicher hatte er die Einzelheiten ausgeschmückt, aber die Geschichte hatte sicherlich einen wahren Kern und konnte nicht sehr weit von hier geschehen sein.

Doch dies war kein uraltes U-Boot. Das Ding veränderte vor ihren Augen seine Form, Muskelpartien bewegten sich gegeneinander. Was sie ursprünglich für zwei oder drei Teile gehalten hatte, war in Wirklichkeit eine Einheit. Als die Körperpartie erkennbar wurde – ein sich verjüngender, eisengrauer Rumpf, an manchen Stellen gepanzert, an anderen weich –, wurde ihr klar, dass sie nicht in ein Bullauge starrte, sondern in ein richtiges, scharf abgegrenztes Auge, breiter, als sie groß war. Es musterte Chiku. Kanu schob sich zwischen die Kapsel und das Auge und bewegte in einer Art von Zeichensprache die Arme.

Fangarme legten sich um ihren schwimmenden Sarg, überkreuzten sich zu einem glitschigen Käfig und umschlossen die Kapsel. Saugnäpfe pressten sich gegen das Glas und fanden Halt. Das Glas ächzte, aber es hielt.

Dann zogen Kanu und der Krake sie in die Tiefe.

21

Als Chiku erwachte, lag sie mit dem Gesicht nach unten auf einer Wiese. Grashalme kitzelten sie in der Nase und stachen ihr in die Augen, Regimenter von Schlamm erstürmten die Festung ihrer Zähne.

Eilige Schritte näherten sich. Sie hörte, wie das Gras unter den Schuhen quietschte.

»Kommen Sie«, sagte eine Stimme. »Ich helfe Ihnen, sich aufzurichten.«

Hände fassten sie an den Schultern und brachten sie in eine unsichere Sitzhaltung. Die Beine hingen ins Gras. Sie kam sich vor wie eine Puppe. Als sie sich den Schmutz aus dem Gesicht wischen wollte, bemerkte sie, dass ihre Handfläche mit einer grünlich-gelben Schicht aus Gras und Erde überzogen war. Sie hatte wohl noch versucht, den Sturz abzufangen.

»Ich bin gestolpert«, sagte sie. Ihre Zunge bewegte sich so träge wie eine fette Schnecke.

»Sie sind in einen Sekundenschlaf gefallen – nicht ungewöhnlich so kurz nach der Wiederbelebung. Normalerweise taumelt man einfach weiter, ohne es zu bemerken, aber Ihr Gleichgewichtsorgan funktioniert noch nicht wieder richtig.«

Ein Mensch in einem gestärkten, blendend weißen Sanitätsoverall kniete neben ihr. »Haben Sie sich wehgetan?«

»Ich glaube nicht.« Sie versuchte sich zu erinnern, was geschehen war, bevor sie im Gras landete, doch im Moment waren alle Verbindungen außer der zur unmittelbaren Gegenwart unterbrochen. »Was wollte ich denn tun? Wo bin ich?«

»Einen Spaziergang machen. Sie sind im Park.«

»Im Park.« Das Wort fühlte sich neu und ungewohnt an.

»Im Park der Wiederbelebungsklinik. Wir haben Sie geweckt, aus der Auszeit geholt.«

Der Techniker, ein untersetzter Mann mit sympathischen Zügen und einer glänzenden, von einem schwarzen Lockenkranz umgebenen Glatze lächelte freundlich. Sie war sicher, dass sie ihn kannte, aber sein Name wollte ihr nicht einfallen.

»Sie sind erst seit einem Tag wieder bei Bewusstsein«, fügte der Mann begütigend hinzu. »Da sind ein paar Rückschläge vollkommen normal. Schließlich muss sich alles wieder einpendeln.«

Sie war ganz wirr im Kopf und suchte nach einem Bezugspunkt. Wo war sie? In letzter Zeit war sie an so vielen Orten gewesen. Auf der Erde, im All, in einem verrückt rotierenden Mond mit einem Kern aus zerkratztem Glas. In einem Haus mit Katzen. In einer Kiste, die durch den Himmel stürzte. Im Griff eines Meeresungeheuers.

Nein, sie war auf der *Sansibar*. Im Park einer Wiederbelebungsklinik, in einem der Gemeinschaftszentren.

»Wahrscheinlich habe ich Ihnen die Frage schon einmal gestellt …«, begann sie.

»Vierzig Jahre. Ja, Sie haben das mehrmals gefragt. Aber auch das ist normal.«

Ihre Kehle war so ausgedörrt, dass es schmerzte. Sie fühlte

sich wie eine Mumie, zusammengestückelt aus Körpergewebe und Stoff.

»Ich weiß nicht mehr, welches Jahr wir jetzt haben und auch nicht, wann ich eingeschlafen bin.« Sie wollte eigentlich selbst darauf kommen, aber ihre Gedanken landeten immer wieder im Graben. So musste es sich anfühlen, wenn man dumm war, unfähig, die einfachste Argumentationskette im Kopf zu behalten. Doch selbst diese Überlegung ließ sich kaum fassen.

»Wir schreiben 2388. Sie haben sich auf die Woche genau 2348 schlafen gelegt. So – möchten Sie es noch einmal mit Aufstehen versuchen?«

Chiku nahm die Hände, die er ihr entgegenstreckte, und ließ sich hochziehen. Anfangs war sie noch unsicher auf den Beinen, der Techniker musste ihr die Hand unter den Ellbogen legen. »Ich fühle mich wie ein Wrack. Dabei erlebe ich das doch nicht zum ersten Mal. Warum wird es nicht leichter?«

»Tatsächlich sind Sie in guter Verfassung. Vierzig Jahre sind ohnehin nicht allzu viel – wobei die Dauer nach meiner Erfahrung wenig Einfluss auf die Nebenwirkungen hat. Sie hatten übrigens die Genehmigung für die vollen sechzig Jahre – der Rest Ihrer Familie schläft noch.«

»Das haben Sie mir auch schon erzählt, nicht wahr?«

»Ungefähr neun Mal. Aber keine Sorge – das gehört zum Service.«

»Wie geht es Pedro?«

Das Lächeln des Technikers wurde starr. »Es gibt keinen Pedro – jedenfalls steht er nicht auf meiner Liste.«

»Nein, nicht Pedro.« Sie konzentrierte sich mit aller Kraft. »Ich meine Noah. Und meine Kinder – Mposi, Ndege. Sie sind alle mit mir in die Auszeit gegangen. Wie geht es ihnen? Habe ich schon mit ihnen gesprochen?«

»Das wäre schwierig, sie sind alle noch ohne Bewusstsein.«

»Warum bin ich dann wach?«

»Weil Sie geweckt werden wollten, Chiku.« Jetzt hörte sie doch eine leise Ungeduld in seiner Stimme. Offenbar war er trotz seiner Beteuerungen nicht bereit, unbegrenzt oft die gleichen Erklärungen abzugeben. Vielleicht waren es auch schon mehr als neun Mal gewesen.

»Es tut mir leid«, sagte sie. »Ich muss bloß … den Kopf freikriegen. Ich glaube, ich wollte irgendwohin.«

»Drüben am Brunnen stehen ein paar Bänke. Soll ich Sie hinführen?«

»Nein.« Wenn sie es mit ihren wackligen Beinen nicht schaffte, musste sie es eben bleiben lassen. »Ich komme zurecht. Ich fühle mich schon sicherer.«

Sie ging dem Plätschern des Wassers nach, bis sie den Brunnen sah. Er befand sich gleich um die nächste Biegung hinter einer sauber gestutzten Hecke, die zwei Mal so hoch war wie sie selbst. Der Weg war ihr nicht völlig unbekannt gewesen. Offenbar war sie nach dem Aufwachen schon mehrmals zu diesem Brunnen gegangen und hatte ihn jedes Mal wieder neu entdeckt.

Beim Bau der Wiederbelebungsklinik hatte man darauf geachtet, sie möglichst nicht wie ein Krankenhaus aussehen zu lassen. Das niedrige Gebäude hinter ihr war weiß getüncht, das Dach hatte die Form eines Hexenhuts mit breiter Krempe. Es gab Wandelgänge, viele Türen und Fenster standen offen. Das Gelände war umgrenzt von Bäumen und Hecken, die man in anderthalb Jahrhunderten mühsam herangezüchtet hatte. Die Auszeitgewölbe befanden sich anderswo.

Über ihr leuchtete ein künstlicher Himmel. Chiku fiel auf, dass sich das Licht verändert hatte, seit sie in die Auszeit gegangen war. Sie überlegte kurz, ja, sie täuschte sich nicht: Spektrum und Helligkeit wurden von Jahr zu Jahr etwas mehr an die Bedingungen angepasst, die man auf Crucible erwartete. 61 Virginis, ihr neuer Stern, war etwas kleiner und kühler als die Sonne und vom Spektrum mehr im orangefarbenen Bereich. Normalerweise bemerkte niemand diese unendlich langsame Veränderung. Nur die Auszeitschläfer hatten beim Aufwachen das Gefühl, einen Farbfilter vor den Augen zu haben.

Neben dem Brunnen – die Brunnenfigur war eine hübsche Astronautin, die aus ihrem Raumhelm das Wasser ausgoss wie aus einem Krug – standen drei rustikale Holzbänke. Zwei davon waren unbesetzt, auf der Bank in der Mitte saß eine weiß gekleidete Frau. Chiku wollte auf eine der anderen Bänke zugehen, doch die Frau klopfte neben sich auf die Bretter.

»Nehmen Sie Platz. Wir haben eine Menge zu besprechen.«

Chiku hatte die Frau bisher nur mit einem kurzen Seitenblick gestreift, doch nun schenkte sie ihr ihre volle Aufmerksamkeit. Die Frau auf der Bank war sie selbst. Ein Gespenst ähnlich dem, das sie in Lissabon verfolgt hatte.

»Wie kommst du hierher?«, fragte Chiku und setzte sich folgsam.

»Ich bin nicht real – ich bin nur in deinem Kopf. Aber das hast du ja bereits erraten.«

»Haben wir schon miteinander gesprochen?«

»Vor diesem Treffen? Nein, das ist das erste Mal. Ich wurde als Botenprojektion über die Uplink-Verbindung hochgeladen. Niemand außer dir kann mich sehen oder detektieren, deine Hälfte der Unterhaltung kann allerdings belauscht werden. Sei also bitte sehr vorsichtig bei dem, was du sagst.«

»Ich bin sehr, sehr verwirrt.«

»Das kann ich verstehen, aber dafür gibt es keinen Anlass. Ich habe meine Erinnerungen zu dir zurückgeschickt, sie sollten wieder in deinen Kopf übertragen werden, aber du warst in der Auszeit und hast geschlafen. Die Erinnerungen können nur mit einer funktionierenden Neuromaschinerie entpackt werden, und das geht erst nach dem Aufwärmen.« Die Frau in Weiß beugte sich vor und legte die gefalteten Hände zwischen die Knie. »Jetzt hat der Prozess begonnen – du fängst an, dich an Dinge aus meinem Leben zu erinnern, Dinge, die ich getan und gesehen habe. An Menschen, die ich kannte. An Gefühle, die ich hatte. Es war hart, Chiku – viel härter, als ich erwartet hatte. Und auch viel härter, als *du* erwartet hattest, um es ganz offen zu sagen.«

»Wir sollten auch offen zueinander sein.« Sie rieb sich den Kopf, als juckte es sie zwischen den Ohren. Das Haar war nach der Auszeit noch ganz kurz. »Irgendetwas liegt mir auf der Seele. Schwer wie ein Stein. Was trage ich mit mir herum?«

»Trauer«, erklärte die andere Chiku. »Pedro ist tot. Wir haben ihn geliebt. Er hatte einen Unfall … sozusagen.«

»Mir ist, als hätte ich ihn gekannt.«

»Das hast du auch. Als wir anfingen, Erinnerungen auszutauschen, haben unsere Identitäten ihre Kohärenz verloren. Deshalb haben wir es getan. Das war der Zweck – doch dann hat eine von uns aufgehört zu kommunizieren.« Sie schüttelte den Kopf und lächelte. »Alles Klagen bringt uns nicht weiter – ich kann genauso gut mir selbst die Schuld geben. Wir sind ein und dieselben. Wir haben dieselben Fehler gemacht. Manchmal ist eine so dumm wie die andere.«

Seit das Gefühl einen Namen hatte, schmerzte es eher noch mehr. Eine Person, ein Mann namens Pedro Braga, war aus ihrem Leben gerissen worden. Es war nicht bloß ein Name, nicht bloß das Wissen um seinen Tod und die Erkenntnis, dass sie ihn geliebt hatte. Sie konnte ihn hören, spüren, riechen. Sein Pfeifen, wenn er mit Holz und Harzen arbeitete. Seine Scherze über einen kleinlichen Kunden. Die Tränen in seinen Augen, wenn ein paar Hände voll Luft im hohlen Bauch einer Gitarre einen Ton erzeugten und sich alle Sterne seines Handwerks in seltener Harmonie zusammenfanden. Seine Art, lachend den Kopf zurückzuwerfen. Sie beide in einer Stadt, die sie nie besucht hatte, zusammen auf einem Balkon. Der Geruch von Wein in ihrer Nase. Die wohltuende Kühle eines Abends in Gesellschaft ihres Geliebten. Seemöwen und Eiscreme.

Sie wollte der Version von sich selbst, die Pedro verloren hatte, ihr Mitgefühl ausdrücken, aber das war unpassend. Sie selbst war die Version, die jetzt Trost brauchte.

Sie beide brauchten Trost.

»Ich weiß«, sagte die andere Chiku. »Es tut weh, nicht wahr?«

Sie wurde sich bewusst, dass sie weinte, dass die Tränen aus ihren Augen auf ihre Hände rannen und durch ihre Finger auf den Rasen tropften.

»Er war ein guter Mann. Das habe ich nicht gewollt. Ich wollte nicht, dass jemand stirbt.«

Das Gespenst legte ihr eine Hand auf das Knie. Sie spürte die Berührung nicht. »Du hast getan, was getan werden musste. Das ist das Schwerste überhaupt. Trotz allem, was du jetzt weißt, müsstest du diese Erinnerungen an mich zurücksenden. Im Rückblick betrachtet hätten wir natürlich manches anders machen können.«

Eine endlose Minute lang konnte Chiku kaum sprechen. Doch die Erinnerung an den Tod hatte eine Tür geöffnet.

»Er war nicht der Einzige, der ums Leben kam, nicht wahr?«

»Wir haben June Wing verloren, und Imris Kwami wurde schwer verletzt. Entscheidend ist jedoch, dass nichts von alledem vergebens gewesen sein darf. Ich werde dir jetzt eine Frage stellen, und es ist wichtig, dass du dir die Antwort sorgfältig überlegst.«

Chiku nickte. Sie saß neben einer Projektion ihrer selbst, die weder älter noch klüger war, dennoch wurde sie das Gefühl nicht los, dass sie soeben eine Lehrstunde erhielt, in der Weisheiten von einer Schwester an die andere weitergegeben wurden.

»Außerdem«, fuhr die Projektion fort, »solltest du nichts sagen, was deine Stellung hier gefährden könnte. Ich habe mich in den öffentlichen Netzen umgesehen. Hier hat sich einiges verändert. Bist du auf dem Laufenden?«

Chiku gestand, dass sie sich nicht informiert hatte.

»Utomi lebt nicht mehr«, sagte die Projektion. »Vor etwa fünfzehn Jahren gab es einen Unfall – eine Explosion in einem der Frachtdocks. Nicht so heftig wie Kappa, aber schlimm genug. Natürlich wollte Utomi, allzeit der große, tapfere Führer, vor Ort sein und Hilfe leisten. Doch dann kam es zu einer zweiten Explosion, und dabei kamen einige von den Teams ums Leben, die sich bemühten, die Kaverne zu stabilisieren. Es ging alles sehr schnell. Für Utomi und die anderen kam jede Hilfe zu spät. Als alles vorüber war, konnte man nur noch die Leichen bergen. Sou-Chun Lo ist der neue Präsident.«

Chiku musste die Nachricht von Utomis Tod erst verarbeiten. Die Vorstellung war abstrakt, eher These als Realität, und sie wurde noch nicht damit fertig.

Endlich sagte sie: »Sou-Chun ist jemand, auf den man sich verlassen kann.«

»Für die *Sansibar* mag das gelten. Erinnerst du dich an Travertine?«

»Natürlich.«

»Travertines Fall stand drei Mal zur Wiederaufnahme an – einmal unter Utomi, zwei Mal unter der Regierung von Sou-Chun. Utomi neigte dazu, in irgendeiner Form Milde walten zulassen, aber Sou-Chun zieht das nicht einmal in Betracht. Nicht dass sie etwas gegen Travertine persönlich hätte, aber die

Sansibar braucht jetzt Verbündete. Erinnerst du dich an Teslenko, diesen Dreckskerl von einem Hardliner auf *New Tiamaat?*«

»Einen Meermann vergisst man nicht so leicht.« Doch wer ihr in den Sinn kam, war nicht Teslenko, sondern Mecufi.

»In den Jahren, in denen du ohne Bewusstsein warst, ist er noch schlimmer geworden. Eigentlich kann man Sou-Chun für ihre harte Haltung nicht einmal einen Vorwurf machen – andernfalls hätte Teslenko die *Sansibar* schon vor Jahren übernommen und sie zum Satellitenstaat seiner Regierung erklärt. Dessen ungeachtet wirst du Sou-Chuns Unnachgiebigkeit … schwer erträglich finden.«

»Ich habe immer noch eine Stimme und einen Posten in der Gesetzgebenden Versammlung. Vielleicht kann ich sie überzeugen.«

»Viel Glück dabei. Viel Zeit zum Zaudern bleibt dir nicht mehr – in weniger als fünfzig Jahren erreichen wir Crucible, mit oder ohne Abbremsen.«

»Vielen Dank. Das heitert mich richtig auf.«

»Ich fange gerade erst an. Erinnerst du dich an das Bild, das du auf dem Familiensitz gesehen hast? Das Bild von Crucible, die Objekte, die wie Tannenzapfen aussahen?«

»Ja«, sagte sie, zuerst zaghaft, dann zunehmend sicherer. »Ja, das ist gespeichert – aus einem davon leuchtete ein blaues Licht.«

»Wir wissen immer noch nicht, was diese Tannenzapfen sind oder wofür Arachne sie hält. Es sind zweiundzwanzig, und es sind eindeutig Maschinen – Produkte einer fremden Intelligenz. Ob es dieselbe Intelligenz ist, die für Mandala verantwortlich ist, wissen wir nicht. Vielleicht kommen diese Gebilde von anderswoher. Was das blaue Licht angeht, das aus dem hinteren Ende eines Tannenzapfens herauskam – das war weder ein Abgasstrahl noch eine Waffe irgendwelcher Art. Es war ein

Informationsträger – ein optischer Laserstrahl. Und sie senden alle solche Strahlen aus. Stell dir zweiundzwanzig Speichen aus blauem Licht vor, die alle auf Crucible gerichtet sind. Wenn die Tannenzapfen ihre Position um den Planeten verändern, schweifen die Speichen durch den Weltraum. Früher oder später musste eine davon in unser Blickfeld kommen.«

»Was bedeutet das?«

»Derzeit verfügen wir über so wenige Informationen, dass wir gar nichts sagen können. Arachne hatte dagegen Zugriff auf sämtliche Daten von *Ocular*, nicht bloß auf den winzigen Bruchteil, den wir abgezweigt haben. Wenn dieser Strahl sinnvolle Strukturen enthält, liest sie die womöglich aus, seit sie Crucible entdeckt hat.«

»Lesen heißt noch lange nicht verstehen«, sagte Chiku.

»Richtig. Aber wir haben auch keine genaue Vorstellung von ihren intellektuellen Fähigkeiten – ebenso wenig wissen wir, inwiefern der blaue Strahl sie verändert hat. Wie entwickelt sich dein Gedächtnis?«

»Es stabilisiert sich.«

»Gut. Ich hatte meine Zweifel, als ich sah, wie du herumgestolpert bist und alles durcheinandergeworfen hast. Du musst jetzt stark sein, Chiku Grün. Du brauchst einen klaren Kopf und klare Ziele. Es gibt viel zu tun.«

»Ich weiß aber nicht, was ich tun soll.«

»Bau ein Schiff, das schneller ist als die *Sansibar*, und fliege der Karawane voraus. Überlass es nicht den Versorgern, bestimme du das Terrain für eure Begegnung.«

»Ich werde mich sofort an die Arbeit machen. Vielen Dank. Und ich dachte schon, du hättest etwas Brauchbares beizutragen.«

»Glaubst du nicht auch, dass wir den Sarkasmus unserer Urgroßmutter überlassen sollten?«

»Wenn nicht einmal Utomi bereit war, das Verbot gegen notwendige Forschung zu lockern, was kann ich mir dann von Sou-Chun erhoffen? Außerdem habe ich nicht vor, Monat um Monat wach zu bleiben.«

»Da ist noch etwas«, sagte die Projektion. »Erinnerst du dich an unseren Besuch auf dem Mond? An das Gespräch mit Jitendra und unserer Mutter?«

Unsere Mutter. Als ob die Projektion den gleichen Anspruch auf Sunday hätte. »Ja«, räumte Chiku ein.

»Jitendra zeigte ihr in einem ihrer lichten Momente die Muster, die du bei ihm hinterlegt hattest. Das war kurz nach deinem Besuch, noch bevor du die Erde erreicht hattest. Sobald sie die Chibesa-Syntax gesehen hatte, versank sie in eine so tiefe Kontemplation, wie Jitendra es noch nicht erlebt hatte. Es dauerte Tage und Wochen – sie war dem Tode nahe. In ihrem Gehirn herrschte noch Aktivität, aber er glaubte allmählich, er hätte sie endgültig verloren. Nach allem, was er mit ihr durchgemacht hatte, war es ein harter Schlag. Doch plötzlich war sie über den Berg. Von einer Stunde auf die andere tauchte sie aus ihrer mathematischen Trance auf. Und sie war völlig verändert, Chiku. Eine gewaltige Last war von ihren Schultern genommen. Sie sagte, sie habe nun endlich den Weg hinaus ins Licht gefunden und müsse nie mehr zurück. Sie hatte entdeckt, wonach sie immer gesucht hatte und was niemand anderer hatte greifen können – einen Weg in die Post-Chibesa-Physik. Das goldene Licht der PCP. Manchmal war sie ganz dicht davor gewesen, doch letztlich hatten ihr diese Symbole den Weg gezeigt.« Die Projektion fasste nach ihrer Hand, doch sie konnte immer noch nichts spüren. »Somit hatte die ganze Sache doch ein Gutes. Sunday ist zu Jitendra zurückgekehrt. Unsere Mutter ist wieder da.«

»Das hat sie schon öfter gesagt.«

»Diesmal sind es nicht bloß leere Worte. Auch nachdem sie sich eine Weile ausgeruht und etwas erholt hatte, wusste sie noch, was sie gesehen hatte. Sie hatte ein so klares Bild wie nie zuvor. Das war nicht bloß die Illusion einer Lösung.«

»Ich freue mich«, sagte Chiku, und das war beinahe die Wahrheit. Sie freute sich mehr, als sie sagen konnte, für Jitendra, und sie freute sich, dass ihre Mutter aus diesen unermesslichen Tiefen herausgekrochen war. Aber der Stein in ihrer Brust wurde davon nicht leichter, und auch die Angst vor der Zukunft schwächte sich nicht ab.

»Mit Jitendras Hilfe«, fuhr die Projektion fort, »konnte unsere Mutter die Schlüsselaxiome der PCP niederschreiben – jedenfalls so weit, dass man damit weiterarbeiten konnte. Aber sie können nur von jemandem verstanden werden, der sich sein Leben lang den Kopf an der Chibesa-Physik eingerannt hat.«

»Travertine.«

»Xier ist der Einzige, dier eine Chance hat, auf Sundays Erkenntnissen aufzubauen und sie praktisch verwertbar zu machen. Das könnte Jahre, vielleicht Jahrzehnte dauern. Aber nur damit kannst du Crucible vor der *Sansibar* erreichen. Ich habe dafür gesorgt, dass eine Kopie der Axiome in deinem Privatbereich abgelegt wird – du wirst sie leicht finden.«

»Weißt du, was man mit Travertine gemacht hat?«

»Natürlich.« Die Projektion stand auf. »Ein letztes Wort, bevor ich gehe. Ich habe noch etwas in deinem Privatbereich hinterlegt – die neuronalen Strukturen, die Arethusa dem Leichnam unserer Urgroßmutter entnehmen konnte.«

»Sie meinte, sie wären nicht viel wert.«

»Mag sein, aber ich kenne jemanden, der vielleicht etwas damit anfangen kann. Die notwendigen Maßnahmen überlasse ich dir.«

»Kommst du wieder zurück?«

»Ich glaube nicht. Du hättest sehr bald genug von mir – ich bin nur ein leeres Gefäß. In meinem Kopf ist wirklich nicht mehr viel.«

»Dann sollte ich mich bedanken.«

»Wofür?«

»Für alles. Dass du mir letztlich doch geantwortet hast. Dass du zur Venus, zum Saturn und so weiter gereist bist. Es tut mir leid, dass wir so teuer dafür bezahlen mussten.«

»Mir auch«, sagte die Projektion.

22

Am nächsten Morgen war sie so weit, dass sie die Wiederbelebungsklinik verlassen konnte, doch dazu bedurfte es einiger Überredung. Das Personal war um ihr geistiges Wohl besorgt und hatte Doktor Aziba gerufen, einen Spezialisten für Auszeitkomplikationen. Chiku erkannte den bedächtigen Arzt wieder, obwohl er seit ihrer letzten Begegnung gealtert war. Er hatte ein schmales Gesicht mit ebenmäßigen Zügen, ein sorgsam gepflegter schneeweißer Haarkranz umgab sein Haupt wie ein weißes Atoll. Die Finger waren lang wie bei einem hoch spezialisierten Halbaffen. Er machte einige Tests, nicht so gründlich, wie sie erwartet hatte, und erklärte dann, sie sei der Welt wieder gewachsen.

»Sie kommen doch bald zu uns zurück?«, fragte Doktor Aziba. Er wusste, dass sie nur einen Teil der Auszeit genommen hatte.

»Natürlich. Aber zuvor habe ich noch einiges zu tun.«

»So früh aufzuwachen ist einigermaßen … beispiellos.«

»Ist es illegal, Doktor Aziba?«, fragte sie lächelnd.

»Keineswegs – nur ungewöhnlich.«

»Ich habe also lediglich in Anspruch genommen, was mir zusteht?«

Aziba war nicht der Einzige, den ihr verfrühtes Aufwachen beunruhigte. Die anderen Betreuer fanden es so rätselhaft, dass sie Chiku mit immer neuen Fragen bestürmten, fast als würden sie sie als potenzielle Störung betrachten, als Unruhestifterin, die man am besten wieder schlafen legte. Besonders bedenklich fand man, dass sie sich vor ihrer Familie hatte wecken lassen.

Vierzig Jahre waren lange genug für banale wie tief greifende Veränderungen in der Welt. Chiku hatte überprüft, was ihr die Projektion über die politischen Veränderungen berichtet hatte – Utomis Tod und den Übergang zu einem autoritäreren Regime unter Sou-Chun Lo. Noch war die Regierung der *Sansibar* de facto autonom, doch in allen wesentlichen Belangen wurde die Politik von außen durch diejenigen Hardliner bestimmt, in deren Augen die Bestimmungen des *Pemba*-Erlasses bei Weitem nicht streng genug waren. Öffentliche Forschungsvorhaben waren auf unbestimmte Zeit eingestellt und die Wissenschaftler anderen Projekten zugewiesen worden, um sich mit Problemen zu beschäftigen, die nach der Ankunft auf Crucible auftauchen konnten.

Angesichts derart weitreichender politischer Umbrüche hatte sich in anderen Dingen erstaunlich wenig verändert. Natürlich hatte man Kappa repariert, die Bresche geschlossen und Luft und Wärme eingeleitet. Nun arbeiteten wieder Menschen in der Kaverne, aber wohl nicht in großer Zahl, und nur wenige von ihnen wollten auch dort wohnen, obwohl man ihnen größere Wohnungen und Gärten angeboten hatte. Kappa war den Menschen noch immer unheimlich. Der Unfall hatte ein Loch in die Illusion einer sicheren, behaglichen Welt gerissen und sie daran erinnert, dass jenseits der Außenhülle das Weltall war. Gewusst hatte man das zwar schon immer, doch seit der Katastrophe spürte man es in allen Knochen.

In Chikus Gemeinschaftszentrum gab es ein paar Häusergruppen, ein paar Straßen und ein paar Verbindungsbahnen mehr. Doch der verheerende Engpass bei den Ressourcen, der sie über Jahre ihres politischen Lebens beschäftigt hatte, schien nie eingetroffen zu sein. Vielleicht war er auch durch tausend unvorhergesehene Kleinigkeiten entschärft worden.

Sie machte sich auf den Weg zu ihrem Haus. Man hatte davon abgesehen, es zu vermieten, während ihre Familie schlief, und von außen waren keine Zeichen von Verwahrlosung zu erkennen. Sie riss die durchsichtigen Membranen ab, die über Türen und Fenster gespannt waren und sich prompt an ihre Haut heften wollten. Die Tür ließ sich leicht öffnen, dann stand sie in der kleinen Küche, wo sie einst mit Travertine gesprochen hatte. Auf dem Tisch war noch, nur unvollständig abgewischt, der rote Kreis zu sehen, den xies Weinglas hinterlassen hatte. Den Fleck würden sie nie mehr loswerden.

Chiku zog einen Stuhl heraus, setzte sich an den Tisch, stützte die Ellbogen auf und verschränkte die Finger. Eigentlich müsste sie sich nach so langer Zeit hier fremd fühlen, aber es war, als wäre sie nur ein paar Tage weg gewesen. Sie hätte mit verbundenen Augen durch die Zimmer gehen können und alles da gefunden, wo es hingehörte.

Als ihr die reglose Stille zu viel wurde, stand sie auf und betrat das Arbeitszimmer, das sie mit Noah teilte. An ihrem alten Terminal rief sie ihren Privatbereich auf und war kaum überrascht, als das Gerät sie widerspruchslos darauf zugreifen ließ. Das Haus und sein Mobiliar hatten ihre Abwesenheit kaum wahrgenommen.

Sie fand die beiden Dateien, die ihr die Projektion versprochen hatte, öffnete die erste und betrachtete die Ketten von Strichmännchen und Höhlenzeichnungen, die angeblich einige Axiome der Post-Chibesa-Theorie darstellten. Sie konnte nichts damit anfangen, aber deshalb musste die Theorie nicht falsch sein.

Sie dachte an Jitendra, der außer sich war vor Glück über die Rückkehr seiner Frau. Es war das Gegenstück zu einem Todesfall gewesen. Ihre Mutter war in ihre Obsession abgetaucht, und ihr Vater hatte geglaubt, sie sei für immer darin ertrunken. Doch dann war sie aus den Tiefen zu ihm zurückgekehrt. Chiku erinnerte sich an ihre eigene Verbitterung über Sundays Verhalten, dabei hatte ihre Mutter gar keine Wahl gehabt. Es war charakteristisch für Obsessionen, dass sie keine Rücksicht auf die menschlichen Kosten nahmen. Sie versuchte, diese Verbitterung in sich auszulöschen wie eine kalte Flamme. Doch das gelang ihr nicht. Sunday war zurückgekehrt, das war ein Grund zur Freude, aber ihre Mutter war nur deshalb zurückgekehrt, weil sie ihre Lösung gefunden hatte, nicht weil sie sich plötzlich an Jitendra erinnert hätte. Und das konnte ihr Chiku nicht verzeihen.

Sie öffnete die zweite Datei. Das Terminal zeigte Zahlen, Vektoren für neuronale Konnektivität, und versuchte, sie grafisch darzustellen. Zerrissene Strukturen, schemenhaft wie Phantome, schlängelten sich in vielfacher Verzweigung durch die trüben Umrisse eines Gehirns. Das Ganze hatte Ähnlichkeit mit einem unvollständig erforschten Höhlensystem – von barocker Vielfalt, durchzogen von Gängen, die anscheinend im Nirgendwo endeten, ohne mit etwas verbunden zu sein. Die Visualisierung markierte mögliche Landmarken und Bereiche: *anteriorer cingulärer Cortex, linke Stammganglien, Nucleus caudatus.* An anderen Stellen schien das System nicht so recht zu wissen, was es gerade kartografieren wollte. Arethusas Einschätzung war zutreffend gewesen – es gab nirgendwo genügend Kohärenz für eine Wiederbelebung. Das hieß allerdings nicht, dass diese Informationen wertlos waren.

Sie wollte das Terminal gerade ausschalten, als ihr noch etwas auffiel – eine Nachricht auf ihrem Privatkanal. Ihre Mitarbeit in der Gesetzgebenden Versammlung ruhte während ihrer Auszeit, und die entferntere Verwandtschaft – Angehörige der Akinya-Sippe und Mitglieder von Noahs Familie – wusste ebenso wie Kollegen und Freunde, dass sie schlief. Wollte sie jemand nach dem Aufwachen willkommen heißen? Nein – die angehängte Zeitangabe zeigte, dass die Nachricht schon fast so lange hier lag wie die beiden neuen Dateien.

Sie öffnete sie mit tiefem Misstrauen.

Chinge hierher, lautete der Text, dann folgte ein alphanumerischer Code, den sie sich einprägte, obwohl er weiter keinen Sinn ergab. Sie überlegte, ob sie den Befehl sofort subvokalisieren sollte – vorher würde sie ohnehin keine Ruhe finden –, doch bevor sie sich vollends dazu entschlossen hatte, waren draußen auf dem Weg Schritte zu hören, dann wurde einmal energisch angeklopft, und die Tür ging auf. Sie schaltete das Terminal aus und kehrte in die Küche zurück. Ein Streifen Tageslicht fiel über den Boden. Travertine hatte sich bereits ins Haus gelassen.

Chiku starrte xien ganz unverhohlen an und wusste zunächst nichts zu sagen.

»*So* grauenvoll sehe ich doch auch wieder nicht aus! Oder bist du erschrocken, weil ich einfach so hereingeplatzt bin?«

»Ich hatte dich nicht erwartet«, sagte Chiku.

»Aber dir war sicher klar, dass unsere Wege sich früher oder später kreuzen würden. Wir leben schließlich in einer kleinen Welt. Ich habe den Weg dorthin nur etwas abgekürzt.« Xier trat in die Küche und schob die Tür hinter sich zu. »Wie ich höre, hast du deine Auszeit vorzeitig beendet.«

»Daraufhin hast du mich vermutlich überwacht und gewartet, bis ich nach Hause komme?«

Travertine zuckte gleichmütig die Achseln. »Ich habe in deiner Abwesenheit alles im Auge behalten. Was dagegen, wenn ich mich setze? Meine Knie sind nicht mehr, was sie einmal waren.«

»Fühle dich wie zu Hause.«

Travertine nahm den Stuhl, auf dem Chiku erst Minuten zuvor gesessen hatte, und legte xiese Arme auf den Tisch. Das schwere schwarze Armband an xiesem rechten Handgelenk schlug dumpf auf das Holz. Ein rotes Lämpchen, das alle paar Sekunden pulsierte, verriet Chiku, dass das Armband auf einer tiefen Ebene immer noch in Travertines Metabolismus eingriff, um genetische und exosomatische lebensverlängernde Faktoren zu unterlaufen.

Man sah es xiem bereits an. Die vergangenen vierzig Jahre hatten Falten um xiesen Mund und xiese Augen gegraben, dazu kam eine allgemeinen Erschlaffung der Gesichtsmuskulatur. Sie sah Flecken und Unreinheiten, die bei ihrer letzten Begegnung noch nicht da gewesen waren, und unter xiesem Kinn hing die Haut herab wie faltiges Leder. In den schwarzen Locken hatten sich graue Strähnen breitgemacht.

Chiku stand immer noch. »Ich werde mich nicht für das entschuldigen, was dir passiert ist«, sagte sie. »Falls du deshalb gekommen bist.«

»Ich bin lediglich gekommen, um eine alte Freundin zu besuchen.«

»Unsere Freundschaft ist irgendwann um die Zeit von Kappa herum zerbrochen.«

»Auf jeden Fall wurden Versprechungen nicht eingehalten.«

»Ich habe getan, was ich konnte.« Chiku nickte zu dem Armband hin, das gerade wieder einen roten Lichtblitz ausschickte. »Du kannst von Glück reden, dass man dich nicht hingerichtet hat.«

»Aber man müsste sich schon sehr anstrengen, um von einem Gnadenakt zu sprechen. Soll ich dir etwas sagen?«

»Wie ich dich kenne, werde ich dich kaum daran hindern können.«

»Man will nicht, dass ich sterbe. Jedenfalls nicht vor meiner Zeit. Anfangs befürchtete man noch, ich könnte mir selbst das Leben nehmen, anstatt es bis zum bitteren Ende durchzustehen. Damals stellte man für eine Weile jemanden ab, der mir auf Schritt und Tritt folgte. Später ließ man dafür einen Roboter von der *Malabar* kommen. Inzwischen hat man jedoch begriffen, dass ich das nicht tun werde.«

»Du bist nicht der Typ dafür.«

»Nicht wirklich. Außerdem würde ich es den anderen nicht ersparen.«

»Was würdest du *ihnen* nicht ersparen?«

»Wenn ich Selbstmord beginge, wären sie nicht gezwungen, meinen Verfall mit anzusehen. Nein, sie sollen voll auf ihre Kosten kommen. Ich werde sie bis in ihre Albträume hinein verfolgen.«

»Du bist also nur aus Trotz noch am Leben?«

»Du kennst mich besser, Chiku. Ich bin von Natur aus neugierig, und niemand weiß genau, wie lange es dauert, bis mein Verfall abgeschlossen ist. Sicher Jahrzehnte. Vielleicht ein ganzes Jahrhundert. Ich gebe gut auf mich acht.« Travertine schlug mit dem Armband gegen das Holz. »Das Ding hier ist nicht perfekt. Hin und wieder verletze ich mich selbst, versehentlich oder auch nicht.« Zum Beweis dafür kratzte xier an einer alten Narbe an xiesem Handgelenk. »Ich finde es interessant, die Reparaturprozesse an mir selbst zu beobachten. Wunden heilen immer noch recht gut, einige der Verlängerungspfade sind also noch offen. Ich sterbe, aber nicht so schnell, wie man vielleicht meint.«

Chiku fragte sich, ob sie das als gute Nachricht auffassen sollte.

»Vielleicht begnadigt man dich.«

»Unter Sou-Chun? Ich hätte nie gedacht, dass ich das einmal sagen würde, aber ich wünschte fast, Utomi stünde noch an der Spitze.«

»Ich habe gehört, dass Sou-Chun noch immer nicht über das Abbremsen sprechen will.«

»Das ist stark untertrieben. Wir sind nur um Haaresbreite davon entfernt, dass jede Erwähnung zum Verbrechen wird. Eine Aktion wider das öffentliche Wohl, Schüren von Ängsten, Verbreitung unverantwortlicher Ideologie und dergleichen mehr. Allein der Gedanke ist so gefährlich, dass eine Erörterung nicht infrage kommt. Dabei dachte ich, diesen Unsinn hätten wir schon im finsteren Mittelalter endgültig begraben.«

»Das dachte ich auch«, sagte Chiku. »Aber inzwischen sind wir weit von zu Hause weg.«

»Möchtest du auch die komische Seite hören? Was immer Sou-Chun in der Öffentlichkeit sagt, welche Statuten sie auch umsetzt, hinter den Kulissen spielt sich doch immer noch etwas ab.«

»Nämlich?«

»Autokratische Regierungen sind Meister darin, sich selbst zu widersprechen. Sie sagen das eine und tun etwas anderes. Ich gebe dir ein Beispiel. Sou-Chun unterdrückt alle öffentlichen Debatten zum Thema Abbremsen und beendet nach allen Seiten Forschungsprogramme – sogar einige, die nach den *Pemba*-Bestimmungen vollkommen legal waren. Zugleich findet deutlich erkennbar auf genau den Gebieten Forschung statt, die von Sou-Chuns Gesetzgebung verboten wurden.«

»Das ergibt doch überhaupt keinen Sinn.«

»Willkommen in der Politik.«

»Aber warum tut sie das? Wir hatten die Forschungen doch bereits eingeleitet – warum sie verbieten, um dann insgeheim wieder damit anzufangen?«

»Um sich bei den anderen Holoschiffen einen Vorteil zu verschaffen, was sonst? Damit sie sehen, wie sie das Richtige tut, während hinter den Kulissen alles weiterläuft wie eh und je. Denn insgeheim, ganz tief drinnen, ist Sou-Chun Lo halb wahnsinnig vor Angst. Aus gutem Grund.«

»Das ist nur Spekulation.«

»Ich wünschte, es wäre so. Von Zeit zu Zeit kommen seltsame … Besucher zu mir. Es sind immer Zivilisten, keiner hat je behauptet, im Auftrag der Versammlung zu handeln. Sie bezeichnen sich als Anwälte oder Journalisten, die sich für meine Verteidigung einsetzen wollen. Um mir zu helfen, brauchen sie angeblich weitere Einzelheiten zu den Geschehnissen in Kappa. Natürlich tue ich ihnen den Gefallen. Doch langsam nehmen die Gespräche ganz eigenartige Wendungen. Seltsam unlogische Schlussfolgerungen führen zu detaillierten Fragen im Bereich Physik und Mathematik, als wäre es bei dem entsprechenden Besuch von vornherein darum gegangen. *Würden Sie sagen, Ihre Probleme rührten von einem Fehler bei der Berechnung des Einfangquerschnitts her, weil nicht alle Terme dritter Ordnung berücksichtigt wurden*? Etwa in der Art.«

»Ich verstehe nicht. Wozu soll das gut sein?«

»Es geht etwas vor, und sie haben noch nicht alle Antworten. Genauer gesagt gar keine. Ich spiele natürlich mit, denn obwohl ich benutzt werde, bereitet mir das ein intellektuelles Vergnügen.« Travertine rutschte unruhig auf dem Stuhl hin und her. »Ein ganz und gar durchsichtiges Manöver – niemand sammelt Argumente für meine Verteidigung. Man will mein Experiment wiederholen.«

Chiku dachte nach. Selbst wenn man Travertines Neigung

zum Zynismus mit einbezog, klang die Geschichte unangenehm plausibel.

»Ich könnte mir denken, dass du in ein paar harmlose Fragen viel zu viel hineininterpretierst.«

»Dem ist nicht so. Außerdem erklärt das, warum man mich mit allen Mitteln von einem Selbstmord abhalten will – ich werde noch gebraucht.«

»Schön. Angenommen, du erfindest das nicht und bildest es dir auch nicht ein, sondern es geht wirklich etwas vor, ob mit oder ohne Sou-Chuns Genehmigung – wäre das wirklich so schrecklich? Du kannst es nicht ausstehen, wenn man dich belügt, aber es würde immerhin bedeuten, dass jemand das Problem endlich ernst nimmt.«

»Es könnte trotzdem zu spät sein.«

»Dennoch ist es besser, etwas zu tun, als untätig zu sein, selbst wenn es im Verborgenen geschieht. Wer weiß – vielleicht lässt sich das, was immer man entdeckt, schon praktisch anwenden, bevor wir irgendwann dahinterkommen, wie sich etwas von der Größe der *Sansibar* abbremsen lässt.«

Travertine hatte auf xiese Hände niedergeschaut, die an den Knöcheln von harter körperlicher Arbeit aufgeschürft waren, doch nun sah xier jäh auf.

»In welcher Form?«

»Ich weiß es nicht.« Chiku hatte das Gefühl, die Gedanken wären ihr auf die Stirn geschrieben und scrollten herunter wie ein Newsfeed. »Ein Schiff vielleicht.«

Lange Zeit sahen sich die beiden schweigend an. Das Ticken des schwarzen Armbands war ihr Maß für die verrinnende Zeit, jedes Aufblitzen eine Erinnerung an Travertines gewaltsam verkürzte Lebensdauer.

»Du hast dir sicher deine Gedanken gemacht.«

»Worüber?«

»Warum ich dir diesen Wortbruch nie vorgehalten habe. Du hattest immer deine Grundsätze, Chiku – es kam mir seltsam vor, dass du sie so rasch aufgegeben hattest. Es gab Gerüchte, wonach Utomi dich mit der Drohung, man würde dir sonst niemals die Auszeit gewähren, erpresst hat, mit der Mehrheit zu stimmen.« Travertines Blick war jetzt noch schärfer geworden. »Das hat mich nie überzeugt – gerade wegen deiner Prinzipien. Die Auszeit hätte dir viel bedeutet, aber dafür dein Versprechen zu brechen? Das wäre nicht die Chiku gewesen, die ich kannte.«

»Wir verändern uns alle.«

»Und du solltest dich so sehr verändert haben, dass du bereit warst, wortbrüchig zu werden und das Risiko einzugehen, von mir in aller Öffentlichkeit bloßgestellt zu werden?«

»Wie schön für dich, dass du dein Superhirn in den letzten vierzig Jahren mit derart wichtigen Fragen beschäftigen konntest.«

»Wenn wir schon beim Thema sind … wieso gerade vierzig Jahre? Die öffentlichen Dateien sind nämlich selbst für einen Paria wie mich offen zugänglich. Man hat dir, Noah und den Kindern sechzig und nicht vierzig Jahre zugestanden, warum also bist du schon so bald wieder wach?«

»Ich hatte den brennenden Wunsch, mit dir in Erinnerungen zu schwelgen.«

»Das kann ich mir denken. Aber drehen wir doch den Spieß einmal um. Hast *du* dich jemals gefragt, warum ich mit der Karte, der Sphinxware und den Gängen unter Kappa nie an die Öffentlichkeit gegangen bin?«

»Man hätte dir zum Vorwurf gemacht, dass du das alles nicht sofort gemeldet hast.«

»Mag sein, aber glaubst du wirklich, das hätte mir schlaflose Nächte bereitet? Immerhin war ich bereits angeklagt, den Tod von zweihundertvierzehn Menschen verschuldet zu haben. Sei realistisch, Chiku – eine noch höhere Strafe wäre nicht möglich gewesen, was hatte ich also zu verlieren, wenn ich auch das noch gestand? Man hatte doch bereits entschieden, dass die Todesstrafe zu milde war.«

»Schön, ich gebe auf.«

»Die Information habe ich nicht gegen dich verwendet, weil ich wissen wollte, was du als Nächstes tun würdest. Ich beschloss, auf lange Sicht zu spielen – meine Strafe anzunehmen, immer mehr zu einem Wrack zu werden und abzuwarten. Seit vierzig Jahren beobachte ich dich und warte, dass etwas passiert. Und nun kommst du ohne deine Familie aus der Auszeit, und du siehst nicht glücklich aus – da fragt man sich doch warum.«

»Vielleicht macht es mich unglücklich, dass du in meiner Küche sitzt. Vielleicht macht es mich unglücklich, dass ich vierzig Jahre auf Eis gelegen habe und wir mit dem Abbremsproblem noch immer nicht weiter sind. Vielleicht macht es mich unglücklich, weil ich irgendwie die Vorstellung habe, das sei alles meine Schuld, ich sei verantwortlich für deine Misere.«

»Lauter gute Gründe, sich elend zu fühlen, Chiku.« Xier schob quietschend den Stuhl zurück. »Ich muss weiter. Es war schön, mit dir zu plaudern. Du wirst doch sicher bald in die Auszeit zurückkehren?«

»Falls ich das will«, sagte Chiku.

»Ich beneide dich um diese Möglichkeit. Ich würde mein Leben dafür geben, dabei zu sein, wenn wir Crucible erreichen. Und das ist ganz wörtlich zu nehmen.«

»Dieser Zeitpunkt liegt noch weit in der Zukunft.«

»Aber nicht mehr so weit wie zu Beginn dieses Gesprächs«, sagte Travertine.

»Was willst du von mir?«

»Du hattest einen Grund, um mich zu kreuzigen. Vielleicht bin ich zu nachsichtig, aber ich glaube nicht, dass es *nur* darum ging, die Genehmigung für die Auszeit zu bekommen. Selbst wenn, dann wolltest du die Auszeit aus anderen Gründen, als alle Welt glaubt. Es ging dir nicht allein um dein persönliches Fortkommen, nicht allein um deine Familie, nicht allein darum, deinen geliebten Kindern die Chance zu geben, unser Ziel zu sehen. Bedauerlicherweise habe ich nicht die leiseste Ahnung, worum es dir tatsächlich ging. Aber es muss etwas damit zu tun haben, was du unter Kappa gefunden hast. Und das bringt mich zu meiner ursprünglichen Frage zurück – wieso bist du jetzt schon wach? Du schleppst etwas mit dir herum, Chiku. Du siehst aus wie eine Frau, der eine Menge im Kopf herumgeht.«

»Das nennt man Verantwortung.«

»Damit kenne ich mich aus. Und es wird maßlos überschätzt.«

23

Sie wagte es, den Kopf zu bewegen und die fremde Anatomie zu begutachten, in die sie geschlüpft war. Es war ein Golem, höchstwahrscheinlich die gleiche Antiquität von einem Stellvertreter, wie sie ihn in Eunice' Camp gesehen hatte. Damals war er nicht funktionsfähig gewesen, doch inzwischen hatte sie offenbar Zeit gefunden, die notwendigen Reparaturen durchzuführen. Eunice hatte es allerdings nicht für nötig befunden, den Stellvertreter einem menschlichen Wesen ähnlicher zu machen. Chikus neuer Torso war ein offener Käfig, an dem dünne und mit mehreren Gelenken versehene Arme und Beine schwerfällig herunterhingen. Sie konnte durch sich selbst hindurchsehen.

»Wo warst du so lange?«

Sie ging dem Klang der Stimme nach. Eunice hockte ein paar Schritte vor ihr auf dem Pfad und kratzte an einem Stein herum. Sie wirkte so zufrieden und sorglos wie ein Strandpirat.

»Woher wusstest du, dass ich überhaupt komme?«, fragte Chiku.

»Da gibt es Mittel und Wege. Der Gefährte war mir eine große Hilfe – du kannst dich in meinem Namen bei deiner Tochter bedanken.«

Chiku erinnerte sich, dass sie Eunice bei ihrem letzten Besuch vor ihrer Auszeit das Hilfsmittel gegeben hatte.

»Der Gefährte sollte dir Zugriff auf äußere Informationsquellen geben, aber er war nicht dafür gedacht, Nachrichten an mein Terminal zu schicken und Ching-Verbindungen aufzubauen. Bist du sicher, dass man die Verbindung nicht nachverfolgen kann?«

»Immerhin hast du dich ihr anvertraut.« Eunice stand auf. Sie hielt eine Maurerkelle in der Hand. »Ich bin kreativ, richtig. Das ist so meine Art. Außerdem wusste ich, dass du mich früher oder später aufsuchen würdest. Den öffentlichen Netzen hatte ich entnommen, dass Chiku Akinya aus der Auszeit gekommen war, es war also nur eine Frage der Zeit, wann du meine Nachricht mit den Ching-Koordinaten finden würdest. Die Verbindung ließ sich demnach ohne Schwierigkeiten herstellen?«

Versuchsweise machte Chiku ein paar Schritte. Anfangs war es noch ungewohnt, doch nachdem sie ein paar Mal gestolpert war, fand sie in einen Rhythmus hinein, der sich fast natürlich anfühlte. »Kannst du mir versprechen, dass sie sicher ist?«

»Ich denke schon. Wo es um hoch entwickelte Informationstechnologien geht, habe ich einen einigermaßen unfairen Vorteil – ich bin selbst eine.« Eunice deutete nach vorne. »Komm. Ich war hier sowieso fertig. Lass uns ins Camp zurückgehen.«

Chiku gehorchte und ging schneller. Sie befanden sich auf der Seite des Tals, wo sie einst den Hang hinuntergefallen und Eunice zum ersten Mal begegnet war. Soweit sie sehen konnte, hatte sich in den vierzig Jahren nicht allzu viel verändert. Am Himmel gab es ein paar schwarze Flecken mehr, das Verhältnis von Bäumen zu Freiflächen auf dem Talgrund mochte sich verschoben haben, aber nicht dramatisch. Und an Eunice war die Zeit natürlich spurlos vorübergegangen.

Dennoch kam sie Chiku … irgendwie anders vor.

»Du hast dir mit dem Stellvertreter eine Menge Arbeit gemacht. Dabei brauche ich nicht unbedingt einen Körper, um zu dir zu kommen.«

»Ich rede nicht gern mit Gespenstern. Der Körper ist nichts Besonderes, aber ich habe nichts Besseres zustande gebracht.«

»Oh, ich will mich nicht beklagen.«

Sie folgten dem Serpentinenpfad, und Chiku suchte das Tal nach den Tantoren ab, aber die waren ebenso scheu wie damals.

»Es freut mich, dass du von den Toten auferstanden bist«, sagte Eunice. »Ich hatte schon meine Zweifel.«

»Ich habe doch versprochen, dass ich wiederkomme.«

»Klar, und in der ganzen Geschichte der Zivilisation ist noch nie jemand wortbrüchig geworden. Der Gefährte hat mir zwar einen gewissen Einblick in die allgemeinen Entwicklungen jenseits der Kaverne ermöglicht, aber er hat mich nicht allwissend gemacht. Ich konnte mich nicht darauf verlassen, dass mir die öffentlichen Archive die Wahrheit sagten, woher sollte ich also erfahren, was wirklich mit dir geschehen war?«

Eunice kniete nieder und band sich die Schnürsenkel, eine eigenartig menschliche Geste, die in krassem Gegensatz zu ihrem wahren Wesen stand, dachte Chiku. Wie, so fragte sie sich, konnte eine Maschine vergessen, sich die Schnürsenkel ordentlich zu binden?

»Dein Mann, Noah. Und die Kinder. Geht es ihnen gut?«

»Alles bestens. Sie schlafen noch.«

»Noah wusste, dass du dich vorzeitig wecken lassen wolltest?«

»Nein. Er hätte wohl versucht, mir das auszureden, deshalb war es einfacher, ihm nichts davon zu erzählen.«

»Aber du vertraust Noah. Er weiß von mir. Wir sind uns begegnet.«

»Ich will nur unnötige Komplikationen vermeiden.«

»Wer wollte das nicht? Und wie steht es um deine geistige Verfassung, seit du aus der Auszeit gekommen bist – keine Probleme auf diesem Gebiet?«

»Nur diese seltsame Wahnvorstellung, ich hätte einmal sprechende Elefanten getroffen.«

Eunice' Schnürsenkel waren gebunden, sie richtete sich wieder auf und lächelte Chiku verschmitzt an. »Ich sage es nur ungern, aber das war Realität. Ich bin jedenfalls sehr froh, dass du es geschafft hast. Wie ist die Stimmung auf der Straße, außerhalb der Kaverne? Wie voxt die vox populi?«

»Die Nerven liegen ziemlich blank«, antwortete Chiku.

»Verständlich. Nach meiner Schätzung sind wir zweiundzwanzig Lichtjahre von der Erde entfernt. Entsetzlich – ein Katzensprung, und wir stehen an der Schwelle von Crucible. Dann werden die Leute erst richtig unruhig werden.«

»Einige von uns sind es schon jetzt. Ich habe von Chiku Gelb gehört.« Sie ließ den Stellvertreter mit einem Eisenfinger an seine Eisenstirn klopfen. »Sie hat mir ihre Erinnerungen geschickt. Möchtest du die schlechte oder die ganz schlechte Nachricht hören?«

»Das nenne ich eine Alternative.« Doch der Spott verging ihr gleich wieder. »Wie schlecht ist ›ganz schlecht‹?«

»Oh, das Übliche. Im Umkreis der Erde gibt es eine nahezu allwissende künstliche Intelligenz, die auch vor Mord nicht zurückschreckt, um ihr Geheimnis zu schützen. Im Umkreis von Crucible gibt es indessen Maschinen, die uns Lügen darüber erzählen, was wir bei unserer Ankunft vorfinden werden.«

Chiku beobachtete die nächste Baumgruppe. »Ich habe keine Tantoren gesehen. Hoffentlich ist ihnen nichts zugestoßen.«

»In vierzig Jahren? Nur die Höhen und Tiefen, wie sie in jeder Population zu erwarten sind. Aber das stimmt nicht ganz. Es ist tatsächlich etwas geschehen, man kann nur noch nicht sagen, was es bedeutet. Die *Sess-na* steht ganz in der Nähe. Wenn wir im Camp sind, möchte ich dir Dakota vorstellen. Sie ist noch relativ jung – ihre Mutter hatte kaum die Pubertät hinter sich, als du das letzte Mal hier warst. Diese Elefanten hetzen nur so durch die Generationen.«

»Sie leben eben nicht so lange wie wir«, bemerkte Chiku.

»Noch nicht«, schränkte Eunice ein. »Es sind schon merkwürdigere Dinge geschehen.«

Von außen war nicht festzustellen, ob sich das Camp seit ihrem letzten Besuch verändert hatte. Dieselbe Lichtung, dieselben kleeblattförmig angeordneten kakifarbenen Kuppelzelte. Chiku bemerkte systematisch ausgeführte Reparaturen, aber vielleicht waren die ihr beim letzten Mal bloß nicht aufgefallen. Als sie auf die Lichtung traten, schaute sie zum Himmel auf und verglich ihn mit ihren Erinnerungen an Lissabon und an den Familiensitz. Über dem Gitterwerk aus Ästen und Zweigen leuchtete er in einem tiefen Tintorettoblau.

»Ich bin eine schlechte Gastgeberin«, entschuldigte sich Eunice. »Aber es hätte keinen Sinn, dir etwas zu trinken anzubieten.« Immerhin forderte sie Chiku auf, sich zu setzen. »Dakota wird bald hier sein. Jetzt erzähle mir von *Ocular* und von Arachne.«

»Woran erinnerst du dich?«

»An etwas mehr als beim letzten Mal.« Sie klopfte auf einen Gegenstand, der auf dem Klapptisch lag. Chiku erkannte den Gefährten. »Du hattest recht – er hat mir sehr geholfen. *Sansi-*

*bar*s Daten anzuzapfen hat einige alte Erinnerungen geweckt. Alles konnte ich dennoch nicht in Erfahrung bringen.«

»Wir müssen alle vorsichtig sein.« Als Chiku nach dem Gefährten griff, fiel ihr wieder ein, wie schuldig sie sich gefühlt hatte, als sie ihn Ndege wegnahm. »Arachne ist genau das, was du befürchtet hast. Ein Artilekt, sehr mächtig und weit verteilt. Anfangs war sie die Kontrollintelligenz des *Ocular*-Teleskops, doch inzwischen ist sie sehr viel mehr als das. Entweder hat sie sich selbst mehrere Hundert Mal kopiert, oder sie hat viele andere Artilekte unter sich vereint. Sie hat eine Million Gesichter, und sie ist überall. Es gibt kaum noch etwas, was sie nicht beeinflussen kann – Maschinen, Tiere, so gut wie jeden Bereich der *Überwachten Welt*. Sie hat June Wing ermordet, Imris Kwami hätte sie beinahe getötet, und wahrscheinlich hatte sie auch bei Pedro Bragas Unfall die Hand im Spiel. Ich kann von Glück reden, dass ich überlebt habe.«

Eunice hatte sich ihr gegenüber gesetzt und nickte langsam, als ob Chiku mit jedem Wort lediglich ihre schlimmsten Befürchtungen bestätigte. »Und doch merkt niemand, was gespielt wird?«

»Das Leben geht weiter. Der *Mechanismus* hat alles im Griff, nur sehr wenige vermuten, dass eine andere Intelligenz seine Fäden zieht. Wen sollte es auch kümmern? Man lebt gut auf der Erde – viel besser als in den Karawanen. Unbegrenzte Ressourcen, Wohlstand und Frieden für alle.«

»Du sagtest ›nur sehr wenige‹.«

»June Wing wusste Bescheid. Ein paar andere sind misstrauisch. Vielleicht sind Arethusa und die Meerleute nicht allein. Ich weiß nicht, ob sie ganz verstehen, womit sie es zu tun haben, aber sie spüren immerhin, dass etwas nicht stimmt.«

»Und doch wagen selbst jene, die Bescheid wissen oder einen Verdacht hegen, nicht offen darüber zu sprechen.«

»Auch wenn sie Glauben fänden, was würde es nützen? Arachne hat sich bisher auf einige wenige Todesfälle beschränkt, die leicht zu erklären sind, aber wenn sie sich wirklich bedroht fühlt … man darf gar nicht daran denken, Eunice. Wenn sie gezwungen wäre, sich nicht mehr nur gegen eine Handvoll Gegner zu wehren, könnte sie Millionen töten. Sieh dir bloß an, wozu sie auf der Venus bereit war! Man wäre nirgendwo mehr sicher. Städte, Monde … Im gesamten Einflussbereich des *Mechanismus* kann sie zuschlagen. Und das wäre erst der Anfang. Es liegt in ihrer Macht, noch viel, viel Schlimmeres anzurichten.«

»Dennoch toleriert sie den Status quo. Sie hatte nichts dagegen, jahrhundertelang unentdeckt zu bleiben. Daraus könnte man schließen, dass sie es nicht auf die Vernichtung der Menschheit abgesehen hat – nur auf eine Art von Koexistenz.«

»Solange das in ihre Pläne passt«, schränkte Chiku ein. »Wer weiß, was sonst geschähe? Wenn die Holoschiffe sich Crucible nähern, wird jeder sehen, dass man uns belogen hat. Das lässt sich mit Worten nicht aus der Welt schaffen.«

»Sag mir, was du erfahren hast.«

Chiku berichtete so knapp wie möglich – zuerst sprach sie von Mandala, das wahrscheinlich real war, dann von den falschen Mustern, die in die *Ocular*-Ergebnisse eingeschleust worden waren, und davon, wie es June Wing gelungen war, einen Blick auf die unverfälschten Daten zu werfen. Schließlich beschrieb sie die verschwommenen Gebilde, die um Crucible kreisten, und erklärte, wie sie vom Familiensitz aus an ein schärferes Bild gekommen war.

»Wir wissen lediglich, dass es sich um Alien-Objekte handelt. Es könnten Sonden sein, um Mandala zu studieren. Wenn das Konstrukt über Lichtjahre einer Intelligenz auffallen kann, warum nicht auch einer zweiten?«

Danach erzählte sie Eunice von den blauen Lichtstrahlen, die offenbar ein stark verschlüsseltes optisches Kommunikationsmedium waren und in Crucible zusammenliefen wie die Speichen eines Rades.

»Dabei ist mir noch ein Gedanke gekommen«, sagte sie schließlich. »Irgendetwas hat Arachne dazu getrieben, zu dem zu werden, was sie ist. Könnte das etwas mit diesen blauen Strahlen zu tun haben? Haben sie ihr eine so mächtige Botschaft geschickt, dass sie gezwungen war zu lügen und dieses Märchen zu erfinden?«

»Möglich wäre es, aber ich bin nicht der Quell allen Wissens. Ein paar Antworten müsst ihr schon noch selbst finden.«

»Was sollen wir jetzt tun?«, fragte Chiku. »Selbst wenn wir eine Möglichkeit finden, die Schiffe abzubremsen, mit welchem Empfang können wir rechnen? Ich denke daran, so etwas wie ein Vorauskommando loszuschicken, aber das können wir jetzt ebenso wenig wie vor vierzig Jahren. Alles wegen dieses albernen Moratoriums.«

»Da wir gerade bei diesem Thema sind, ich habe mich über deinen Freund informiert.«

»Travertine? Ich glaube nicht, dass ich xien noch als ›Freund‹ bezeichnen würde.«

»Dann eben als Kollegen. Ihr habt euch einmal nahegestanden, und du hattest Einfluss auf xiesen Prozess. Das steht alles in den öffentlichen Dateien – Aussagen, Gerichtsprotokolle und so weiter. Travertine ist das, was wir früher ein wandelndes Pulverfass nannten. Wobei ich darauf hinweisen möchte, dass ich nicht alt genug bin, um mich zu erinnern, wann diese Wendung entstanden ist.«

»Das ist nicht komisch, Eunice. Ich mache mir Sorgen um Travertine, ich weiß nicht, was xier tun wird. Seit dem Prozess ist xier Persona non grata, aber xier könnte mich vernichten – und dich und die Tantoren in Gefahr bringen.«

»Würde xier das tun?«

»Travertine stirbt langsam, und das haben wir xiem angetan. Wenn xier beweisen könnte, dass ich zur Zeit des Prozesses parteiisch war, könnte das ausreichen, um das Urteil aufzuheben.«

»Es ist ein Jammer, dass Travertine nicht so viel Anstand besessen hat zu sterben, während du geschlafen hast«, überlegte Eunice. »Manche Leute sind wirklich …«

»Bitte keine Frivolitäten. Es wäre schlimm genug, wenn nur meine berufliche Zukunft auf dem Spiel stünde. Aber nachdem ich jetzt über Crucible, über Arachne und die Versorger Bescheid weiß, kann ich nicht zulassen, dass Travertine alles ruiniert.«

»Ich kann dir ein Sortiment von geruchlosen Giften anbieten und dir zeigen, wie du sie verabreichen könntest, ohne entdeckt zu werden. Aber zu einem Mord wärst du wohl nicht unbedingt bereit, nicht wahr?«

»Bitte, Eunice, ich bin wirklich nicht in Stimmung für solche Scherze.«

»Mir ist es völlig ernst, ich erwäge nur die verfügbaren Möglichkeiten. Wenn du es nicht selbst tun willst, kann ich auf der anderen Seite in einen Roboter chingen. Dann könnte dich niemand mit dem Verbrechen in Verbindung bringen.«

»Travertine wird nicht *umgebracht* – wir brauchen xien viel zu sehr. Jedenfalls als Gemeinschaft. Travertine glaubt, dass hinter den Kulissen irgendein Forschungsprogramm läuft, das auf xieser Arbeit aufbauen möchte.«

»Ob genehmigt oder geheim, die Forschung ist keinen Schritt weitergekommen.«

»Ich habe etwas, das wieder Bewegung in die Sache bringen

könnte. In den richtigen Händen besteht die Chance, dass es den Durchbruch bringt, den wir brauchen – die Lösung für das Abbremsproblem und die Möglichkeit, ein Vorauskommando loszuschicken.«

»Dann geh damit zu den Behörden. Oder traust du Sou-Chun Lo nicht zu, dass sie in deinem Sinne aktiv wird?«

»Ich weiß nicht, wie sie sich verhalten würde. Das weiß ich bei keinem der Repräsentanten. Ich habe zu lange geschlafen, um die politische Landschaft zuverlässig beurteilen zu können. Glaube mir, ich würde nichts lieber tun, als mich aus dem ganzen Schlamassel herauszuhalten. Aber selbst wenn Sou-Chun mich ernst nähme, würde sie mir Fragen stellen, die ich lieber nicht beantworten möchte.«

»Dann hast du ein Problem.«

»Nicht einmal meinem Mann könnte ich die ganze Wahrheit sagen, und dabei weiß er von dir. Noah wäre nicht einverstanden gewesen, dass ich mich vorzeitig wecken lasse, deshalb habe ich es ihm auch nicht gesagt.«

»Noah ist vernünftig.«

»Vielen Dank, aber das hilft mir hier nicht weiter.«

»Die größte Gefahr für dich ist Travertine«, erklärte Eunice so pompös, als wäre Chiku selbst nie auf diese Idee gekommen. »Xier könnte dich mit einem Wort bloßstellen und Jahrzehnte guter Arbeit zunichtemachen. Ein Jammer, dass du keine Möglichkeit findest, xien auf deine Seite zu ziehen.«

»Travertine ist keine Schachfigur, sondern ein Mensch.«

»Jeder hat eine Schwachstelle, Chiku. Im richtigen Moment lässt sich jeder zu allem bewegen.« Sie klatschte mit Entschiedenheit in die Hände, und das satte, menschliche Geräusch passte ganz und gar nicht zu ihrem wahren Wesen. »Ich habe dir Dakota versprochen. Sie ist auf dem Weg hierher. Möchtest du sie kennenlernen?«

»Wenn sie sich *daran* nicht stört.« Chiku deutete auf ihren Metallkörper.

»Nicht im Geringsten. In ihrem eigenen Sensorium wird sie nämlich eine menschliche Frau sehen. Dakota! Komm bitte heraus. Die Person, die du kennenlernen sollst, ist hier.«

Die Bäume bewegten sich. Ein mittelgroßer Tantor trat auf die Lichtung und strebte rasch dem Camp zu. Dakota schien nicht wütend oder in Panik, aber es war auch kein Spaziergang. Obwohl Chiku unverwundbar war, musste sie sich beherrschen, um nicht zurückzuweichen.

Eunice legte ihr beruhigend die Hand auf den Arm. »Sie ist dreist«, flüsterte sie. »Aber in keiner Weise bösartig. Sie wird dir nichts tun. Sag Dakota Guten Tag, Chiku.«

Chiku ließ sich nicht einschüchtern und schaute dem riesigen Koloss, der nun dicht vor ihr stand, fest in die Augen. Dakota trug wie alle Tantoren verschiedene Geräte an Kopf und Körper, die mit elastischen Gurten befestigt waren. Ihre beiden Stoßzähne waren von gleicher Größe und wölbten sich in sanftem Bogen. Die Ohren bewegten sich sacht. Durch die Ching-Verbindung konnte Chiku sowohl ihren Geruch als auch die tiefen seismischen Vibrationen ihres Begrüßungsgrollens spüren.

Dakota rollte die Spitze ihres Rüssels ein und scharrte damit eine Furche in den Boden wie eine Grenzlinie.

»Hallo«, sagte Chiku. »Ich bin Chiku. Ich bin ein Freund von Eunice.«

WILLKOMMEN CHIKU

WIR SIND BEIDE FREUNDE

»Sie spricht flüssiger«, flüsterte Chiku.

»Dakota ist von Geburt an ungewöhnlich intelligent. Mit ihrer Sprachbegabung und ihrer Fähigkeit zu abstrahieren übertrifft sie alle ihre Artgenossen.«

»Was hast du mit ihr gemacht?«

»Nichts. Ich habe es gar nicht erst versucht. Meine Aufgabe besteht lediglich darin, dafür zu sorgen, dass sie am Leben und gesund bleiben. Ich wüsste gar nicht, was ich tun müsste, um sie klüger zu machen. Was du hier siehst … ist nur das Zufallsergebnis einer Vermischung von genetischen Faktoren, die schon vor Generationen in den Zuchtbestand eingebracht wurden. Ihre Eltern waren intelligent, vielleicht sogar überdurchschnittlich. Dakota ist jedoch ein Ausreißer. Sie sprengt alle Grenzen.«

»Sie ist unglaublich.«

»Ja. Sie ist großartig; ein echter kognitiver Sprung. Ich wünschte, ich könnte ihr Gehirn scannen, um seine Feinstrukturen zu erforschen. Die anderen Tantoren können sich mit Sprache verständigen, aber es fällt ihnen nicht leicht. Dakota *badet* förmlich darin. In der Sprachentwicklung ist sie weiter als ein fünfjähriges Kind, und sie lernt immer noch dazu. Sie hat ein Vokabular von zweihundertfünfzig Wörtern, das sie ständig erweitert.«

Chiku wollte das nicht ungeprüft hinnehmen. »Wo sind wir, Dakota?«

WIR SIND IN LAPPEN ZWEI
LAPPEN ZWEI IST IN DER KAVERNE
DIE KAVERNE IST IM HOLOSCHIFF
DAS HOLOSCHIFF IST *SANSIBAR*

Die anderen Tantoren hatten nicht gewusst, dass die Welt größer war als ihre Kaverne, und sie hatten keine Vorstellung gehabt, wo sie sich darin befanden. Chiku fragte sich, wie weit Dakotas kosmologisches Verständnis wohl reichte. »Und was ist *Sansibar*?«

EIN STEIN IN FINSTERNIS
EIN STEIN VON MENSCHEN GEMACHT

Chiku sah Eunice an. »Versteht sie das wirklich alles, oder plappert sie bloß nach, was du ihr erzählt hast?«

»Das musst du einen Philosophen fragen.«

»Das würde ich tun, wenn einer greifbar wäre.«

»Alle Tantoren haben ein Ichbewusstsein – sie wissen, dass das, was ihnen aus dem Spiegel entgegenschaut, sie selbst sind. Elefanten haben eine native Theorie – sie können sich in den Verstand eines anderen Elefanten *hineindenken* und *dessen* Wissen über die Welt einschließlich der Fehler und der Wissenslücken ableiten. Damit sind sie allen anderen Arten überlegen – ein paar Primaten und einige besonders intelligente Vögel und Cetaceen einmal ausgenommen. Tantoren gehen noch einen Schritt weiter – sie haben eine Vorstellung von Vergangenheit, Gegenwart und Zukunft, vielleicht ahnen sie sogar ganz schwach, dass sie sterblich sind. Dakota kann noch viel mehr als das. Sie ist nicht – noch nicht – so intelligent wie ein erwachsener Mensch, aber ihre Fähigkeit zur Kategorienbildung ist mindestens so weit entwickelt wie bei einem zehnjährigen Kind. Sie kann abstrakt argumentieren. Sie kann eine komplexe Folge von Handlungen planen und sie Tage später auch ausführen. Im Werkzeuggebrauch ist sie geradezu einzigartig. Sie kann improvisieren und experimentieren, wie ich es mir niemals hätte träumen lassen – und sie kann den anderen Tantoren beibringen, was sie gelernt hat. Sie ist etwas Neues, Chiku. Neu, großartig und ein klein wenig beängstigend.«

»Beängstigend? Inwiefern?«

»Wenn durch willkürliches Neukombinieren von einigen Genen so etwas herauskommen kann, was mag dann sonst noch alles heraufbeschworen werden?«

»Glaubst du, sie ist ...« Chiku suchte nach Worten. Sie wollte weder den Elefanten noch seine Wärterin vor den Kopf stoßen. »Ein einmaliger Fall? Ein glücklicher Wurf? Oder werden die Tantoren der nächsten Welle alle so sein wie sie?«

»Vielleicht nicht alle und vielleicht nicht in einer einzigen Generation. Aber sie ist der Vorbote von etwas Neuem, das auf uns zukommt. Dakota ist nur ein erster Hinweis auf das, was uns bevorsteht.«

»Wenn sie schon fast so intelligent ist wie wir … was passiert dann, wenn ihre Kinder noch klüger werden?«

»Das Gleiche, was immer passiert, wenn uns das Universum im Schlaf überrascht«, sagte Eunice mit einer gewissen apokalyptischen Schadenfreude. »Das Leben wird interessant.«

24

Am nächsten Tag war Chiku zum Morgen-Chai mit Sou-Chun Lo verabredet. Sie trafen sich im Park der Vorfreude, einem Teil der Regierungskaverne. Der Park war ein relativ neues Projekt. Bevor Chiku in die Auszeit ging, war dieser Bereich mit Bäumen bepflanzt gewesen, unter denen sie sich zwischen den Sitzungen der Gesetzgebenden Versammlung oft aufgehalten hatte. Nun hatte man die Bäume gefällt und die ganze Fläche neu gestaltet. Sie saßen zu zweit in einer Teehaus-Pagode, draußen hielten mehrere Gendarmen die Neugierigen fern.

»Wir freuen uns natürlich sehr, dich wieder bei uns zu haben«, sagte Sou-Chun, doch Chiku hörte ein leises Unbehagen heraus, das sie nicht ganz verbergen konnte. »Deine Stimme genießt großes Ansehen in der Versammlung, Chiku. Sehr großes Ansehen. Aber wir hätten nie von dir erwartet, dass du die Politik über deine Familie stellst.«

»Das habe ich auch nicht vor.«

»Ehrlich gesagt waren wir alle ein wenig überrascht, dass du dich vorzeitig hast wecken lassen.«

Chiku schenkte ihr ein unbeteiligtes Lächeln. »Vermutlich

konnte ich nicht so recht loslassen, ich hatte wohl Angst, vom Geschehen auf der *Sansibar* völlig ausgeschlossen zu werden, wenn ich zu lange weg wäre.«

»Während du jetzt noch nahe genug daran bist, um eine Rolle zu spielen?«

»Wenn es gewünscht wird.«

»Aber du wirst die Auszeit doch sicherlich bald fortsetzen – du hast ein Anrecht auf den Rest deiner Schlafperiode. Jeder wird verstehen, wenn du zu deinem Mann und zu deinen Kindern zurückkehrst.«

»Ich danke dir.«

»Findest du nicht auch, dass man seine Energien für die Zeit aufsparen sollte, zu der sie am nutzbringendsten eingesetzt werden können?«

»Du meinst, wenn wir Crucible erreichen?«

»Selbstverständlich auf Crucible. Wo sonst?« Sou-Chun verzog beim Lächeln kaum die Lippen. Während Chiku geschlafen hatte, war das Gesicht der Repräsentantin so hart geworden, dass es kaum noch eines Ausdrucks fähig war, während sich ihr Körper zu einer Marionette ihres jüngeren Ichs versteift hatte, dem nur noch ein begrenztes Repertoire menschlicher Gesten zur Verfügung stand. Ihren Chai trank sie so starr aufgerichtet, als würden ihre Gliedmaßen mit Drähten und Flaschenzügen bewegt. Ihre Lippen streiften kaum das Porzellan.

»Aber bis dahin haben wir noch ein paar Hindernisse zu überwinden«, wandte Chiku ein. »Ich habe mich über die Entwicklungen der letzten vierzig Jahre informiert, große Fortschritte hat es offenbar nicht gegeben.«

»Es kommt darauf an, was man unter Fortschritt versteht. Als du in die Auszeit gegangen bist, war die politische Situation sehr instabil. Die Sache mit Travertine hat uns allen viel Kopfzerbrechen bereitet. Aber das ist vorbei. Wir sind mit den anderen Holoschiffen in der Karawane zu einer Einigung gelangt und haben akzeptiert, dass wir – in mancher Hinsicht – nicht richtig an die Dinge herangegangen sind. Ich freue mich, sagen zu können, dass sehr viel mehr Ruhe eingekehrt ist, seit du uns verlassen hast.«

Seit du uns verlassen hast. Als hätte sie sich aus der Verantwortung gestohlen. Dabei war die Auszeit doch die wohlverdiente Belohnung für viele Jahre harter Arbeit im Dienst der Öffentlichkeit gewesen.

»Nun, wenn wir alle an einem Strang ziehen, besteht wohl immer noch eine schwache Chance, das Abbremsproblem zu lösen.«

»Die Zeiten haben sich geändert, Chiku. Wir sind nicht mehr bereit, diese Art von Panikmache zu tolerieren.«

»Panikmache, Sou-Chun? Darüber sind wir längst hinaus. Gnade dir Gott, wenn die Bevölkerung erkennt, dass wir in der Nacht an Crucible vorbeigerast sind und in alle Ewigkeit auf diesen Schiffen festsitzen.«

»Siehst du diese Gendarmen?« Sou-Chun nickte nach draußen, wo ihre Vollstrecker gelangweilt und mit verdrossenen Gesichtern warteten. Sie trugen Waffen, bedrohlich schwarze Betäubungsgeräte in Kreuzform. »Allein wegen dieses Ausbruchs könnte ich dich festnehmen lassen.«

»Ich habe nur Tatsachen festgestellt.«

»Aber du bist meine Freundin, und du bist eben erst aus der Auszeit gekommen, deshalb müssen wir damit rechnen, dass es eine Weile dauert, bis du dich an unsere neue Strategie gewöhnt hast. Diesmal gilt noch ›im Zweifel für den Angeklagten‹ – nimm es als freundschaftliche Warnung.«

Chiku raffte die letzten Reste von Würde zusammen und nickte. »Ich will keine Unruhe schüren, und ich verstehe *einen*

Teil der Gründe, warum du darüber nicht in der Öffentlichkeit sprechen willst.« Die Worte *einen Teil* betonte sie ganz bewusst. »Aber unter vier Augen können wir doch offen sprechen. Du bist kein Dummkopf, Sou-Chun. Tief drinnen weißt du, dass wir das Abbremsproblem nicht einfach ignorieren können, auch wenn wir die Hardliner damit noch ruhigstellen. Sieh dir die Himmelsuhr an! Als ich mich schlafen legte, musste sie noch vier Zehntel der Kaverne durchqueren. Jetzt hat sie bloß noch die Hälfte dieser Strecke vor sich!«

»Wir sind uns unserer Lage vollauf bewusst«, erklärte Sou-Chun unnachgiebig.

»Für Teslenko und die Panspermier in *New Tiamaat* ist das ja ganz in Ordnung«, fuhr Chiku fort. »Sie haben entschieden, dass sie keinen Planeten zum Leben brauchen. Aber wir Übrigen wollen keine endlose Reise ins Nichts, wir haben uns ein Ziel vorgenommen.«

»Wir sollten uns nicht zanken.« Sou-Chun strahlte ein Fünkchen ihrer früheren Wärme aus. »Wir sind alte Freundinnen und haben ungeheuer viel gemeinsam. Ich will nicht mit dir streiten. Schön, dass du wieder unter uns bist. Wollen wir ein paar Schritte gehen? Du wirst dich allerdings damit abfinden müssen, dass uns die Gendarmen folgen.«

»Aber hoffentlich nicht, weil sie fürchten, ich könnte die öffentliche Sicherheit gefährden.«

»Eigentlich sind sie zu meinem Schutz hier. Vor einigen Jahren gab es einen Attentatsversuch. Er hatte zwar keinerlei Chance auf Erfolg, aber man kann solche Dinge nicht einfach übergehen.«

»Nein, das wohl nicht«, stimmte Chiku zu. Sie verließen das Teehaus. Chiku hatte Attentate immer für ein Relikt aus der Vergangenheit gehalten und nie erwartet, dass so etwas tatsächlich in Erwägung gezogen, geschweige denn ausgeführt wurde. »Hör zu, wir sind und waren nicht immer einer Meinung, aber wenn ich mir vorstelle, dass jemand gezielt versucht, dich zu verletzen …«

»Würdest du das nicht billigen?«

»Verdammt, natürlich nicht!«

Eine Weile schlenderten sie schweigend durch den Park. »Was ist aus uns geworden?«, überlegte Sou-Chun. »Wir hatten die besten Absichten, und wo stehen wir jetzt? Alte Freunde zanken sich. Die Welten sprechen kaum noch miteinander. Ich sehne mich nach den alten Zeiten vor Travertines Unfall zurück. Damals kam uns alles schwierig vor, aber das war eigentlich gar nicht der Fall. Ich mag Noah und deine Kinder, und ich freue mich darauf, sie wiederzusehen.«

Chiku berührte eine fremdartige Blume. Die Flora des Parks ging zwar auf terrestrisches Saatgut zurück, war aber gentechnisch so weit verändert, dass sie viele der Arten simulierte, die sie auf dem neuen Planeten anzutreffen hofften. Sou-Chun erklärte ihr, mit welchen Tricks man das erreicht hatte. Ein ganzes Sortiment von Homöobox-Genen war so manipuliert worden, dass Variationen makroskopischer Strukturen entstanden. Im Grunde war es Mimikry, aber für Chikus ungeschultes Auge war die Wirkung sehr überzeugend. Bäume, Sträucher und Gräser waren nach den biologischen Daten gestaltet, die die Versorger geschickt hatten.

Mit stolzem Lächeln wies Sou-Chun auf verschiedene Besonderheiten des Parks hin – Chikus alte Freundin fühlte sich offensichtlich als seine Besitzerin.

Chiku jagte der Gedanke an das, was sie tatsächlich erwartete, kalte Schauer über den Rücken, aber sie ließ sich ihre Niedergeschlagenheit nicht anmerken.

»Beeindruckend«, sagte sie.

»Es freut mich, dass es dir gefällt. Solange du wach bist,

kannst du jederzeit herkommen. Die Gendarmen werden dafür sorgen, dass dich niemand stört.«

Zu beiden Seiten der Wege standen hohe schwarze Rechtecke. Bilder von Crucible flimmerten über ihre glatten Oberflächen, Bilder aus dem All und vom Planeten. Die Orbitalansichten zeigten Hemisphären bei unterschiedlicher Beleuchtung oder Nahaufnahmen von Landmassen, Ozeanen und Eiskappen unter jeweils anderer Vergrößerung und Wellenlänge. Es war ein faszinierendes Schauspiel, großartiger und schöner, als man es mit Worten ausdrücken konnte. Eine andere Welt, zum Greifen nahe. Kein abstrakter Lichtpunkt am Nachthimmel, sondern ein realer Ort – oder vielmehr eine verwirrende Vielfalt von Orten. Hier konnte ein moderner Mensch sein ganzes langes Leben lang umherstreifen, ohne jemals die eigenen Spuren zu kreuzen.

Ein weiterer Teil des Parks war Modellen und Impressionen von Mandala gewidmet. Natürlich war keine der Nachbildungen auch nur annähernd von natürlicher Größe – schon der kleinste Teil dieses gewaltigen Gebildes hätte die ganze *Sansibar* verschlungen. Aber sie erfüllten ihren Zweck. Sie erinnerten die Bürger daran, dass letztlich dies der Grund war, warum sie in den interstellaren Raum aufgebrochen waren, die Chance auf eine Begegnung mit einem unbestreitbar fremden Objekt, das ebenso unbestreitbar das Werk einer zielgerichteten, werkzeuggebrauchenden Intelligenz war. Große Bilder waren auf Facetten von Hausgröße projiziert. Steingärten, Kanäle und Blumenrabatten imitierten Mandalas verschlungene Geometrien. Aus dichten grünen Büschen hatte man einen Irrgarten mit laserscharfen Konturen geschnitten.

»Manchmal wünschte ich mir, die Maschinen würden ihre Programmierung einfach zum Teufel jagen und richtig loslegen«, sagte Sou-Chun. »Dieses endlose Warten, der Wunsch, *mehr* zu erfahren – ich kann es kaum noch ertragen!«

»Ich weiß genau, wie dir zumute ist.«

»Aber unsere Zeit wird kommen. Die Bürger wissen, dass sie zunächst Opfer bringen müssen, dass im Dienste des höheren Ziels Vorschriften und Entbehrungen unvermeidlich sind.« Sie deutete auf die Miniaturausgaben von Mandala. »Damit werden sie eines Tages belohnt werden.«

»Und wenn sie brav ihre Gebete sprechen und den Pfad der Tugend nicht verlassen, steht auf ewig ein Platz im Jenseits für sie bereit?«

»Du hast keinen Anlass, diesen Ton anzuschlagen, Chiku. Musst du immer so dickköpfig sein?«

Chiku sah auf die Uhr. »Es ist fast Mittag. Hättest du Lust, mit mir zusammen die Himmelsuhr anzusehen?«

»Unbedingt«, sagte Sou-Chun. »Aber ich möchte deine Zeit nicht verschwenden. Wir haben den Mechanismus vor einigen Jahren angehalten. Er war schlecht für die Moral.«

Ein Monat ging vorbei, bevor Chiku bereit war, einen weiteren Ching in Kaverne siebenunddreißig zu riskieren.

»Die wird euch Ärger machen«, sagte Eunice, während sie an ihren Gerätschaften herumwerkelte, und sah sich nach Chiku um. »Ihr habt nie begriffen, dass ihr mit Utomi sehr viel besser bedient wart. Er mag ein fetter, lahmer alter Narr gewesen sein, aber wenigstens lagen ihm unsere Interessen am Herzen.«

»Sou-Chun ist die Karte, die man uns ausgeteilt hat«, sagte Chiku. Sie saß am Tisch des Camps. »Wir müssen mit ihr zurechtkommen, so gut es eben geht. Und bevor du damit anfängst, ein Anschlag ist auch in diesem Fall keine Option.«

»Hast du sie etwa gern?«

»Sie ist kein schlechter Mensch. Politisch ehrgeizig vielleicht. Und eindeutig zu leicht bereit, sich dem Willen der

Hardliner zu unterwerfen. Aber auf ihre Weise will auch sie das Beste für uns.«

»Das wird uns verdammt viel nützen, wenn wir an Crucible vorbei ins endlose Weltall schießen.«

»Ich bemühe mich nur, auch ihre guten Seiten zu sehen.«

Eunice hievte eine Maschine von der Größe eines Ambosses von einer Ecke des Camps zur anderen. Chiku überlegte, dass sie das bei ihrem ersten Besuch niemals getan hätte. Mittlerweile hatte sie es nicht mehr nötig, ihr wahres Wesen zu verbergen.

»Glaubst du, es war im Hinblick auf das, was du heute weißt, ein Fehler, in die Auszeit zu gehen?«

»Es ist doch so, dass ich *nicht* wusste, was ich heute weiß. Ich hatte nicht die leiseste Ahnung, was auf dem Spiel stand.«

»Wenn du in der Versammlung geblieben wärst, hättest du die Politik vielleicht in eine andere Richtung steuern können.«

»Du überschätzt meinen Einfluss.«

»Mag sein, aber du hättest viele Jahre Zeit gehabt, ihn zu mehren. Jetzt gibt es niemanden mehr, der ein Gegengewicht zu Sou-Chun Lo und ihresgleichen bilden könnte. Ich weiß ja nicht, wie lange du noch wach bleiben willst, aber in ein paar Tagen oder Wochen hast du kaum Chancen, etwas zum Besseren zu verändern.« Das Konstrukt trat zurück und wischte sich in einer sehr menschlichen Geste die Hände an den Knien ab. »Du *willst* doch in die Auszeit zurück?«

»Warum sollte ich das nicht wollen?«

»Mir scheint, du hast zwei Möglichkeiten, Chiku. Ich will sie dir darlegen. Du könntest dich innerhalb der Karawane direkt an die höchste Instanz wenden und dort alles sagen, was du weißt. Das wäre jedoch ein gewaltiges Risiko – nicht nur für deinen Ruf, sondern für das Schicksal von Millionen Menschen. Wenn Teslenko und die anderen dich ignorieren oder zum Schweigen bringen, war alles umsonst, was du und dein anderes Ich unternommen haben.«

»Genau aus diesem Grund wende ich mich an keine Autorität. Schon gar nicht in der jetzigen Lage.«

»Damit bleibt dir nur Möglichkeit zwei – in die Auszeit zurückkehren und hoffen, dass sich die Lage gebessert hat, wenn du wieder aufwachst. In welchem Jahr wird das sein?«

»2408«, antwortete Chiku.

»Keine dreißig Jahre mehr, bevor wir Crucible erreichen. Etwas knapp bemessen, nicht wahr? Du könntest recht haben, was Travertines geheimes Forschungsprogramm angeht, aber wer weiß? In der Zwischenzeit hättest du jedenfalls nichts beigetragen.«

»Ich muss auch an meine Familie denken.«

»Wenn die Versorger erst auf uns losgehen, *hast* du keine Familie mehr.«

»Du bist eine Maschine. Du kannst leicht urteilen, kannst zwei Dinge gegeneinander abwägen wie in einer mathematischen Gleichung. Aber hier geht es um mein *Leben*, Eunice – meinen Mann, meine Kinder.«

»Die du bereits einmal belogen hast. Sei ehrlich, Chiku – im Innersten weißt du, wo deine Prioritäten liegen. Du liebst Noah und deine Tochter und deinen Sohn.« Eunice war mit ihren Basteleien fertig, kam zurück, setzte sich auf den Stuhl gegenüber von Chiku und stützte die Ellbogen auf die Tischplatte. »Doch die Vorstellung, dass sie nicht tot sind, liebst du noch mehr.«

»Du bist wirklich ein Roboter.«

»Ich bin eine beschädigte Simulation, die ihr Bestes versucht, um sie selbst zu sein, aber nimm mir das bitte nicht übel.«

»Ich glaube nicht, dass du allzu weit danebenliegst«, sagte

Chiku kalt. Doch dann fügte sie in einem Anfall von Großmut hinzu: »Ich habe dir etwas mitgebracht, es kommt von der Erde. Genauer gesagt von Hyperion.«

»Was hat Hyperion damit zu tun?«

»Dort habe ich deinen Leichnam gesehen.«

»Aha.« Sie nickte langsam. »So etwas hört man nicht alle Tage. Du kannst davon ausgehen, dass du mein Interesse geweckt hast.«

»Du warst tot. Eine Eisskulptur in Gestalt einer Frau, auf Zellebene zu Brei zerstampft. Ohne jede Aussicht auf medizinische Wiederbelebung.«

»Sehr anschaulich ausgedrückt.« Sie winkte auffordernd mit der Hand. »Sprich weiter.«

»Arethusa hat dich im interstellaren Raum gefunden – und dich zurückgebracht. Allzu viele brauchbare Strukturen konnte sie deinem Gehirn nicht mehr entnehmen, aber was sie retten konnte, hat sie Chiku Gelb gegeben, und sie hat es an mich weitergeleitet. Es befindet sich in meinem Privatbereich. Könnten dir die neuronalen Muster nützen?«

»Ich weiß es nicht. Ich habe eine ganz bestimmte Architektur, die Muster entstammen einer anderen. Es sind Algorithmen vom Typ, wenn du mich schneidest, dann blute ich. Ich bin nicht sicher, ob mir solche neuronalen Strukturen eine Hilfe sein könnten.«

»Du musst selbst herausfinden, was du mit den Daten anfangen willst. Wenn du etwas damit bewirken, einen Teil deiner Identität wiederherstellen kannst … dann ist nicht alles umsonst gewesen, was dort geschehen ist.«

»Ich danke dir, Chiku.«

»Das hört sich ja fast aufrichtig an.«

»Es *fühlt* sich auch fast aufrichtig an. Du bist ein Risiko eingegangen, um mir das zu bringen, nicht wahr?«

»Informationen einschließlich meiner Erinnerungen an die Karawane zu übermitteln war ganz allgemein ein Risiko. Ich kann nur hoffen, dass es sich gelohnt hat.«

»Wir werden sehen«, sagte Eunice. Und dann, als hätten die Worte nicht genug Gewicht gehabt, wiederholte sie: »Wir werden sehen.«

Obwohl Chiku der Welt so lange fern gewesen war, standen ihr immer noch viele Türen offen. Sie konnte manche Dinge tun und manche Orte aufsuchen, die gewöhnlichen Bürgern verschlossen oder nur nach mühsamer Überwindung administrativer Hindernisse zugänglich waren – bürokratischer Hürden, die Wochen oder gar Monate eines Lebens auffressen konnten. Chiku musste sich in erster Linie entscheiden, wohin sie gehen wollte und wann. Danach brauchte sie bloß noch den Mut aufzubringen, ihre Pläne auszuführen. Unter der neuen Ordnung wurde jede Bewegung in der Öffentlichkeit beobachtet und aufgezeichnet. In den ersten Wochen nach ihrer Wiederbelebung würden die Politiker ein besonders scharfes Auge auf ihre Aktivitäten haben. Es würde ihnen nicht entgehen, dass sie diesen Ort aufgesucht hatte.

Und wenn schon. Sie hatte überlegt, ob sie chingen sollte, aber damit wäre nichts gewonnen. Die Obrigkeit konnte zwar, zumindest theoretisch, den Ching in Eunice' Kaverne nicht zurückverfolgen, aber man wüsste, dass sie *irgendwohin* gechingt hatte, und mit genug Eifer wäre sicher eine Lücke in dem Spiegellabyrinth zu finden, in dem Eunice ihren eigenen Standort versteckt hatte. Hier war es anders – dieser Raum war bekannt, ein dokumentierter Teil des Inneren der *Sansibar*. Wenn sie hierherchingte, würde das sofort vermerkt werden. Sie konnte also auch gleich persönlich kommen, dann brauchte sie auch nicht anzuzweifeln, was sie zu sehen bekam.

Das Podcar schoss durch die Wand in den Haltebereich und raste durch eine Glaskapillare. Es dauerte ein paar Herzschläge lang, bis die automatische Beleuchtung ihre Ankunft entdeckt hatte und sich einschaltete. Wie lange war wohl niemand hier gewesen – Monate, Jahre, vielleicht sogar Jahrzehnte?

Da stand er in seiner kleinen Vakuumblase und sah im hellen Lichtschein neuer aus als alles andere auf der *Sansibar.* Tatsächlich war genau das Gegenteil der Fall.

Der Großraum-Lander war ein riesiges Raumschiff, riesig jedenfalls für ein Schiff, das für den Eintritt in eine Atmosphäre bestimmt war. Der Länge nach maß er dreihundert Meter, und mit seinen nach oben gewölbten Deltaflügeln war er auch ebenso breit. Er war abgerundet und glatt, der Bauch war flach, sodass er in fremden Meeren schwimmen und sich wälzen konnte. Die Unterseite war schwarz, darüber war alles weiß. Über seine Seiten zogen sich Fensterstreifen wie die seitlichen Elektrorezeptoren im Nervensystem eines Hais.

Ursprünglich hatte man ihn dafür gebaut, zehntausend Menschen von der *Sansibar* zur Oberfläche von Crucible zu schaffen. Natürlich hatte man auch andere, kleinere Landefahrzeuge – viele sogar. Aber der große Lander war ein wichtiges Symbol für das Ende der Reise, die verheißene Belohnung zum Abschluss der großen Überfahrt gewesen. Er fasste nur einen unbedeutenden Bruchteil der Millionen, die sich an Bord befanden, aber die Geste war von monumentaler Bedeutung. Laut Plan hätte ausgelost werden sollen, wem die Ehre zufiele, mit dem Lander zum Planeten zu fliegen. Eine ganze Gemeinde hätte damit nach Crucible gebracht werden können, sobald die *Sansibar* in die Umlaufbahn eingetreten wäre.

Politisch hatte sie bereits unter dem Lander gelitten. Sie hatte vor Jahren den Antrag gestellt, ihn zu demontieren und den Raum, in dem er stand, zu belüften und für Wohnzwecke nutzbar zu machen. Sou-Chun hatte sich widersetzt – das allein hatte ihre Freundschaft belastet –, und letztlich hatte Sou-Chun den Sieg davongetragen. Die Niederlage war für Chiku eine Demütigung gewesen, ein Zeichen dafür, dass sie ihren Einfluss überschätzt hatte. Doch nun war sie dankbar dafür, dass ihre Kollegin triumphiert hatte.

Zumindest in seiner vorgesehenen Funktion war der Lander inzwischen nicht mehr zu gebrauchen. Einerseits war er für Passagiere optimiert und konnte nicht im interstellaren Raum eingesetzt werden, andererseits konnte man nicht in die Umlaufbahn eintreten, ohne vorher abzubremsen. Und selbst wenn es gelänge, das Abbremsproblem zu lösen, müsste man sich immer noch mit den Versorgern auseinandersetzen. Dennoch … Ein solide gebautes Raumschiff mit reichlich Platz für Umbauten im Inneren … es könnte einem anderen Zweck zugeführt werden. Und darin waren die Akinya schon seit Langem Meister. Das Schiff bräuchte auch einen Namen, und was Chiku zu dieser Frage in den Sinn kam, gefiel ihr auf Anhieb. Der Name hatte die kalte Funktionalität eines chirurgischen Instruments und war von einer geradezu teuflischen Klarheit.

Eisbrecher.

Ja, das passte perfekt.

Nun brauchte sie bloß noch ein paar Berge zu versetzen, um ihren Plan zu verwirklichen.

Zum Glück war auch das etwas, worauf sich die Akinya bestens verstanden.

25

Drei Tage später machte sich Chiku auf den Weg zum Sitz der Gesetzgebenden Versammlung. Sie war mit ihren Gedanken bei den Stunden, die vor ihr lagen, und hatte alle anderen schwierigen Überlegungen in den Hintergrund gedrängt, als sie im Hof vor dem Haupteingang eine Ansammlung von schwarzen Fahrzeugen bemerkte.

Zunächst dachte sie mit schlechtem Gewissen, die Fahrzeuge und die Gendarmen warteten auf sie; irgendein Teil ihrer geheimen Aktivitäten sei ans Licht gekommen, und nun wollte man sie bei ihrem Eintreffen verhaften. Doch dabei hätte man riskiert, dass sie kehrtmachte und wieder nach Hause ging.

Das konnte es also nicht sein.

Chiku ging schneller, begann zu laufen und wäre auf den steilen Wegen, die zum ebenen Gelände hinabführten, beinahe hingefallen. Die schwarzen Fahrzeuge manövrierten hin und her, um einen der kleineren Transporter dicht vor dem Haupteingang zu postieren. Dann kam Bewegung in die Szene, eine Gruppe von Menschen, von Gendarmen flankiert, trat aus dem Gebäude. Chiku rannte noch schneller. Im Getümmel hatte sie nur für einen Moment ein Gesicht erkannt und wagte ihren Augen nicht zu trauen.

Aber nein – da war es wieder.

Inmitten der Menge stand Sou-Chun Lo, umringt von Repräsentanten und Gendarmen. Wie üblich verbarg sie ihre Gefühle hinter einer starren Maske. Nur hatte sie diesmal die Masken getauscht und eisige Gleichgültigkeit durch eisige Empörung ersetzt. Chiku blinzelte verdutzt. Sie musste erst verarbeiten, was sie da sah. Konnte das wirklich sein, wonach es aussah?

War Sou-Chun Lo im Begriff, *verhaftet zu werden*?

Man drängte sie in das schwarze Fahrzeug, das unmittelbar vor dem Haupteingang parkte. Der Wagen traf kurz auf Widerstand, dann bahnte er sich einen Weg durch die Menge aus Menschen und Fahrzeugen und raste mit schrillem Winseln seines Elektromotors auf die abschüssige Straße und das nächste Pod-Terminal zu.

Als Chiku die Menge erreichte, war sie schweißüberströmt und außer Atem. Sie beugte sich vor, stützte die Hände auf die Knie und sog in tiefen, ruhigen Zügen die Luft ein, bis sie sich so weit gefasst hatte, dass sie sprechen konnte.

»Was war das eben?«, fragte sie den nächsten Gendarmen.

Zunächst schien niemand genau zu wissen, was sich abgespielt hatte, verschiedene Gerüchte folgten rasch aufeinander. Es habe einen weiteren Attentatsversuch gegeben, und man habe Sou-Chun zu ihrer eigenen Sicherheit weggebracht. Irgendwo auf der *Sansibar* sei es zu einer Katastrophe gekommen, und Sou-Chun würde dringend gebraucht. Vielleicht sei eine Seuche ausgebrochen …

Nichts von alledem konnte Chiku überzeugen, also fragte sie hartnäckig weiter und arbeitete sich dabei zu den anderen anwesenden Repräsentanten vor. Einige davon waren Anhänger

Sou-Chuns, andere nicht, und alle liefen vor dem Gebäude unter dem künstlichen Himmel wild durcheinander. Allmählich schälte sich wie ein Signal aus Hintergrundgeräuschen eine glaubwürdige Erklärung heraus. Es war tatsächlich eine Verhaftung – genauer gesagt eine administrative Inhaftierung – gewesen, als ob das für Sou-Chun irgendeinen Unterschied gemacht hätte. Eine Stunde zuvor waren Informationen aus einer anonymen Quelle über viele öffentliche und private Kanäle durch die Medien gegangen – Informationen, die für Sou-Chuns berufliches Ansehen außerordentlich schädlich waren. Belege für finanzielle Unregelmäßigkeiten, geheim gehaltene ein- und ausgehende Zahlungen über viele Jahre. Die Einzelbeträge waren klein, ergaben aber insgesamt eine erkleckliche Summe. Schlimmer war noch, dass viele der Zahlungen gehäuft aufgetreten waren, wenn die Versammlung über wichtige, existenzielle Belange abgestimmt und Sou-Chuns Stimme den Ausschlag gegeben hatte.

Die Beweise waren fast zu erdrückend. Sou-Chuns Anhänger behaupteten bereits, hier würde falschgespielt, bei einer gründlichen Überprüfung ihrer Finanzen würde sich herausstellen, dass es keine Unregelmäßigkeiten gegeben habe. Chiku wusste, dass eine solche Prüfung tatsächlich stattfinden würde. Sou-Chun würde ausreichend Gelegenheit bekommen, sich zu rechtfertigen. Man lebte schließlich in einer zivilisierten Gesellschaft.

Als die Verhaftung den Reiz des Neuen verloren hatte und keine weiteren Nachrichten zu erwarten waren, zerstreute sich die Menge allmählich. Die meisten Fahrzeuge fuhren weg, und die Gendarmen erlaubten den Repräsentanten, ins Gebäude zurückzukehren. Doch die Ereignisse hatten ein Loch in den Tag gerissen, und bald zeigte sich, dass die vorgesehene Tagesordnung nicht eingehalten werden konnte. Am frühen Nachmittag war Chiku wieder zu Hause. Sie war tief verunsichert. Eine endlose Stunde lang ging sie die öffentlichen Erklärungen durch und sichtete Analysen und Debatten. Die allgemeine Meinung ließ sich in drei breite Strömungen unterteilen. Für die einen war Sou-Chun das unschuldige Opfer einer politisch motivierten Intrige. Andere hielten sie in allen Punkten für schuldig. Eine dritte Gruppe vertrat die Ansicht, selbst wenn nicht alle Vorwürfe der Wahrheit entsprächen, würde eine penible Untersuchung ihrer Geschäftsunterlagen zwangsläufig einige Leichen zutage fördern. Natürlich wurde auch Chiku nach ihrer Meinung gefragt – in der Stunde, in der sie zu Hause war, erhielt sie drei Anrufe, und einmal wurde an die Tür geklopft –, aber sie ließ sich nicht aus der Reserve locken und sagte nur, sie sei überzeugt, dass es ein faires Verfahren geben würde.

Beim Dämmerdunkel chingte sie sich zu Eunice. Auch in ihrem Camp ging der Tag zu Ende, und aus unerfindlichen Gründen brannten Laternen. Eunice hätte sie sicher nicht gebraucht.

»Das war dein Werk«, erklärte Chiku, bevor das Konstrukt auch nur den Mund aufmachen konnte.

»Was war mein Werk, meine Liebe?«

»Du hast die Informationen verbreitet, all die Dinge, hast Sou-Chun all die Dinge unterstellt, für die man sie verhaftet hat. Das weißt du doch ganz genau.«

»Ach, das meinst du.« Eunice wischte den Vorwurf weg, als wäre er es nicht wert, sich damit zu beschäftigen.

»Man hat sie verhaftet. Es wird eine umfassende Untersuchung geben, wahrscheinlich macht man ihr sogar den Prozess.«

»Und was willst du mir damit sagen?«

»Das kannst du nicht machen. Du kannst nicht einfach Lügen über Menschen verbreiten, nur weil sie unbequem sind. Du kannst nicht einfach den Ruf eines Menschen zerstören, nur weil es dir gerade in den Kram passt.«

»Wir haben Sou-Chun nicht gebeten, jeden Fortschritt zu behindern, Chiku.«

»Das ist keine Entschuldigung! Sie ist ein Mensch, sie war einmal meine Freundin … du kannst nicht eigenmächtig beschließen, dass sie eliminiert werden muss.«

»Das nennt man Politik. Als es um den Lander ging, fehlte nicht viel, und sie hätte deinen Ruf zerstört. Hat sie damals auch nur ein Fünkchen Gnade gezeigt?«

»Das war etwas anderes! Wir haben unterschiedliche Positionen vertreten, aber wir wollten uns nicht gegenseitig ein Messer in den Rücken stoßen!«

»Jetzt steht aber sehr viel mehr auf dem Spiel. Ich habe ihren Fall sehr sorgfältig studiert. Hätte es eine Möglichkeit gegeben, sie zur Umkehr zu bewegen, sie für uns zu gewinnen … das wäre mir natürlich sehr viel lieber gewesen. Aber sie hat uns keine Wahl gelassen.«

»*Uns.*« Chiku schüttelte energisch den Kopf des Stellvertreters. »Nein. Diese Lügen hast du verbreitet. Ich will damit nichts zu tun haben.«

»Schön. Dann geh in die Versammlung, und erkläre, du könntest *beweisen*, dass die Beweise gefälscht sind!«

»Das brauche ich nicht. Was immer du fabriziert hast, wird einer genaueren Untersuchung nicht standhalten. Sobald die Juristen anfangen, deine Lügen auseinanderzunehmen, werden sie lose Enden finden, Details, die nicht übereinstimmen. Sie werden beweisen, dass jemand sich das alles aus den Fingern gesogen hat, und dann sind wir schlechter dran als zuvor! Sou-Chun wird rehabilitiert werden – und danach ist sie stärker denn je!«

»Traust du mir nicht zu, dass ich meine Spuren verwische?«

»Du überschätzt dich. Morgen oder nächste Woche wird man feststellen, dass die Beweise nicht wasserdicht sind. Dann wird man an den Fäden zupfen und sich den Datenverkehr, der mit diesen gefälschten Unterlagen in Verbindung steht, sehr genau ansehen … Wenn du nicht so vorsichtig warst, wie du glaubst, wird man ihn bis zu dir zurückverfolgen!«

»In diesem Fall muss ich eben immer einen Schritt voraus sein.«

»Sei nicht so überheblich, Eunice. So gut bist du nicht.«

»Schön. Wenn du glaubst, Sou-Chun verteidigen zu müssen, will ich dich nicht aufhalten. Geh ruhig zu den höchsten Regierungsvertretern, und fasel ihnen von Robotern und geheimen Kavernen vor. Du wirst schon sehen, wie weit du damit kommst.«

»Was ist die Alternative?«, wollte Chiku wissen. »Soll ich dieses Theater einfach mitspielen und Sou-Chun ihrem Schicksal überlassen?«

»Sie hat Freunde, aber sie hat sich auch Feinde gemacht. Eine Menge Leute werden sich freuen, ein neues Gesicht an der Spitze zu sehen.«

Chiku lachte. »Dabei denkst du doch nicht etwa an mich?«

»Wir brauchen einen Kurswechsel in der Politik. Jemanden, der den Willen hat, Travertines Arbeit fortzusetzen und diesen Lander für interstellare Flüge umzurüsten – ohne sich darum zu scheren, ob er sich damit in der Karawane Feinde macht.«

Chiku spürte, wie der Stellvertreter frustriert die Finger krümmte, und musste sich beherrschen, um ihm nicht die nicht vorhandenen Haare zu raufen. »Was ist dir denn da bloß eingefallen? Das ist kein Schachspiel, wir sind im *wirklichen* Leben!«

»Manchmal muss man langfristig denken. Dir bietet sich gerade jetzt eine Chance, Chiku – dir und uns allen. Allerdings kannst du dann nicht zu Noah und deinen Kindern in die Auszeit zurückkehren.«

Man hatte ihr Atemmaske und Wärmeschutzkapuze angeboten, und sie hatte abgelehnt. Nun bereute sie, ihrer Eitelkeit nachgegeben zu haben. Die Kälte war wie eine Membran, die sich zuerst auf die Haut und auf die Augen legte und dann in die Mundhöhle und ins Innere der Nase kroch. Wie ein eisiger Oktopus lag sie über ihrem ganzen Gesicht.

Sie setzte sich in Bewegung, bevor ihre Muskeln einfroren und alle Gelenke steif wurden, und schritt durch die langen, kalten Gewölbe mit ihren Gängen voller Auszeittruhen. Jede Truhe stand in einer eigenen Nische und war an ein kompliziertes Lebenserhaltungssystem angeschlossen. Hin und wieder begegnete sie einem Techniker in Anzug, Schutzbrille und Maske, der einen Datenstrom über sein Klemmbrett scrollen ließ oder sich an einem Instrumentenwagen zu schaffen machte.

Man nickte sich im Vorbeigehen zu.

Sie orientierte sich an Farbcodes und Ziffern und bog in einen Korridor ein. Hier schliefen Hunderte, Tausende von Menschen – Männer, Frauen und Kinder. Jede Truhe hatte ein eigenes kleines Statusfeld, auf dem in Leuchtschrift der Name, die familienbezogenen Daten, eine Kurzfassung der biomedizinischen Werte und der Zeitpunkt der geplanten Wiederbelebung vermerkt waren. Einige Schläfer hatten nur noch wenige Jahre vor sich, bei anderen war die Zeitspanne deutlich länger. Sie beneidete die Langzeiter. Was immer in den kommenden Jahren passierte, sie würden es verschlafen. Nichts, nicht einmal eine Katastrophe, würde sie aus ihrem traumlosen Vergessen reißen. Sie müssten niemals erfahren, dass das große Abenteuer gescheitert war.

Sie bog um eine letzte Ecke. Die Kälte war jetzt so dicht, dass sie förmlich hindurchschwimmen musste. Da waren sie endlich, vier Truhen übereinander, die unterste derzeit leer. Dort hatte sie gelegen, als sie noch geschlafen hatte. In den drei anderen schlummerten Noah, Ndege und Mposi. Durch den Deckel und die Seitenwände der durchsichtigen Truhen konnte sie ihre Umrisse sehen. Bis auf eine gelegentliche Veränderung, wenn die Biomed-Anzeige ein Wispern im Hirnstamm, eine Sternschnuppe am nächtlichen Himmel des Geistes registrierte, gab es kein Lebenszeichen. Die schemenhaften Gestalten bewegten sich nicht.

»Es tut mir leid«, sagte Chiku so leise, dass sie die Worte nur in der Kehle spürte. »Ich kann noch nicht zurückkommen, obwohl ich mir nichts sehnlicher wünsche, als bei euch zu sein. Es ist nicht möglich. Ich muss ein wenig länger, als ich dachte, hier bei den Lebenden bleiben.« Nun, da sie die Worte laut ausgesprochen hatte, schienen sie ihr nicht ausdrücken zu können, was sie sagen wollte. Sie waren nur eine Feststellung, aber keine Erklärung für ihr Verhalten. »Es ist nicht richtig, und es ist nicht das, was ich mir gewünscht hätte. Aber hier geschehen Dinge, die uns alle betreffen, und ich muss sicherstellen, dass wir die richtigen Entscheidungen treffen. An sich habe ich mich nur wecken lassen, weil ich hören wollte, was es Neues gibt, aber jetzt bleibt mir keine andere Wahl, als meine Pflicht zu tun.« In ihrem Kopf hörte sie die eigene Stimme skeptisch sagen: *Man hat immer eine Wahl, und Pflicht ist nur das, was man daraus macht.* Laut fuhr sie fort: »Ich habe das alles nicht gewollt. Ich habe mich nicht danach gedrängt. Es ist auf mich zugekommen, und seit ich weiß, was auf dem Spiel steht… bleibt mir nichts anderes übrig, als es durchzuziehen. Ich weiß, ich stelle die Welt über meine Familie, und das tut mir leid. Aber trotzdem muss es sein.« Sie legte eine Hand an Noahs

Truhe. »Ich liebe dich, mein Ehemann. Ich liebe euch, meine Kinder. Und ich komme zu euch, sobald ich kann.«

Die Truhe war sogar noch kälter als die Luft, und als sie die Hand zurückzog, blieben zwei feine Zellschichten daran kleben. Sie konnte sie an der Seitenwand von Noahs Truhe deutlich sehen, zwei Hautflecken mit erhabenen Wirbeln wie ein Paar Spiralgalaxien. Es fühlte sich an, als hätte sie damit eine Verpflichtung besiegelt, ein festes Versprechen an die Zukunft abgegeben.

»Ich liebe euch alle«, flüsterte sie und wandte sich ab.

Doch nach vierundzwanzig Stunden hatte sie die Kälte vergessen, und nach einer Woche waren auch ihre Fingerspitzen verheilt.

26

Der Mann mit Namen Nicolas, ein Mensch, den sie kaum kannte, saß an ihrem kleinen Holztisch mit dem rot-weißen Tischtuch und hielt ein Portweinglas mit dünnem Stiel in der Hand. Nur eine einzige Kerze erhellte den Raum, und in ihrem Schein traten seine Züge wie ein warmes, bewegliches Relief hervor. »Er ist gut«, sagte er nach den ersten Schlucken und unterstrich sein Lob, indem er das Glas leerte und sich aus der Flasche noch einmal nachschenkte. Dann studierte er das vergilbte Etikett. »Sind Sie oft in Porto? Mir gefällt es dort sehr gut.«

»Ehrlich gesagt verlasse ich die Stadt so gut wie nie.«

»Das haben mir meine Freunde auch gesagt.« Nicolas trank wieder. Im goldenen Licht erinnerten seine derben Züge, der Bart, die ausgeprägte Nase und die buschigen Augenbrauen an ein Gemälde von Rembrandt. Um die Illusion zu vervollständigen, fehlten nur eine Pfeife, eine Nachtmütze und ein paar ausgefallene Zähne. »Ein Wunder ist nur«, fuhr er fort, »dass wir uns seit meinem letzten Besuch in der Werkstatt nie mehr über den Weg gelaufen sind.«

»Ich fürchte, Sie waren nur einer von Pedros Kunden oder

Freunden. Wir hätten tausend Mal aneinander vorbeilaufen können, ohne dass ich Sie erkannt hätte.« Sie stand am gardinenlosen Fenster und beobachtete, wie sich die Stadt – oder zumindest der schmale Streifen, den sie von ihrer Wohnung aus sehen konnte – in den Abend hüllte.

»Das ist wahr. Aber nach fünfzehn Jahren dachte ich doch, Sie würden sich niemals bei mir melden.«

»Sie hätten mich auch anrufen können. Ich habe die Werkstatt zwar verkauft, aber ich war doch nicht schwer zu finden.«

»Nein, das wäre ganz und gar nicht richtig gewesen. Ich habe Pedro sehr gut gekannt, Chiku. Er hätte gewollt, dass Sie Verbindung zu mir aufnehmen, wenn Sie dazu bereit sind – nicht umgekehrt.«

»Ein paar Mal stand ich kurz davor, Sie anzurufen«, gestand sie, »aber etwas hat mich immer zurückgehalten. Woher wissen Sie überhaupt, dass Pedro Sie jemals erwähnt hat?«

»Ich weiß es nicht, aber es wäre seltsam gewesen, wenn er es nicht getan hätte.«

»Waren Sie verheiratet?«

»Nein, verheiratet nicht.« Er lächelte, als hätte die Vorstellung durchaus ihren Reiz. »Wir waren nicht einmal ein Liebespaar. Auch keine Brüder, Cousins oder etwas dergleichen. Freunde schon, sehr lange sogar. Und Kollegen, könnte man sagen.«

Sie erinnerte sich an Nicolas' Besuche in Pedros Werkstatt, wenn irgendwelche Fragen wegen der Gitarren zu besprechen waren. Sie hatte gespürt, dass die beiden Männer eine lange und manchmal nicht ganz einfache berufliche Geschichte miteinander teilten, eine dunkle Vergangenheit, geprägt von Zusammenarbeit, Differenzen und Phasen widerwilliger beiderseitiger Zufriedenheit. Sie hatte Nicolas nie für einen angenehmen Kunden gehalten und sich mehr als einmal gefragt, warum Pedro sich überhaupt mit ihm abgab. Er schien mehr Ärger zu machen, als er wert war – was allerdings auf seine Weise ein Kennzeichen des ganzen Berufsstandes war.

Als Pedro Nicolas erwähnte und ihr erklärte, dieser Mann kenne seine Vergangenheit und würde ihr davon erzählen, wenn sie ihn danach fragte, hatte das ihre Einschätzung drastisch verändert. Ein Freund? Wie war das möglich? Pedro hatte immer gestöhnt, wenn Nicolas einen Besuch ankündigte. Niemals wäre ihr in den Sinn gekommen, dass die beiden Männer gerne zusammen waren.

»Sie waren Geschäftspartner?«, fragte Chiku. »Etwas mit Gitarren?«

»Fast getroffen.« Er schenkte sich noch einen Schluck Portwein ein. Sie wandte sich vom Fenster ab, stellte sich mit dem Rücken zur Wand und schaute zum Tisch. »Ich nehme an, dass alles, was ich in diesem Raum sage oder tue, aufgezeichnet werden könnte?«

»Ich habe die Wohnung säubern lassen. Es gibt hier keine Kameraaugen. Jede Menge Kakerlaken, aber keine Kameraaugen.«

»Dann werde ich das Risiko eingehen. Es ist nicht groß – wir sprechen über die Vergangenheit, nicht über derzeit laufende Aktivitäten. Ich halte Sie für vertrauenswürdig, deshalb werde ich weder Sie noch mich selbst mit dem Vorschlag in Verlegenheit bringen, eine Motio zu verfassen.«

»Jetzt verstehe ich gar nichts mehr, Nicolas.«

Wieder lächelte er. »Die Sache ist die, Chiku, Pedro und ich, wir waren Verbrecher.«

»Wie bitte? Habe ich Sie richtig verstanden?«

»Ich habe damit angefangen. Ich kam vom Mond – wenn ich mich nicht irre, wurden Sie ebenfalls dort geboren?«

»Auf der Erde gibt es keine Verbrecher, Nicolas. Man kann weder stehlen noch andere verletzen … was bleibt dann noch übrig?«

»Eine ganze Menge, wenn man kreativ ist. Vielleicht ist Ihnen der Begriff des ›langsamen Verbrechens‹ nicht geläufig. Die Reizschwellen des *Mechanismus* können verbrecherische Handlungen nicht erkennen, wenn sie über Monate oder Jahre begangen werden – darauf sind sie nicht eingestellt. Man kann niemandem sein Haus stehlen, aber wem würde es auffallen, wenn man es ihm Stein für Stein wegnähme?«

»Mir schon.«

»Es ist ein Beispiel. Ich will damit nur sagen, dass der *Mechanismus* zwar ganze Kategorien von Verbrechen ausgemerzt hat, aber nicht das Verbrechen selbst. Das Verbrechen ist so anpassungsfähig wie ein Organismus. Verschließt man eine Nische, dann sucht es sich eine andere.«

»Hm. Wieso ist dann die Welt nicht voller Verbrecher?«

»Mangel an Fantasie? Mangel an Geduld? Hauptsächlich fehlt die Geduld. Man kann niemanden umbringen, indem man ihm eine Keule über den Schädel zieht, aber man *könnte* ihn über viele Jahre hinweg zermürben, das wäre so etwas wie psychologischer Mord. Wenn man die Geduld aufbrächte. Wenn man es wirklich wollte.«

»Haben Sie das getan?«

»Du meine Güte, nein. Wir wollten nie jemandem schaden, nur etwas Verbotenes tun, ohne erwischt zu werden. Und womöglich etwas Geld damit verdienen.«

»Haben Sie das getan?«

»Ja, sogar ziemlich viel. Pedro und ich waren Meisterfälscher.«

»Fälscher.« Sie ließ sich das Wort auf der Zunge zergehen, als hätte sie es noch nie gehört, als bezeichnete es einen ausgefallenen mittelalterlichen Beruf ähnlich wie Almosengeber oder Ablassprediger, für den es in der Gegenwart keine Entsprechung gab.

»Wir haben Musikinstrumente gebaut«, erklärte Nicolas,

»und sie künstlich gealtert, sodass sie aussahen, als wären sie viele Hundert Jahre alt. Nicht mehr als eine große Fälschung in jedem Jahrzehnt, um den Markt nicht zu überschwemmen. Wir waren überragend.«

Sie hörte zu und überlegte. Dieses dreiste Eingeständnis einer Verbrecherkarriere war das Letzte, was sie erwartet hätte, aber es hörte sich an, als könnte es die Wahrheit sein. Sie sah oder ahnte, wie so etwas möglich wäre. Pedro hatte immer mit traditionellen Werkstoffen und Verfahren gearbeitet, und mehr als einmal hatte er ihr Techniken gezeigt, mit denen sich der Anschein einer Antiquität erwecken ließ, wenn der Kunde es verlangte. Man konnte eine Lackschicht scheinbar altern und einen Werkstoff wie einen anderen aussehen lassen. Er hatte Kniffe gekannt, um nicht nur das Auge, sondern manchmal sogar ziemlich ausgefeilte Analyseverfahren zu täuschen.

Sehr, sehr geschickt. Aber ihr wäre nie in den Sinn gekommen, dass man damit hohe Gewinne machen könnte.

»Was für Instrumente?«

»Violinen, Gitarren, Lauten, Celli … immer nur ein paar von jeder Sorte. Jedes Instrument war anders, und jedes kostete mehr Arbeit. Der Bau war nur die eine Hälfte. Das Instrument auf den Markt zu bringen und einen Käufer zu finden … das war mindestens genauso schwierig.«

»Wie man sich auf so etwas einlassen kann, ist mir unbegreiflich.«

»Weil es Spaß machte? Weil es eine Herausforderung war? Wir lebten von der Hand in den Mund. Sie haben keine Ahnung, wie es ist, wenn man nur mithilfe seines Verstandes überlebt und nie genau weiß, wann das Spiel auffliegt.«

»Sie würden sich wundern.«

Er schaute auf. Belustigung und Skepsis malten sich in seinen Zügen. »Das sagt eine Frau, für die es ein gewagtes Unterfangen ist, Lissabon zu verlassen.«

»Sie kennen noch nicht einmal die Hälfte der Geschichte, Nicolas.«

»Mag sein. Aber was wir getrieben haben, hatte einen ganz besonderen Reiz. Können Sie sich vorstellen, dass ich es beinahe vermisse?«

»Den Leuten das Geld aus der Tasche zu ziehen? War das das Beste daran?«

»Wenn Sie sich auf die Suche nach einem sehr seltenen Gegenstand begeben, so selten, dass es eigentlich kein Exemplar mehr auf der Welt geben dürfte – jedenfalls keines, das nicht bekannt wäre –, dann betteln Sie praktisch darum, geschröpft zu werden. Aber das war nicht der Zweck der Übung, und wir hatten ohnehin nie persönlich mit den Käufern zu tun. Es gab Kontaktpersonen, Makler, eine ganze Kette von Mittelsleuten zwischen uns und dem Endkunden. Uns ging es allein darum, die Fälschung anzufertigen und in die Welt hinauszubringen.«

»Und um das Geld.«

»Und um das Geld«, bestätigte Nicolas. »Doch da mussten wir vorsichtig sein. Wir konnten nicht in Saus und Braus leben. Pedro betrieb sein Handwerk die ganze Zeit über in gewohnter Weise weiter – er hätte sich verdächtig gemacht, wenn er plötzlich zum reichsten Mann in ganz Portugal geworden wäre.«

Wieder ein kleines Rätsel gelöst. In der Zeit ihres Zusammenlebens war Pedro immer gerade so über die Runden gekommen und hatte für seine Konzentration auf die Details oft teuer bezahlt. Aber irgendwie hatte er immer auf Reserven zurückgreifen können, die mit dem, was er in seiner kleinen Werkstatt in Lissabon verdiente, nicht in Einklang zu bringen waren. Nun wusste sie, woher dieses geheimnisvolle Geld gekommen war.

»Vermutlich könnte das alles eine Lügengeschichte sein.«

»Sicher – was wäre einleuchtender, als dass ich mich nur so zum Spaß selbst belaste.«

»Und natürlich könnte ich die Wohnung nicht so gründlich gesäubert haben, wie ich behauptet habe, ich könnte aber auch zu den Behörden gehen, dieses Gespräch aus dem Gedächtnis wiedergeben und Sie anzeigen.«

»Dieses Risiko bin ich eingegangen. Außerdem kann ich bisher noch alles abstreiten – ich habe Ihnen keine genaueren Angaben gemacht, und es gibt keinen greifbaren Beweis für meine Schuld oder Unschuld.«

»Trotzdem bringen Sie mir eine Menge Vertrauen entgegen.«

»Sie hatten darum gebeten, und es ist das Mindeste, was ich für die Witwe meines Freundes tun kann. Ich wünschte bloß, Pedro wäre hier und könnte mich an all die guten Geschichten erinnern, die ich vergessen habe.«

»Mir war nie klar, dass Sie Freunde gewesen waren.«

»Das waren wir immer! In einem Jahr wären wir beinahe entdeckt worden und mussten mit den Fälschungen aufhören. Eine Weile stand alles auf Messers Schneide, und nachdem das überstanden war, hielten wir so weit wie möglich Abstand voneinander. Meine Besuche in der Werkstatt waren riskant, aber ich hatte immer auch legale Geschäfte mit Pedro gemacht und wollte diesen Teil unserer Partnerschaft nicht aufgeben.« Er hielt inne. »Hat Sie das … erschüttert? Zu erfahren, dass Pedro noch eine andere Seite hatte?«

»Damit hatte ich nicht gerechnet.«

»Das heißt nicht, dass er ein schlechter Mensch gewesen wäre«, sagte Nicolas eindringlich. »Keineswegs. Ein Schlitzohr, gewiss. Und letzten Endes haben wir niemandem geschadet.«

»Bis auf den Menschen, die Sie betrogen haben.«

»Wir haben mitgeholfen, ihr Geld in den Kreislauf zurückzuführen, und damit die Liquidität der globalen Wirtschaft erhöht.«

Chiku hatte bislang keinen Drink gewollt und die Flasche gern Nicolas überlassen, doch nun änderte sich ihre Stimmung. Sie holte das zweite Portweinglas aus dem Schrank über der Spüle und goss sich den Rest des Portweins ein.

»Ich müsste entsetzt sein. Pedro hat mir von alledem nie ein Wort erzählt.«

»Er wollte Sie schützen. Aber er wollte auch, dass Sie die Wahrheit erfahren, wenn Sie dafür bereit wären. Er fehlt mir so sehr! Er war ein guter Fälscher, einer von den besten. Aber seine eigentliche Berufung war der Gitarrenbau. Die Fälschungen waren nur ein einträglicher Nebenverdienst. Und er war wirklich glücklich, Sie gefunden zu haben.«

»Hat er Ihnen das erzählt?«

»Das brauchte er nicht.«

Nach einer Weile sagte sie: »Danke.«

»Gern geschehen. Und nur fürs Protokoll, ich habe mit diesen Fälschergeschichten inzwischen nichts mehr zu tun. Aber ich vermisse sie! Mein Gott, und wie ich sie vermisse.«

»Abenteuer sind eine schöne Sache. Aber ich finde, eines davon reicht für ein Menschenleben aus.«

»Ja.« Er sah sie mit zusammengekniffenen Augen an, als pflichte er ihr im Prinzip bei, zweifle aber daran, dass sie tatsächlich aus Erfahrung sprach.

»Sie wissen doch, wie Pedro gestorben ist, Nicolas?«

»Ein Unfall, wie ich hörte. So etwas kommt immer noch vor, auch da, wo der *Mechanismus* Wache hält. Ich kannte einen Mann, den der Blitz getroffen hat, und man hat mir von einer Frau erzählt, die von einem Baum erschlagen wurde …«

»Es war kein solcher Unfall.«

»Ich habe gehört, dass irgendeine alte Technologie versagte und dass er zur falschen Zeit am falschen Ort war.«

»Jemand hat versucht, uns zu töten. Ich kann nicht ins Detail gehen – das könnte uns beiden schlecht bekommen –, aber es hatte nichts mit eurer ehemaligen Tätigkeit zu tun. Das Problem lag bei mir, Pedro ist lediglich in meine Angelegenheiten hineingeraten. Aber ich bin noch hier – und er nicht. Es fällt mir schwer, damit zu leben.«

»Ich will nicht neugierig sein.« Er starrte traurig auf das leere Portweinglas. Das war es auch schon – selbst wenn er nachfragen sollte, sie hätte ihm nicht mehr zu sagen. »Diese Schwierigkeiten, in denen Sie steckten … haben die vor fünfzehn Jahren aufgehört?«

»Ich weiß es nicht. Ich habe mir jemand Mächtigen zum Feind gemacht, und ich bin ziemlich sicher, dass dieser Feind immer noch da draußen ist. Ob er … sie … mich nach wie vor als Bedrohung sieht … das werde ich vermutlich nur auf die harte Tour erfahren.«

»Warum haben Sie eben ›sie‹ gesagt?«

»Ich hatte mich versprochen, Nicolas.«

Er überlegte. »Aber in Lissabon sind Sie sicher? Sie können sich ohne Angst in der Stadt bewegen?«

»Ohne Angst würde ich nicht sagen. Im Hintergrund ist die Angst immer da. Aber einigermaßen bin ich hier wohl sicher. Hören Sie, ich wollte das alles gar nicht ansprechen, ich wollte nur sagen, dass Pedro und ich gemeinsam ein Abenteuer erlebt haben, Nicolas, und ich denke, dass es wichtig war.«

»Sie denken?«

»Nichts ist sicher. Ich nehme jeden Tag so, wie er kommt.«

»Das ist das einzig Richtige. Pedro hätte das auch so gesehen.«

»Dann haben wir wenigstens das gemeinsam.«

»Sie sehen traurig aus, Chiku Akinya. Wenn ich früher in

die Werkstatt kam, sahen Sie nie traurig aus. Etwas gedankenverloren vielleicht. Aber nicht wirklich *traurig.*«

»Die Zeiten ändern sich.«

»Ich habe einen Vorschlag. Es ist nur eine Kleinigkeit, aber ich möchte Sie bitten, ihn ernsthaft in Erwägung zu ziehen.«

Das klang so gewichtig, dass ihr nichts anderes übrig blieb, als ebenso bedeutungsvoll zu nicken. »Schön.«

»Zunächst sollten wir mehr Portwein trinken. Da ich annehme, dass dies Ihre letzte Flasche war, müssen wir Ihre Wohnung verlassen und uns in die Stadt wagen. Ich kenne die eine oder andere Bar.«

»Ich auch.«

»Dann werden wir uns darum streiten, wer die erste Wahl hat. Wenn wir vor Ort sind, werde ich Ihnen mehr von Pedro Braga erzählen – von unserer gemeinsamen Vergangenheit. Einige der Geschichten werden Sie wahrscheinlich amüsieren, manches, davon bin ich überzeugt, wird tiefes Entsetzen auslösen. Da wir uns im Blickfeld der Öffentlichkeit befinden werden, muss ich mich mit Namen, Daten und Orten verständlicherweise zurückhalten. Aber Sie werden solche Details sicher ohne Mühe erraten.«

»Ihr Vorschlag gefällt mir sehr, Nicolas. Aber wenn Sie erwarten, dass ich Ihnen im Gegenzug erzähle, was mir und Pedro widerfahren ist, dann muss ich Sie enttäuschen.«

»Ich verstehe. Im Allgemeinen bin ohnehin ich derjenige, der am meisten redet.«

»Ich bin froh, dass Sie gekommen sind, Nicolas«, sagte sie auf dem Weg zur Tür.

»Und ich bin froh, dass Sie mich angerufen haben. Ich habe so eine Ahnung, dass wir beide die Welt nicht mehr ganz so schrecklich finden werden, wenn dieser Abend erst zu Ende ist.«

27

Erst in den folgenden Wochen und Monaten wurde Chiku bewusst, wie unglücklich sie bis zu Nicolas' Besuch tatsächlich gewesen war. In den fünfzehn Jahren seit Pedros Tod hatte sie wie im Wasser gelebt, in einem transparenten und allgegenwärtigen Medium, das keine Vergleichsmöglichkeiten bot und von dem sie nicht genügend Abstand gewinnen konnte, um zu erkennen, was es mit ihr machte. Doch nach jener Nacht in Lissabon besserte sich ihre Stimmung ganz allmählich. Es war keine dramatische Verwandlung, keine Lawine, kein Erdbeben, sondern eher ein Nachlassen von tektonischen Spannungen, das wie das Wetter erst im Verlauf der Jahreszeiten zu beobachten war. Sie hatte immer bereut, Pedro in ihre Angelegenheiten hineingezogen, ihn aus seinem friedlichen Handwerkerdasein herausgerissen zu haben, und sich in obskurer Weise für seinen Tod verantwortlich gefühlt. Das war natürlich albern, und Pedro hätte es sicher genauso gesehen. Sie hatte ja selbst kaum gewusst, worauf sie sich einließ, und als sie es schließlich erkannte, war es viel zu spät, um etwas dagegen zu tun.

Doch nun wusste sie, dass hinter Pedro weit mehr gesteckt hatte, als auf den ersten Blick zu erkennen gewesen war. Er hatte seinerseits Geheimnisse gehabt und schon lange, bevor sie sich begegneten, das Risiko nicht gescheut. Ein Meisterfälscher. Ein *Verbrecher.* Eine Vorstellung, die sie zum Lachen reizte. Und er war kein Amateur gewesen – er hatte die Menschen über Jahrzehnte erfolgreich getäuscht. Nicolas hatte ihr erzählt, dass seines Wissens bisher keine Fälschungen als solche entlarvt worden waren. Mit diesem Gedanken stand er jeden Morgen auf und rief die Newsfeeds ab, um das Schicksal aller ihrer Kinder, wie er sie nannte, im Auge zu behalten.

Pedro war also kein Unschuldslamm gewesen, als sie ihn kennenlernte, und deshalb brauchte sie sich auch keine Vorwürfe zu machen, weil sie ihn in ein zweites Abenteuer verwickelt hatte. Nicolas selbst hatte sie beschworen, sich von der wie auch immer gearteten Schuld, die auf ihr lastete, nicht erdrücken zu lassen. Es war Zeit, sich von der Vergangenheit zu lösen und weiterzuziehen.

Mit Nicolas blieb sie befreundet. Sie trafen sich ein oder zwei Mal im Jahr, zogen durch die Bars, tranken und plauderten über alte Freunde und noch ältere Zeiten. Einmal spürte sie, dass Nicolas beunruhigt war, und fand heraus, dass er sich Sorgen über neuere Entwicklungen in Zusammenhang mit einer ihrer gefälschten Violinen machte – das Instrument hatte den skeptischen Blick irgendeines Sachverständigen auf sich gezogen und wurde nun mit mehr als nur der üblichen Testbatterie überprüft. Doch als sie sich das nächste Mal trafen, war Nicolas wieder wie sonst – die Violine war rehabilitiert, und der verhasste Sachverständige hatte sich ein anderes Opfer gesucht.

»Eines Tages«, sagte er, »*werden* sie mich finden. Das ist unvermeidlich.«

Gefängnisse gehörten zwar der Vergangenheit an, aber Nicolas würde nicht ungeschoren davonkommen, wenn seine Verbrechen entdeckt würden, und sich der liebevollen Fürsorge der Neuropraktiker des *Mech* nicht entziehen können. An sich sollten kriminelle Neigungen bereits in den frühen Stadien der Hirnentwicklung ausgemerzt worden sein.

Chiku wies darauf hin, dass Nicolas' und Pedros Aktivitäten nicht das Ergebnis antisozialer Impulse gewesen seien, aber Nicolas glaubte nicht, dass dieses Argument standhalten würde, wenn man ihm auf die Schliche käme.

»Das wird sie nicht abhalten. Sie werden meinen Schädel öffnen und Teile meines Gehirns wie bei einem Puzzle herumschieben, bis sie herausfinden, was schiefgegangen ist. Viel Glück dabei!«

Wenn er sich wirklich damit abgefunden hatte, früher oder später ertappt zu werden, so konnte das seine Stimmung nicht trüben. Chiku war gern mit ihm zusammen, er hatte sie wieder in die Welt hinausgebracht. Es war Freundschaft, keine Liebe, aber sie war dankbar dafür.

Eines Tages war ihr danach, mit ihrer Familiengeschichte fortzufahren. Sie holte das alte Buch heraus, strich über den marmorierten Einband und betrachtete ihre eigene, schräg geneigte Handschrift – sie erschien ihr jetzt so fremdartig und antiquiert wie die Inschriften auf dem Stein von Rosette. Sie fühlte sich nicht mehr wie die Chiku, die diese Worte geschrieben hatte. Aber was ihr früheres Ich begonnen hatte, sollte zum Abschluss gebracht werden. Irgendwann würde ihr das Geld ausgehen, aber wenn sie die Geschichte zu Ende erzählte, ließe sie sich vielleicht verkaufen. Als ob die Akinya heute noch für irgendjemanden von Bedeutung wären! Andererseits gab es in dieser Welt erstaunlich viele Menschen, die sich für ungewöhnliche und völlig belanglose Dinge interessierten, und die Leidenschaft für die Vergangenheit war grenzenlos. Zunächst kam sie nur schleppend voran, doch nach einer Weile fand sie in einen gewissen Rhythmus. Die Seiten füllten sich, und bald war sie in die beschauliche Routine früherer Zeiten zurückgefallen – arbeiten am Morgen und nachdenken am Nachmittag in dem Café auf dem Dach von Santa Justa.

Seit Pedros Tod hatte sie sehr viel regelmäßiger Kontakt zu ihren Eltern gehalten. Bei Jitendra war nach wie vor sie diejenige, die am meisten redete, die Gewohnheit war zu alt, um sie noch abzulegen, aber dafür machte sie weidlich Gebrauch von Sundays wiedererwachter Fähigkeit zu gewöhnlichen menschlichen Interaktionen. Natürlich waren die beiden uralt und so gebrechlich, dass sie sich nur schwer zu einem Besuch auf der Erde entschließen konnten. Für Jitendra war es nie so ganz zu begreifen, warum seine Tochter nicht zu ihnen kommen wollte, obwohl die Reise für sie doch sehr viel einfacher gewesen wäre. Jedes Mal, wenn das Thema angesprochen wurde, war seine Reaktion die gleiche: »Falls es um die Kosten geht …«

Aber die Kosten waren nicht das Problem, außerdem waren ihre Eltern längst nicht mehr wohlhabend. Jitendra war als Geschäftsmann immer eine Katastrophe gewesen, und während Sunday in ihrer eigenen Welt der Mathematik hinterherjagte, hatte er ihr Privatvermögen beispiellos schlecht verwaltet. Die beiden durften von Glück reden, dass sie sich den Unterhalt ihrer Wohnung noch leisten konnten.

Doch eines Oktobers kratzten sie alles zusammen, was sie hatten, und kamen für einen Monat auf die Erde. Chiku war schockiert, als sie sie an der Endstation abholte – es war, als hätte ihr Ching sie die ganzen Jahre über belogen und die beiden robuster erscheinen lassen, als sie tatsächlich waren. Als sie sie nun plötzlich in aller Deutlichkeit vor sich sah, stockte ihr der Atem – ihre Eltern waren zwei sehr alte Organismen, und es war eine unglaubliche Leistung, dass sie so lange durchgehalten hatten. Man müsste sie von Biologen untersuchen lassen, dachte sie, um dann den Schulkindern Geschichtsunterricht am lebenden Objekt zu erteilen. Dabei waren sie auf dieser ururalten Welt in keiner Weise bemerkenswert, sosehr sich Chiku auch wegen ihres Alters und ihrer Gebrechlichkeit um sie sorgte.

Beide brauchten Exoskelette, um mobil zu sein. Sunday war anders als Jitendra nicht auf dem Mond geboren worden, hatte aber so lange dort gelebt, dass ihre Knochen und Muskeln sich vollkommen an die Mondschwerkraft angepasst hatten. In den ersten Tagen bereitete ihnen auch das Sonnenlicht der Erde Schwierigkeiten, und sie benötigten selbst an trüben Tagen Sonnenbrillen und Sonnenschirme. Dabei befanden sie sich nur im blassen, wässrigen Lissabon, nicht im glühend heißen Afrika ihrer Jugend. Sunday war verwirrt und begriff offenbar nicht mehr, warum man sie in dieses Schwerkraftfeld verschleppt und diesen sinnlosen Strapazen ausgesetzt hatte. Hatte sie etwas falsch gemacht? Hatte sie jemanden gekränkt? Hätte es ihre Tochter umgebracht, wenn sie stattdessen zu ihnen auf den Mond gekommen wäre?

Nach der ersten Woche wurde es besser. Jitendra senkte die Unterstützung seines Exos ab und riskierte sogar ein paar Schritte ohne das Gerüst – mit einem schwachsinnigen Grinsen und weit ausgebreiteten Armen wie ein Seiltänzer über den Niagarafällen. »Seht her«, dröhnte er jeden an, der es hören wollte. »Ich gehe auf dem Planeten Erde!«

Auch Sunday gewöhnte sich allmählich ein. Das Sonnenlicht schmerzte sie nicht mehr so sehr, und schließlich vertrug sie auch ohne erkennbare Beschwerden die lokale Küche. Sie schüttelte ihren Groll ab und wirkte mit einem Mal so zufrieden, als hätte sich in ihrem Gehirn ein Schalter umgelegt. Zu dritt besuchten sie alle Sehenswürdigkeiten von Lissabon. Sie spazierten über die Promenaden, fuhren mit der Straßenbahn, genossen die Salzluft am Fluss und bestaunten die renovierte Hängebrücke, eine klare mathematische Funktion, die sich wie ein zu Chrom gewordenes Theorem von einem Ufer zum anderen spannte. Sie lachten über die Seemöwen, und Chiku erzählte ihnen, wie sie Pedro an einem Eisstand in Belém kennengelernt hatte. Abends saßen sie auf ihrem Balkon und tranken Wein oder speisten in einem nahe gelegenen Restaurant. Zum Mittagessen trafen sie sich mit Nicolas in einem weitläufigen Viertel des Chiado-Bezirks.

»Es ist schön hier«, sagte Sunday eines Abends. Vielleicht meinte sie Lissabon, vielleicht Europa oder auch die Erde ganz allgemein. »Du passt hierher. Es wundert mich nicht, dass es uns so schwergefallen ist, dich loszureißen.«

Tiefer gehende Gespräche führten sie nicht. Sunday spielte gelegentlich auf die Zeit an, in der sie in ihrem eigenen Verstand herumgeirrt war, ohne jemals offen darüber zu sprechen. Offenbar betrachtete sie das Ganze als bedauerlichen Zwischenfall, den sie am besten alle vergessen sollten. Dabei hatte diese Phase Jahre ihres Lebens verschlungen und Jitendra bis zur Erschöpfung belastet. Chiku bemühte sich, es ihrer Mutter nicht zu verübeln, dass sie das alles herunterspielte. Vielleicht war auch Jitendra glücklicher mit einer Lüge, mit der sie beide leben konnten.

Als sie eines windigen Nachmittags nichts Besseres zu tun wussten, besuchten sie eine Kunstgalerie. Jitendras Exo hatte eine Störung entwickelt und fing immer wieder zu winseln an. Das trug ihm empörte Blicke von den anderen Besuchern ein. Letzten Endes konnten die drei nicht mehr aufhören zu kichern und mussten das Museum verlassen. Aber die Gemälde hatten in Sunday etwas aufgerührt. Auf dem Weg zurück zu Chikus Wohnung kauften sie billige Schulfarben, Pinsel und Papier. Am nächsten Tag hielt Sunday die Aussicht vom Balkon in grellen Gelb- und Blautönen auf zwei schmalen Bildern fest. Sie hatte Mühe, den Pinsel ruhig zu halten, das Exo riss an ihrem Handgelenk wie ein ungeschickter Lehrer, aber sie kämpfte unverdrossen weiter.

»Ich weiß gar nicht mehr, wann ich das letzte Mal auch nur an Kunst gedacht habe«, sagte sie. »Einst war sie mein Leben, dafür habe ich gelebt. Nicht dass ich jemals *gut* gewesen wäre, aber …«

Sunday war, getreu ihrem Wesen, mit den Bildern unzufrieden, während Jitendra sein Entzücken darüber, dass sie nach all der Zeit wieder einen Pinsel in die Hand genommen hatte, kaum verhehlen konnte. Sie entschieden, dass Chiku eines der Gemälde behalten sollte, das andere wollten sie mit auf den Mond nehmen. Am folgenden Tag versuchte sich Sunday an einem weiteren Werk, doch der Augenblick der Inspiration war vorüber, und dieses Gemälde blieb unvollendet. Bei aller Unzufriedenheit und Selbstironie schien sogar Sunday im Stillen glücklich darüber, dass sie, wenn auch nur für einen Tag, zur Kunst zurückgefunden hatte.

Es war ein angenehmer Aufenthalt bis zur letzten Woche. Dann fing sich Sunday irgendeine hiesige Krankheit ein, sie bekam leichtes Fieber und fühlte sich zu schlapp, um noch viel touristisch unterwegs zu sein. Chiku dachte sich weiter nichts dabei – in den letzten Tagen vor der Abreise ging es Sunday wieder besser –, aber wie sich herausstellte, war die Infektion nicht besiegt. Nachdem sie auf den Mond zurückgekehrt war, ging es in den folgenden Wochen mit ihrer Gesundheit immer weiter bergab. Ärzte wurden zugezogen, Behandlungsmöglichkeiten wurden erörtert, aber man fand keine einfache Lösung. Ihr greises Immunsystem hatte zu viele Schlachten geschlagen, und einige der Verjüngungsbehandlungen, die sie in früheren Lebensphasen erhalten hatte, zeitigten nun viele Jahrzehnte später unerwünschte Nebenwirkungen und beschränkten die Auswahl an möglichen Therapien zur Lebensverlängerung. Man konnte sie nicht zerlegen und wieder zusammensetzen, wie man es beim Triplikationsprozess mit Chiku getan hatte. Außerdem hatten weder Sunday noch Jitendra die Energie für einen langen Feldzug. Sie hatte ein langes, erfülltes Leben hinter sich, hatte vieles gesehen und vieles getan. Gerne hätte sie es noch weitergeführt, aber nicht um jeden Preis.

Die Infektion verschlimmerte sich unerbittlich und öffnete wie ein aufmerksamer Gastgeber in aller Stille die Türen für andere Krankheiten. Sunday Akinya rutschte weiter ins Siechtum, dann ins Koma und schließlich in den Tod. Im Dezember 2380 schlief sie auf dem Mond friedlich ein. Sie war ein Vierteljahrtausend alt. Ihr Gatte war an ihrer Seite, ihre Tochter Chiku war in Gestalt eines Stellvertreters anwesend.

Natürlich gab es eine Trauerfeier. Chiku hoffte, sie könnte auf der Erde stattfinden, aber verschiedene juristische und finanzielle Faktoren verbündeten sich, um das zu verhindern, und so musste sie auf dem Mond begraben werden. Man setzte einen Termin fest, und Freunde und Akinyas schmiedeten Pläne, um dabei sein zu können.

Chiku beschloss zunächst, nicht persönlich teilzunehmen – das war viel zu gefährlich. Sie würde chingen wie vorher während Sundays Krankheit. Doch als der Zeitpunkt für die Trauerfeier näher rückte, zerriss etwas in ihr. Sie konnte – *wollte* – nicht ewig so leben. Sich aus Lissabon hinauszuwagen bedeutete ein Risiko, aber sie nahm sich vor, das – sogar freudig – zu akzeptieren. Sollte Arachne mit ihr verfahren, wie sie wollte, solange niemand anderer hineingezogen wurde.

Also flog sie zum Mond und nahm an der Beisetzung teil, und obwohl ihr Herz voller Traurigkeit und Reue war, weil sie keinen engeren Kontakt zu Jitendra und ihrer Mutter gehalten hatte, war sie froh, leibhaftig dabei zu sein. Auch Jitendra freute sich sehr, dass sie sich endlich zu einem Besuch durchgerungen hatte, und er war klug genug, nicht zu fragen, was diesen Stimmungswandel in letzter Minute ausgelöst hatte.

Arachne machte sich weder während noch nach der Feier bemerkbar. Als Chiku an ihrem letzten Tag endlich etwas Zeit für sich allein hatte, wollte sie das Artilekt auf die Probe stellen. Sie mietete sich einen Schutzanzug und einen Rover und entfernte sich so weit von der Zivilisation, wie es in der verfügbaren Zeit möglich war. Es war nicht einfach, auf dem Mond eine Ecke zu finden, die noch nicht von Städten und Parks besetzt war, aber sie tat, was sie konnte, um sich gezielt in eine verwundbare Position zu begeben und Arachne zum Angriff zu provozieren. »Komm schon, und hol mich«, rief sie zum Himmel empor. »Du bist doch kreativ. Ich habe gesehen, was du kannst – auf der Venus und in Afrika. Entweder machst du jetzt ein Ende, oder du verschwindest aus meinem Leben.«

Sie überlegte, wie es wohl sein würde. Da Arachne überall war und Teile von sich in jedes komplexe, vernetzte System der Menschheit eingeschleust hatte, gab es unendlich viele Möglichkeiten. Ihr Anzug konnte versagen, ebenso die angeblich pannensicheren Back-up-Systeme. Eine Frachtdrohne, die sich wegen der Gravitationsunterstützung im mondnahen Orbit bewegte, mochte einen Hauch zu dicht an die Oberfläche kommen und sie in einem geräuschlosen Blitz auslöschen. Eine aggressive, dumme Bergwerksmaschine, die seit Jahrhunderten unter dem lunaren Mutterboden vergraben war, könnte zum Leben erwachen und sie mit ihren Schaufeln in die Tiefe zerren. Ihr Rover könnte ein Eigenleben entwickeln und sie überfahren.

Nichts von alledem würde ohne Zeugen bleiben, denn überall waren Maschinenaugen wie Flitter verstreut. Aber Arachne kontrollierte auch die Feeds von diesen zahllosen Überwachungsgeräten, und so war es leicht möglich, dass Chikus Tod weder aufgezeichnet noch gespeichert wurde.

Doch nichts geschah.

Sie fühlte sich irgendwie betrogen, als sie zur Oberflächenschleuse zurückkehrte, ähnlich wie ein Weltuntergangsprophet zur Jahrtausendwende, der enttäuscht erkennen musste, dass die Welt weiter bestand. Als die Schleuse schon fast in Sicht war, griff sie zu einem letzten, verzweifelten Mittel, einer Art Lackmustest – sie versuchte, die Dichtung an ihrem Helm zu zerstören und den Verschlussmechanismus zu lösen. Wenn Arachne auf einen geeigneten Moment lauerte, wäre mit einem einfachen Befehl alles getan. Doch die Sicherungen des Anzugs ließen sich nicht außer Kraft setzen – Chiku konnte sich nicht umbringen.

»Ich habe es dir leicht gemacht«, sagte sie, als hörte ihr da draußen immer noch etwas zu.

Danach wusste sie nichts mit sich anzufangen. Sie fühlte sich auch nicht befreit, denn das Ausbleiben einer Intervention vonseiten Arachnes war an und für sich noch kein Beweis, dass das Artilekt weitergezogen war, das Interesse an ihr verloren oder womöglich nie existiert hatte. Vielleicht war der Mond kein geeigneter Schauplatz für einen Mord. Vielleicht hatte Arachne längst hoch komplizierte Pläne ausgeheckt, um sie anderswo zu töten. Wie auch immer, sie konnte sich nicht vorstellen, nach Lissabon zurückzukehren und sich wie früher in der Stadt einzuschließen wie in einer Gefängniszelle. Dabei musste sie zugeben, dass das durchaus bequem gewesen war. Die Vorstellung, von nun an keine Gefangene mehr sein zu müssen, war bedrückend. Die logische Folge – dass es womöglich gar nicht nötig gewesen war, fünfzehn Jahre in ein und derselben Stadt zu verbringen – war geradezu unerträglich.

Tatsächlich fühlte sie sich so gelähmt wie zuvor. Die Aktivitäten auf dem Mond hatten ihre Ängste noch verstärkt. Ihre Alltagsroutine zerfiel, sie arbeitete nicht mehr weiter an der Geschichte ihrer Familie. Die Kreise, die sie in der Stadt zog, wurden immer enger – zuerst beschränkte sie sich auf ein einzelnes Viertel, dann auf zunehmend weniger Straßen. Schließlich brachte sie es kaum noch über sich, ihre Wohnung zu verlassen. Sie fand aus den Sorgen nicht mehr heraus, ihre Gedanken drehten sich im Kreis. Vielleicht hatte sie Arachne nicht genügend provoziert – sollte sie auf den Mond zurückkehren und einen neuen Versuch wagen? Würde sie das befreien oder sie gar noch unsicherer machen?

Der Zustand behagte ihr nicht, aber sie wurde die Ängste nicht los. Ihre Gedanken ratterten wie auf Straßenbahnschienen dahin, folgten immer und immer wieder den gleichen sinnlosen Bahnen.

Ein Jahr ging das so, dann wurden fünf Jahre daraus.

Und dann kam eines Tages der Meermann wieder zu ihr.

28

»Wir waren Ihnen keine große Hilfe, und das tut mir leid.« Mecufi stand in seiner Mobilitätsprothese in der Diele. Er roch so stark nach dem Atlantik, als hätte er etwas davon mitgebracht. »Wir hielten es in unser beider Interesse für ratsam, den Kontakt auf das Nötigste zu beschränken.«

»Warum sind Sie hier?«, fragte sie.

»Das weiß ich selbst noch nicht genau. Mir ist zu Ohren gekommen, dass eine gewisse … Ziellosigkeit in Ihr Leben getreten ist. Andererseits, was geht mich das an?«

»Genau«, sagte sie und wollte ihm schon die Tür weisen, bevor er die ganze Wohnung mit seinem Gestank füllte.

»Man sagt mir, Sie gehen selten aus, aber vielleicht würden Sie sich einen Ausflug zu den Seesiedlungen zutrauen?«

»Ich habe Ihre Städte schon gesehen.«

»Gewiss«, bestätigte er. Unter seinem Kinn wölbten sich die Speckrollen vor. »Doch etwas haben Sie mit Sicherheit schon sehr lange nicht mehr gesehen, und ich finde, dafür wird es Zeit.«

»Wovon reden Sie?«

»Sie ist zu uns zurückgekehrt«, sagte Mecufi. »Ich hätte das niemals erwartet, dennoch ist es geschehen, und Sie sollten für sie da sein. Immerhin sind Sie beide eins.«

Am nächsten Morgen bestieg Chiku ein schnittiges, durchsichtiges Boot, das in der Nähe der Avenida da India unweit von Belém am Kai lag. Anfangs war es oben offen, doch als es Fahrt aufnahm, zog es gerillte Schwanenflügel zu einem Cockpit zusammen. Sobald es vollends geschlossen war, verwandelte es sich in ein Unterwasserfahrzeug und versank unter den Wellen. Stundenlang schossen sie durch den Ozean. Chiku machte sich nicht die Mühe, den Weg mitzuverfolgen – wenn man vorhatte, sie nach Hause zurückzubringen, würde man es schon tun.

»Warum jetzt«, fragte sie, »nach so langer Zeit?«

»Es sind nur zwanzig Jahre«, entgegnete Mecufi, als sprächen sie von Wochen.

Chiku fiel auf, dass sie selbst jedes Zeitgefühl verloren hatte. Fünfzehn Jahre hatte es gedauert, bis sie den Mut aufbrachte, mit Nicolas zu sprechen, und seit jenem Abend waren fünf weitere Jahre in Lethargie vergangen. In diesen fünf Jahren wäre ihr beinahe ein Neustart gelungen, doch dann war sie in eine noch tiefere Starre gefallen.

Vielleicht war es doch gar nicht so lange her.

»Sie hätten mir sagen sollen, was Sie vorhatten«, beklagte sich Chiku.

»Wir hielten es nicht für angebracht, falsche Hoffnungen zu wecken«, antwortete Mecufi. »Nach jenem ersten Eingriff hatten wir Zweifel, ob noch mehr möglich wäre.«

»Trotzdem hätte man mich informieren müssen.«

»Hätten Sie denn Ihr Einverständnis gegeben?«

»Hätten Sie auf mich gehört, wenn ich gesagt hätte, sie habe genug ertragen müssen?«

»Genau deshalb haben wir Sie erst gar nicht gefragt.«

Chiku schaute durch ein flaschengrünes Bullauge. Draußen raste die flaschengrüne See vorbei. »Damals sagten Sie, es wäre ihr Tod, auf das Implantat zuzugreifen.«

»Ich sagte, es wäre *wahrscheinlich* ihr Tod. Der Eingriff hätte mehr Ähnlichkeit mit Bergbau als mit Hirnchirurgie – so hatte ich mich doch ausgedrückt? Wir wussten, dass sie ein Gerät im Kopf hatte, das für Sie hilfreich sein konnte, und versprachen, unser Bestes zu tun, um es herauszuholen, aber die integrierten Sicherungsblockaden erforderten ein ziemlich … schnelles und sozusagen schmutziges Vorgehen. Eine Kugel aus einem eingefrorenen Gehirn zu entfernen wäre schon schwierig gewesen – aber wir mussten eine Zeitbombe herausholen!« Er verschränkte die Finger mit den Schwimmhäuten, als hätte er seine Predigt beendet. »Wir hatten Ihnen alle Fakten geliefert. Die letzte Entscheidung lag bei Ihnen.«

»So einfach war es nicht. Sie wollten etwas von mir. Hätten Sie mir dieses Angebot sonst gemacht?«

»Müssen wir das wieder aufrühren? Wir haben das Unsere getan. Als Gegenleistung haben Sie den Kontakt zu Arethusa hergestellt, damit hatten Sie alle Verpflichtungen erfüllt. Wir waren für Ihre Bemühungen sehr dankbar.«

»Und was wollen Sie diesmal von mir?«

»Absolut nichts. Dies ist ein Geschenk an Sie – falls Sie es annehmen wollen.«

»Warum sollte ich ein Geschenk nicht annehmen?«

»Auch wenn Sie es nicht zugeben wollen, Sie suchen einen Sinn in Ihrem Leben. Sie brauchen jemanden, um den Sie sich sorgen können. Dieser Jemand könnte sie sein. Aber Sie müssen stark sein. Sehr stark sogar.«

Das Unterseeboot der Meerleute erreichte die flache Unterseite einer sechseckigen Seesiedlung, dockte an einer umgedrehten Kuppel an, die aus der Unterseite ragte, und saugte sich wie ein Putzerfisch an dem Schwimmkörper fest. Chiku und Mecufi stiegen aus und wurden durch grün leuchtende Schichten nach oben getragen, wobei wiederholtes Knacken in ihren Ohren die leichten Veränderungen im atmosphärischen Druck spürbar machte. Schließlich erreichten sie den Kuppelbau einer Klinik, ein helles, aber nüchternes Gebäude, in dem Chiku Rot, die andere, vermeintlich todgeweihte Chiku, behutsam ins Leben zurückgeholt wurde.

Sie saß in einem Steingarten unter einem künstlichen Himmel mit ihrem Pfleger, einem Meermann, an einem Tisch. Der Pfleger, ein junger Mann mit kupferrotem Haar, war nur zum Teil an das Leben im Wasser angepasst, Arme und Beine befanden sich an den üblichen Stellen. Im Hals hatte er Kiemenschlitze, und Nase und Augenlider wiesen Veränderungen auf. Chiku fragte sich, ob man ihn bewusst ausgewählt hatte, um Chiku Rot nicht zu viel Fremdartigkeit zuzumuten. Pfleger und Patientin waren weiß gekleidet; der Pfleger trug Hosen unter einem Arztkittel, Chiku Rot ein schlichtes Hemd, das silbrig schimmerte wie das Brustgefieder eines Pinguins und Arme und Beine frei ließ. Die beiden waren mit einigen Gegenständen auf dem Tisch beschäftigt – Klötzen und Figuren in Primärfarben, auf denen Buchstaben und Symbole aufgeprägt waren. Der Pfleger hielt einen der Klötze zwischen seinen ganz und gar humanoiden Fingern hoch, formte mit seinen weitgehend menschlichen Lippen einen Laut und wiederholte ihn immer wieder genau im gleichen Tonfall.

Chiku Rot versuchte, den Laut nachzusprechen, aber es gelang ihr nicht. Der Mann bewies außergewöhnlich viel Geduld. Er nickte ihr nur lächelnd zu und griff nach einem anderen

Klotz. Die andere Chiku runzelte konzentriert die Stirn. Sie war so völlig in das Spiel vertieft, dass sie das Eintreffen ihres zweiten Ichs nicht bemerkt hatte.

»Warum sieht sie nicht so aus wie ich?«, flüsterte Chiku, als der Schock darüber, sich selbst gegenüberzustehen, allmählich abflaute.

»Ich würde sagen, Sie sind einander sehr ähnlich.«

»Sie sieht jünger aus. Wenn ich in den Spiegel schaue, fühle ich mich nicht alt, aber wenn ich sie sehe, durchaus.«

»Sie haben seit der Triplikation ein ganzes Leben durchlaufen, während sie all die Jahre an Bord der *Memphis* geschlafen und danach all die Jahre im Kälteschlaf gelegen hat oder tot war. Sie war nur wenige Monate ununterbrochen bei Bewusstsein. Für sie fühlt es sich an, als wäre die Teilung erst gestern gewesen – jedenfalls wäre es so, wenn sie sich deutlich daran erinnern könnte.«

»Woran erinnert sie sich denn?«

»Bruchstücke, hauptsächlich aus ihrem Leben vor der Triplikation. Aber es fällt ihr sehr schwer, diese Erinnerungen in Sprache auszudrücken oder in einen verständlichen Kontext zu bringen. Wir können feststellen, wann sie etwas erkennt oder eine starke emotionale Reaktion zeigt, weil dann verschiedene Bereiche ihres Gehirns aufleuchten. Aber sagen kann sie uns nicht viel. Sprachvermögen ist kaum vorhanden.«

»Wieso?«

»Weite Teile ihres Gehirns sind beschädigt. Ein Teil der Schäden ist auf die lange kryogene Konservierung zurückzuführen, einen anderen Teil haben wir bei der Extraktion des Quorum-Implantats angerichtet. Die am meisten betroffenen Hirnregionen liegen in der linken Hemisphäre – im Broca-Areal und im Wernicke-Zentrum, im *Gyrus angularis*. Diese Strukturen sind bei einem normalen Gehirn der Erzeugung und dem Verständnis von Sprache zugeordnet. Bedauerlicherweise sind die kognitiven Defizite gewaltig. Aber es sind auch langsame Fortschritte zu verzeichnen.«

»Gehirne kann man reparieren. Mein Gehirn wurde von Maschinen auseinandergerissen, um drei identische Kopien davon anzufertigen. Das war schon vor mehreren Hundert Jahren möglich. Also reparieren Sie sie.«

»Wir vermeiden so weit wie möglich den Einsatz von Maschinen. Natürlich verwenden wir sie bei bestimmten nanochirurgischen Eingriffen, aber eine komplette Invasion des Gehirns, die radikale Infiltration und Restrukturierung organischer Nervenbahnen, die Ersetzung ganzer Funktionsmodule durch informationsverarbeitete Prothesen … solchen Methoden stehen wir seit jeher mit tiefem Misstrauen gegenüber. Lin Wei hat uns vor langer Zeit auf diesen Weg geführt. Sie hat eine große Spaltung zwischen der biologischen und der anorganischen Welt vorhergesehen und darin die Frage erkannt, die dereinst über unser Schicksal, unsere kosmische Bestimmung entscheiden würde …«

»Vielen Dank für die Geschichtsstunde, aber im Moment möchte ich, dass Sie alles reparieren, was an ihr nicht in Ordnung ist.«

Chiku hatte offenbar die Stimme erhoben, denn Chiku Rot schreckte aus ihrer Versunkenheit auf und begegnete dem Blick ihrer Schwester. Der Pfleger legte den letzten Klotz ab und nickte Chiku auffordernd zu. Sie trat näher.

»Selbst wenn wir bereit wären, ihr Gehirn mit Maschinen zu überschwemmen«, fuhr Mecufi fort, »würde das sehr wenig nützen. Bei Ihrer Triplikation hatten die Maschinen vor der Prozedur genaue Karten Ihrer eigenen Gehirnanatomie. Das war eine Basis, auf der sie aufbauen konnten. Eine solche Referenz gibt es im Fall von Chiku Rot nicht. Es wäre, als wollte man ein zerstörtes Haus nach einem Sturm wiederaufbauen, ohne das Originalgebäude gesehen zu haben.«

»Ein anderes Haus ist besser als kein Haus«, gab Chiku zurück. Sie setzte sich neben dem Pfleger ihrem zweiten Ich gegenüber und überlegte, was sie als Nächstes sagen sollte. Für diese Situation hatte keiner von ihnen ein Protokoll.

»Hallo«, sagte Chiku Rot.

Mit einem Mal war ihre Kehle wie ausgetrocknet. »Hallo«, entgegnete sie.

»Stellen Sie sich vor«, empfahl Mecufi.

Chiku drehte sich zu ihm um. »Weiß sie, was wir sind?«

»Auf einer gewissen Ebene wahrscheinlich schon. Dafür braucht sie keine komplexe Grammatik – nur ein Gefühl, dass Sie beide zusammenpassen, dass Sie etwas gemeinsam haben – eine Verbindung, die weiter in die Tiefe geht als das Gedächtnis.«

»Ich bin Chiku.« Sie griff nach der Hand ihrer Schwester und umschloss sie mit festem Griff. Die andere erwiderte den Druck. »Chiku Gelb. Du bist Chiku Rot.«

»Chiku«, sagte die andere und berührte mit der freien Hand ihre Brust.

»Wir sind beide Chiku«, sagte Chiku.

»Chiku«, wiederholte die andere. Und Chiku Gelb musste an Dreadnought denken, den Tantor auf der *Sansibar*. Diese Frau und Dreadnought hatten viel gemeinsam. Die eine hatte die Sprache verloren, während der andere sie nie wirklich besessen hatte. Aber beide bemühten sich, das Beste aus dem zu machen, was sie hatten.

»Mit einem oder zwei Wörtern kommt sie nicht zurecht«, sagte Chiku, ohne die Hand ihrer Schwester loszulassen.

»Sie ist noch nicht fertig«, erklärte Mecufi. »Seit wir sie ins Leben zurückgeholt und die gröbsten anatomischen Schäden behoben haben, fluten wir ihr Gehirn mit neurochemischen Wachstumsfaktoren, um die Bildung neuer synaptischer Bahnen und Verbindungen zu fördern. Das Gehirn eines Erwachsenen verdrahtet sich immer unentwegt weiter, aber bei den meisten von uns laufen diese Prozesse sehr langsam ab und sind schlecht koordiniert. Im Gehirn von Chiku Rot ist es genau umgekehrt. Sie kommt mit Riesenschritten voran. Ich habe keinen Zweifel, dass sie irgendwann auch die Sprache meistert – aber das braucht seine Zeit.«

»Mit Maschinen wäre sie immer noch besser bedient. Wie soll sie ohne Maschinen funktionieren?«

»So wie früher die meisten Menschen fast während der ganzen Geschichte der Zivilisation – langsam, unbeholfen, ineffizient, aber ohne sich von einem unüberschaubaren, überkomplizierten künstlichen System aus erweiterten Realitäten, Übersetzungsschichten und Mechanismen zur sensorischen Übertragung abhängig zu machen. Sie wird nur über eine Sprache verfügen, die fest in ihrem Gehirn verankert ist – wenn alles gut geht, kommt vielleicht eine zweite dazu. Der Pfleger bringt ihr Suaheli bei, aus naheliegenden Gründen – es ist die Sprache, die ihr am meisten nützt, wo immer sie auch hinreist. Aber mit einigem Fleiß könnte sie sich auch das Portugiesische einigermaßen aneignen und vielleicht sogar ein paar Worte Zulu oder Chinesisch lernen.«

»Portugiesisch könnte sie sich sparen. Ich lebe seit Jahren in Lissabon und spreche kein Wort davon.«

»Genau das ist der springende Punkt, Chiku. Sobald man Ihnen die ER wegnimmt, sind Sie das Kind, nicht Ihre Schwester. Wie viele von Ihren Freunden und Nachbarn sprechen so fließend Suaheli wie Sie?«

»Ich habe keine Ahnung.«

»Weil Sie es nie zu wissen brauchten. Die ER nimmt Ihnen

auf Kommando alles ab, sie ist so selbstverständlich da wie die Luft. Die Muttersprache Ihrer Nachbarn könnte Urdu, Finnisch oder Liliputanisch sein, Sie wüssten es nicht. Selbst wenn von zehn Milliarden Menschen jeder seinen eigenen Idiolekt hätte, könnten Sie immer noch alle miteinander kommunizieren.«

»So funktioniert nun einmal die Welt.«

»Noch«, sagte Mecufi sanft.

Chiku schwieg einen Moment, dann fragte sie ihr anderes Ich: »Geht es dir gut? Bist du glücklich?«

Chiku Rot warf einen Blick auf den Pfleger, als suchte sie Ermunterung oder Hilfestellung. »Ja«, sagte sie dann und nickte. »Ja. Ja, ja.«

»Es tut mir leid, was dir passiert ist.« Chiku wollte der anderen Chiku über den Kopf streichen, doch die zuckte vor der unerwarteten Bewegung zurück.

»Es ist schon gut«, sagte der Pfleger.

Chiku berührte mit der bloßen Hand die Haut ihrer Schwester. In ihrer Fantasie lösten sich Zellen von Chiku Rot und glitten wie Spione über die Grenze, um Teil ihrer eigenen Matrix zu werden. »Es war sehr mutig, sich auf eine so weite Reise zu begeben, nur um Eunice nach Hause zu bringen. Ich weiß, du hast sie nicht gefunden. Ich dagegen schon, gewissermaßen. Ich weiß, was mit ihr geschehen ist. Und das zählt doch als Erfolg für uns beide, nicht wahr?«

»Zählen«, sagte die andere erfreut. »Zählen. Eins, zwei, drei. Ich kann zählen.«

»Lassen Sie sich von ihrem geringen Wortschatz nicht täuschen, Chiku«, sagte der Pfleger. »Ihre Abstraktionsfähigkeit ist genauso hoch entwickelt wie bei Ihnen oder bei mir. Und sie lernt schnell.«

»Wie lange wird es dauern? Bis sie wieder … normal ist?« Chiku erschauerte über ihre eigenen Worte.

»Das kommt darauf an«, antwortete der Pfleger. »Sie haben eine Vorstellung von ›normal‹, wir haben eine andere. Sie wird nie imstande sein, so mühelos auf die ER zuzugreifen oder sich in der *Überwachten Welt* zurechtzufinden, wie Sie es tun.«

»Wozu wird sie denn imstande sein?«

»Sie wird sprechen können, sich erinnern. Verantwortung für sich selbst übernehmen. Beziehungen zu anderen Menschen pflegen. Freundschaften, Lachen und Weinen, Liebe und Glück, all das ist möglich. Aber allein wird sie nicht so weit kommen.«

»Dann haben Sie noch einen weiten Weg vor sich.«

»Nein«, sagte Mecufi. »Nicht wir. Wir haben sie bis hierher gebracht, aber dies ist unsere Welt, nicht die ihre, und ich weiß nicht, ob es für sie die richtige ist. Wenn sie sich uns anschließen und zur Wasserbewohnerin werden will, werden wir diese Entscheidung respektieren – und sie mit offenen Flossen bei uns aufnehmen. Aber sie müsste erst die Welt ein wenig besser kennenlernen und dann aus freien Stücken zu uns zurückkommen. Land und Himmel, Chiku – das ist Ihr Reich, nicht unseres. Wir geben sie in Ihre Obhut – Sie dürfen sie mit nach Lissabon nehmen.«

»Ich kann das nicht«, sagte sie.

»Warum nicht?«

»Ich … kann es einfach nicht. Bis gestern hatte ich seit Jahren kaum noch an sie gedacht!«

»Und gestern hatten Sie noch kein Ziel im Leben. Sie waren nur mit Ihren eigenen Ängsten beschäftigt. Sie hatten gedacht, sie abschütteln zu können, doch stattdessen sind die Ängste immer näher gerückt. Was Sie fürchten, ist immer noch da. Wir wollten Verbindung zu Arethusa aufnehmen, weil wir von Arachne wussten, aber wir hatten weder einen Namen für die Bedrohung, noch wussten wir, woher sie kam, und wir hofften,

Arethusa könnte uns helfen. Das hat sie natürlich auch getan. Und als wir den Kraken schickten, um Sie zu retten, war uns klar, was geschehen würde, wenn es uns nicht gelänge.«

»Ich glaube, Arachne ist nicht mehr da. Ich war auf dem Mond und …«

»Nein«, widersprach Mecufi sanft. »Sie ist nicht fort. Sie ist immer noch da draußen und macht die Welt unsicher. Sie bleibt für sich, das ist richtig – vielleicht war sie deshalb nicht an Ihrem Tod interessiert. Aber fort ist sie nicht, nein. Keineswegs.«

»Das können Sie nicht wissen.«

»Nein, aber wir können es befürchten. Wir spüren Arachne. Sie versteht es, wie Sie sich denken können, sehr gut, sich zu tarnen, aber sie kann nicht vollkommen unbemerkt existieren. Das ist Physik. Aber wichtiger ist Folgendes – Nachrichten direkt von Crucible können wir erst in vielen Jahrzehnten erwarten. Jetzt kommt es vor allem anderen *einzig und allein* darauf an, wie wir dieser armen Frau helfen können, die nur halb bei Verstand ist. Wir sind der Meinung, sie braucht jemanden, der sich um sie kümmert – und ihr hilft, ins Leben zurückzufinden.«

»Ich kann das nicht«, wiederholte sie, doch diesmal war an die Stelle der festen Überzeugung ein kläglicher Trotz getreten, das flehentliche Quengeln eines Kindes. Sie hasste sich dafür, sobald ihr die Worte über die Lippen gekommen waren. »Ich meine, es ist einfach nicht möglich. Selbst wenn ich ihr helfen wollte, und natürlich will ich das … ich wüsste nicht, wo ich anfangen sollte.«

»Sie brauchen nur zu leben.« Mecufi breitete in großer Geste die Arme aus. »Leben und weiterleben. Ihr zeigen, was es heißt, am Leben zu sein. Schenken Sie ihr die Sprache und das Lachen. Zeigen Sie ihr, wie es in der Welt zugeht.«

»Ganz allein?«

»Wenn nötig, können wir Ihnen ein wenig behilflich sein«, sagte der Pfleger.

»Auch ein kleiner Zuschuss zu den Unterhaltskosten wäre denkbar«, fügte Mecufi hinzu, als ob das Geld sie zu einer Entscheidung bewegen könnte. »Sie könnten in eine andere Wohnung ziehen – mit einer schöneren Aussicht –, aber da sie bereits mit Suaheli und Portugiesisch angefangen hat, würde ich mich nicht allzu weit von Lissabon entfernen.«

»Ich kann das nicht«, wiederholte sie noch einmal, aber diesmal leiser.

»Sie können nicht – oder Sie wollen nicht?«, fragte Mecufi. »Sich um sie zu kümmern, ihr beizubringen, wie man lebt – das nimmt Sie nicht jeden Tag rund um die Uhr in Anspruch. Sie hätten immer noch Zeit für Ihre anderen Beschäftigungen. Und es könnte eine Bereicherung sein, ihr das Leben zurückzugeben. Betrachten Sie sie als Geschenk aus der Vergangenheit. Es ist ein Wunder, dass sie überhaupt hier ist. Verdient sie nicht die Chance, noch ein Stück weiter zu kommen?«

»Natürlich. Es ist bloß …«

»Schwierig?«

Sie schluckte krampfhaft. »Ja.«

»Nur sehr wenige Dinge, die sich lohnen, sind nicht auf die eine oder andere Weise schwierig«, erklärte Mecufi salbungsvoll. »Aber hatten Sie nicht immer ein ehrgeiziges Ziel in Ihrem Leben vermisst? Die anderen begaben sich in Gefahr, Sie blieben zu Hause. Es war nicht Ihre Schuld, es fehlte Ihnen auch nicht an Mut … dennoch hatten Sie nie das Gefühl, den anderen ebenbürtig zu sein. Jetzt bietet sich Ihnen eine Chance! Und es geht hier nicht um persönliche Eitelkeit, nicht um eine Heldentat, mit der Sie sich ewigen Ruhm erwerben, sondern um Barmherzigkeit. Sie würden lediglich aus Mitgefühl etwas für einen anderen Menschen tun, im Stillen und in Würde, ein Beweis einfachen menschlichen Anstands, den die Geschichte wahrscheinlich schnöde ignorieren wird. Sie können das, Chiku – Sie haben es in sich. Mehr noch, Sie sind es sich schuldig.«

Sie schloss die Augen. Verdammt, er hatte recht – in den letzten zwanzig Jahren war sie ziellos durchs Leben geirrt, ziellos und verängstigt, und hatte sich dafür geschämt, in diesen Zustand verfallen zu sein.

Aber sie fühlte sich nicht stark, verantwortungsbewusst und klug genug, um dieser Frau, ihrem anderen Ich, zu helfen. Es war unverzeihlich von Mecufi, sie in diese Lage zu bringen.

Doch wer sollte die Herausforderung annehmen, wenn sie es nicht tat?

»Könnten Sie uns«, fragte sie und sah erst den Pfleger und dann den Meermann an, »für eine Weile allein lassen? Ich gebe Ihnen gleich darauf meine Antwort.«

»Natürlich«, sagte Mecufi. »Nehmen Sie sich so viel Zeit, wie Sie brauchen.«

Er und der Pfleger zogen sich zurück, und die beiden Chikus saßen lange schweigend da und hielten sich über den Tisch hinweg an den Händen. So hatten sie sich das nicht vorgestellt, als sie zu dritt an jenem warmen Tag in Afrika unter dem Baum das Brot miteinander gebrochen hatten. So viele Möglichkeiten waren in den drei farbigen Losen enthalten gewesen. Ehrgeizige Ziele, die Ruhm verhießen, drei Lebensläufe, die bedeutend genug waren, um dem Namen Akinya gerecht zu werden.

Und drei Lebensläufe, die Raum boten für so viele Fehler.

»Ich werde tun, was ich kann, um dir zu helfen«, sagte Chiku endlich. »Wir können zusammen in Lissabon leben. Hier bist du vielleicht sicherer, aber darüber habe nicht ich zu entscheiden. Möchtest du mit mir kommen?«

Lange blieb es still, dann sagte Chiku Rot: »Ja.«

»Ich kann dir kein Leben im Luxus versprechen – der Name Akinya besitzt schon lange keine große Anziehungskraft mehr –, aber ich glaube, wir können es gut haben. Die Stadt ist wunderschön. Es gibt so vieles, was ich dir zeigen könnte.«

»Ja.«

Chiku Gelb umfasste Chiku Rots Hände fester.

»Seltsam, dass es so weit gekommen ist. Aber wenigstens sind wir zusammen. Manchmal mache ich mir Sorgen um Chiku Grün. Was sie wohl da draußen treibt? Ich hoffe, sie ist glücklich.«

»Ja.«

Chiku hatte keine Ahnung, ob dieses Ja eine automatische Antwort auf jede Frage war oder anzeigte, dass Chiku Rot ihre Sorgen teilte. Vielleicht etwas von beidem. In der kommenden Zeit würde sie immer wieder mit solchen Zweideutigkeiten zurechtkommen müssen. Vielleicht würde ihr das mit der Zeit leichterfallen.

Irgendwann bemerkte sie, dass jemand von den Meerleuten in den Garten gekommen war.

Sie drehte sich um und erwartete Mecufi zu sehen, doch stattdessen kam ein schlankerer, größerer Meermann ohne Hilfe eines Exo auf sie zu. Sie erkannte ihn sofort und war nicht weiter überrascht. Sie hatte geahnt, dass dieser Moment unausweichlich war.

»Kanu.«

Kanu nickte. Sie musterte ihn. Er hatte auffallend breite Schultern, und sein Nacken glich den steilen Hängen eines Vulkans. Ein fremdartiges Gesicht mit ebenmäßigen Zügen, aber ganz unverkennbar ihr Sohn.

»Ich hoffe, du verzeihst mir den Überfall, Mutter – aber ich musste dich wenigstens begrüßen, bevor du wieder gehst.«

»Natürlich verzeihe ich dir.«

Mit jeder Bewegung vermittelte er den Eindruck von gewaltiger, aber beherrschter Kraft. Er hatte sich für die Begegnung angekleidet und trug einen gemusterten Kittel und dazu passende knielange Hosen. Unterarme und Waden waren ebenso nackt wie die mit Schwimmhäuten versehenen Hände und Füße. Als er auf sie zuging, hinterließ er feuchte Spuren auf dem Boden. Das lange schwarze Haar war in nassen Strähnen nach hinten gekämmt.

Chiku ließ Chiku Rots Hände los, stand auf und ging ihrem Sohn entgegen. Sie umarmten sich. Er gab ihr einen Kuss auf die Wange, dann beugte er sich zu Chiku Rot hinunter und küsste auch sie.

»Ich habe mich bei dir nie für meine Rettung bedankt.«

Wenn er lächelte, bewegte sich sein Gesicht nicht ganz so, wie sie es erwartet hätte. »Das ist verzeihlich – es war ein aufregender Tag. Außerdem ist es schon sehr lange her. Ich war froh, dass wir wenigstens Gelegenheit hatten, miteinander zu sprechen. Wie ist es dir seither ergangen?«

»Es gab Höhen und Tiefen. Aber dank dir und deinem Kraken bin ich am Leben.«

»Es war ein großartiger Krake. Wir haben gut zusammengearbeitet. Ich war sehr traurig, als er starb – trotz gentechnischer Veränderungen leben sie nicht so lange, wie wir es gerne hätten.«

»Danke, dass du gekommen bist.«

»Ich konnte die Gelegenheit nicht verstreichen lassen. Ich wollte dir mein Beileid zu Großmutter Sundays Tod aussprechen. Wie ich höre, seid ihr euch gegen Ende nähergekommen.«

»Wir haben einige Zeit zusammen in Lissabon verbracht, Sunday, Jitendra und ich. Du hättest uns gerne besuchen können.«

»Ich weiß, und es tut mir leid, dass ich nicht da sein konnte. Aber unsere Arbeit hier …« Er fuhr mit einer Schwimmhauthand durch die Luft. »Wir stehen unter Druck, denn wir haben das Gefühl, dass es ein Luxus wäre, sich unbegrenzt Zeit zu lassen. Ich bin froh, in die Vorbereitungen eingebunden zu sein, aber dadurch bleibt wenig Raum für andere Dinge.«

»Vorbereitungen wofür, Kanu?«

»Etwas geht zu Ende – vielleicht beginnt auch etwas Neues. Es scheint jetzt unvermeidlich. Früher oder später werden wir Nachricht von Crucible erhalten.«

»Du weißt also darüber Bescheid?«

»Nur, was Mecufi mir erzählt hat. Wie werden sie die Nachricht aufnehmen, wenn sie schließlich kommt?«

»Wen meinst du?«, fragte Chiku.

»Euch«, antwortete Kanu. »Die Landbewohner. Den Rest der Menschheit.«

»Wir sitzen doch alle in einem Boot«, sagte Chiku.

Kanus Schweigen verriet ihr, dass er darauf nichts zu entgegnen wusste, womit sie beide einverstanden sein konnten.

Endlich sagte er: »Wenn du hier fertig bist, würde ich euch beide gerne nach Lissabon zurückbringen. Wäre dir das recht?«

29

Sie brauchte lange, um zu begreifen, was sie da sah. Es glich einer abstrakten Skulptur, einem Kunstwerk aus zerknitterten Folienflächen, als hätte eine Riesenfaust zarte Metallfolie zusammengeknüllt und in die Erde gerammt. *Ein Engel aus Stahl*, dachte sie, *vom Himmel herabgefallen.*

Der zweite Gedanke war weit weniger poetisch. *Sess-na.* Das Flugzeug hatte sich in die Erde gebohrt, die Flügel waren aus den Halterungen gerissen worden und eingeknickt wie die Arme einer Vogelscheuche. Die *Sess-na* war abgestürzt.

Halt suchend spreizte sie die beiden Arme, als wollte sie die Flügel eines Flugzeugs nachahmen, und trieb den alten Stellvertreter so schnell wie möglich voran. Sie hatte herzlich wenig Erfahrung mit Flugzeugabstürzen, die mit dieser Katastrophe zu vergleichen wären. Gewiss, sie war an Bord von June Wings Raumschiff *Gulliver* gewesen, als es in Afrika vom Himmel fiel, aber jenes Schiff war nur abgestürzt, weil jemand es abgeschossen hatte. Aus der *Gulliver* waren sie unverletzt herausgekommen, die *Sess-na* verfügte dagegen nicht über moderne Sicherheitseinrichtungen. Konnte irgendetwas diesen Absturz überlebt haben – selbst eine Maschine?

»Ach ja«, ertönte irgendwo links von ihr eine Stimme. »Das wollte ich noch erwähnen, Präsidentin Akinya, aber es ist mir entfallen. Du bist mir deshalb hoffentlich nicht böse.«

Chiku hielt den Stellvertreter an. Natürlich war sie nicht außer Atem, aber der Haltebefehl zwang die Maschine, die Hände genauso in die Hüften zu stemmen, als würde sie nach einer Anstrengung nach Luft ringen. »Warst du da drin, als sie abgestürzt ist?«

»Was denn sonst?«

»Ich erinnere mich, dass Geoffrey sagte, er könne die *Sessna* fernsteuern – sie mit Aufträgen losschicken oder sich von ihr abholen lassen.«

»Eine Maschine, die selbstständig denken kann? Sachen gibt es!«

»Warum sollte ich dir böse sein?«

»Ach, ich weiß nicht – Zerstörung eines unersetzlichen Familienerbstücks oder so?«

»Maschinen halten nicht ewig, Eunice. Wenn man sie benutzt, gehen sie früher oder später kaputt.«

»Das beruhigt mich.«

»Mag sein, dass diese Regel für dich nicht gilt. Und du bist die Maschine, die für mich wichtig ist, nicht dieses alte Flugzeug.«

»Wenn wir uns die Zeit nähmen, könnten wir es sicher ausbeulen.« Gequält verzog sie das Gesicht. »Oder auch nicht.«

»Was ist los? Bist du verletzt … beschädigt?«

Eunice watete durch kniehohes stoppeliges Gras den Hang herauf. Sie sah aus wie immer – keine fehlenden Gliedmaßen, keine herabhängenden Hautlappen, unter denen grauenhaft glänzende Schädelplatten aus Chrom zum Vorschein gekommen wären. Nur eine schmale Frau unbestimmbaren Alters mit kurzem Haar, gekleidet für Abenteuer im Freien.

»Es war meine Schuld. Ich hatte meinen Spaß mit der Maschine und wurde übermütig. Geschieht mir recht. Aber es sieht schlimmer aus, als es tatsächlich war. Ich habe nur ein paar Kratzer und Prellungen davongetragen – bildlich gesprochen. Meinen Stolz hat es schlimmer erwischt.«

»Du hast gar keinen Stolz zu verlieren. Und was meinst du mit ›Spaß‹?« Hätte Chiku die Augen zusammenkneifen können, sie hätte es getan. »Du meinst das vollkommen ernst, wie?«

»Meinen Spaß nehme ich immer ernst. Ich habe Dummheiten gemacht – bin sinnlose Risiken eingegangen, weil ich das Risiko liebe. In letzter Zeit habe ich so etwas öfter gemacht. Daran bist du schuld – und diese komischen neuronalen Strukturen, die du von Arethusa bekommen hast.«

»Ich hätte nicht gedacht, dass du viel damit anfangen könntest.«

»Warum hast du sie mir dann überhaupt gegeben?«

»Eine Geste. Wie wenn man Blumen mitbringt.«

»Du hättest auch einfach Blumen mitbringen können. Wobei ich froh bin, dass du es nicht getan hast. Jedenfalls *glaube* ich, dass ich froh bin. Manchmal ist das schwer festzustellen.«

»Was hast du mit den Strukturen gemacht?«

»Sie in mich integriert, so gut ich konnte. Ich habe Bereiche meiner logischen Architektur miteinander verbunden, die bis dahin nur schwach korreliert waren. Andere Teile neu verkabelt. Vieles war reines Herumprobieren. Du bist mir wirklich nicht böse?«

»Ich hätte gern so wenige Probleme, dass ich mich *damit* belasten könnte, Eunice. Haben die Strukturen dich wirklich übermütig gemacht?«

»Jedenfalls impulsiv. Eine Neigung zu unerwarteten Handlungen. Inzwischen fällt es mir schwer, mein eigenes künftiges

Verhalten zu modellieren. Das ist spannend. Ich kann dir gar nicht sagen, wie befreiend es ist, nicht genau zu wissen, was ich als Nächstes tun werde.«

»Du musst dir einen eigenen Ljapunow-Horizont geschaffen haben«, überlegte Chiku. »Du bist zu einem System geworden, das zu chaotisch ist für langfristige Vorhersagen.«

»Von wegen langfristig – ich kann dir nicht einmal sagen, was ich in fünf Minuten tun werde.«

Chiku war plötzlich unendlich froh, nicht körperlich mit dieser starken und unberechenbaren Maschine zusammen zu sein.

»Das könnte ein schlechtes Zeichen sein«, sagte sie vorsichtig. »Vielleicht stehst du vor dem Zusammenbruch.«

»Kann sein, aber ich habe mich noch nie so wohlgefühlt.« Sie klopfte sich auf den Bauch, als wäre dort ein universal gültiger Indikator für die persönliche Befindlichkeit zu finden. »Mein Gedächtnis ist nicht schlechter als zuvor, wahrscheinlich sogar etwas besser. Immerhin kann ich mich noch an dich erinnern. An alle unsere Gespräche. Obwohl es schon eine Weile her ist – wann warst du das letzte Mal hier?«

»Vor ein oder zwei Jahren. Ich kann nicht mehr spontan bei dir vorbeischauen. Nach der hässlichen Geschichte mit Sou-Chun kann man als Politiker nicht einmal niesen, ohne dass die Öffentlichkeit davon erfährt, und meine Handlungen werden heutzutage sehr viel aufmerksamer überwacht. Aber du hast die Entwicklung doch sicher verfolgt?«

»So gut ich konnte. Wollen wir zu Fuß zum Camp gehen? Dann kannst du mich auf den neuesten Stand bringen.« In verschwörerischem Ton fügte sie hinzu: »Ich nehme an, es gibt ein Schiff.«

Ja, berichtete Chiku – es gebe ein Schiff, und in etwa zehn Jahren könnten sie tatsächlich so weit sein, dass es auch funktionierte. Aber sie würden nicht sofort damit starten können.

Inzwischen schrieb man 2395 – sieben Jahre waren vergangen, seit sie aus der Auszeit gekommen war. Sie hatte den alten Lander vor der Demontage bewahrt, nun wurde er für eine einmalige Fernerkundungsmission umgerüstet. Anstelle von zehntausend Kolonisten, die es kaum erwarten konnten, Crucibles Luft zu atmen, würde das zweckentfremdete Schiff nur zwanzig Freiwillige befördern. Mit seinem noch unerprobten PCP-Triebwerk sollte es etwa fünfundzwanzig Prozent Lichtgeschwindigkeit erreichen können, wobei der dreizehnprozentige Schub, den es von der Eigenbewegung der *Sansibar* bereits mitbekommen hatte, schon berücksichtigt war. Die Besatzung würde sich fast während der ganzen Reise in der Auszeit befinden und erst beim Endanflug aufwachen. Sie sollten Crucible etwa zehn Jahre vor der Karawane erreichen.

Das alles lag noch weit in der Zukunft.

»Die kinematischen Bedingungen erlauben einen Start erst in knapp zwanzig Jahren«, sagte Chiku. »Das Triebwerk und sein Treibstoffbedarf setzen uns gewisse Grenzen. Einerseits ist es gut, mehr Zeit zu haben. Angeblich sollen wir in etwa zehn Jahren startbereit sein, aber ich habe den Verdacht, dass wir letztlich jede Sekunde der zusätzlichen Jahre brauchen werden.«

»Du stellst dich darauf ein, noch lange hierzubleiben.«

»Bleibt mir denn etwas anderes übrig? Wenn ich in die Auszeit zurückkehre, könnte das Projekt zum Stillstand kommen.«

»Du hast von Freiwilligen gesprochen«, sagte Eunice, als sie endlich auf die sonnenbeschienene Lichtung traten. »Ich nehme an, diese mutigen Seelen bekommen eine gewisse Vorstellung davon, was sie zu erwarten haben?«

»Nein. Dieses Risiko kann ich nicht eingehen. Ein falsches

Wort zum jetzigen Zeitpunkt, ein Bruch der Geheimhaltung, und alles würde zunichte.«

»Aber du musst doch ausgewählte Angehörige eurer Regierung informiert haben.«

»Nein – niemanden. Natürlich war es angesichts der Risiken schwierig, sie von dieser Expedition zu überzeugen, aber ich habe Mittel und Wege gefunden. Es hilft, dass tief im Inneren alle Angst haben. Insgeheim und trotz der *Pemba*-Gesetze wissen sie, dass wir die Abbremstechnologie ausprobieren müssen, deshalb ist die *Eisbrecher* die beste Testplattform für das neue Triebwerk. Wenn es mit der *Eisbrecher* klappt, können wir die Maschine so weit vergrößern, dass sich ein Holoschiff damit abbremsen lässt. Schon deshalb lohnt sich das Projekt. Aber ich habe auch angeführt, dass wir uns überzeugen sollten, ob die Infrastruktur auf der Oberfläche den Anforderungen entspricht und unser Überleben sichern kann.«

»Du meinst die Infrastruktur auf der Oberfläche, die gar nicht existiert?«

»Das werde ich ihnen schonend beibringen, wenn wir uns im Endanflug befinden.«

»Was würde, hypothetisch gesprochen, passieren, wenn die Wahrheit tatsächlich herauskäme?«

»Es käme zu Unruhen«, sagte Chiku. »Panik würde ausbrechen. Alle Schichten der Gesellschaft würden von Ängsten erfasst. Außerdem würden politische Gräben aufgerissen, die größer wären als ein ganzes Holoschiff. Dank Travertines Forschungen haben wir eine Wahl, und das ist nicht immer von Vorteil. Entscheidet man sich abzubremsen, oder fliegt man an Crucible vorbei? Rüstet man militärisch auf? Noch bevor wir auf die Versorger träfen, hätten wir innerhalb der Karawane einen Bürgerkrieg. Kannst du dir das vorstellen, nach allem, was wir hinter uns haben?«

»Ich dachte, wir hätten uns das Kriegführen abgewöhnt«, murrte Eunice und bückte sich, um eine Bewässerungsleitung zu verschieben, die in ihre Pflanzbeete führte.

»Das ist auch so, wenn auch nur allmählich.« Chiku nahm Platz. »Es liegt uns immer noch im Blut, als schleppten wir eine schreckliche Krankheit mit uns herum. Deshalb muss dieses Vorauskommando Erfolg haben. Wenn ich Kontakt zu den Versorgern aufnehmen und vielleicht eine gemeinsame Basis finden kann ...«

»Du wirst also mit auf diesem Schiff sein.«

»In den letzten Jahren habe ich meine gesamte berufliche Existenz dafür aufs Spiel gesetzt. Die *Eisbrecher* ist mein Geschöpf. Die lasse ich mir von niemandem wegnehmen.« Sie nahm ein paar von den Dingen auf dem Tisch in ihre Stellvertreterhand – Alteisen, bunte Scherben, münzenähnliche Metallstücke, die auf Draht gezogen waren.

»Und die anderen Freiwilligen?«

»Sie müssen noch bestimmt werden. Ich habe ein Vetorecht bei der Auswahl. Sie werden die Wahrheit nicht erfahren, aber es müssen Leute sein, die damit umgehen können, wenn wir ankommen.«

»Wobei die Wahrheit lautet, dass sie sich für ein Himmelfahrtskommando gemeldet haben?«

»Die Erfolgsquote ist nicht sehr hoch, aber die Mission ist nicht von vornherein zum Scheitern verurteilt.«

»Bis dahin wird auch Noah aus der Auszeit gekommen sein.«

»Ich weiß. Wenn wir 2415 starten, ist er seit sieben Jahren wach.«

»Auch deine Kinder sind bis dahin sieben Jahre älter. Um es ganz deutlich zu sagen, bis dahin sind sie keine Kinder mehr.«

»Ist das Kunst?«, fragte Chiku unvermittelt. »Hast du diesen Schmuck gemacht?«

»Müßiggang ist aller Laster Anfang, liebes Kind. Ein Nachteil, wenn man immer menschlicher wird. Die Stunden dehnen sich in einer Weise, wie es früher nie der Fall war. Schade, dass ich nicht bei dir sein kann.«

»Ich wünschte, du könntest es, aber noch ist die Zeit nicht reif, dass du dich zu erkennen gibst. Du glaubst gar nicht, wie viel ruhiger ich einer Horde von künstlichen Intelligenzen entgegentreten würde, wenn ich auch auf meiner Seite eine davon hätte.«

»Können wir das Wort ›künstliche Intelligenz‹ streichen? Das klingt ja fast so, als würdest du mich als fleischbasiertes Datenverarbeitungssystem bezeichnen.«

»Meinetwegen. Wie auch immer, du wirst hier gebraucht – die Tantoren sind auf dich angewiesen. Wir können sie nicht im Stich lassen.«

»Auch wenn das Überleben der ganzen Karawane davon abhinge?«

»Alles hängt von allem ab, nicht wahr? Das nennt man Interkonnektivität – und die ist ein elendes Luder.«

Eunice' Lachen klang freudlos. »Wir stehen also wieder am Anfang und mogeln uns irgendwie durch. Was sind wir doch für Dummköpfe. Dein wunderschönes neues Schiff – wie nahe seid ihr an einem Testlauf?«

»Das dauert noch Jahre. Außerdem ist es ziemlich heikel, ein Post-Chibesa-Triebwerk zu testen, wenn niemand wissen soll, dass man eines hat. Wir werden eine bessere Vorstellung davon haben, wenn wir erst da draußen unterwegs sind und das Triebwerk hochfahren können, ohne dass jemand unerwünschte Fragen stellt.«

»Und wer außer der *Sansibar* hat diese gründlich getestete und ach so zuverlässige neue Technologie noch?«

»Niemand, soviel ich weiß. Wir haben das ganze Projekt

streng unter Verschluss gehalten. Der *Pemba*-Erlass ist immer noch in Kraft.«

»Böse, böse Chiku.«

»Böse, böse Eunice – du hast Travertine den letzten Anstoß gegeben, den xier noch brauchte, nicht wahr?«

»Xier wäre mit der Zeit auch selbst darauf gekommen, aber es hat wohl nicht geschadet, dass die Schlüsselformeln sich auf rätselhafte Weise in xiese privaten Forschungsunterlagen verirrt haben. Doch wir sollten Travertines Leistung nicht schmälern. Wer eine große Schachtel voller Theorie bekommt, kann damit noch lange kein Triebwerk bauen.«

»Es ist wirklich ein Wunder, dass Travertine aus Sundays Synthese etwas Konkretes machen konnte«, bestätigte Chiku. »Travertine vergisst auch manchmal Dinge. Verliert bei Gesprächen den Faden. Noch vor einigen Jahren war xier so hellwach, aber jetzt ist xies Verstand weg – oder jedenfalls stumpf geworden.«

»Wäre es nicht allmählich Zeit, xien zu begnadigen? Oder zu erschießen. Inzwischen wäre beides eine Erlösung.«

»Travertines Arbeit kann nicht öffentlich gewürdigt und folglich auch nicht öffentlich belohnt werden. Ich wünschte, es gäbe eine andere Möglichkeit.«

»Gewöhnlich gibt es die auch.« Eunice hatte aufgehört, an ihren Bewässerungsleitungen herumzuhantieren. »Es ist schön, dass du mich besucht hast. Hast du schon eine Vorstellung, wann du das nächste Mal kommst?«

»Falls es ein nächstes Mal gibt«, unkte Chiku.

»Oh, da bin ich ganz sicher. Möchtest du die Tantoren sehen?«

»Natürlich.«

»Du wirst dich freuen zu hören, dass Dakota noch unter uns ist. Sie hat sich sprunghaft weiterentwickelt – jetzt ist sie eine runzlige alte Matriarchin, mit allen Wassern gewaschen, eine richtige Politikerin. Bist du ganz sicher, dass Geoffrey ihnen nicht etwas von der Akinya-DNA eingespleißt hat?«

»*Ziemlich* sicher …«

»Jedenfalls wird es dir gefallen, dich mit ihr zu unterhalten. Und ihre Enkelinnen werden dich das Fürchten lehren. Komm, hilf mir doch mal.« Eunice bückte sich nach einigen Plastikkästen, wie sie normalerweise für Setzlinge verwendet wurden. Sie enthielten Unmengen von Plastik- und Metallspielzeug und Puzzleteilen, offenbar alles handgemacht.

»Sie werden uns noch überholen, nicht wahr? Nicht heute und auch nicht morgen.« Chiku stand auf. »Aber eines Tages werden wir aufwachen, und die Tantoren werden sich nach uns umschauen und sagen: ›Beeilt euch, ihr Schnarchnasen.‹«

»Was das verfügbare Hirnvolumen angeht«, sagte Eunice, »sind sie uns Affen zweifellos überlegen. Dennoch glaube ich nicht, dass wir uns Sorgen machen müssen. Es sind bloß Elefanten – warum um alles in der Welt sollten sie einen Groll gegen uns hegen?«

Chiku ergriff eine der Spielzeugkisten. »Ich kann mir wahrhaftig keinen Grund vorstellen.«

Die Wiederbelebungsklinik hatte schon bessere Tage gesehen. Der Springbrunnen funktionierte seit Jahren nicht mehr, und die Hecken waren völlig verwildert. Die Rasenflächen waren bis auf die Erde abgetreten, überall waren knochenweiße Kieselsteine verstreut. Die Wege waren von Unkraut überwuchert; die Sträucher zu beiden Seiten berührten sich in der Mitte, sodass ein dunkler Tunnel entstand. Chiku musste sich bücken und die Äste beiseiteschieben. Eine Statue war umgekippt und nicht wieder aufgerichtet worden. Eine andere war zu einem rätselhaften Mosaik zerfallen. Die Bänke, auf denen sie gesessen und mit der Projektion von Chiku Gelb gesprochen hatte, waren nirgendwo zu sehen – vielleicht hatte das Dickicht auch sie verschlungen.

Bevor sie das Klinikgebäude betrat, sah sie keine Menschenseele. Bei früheren Besuchen hatten Techniker und Pfleger eine Atmosphäre beruhigender Geschäftigkeit verbreitet, es hatte ein reges Kommen und Gehen von Angehörigen und Freunden der Eingefrorenen geherrscht; nervöse Auszeitpatienten waren den Gewölben zugestrebt, andere waren sichtlich erleichtert herausgekommen. Das Verfahren war sicher, dennoch war es niemandem geheuer.

Sie stand eine Weile in der leeren Vorhalle, dann machte sie sich bemerkbar. Aus einem Hinterzimmer kam eine Pflegerin herbeigeeilt, eine dralle weiße Frau mit ausgeprägten Tränensäcken. Sie schien überrascht, eine Besucherin anzutreffen.

»Repräsentantin … Ich meine *Präsidentin* Akinya …«, sagte die Pflegerin. Sie schwitzte, und ihr Haar war zerzaust.

»Ich hatte einen Termin vereinbart«, sagte Chiku kühl. »Warum wurde ich nicht erwartet?«

»Um ehrlich zu sein, Ms. … Präsidentin …« Die Pflegerin verhedderte sich, sie war es nicht gewohnt, direkt mit der Obrigkeit konfrontiert zu werden. Chiku fragte sich, ob sie sich jemals über den Weg gelaufen waren. Chikus Gesicht kannte natürlich jeder – immerhin stand sie an der Spitze der *Sansibar*-Hierarchie. »Die Sache … die Sache ist … die Gewölbe sind voll, aber inzwischen kommt oder geht kaum jemand mehr. Wir hatten Sie erwartet, aber wir hatten uns im Tag geirrt … wir hatten vergessen, dass Sie heute kommen wollten …«

Chiku spürte einen Hauch von Mitgefühl für die verwirrte Frau. »Jedenfalls bin ich jetzt hier. Meine Angehörigen – mein Ehemann Noah und meine beiden Kinder Mposi und Ndege – sollen heute aus der Auszeit kommen. Ich habe sie oft besucht.«

»Ja, richtig …« Die Pflegerin fuhr mit dem Finger an ihrem Klemmbrett entlang. »Natürlich, heute. Ja, Sie haben recht – sie kommen heute raus.«

»Ich weiß. Deshalb bin ich hier.«

»Es dauert noch eine Weile.«

»Laut Plan sollten sie bereits an der Schwelle zum Aufwachen stehen. Sie haben den Weckvorgang doch eingeleitet?«

»Aber ja! Gewiss doch. Es ist nur …« Die Pflegerin hatte das Klemmbrett umgedreht, als könnte sie ihm in dieser Richtung mehr entnehmen. »Wir sind spät dran. Nur ein paar Stunden. Wir hatten gestern ein Problem. Nicht in Ihrem Abschnitt – ich meine, in *ihrem* Abschnitt –, aber das hat zu Verzögerungen geführt …«

»Dann warte ich«, erklärte Chiku.

»Es könnte sechs Stunden dauern. Vielleicht auch acht. Schwer zu sagen. Möchten Sie nicht lieber nach Hause gehen, statt den ganzen Tag hier zu warten? Wir rufen Sie an …«

»Wenn Sie nichts dagegen haben, warte ich hier.«

Man brachte ihr einen Thermalanzug und gestattete ihr, die Gewölbe zu betreten. Sie waren etwa im gleichen Zustand wie immer. Zwar konnte man auf der *Sansibar* keine schweren Maschinen herstellen – zumindest konnte man kaum Ressourcen dafür erübrigen, seit alles in das Lander-Projekt geleitet wurde –, deshalb bezog man viele der Geräte in den Auszeitgewölben oft für teures Geld von anderen Schiffen der Karawane. Außerdem wurden bei Spannungen innerhalb der Karawane – wenn man auf den übrigen Schiffen der Meinung war, Sou-Chun oder ihre Nachfolger hätten nicht genügend hart durchgegriffen – gelegentlich Sanktionen oder Handelsrestriktionen verhängt, sodass der Nachschub nicht immer gesichert war. Aber Chikus Leute waren findig, und man hatte dem reibungslosen Betrieb der Auszeitgewölbe stets Vorrang eingeräumt.

Dafür hätte Chiku auch gesorgt, wenn ihre Angehörigen diesen Maschinen nicht auf Gedeih und Verderb ausgeliefert gewesen wären.

Sie hatte Noah und ihre Kinder sowie ihre eigene, immer noch leere Truhe bald gefunden. Die Statusanzeigen meldeten, dass der Aufwärmprozess begonnen hatte, aber Chiku hatte keine Ahnung, wie weit er fortgeschritten war. Nach jahrzehntelangem Schlaf wollte man in dieser Phase nichts überstürzen.

Sie streckte die Hand nach Noahs Truhe aus. Diesmal waren ihre Finger von Handschuhen geschützt. Die leichten Abdrücke, die sie einst auf dem Metall hinterlassen hatte, waren wenig später entfernt worden – sie hatte nichts anderes erwartet. Aber das Reinigungsmittel war so scharf gewesen, dass auf der Oberfläche zwei matte Ovale zurückgeblieben waren. Die berührte sie nun mit ihren behandschuhten Fingern.

»Bald«, flüsterte sie. Dieses Versprechen hatte sie schon so oft gegeben, doch heute sollte es endlich eingelöst werden.

»Ich hatte das nie so geplant.« Sie sah ihm fest in die Augen. Sie hoffte, darin eine Spur von Versöhnungsbereitschaft, einen schwachen Hinweis zu finden, dass er ihr vielleicht verzeihen oder mit der Zeit ihr Verhalten zumindest verstehen könnte.

»Du meinst, du hattest nicht geplant, dass ich es erfahre?«, fragte Noah.

»Nein!« Es klang heftiger, als sie eigentlich wollte. »So war das ganz und gar nicht. Es sollten nur ein paar Tage sein, nicht mehr. Wozu sollte ich dich damit belasten? Je weniger Leuten ich von meiner Entscheidung erzählte, desto weniger Erklärungen brauchte ich abzugeben.«

»Und mir wolltest du nichts erklären, willst du das sagen?«

»Nein«, wiederholte sie. »Aber wenn du nichts davon wusstest, konnte dich auch niemand für meine Handlungen zur

Rechenschaft ziehen. Es war mein Problem – meines ganz allein.«

»Ich dachte, es wäre unser Problem.«

Sie saßen in der Küche. Noah hatte sie nur widerwillig nach Hause begleitet. Die Kinder blieben, verwirrt und gelangweilt, in der Klinik zurück, während ihre Eltern darangingen, unter vier Augen die Zukunft ihrer Beziehung zu klären. Es war nicht das fröhliche Erwachen, auf das sie sich alle gefreut hatten. Noah saß Chiku gegenüber am Tisch wie ein Hausgast, der sich unwohl fühlte. Er hatte nicht einmal die Tür hinter ihnen geschlossen.

»Es *war* unser Problem«, bestätigte sie. Ihre Hände lagen auf halbem Weg zu den seinen auf der Tischplatte, aber sie berührten sich nicht. Eine ganze Galaxis schien sie voneinander zu trennen. »Aber bei der Nachricht von zu Hause konntest du mir nicht helfen. Ich musste wach sein, wenn sie eintraf – ich wollte sie nicht bis zum Ende unserer Auszeit liegen lassen.«

»Hast du ernsthaft gedacht, du könntest in ein paar Tagen viel ausrichten?«

»Ich weiß es nicht. Ich wollte ein paar Räder in Bewegung setzen, um dafür zu sorgen, dass wir heute in einer besseren Position wären.«

»In ein paar Tagen.«

»Ich weiß, es war nicht sehr realistisch. Doch nachdem ich hörte, was geschehen war, konnte ich nicht in die Gewölbe zurückkehren.«

»Wach zu bleiben war dir wichtiger als das Versprechen, das du deiner eigenen Familie gegeben hattest?«

»Wie soll ich darauf antworten?«

»Wahrheitsgemäß.«

»Nun gut. Ja. Wach zu bleiben war wichtiger. Ich liebe dich und die Kinder mehr als alles andere in meinem Universum –

das weißt du auch, nicht wahr? Allein schon deshalb *musste* ich handeln. Wenn ich dich liebte, konnte ich nicht tatenlos zusehen, wenn etwas auf uns zukam, das dir, Ndege und Mposi schaden könnte. Das verstehe ich unter Liebe – Opfer zu bringen. Alles zu opfern, notfalls auch unsere Ehe, aus Liebe zu euch. Kannst du das nicht verstehen?«

»Was ist mit Vertrauen? Früher hast du mir vertraut, weißt du noch? Ich habe die Tantoren gesehen.«

»Bitte«, sagte sie.

»Keine Sorge. Dein Geheimnis ist bei mir sicher – *ich* halte meine Versprechen.«

Sie schaute nach unten. Ihre Finger kamen ihr fremd vor, als hätte man sie irgendwann chirurgisch durch die einer sehr viel älteren Frau ersetzt.

»Ich kann dir genau sagen, was passiert ist. Die Nachrichten von zu Hause waren schlecht, Noah – schlechter, als du dir vorstellen kannst. Wenn wir das Überleben der Karawane sichern wollten, war es unerlässlich, alle Anstrengungen auf das Abbremsproblem zu konzentrieren. Utomi war tot – er war bei einem Unfall ums Leben gekommen, bevor ich aufwachte –, und Sou-Chun stand nicht mehr im Weg. Ich hatte die Chance, einen Politikwechsel herbeizuführen. Aber das ging nicht über Nacht. Ich dachte selbst damals nur an ein paar Jahre. Zwei, drei … höchstens fünf. Ich hatte nie vor, Präsidentin zu werden. Doch dann kam eines zum anderen … und es ist einfach passiert.«

»Und wie geht es jetzt weiter?«, fragte Noah sehr sachlich, aber ohne jede Wärme. »Ich habe nicht das Gefühl, mit der Frau zu sprechen, die ich einmal geheiratet habe – sondern mit einer entfernten Bekannten von ihr, einer Frau mit politischen Ambitionen. Präsidentin Akinya, du meine Güte!«

»Ich bin immer wieder in die Gewölbe gegangen, um euch

zu besuchen, und ich habe den Tag herbeigesehnt, an dem wir wieder beisammen sein würden. Wenn du mir nicht glaubst, brauchst du nur die Klinikunterlagen einzusehen.«

»Wenn die Sehnsucht wirklich so groß war, wärst du zu uns zurückgekehrt.« Noah hielt inne. »Ich *habe* die Klinikunterlagen eingesehen. Vor dem Tag, an dem wir geweckt werden sollten, warst du fast drei Jahre nicht unten gewesen.«

»Nein«, sagte sie tonlos. »Das muss ein Fehler in der Buchführung sein. So lange bin ich nie ferngeblieben.«

»Davor waren es achtzehn Monate, und *davor* ein Jahr. Die Abstände wurden immer länger. Anfangs bist du alle paar Monate gekommen. Aber das hat nicht angehalten.«

»Es tut mir leid«, sagte sie. »Ich wollte nie …«

»Mir tut es auch leid«, entgegnete Noah. »Sehr leid sogar. Du hättest mir vertrauen sollen. Dann wäre alles gut gewesen.«

Er stand auf. »Bitte«, flehte sie.

»Ich werde dafür sorgen, dass Mposi und Ndege dich besuchen können – es wird ihnen ziemlich schwerfallen, das alles zu begreifen.«

Wollte er ihr etwa die Kinder wegnehmen? Würde es unvermeidlich werden, wenn sie es laut aussprach?

»Es ist nicht meine Schuld«, erklärte Chiku tonlos. Sie hatte sich damit abgefunden, dass nichts, was sie jetzt noch sagen konnte, für sie sprechen würde. »Ich habe immer nur getan, was getan werden musste.«

30

Die Zeit glitt davon wie eine Schlange. Plötzlich war die Fertigstellung der *Eisbrecher* nicht mehr Jahre oder Monate, sondern nur noch Wochen entfernt. Chiku war kribbelig vor Ungeduld und besuchte die Kaverne, in der das Schiff lag, sooft es ihre Regierungsarbeit erlaubte. Während der Lander für die Expedition vorbereitet wurde, war er unter einer dicken Schicht von Gerüsten und belüfteten Hilfskonstruktionen verborgen gewesen. Nun war das meiste davon abgebaut oder weggeklappt, nur eine Handvoll Techniker in Vakuumanzügen arbeiteten noch an den Feinheiten. Der dreihundert Meter lange Lander war ausgeweidet und mit gewaltigen Treibstofftanks vollgestopft worden, jetzt war seine klare Form aufgeschwollen, als hätte ihn eine Biene gestochen. Auch ein Post-Chibesa-Triebwerk brauchte Treibstoff in großen Mengen.

Hin und wieder blitzte hinter einer Luke oder einer Wartungsöffnung das blaue Licht eines Schweißbrenners oder Lasers auf. Doch auch dort war man bei den letzten Verbesserungen angelangt. Im Inneren waren die meisten Arbeiten abgeschlossen. In dem winzigen Kern des Schiffes, der belüftet und beheizt werden sollte, hatte man die Auszeittruhen eingebaut und getestet.

Nach langen Überlegungen hatte man sich auf eine zwanzigköpfige Besatzung geeinigt. Chiku hatte diskret auf eine geringere Zahl gedrängt, aber auch sie konnte nicht alles durchsetzen. Der Rest der Gesetzgebenden Versammlung war der Meinung, auch zwanzig Personen könnten unmöglich eine gründliche Standortuntersuchung vornehmen – sollte man nicht auch Platz für Bodenexperten, Botaniker, Geologen, Ozeanografen und so weiter schaffen? Chiku schloss sich diesen Wünschen zum Schein an, wies dann aber darauf hin, dass für eine größere Besatzung mehr Auszeitgeräte und Vorräte und nach dem Erwachen aus dem Kälteschlaf mehr Bewegungsfreiheit benötigt würden. Daraus folge, dass man die Treibstoffmenge zugunsten der Lebenserhaltung verringern müsse, das würde die Wendigkeit des Schiffes einschränken, und dadurch würde sich wiederum die Ankunft verzögern.

»Ich habe Simulationen durchgeführt, bis mir der Kopf rauchte«, fuhr sie fort. »Bei mehr als zwanzig Personen lassen sich die Missionsparameter nur noch schwer erfüllen. Fünfzehn wären besser, zwölf ideal. Wir brauchen nicht für alles und jedes Spezialisten – wir sind nur ein Vorauskommando, das den Weg ebnen, aber nicht gleich eine autarke Kolonie gründen soll.« Das traf alles in irgendeiner Weise zu, aber ihr ging es in erster Linie darum, nicht mehr Freiwillige belügen zu müssen als unbedingt nötig. Düsterer noch war eine weitere Überlegung – falls sie gezwungen wäre, Leute zum Schweigen zu bringen, sollten es möglichst wenige sein.

Im Vorfeld des Starts war Geheimhaltung weiterhin unverzichtbar. Noch hatte man die Existenz der *Eisbrecher* nicht auf dem ganzen Schiff bekannt gemacht. Das hatte die ohnehin heikle Aufgabe, infrage kommende Besatzungsmitglieder ausfindig zu machen und anzusprechen, sehr erschwert.

Bei der Hälfte der Kandidaten war die Auswahl relativ naheliegend. Für die Entwicklung, den Bau und den Einbau der neuen Maschine war ungeheuer viel technisches Wissen erforderlich gewesen, und die Schlüsselfiguren an diesem Projekt hatte man bereits zu Stillschweigen verpflichtet. Da bot es sich an, dass all jene, die körperlich fit genug waren, um in die Auszeit zu gehen, auch für die Mission selbst infrage kamen. Von den Angesprochenen lehnten zwei Drittel ab, was Chiku keineswegs überraschte. Die Besatzungsmitglieder würden auf die jahrzehntelange Expedition keine Angehörigen mitnehmen können, und das war nicht leicht zu verkraften. Das Netz wurde ein wenig erweitert, und langsam, aber sicher fanden sich ausreichend viele Freiwillige, die auf die Bedingungen eingingen.

Ein zumindest in Chikus Augen offensichtlicher Kandidat bereitete ihr besondere Kopfschmerzen.

Travertine kannte den Einsatz. Als sich die Versammlung – jedenfalls intern – endlich dazu durchrang, sich offen zu der Mission zu bekennen und man Chiku ermächtigte, Travertine zu informieren und xiem vorzuschlagen, sich der Expedition anzuschließen, nickte xier lediglich und stellte seinerseits einige Forderungen. Begnadigung. Entfernung des biomedizinischen Armbands und im Anschluss eine Batterie von Notfallmaßnahmen zur Lebensverlängerung.

Xier musste es natürlich probieren, obwohl xier ebenso gut wie Chiku wusste, dass die Versammlung darauf niemals eingehen würde.

Eines Nachmittags, knapp fünfzig Tage vor dem Start, fuhr ein schwarzer Wagen vor dem Gebäude der Gesetzgebenden Versammlung vor. Gendarmen halfen dem greisen Wissenschaftler aus dem Fahrzeug. Begleitet wurde xier von einem knollenköpfigen Chrom-Männchen, das man von irgendeinem Schiff der Karawane importiert hatte. Ursprünglich hatte ein

Roboter Travertine heimlich beschattet, um zu verhindern, dass xier sich selbst das Leben nahm. Nun wurde xier ganz offen von einem neuen Roboter betreut, der xien beim Aussteigen am Arm nahm und die Vordertreppe hinaufführte. Seine Fürsorge wirkte geradezu rührend liebevoll, dachte Chiku.

Sie wartete drinnen, unablässig nervös die Faust ballend und wieder öffnend, als hätte sie einen Tennisball zwischen den Fingern. Als man ihren Gast in die Eingangshalle führte, nickte sie ihm zu.

»Vielen Dank, dass du gekommen bist, Travertine.«

»Hatte ich eine Wahl?«

»Ja, und das haben meine Leute hoffentlich auch deutlich gemacht.« Chiku nickte den Gendarmen zu – sie wurden nicht mehr gebraucht, aber der Roboter konnte bleiben. »Komm – ich habe uns einen Raum reserviert. Das Gespräch wird nicht lange dauern, dann kannst du wieder gehen.«

»Das hört sich hochoffiziell an. Ich finde, am besten haben wir immer noch in deiner Küche verhandelt.«

Chiku lächelte schmal. »Das war in den alten Zeiten. Seither hat sich die Welt verändert. Du siehst übrigens gut aus.«

»Und du bist eine schlechte Lügnerin. Ich sehe aus wie ein Monster, das allen Angst macht, und das ist ja wohl auch so gewollt. Ich soll künftigen Sündern als warnendes Beispiel dienen.«

»Du übertreibst. Wenn ich durch die Gemeinschaftszentren gehe, begegnen mir Leute, die älter aussehen als du. Aber ich habe dich nicht rufen lassen, um mit dir zu streiten.«

»Neue Probleme mit deinem geheimen Spielzeug?«

»Bitte«, warnte Chiku. »Ich möchte wirklich nicht anordnen müssen, dass man dich zu diesem Wagen zurückbringt. Damit würden wir beide keinen guten Eindruck hinterlassen.«

Sie erreichten eine geschlossene Kaverne. Zwei Gendarmen

standen zu beiden Seiten der Tür. Chiku ließ Travertine und dem knollenköpfigen Roboter den Vortritt und folgte den beiden. Dabei sah ihr aus dem wackelnden Roboterkopf ihr eigenes verzerrtes Spiegelbild entgegen. Sie deutete auf zwei Plätze.

»Er kann dir helfen, dich zu setzen, aber dann schick ihn bitte weg.«

»Diesen Roboter hat mir deine eigene Versammlung zur Verfügung gestellt. Fürchtest du wirklich so sehr, dass wir belauscht werden könnten?«

»Du hast ja keine Ahnung.«

»Aha. Ich hatte also recht – es *gibt* ein Problem mit dem Schiff. Ein Jammer. Ich weiß, wie viel du dafür aufs Spiel gesetzt hast. Dein Leben, deine Familie … alles hast du diesem einen Ziel geopfert.« Der Roboter half Travertine auf xiesen Platz, dann scheuchte xier ihn weg wie einen übereifrigen Dienstboten. »Geh. Warte draußen.«

»Wäre ein Exo nicht schonender für deine Gelenke?«, fragte Chiku, nachdem der Roboter gegangen war.

»Man hat mir keines zugestanden – man hat wohl befürchtet, ich könnte es zu einer Tunnelbohrmaschine umbauen.«

»Und wo solltest du hin?«

»Genau. Aber eigentlich habe ich nichts gegen den Roboter. Früher machte man sich Sorgen, ich könnte mich selbst verletzen. Jetzt gehen die Befürchtungen mehr in Richtung Lynchmob oder Verrückte. Manchmal werfen die Leute mit Steinen nach mir. Ich finde es faszinierend, Ziel von Massenhass zu sein. Es verhindert, dass man abhebt. Jeder sollte es probieren.«

»Wer immer dich verletzt, würde die volle Härte des Gesetzes zu spüren bekommen«, sagte Chiku, als wäre das ein Trost für Travertine, nachdem man xien zu Tode gesteinigt hatte. »Und mit dem Schiff ist, nebenbei bemerkt, alles in Ordnung.«

»Ein Jammer.«

»Wirklich?«

»Ich betrachte es als meine Lebensversicherung. Solange ihr das Ding nicht richtig zum Laufen bringen konntet, habt ihr mich gebraucht. Deshalb kamen diese Leute ständig mit schwachsinnigen Fragen zu mir. Deshalb wart ihr einverstanden, das Armband so einzustellen, dass ich auf dieser Stufe der Gebrechlichkeit stehen blieb.« Xier deutete auf den schwarzen Ring um xies Handgelenk, wo immer noch das Statuslicht blinkte.

»Du bist auch jetzt noch wertvoll für mich.«

»Das bezweifle ich. Du hast mittlerweile deine eigenen eifrigen kleinen Sachverständigen und mehr Zeit, als dir wirklich zusteht.«

»Ehrlich gesagt würde dich die Arbeit langweilen. Wenn wir die *Eisbrecher* starten und sich zeigt, dass wir ganz offen gegen den *Pemba*-Erlass verstoßen, bricht hier die Hölle los. Wir müssen mit gravierenden Konsequenzen rechnen – mit der schlimmsten Krise innerhalb der Karawane seit deinem Prozess. Ich glaube, früher nannte man das einen *Shitstorm*. Womöglich verlieren wir sogar unsere Autonomie.«

»Soll mich das etwa aufmuntern?«

»Ich hoffe es. An dem Tag, an dem die *Eisbrecher* startet und wir bekannt geben, dass wir das neue Triebwerk gebaut haben, endet auch deine Strafe.«

»Endet meine Strafe«, wiederholte Travertine. »Wie soll ich das verstehen?«

»Das Armband wird entfernt – oder so umprogrammiert, dass es therapeutisch wirkt und einige der Schäden behebt, die im Lauf der Jahre entstanden sind. Du wirst aufhören zu altern, und dein Zustand wird sich von Tag zu Tag bessern.«

Travertine verfiel in tiefes Schweigen und schien durch Dutzende von Metern massiven Fels auf etwas zu blicken, das sich außerhalb der *Sansibar* befand. Allmählich wurde die Stille peinlich, aber Chiku wagte nicht, sie zu brechen.

»Wo ist der Haken?«, fragte Travertine endlich.

»Du musst dich freiwillig für die Mission melden«, sagte Chiku. »Ich brauche dich auf jeden Fall, aber auch du hast Vorteile. Auf dem Schiff bist du sicher vor den unvermeidlichen politischen Auswirkungen.«

»Was ist mit den Therapien zur Umkehrung des Alterungsprozesses, die ich gefordert habe? Wo finde ich die in deinem Angebot?«

»Gar nicht«, gestand Chiku schlicht. »Wir haben einen einzigen Arzt dabei, Doktor Aziba – du kennst ihn. Außerdem nehmen wir einen Robotmediziner und eine kleine Operationsausrüstung für Notfälle mit. Wenn einer von uns ernsthaft erkrankt, geht er bis zur Wiedervereinigung mit der Hauptkarawane in die Auszeit zurück. Mehr ist nicht zu erwarten.«

»Geht deine Besatzung denn nicht schon beim Start in die Auszeit?«

»Sobald wir von der *Sansibar* abgelegt und ein paar Triebwerkstests durchgeführt haben.«

»Im Grunde bietest du mir also … nichts. Das Armband wirkt in der Auszeit nicht, das heißt, ich wache am anderen Ende der Reise in genau der gleichen Verfassung auf, in der ich jetzt bin!«

»Nur wird das Armband deinen Zustand nicht mehr verschlechtern. Außerdem verspreche ich dir hiermit beim Eintreffen der Karawane eine offizielle Begnadigung und alle Umkehrungstherapien, die du dir denken kannst. Das wird etwa zehn Jahre nach unserer Ankunft auf Crucible der Fall sein.« Chiku holte tief Luft. Sie war überzeugt, dass sie nur diese eine Chance hatte, xien zu überzeugen. »Mehr kann ich nicht tun. Die Zeit bis zum Start reicht nicht mehr für eine sinnvolle Therapie – es wird schwierig genug, dich für die Auszeit fit zu machen. Ich wünschte, ich könnte dir alle deine Wünsche erfüllen, du hättest es verdient, aber das kann ich nicht. Trotzdem brauche ich dich auf der *Eisbrecher.* Du kannst dir gar nicht vorstellen, wie sehr.«

Travertine beugte sich zu ihr. »Du weißt etwas, was niemand sonst weiß. Was ist es? Was hat dich hierhergeführt? Was verheimlichst du vor allen anderen?«

»Ich brauche dich einfach auf diesem Schiff.«

»Du liebst deine Kinder. Wie alt sind sie jetzt?«

Chiku musste erst überlegen. »Mposi ist achtzehn, Ndege ein Jahr älter.«

»Das heißt, es sind junge Leute an der Schwelle zum Erwachsenenleben. Du nimmst sie doch mit?«

»Nein. Es ist besser, wenn sie hier bei Noah bleiben.«

»Nehmen wir an, du könntest alle drei mitnehmen? Vorausgesetzt, du könntest sie dazu überreden oder zwingen?«

»Ich würde es nicht tun.«

»Was immer dich antreibt – du hast bereits deine Ehe hintangestellt. Und jetzt bist du auch noch bereit, dich von deinen Kindern zu trennen?«

»Das ist so nicht richtig. Wenn es einen anderen Weg gäbe …«

»Aber den gibt es nicht.«

»Nein.«

Travertine nickte bedächtig. »Sag mir nur eines. Wirst du das Geheimnis lüften, wenn wir erst auf dem Schiff sind und die *Sansibar* hinter uns gelassen haben?«

»Ich weiß es nicht. Erst wenn wir vor Ort sind, kann ich dir sagen, was wir vorfinden werden.«

»Das ist Unsinn. Wir wissen alle, was wir vorfinden werden. Hast du den Park der Vorfreude nicht gesehen? Selbst ein Ungeheuer wie ich darf dort herumspazieren. Was wissen wir denn über Crucible noch nicht?«

»Wir wissen gar nichts«, sagte Chiku, und von diesen wenigen Worten, vielleicht den wichtigsten in ihrem Leben, hing mehr ab, als sie fassen konnte. Nicht bloß das Schicksal der *Sansibar*, der Holoschiffe und Karawanen, sondern das Schicksal ganzer Welten und Zivilisationen. Mehr als Liebe und Tod.

Travertine wollte sich von xiesem Stuhl erheben und zuckte zusammen. »Ich werde leider den Roboter brauchen.«

Chiku nickte. Doch anstatt die Maschine zu rufen, war sie ihrem Freund selbst behilflich. »Die Entscheidung, um die ich dich bitte … wann kann ich mit deiner Antwort rechnen?«

»Dummes Ding, Chiku. Du hast sie doch bereits.«

31

Niemand wagte, vom Tag des Starts zu sprechen. Die Vorstellung erschien selbst jetzt noch irreal, und Chiku konnte sie unmöglich mit ihrem bisherigen Tagesverlauf vereinbaren.

Sie war wie gewöhnlich aufgestanden und hatte mit den Kindern wie üblich ein paar verkrampfte, aber freundliche Worte gewechselt, bevor die beiden sich auf den Weg zum College machten. Dann war sie zusammen mit Noah in einer Transitgondel zum Regierungszentrum gefahren. Sie hatten beide so getan, als sei es ein Tag wie jeder andere. Zwei eifrige Beamte der mittleren Ebene waren mitgefahren, hatten den Fahrgastraum mit Karten und Diagrammen vom Inneren der *Sansibar* zugekleistert und dabei über Fragen der Ressourcenverteilung diskutiert. Noah und Chiku hatten sich klugerweise zurückgehalten.

Später würde es Tränen geben. In den letzten Stunden vor dem Start, noch bevor man dem Rest der Karawane das Geheimnis enthüllte, würde man Ndege und Mposi zu einem letzten Wiedersehen aus dem College holen. Sie würde versuchen, ihnen ihre Entscheidung zu erklären – ihnen begreiflich zu machen, warum sie ihnen diese Grausamkeit antun musste.

Natürlich würden sie es nicht verstehen – nicht hier und jetzt. Aber sie konnten die Worte, die sie ihnen mitgab, nach ihrem Weggang im Herzen bewahren, und irgendwann würden sie sie vielleicht begreifen, auch wenn sie ihr nicht verzeihen konnten.

Am Ziel angekommen, verabschiedeten sich Chiku und Noah rasch von den Mitfahrern, verließen das Transit-Terminal und gingen über die lange Straße zum Gebäude der Gesetzgebenden Versammlung. Bürger und Journalisten sahen sie vorübergehen, aber niemand sprach sie an. Chikus lange Schritte und ihre entschlossene Miene schirmten sie ab wie ein Kraftfeld, das einen Planeten vor der Sonnenstrahlung schützte.

»Auf der Erde«, sagte sie zu Noah, »musste Chiku Gelb vor einer Kriegsmaschine in ein Gebäude flüchten. Dort lauerten Wildkatzen – ich glaube, es waren schwarze Panther, und sie waren sehr stark. Der *Mechanismus* war irgendwie gestört, deshalb konnten sie uns angreifen. Sie jagten uns bis in die Tiefen des Familiensitzes hinein.«

Noah verlängerte seine Schritte, um mithalten zu können. »Das ist das erste Mal, dass du über diesen Vorfall sprichst. Woher dieser Sinneswandel?«

»Wenn nicht jetzt, wann dann? Ich danke dir, dass du mich nie bedrängt und dein Wissen nie gegen mich verwendet hast.«

»Du hattest vielleicht kein Vertrauen zu mir, Chiku, aber ich war immer davon überzeugt, dass du auf deine Weise das Richtige tun würdest. Hast du sie in letzter Zeit wiedergesehen?«

»Bei Weitem nicht so oft, wie mir lieb wäre. Aber es geht ihr gut – viel besser als damals sogar.«

»Und sie ist … vollständig informiert?«

»Absolut. Ich habe alles mit ihr durchgesprochen und vor so gut wie jeder Entscheidung ihre Meinung eingeholt. Einen Teil der Schuld kannst du ihr geben, wenn du willst.«

»Das erscheint mir nicht allzu sinnvoll.«

Sie hatten das Gebäude fast erreicht. Chiku sah im Geist den alten Familiensitz in Afrika vor sich, das Gebäude der Gesetzgebenden Versammlung auf der *Sansibar* war ihm nachempfunden. Ob er wohl noch stand? Sie stellte sich vor, wie Gestrüpp die weißen Mauern nach und nach verschlang, bis das ganze Anwesen nur noch als Umriss, als Skizze seiner selbst aus der Luft zu sehen war. *Ich möchte wieder in Afrika sein*, dachte sie. *Trotz der Panther. Nicht in diesem, sondern in jenem anderen Körper. Unter einem echten Himmel.*

»Wie fühlst du dich?«, fragte Noah, als sie die Stufen hinaufstiegen.

»Ich bin nervös. Aus hunderttausend Gründen.«

»Du wirst der Situation sicherlich gewachsen sein.«

Bevor sie das Gebäude betraten, wurde sie langsamer und funkelte die diensthabenden Gendarmen so lange an, bis sie ihren Posten verließen und es ihr ermöglichten, für einen Moment mit ihrem Mann allein zu sein.

»Noah, bevor ich meinen Rücktritt erkläre ... möchte ich nachholen, was ich vor vielen Jahren versäumt habe. Du sagst, ich hätte dir vertrauen sollen, und du hast recht. Ich kann es nicht wiedergutmachen. Ich kann dir die Jahre nicht zurückgeben, die ich unserer Ehe gestohlen habe, und ich kann auch unseren Kindern nicht begreiflich machen, was ich ihnen angetan habe. Mir ist klar, dass es dafür viel zu spät ist. Aber etwas möchte ich dir doch geben. Weißt du noch, dass ich *ihr* bei unserem Besuch damals Ndeges Gefährten mitgebracht habe?«

Er überlegte kurz und nickte.

»Damit gab ich ihr eine Möglichkeit, uns zu erreichen und umgekehrt. Die Verbindung ist nicht perfekt, und du musst sehr sorgfältig damit umgehen, aber du kannst am anderen Ende in einen Stellvertreter chingen, und der bringt dich zu ihr.«

»Ich brauche die Koordinaten.«

»Die habe ich mir schon vor Jahren eingeprägt. Während der Sitzung werde ich sie in deinem Privatbereich ablegen.«

»Wie sicher ist diese Ching-Verbindung? Lässt sie sich zurückverfolgen?«

»*Sie* versteht es sehr gut, unsere Spuren zu verwischen, aber wie gesagt, du solltest nicht zu oft davon Gebrauch machen. Mein letzter Besuch liegt … ich wollte sagen, er liegt Monate zurück, aber wahrscheinlich ist es länger her. *Sie* tappt nicht völlig im Dunkeln – sie hat Zugriff auf die öffentlichen Netze und auf einige private Bereiche, aber sie würde sich sicher freuen, von dir zu hören. Hilf ihr, so weit wie möglich auf dem Laufenden zu bleiben.«

»Ich … werde mich bemühen, die Koordinaten zu finden.« Er schwieg kurz, dann sagte er: »Danke. Warum du das auch tust, ich weiß es zu schätzen.«

»Jetzt gehen wir besser an die Arbeit«, mahnte Chiku. »Sonst meinen die Leute am Ende noch, wir führen etwas im Schilde.«

»Tatsächlich?«

Chiku lächelte ihn an.

Wenig später nahmen sie ihre Plätze in der Gesetzgebenden Versammlung ein – Noah weit vorne im Hauptfächer, Chiku auf dem Platz des Präsidenten, ihren demokratisch gewählten Repräsentanten zugewandt.

Der Plan war ganz einfach – eigentlich war es gar kein richtiger Plan. Sie würden gemeinsam scheinbar wie üblich die normale Tagesordnung abarbeiten. Wenn ihre Feinde irgendwo in der Versammlung Spione oder Abhörgeräte platziert hatten, würden sie nichts Besonderes zu melden haben – und dann wäre es für jede Reaktion zu spät.

Alles lief gut – Chiku verfolgte die Debatten nur mit halbem Ohr –, als die Gendarmen die Türen aufstießen und einen

Adjutanten eintreten ließen. Der aktuelle Redner verstummte, blieb bescheiden am Rednerpult stehen und wartete die Unterbrechung ab. Der Adjutant trat auf Chiku zu und flüsterte ihr etwas ins Ohr.

Sie spürte, wie ihre Körpertemperatur um mehrere Grad fiel.

Sie stellte einige Fragen, nickte und gab dem Redner ein Zeichen, auf seinen Platz zurückzukehren.

Dann stand sie auf und sagte: »Ich habe etwas zu verkünden. Wir hatten gehofft, mit den heutigen Entwicklungen die *Sansibar* und den Rest unserer Karawane überraschen zu können, aber es hat offenbar eine undichte Stelle gegeben.«

Noah ergriff als Erster das Wort. »Was ist geschehen?«

»Der Rat der Welten hat eine Erklärung abgegeben – genauer gesagt, eine Forderung gestellt. Man befiehlt der *Sansibar*, unverzüglich alle Außenbordaktivitäten einzustellen und sich einer Inspektion zu unterwerfen. Ohne Genehmigung des Rates ist es uns verboten, Schiffe und Personal starten oder andocken zu lassen.« Chiku klammerte sich an das Rednerpult wie ein Schiffbrüchiger im Sturm. »Abordnungen von sechs Holoschiffen der Unterkarawane sind auf dem Weg zu uns.«

»Konnten wir das nicht kommen sehen?«, fragte Noahs Nebenmann, ein Anhänger von Sou-Chun.

»Leider nein«, antwortete Chiku. »Die Starts waren koordiniert und erfolgten gleichzeitig ohne jede Vorwarnung. Man wollte uns überrumpeln.« Chiku wandte sich dem Adjutanten zu und wies ihn an, eine Echtzeitvisualisierung der Unterkarawane zu projizieren, bei der die neuen Schiffsbewegungen eingetragen und extrapoliert wurden – helle Lichtkurven, die von verschiedenen Punkten im All ausgingen und alle der *Sansibar* zustrebten. »Sie fliegen mit der Höchstgeschwindigkeit für den Zivilverkehr«, sagte sie, als sich Zahlen und Prognosen stabilisierten. »Achtzehn Schiffe, überwiegend Shuttles und Frachtmaschinen, ein paar Großraumtaxis. Die ersten werden in etwa neunzig Minuten eintreffen – wenn sie bis an die Grenzen gehen, auch früher. Einiges weist darauf hin, dass eine zweite Welle startklar gemacht wird, an der sich nicht nur Fahrzeuge von den sechs Holoschiffen der ersten Welle beteiligen werden.«

»Das ist ja wie im Krieg«, bemerkte Noah.

»Es ist kein Krieg«, widersprach Chiku so entschieden, als wäre das Wort ein Fluch, der zurückgenommen werden musste, bevor er Wurzeln schlagen konnte. »Es ist eine legale Inspektion … ungewöhnlich koordiniert, aber voll und ganz im Einklang mit den Bestimmungen für die Zusammenarbeit zwischen verschiedenen Holoschiff-Regierungen.«

»Was haben sie vor – wollen sie uns gewaltsam entern?«, fragte der Repräsentant der Oktober-Kaverne.

»Sie werden erwarten, dass wir ihren Forderungen vollumfänglich nachkommen«, sagte Chiku, »und alle Schleusen für den Empfang der Inspektionsteams frei halten.«

»Achtzehn Schiffe!«, rief ein anderer. »Wir haben doch keine achtzehn voneinander unabhängigen Schleusen! Was stellen die sich eigentlich vor?«

»Ich weiß es nicht«, sagte Chiku, und das war die Wahrheit. »Aber es ist nicht gut, und es setzt uns unter Druck. Wenn plötzlich Hunderte von Inspektionsteams über die *Sansibar* hereinbrechen und jeden Winkel absuchen, werden sie die *Eisbrecher* finden.« So – jetzt war es heraus. »Dann sind wir erledigt. Sie werden das Schiff demontieren, das Forschungsprogramm beenden, die *Sansibar* unter Kuratel stellen – und die Arbeit von Jahren zunichtemachen. Nachdem wir so viel investiert haben, können wir das nicht zulassen. Bewaffneter Widerstand kommt nicht infrage, und so haben wir nur eine

Option – wir müssen sofort starten. Und *sofort* heißt, noch vor dem Eintreffen der ersten Welle.«

»Was genau«, fragte der Sou-Chun-Anhänger, einer der Repräsentanten, die man nicht umfassend ins Vertrauen gezogen hatte, »ist die *Eisbrecher?*«

»Das lässt sich nicht in drei Worten erklären«, sagte Chiku, »aber meine Kollegen sind sicherlich gerne bereit, Ihre Fragen zu beantworten.« Sie umfasste das Rednerpult noch fester und schluckte krampfhaft. »Doch zunächst erkläre ich, Chiku Akinya, Präsidentin der Gesetzgebenden Versammlung der *Sansibar*, hiermit meinen sofortigen und bedingungslosen Rücktritt.«

Fünf Minuten später raste sie im Wagen der Regierung vom Gebäude der Versammlung weg.

»Du bist nicht zu beneiden«, sagte sie zu Noah. Er saß neben ihr im Fahrgastraum, der Wagen schoss den steilen Hang zur Transitstation hinauf. »Ich habe immer gewusst, dass es nach dem Start Ärger geben würde, aber leider kommt er nun viel früher, als ich erwartet hatte. Glaubst du, du kannst die Ordnung aufrechterhalten?«

»Was fragst du *mich*? Ich bin nicht der neue Präsident und sehe auch nicht, dass ich das werden könnte.«

»Aber du hast Einfluss, und wenn sich das Tohuwabohu, das gerade hinter mir losbricht, erst gelegt hat, könntest du durchaus als Präsident enden. Du hast es geschafft, durch die Beziehung zu mir nicht *allzu sehr* beschädigt zu werden, und ich weiß, dass du mindestens ebenso viele Freunde wie Feinde hast. Deine Stimme wird Gewicht haben – schon weil du nicht ich bist.«

»Widerstand gegen die Inspektionsteams können wir uns nicht leisten. Wenn auf welcher Seite auch immer nur ein einziger Tropfen Blut fließt, wird man Verstärkung schicken. Gendarmen, Delegierte, was immer man braucht, um uns unter Fremdherrschaft zu stellen. Wir wären erledigt.«

»Es darf kein Blut fließen – insoweit hast du recht. Aber du musst alles tun, was in deiner Macht steht, um die neue Technologie zu schützen. Lass ihnen alles, nur das nicht.«

»Du könntest Unmögliches verlangen.«

Sie nickte bedrückt. »Wenn es zum Schlimmsten kommt, haben wir immer noch die Kopien der Dateien an Bord der *Eisbrecher* – zehn einfache Schritte zum Bau eines Post-Chibesa-Triebwerks. Wir können die Pläne leicht an die *Sansibar* oder den Rest der Karawane zurückschicken, wenn wir das wollen. Unsere Regierungen werden alle Informationen unterdrücken wollen, die wir von Crucible übermitteln, oder sie werden einfach nicht danach handeln. Das musst du verhindern. Du musst stark sein, Noah. Du weißt jetzt, wie das Spiel läuft. Mach deine Freunde zu Feinden, verärgere möglichst jeden. Gewöhne dich daran, im Dienste einer guten Sache gehasst zu werden. Du hast es in dir.«

»Ich bin mir nicht sicher.«

»Du stehst nicht allein. In Eunice hast du eine Verbündete. Vergiss die Ching-Koordinaten nicht.«

»Du glaubst, sie kann uns aus dieser Krise herausholen?«

»Wenn jemand – oder *etwas* – dazu imstande ist, dann sie.«

Ein leerer Zug, von Gendarmen bewacht, stand bereit. Man verfrachtete die beiden in eines der vorderen Abteile, der Zug fuhr an und raste aus der Kaverne. Chiku konnte nur still sitzen und hoffen, dass alles nach Plan lief. Alle Vorkehrungen, die sie getroffen hatte, basierten auf ihren Privilegien als Präsidentin, doch inzwischen war sie wieder eine einfache Bürgerin ohne besondere Rechte. Man konnte sie unter jedem fadenscheinigen Vorwand verhaften und in Gewahrsam nehmen.

Aber sie hatte ein gewaltiges bürokratisches Räderwerk in Gang gesetzt, und das hatte die Eigendynamik eines Mühlsteins. Noch war die Welt gern bereit, sie so zu behandeln, als habe sie das Sagen.

Im Abteil subvokalisierte Chiku eine Visualisierung der *Sansibar* und der im Anflug befindlichen Inspektoren. Sie und Noah betrachteten sie lange schweigend.

»Du hattest recht«, sagte Noah endlich. »Die neunzig Minuten waren eine optimistische Schätzung. Sie fliegen schneller – schon in weniger als fünfzig Minuten könnten sie am Dock sein. Wie lange brauchst du eigentlich für den kompletten Startvorgang?«

»Wir hatten mit mehreren Stunden gerechnet, aber wir brauchen nur so viel Luft, dass wir ablegen können – sie werden doch wohl nicht auf uns *schießen*? Auf Raumschiffen gibt es keine Kanonen!«

»Nein«, räumte Noah ein. »Aber auf Raumschiffen gibt es viele andere Dinge, die als Waffen eingesetzt werden könnten, wenn einem der Sinn danach steht. Ich hätte gern einen Sicherheitsabstand – ein paar Tausend Kilometer. Könnt ihr so weit weg sein, bevor die ersten Schiffe eintreffen?«

»Das müssen wir wohl. Notfalls werden wir das PCP eben früher zünden als geplant.« Am liebsten hätte sie sich zusammengerollt, die Hände vor das Gesicht geschlagen und das Universum mit dem ganzen Elend einfach ausgesperrt. »Verdammt! Wir bereiten uns seit Jahren auf diesen Augenblick vor! Wie zum Teufel sind sie dahintergekommen? Und warum haben sie bis *jetzt*, bis zum allerletzten Tag darauf gewartet, uns zur Rede zu stellen?«

»Genau deshalb – jetzt haben wir keine glaubwürdige Ausrede mehr. Zwölf deiner Topspezialisten liegen bereits an Bord des Schiffes im Kälteschlaf! Wie solltest du das jemals erklären?«

Plötzlich löste sich in ihrem Kopf mit einem dumpfen *Tock*

ein präzise eingerasteter Sperrriegel, und ein Wunderwerk aus Zahnrädern, Riemen und Gewichten setzte sich schwirrend in Bewegung. Eine Entscheidung bildete sich heraus.

»Wir müssen sofort starten, auch wenn noch nicht alle an Bord sind. Wer bereit ist, soll gleich an Bord gehen – Travertine eingeschlossen, selbst wenn xier es sich plötzlich anders überlegen sollte. Dann sprengen wir die Kaverne und bringen die *Eisbrecher* ins All. Das ist der kritischste Teil, und der duldet keinen Aufschub.«

»Was ist mit dem Rest der Besatzung?«

»Wir brauchen ein Shuttle, etwas Schnelles – kriegen wir das hin?«

»Das Absetzen eines Shuttles wäre ein offener Verstoß gegen das Verbot des Rats.«

»Ich glaube nicht, dass wir unsere Position noch verschlechtern können. Ich werde sofort anordnen, eines startbereit zu machen.«

Noah runzelte skeptisch die Stirn. »Kannst du noch etwas anordnen?«

»Ich kann es dringend empfehlen – reicht dir das?«

Der Zug raste weiter, und sie rief subvokal einen ihrer Vertrauten in der Versammlung an und verlangte einen sofortigen Bericht über die Startbereitschaft der *Eisbrecher.* Proviant und Treibstoff waren schon vor Tagen an Bord gebracht und die großen Trägersysteme und Leitungen abgebaut worden. Aber die Kopplungsriegel und die Andocktunnel für den Empfang der letzten Besatzungsmitglieder waren an Ort und Stelle, und natürlich waren im Inneren noch Techniker dabei, die letzten Macken zu beseitigen.

»Holt sie raus«, befahl Chiku. »Woran es auch jetzt noch hakt, holt sie einfach raus. Ich will, dass die *Eisbrecher* in dreißig Minuten von der *Sansibar* ablegt.«

Wie erwartet gab es Proteste, denn diese Wendung stand weder im Plan, sie war nicht einmal als Eventualität in Betracht gezogen worden. Mit dieser planlosen Hektik hatte niemand gerechnet. Aber sie erinnerte die Leute an das alte Sprichwort, dass kein Plan jemals die erste Feindberührung überlebte.

Allerdings war man hier nicht im Krieg. Nicht wirklich.

Noch nicht.

32

Es dauerte zehn Minuten, bis man die Techniker aus der *Eisbrecher* gescheucht und die Freiwilligen, die schon bereit waren, an Bord gebracht hatte. Zu Chikus großer Erleichterung erhob Travertine auch im letzten Moment keine Einwände. Nach weiteren fünf Minuten waren alle Schleusen in der Außenhülle abgedichtet und die sperrigen Andockbrücken zurückgefahren. Chiku beobachtete das Geschehen über eine Reihe von sicheren Kameraaugen, die an der Innenseite der Kaverne angebracht waren – zum Glück waren die dafür erforderlichen Privilegien noch nicht aufgehoben worden. Bisher hatte sie nichts getan, was gegen das Flugverbot des Rates verstoßen hätte, aber was nun kam, war ebenso unwiderruflich wie notwendig und würde die Illusion korrekten Verhaltens ein für alle Mal zerstören.

»Hülle sprengen«, befahl Chiku so beiläufig, als würde sie Chai bestellen. Die Zeit des Zögerns und der Bedenken war längst vorbei.

Die Kaverne, in der die *Eisbrecher* lag, war nie belüftet gewesen, und die Außenhülle, die sie vom All trennte, war bewusst viel dünner gehalten als die Wände um die Wohnbereiche – sie war nicht dreißig oder vierzig Meter dick, sondern nur wenige

Meter. In dieser Hülle waren nach einem penibel kalkulierten dreidimensionalen System mehrere Hundert Hohlladungen mit Projektilen aus metastabilem metallischem Wasserstoff angebracht worden. Auf Chikus Befehl wurden diese Ladungen in einer genau festgelegten Aufeinanderfolge gezündet, so gekonnt koordiniert wie ein Kartentrick. Das Ziel war nicht so sehr, die Außenhülle der Kaverne wegzureißen, sondern sie vorsichtig und elegant abzuschälen. Die Ladungen gingen in einer Welle spiralförmig hoch und schleuderten die Materie vom Lander weg. Den Rest erledigte die Zentrifugalkraft, sodass kein einziges Steinchen in die falsche Richtung flog und das Raumschiff traf. Es war ganz anders als damals in Kappa – dies war kein Unfall, hier wurde ein Teil der *Sansibar* ganz bewusst und mit chirurgischer Präzision umfunktioniert. Chiku spürte nichts, als die Ladungen detonierten – kein Flüstern drang ins Innere des Zuges, auf festerem Boden und näher an dem Ereignis wären womöglich doch gewisse Erschütterungen spürbar gewesen.

Sie schaltete um auf die äußeren Kameraaugen und wählte einen Standort in der Nähe der Öffnung. Die meisten Trümmer waren schon nicht mehr zu sehen, und da die Kaverne nie belüftet gewesen war, wurden mit dem Schutt auch keine Luft und keine Dämpfe ausgestoßen, die das Bild getrübt hätten. In der Außenhülle befand sich ein sauberes Rechteck, groß genug, um den Lander bequem durchzulassen. Bei den Umbauten, die sie an der *Eisbrecher* vorgenommen hatten, war das immer ihr wichtigstes Anliegen gewesen – der Lander musste nach wie vor durch die ursprüngliche Öffnung passen.

Schon vor der Detonation war die Zeit nicht auf ihrer Seite gewesen, doch nun ahnte Chiku, dass nicht mehr jede Minute, sondern jede Sekunde zählte. Es dauerte quälend lange, bis die Sicherheitssysteme bestätigten, dass die Öffnung frei war und nichts das Ablegen der *Eisbrecher* behindern würde. Endlich wurden die Kopplungsriegel gelöst, und da die *Eisbrecher* nicht mehr um die Achse der *Sansibar* zu kreisen brauchte, fiel sie tangential zu ihrer Geschwindigkeit im letzten Moment des Einfangens von ihr weg. Sie befand sich nun im freien Fall und flog auf eigenem Kurs durch den Raum. Vor dem rotierenden Rahmen der Kaverne schien es, als würde das Schiff scharf nach *unten* gezogen und gleite wie an einer unsichtbaren Fahrradspeiche entlang. Chiku hielt den Atem an, als die *Eisbrecher* scheinbar nur mit wenigen Millimetern Abstand die Öffnung passierte. Dann war das Schiff frei und fiel immer weiter von der *Sansibar* weg, bis ein Hauch von Schub aus den Steuerraketen die radiale Bewegung anhielt und es wie ein winziger schwarz-weißer Fisch im festen Abstand zum Holoschiff mitschwamm – der runzlige Leviathan hatte einen neuen Begleiter bekommen.

Bis zu diesem Moment war der Lander nie wirklich schwerelos gewesen, daher mussten noch weitere Systemtests durchgeführt werden, und das bedeutete lange Minuten des Wartens, in denen Chiku sich in Sorgen verzehrte und sich lediglich damit trösten konnte, dass keine dieser Prüfungen leichtfertig gemacht wurde oder belanglos war. Endlich wurde das normale CP-Triebwerk als sicher befunden und gezündet – allein dieses Triebwerk setzte das Fahrwerk unter eine so hohe statische und thermische Belastung, dass es den Lander ohne die nötige Vorsicht leicht hätte zerreißen können. Das CP-Triebwerk fuhr hoch auf eine Ge Schub, was weit unter seiner Kapazität lag, und schon zog der Lander davon und ließ die *Sansibar* hinter sich zurück. Chiku musste zwischen mehreren Kameraaugen hin und her springen, um ihm folgen zu können, und schließlich konnte sie nur noch zusehen, wie die *Eisbrecher* auf ihrem grellen Triebwerksstrahl immer kleiner wurde. Weiter durfte der Lander nicht mehr beschleunigen, wenn sie eine Chance haben sollte, ihn mit einem von den Shuttles einzuholen.

»Sag mal«, wandte sie sich an Noah, der die Entwicklung im Bereich der Unterkarawane überwachte. »Ist da draußen schon die Hölle los?«

»Noch nicht – ich glaube, die haben alle nicht damit gerechnet, dass du schon *so* startbereit bist. Oh, warte – da kommt was rein. Nachricht mit oberster Priorität und höchster Dringlichkeit.« Noahs Stimme wurde tiefer, als er die Verlautbarung verlas. »›Auf Anordnung des Rats der Welten wird das Holoschiff *Sansibar* angewiesen, den Start des nicht identifizierten Raumschiffs sofort abzubrechen und das Schiff zurückzurufen. Dieser Start steht in ausdrücklichem Widerspruch zu den Bedingungen der Inspektion‹ … und so weiter.«

»Glauben sie ernsthaft, wir rufen die *Eisbrecher* jetzt noch zurück?«, fragte Chiku.

»Vermutlich müssen sie so tun, als hätten sie die Situation nach wie vor unter Kontrolle.«

Sie spürte ein Ziehen im Bauch, als der Zug scharf abbremste und am Ziel zum Stehen kam.

»Ich weiß nicht, in welcher Reihenfolge ich die Fragen stellen soll, aber steht für mich ein Shuttle bereit und sind Mposi und Ndege an der Luftschleuse?«

»Ja und beinahe ja, aber es wird sehr eng. Bei der derzeitigen Beschleunigung der *Eisbrecher* bleiben dir etwa zehn Minuten, dann wird es schwierig, sie einzuholen, wenn wir für die Rückkehr noch genügend Treibstoff im Shuttle haben wollen – wenn es länger dauert, müssen wir die *Eisbrecher* zurückhalten oder das Shuttle verloren geben.«

Sie wandte sich der Visualisierung der anfliegenden Schiffe zu. Den Schätzungen nach würden sie in zwanzig Minuten an der *Sansibar* sein – wenn seit dem Start der *Eisbrecher* keines von ihnen beschleunigt hatte.

Der Zug war dicht an die Zentralachse der *Sansibar* herangefahren, sodass sie beim Aussteigen leichter waren als gewohnt. Gendarmen und Hilfskräfte aus der Gesetzgebenden Versammlung standen bereit, um sie zu der Schleuse zu bringen, hinter der das Shuttle wartete. Die restlichen Freiwilligen waren bereits an Bord, und das Shuttle konnte sofort starten, nachdem sie eingestiegen war.

»Ich fasse es nicht, dass ich das wirklich durchziehe«, sagte sie mit zitternder Stimme zu Noah. »Es ist, als wollte ich meinen Kopf unter eine Guillotine legen.«

»Noch kannst du es dir überlegen. Noch können wir die *Eisbrecher* zurückrufen.«

»Inzwischen macht das keinen Unterschied mehr – für den Rat war bereits der Start des Schiffs ein Verbrechen. Travertines Strafe für den Verstoß gegen *Pemba* war schon hart, und xier war nur eine Person und hatte allein gearbeitet. Kannst du dir vorstellen, wie sie mit unserer gesamten Regierung verfahren würden?«

»Schön wäre es nicht.«

»Schauprozesse, Massenhinrichtungen – warum nicht? Ich kann mir gut vorstellen, dass es dazu kommt.«

»Das werden wir nicht zulassen«, sagte Noah mit einer Entschiedenheit, die sie überraschte. »Selbst wenn wir uns vom Rest der Karawane völlig lossagen müssten. Wir würden es tun.«

»Sei bitte vorsichtig, ja?«

»Ich werde mich bemühen. Und jetzt musst du tapfer sein. Sie bringen Mposi und Ndege.«

»Wie viel Zeit habe ich?«

»Ich sage dir Bescheid, wenn es so weit ist.«

Gendarmen begleiteten die beiden herein, und Chiku spürte, wie ihr das Herz sank. Mit einem Mal sahen ihre Kinder viel jünger aus, als sie tatsächlich waren – Ndege war nicht mehr die selbstbewusste Neunzehnjährige, zu der sie herangewachsen war, sondern die Zwölfjährige, als die sie in die Auszeit gegangen war. Mposi erschien ihr wie der kleine Junge, der im Garten Seifenblasen gemacht hatte.

Ihre Gesichter waren von Angst und Zweifel gezeichnet – kein Wunder, wenn man sich vor Augen hielt, dass sie von Gendarmen aus ihrem normalen Tagesablauf herausgerissen und in diesen seltsamen, unbekannten Teil des Holoschiffs gebracht worden waren, fernab von den Gemeinschaftszentren, wo normale Schwerkraft herrschte. Mposi und Ndege hatten die *Sansibar* nie verlassen und hatten folglich keine Erfahrung mit Schwerelosigkeit oder Beinahe-Schwerelosigkeit.

»Danke«, sagte Chiku zu Noah und den Gendarmen. Sie nickten, traten zurück und ließen sie mit ihren Kindern allein.

»Ich muss jetzt fort«, sagte sie.

Sie sah ihnen an, dass sie nichts verstanden hatten. »Für wie lange?«, fragte Mposi.

»Das weiß ich nicht.«

»Was willst du damit sagen?«, fragte Ndege. »Wie kannst du es nicht wissen?«

»Ich weiß nur«, antwortete Chiku, »dass es mindestens acht Jahre sein werden, vielleicht auch viel länger.«

Acht Jahre. Die Worte waren wie eine Ohrfeige. Acht Jahre waren für einen Achtzehnjährigen eine Ewigkeit – fast die Hälfte von Mposis Leben.

»Warum?«, fragte Ndege. »Warum musst du etwas so Dummes, Sinnloses tun?«

»Ich muss etwas Wichtiges erledigen, damit wir alle Crucible wohlbehalten erreichen können, wie man es euch von klein auf versprochen hat. Ich tue dies in erster Linie für euch, aber auch für alle anderen an Bord der *Sansibar* und in unserer Karawane.« Sie hörte selbst, wie unbefriedigend das klang, und fügte hinzu: »Ich muss mich vergewissern, dass alles, was die Versorger für uns gebaut haben, auch so ist, wie wir es haben wollen, damit wir zufrieden sind, wenn wir etwa zehn Jahre später eintreffen.«

»Aber warum musst *du* das tun?«, fragte Ndege.

»Weil … weil es eben so sein muss. Weil es falsch wäre, jemand anderen an meiner Stelle gehen zu lassen. Wir müssen jetzt alle sehr tapfer sein – nicht nur ich, sondern auch ihr. Alle beide.«

»Du kannst nicht fortgehen.« Sie sah, dass Mposi den Tränen nahe war und sie nur mit Mühe zurückhielt.

Seine Schwester rief, eher zornig als verzweifelt: »Du hast uns nie gefragt, wie wir dazu stehen.«

»Das konnte ich nicht. Wenn ich eine gute Bürgerin sein will, habe ich wirklich keine Wahl. Ihr braucht euch keine Sorgen zu machen. Noah … euer Vater … wird sich um euch kümmern, und wenn ihr wollt, könnt ihr auch noch eine Weile in die Auszeit gehen, wie wir es schon einmal gemacht haben.«

»Wie *wir* es gemacht haben«, verbesserte Mposi. »Du bist wach geblieben, obwohl du gesagt hattest, auch du würdest schlafen.«

»Ich war einen Teil der Zeit wach, aber ich wollte immer nur das Beste für uns alle.« Sie war sicher, dass die Zeit um sein müsse, und sah Noah fragend an, aber er nickte ihr nur aufmunternd zu. »Ich weiß, meine Entscheidungen sind für euch nicht leicht zu verstehen, aber glaubt mir, ich habe euch immer geliebt. Immer. Und ich werde euch auch noch lieben, wenn ich auf dem anderen Schiff bin. Ich will nicht von hier fort, aber manchmal müssen wir Dinge tun, die wir lieber nicht tun würden, und das ist eine solche Situation.«

»Können wir nicht mitkommen?«, fragte Ndege unvermittelt. »Ich, Mposi und Vater. Du kannst doch Platz für uns schaffen?«

Noah kam zu ihnen herüber, legte Ndege die Hand auf die Schulter und erwiderte dabei Chikus verzweifelten Blick. »Es ist Zeit. Es tut mir leid, aber sie sind fast hier, und du musst die *Sansibar* verlassen haben, bevor sie eintreffen.« Dann zog er Mposi und Ndege zu sich, die Tochter auf die eine, den Sohn auf die andere Seite, und sagte: »Küsst eure Mutter zum Abschied. Ihr müsst jetzt tapfer sein. Sagt ihr, ihr könnt verstehen, dass sie fortgehen muss, dass ihr sie sehr lieb habt und dass sie so schnell wie möglich wieder nach Hause kommen soll.«

»Warum?«, fragte Mposi, als hielte er das alles für einen Trick.

»Weil ihr es in jedem wachen Moment der nächsten acht Jahre eures Lebens bereuen werdet, wenn ihr es nicht tut.«

Sie taten auf ihre Weise wie geheißen, dann küsste auch Noah sie und wünschte ihr Glück und den Mut, sich dem zu stellen, was vor ihr lag. Mposi und Ndege weinten jetzt. Verwirrung und Trotz waren, vielleicht nur vorübergehend, in den Hintergrund getreten, und die beiden fanden sich vorläufig damit ab, dass sie nichts tun konnten, um ihre Mutter umzustimmen. Bestürzung hatte ihre Wut auf die Welt verdrängt, die sie in diese Lage gebracht hatte.

Chiku stellte fest, dass auch ihre Wut kein festes Ziel hatte; sie konnte niemandem die Schuld geben, nicht einmal der längst verstorbenen Eunice oder der noch lebenden Lin Wei, die diese Situation heraufbeschworen hatten. Sie hatten die Folgen ihres Tuns nicht vorhersehen können. Niemand wäre dazu imstande gewesen. Auch Arachne war, wie sie war, sie konnte nicht einmal Arachne dafür hassen – das wäre so sinnlos, wie eine Schlange zu hassen, weil sie eine Schlange, oder das Wetter, weil es wechselhaft war.

»Leb wohl«, flüsterte Noah, als der Augenblick der Trennung sich nicht weiter aufschieben ließ. »Und komm zurück.«

»Das werde ich.«

Sobald sie im Shuttle war, schlossen sich die Türen, die Kopplungsriegel klappten zurück, und das Shuttle schwebte in den hell erleuchteten Zentralschacht der *Sansibar*, jenen Spinalkanal, in dem sich einst die meisten Elemente des teilweise demontierten CP-Triebwerks befunden hatten. Chiku zog sich wortlos zu einer der Beschleunigungsliegen und schnallte sich an. Auch die anderen Insassen schwiegen, und sie hatte ihnen nichts zu sagen.

Das Shuttle hatte die Genehmigung bekommen, sein Triebwerk noch im Inneren der *Sansibar* zu zünden. Chiku sah, wie der Schacht immer schneller vor den Fenstern vorbeifegte. Dann schossen sie mit hoher Geschwindigkeit, aber in Bezug auf die *Eisbrecher* in die falsche Richtung ins All hinaus. Das Shuttle drehte sich und leitete eine harte Wendung ein. Chiku wurde noch fester gegen die Liege gepresst. Für kurze Zeit rasten die Sterne schwindelerregend vor ihren Augen vorbei, dann kam die *Sansibar* wieder in Sicht. Sie erschien immer noch riesig, doch nun relativierte sich ihre Größe vor dem Durchmesser des Wendebogens, den das Shuttle soeben beschrieben hatte. Und immer noch beschleunigten sie.

Das Shuttle flog autonom – weder Chiku noch ihre Freiwilligen waren Piloten, die Maschine konnte sich daher zuverlässiger steuern, als ihre derzeitige menschliche Besatzung es vermocht hätte. Chiku subvokalisierte eine dreidimensionale Karte des umliegenden Raums mit dem Shuttle als beweglichem Punkt im Zentrum. Sie glitten jetzt in etwa dreißig Kilometern Entfernung an der *Sansibar* vorbei. Das Shuttle beschleunigte nach wie vor relativ zur *Eisbrecher*, und Chiku sah erleichtert, dass sich der Abstand zwischen den beiden Schiffen nicht mehr vergrößerte, sondern verringerte. Sie hatte gar nicht bemerkt, dass sie den Atem angehalten hatte. Nun ließ sie ihn ausströmen – die *Eisbrecher* war noch in Reichweite.

Die Vektoren des Inspektionsteams und seiner Schiffe durchstießen die äußere Grenze des Projektionsvolumens. Sie waren sehr schnell unterwegs und würden erst im letztmöglichen Moment abbremsen. Von den achtzehn Schiffen der ersten Welle blieben zwölf auf Kurs zur *Sansibar*, sechs waren ausgeschert und versuchten ein Rendezvous mit der *Eisbrecher*. Von diesen sechs nahmen zwei nun eine verspätete Kursänderung vor und schossen in enger Formation auf das Shuttle zu.

Was hoffen sie denn damit zu erreichen?, dachte Chiku. *Ein Einschüchterungsversuch, nicht mehr.* Sie flogen viel zu schnell, um andocken oder Greifhaken setzen zu können, falls sie das vorhatten.

»Hier spricht Noah. Kannst du mich hören?«

»Sprich weiter«, antwortete sie.

»Man hat uns ein generelles Ultimatum gestellt – entweder wir rufen alle unsere Schiffe zurück, oder man droht uns mit sanktionierter Gewalt, was immer *das* heißen mag. Du sollst abbremsen und signalisieren, dass du die Verfolgung aufgibst – ich nehme aber nicht an, dass du deine Meinung plötzlich ändern willst?«

»Dafür sind wir schon zu weit gegangen. Politisch gesehen, haben wir sie dazu ermächtigt, wir können die Sache also auch bis zum Ende durchziehen.«

»Es könnte ein bitteres Ende werden.«

»Glaubst du etwa, sie würden uns tatsächlich angreifen? Eine so drastische Eskalation ist doch wohl nicht zu erwarten?«

»Wenn es in ihre Pläne passt und sie glauben, dass wir nicht darauf gefasst sind – ich würde keine Wetten dagegen abschließen.«

»Aber wenn sie ein ganzes Shuttle-Geschwader mit Waffen ausgestattet hätten, müssten wir das doch gemerkt haben? Oder nicht?«

»Nicht unbedingt. Wir haben unsere Geheimnisse auch recht erfolgreich gehütet.« Noah schwieg kurz, dann fuhr er fort: »Wir haben die Inspektionsschiffe unter Fernbeobachtung, auch die beiden, die auf euch zuhalten. Sie sehen wie normale Shuttles aus – auf dem Rumpf sind keine Geschütze oder Strahlenwaffen zu erkennen … Aber das ist interessant.«

»Was?«

»Bei einem Schiff steht die Luftschleuse offen wie für einen Außeneinsatz.«

»Nur bei dem einen?«

»Wir können nur ein Shuttle deutlich sehen. Jetzt steht eine Person im Raumanzug an der Luftschleuse, die dem zweiten Schiff zugewandt ist, aber wir haben die Rückseite des zweiten Schiffs von hier aus nicht im Blick.« Noah wirkte unkonzentriert, zu viele Fragen stürmten auf ihn ein. »Moment mal, Chiku … wir versuchen, auf die Bilderfassung der *Eisbrecher* zuzugreifen … das könnte uns den Blickwinkel liefern, den wir brauchen.«

»Um uns mit Gewalt zu entern, sind sie zu schnell.« Sie studierte die Schemazeichnung und ließ sie in der Zeit nach vorne springen. Die Mathematik erzählte die Geschichte wie in Stein gemeißelt. Der Vektor des Shuttles ließ sich nicht verändern, wenn sie nach wie vor ein Rendezvous mit der *Eisbrecher* anstrebte. »Sie wollen uns *rammen*, Noah. Könnte es sein, dass sie mit Minimalbesatzung fliegen? Würden sie den Verlust von zwei Schiffen in Kauf nehmen?«

»Sicherlich nicht – das wäre eine ungeheuerliche Eskalation.«

»Abbremsen können sie jetzt nicht mehr. In etwa dreißig Sekunden haben sie mich erreicht!«

»Vektor beibehalten.«

»Sie drehen ab«, sagte Chiku überrascht und misstrauisch zugleich. »Entgegengesetzte Vektoren – sie fliegen zu beiden Seiten vorbei.«

»Ich glaube, ich weiß, was sie vorhaben. Geh auf volle manuelle Steuerung, Chiku – bist du so weit?«

»J-ja«, stammelte sie. Mit zitternden Händen griff sie nach dem Steuer, der Sessel bot ihr eine Auswahl von Basiseingaben an – Schub, Steuerung, Rumpfausrichtung. »Was soll ich tun?«

»Kurs halten. Auf mein Kommando tust du etwas. Irgendetwas. Aber erst, wenn ich es sage.«

»Was ist los?«

»Ich erkläre es dir in etwa fünfzehn Sekunden. Bist du bereit? Flieg jedes Ausweichmanöver, das dir einfällt – das Shuttle kann alles rückgängig machen, was du tust. Es geht los. Jetzt, Chiku. *Jetzt.*«

Das brauchte er ihr nicht zweimal zu sagen.

Sie riss an der Steuerung. Ihre Eingaben waren in keiner Weise überlegt oder fachmännisch – auch ein Kind hätte sie zustande gebracht. Aber das Shuttle reagierte, es gehorchte den ungeschickten Händen seiner Herrin, und vor dem Fenster trudelten die Sterne immer und immer wieder vorbei. Sirenen schrillten. Ungesicherte Gegenstände in Lagerbehältern wurden herumgeschleudert. Ein Arm schwenkte aus wie zum Salut und krachte schmerzhaft gegen die zugehörige Körperseite.

»Steuerung abgeben«, befahl Noah. »Das Shuttle soll sich selbst ausrichten. Gut gemacht.«

»Danke. Noch schöner wäre es, wenn ich wüsste, was ich eigentlich gemacht habe.«

»Wir glauben, dass sie etwas zwischen die beiden Schleusen gespannt haben – ein Seil oder eine Ankerleine, vielleicht auch einen monomolekularen Faden in der Art von Spinnenseide.

Deshalb sind sie in Paarformation geflogen. Wir konnten das zweite Shuttle nicht gut sehen, aber wahrscheinlich stand in jeder Schleuse ein Mann, der die Leine loslassen sollte, sobald sich die beiden Schiffe weiter voneinander entfernten.«

Das Shuttle hatte die Schäden behoben, die sie angerichtet hatte. Die Sirenen verstummten, das Schiff stabilisierte sich und folgte wieder dem ursprünglichen Vektor.

»Unsere relative Geschwindigkeit wäre wohl ziemlich hoch gewesen?«, fragte sie.

»O ja – mehrere Kilometer pro Sekunde. Mehr als ausreichend.«

»Wofür?«

»Nehmen wir an, an beiden Enden der Leine hätten sich Gewichte befunden, die für eine gewisse Spannung sorgten. Die Leine hätte sich wie ein Laser durch euch hindurchgeschnitten. Ein hübsches Beispiel für eine improvisierte Weltraumwaffe.«

»Könntest du vielleicht etwas weniger herzliche Bewunderung in deine Stimme legen?«

»Entschuldigung. Aber du hast gut reagiert – sobald das Seil ausgeworfen war, konnten sie seinen Kurs nicht mehr ändern. Mit deiner willkürlichen Flugbahn hast du es vermieden, von ihm aufgeschlitzt zu werden.«

»Warum mussten wir bis zum letzten Moment warten?«

»Wir wussten nicht genau, wann sie loslassen würden. Da war es sicherer, ihnen keinen Hinweis zu geben, dass du noch ein Ass im Ärmel hattest.«

»Es war in deinem Ärmel, nicht in meinem. Sind wir jetzt in Sicherheit? Was ist mit der *Eisbrecher*?«

»Ich sende inzwischen Warnungen – der Lander hat mehr Delta v als du, er müsste die Shuttles also umfliegen können.«

»Solange ich ihn noch einholen kann … Glaubst du, sie werden das Gleiche noch einmal probieren?«

»Ich glaube, das war eine einmalige Sache – sie müssten sich fast bis zum Andocken annähern, um ein zweites Seil zwischen sich spannen zu können, und das würde Zeit kosten. Der Zeitfaktor ist für sie ebenso entscheidend wie für uns. Es sieht so aus, als kehrten sie jetzt zur *Sansibar* zurück – damit sind sie unser Problem und betreffen dich nicht mehr.«

»Danke, Noah.« Doch wenn er ihr hatte Mut machen wollen, so hatte die Bemerkung genau die entgegengesetzte Wirkung. Was immer mit der *Sansibar* passierte, Ndege und Mposi wären davon betroffen. Um ihretwillen konnte sie nur hoffen, dass die Diplomatie einen Weg finden würde, um Blutvergießen zu vermeiden. Als Gemeinschaft waren sie so weit gekommen, hatten so viel erreicht – die Holoschiffe waren ein Triumph der Kooperation, um ein gemeinsames Ziel anzustreben, äußeres Zeichen eines besseren Menschseins. Was jetzt auch an Differenzen, an Feindseligkeit und Groll zwischen ihnen stand, es wäre unverzeihlich, all das wegzuwerfen, was gut war. »Lasst sie ein, wenn sie darauf bestehen«, sagte sie. »Rollt den roten Teppich aus, sie sollen sich wie zu Hause fühlen. Wir gewinnen nichts, wenn wir Widerstand leisten, jedenfalls nicht, wenn sie die Kontrolle gewaltsam übernehmen wollen. Die meisten unserer Bürger wussten nichts von der *Eisbrecher* – wir würden unsere eigenen Leute bestrafen, wenn wir die Situation zu einem Bürgerkrieg eskalieren ließen.«

»Es wird keinen bewaffneten Widerstand geben«, versicherte Noah. »Sie haben als Erste Gewalt angewendet, wenn auch ohne Erfolg. Wir werden uns nicht auf eine Stufe mit ihnen stellen.«

»Das sagt sich so leicht. Aber wir müssen auch dabei bleiben, wenn es schwierig wird …«

»Das ist mir klar«, fiel ihr Noah ins Wort. »Aber du musst jetzt loslassen, Chiku – wir müssen alleine damit fertigwerden.

Du hast eigene Herausforderungen zu bestehen. Die *Sansibar* ist jetzt unsere Sache. Wir werden an der Aufgabe wachsen.«

»Ihr seid nicht allein. Vergiss das nicht.«

»Versprochen«, sagte Noah.

Nach dem gescheiterten Angriff verlief der Rest des Fluges fast enttäuschend reibungslos. Das Shuttle dockte an die *Eisbrecher* an, und sie konnten in aller Ruhe an Bord des größeren Schiffs gehen. Das Shuttle hatte kaum noch Treibstoff, das Beste war daher, es treiben zu lassen. Wenn es sich immer weiter vom Holoschiff entfernte, entschied vielleicht jemand, dass eine Bergung lohnte. Die Expedition konnte jedenfalls nichts damit anfangen, es wäre nur tote Masse, und die brauchte niemand.

Von all den Plänen, die sie monatelang entwickelt und bis ins Letzte ausdiskutiert hatten, war nichts geblieben. Aus Gründen der Geheimhaltung war ein umfassender Test des Post-Chibesa-Triebwerks innerhalb der *Sansibar* nicht möglich gewesen. Also hatten sie einige Teile davon nahe der Leistungsgrenzen erprobt und das ganze System nur in einem sehr niedrigen Energiebereich laufen lassen, in dem die Physik kaum vom Standard-Chibesa-Modell abwich. Damit hatten sie zwar festgestellt, dass es funktionieren *müsste*, aber kaum alle Bedenken auszuräumen vermocht. Nach dem Ablegen war eine Testreihe mit stetig steigenden Energiewerten vorgesehen gewesen. Zwar hatte man immer erwartet, dass von Holoschiffen in der Nähe andere Schiffe starten würden, aber Chikus Team wäre nie darauf gekommen, dass diese Starts erfolgen könnten, bevor die *Eisbrecher* von der *Sansibar* ablegte, und in einem Abstand nicht etwa von Stunden, sondern lediglich von Minuten.

Doch nun erkannte Chiku mit einem Mal, dass zu viel Vorsicht jetzt ihr Feind war. Wenn das PCP-Triebwerk nicht genauso funktionierte wie vorhergesagt, waren sie ohnehin alle verloren. Besser, man stürzte sich mutig in das Risiko, als sich mit sinnlosem Abwarten zu quälen.

Sie ging mit dieser Idee zu Travertine und war auf Widerspruch gefasst.

»Nein, ich bin ganz deiner Meinung. Du hast alles auf diese Karte gesetzt und ich ebenfalls.«

»Deinen persönlichen Einsatz kann ich nicht beurteilen«, sagte Chiku.

»Ich habe meinen gesamten Ruf in die Waagschale geworfen. Kappa hat meinen Stolz verletzt. Ich habe einen Fehler gemacht, indem ich zuließ, dass ich mein Experiment nicht mehr völlig unter Kontrolle hatte. Seither lebe ich mit diesem Fehler und mit der Schande, den anderen als abschreckendes Beispiel vorgeführt zu werden, aber ich weigere mich, ein zweites Mal als Versager weiterleben zu müssen. Wenn das PCP-Triebwerk nicht funktioniert, wird es wahrscheinlich nicht einfach stehen bleiben. Was wir dann zu sehen bekommen, wird weitaus ...«

»Verheerender?«

»Ich wollte ›großartiger‹ sagen, aber verheerend trifft es genauso. Wenn ich mich geirrt habe, werden wir die Folgen nicht mehr erleben, und das ziehe ich vor. Was immer geschieht, es wird ein sehr großes Feuerwerk geben.«

»Fahre das Triebwerk auf Höchstleistung hoch. Wenn wir sicher sind, dass es rundläuft, werfen wir den Ballast ab.«

»Sorge du dafür, dass alle angeschnallt sind – selbst mit dem Ballast wird es ziemlich holprig werden.«

Chiku kehrte auf ihren Platz zurück und sah auf dem Weg dorthin nach dem Rest der Besatzung. Die meisten hatten nach dem Start die robusten Beschleunigungsliegen nicht verlassen, ausgenommen diejenigen, die in die Auszeit versetzt werden sollten. Der riesige Lander flog bereits mit einem Dauerschub von einer Ge, aber wenn die Simulationen korrekt waren, war das PCP-Triebwerk imstande, diese Beschleunigung um einen Faktor zehn zu überschreiten – das konnte ein menschlicher Körper nicht einmal auf einer Liege über längere Zeit ertragen.

Um die Belastung zu verringern, hatten sie den Lander mit flüssigem Wasser vollgepackt und damit die effektive Masse der *Eisbrecher* um den Faktor drei erhöht. Theoretisch müsste das Triebwerk damit auf Maximalleistung gebracht werden können, ohne dass die Besatzung zu Brei zerquetscht wurde. Das Triebwerk musste hundert Stunden laufen, um die *Eisbrecher* auf ihre Reisegeschwindigkeit von einem Viertel Lichtgeschwindigkeit zu bringen, und zweihundert Stunden, um vor Crucible abzubremsen – also mehr als eine Woche unter ständigem Schub. Sobald sie festgestellt hatten, dass das Triebwerk ordnungsgemäß funktionierte, konnten sie anfangen, den Ballast abzuwerfen und die frei werdenden Bereiche selektiv zu belüften, sodass die Besatzung mehr Bewegungsfreiheit hätte, wenn sie aus der Auszeit kam.

Nachdem Chiku sich vergewissert hatte, dass ihre Freiwilligen entweder angeschnallt oder auf dem Weg in die Auszeit waren, richtete sie ihre Aufmerksamkeit auf die Situation im Umfeld der *Sansibar*.

Schon wurde die Entfernung spürbar. Der Raum zwischen Chiku und ihrer Welt, ihren Kindern, Noah und ihrer Arbeit, den guten Dingen in ihrem Leben, ihrem Heim mit seinen bescheidenen Freuden dehnte sich mit geradezu bösartiger Hast, als hätte er einen tiefen persönlichen Groll gegen sie. Die *Eisbrecher* war erst seit einer Stunde unterwegs (allerdings einer Stunde, die ihr endlos lange vorkam) und hatte in dieser Zeit zwei Drittel einer Million Kilometer zurückgelegt – eine Strecke, mit der man achtzehn Mal die Erde umrunden konnte und die dafür sorgte, dass ein Funksignal mehr als vier Sekunden brauchte, um zur *Sansibar* und wieder zurückzugelangen.

Mit jedem Herzschlag, jedem Moment wichen die Ereignisse, die sie auf dem Holoschiff miterlebt hatte, bereits weiter in ihre persönliche Vergangenheit zurück.

Die *Sansibar* hatte den Inspektionsteams keinen Widerstand geleistet. Nun dockten sie an und gingen nacheinander durch die Luftschleusen an Bord. Die Schiffe, die aus der Formation ausgeschwenkt waren, um das Shuttle und die *Eisbrecher* abzufangen, waren inzwischen zur Hauptgruppe zurückgekehrt und warteten, bis Andockplätze verfügbar waren. Die zweite Welle war schon sehr nahe, und weitere Schiffe, nach letzter Zählung mehr als fünfzig, von denen jedes leicht ein Dutzend oder mehr Gendarmen fassen konnte, waren unterwegs. Auf der *Sansibar* umfasste das normale Kontingent an Friedenshütern für eine Bevölkerung von mehreren Millionen deutlich weniger als tausend Mann. Eine stärkere Polizeimacht hatte man schlicht nicht gebraucht. Um ihre eigene Gendarmentruppe in den Schatten zu stellen, wären nicht mehr viele Schiffe nötig.

Kameraaugen zeigten, wie die neuen Gendarmen aus den Luftschleusen strömten und in die Bereiche der Zivilbevölkerung eindrangen. Sie trugen keine sichtbaren Waffen und auch keine Panzerung, aber einige wurden von Robot-Friedenshütern begleitet, langbeinigen schwarzen Gestalten, die an Spinnen erinnerten. Chiku fand sie beängstigend und war für einen Moment sogar froh darüber, dass der Abstand immer größer wurde. Sie hatte solche Roboter bei ihren Besuchen auf anderen Holoschiffen gesehen, auf der *Sansibar* hatte man sie nie für nötig gehalten.

»Die Bevölkerung ist so gefasst, wie man es erwarten kann«, berichtete Noah aus einem Wagen, der ihn zum Gebäude der Gesetzgebenden Versammlung zurückbrachte. »Wir haben allgemeine Anweisungen an alle Bürger und Gendarmen ausgegeben – *Behandelt die Besucher wie Ehrengäste, erfüllt sofern zumutbar ihre Forderungen.* Ob es zu Unruhen kommen wird, kann man noch nicht sagen – es wird noch Stunden dauern, bis die Eindringlinge überall auf der *Sansibar* präsent sind. Die Menschen sind ängstlich und verwirrt. Die meisten wissen nicht einmal, was mit der *Eisbrecher* passiert ist!«

»Gib eine Erklärung heraus«, empfahl ihm Chiku. »Informiere die Bürger über die Fakten. Hilf ihnen zu verstehen, dass das, was wir getan haben, als Provokation betrachtet werden könnte.«

»Bist du sicher?«

»Es ist die einzige Möglichkeit. Wenn unsere Leute das Gefühl bekommen, dass die Gendarmen ohne jede Rechtfertigung über sie herfallen, wird irgendjemand eine Dummheit begehen, bei der wahrscheinlich eine Schaufel und ein Schädel im Spiel sind.«

»Wir werden bereits mit Fragen bestürmt. Die Leute wollen wissen, ob dies der Beginn einer Besatzung ist.«

»Sag ihnen einfach die Wahrheit – du weißt es nicht, und du hast auch nicht darüber zu entscheiden, aber die *Sansibar* wird sich den Wünschen des Rates der Welten fügen.«

»Meinst du nicht, dass solche Beteuerungen etwas hohl klingen, nachdem wir uns mit dem Start des Schiffes dem Rat bereits widersetzt haben?«

»Egal, ob sie uns glauben, Noah, die *Eisbrecher* ist eine vollendete Tatsache. Wir sind unterwegs, und die zu bestrafen, die zurückgeblieben sind, wird daran nichts ändern. Die meisten hatten ohnehin nichts mit der Expedition zu tun.«

»Ich kann es kaum erwarten, mit dieser Argumentation aufzuwarten. Wir sind den Gendarmen im Moment noch voraus, aber sie rücken auf das Regierungszentrum vor. Sie verlangen Zugang zum Gebäude der Versammlung.«

»Dann lasst sie ein – sonst zwingen sie euch dazu.«

»Im Ernst? Damit wird es uns fast unmöglich, in der Versammlung ungestört über unsere nächsten Schritte zu beraten. Du hast recht, wenn du bewaffneten Widerstand ablehnst – aber wir *müssen* nicht auch noch die restlichen Schiffe andocken lassen. Wir könnten die *Sansibar* abriegeln und einseitig unsere Zugehörigkeit zum Rat aufkündigen.«

»Und was ist mit den Gendarmen, die bereits da sind?«

»Im Moment sind sie noch nicht sehr zahlreich – notfalls könnten wir sie überwältigen.«

»Und ihre Roboter?«

»Ich weiß es nicht.«

»Unabhängigkeit ist keine Option, Noah. Wir sind in so vieler Hinsicht auf die Karawane angewiesen. Wir können nicht alle Verbindungen kappen und erwarten, dass wir es alleine schaffen. Bestenfalls würden wir unseren Bürgern – einschließlich *meiner Kinder* – Entbehrungen zumuten, die sie nicht verdient haben. Schlimmstenfalls würden wir zu einer gewaltsamen Besetzung einladen. Wenn wir sie nicht durch unsere Schleusen lassen, werden sie sich den Weg durch unsere Außenhülle bahnen.«

»Wir können doch nicht einfach … kapitulieren.«

»Die Arbeit ist getan. Die *Eisbrecher* ist unterwegs. In diesem Punkt haben wir uns durchgesetzt.«

»Nein«, widersprach Noah. »Wir haben nur den ersten Schritt gemacht. Selbst wenn das Triebwerk funktioniert, müssen wir es vergrößern, um es für das Holoschiff verwenden zu können. Wenn wir den Rat davon nicht überzeugen können, müssen wir uns vielleicht wirklich lossagen.« Sie hörte, wie er mit der Faust gegen die Innenwand des Wagens schlug. »Verdammt! Ich fühle mich dem nicht gewachsen. Vielleicht ist das alles ein Fehler! Vielleicht sollten wir einfach weiterfliegen und Crucible vergessen.«

»Wir müssen Crucible erreichen, Noah«, mahnte sie. »Fang bloß nicht an, daran zu zweifeln.«

»Es war nur so ein Gedanke.«

»Gut – dann lass es dabei. Hör mal, wir wissen beide, dass es nicht einfach wird, aber ich bin sicher, du kannst die richtigen Entscheidungen treffen – die Linie einhalten, unsere Leute auf den rechten Weg führen.«

»Ich habe die Versammlung fast erreicht. Wenn wir Glück haben, sind die Gendarmen eine knappe halbe Stunde hinter uns. Ich werde mit Eunice reden.« Chiku lächelte, als sie den Namen hörte – selbst in diesem Moment war es gewagt, ihn auszusprechen. »Sie muss erfahren, was vorgeht.«

»Ich glaube nicht, dass sie ahnungslos ist, aber du hast recht – rede jetzt mit ihr, bevor es schwieriger wird. Und sag den Kindern, sie sollen sich keine Sorgen machen. Es wird alles gut.«

»Glaubst du das wirklich?«

»Ich möchte es glauben«, sagte sie. »Ganz dringend. Und ich denke, wenn wir uns alle bemühen, keine Dummheiten zu machen, wir *alle* – du, ich, *sie*, der Rest der Karawane –, dann könnten wir eine Chance haben.«

»Nur eine Chance?«

»Immer noch besser als keine Chance. Wir stecken in der Klemme, Noah – unsere Schlauheit hat uns dahin gebracht, nun müssen wir noch schlauer sein, um wieder herauszukommen. Wir müssen weise sein, wie Eunice sagt, und über uns hinauswachsen.«

»Ich bin für alle deine guten Ideen empfänglich.«

»Pass auf dich auf, Noah. Bald werden wir das PCP-Triebwerk zünden. Ich hoffe, wir können auch danach noch miteinander sprechen, aber garantieren kann ich es nicht.«

»Soll ich das Mposi und Ndege sagen?«

»Erst hinterher. Was immer geschieht.«

»Gut.« Er atmete tief ein. »Es ist, wie es ist, und wir müssen es überstehen. Ich nehme nicht an, dass deine Familie so vorausschauend war, dieses Schiff mit Verteidigungseinrichtungen auszustatten?«

»Ich fürchte nein.«

»Sag ihnen, sie sollen sich nächstes Mal mehr Mühe geben. Viel Glück, Chiku. Ich warte darauf, von dir zu hören. Trotz allem, was zwischen uns war, hoffe ich, dass wir uns wieder sprechen.«

»Ich auch«, sagte sie.

Nachdem sie das Gespräch beendet hatte, teilte ihr Travertine mit, dass sie bereit waren, auf volle Leistung zu gehen.

»Ich nehme an«, sagte Travertine, »der Gedanke, das alles könnte eine Form von selbstmörderischer Rache von mir sein, ist dir durchaus gekommen? Ich könnte wissen, dass das Triebwerk nicht funktionieren wird, möchte aber die Genugtuung haben zu sehen, wie du den Befehl gibst, es zu zünden.«

»Daran habe ich tatsächlich noch nicht gedacht.«

»Lange könnte ich die Genugtuung nicht genießen. Außerdem bin ich nicht rachsüchtig – ich halte Rachsucht für eine ziemlich sinnlose Verschwendung von Energien. Wollen wir loslegen?«

»Es wird funktionieren«, erklärte Chiku so entschieden, als würde allein ihre Überzeugung den Erfolg garantieren.

»Ich weiß«, sagte Travertine. »Aber wäre es für dich nicht gnädiger, wenn es nicht klappen würde? Damit würde dir eine Last von den Schultern genommen. Ich fühle mich übrigens um Jahre jünger. Nichts weckt die Lebensgeister mehr als die Umwandlung eines Todesurteils. Du solltest es einmal ausprobieren.«

Sie jagten das Triebwerk in unbekannte Bereiche der Physik hoch. Obwohl der Ballast die Beschleunigung abpufferte, war der Anstieg von einer auf drei Ge ein Schock, denn er erfolgte fast übergangslos, ja schlagartig. Travertine ließ sich nichts anmerken, als xier die Zahlen und Kurven studierte und sie mit xiesen mentalen Prognosen verglich. Xier schob die Lippen vor, kniff die Augen zusammen und maunzte wie eine Katze, doch was das bedeuten sollte, war für Chiku nicht zu erkennen.

»Wir können auf zehn gehen«, verkündete xier schließlich, aber ohne jeden Triumph in der Stimme. »Damit kommen wir am schnellsten von der *Sansibar* weg und bringen uns außer Reichweite der Karawane. Aber ihr müsst alle in die Auszeit, bevor wir den ganzen Ballast abwerfen. Danach gibt es kein Zurück mehr.«

»Ich habe sämtliche Bedenken hinter mir.«

»Das dachte ich mir, aber ich wollte mich doch noch einmal vergewissern. Wie fühlt man sich, wenn man alles zurücklässt?«

»Vermutlich ziemlich ähnlich wie du. Aber wir verlassen die *Sansibar* ja nicht für immer.«

»Du machst mir nicht den Eindruck, als wärst du felsenfest davon überzeugt, die Heimat wiederzusehen. Deine Augen sind so grau und tot, als wären kleine Jalousien heruntergegangen. Natürlich hoffe ich, dass du zurückkehrst, schon um deiner Kinder willen. Hast du Noah die ganze Geschichte erzählt – was uns wirklich erwartet, wenn wir Crucible erreichen?«

»Wir sollten uns jetzt schlafen legen«, sagte Chiku schroff, und damit war das Thema für sie erledigt.

Doch Travertine musste das letzte Wort haben. »Also, falls du dich aussprechen willst …«

Chiku und Travertine gingen als Letzte in die Auszeit. Doktor Aziba schlief bereits, deshalb waren sie auf den Robotmediziner angewiesen. Der Roboter hantierte umständlich an ihnen herum und stolperte durch seine Routinen. Travertine musste sich gewaltsam dagegen wehren, dass er xiem das

Armband abnahm. Xier war fest entschlossen, es da zu lassen, wo es war.

Selbst bei drei Ge war nicht davon auszugehen, dass die Schiffe der Karawane die *Eisbrecher* einholen konnten – jedenfalls nicht, wenn sie auch wieder nach Hause zurückkehren wollten. Deshalb befahl Chiku dem Robotarzt, mit der Verabreichung der Narkose so lange zu warten, bis sie einen letzten Blick auf die Nachrichten von der *Sansibar* geworfen hatte. Noah hatte jetzt genug zu tun, deshalb belästigte sie ihn nicht mit der Anforderung einer Aktualisierung. Stattdessen durchwanderte sie die zivilen Räume des Holoschiffs, zapfte Kameraaugen an und machte die Welt unsicher, in der sie einst gelebt hatte. Die neuen Gendarmen waren inzwischen fast überall, und stündlich kamen weitere durch die verfügbaren Schleusen. Noch war ihre Zahl klein, aber bald würden sie so stark sein, dass sie die Macht übernehmen konnten. Zur Ehre der Bürger – *ihrer* Bürger, als ob sie noch an der Regierung wäre – musste gesagt werden, dass sie mit Würde und Gelassenheit auf die Situation reagierten. Bislang hatte es keine ernsthaften Schwierigkeiten gegeben, aber irgendeine Sicherung würde am Ende durchbrennen. Das war immer so. Der Druck musste abgelassen werden.

Seid weise, flehte sie in Gedanken. Der Wunsch richtete sich an ihre Leute und an die Besatzungsmacht gleichermaßen. *Seid weise, seid nachsichtig, seid menschlich. Denn gegen das, was vor Crucible wartet, ist all das ohne jede Bedeutung.*

Dann injizierte ihr der Roboter das Medikament, und sie fiel in die Auszeit.

33

»Ich bringe leider schlechte Nachrichten«, sagte Kanu eines sonnigen Morgens in Lissabon. »Mecufi ist tot. Ich dachte, das würdet ihr beide erfahren wollen.«

Chikus Sohn hatte sich schon seit Längerem angewöhnt, seine Mütter ein oder zwei Mal im Jahr zu besuchen. Dann kam er von den Seesiedlungen in die Stadt und verbrachte ein oder zwei Tage mit ihnen. In letzter Zeit waren die Besuche jedoch seltener geworden. Chiku hatte ihm das nicht übel genommen, sie wusste ja, dass Kanu sehr in Anspruch genommen war, insbesondere, seit er in der panspermischen Hierarchie in eine sehr verantwortungsvolle Position aufgestiegen war. Die Hauptsache – ja sogar das Einzige, was wirklich zählte – war, dass sie wieder, wenn auch noch sporadisch, miteinander verkehrten. Und dass sie stillschweigend beschlossen hatten, einander all die jeweiligen Verfehlungen und Missverständnisse der Vergangenheit zu verzeihen. Chiku war nicht bereit gewesen, ihren Sohn seinen eigenen Weg gehen zu lassen, selbst wenn er dazu auf die undurchschaubaren Ziele der launischen Meerleute setzte, die so schnell wie der Wind von Verbündeten zu Feinden werden konnten. Kanu wiederum musste sich vorwerfen, nicht erkannt zu haben, wie sehr seine Entscheidung seine Mutter schmerzen würde, und anstatt ihr seine Motive zu erklären, jeden Kontakt abgebrochen und bis zu jenem Tag, als er ihr auf seinem Kraken zu Hilfe gekommen war, nicht wieder aufgenommen zu haben. Stolz gegen Liebe, Unversöhnlichkeit gegenüber dem eigenen Fleisch und Blut.

All das lag nun hinter ihnen, und seither war die Welt besser geworden. Kanu war nie so vollends zum Alien geworden, wie Chiku befürchtet hatte – er hatte die Transmigration lange vor der völligen Anpassung an das Leben im Wasser beendet und erklärt, er plane nicht, seine derzeitige Anatomie weiter zu verändern, da sie es ihm erlaube, sich einigermaßen mühelos auch auf dem Trockenen zu bewegen. Chiku wiederum fragte sich, was sie eigentlich befürchtet hatte. Schließlich war und blieb er trotz aller körperlichen Veränderungen ihr Sohn. Im Rückblick hätte sie ihn sogar ermutigen und sich freuen sollen, dass die Akinyas mit ihm zumindest ein klein wenig Einfluss in der Gesellschaft der Meerleute besaßen.

Es gab so viel zu bereuen, dachte sie. Dinge, die ihr Leben wie Stiche zusammenhielten. Würden sie aufgelöst, dann dröselte sich womöglich ihre ganze Vergangenheit auf, und man sah, dass sie nur ein einziger Faden und nicht das komplexe Knotenmuster war, das sie vor Augen hatte. Ein Nachteil eines langen Lebens war, dass es nahezu unendlich viele Möglichkeiten bot, sich Gedanken zu machen.

Und sie wurde allmählich wirklich sehr alt.

»Warum ist Mecufi gestorben?«, fragte sie.

Je mehr sich im Laufe der Zeit die Verlängerungsverfahren verbesserten, desto weniger war man bereit, den Tod als natürliche Folge des Alters zu akzeptieren. Als ihre Mutter im Jahre 2380 starb, war sie Teil einer langsam anbrandenden Welle von Alterstoten gewesen, und die Experten hatten prophezeit, diese

Welle sei eines der letzten statistisch signifikanten Aussterbeereignisse in der Geschichte der Menschheit gewesen. Nahezu jeder, der später als Sunday Akinya geboren wurde – also praktisch jeder derzeit lebende Mensch –, hatte sein Leben mit einem ganzen Bündel von hoch entwickelten genetischen und exosomatischen Verlängerungsoptionen begonnen. Chiku war inzwischen zweihundertfünfzig – fast so alt wie ihre Mutter zum Zeitpunkt ihres Todes –, und sie hatte alle diese Jahre gnadenlos durchlebt, ohne jemals in eine Auszeit zu gehen.

Unsterblich war sie nicht. Wer jetzt geboren wurde, konnte mit Fug und Recht erwarten, fünfhundert Jahre oder mehr zu erleben – lange genug, um im vierten Jahrtausend zu sehen, ob die Karten richtig fielen. Für Chiku Gelb, den genetisch ältesten der drei Klone, waren die Aussichten nicht ganz so günstig. Sich einer zweiten Triplikation zu unterziehen wäre komplex und riskant, außerdem hatte sie dafür nicht die Mittel. Aber sie hatte keine Beschwerden und auch nicht unbedingt das Gefühl, dem Tode nahe zu sein. Ein weiteres Jahrhundert war durchaus im Bereich des Möglichen, und wenn es weniger wurde, würde sie sich nicht beklagen.

Inzwischen schrieb man das Jahr 2415. Manchmal schaute sie auf den Kalender und dachte: *Das kann nicht sein.* Es ist ein Fehler, eine ungewohnte Schreibweise für fünfzehn Minuten nach Mitternacht, aber nicht das Jahr, in dem ich gerade lebe.

»Es war kein schwerer Tod«, sagte Kanu. »Er brauchte nicht zu leiden. Aber er war sehr alt – fast so alt wie June Wing oder Arethusa –, und die Jahre haben ihn schließlich eingeholt. Als man damals anfing, Menschen in Wasserbewohner zu verändern, gab es vieles, was man nicht verstand, und deshalb hat man seine Gene unabsichtlich schwer geschädigt.«

Die drei saßen unten am Hafen und ließen die Beine über die Kaimauer hängen. Unter ihnen glitzerte das Wasser. Seemöwen hüpften zeternd umher. Salz- und Fischgeruch hing in der Luft. Etwas weiter draußen schaukelten bunte Boote auf den Wellen. Die Hängebrücke blitzte so hell im Sonnenlicht, dass Chiku blinzeln musste. Es war, als hätte man die Konstruktion aus zitternden Sonnenfilamenten gesponnen und durch Zauberei erstarren lassen.

»Ich bin ihm dankbar für alles, was er für uns getan hat«, sagte Chiku. »Jedenfalls denke ich heute so. Damals war ich nicht immer überzeugt.«

Chiku Rot fügte hinzu: »Du hast einen herben Verlust erlitten, Kanu, und das tut mir leid. Ihr standet euch sehr nahe.«

Chiku Rot sprach inzwischen meistens Portugiesisch. Auch Chiku Gelb beherrschte die Sprache, wenn auch manchmal stockend – um andere unterrichten zu können, war eine gewisse Sprachkompetenz erforderlich –, und im Lauf der Jahre hatte sich auch Kanu so viel Portugiesisch angeeignet, dass er sich verständigen konnte. Auf Portugiesisch konnten sie sich ohne die ER unterhalten – zu der Chiku Rot ohnehin keinen Zugang hatte. Manchmal streuten Kanu und Chiku Gelb zur Abwechslung ein Wort oder eine Redewendung auf Suaheli, Zulu, Mandarin oder Gujarati ein, aber selten ganze Sätze. Chiku Rot zog es vor, wenn sie beim Portugiesischen blieben, und Chiku konnte auch verstehen, warum. Es war eine gute, altbewährte Sprache, und für Chiku Rot hatte es nach ihren Hirnschädigungen herkulische Anstrengungen erfordert, wenigstens eine Sprache zu erlernen.

»Danke«, sagte Kanu. »Selbst Arethusa hat uns ihre Anteilnahme übermittelt, obwohl sie verständlicherweise nicht auf die Erde zurückkommen wird. Es war sehr gut, Chiku, dass du die Verbindung zu ihr wiederhergestellt hast.«

Arethusa war, wie Chiku längst begriffen hatte, auf dem besten Wege, das älteste lebende intelligente Wesen auf der Erde zu werden. Immer vorausgesetzt natürlich, niemand konnte das Gegenteil beweisen. Letztlich war alles vom Zufall bestimmt. Die genetischen Veränderungen, die sie an sich vorgenommen hatte, hatten sich nicht als abträglich, sondern eher als förderlich erwiesen. Obwohl sie nach allem, was man hörte, wie eine freie Marktwirtschaft zwangsläufig immer weiter wachsen musste. Angeblich würde sie Hyperion nur verlassen, wenn ihr der Mond zu klein wurde und sie ihn ablegen musste wie ein zu enges Kleidungsstück.

»Mecufi hatte eigentlich keinen Grund, mir zu vertrauen«, sagte Kanu. »Ich hätte ein Spion der Familie sein können, der den Auftrag hatte, alles zu unterlaufen, wofür er eintrat, aber er hat nie an mir gezweifelt.«

»Das wäre selbst für unsere Verhältnisse sehr skrupellos gewesen«, sagte Chiku.

»Es wird so etwas wie eine Trauerfeier geben. Möchtet ihr kommen?«

»Alle beide?«, fragte Chiku Rot.

Kanu neigte sein majestätisches Haupt. »Alle beide.«

»Wir verlassen Lissabon nicht oft«, wandte Chiku ein.

»Ich hoffe, ihr macht diesmal eine Ausnahme. Natürlich bestehe ich nicht darauf, aber ich denke, das Erlebnis wäre es wert.«

»Sie hat seit fünfzig Jahren nichts mehr gegen uns unternommen«, sagte Chiku. »Darüber bin ich sehr froh. Ich möchte nichts tun, was sie provozieren könnte.«

»Du bist zum Mond gereist, und du bist zu den Seesiedlungen geflogen, um Chiku Rot nach Hause zu holen«, erinnerte sie Kanu. »Beide Male ist dir nichts geschehen. Diesmal wird es nicht anders sein.«

»Wie laufen Trauerfeiern bei euch ab?«, fragte Chiku Rot.

»Ich weiß es nicht«, gestand Kanu. »Ich habe noch keine erlebt.«

Sie hatten keine Eile, deshalb nahmen sie ein Segelschiff. Chiku hatte die Cyberklipper auf dem Tajo fahren sehen, seit sie in Lissabon war, doch dies war damit nicht zu vergleichen. Als sie an der Hafenmauer entlang auf das Schiff zugingen – sie waren mit der Straßenbahn bis Estoril gefahren –, wirkte es aus der Ferne in keiner Weise außergewöhnlich. Es hatte einen schnittigen Katamaranrumpf mit einer reibungsfreien Beschichtung, die in allen Regenbogenfarben schillerte wie ein Öltropfen in einer Pfütze, und Unmengen von Segeln und Segelteilen in verschiedenen Formen und Größen für alle möglichen Funktionen. Die Segel fingen nicht nur den Wind, sondern auch das Sonnenlicht ein. Auch vom Aussehen her waren sie ungewöhnlich, denn sie konnten zwischen stärkster und schwächster Reflexivität hin und her wechseln. Die Takelage war ein geradezu absurdes Gewirr aus unzähligen Leinen, Winschen und Seilrollen, deren Zweck nicht erkennbar war. Die Komplexität schien Selbstzweck zu sein.

Es gab auch eine Mannschaft. Darin unterschied sich das Schiff von den Cyberklippern. Die hatten allenfalls einen Techniker an Bord, aber keine Besatzung, und sie befuhren monatelang auf optimierten Routen die Meere, mit Frachten, die nicht schnell befördert zu werden brauchten. An Deck dieses Schiffes waren dagegen Dutzende von Meerleuten eifrig beschäftigt, einige hingen sogar oben in der Takelage.

Chiku und Chiku Rot sahen ihnen starr vor Entsetzen zu.

»Sie könnten abstürzen«, sagte Chiku. Sie sah ganz deutlich, dass es keine Sicherheitsleinen oder Netze gab, die die Meerleute im Notfall auffangen konnten.

»Das werden sie aber nicht«, sagte Kanu. Und zum Beweis kletterte er, noch bevor das Schiff den Hafen verlassen hatte, mit Händen und Füßen bis an die Spitze eines Großmasts, so schnell und wendig, dass es aussah, als würde er wie bei einem

Taschenspielertrick mit einem unsichtbaren Seil hinaufgezogen. Oben angekommen winkte er den beiden lachend zu, dann kam er wieder herunter.

Chiku errötete vor Stolz und Verwirrung. Sie konnte nicht fassen, dass es ihr Sohn war, der dieses unglaubliche Kunststück vollführte.

»Warum habt ihr dieses Boot gebaut?«, fragte Chiku Rot, als sie auf See waren und Estoril nur noch als biskuitfarbener Streifen am Horizont zu sehen war. »Man braucht zu viele Leute dafür.«

»Es kann schneller segeln als ein Cyberklipper«, erklärte Kanu. Der Wind riss an seinen langen, geflochtenen Haaren. »Manchmal jedenfalls. Cyberklipper sind gut dafür geeignet, auf einem verlässlichen Kurs Waren von einem Hafen zum anderen zu bringen, aber sie nützen den Wind nie voll aus. Dieses Schiff kann buchstäblich fliegen, wenn es eine Besatzung an Bord hat, die ihr Handwerk versteht.«

Kanu hatte nicht übertrieben. Chiku hatte an der Reling des Katamarans gestanden und das Heckwasser hinter den beiden Kielen des dahinrasenden Schiffs gesehen, das so scharfe Kanten hatte, als wären sie in Eis gehauen. Natürlich herrschte heute eine steife Brise. Aber man konnte kaum glauben, dass nur diese Brise, die man kaum als richtigen Wind bezeichnen konnte, sie durch das Wasser trieb, indem sie gegen eine ausreichend große Segelfläche drückte. Die Sonne lieferte lediglich die Energie für die elektrischen Winschen und die Steuersysteme. Einen Teil davon leiteten sie in Brennstoffzellen, erklärte Kanu (genauer gesagt in gyroskopische Schwungradspeicher mit sehr hohem Wirkungsgrad), doch es war Ehrensache, diese gespeicherte Energie nicht zur Fortbewegung zu nützen. Chiku entnahm seinen Worten, dass es noch mehr solcher Schiffe mit den zugehörigen Besatzungen gab, die untereinander in erbitterter Konkurrenz standen.

Doch ihre eigentliche Frage blieb unbeantwortet: Selbst wenn das Segelschiff im Durchschnitt etwas schneller fuhr als ein Cyberklipper – warum nahm man nicht Airpods oder Flieger, eine Magnetschwebebahn oder vielleicht das riesige Atom-U-Boot, von dem ihr Onkel Geoffrey vor Urzeiten erzählt hatte?

»Ich nehme an, ein Segelschiff macht einfach mehr Spaß?« Sie sah Kanu fragend an.

Ihr Sohn erwiderte den Blick streng, aber doch mit Nachsicht. »Es ist viel mehr als das. Die Cyberklipper sind sehr elegant, aber sie sind vollkommen abhängig von der *Überwachten Welt.* Ohne die ER wissen sie nicht, wo sie sind, und ohne den *Mech* wissen sie nicht, was sie als Nächstes tun sollen.«

»Und inwiefern ist das ein Problem?«

»Du bewegst dich von deinem ersten Atemzug an in der *Überwachten Welt.* Vermutlich fällt es dir ziemlich schwer, dir eine andere Lebensweise vorzustellen.«

»Du würdest dich wundern. Außerdem bist du ebenfalls darin aufgewachsen.«

»Aber ich habe mich den Pans angeschlossen«, gab Kanu zurück, »und die Pans haben eine eigene Art, an die Dinge heranzugehen. Sie verschmähen einfache Lösungen. Anfangs waren ihre Entscheidungen mehr oder weniger ästhetisch oder philosophisch motiviert. Wir hielten nichts von Telepräsenz und virtuellen Räumen, weil wir befürchteten, wenn wir Roboter oder Projektionen ins All schicken könnten, würde uns das davon abhalten, uns leibhaftig dorthin zu wagen. Und wir hatten recht! Aber heute tut das kaum noch etwas zur Sache. Wir hatten aus spirituellen Gründen einen Weg eingeschlagen, der uns von den Exzessen der *Überwachten Welt* wegführte. Und nun hören wir, dass die *Überwachte Welt* vergiftet ist!«

Vielleicht war es nur der Wind, aber Chiku sträubten sich

bei diesen Worten die Nackenhaare. Es kam ihr verwegen vor, so offen über Arachne zu sprechen. Sie warf Kanu einen warnenden Blick zu.

»Schon gut, Mutter«, lächelte er. »Hier sind wir sicher. Das ist der Vorteil dieses knarrenden alten Kahns – sie kann ihm nichts anhaben, sie kann nicht an Bord kommen, und sie kann nicht belauschen, was wir sagen oder denken.« Kanu strich über die Holzreling, die über die gesamte Länge des Katamarans führte. »Man könnte es als eine Art von Rückversicherung betrachten. Wenn morgen die Welt stehen bleibt, wenn der *Mech* zusammenbricht, wenn alles in Flammen aufgeht und die ER mitnimmt, haben wir immer noch den Wind, und wir wissen immer noch, wie man diese Segel aufzieht. Wir könnten immer noch jeden Punkt der Welt erreichen.«

»Der *Mech* wird nicht zusammenbrechen«, sagte Chiku. »Er ist schon zu lange da. Und wir brauchen ihn zu sehr.«

»Du solltest nicht von dir auf andere schließen«, lautete der Kommentar von Chiku Rot.

Die Fahrt ging zu den Seesiedlungen. Mit dem Flieger hatten sie eine Stunde gebraucht, mit dem Katamaran dauerte die Reise fast den ganzen Tag. Gegen Abend aßen sie an Deck und sahen zu, wie sich der Himmel von Rot über Rosa zu einem weichen Violett verfärbte und das Meer dunkel wurde wie Wein. Einige Delfine leisteten ihnen Gesellschaft. Chiku und Chiku Rot rannten von einer Seite zur anderen und beobachteten das Wasser, das schimmerte und leuchtete, wo die Delfine es aufgewühlt hatten. Es war ein wunderbares Erlebnis, ein Moment, der ein ganzes Leben rechtfertigte. Die beiden Frauen konnten nicht aufhören zu lachen, die Aufregung war ihnen zu Kopf gestiegen. Sogar Kanu, der das Schauspiel schon tausend Mal gesehen haben musste, genoss es mit liebevoller Belustigung. Die Reaktionen seiner Mütter schienen ihn mehr zu entzücken als die Delfine selbst.

Nicht lange vor Mitternacht erschienen Lichter über dem Horizont. Der Katamaran dockte an einem Schwimmponton an, ein Elektrowagen brachte die Fahrgäste ins Zentrum der Seesiedlung. Hier war es wärmer als in Lissabon, und die Sterne waren so hell und so nah, als hätte man sie an Fäden herabgelassen. Entlang der Kaimauer lagen viele Boote mit ungeduldig knarrender Takelage.

»Die Trauerfeier findet morgen statt«, berichtete Kanu, bevor man sie zu ihren Zimmern brachte, die unter Wasser wie Entenmuscheln an der Unterseite der Seesiedlung klebten.

»Gibt es etwas, das wir wissen müssten?«, fragte Chiku.

»Eigentlich nicht. Es wird eine ziemlich schlichte Zeremonie werden. Dramatische Inszenierungen waren Mecufis Sache nicht.«

Chiku erinnerte sich, wie dramatisch Mecufi sich einst in ihr Leben gedrängt hatte, aber sie hütete sich, ihrem Sohn zu widersprechen. Tatsächlich war die Trauerfeier dann weit weniger pompös, als sie befürchtet hatte. Kurz vor dem Morgengrauen fuhren sie in einer langen Prozession von kleinen, mit Laternen beleuchteten Booten hinaus. Alle Boote wurden entweder von Segeln oder mit Rudern bewegt. Obwohl der Wind die Segel kraftvoll blähte, konnten die mit Muskelkraft angetriebenen Boote mühelos mithalten. An den Rudern saßen hünenhafte Wasserbewohner, die an das Leben im Meer angepasst waren. Viele Meerleute schwammen einfach nebenher, so mühelos wie die Delfine, die sie am Abend zuvor beobachtet hatten. Chiku sah die verschiedensten anatomischen Varianten, von fast menschlich bis zu kaum noch als menschlich erkennbar.

Ein Boot war mit Segeln und Rudern versehen und doppelt so groß wie die anderen. Es beförderte Mecufis in ein Tuch gehüllten Leichnam, der auf einer erhöhten Plattform unter einem fahnengeschmückten Baldachin ruhte. Chiku und Chiku Rot sahen Kanu auf dem großen Boot umhergehen und die Ruderer sowie die Meerleute beaufsichtigen, die die Segel bedienten. Chiku war froh, dass sie und ihre Schwester nicht auf Mecufis Schiff fahren mussten. Es wäre ihr aufdringlich vorgekommen, das Trauerboot mit diesen fremdartigen, so wunderschönen Kreaturen zu teilen. Schon dieser Zeremonie beiwohnen zu dürfen war ein Privileg für jeden Landbewohner.

Alsbald erreichten die Boote einen Bereich des Meeres, der sich für Chiku durch nichts von seiner Umgebung unterschied. Die Sonne war noch nicht aufgegangen, am Himmel leuchteten immer noch ein paar Sterne. Die Laternen, es waren Hunderte, warfen bunte Flecken auf das Wasser. Das Meer war jetzt ruhig und die Luft nahezu unbewegt.

Auf ein unhörbares Kommando bildeten die Boote einen Ring um das größte Schiff und schlossen es in einen Wasserkreis ein. Die Meerleute, die mit der Prozession geschwommen waren, rutschten und kletterten auf die äußeren Boote. Viele von ihnen standen jetzt aufrecht und hielten Laternen und Kerzen in den Händen. Chiku und Chiku Rot sahen sich fragend an, sie wussten nicht, was sie zu erwarten hatten. Bis auf das Klatschen des Wassers gegen den einen oder anderen Rumpf war alles still. Chiku beobachtete die Wasserbewohner auf dem Hauptboot. Sie bewegten sich in einer schweigenden Zeremonie um den verhüllten Leichnam auf seiner Plattform.

Wenn es ein Zeichen gab, ein lautes Kommando oder eine Geste, so bekam Chiku es nicht mit. Doch plötzlich erhob sich von einem der Boote ein lang gezogenes Heulen, das ihr zutiefst fremd in den Ohren klang, zu hoch und zu schrill, als dass sie von Musik gesprochen hätte. Doch genau das war es. Ein Wasserbewohner hatte zu singen begonnen und eine gewaltige Trauerklage angestimmt. Bald fiel ein zweiter ein, dann ein dritter. Die Töne bekamen eine eigene Färbung, die Frequenz variierte. Zwei weitere Stimmen schlossen sich an und schließlich noch einmal zwei. Wie sie später erfuhr, war es eine Motette für vierzig Stimmen aus acht Chören zu jeweils fünf Stimmen – vierzig singende Wasserbewohner, deren Stimmen den Ozean bis auf den Grund aufwühlten. Die einzelnen Chöre begannen sich abzuwechseln, vereinten sich zu Harmonien und trennten sich wieder – kontrapunktische Passagen mündeten in mächtige Akkorde von herzzerreißender Intensität.

Mit dem Auf und Ab der Stimmen erschienen Lichter in dem geschlossenen Wasserkreis – phosphoreszierende blaue und grüne Streifen schossen umher, Kometenschweife in schillerndem Aquamarin drehten sich wie tanzende Derwische, formierten sich zu Rädern und erblühten zu üppigen Prozessionen, Galaxien und Blüten aus aufstrahlendem Licht. Chiku begriff, dass es sich um eine geschickte Koordination von lebender Materie handelte; so wie der *Mechanismus* einen Panther in eine Waffe verwandeln konnte, so vermochten die Pans die lebende Biomasse des Meeres ihrem Willen zu unterwerfen. Hier brachten sie diese Kleinstlebewesen dazu, das Andenken an einen der Ihren zu verherrlichen, während die vierzig Stimmen die Luft bewegten. Ein weiteres Wunder, schön und traurig zugleich. Chiku wünschte, Pedro Braga wäre hier und könnte dieses erstaunliche Schauspiel miterleben und dem Wunderschatz seines Lebens hinzufügen.

Wenigstens war Chiku Rot dabei, und als die Musik sie beide durchwogte – genau so, dachte Chiku, mussten die Sirenengesänge für die Seeleute der Antike geklungen haben –, da spürte sie, dass ihre Schwester ebenso tief beeindruckt war wie sie selbst.

Der Himmel wurde heller, die leuchtenden Räder und Blüten verblassten, der Schein der Laternen wurde matter. Doch bevor der Bann vollends gebrochen war, hoben Kanu und elf andere Wasserbewohner den verhüllten Körper von seiner Plattform und ließen ihn ins fahle Wasser gleiten.

Die Motette erreichte ihren Höhepunkt. Vierzig Stimmen hielten unglaublich lange einen einzigen Ton, und als schließlich Stille eintrat, schien auch diese Stille noch Gesang zu sein.

Der Kreis der Boote löste sich allmählich auf.

34

Auf dem Rückweg zur Seesiedlung schwamm Kanu zu ihnen herüber. Sie saßen auf den Bänken in der kleinen Holzkabine im Heck von Chikus Boot, wo sie vor der Sonne geschützt waren.

»Danke«, sagte Chiku.

Chiku Rot schloss sich an: »Ja, vielen Dank.«

»Ich bin froh, dass ihr mitgekommen seid«, sagte Kanu. »Wir haben unsere Freunde nie so sehr gebraucht wie jetzt. Außerdem hat Mecufi darauf gedrungen, euch einzuladen.«

»Es war sehr freundlich von ihm, an uns zu denken«, sagte Chiku.

»Er wollte euch bei seiner Trauerfeier dabeihaben, aber das war nicht der einzige Grund.« Kanu schloss die Tür hinter sich und setzte sich den beiden Chikus gegenüber. Seine Kleider waren bereits trocken, obwohl er eben erst aus dem Wasser gestiegen war.

»Was denn noch?«, fragte Chiku.

»Ja«, ließ sich auch Chiku Rot vernehmen. »Warum sind wir hier?«

»Ich möchte vorher noch Chai kochen«, erklärte Kanu.

Er holte ein Teeservice aus einer Holzschublade an der

Rückseite der Kabine. Alle Utensilien lagen auf einem Tablett mit hohem Rand ordentlich bereit. Er goss das bereits kochende Wasser in drei Tassen mit Tangmuster. Chiku sah, dass es sinnlos war, ihn drängen zu wollen – er würde erst sprechen, wenn er bereit war. Doch auf dem Tablett lag noch etwas, ein schmales Holzkästchen, ähnlich wie eine Bleistiftschachtel, das bei Chiku eine Erinnerung weckte.

»Das habe ich schon einmal gesehen«, sagte sie.

Sie warf Chiku Rot einen Blick zu, aber in deren Augen leuchtete nichts auf.

»Ein solches Kästchen stand auf dem Tisch, als wir die Lose gezogen haben«, sagte sie endlich. »Es enthielt die Elefanten, das Samsung und die Ray-Ban-Brille. Aber es war nicht dasselbe.«

»Nein«, stimmte Chiku zu. »Aber auch dieses habe ich schon einmal gesehen.«

Kanu reichte die Chai-Tassen herum. »Es hat Mecufi gehört, Chiku. Er wollte, dass du es bekommst.«

»Hat er es mir in seinem Testament vermacht?«

»So in etwa. Er hatte schon sehr viel früher überlegt, es dir zu geben, aber er hat nie den richtigen Zeitpunkt gefunden.«

»Darf ich?« Chiku streckte die Hand nach dem Kästchen aus, ohne es jedoch zu berühren.

»Nur zu – es gehört dir, du kannst damit machen, was du willst.«

Das Kästchen fühlte sich leer an. Sie öffnete eine kleine Messingschnalle an einem Ende und hob einen Behälter heraus. Er war mit Filz ausgeschlagen und hatte ein Dutzend quadratischer Fächer. Sie konnte sich vorstellen, dass man darin Eier aufbewahrte. Oder Augäpfel.

Jetzt fiel es ihr wieder ein. Es war lange her – absurd lange –, aber sie erinnerte sich.

»Als mich Mecufi im Café auf dem Dach des Santa-Justa-Aufzugs zum ersten Mal ansprach, hatte er es bei sich.«

»Was ist es?«, fragte Chiku Rot.

»Es waren Motien darin. Zwölf an der Zahl, glaube ich. Eine hat er herausgenommen und mir gegeben.«

Chiku Rot hatte, da sie nicht auf die ER zugreifen konnte, in letzter Zeit keine Erfahrungen mit der Emotionsübertragung durch eine Motio gemacht, aber sie verstand durchaus, was dabei vor sich ging. Sie wusste, dass jede Motio abgepackte Emotionen enthielt, die in einem Zustand zenartiger Konzentration vom Sender verfasst und für einen bestimmten Empfänger getaggt worden waren, um dann in Glas konserviert und eingeschlossen zu werden, bis sie freigesetzt werden konnten. Sie fragte sich, wozu die Welt solche Motien brauchte – Sprache und Mimik sollten doch genügen.

Zwei Motien lagen noch in dem Kästchen. Sie ruhten in den letzten beiden Fächern und waren nur sichtbar, wenn man die Schublade ganz herauszog. Die eine war glatt und milchig weiß. Die andere war schwarz mit violetten Flecken.

»Vielleicht spielt mir mein Gedächtnis einen Streich«, sagte Chiku, »aber ich könnte schwören, dass die schwarze an jenem Tag in dem Kästchen war. Sie fiel mir auf – es war die einzige schwarze. Was hat das zu bedeuten?«

»Mecufi hat mich nicht nur beauftragt, dir das Kästchen zu übergeben, sondern mir dazu noch eine Anweisung gegeben.«

Sie warf ihrem Sohn einen Blick zu, der schärfer ausfiel als beabsichtigt. »Nämlich?«

»Die weiße Motio ist für dich. Die schwarze sollst du nicht anrühren, bevor du den Inhalt der weißen kennst. Das war ihm besonders wichtig.«

»Hat Mecufi die Motien vor seinem Tod verfasst?«

»Lange vorher. Ich glaube, er hat den Inhalt im Lauf der Jahre mehrfach erneuert, aber wie gesagt, er fand nie den richtigen Zeitpunkt, um sie dir zu geben.«

»Und jetzt nach seinem Tod ist der Zeitpunkt richtig?«

»Das nehme ich an«, antwortete Kanu. »Hör zu, ich bin lediglich der Überbringer. Ich habe wirklich keine Ahnung, worum es bei der ganzen Sache geht.«

»Wirklich nicht?« Chiku hoffte, dass ihr Sohn die Skepsis in dieser Frage heraushörte.

»Ich habe einen bestimmten Verdacht – besonders in Zusammenhang mit unserem gestrigen Gespräch, bei dem du über …« Kanu unterbrach sich, bevor ihm Arachnes Name entschlüpfen konnte, und sie mussten beide lächeln. »Und nach den Ereignissen auf dem Familiensitz. Doch Genaueres können nur du und der verstorbene Mecufi wissen.«

Chiku nahm die weiße Motio heraus, hielt sie eine Weile zwischen den Fingern und legte sie schließlich in ihr Fach zurück. Die schwarze Motio fasste sie gar nicht erst an.

Dann schloss sie das Kästchen.

»Hat er gesagt, wann ich die weiße Motio öffnen soll?«

»Nein, nur dass es sehr wichtig ist, sie als Erste zu öffnen.«

»Du solltest es gleich tun«, mahnte Chiku Rot.

Seit Chiku wusste, was sich in dem Kästchen befand, schien es ihr wie unter dem Gewicht der latenten Möglichkeiten schwerer in der Hand zu liegen. Fünfzig Jahre waren vergangen, seit sie Mecufi im Santa-Justa-Aufzug zum ersten Mal begegnet war. Wenn sie mit der schwarzen Motio recht hatte, dann war die Kugel mindestens ebenso alt. Wenn sie für sie bestimmt war, warum hatte er sie ihr dann nicht gleich damals gegeben?

»Ich weiß nicht«, sagte sie zu ihrer Schwester.

»Du solltest sie jetzt öffnen«, wiederholte Chiku Rot. »Ich kann es nicht für dich tun.«

Die beiden Frauen gingen hinaus an Deck. Sie waren wieder auf dem Segelschiff und auf dem Weg nach Lissabon. Der Wind war stärker geworden, die Wellen schimmerten eisengrau. Das Segeln hatte den Reiz der Neuheit inzwischen eingebüßt, Chiku wollte nur noch nach Hause.

Sie hatte das Kästchen in der Tasche – die harten Holzkanten drückten gegen ihren Schenkel. Die schwarze Motio lag noch darin, doch die weiße hatte sie wieder in der Hand und hielt sie über dem verschwommenen grauen Horizont ins Licht. Das milchige Innere ließ Andeutungen einer Struktur erkennen. Sie fühlte sich an die Wolken der Venus erinnert.

»Warum sollte er das tun, Chiku Rot?«

»Ich habe keine Ahnung, Chiku Gelb, aber ich glaube, es ist an der Zeit, es herauszufinden.«

»Ich habe Angst. Ich weiß, es ist nur ein Päckchen mit Gefühlen, was soll es mir denn anhaben? Das sage ich mir immer wieder. Aber die Angst geht nicht weg.«

»Ich bin bei dir«, tröstete Chiku Rot.

»Du hast keine Ahnung, wie sich das anfühlt.«

»Du hast keine Ahnung, wie es sich anfühlt, ich zu sein. Öffne die Motio.«

Chiku riss sich zusammen. Sie holte tief Luft, straffte die Schultern und reckte das Kinn in die Höhe. Sie hielt sich vor Augen, wie Travertine der Versammlung getrotzt hatte. Travertine wäre in einem solchen Moment niemals verzagt. Travertine hätte die Motio auf der Stelle geöffnet.

Sie drückte mit den Fingern gegen die Kugel. Das Glas leistete mehr Widerstand als sonst, also drückte sie fester zu. Die Motio zerbrach, das Innere quoll heraus wie weißer Rauch. Die Glasscherben fielen auf das Deck und lösten sich in nichts auf.

Sie wartete.

»Nun?«, fragte Chiku Rot.

»Ich empfange gar nichts. Jedenfalls kann ich nichts erkennen.« Dennoch bedeutete sie ihrer Schwester zu schweigen. Manche Motien waren so aufdringlich wie billiges Parfum, andere dagegen waren sehr viel subtiler. Sie trugen eine zarte, zurückhaltende emotionale Fracht, die Raum und Stille brauchte, um spürbar zu werden.

Raum und Stille gab sie ihr jetzt. Doch sie spürte immer noch nichts.

»Ich glaube, das ist eine Niete«, sagte sie. »Der Inhalt muss verraucht sein, oder Mecufi hat das Empfänger-Tag nicht richtig hinbekommen. Genau so wäre es, wenn *du* eine Motio öffnen wolltest.«

»Ich kann mir nicht vorstellen, dass Mecufi einen Fehler gemacht hätte«, widersprach Chiku Rot in ihrem etwas gestelzten Portugiesisch. Sie hatte die Arme verschränkt und sah ihre Schwester skeptisch an.

»Nein, wahrscheinlich nicht. Aber warum kann ich nicht …«

Eine Stimme unterbrach sie.

»Hallo, Chiku. Wie schön, dass wir uns wiedergefunden haben.«

Es war natürlich Mecufi oder vielmehr eine Projektion von ihm. Seine Gestalt schwebte ein paar Schritte entfernt über dem Bug in der Luft, als wäre sie unter Wasser. Er trug kein Exo, und seine Arme und seine Schwanzflossen bewegten sich träge.

»Ich kann ihn jetzt sehen«, sagte Chiku zu Chiku Rot. »Vor mir ist eine Projektion von Mecufi erschienen, und er spricht mit mir.«

»Dann solltest du dir vielleicht anhören, was er zu sagen hat«, empfahl Chiku Rot.

Ein ausgezeichneter Rat. Dies war eine ganz besondere Projektion. Normalerweise kamen Projektionen über die ER – sie wurden irgendwo erzeugt, mit unverwechselbaren Tags verbunden und über hypersichere quantenverschlüsselte Ching-Verbindungen geschickt, die zurückverfolgt werden konnten. Diese Projektion war über eine Motio gekommen – und das hatte Chiku noch nie gehört.

»Sie haben die Motio zerbrochen und damit den Kontakt hergestellt. Darf ich um Ihre Aufmerksamkeit bitten? Es liegt in der Natur der Sache, dass Motien keine Interaktivität haben. Sie können mich nichts fragen, und ich kann auch nichts von dem wiederholen, was Sie gleich hören werden.«

Chiku nickte und erkannte im gleichen Moment, wie sinnlos das war.

»Ich hatte zwei Möglichkeiten. Ich konnte zu meinen Lebzeiten und an einem von mir selbst ausgewählten sicheren Ort unter vier Augen mit Ihnen sprechen. Oder ich konnte den Inhalt dieser Botschaft einer speziell behandelten Motio anvertrauen und hoffen, dass sie Sie wie vorgesehen erreichen würde. Ich muss gestehen, dass ich ziemlich lange mit mir gerungen habe, welcher Weg der bessere wäre. Doch nun bin ich hier. Ob richtig oder falsch, ich habe eine Entscheidung getroffen.«

»Was sagt er?«, fragte Chiku Rot.

»Psst«, machte Chiku Gelb.

»Sie haben die weiße Motio zerbrochen, nun ist nur noch die schwarze Motio übrig – ich hoffe, dass sich inzwischen auch jene in Ihrem Besitz befindet. Ihr Inhalt ist, ähnlich wie der Inhalt der weißen Motio … einigermaßen unkonventionell?« Mecufi lächelte. »Und gefährlich. Gefährlicher, als Sie sich derzeit vorstellen können. Es könnte ein Zeitpunkt kommen, zu dem es womöglich von Vorteil wäre, die schwarze Motio zu zerbrechen. Aber Sie sollten absolut sicher sein, dass der betreffende Zeitpunkt auch der richtige ist.«

Chiku konnte nicht an sich halten. »Und woher soll ich das wissen?«

»Nach meiner Rechnung werden die Holoschiffe etwa um 2435 vor Crucible eintreffen. Die genauen Umstände ihrer Ankunft werden wir erst sehr viel später erfahren. Wenn es einen Durchbruch bei der Antriebstechnik gibt, könnten sie auch viele Monate früher am Ziel sein. Sollte es dagegen zu einer Katastrophe kommen, dann treffen sie womöglich gar nicht ein. Doch was auch geschieht, irgendeine Nachricht können wir erwarten. Wenn man die Zeitverzögerung mit einrechnet, müsste sie uns etwa um 2463 erreichen – bis dahin muss fast noch ein halbes Jahrhundert vergehen. Kaum weniger als seit unserer ersten Begegnung! Selbst denjenigen von uns, die sich an die modernen Lebensspannen gewöhnt haben, scheint dieses Ereignis sehr weit entfernt zu sein und auf das Hier und Jetzt keinen Einfluss zu haben. Aber täuschen Sie sich nicht – sobald eine Nachricht von den Versorgern die Erde erreicht, wird sich alles ändern. Die Nachricht kann auf Raten oder in einer einzigen großen Welle kommen, aber die Folgen werden in beiden Fällen die gleichen sein. Die Milliarden von Menschen in diesem System werden erfahren, dass der *Mechanismus* korrumpiert ist. Dass sich etwas darin befindet, was dort nicht hingehört. Und dass das, was sich dort befindet, auch vor Mord nicht zurückschreckt, um sich zu schützen.«

Chiku nickte. Darüber hatten sie in der Zeit, die sie fern der Erde in Gesellschaft von June, Kwami und Lin Wei verbracht hatte, oft gesprochen. Aber von einer erschreckenden Entwicklung zu wissen, gegen die man nichts tun konnte, war schlimmer, als nichts zu wissen.

»Mehrere Szenarien sind denkbar«, fuhr Mecufi fort. »Wenn Arachne erkennt, dass sie kurz davorsteht, entdeckt zu werden, könnte sie einen präventiven Befreiungsschlag führen. Sie könnte versuchen, noch vor Eintreffen der Information durch einen direkten Eingriff in den *Mechanismus* und die ER Millionen von Menschen zu neutralisieren und unschädlich zu machen. Doch da sie ja weiß, dass die Nachricht von Crucible schon bald auf dem Weg zur Erde sein wird, stellt sich folgende Frage: Warum hat sie nicht schon gehandelt? Ich denke, die Antwort lautet, sie ist sich des Erfolgs nicht sicher genug. Und sie kann auch nicht genau wissen, wie die Nachricht von Crucible im Detail ausfällt. Vielleicht wird ihre Existenz gar nicht enthüllt. Vielleicht hofft sie, auch weiterhin unentdeckt im *Mech* herumspuken zu können. Ich nehme an, dass ihr diese Strategie am liebsten wäre. Werden aber auch nur die kleinsten Unregelmäßigkeiten im *Mech* ruchbar, dann haben die Kognitionspolizei und die Überwacher des *Mech* sicher nichts Eiligeres zu tun, als das zu verifizieren, was wir bereits wissen. Sie werden sich *Ocular* vornehmen, soweit das möglich ist. Sie werden den Unfall auf der Venus noch einmal untersuchen. Und sie werden zu dem Schluss kommen, dass sich im *Mech* eine unkontrollierte künstliche Intelligenz herumtreiben könnte. Sobald sie diesen Schluss gezogen haben, werden sie Protokolle zur Eindämmung installieren. Sie werden versuchen, Arachne in die Enge zu treiben. Das ist der Zeitpunkt, zu dem sie am ehesten zuschlagen wird, und dann könnte es uns allen übel ergehen, Chiku. Doch bis zu diesem Tag können wir nicht wirklich sicher sein, wie das alles enden wird. Für die Bevölkerung der Vereinigten Wasser-Nationen könnten die Nachbeben erträglich ausfallen – wir haben unsere Abhängigkeit vom *Mech* und von der ER nahezu auf null zurückgefahren. Aber wir teilen uns diese Welt nach wie vor mit den Land- und Himmelsbewohnern, und zwischen uns allen bestehen vielfältige Abhängigkeiten, die sich nicht im Handumdrehen auflösen lassen. Deshalb könnte Arachnes Vergeltung auch uns treffen. Und das bringt mich zu der schwarzen Motio.«

Wieder spürte Chiku die scharfe Kante des Holzkästchens

an ihrem Schenkel. Sie würde sich daran gewöhnen müssen – sie ahnte nämlich, dass sie es nicht so bald loswerden würde.

»Die schwarze Motio ist eine Gegenmaßnahme. Anders als die weiße greift sie direkt in die ER und den *Mech* ein. Wenn Sie sie öffnen, lösen Sie damit eine Serie von rasch aufeinanderfolgenden Ereignissen aus. Tief in der Architektur des *Mech* gibt es einen Defekt. Es mag eine Schwachstelle sein, vielleicht wurde sie auch absichtlich eingebaut. Diese Stelle existiert seit den Anfängen des *Mech* in den Jahren der Versorgungs- und Migrationskrise, aber sie war immer nur einer Handvoll Menschen bekannt. Wir gehören dazu.«

Chiku erschauerte, denn sie ahnte, was jetzt kam.

»Die schwarze Motio wird diesen Defekt ansprechen«, fuhr Mecufi fort. »Sie wird eine Panne auslösen, die wird zu einer weiteren Panne führen, und so wird es immer weitergehen. Ein Teil nach dem anderen wird ausfallen. Der *Mech* wird nicht mehr funktionieren. Die gleiche Fehlerkaskade wird auch die ER ausschalten. Wie umfassend und schwer die Ausfälle letztlich sein werden, kann ich nicht vorhersagen. Bestenfalls werden der *Mech* und die ER so weit geschwächt, dass Arachne ins Hintertreffen gerät und nicht mehr handeln oder sich schützen kann, jedoch *ohne* dass damit größere Unannehmlichkeiten für die Menschheit verbunden wären. Den schlimmsten Fall wage ich mir kaum auszumalen. Wir haben als Spezies kollektiv Fehler begangen, gewiss – wir haben Dingen, die wir nicht sehen und erst recht nicht kontrollieren können, zu viel Macht gegeben. Aber sehen Sie sich unsere Welt an, Chiku. Trotz all ihrer Unzulänglichkeiten könnte die Lage sehr viel schlimmer sein. Seit Langem ist niemand mehr in einem Krieg umgekommen oder einem Mord zum Opfer gefallen, niemand muss in einem Gefängnis schmachten, und niemandem wird eine Grundversorgung mit Nahrung und Trinkwasser vorenthalten.

Niemand wird wegen seines Glaubens gefoltert oder muss sich wegen seiner sexuellen Vorlieben wie ein Ausgestoßener fühlen. Gewiss, wir haben uns auch Fesseln angelegt – und wie stark diese Fesseln sind, werden wir in etwa einem halben Jahrhundert erfahren.« Mecufis Projektion lächelte so freundlich wie die Cherubim, die vom mittelalterlichen Himmel herabschauten. »Jedenfalls werden es einige von uns erfahren. Ich habe meine Verantwortung in dieser Hinsicht mit meinem Tod wohl abgegeben. Wie rücksichtslos von mir! Aber ich bin guter Hoffnung, dass Sie nicht auf die gleiche Ausrede verfallen werden. Nun befindet sich die schwarze Motio in Ihrer Obhut, Chiku. Es gibt nur diese eine, und jetzt gehört sie Ihnen. Falls Sie den Zeitpunkt, sie einzusetzen, jemals für gekommen halten und sich dazu entschließen, liegt die Last ganz allein auf Ihren Schultern. Nun passen Sie gut auf sich auf, passen Sie besonders gut auf die Motio auf, und warten Sie auf die Nachricht von Crucible. Aber versuchen Sie bis dahin auch weiterhin, das Leben zu genießen. Sie haben bei Chiku Rot sehr viel erreicht. Wir setzen alle große Hoffnungen in sie.«

Damit erlosch die Projektion.

Lange stand Chiku wie erstarrt und brachte kein Wort heraus. Der Katamaran raste weiter über die Wogen. Die Segel knatterten wie ein ganzes Trommelorchester. Das Kästchen drückte immer noch gegen ihren Schenkel. In ihrer Fantasie war die schwarze Motio, die darin lag, keine kleine Glaskugel mehr, sondern eine große Leere, ein Loch, in dem eine ganze Welt verschwinden konnte.

Achtundvierzig Jahre. Etwas mehr, etwas weniger. Wenn die Holoschiffe in den Zielanflug gingen – oder vielmehr, wenn die Nachricht von diesem Zielanflug im Schneckentempo zur Erde zurückkroch –, würden sie etwas mehr wissen. Allzu viel Vorwarnung würde es nicht geben.

Sie dachte an Chiku Grün, die immer noch da draußen war. In diesem Augenblick verflüchtigte sich der restliche Groll, den sie so lange gegen ihre ferne Schwester gehegt hatte, wie der weiße Rauch in Mecufis erster Motio. Zu gerne hätte sie Chiku Grün Bescheid gegeben, dass sie hier war und etwas tun konnte, wenn es zum Allerschlimmsten kam. Chiku Grün sollte wissen, dass sie alle in einem Boot saßen.

Sie selbst wollte wissen, wie es Chiku Grün erging.

Jemand trat neben sie. Chiku Rot nahm ihre Hand, stützte sie, als wäre sie in Gefahr gewesen, in die Wellen zu stürzen. Was tatsächlich nicht ganz ausgeschlossen war.

»Was hat er gesagt?«

»Eine lange Geschichte«, antwortete Chiku. Sie überlegte noch, wie weit sie ihre Schwester einweihen sollte.

Aber Kanu hatte ihr beteuert, auf dem Katamaran wären sie vor Arachne sicher. Einen besseren Zeitpunkt würde sie nicht finden.

»Ich glaube, du und ich müssen mindestens für die nächsten fünfzig Jahre besonders gut aufeinander aufpassen. Meinst du, das schaffen wir?«

»Wir können es versuchen«, antwortete Chiku Rot.

»Das können wir«, versicherte Chiku Gelb. »Mehr können wir ohnehin nicht tun.«

Das Segelschiff raste weiter auf Estoril zu.

35

Als die Brennphase zu Ende ging, waren die großen Treibstofftanks so riesig und leer wie Kathedralen. Einhundert Stunden Schub, um die *Eisbrecher* auf ihre Reisegeschwindigkeit zu bringen, sodass sie mit fünfundzwanzig Prozent Lichtgeschwindigkeit – fast dem Zweifachen der Eigengeschwindigkeit des Holoschiffs – vor der *Sansibar* herschoss. Danach noch einmal doppelt so lange, um diese Geschwindigkeit wieder auf null abzubremsen oder zumindest auf die wenigen Hundert Kilometer pro Sekunde, mit denen man innerhalb eines Systems manövrieren konnte. Ein Hauch von Treibstoff war noch übrig, um in die Umlaufbahn des Planeten zu gehen, und der Hauch eines Hauchs, um aus der Umlaufbahn in die Atmosphäre von Crucible einzutauchen, mehr aber auch nicht. Chiku war sicher gewesen, dass sie auch nicht mehr brauchen würden. Falls sie jemals das Stadium erreichten, in dem Treibstoffmangel ihre Hauptsorge wäre, müssten sie das als großen Erfolg werten.

Fast während der ganzen neun Jahre, seit das Schiff die *Sansibar* verlassen hatte, hatte an Bord Stille geherrscht. Eine Lichtminute vor Crucible erwachten die Systeme wieder zum Leben. Räume wurden belüftet und beheizt. Lebenserhaltungssysteme ratterten und klirrten wie alte Wasserrohre. Ventilatoren und Pumpen schwirrten, und allmählich erreichte die Temperatur in den Wohnbereichen Werte, mit denen Menschen leben konnten. Zeitgleich holten die Auszeittruhen ihre Schützlinge aus den Tiefen des Kälteschlafs und hoben sie durch mehrere trübe, sonnendurchflutete Traumschichten ins Tageslicht des Bewusstseins empor.

Chiku hatte vereinbart, dass sie als Erste geweckt wurde, rasch gefolgt von Travertine und Doktor Aziba und anschließend zwei ihrer Wissenschaftsexperten: Gonithi Namboze, der Expertin für Ökosysteme, und Guochang, einem kompetenten Robotertechniker mit Erfahrung in der Architektur von Versorgern.

Die übrigen fünfzehn Besatzungsmitglieder sollten vorerst noch in der Auszeit bleiben.

Aus dem Kälteschlaf aufzuwachen war niemals angenehm, aber neun Jahre waren nichts im Vergleich zu den vierzig Jahren, die sie in den Gewölben der *Sansibar* verbracht hatte. Sicher, diesmal waren keine Wiederbelebungstechniker zur Hand, um sie zu betreuen, doch damit konnte sie umgehen. Der Robotmediziner war reizend, wenn auch dumm wie ein einfältiges, aber hilfsbereites Kind, und von einer geradezu spektakulären Ungeschicklichkeit. Sobald er festgestellt hatte, dass alles in Ordnung war, scheuchte sie ihn fort und befahl ihm, sich um Travertine zu kümmern, der in der Wiederbelebungssequenz etwas hinter ihr zurück war.

Die Temperatur wurde schrittweise erträglicher, und sie schüttelte die ersten Isolierschichten ab. Der Roboter brachte ihr stark gezuckerten Chai in einer Saugbirne für Nullschwerkraft. Nachdem sie den Plastikgeschmack vom Schnabel des Behälters ausgeblendet hatte, war der Chai genießbar. Dann bekam sie plötzlich Hunger und befahl dem Roboter, ihr etwas zu essen zu bringen. Auch die Speisen waren für den Verzehr in der Schwerelosigkeit aufbereitet. Der langsame Anflug auf Crucible erfolgte im freien Fall, denn das Schiff war zu klein, um durch Rotation Schwerkraft zu erzeugen. Außerdem wollten sie sich möglichst unauffällig nähern und nicht mit loderndem Triebwerk anrauschen.

Nachdem Chiku das Hühnercurry mit Reis restlos verzehrt hatte, begab sie sich ins Cockpit des Landers und schaute durch die Fenster nach draußen. Noch war das Heck des Schiffes wie während der gesamten zweihundert Stunden der Bremsphase auf Crucible gerichtet. »Umdrehen«, befahl sie, und das Schiff gehorchte. Die Gyroskope bewegten sich so sachte, dass sie sich mit den Fingerspitzen von der Kabinenwand abstoßen konnte. Eine Faust voll matter Sterne kroch von einer Seite des Fensterbogens zur anderen. Dann glitt ohne große Vorankündigung ein Planet ins Bild.

Crucible.

Noch war der Planet sehr klein, aber immerhin deutlich als Scheibe und nicht mehr als Lichtpunkt zu erkennen. Weiter rechts waren Crucibles zwei Monde zu sehen – beide so groß wie die Erde und verantwortlich für starke Gezeitenbewegungen. Chiku subvokalisierte eine Projektion des Planeten, ließ sie über der Konsole schweben und vergrößerte sie um den Faktor zwei. Nun war er so groß wie ein Fußball. Sie berührte ihn mit dem Finger und drehte ihn wie einen Globus. In den letzten Stunden der Brennphase war die *Eisbrecher* genau an der Ekliptik von 61 Virginis ausgerichtet worden, das hatten sie so geplant, um die Gebilde in der Umlaufbahn vor Crucibles Oberfläche möglichst gut sehen zu können.

Diese Gebilde, die zweiundzwanzig dunkel geschuppten Tannenzapfen, waren immer noch da. Aus der nach draußen gerichteten Unterseite schossen wie die Speichen eines Rades grellblaue Lichtstrahlen. Wieder fiel ihr auf, wie extrem und unversöhnlich fremdartig diese Objekte waren. Was für eine Art von Intelligenz konnte sich Maschinen ausdenken, die von einem Ende zum anderen tausend Kilometer maßen?

Das waren Waffen, die eine Welt zertrümmern konnten.

Wie lange diese Objekte schon um Crucible kreisten, war nicht festzustellen, aber Chiku ahnte, dass sie nicht immer da gewesen waren. Sie hielt es für wahrscheinlicher, dass auch sie von dem Rätsel auf Crucibles Oberfläche durch das All gelockt worden waren. Ein Konstrukt, das über mehrere Dutzend Lichtjahre sichtbar war, hatte die Neugier von Menschen wie von Aliens geweckt.

Die Versorger hatten ihre Spuren hinterlassen. Eigentlich sollten sie sich überwiegend auf Crucibles Oberfläche betätigen, aber sie hatten auch Relais-Satelliten um den Planeten und in Umlaufbahnen um seinen Stern positioniert. Von dort waren die Übertragungen gekommen, die die *Sansibar* und die anderen Holoschiffe während der Überfahrt abgefangen hatten, und die Satelliten waren immer noch aktiv – offenbar wurden sie von den fremden Objekten toleriert. Vielleicht hatten die eine so anfällige, schwache menschliche Technik noch gar nicht registriert.

Chiku vermerkte die Positionen der Satelliten und suchte nach weiteren Spuren mechanischer Aktivität. Die Versorger hatten den Auftrag bekommen, rings um den Planeten Stützpunkte zu errichten, um die Besiedlung zu erleichtern, aber außer den Relais-Satelliten waren im All keinerlei Bauwerke zu sehen, und es gab auch keinen Verkehr.

Ein Geräusch hinter ihr ließ sie herumfahren. Es war nur der Robotmediziner, der ihr mitteilte, dass Travertine bald wieder zu Bewusstsein kommen würde.

Chiku folgte dem Schwachkopf zum Auszeitraum. Der

Deckel auf Travertines Truhe war bereits zur Seite geglitten, die Gestalt darunter atmete normal.

»Bring mir noch etwas Chai«, befahl Chiku dem Roboter. Gerade noch fiel ihr ein, dass Travertine xiesen Chai ungesüßt trank. »Ohne Zucker.«

Der Roboter eilte davon. Chiku wartete neben der Truhe auf weitere Lebenszeichen. Endlich regte sich Travertine. Chiku ließ xiem Zeit. Xier öffnete langsam xiese Augen und kniff sie gleich wieder zu. Dann ließ xier ein tierisches Knurren hören, legte den Kopf zur Seite und erkannte Chiku.

Travertines Lippen bewegten sich. Xiese heisere Stimme war über dem leisen Zischen der Luftumwälzer kaum zu vernehmen.

»Wo sind wir?«

Der Roboter kam mit der Saugbirne zurück, und Chiku setzte sie Travertine an die Lippen.

»Genau da, wo wir sein wollten. Dein Triebwerk funktioniert, Travertine.«

»Ich habe immer gewusst, dass alles gut gehen würde.«

»Wie schön für dich. Ich beneide dich um deine Zuversicht.«

Travertine nahm noch einen Schluck aus der Saugbirne. »Wie lange bist du schon auf den Beinen? Sollten wir nicht alle gleichzeitig geweckt werden?«

»Damit wäre der Roboter überfordert gewesen, deshalb habe ich den Aufweckzyklus abgestuft. Aziba hat seinen Segen dazu gegeben.«

»Und wo ist Aziba?«

»Er kommt als Nächster an die Reihe. Wir beide sind die Ersten.«

»Und dann die anderen? Hast du die Truhen kontrolliert – haben wir es alle geschafft?«

»Keine Ausfälle«, beruhigte xien Chiku.

Travertine streckte die Arme und begann sich aus der Truhe zu hieven. Chiku wollte xiem helfen, aber Travertine wehrte ab. »Wenn du es alleine geschafft hast, kann ich das auch.« Das Armband schlug gegen die Truhenwand, als xier sich in der Schwerelosigkeit hinsetzte und die Beine über die Seite hängen ließ. »Seltsam«, fuhr xier fort, »ich hätte eine Atmosphäre überschwänglichen Jubels erwartet, aber davon spüre ich nichts.«

»Ich habe meine Gründe, nicht in Begeisterung auszubrechen.«

»Wärst du auch bereit, mir diese Gründe zu nennen?«

Chiku lächelte matt. »Trink deinen Chai aus und gewöhne dich daran, wieder wach zu sein, dann können wir reden. Hast du Hunger? Soll dir der Roboter etwas hierherbringen, oder wollen wir das Essen mit ins Cockpit nehmen?«

»Ich bin nicht hungrig. Ich glaube, das ist das Armband – es pfuscht in meinem Stoffwechsel herum. Sehe ich wenigstens einigermaßen erfrischt aus, nachdem ich neun Jahre geschlafen habe?«

»Du siehst genauso aus wie vorher.«

»Aufrichtigkeit ist doch die beste Medizin. Ehrlich gesagt fühle ich mich wie ein Sack voll dürrer Äste.« Travertine trank xiesen Chai aus und reichte Chiku die leere Saugbirne. »Kein Zucker. Wie *süß* von dir, daran zu denken.«

»Bist du wirklich schon so weit, dass du gehen kannst?«

»Das Fleisch ist schwach, aber das Herz ist willig. Wird sich der Roboter um Aziba kümmern?«

»Ja – er sollte innerhalb einer Stunde zu uns stoßen, Gonithi und Guochang sind die Nächsten.«

»Was ist so Besonderes an den beiden, dass sie vor den anderen geweckt werden?«

»Ich muss etwas klarstellen«, erklärte Chiku, ohne auf die

Frage einzugehen. »Ich wollte dich aus mehreren, genauer gesagt, aus drei Gründen auf die Expedition mitnehmen. Erstens kennst du dich mit dem PCP-Triebwerk aus – hätte es technische Schwierigkeiten gegeben, dann hätte der Roboter dich zuerst geweckt.«

»Das kannst du von deiner Liste streichen.«

»Stimmt. Zweitens bist du in mehr als einer Hinsicht geradezu aberwitzig schlau, und in der Situation, in der wir uns hier befinden, lege ich großen Wert auf deine Meinung.«

»Mit Schmeichelei kann man alles erreichen. Und drittens?«

»Ich brauche einen Freund.«

»Und dafür hältst du mich immer noch?«

»Ich hoffe es.« Chiku hielt inne – sie hatten das Cockpit fast erreicht. »Als ich dich wegen dieser Expedition ansprach, habe ich mich so klar ausgedrückt, wie es mir möglich war.«

»Deine Aussage war so klar wie fünfzig Lichtjahre Wolfram.« Travertine schwieg kurz, dann fügte xier hinzu: »Ich habe schon verstanden, Chiku. Du hast mir eine Begnadigung nach den Bedingungen angeboten, die deine Regierung akzeptiert hätte. Für mich war auch offensichtlich, dass du vor allen anderen etwas zu verbergen hattest. Es hat alles mit diesem Schiff zu tun, nicht wahr?«

Chiku antwortete erst, als sie im Cockpit waren. »Du hast größtenteils recht. Wahrscheinlich würde es helfen, dir an dieser Stelle Crucible zu zeigen. Möchtest du es sehen?«

»Alles andere wäre nach dieser langen Reise doch pervers.«

Chiku ließ die zuvor angefertigte Vergrößerung des Planeten erscheinen. »Im Moment musst du mir einfach glauben, dass der Punkt da vor dem Fenster derselbe Planet ist, der hier vor dir schwebt. In einem Tag wird er groß genug sein, um ihn mit bloßem Auge zu sehen.«

Travertine ließ sich mit der Antwort Zeit. Xier betrachtete

den projizierten Globus von allen Seiten, drehte ihn herum, wie Chiku es getan hatte, und machte ihn größer und wieder kleiner. »Das muss ein Kompositbild sein«, sagte xier endlich, »aus Daten aus mehreren Rotationen zusammengesetzt.«

»Richtig. Aber es ist auch eine genaue Darstellung dessen, was wir sehen würden, wenn wir sehr viel näher dran wären.«

»Mandala ist da.«

»Richtig.«

»Aber ich sehe keine Bauten an der Oberfläche. Die Städte und Dörfer … ich wusste, dass sie nicht groß sein würden, aber bei dieser Auflösung müsste doch wenigstens etwas davon zu erkennen sein.«

»Unbedingt – aber die Versorger haben im Vorfeld unserer Ankunft nichts gebaut. Crucible ist so gut wie unberührt.«

»Ich verstehe.« Eine lange Pause trat ein, während der Travertine die Nachricht verdaute, die Chiku seit Jahren kannte, aber immer noch nur mit Mühe akzeptieren konnte. Endlich fragte xier: »Die Versorger … was ist aus ihnen geworden?«

»Das werden wir herausfinden, wenn wir dort sind.«

»Sind sie zerstört worden?«

»Das glaube ich nicht. Irgendetwas muss die Daten von Crucibles Oberfläche hochgeladen und gesendet haben. Ich vermute, dass die Versorger noch da sind – sie tun nur nicht das, was sie eigentlich sollten.«

Travertine nickte bedächtig. »Und was ist mit diesen anderen Objekten um den Planeten?«

»Es sind zweiundzwanzig«, sagte Chiku. »Sie kreisen schon mindestens so lange um Crucible, wie wir von Mandalas Existenz wissen, aber sie wurden aus den ursprünglichen Daten herausgeschnitten.«

»Wenn du ›herausgeschnitten‹ sagst …«

»Wir haben ein Instrument namens *Ocular* gebaut, um extrasolare Planeten bei hoher Auflösung betrachten zu können, und dann haben wir es mit einer starken künstlichen Intelligenz verbunden, einem Artilekt mit Namen Arachne – nur sie war imstande, den Datenstrom von *Ocular* aufzubereiten und nach Zeichen extraterrestrischer Aktivität zu suchen. Der Haken ist, dass wir sie vielleicht zu klug gemacht haben.«

»Sie?«

»Sie ist kein Lebewesen, aber sie hat einen Verstand, einen eigenen Willen – und einen starken Selbsterhaltungstrieb. Arachne hat aus irgendeinem Grund die Rohdaten verfälscht und die Teile des Bildes gelöscht, auf denen diese Objekte zu sehen sind.«

»Und das hat niemand bemerkt?«

»Hatte ich schon erwähnt, dass Arachne teuflisch schlau ist? Der Betrug ist niemandem aufgefallen. Im Vertrauen auf diese manipulierten Bilder – auf denen Mandala immer noch zu sehen war – schickten wir zuerst Saatpakete mit Versorgern nach Crucible und starteten dann die Holoschiffe.«

»Mit anderen Worten, eine bedeutsame Entwicklung in der Geschichte der Menschheit – der Aufbruch in den interstellaren Raum und die Reise zu einem extrasolaren Planeten – wurde von manipulierten Daten in Gang gebracht.«

»So ist es«, bestätigte Chiku. »Aber es ist möglich – sogar wahrscheinlich –, dass die Folgen für die Menschheit nur ein Abfallprodukt, eine Nebenwirkung von Arachnes eigentlicher Absicht waren. Sie wollte sich fortpflanzen – die Maschinenintelligenz sollte über das Sonnensystem hinaus verbreitet werden. Und das erreichte sie, indem sie sich wie ein Virus in die Saatpakete der Versorger einschleuste.«

»Willst du damit sagen, dass sie uns zuvorgekommen ist – dass sie bereits dort ist?«

»Jedenfalls etwas, das mit ihr in Verbindung steht – eine

Tochterintelligenz vielleicht. Oder auch mehrere Töchter, wer weiß? Ein Teil von ihr – vielleicht der wichtigste – ist immer noch im alten Sonnensystem aktiv. Chiku Gelb ist ihr begegnet. Ich weiß, wozu sie fähig ist.«

»Sehr ermutigend, wenn man bedenkt, dass wir auf dem Weg zu einer anderen Erscheinungsform von ihr sind.«

»Ich habe nie gesagt, dass es einfach werden würde. Aber siehst du allmählich ein, warum dieses Vorauskommando notwendig ist und warum ich mit der Wahrheit über Crucible nicht an die Öffentlichkeit gehen konnte? Kannst du dir vorstellen, welche Panik ich damit ausgelöst hätte?«

»Das kann ich, und es ist keine schöne Vorstellung.«

»Sicher hast du hundert Fragen zu diesen Alien-Objekten – diesen Tannenzapfen. Ich werde dir alles sagen, was ich weiß, aber das ist nicht viel. Sie sind groß, und sie könnten Verbindung mit Arachne aufgenommen haben, vielleicht hat sie auch, beabsichtigt oder nicht, eine Nachricht von ihnen abgefangen. Wir glauben, dass die Objekte schon sehr, sehr lange hier sind. Davon abgesehen, tappe ich völlig im Dunkeln.«

»*Wir?*«, wiederholte Travertine mit Nachdruck. »Wer sind denn deine Komplizen bei diesem großen Abenteuer?«

»Ich habe Verbündete zu Hause. Chiku Gelb, mein anderes Ich, ist einer davon, außerdem eine Frau, die unmittelbar an *Ocular*s Entwicklung beteiligt war. Dazu verschiedene andere interessierte Parteien. Alle halten ihre Arbeit streng geheim und versuchen, sich einen Teil der Wahrheit zusammenzureimen, ohne Arachnes Aufmerksamkeit zu erregen. Das ist ungeheuer schwierig, und mein Eingreifen war nicht unbedingt hilfreich. Arachne hat Chiku Gelb ins Visier genommen und zuerst auf der Venus und dann auf der Erde versucht, sie zu töten. Am sichersten Ort im ganzen Universum! Arachne hat sogar den *Mechanismus* unterwandert und steuert ihn nun von innen.«

»Dann sind wir machtlos.«

»Mag sein, aber wir müssen alles versuchen. Verhandeln, feilschen. Um unser Leben flehen. Notfalls auf dem Bauch kriechen. Alles, was Arachne dazu bringen könnte, ihren früheren Herren nicht noch mehr Schaden zuzufügen, als sie es ohnehin schon tut.«

Nach kurzem Schweigen sagte Travertine: »Ich krieche am besten in die Auszeittruhe zurück, schließe den Deckel und versuche noch einmal aufzuwachen. Das kann nur ein aberwitziger Albtraum sein.«

»Der Albtraum ist Wirklichkeit. Ich lebe schon lange genug damit.«

»Ist das die Erklärung – der Grund für alles, was du getan hast?«

»Mehr oder weniger.«

»Ich weiß, dass es noch mehr gibt, was du mir verschweigst. Wie hast du beispielsweise von Arachne erfahren? Und was hat das alles mit Kappa zu tun?«

»Ich habe dir alles gesagt, was du im Moment wissen musst. Der Rest ist … kompliziert. Du wirst auch das erfahren, aber ich schlage vor, damit zu warten, bis wir mit Doktor Aziba und den anderen gesprochen haben.«

»Wie viel wissen sie denn?«

»Gar nichts.«

»Oh, dann werden sie begeistert sein. Ich hatte immerhin von Anfang an eine Ahnung, dass da etwas nicht stimmte.«

»Wahrscheinlich werde ich deine Hilfe brauchen«, sagte Chiku, »um für Ruhe und Ordnung zu sorgen und ihnen begreiflich zu machen, was ich sagen will. Deshalb habe ich dich vor den anderen geweckt – ich hoffte, du könntest die Dinge mit meinen Augen sehen.«

»Und ich dachte, du hättest die Gespräche mit mir vermisst.

Dabei fällt mir ein – warum willst du die anderen überhaupt wecken? Das Schiff kann alleine fliegen.«

»Ich habe nicht vor, sie alle zu wecken. Ich musste mehr Leute mitnehmen, als ich wollte, aber anders konnte ich der Versammlung diese Expedition nicht schmackhaft machen. Ehrlich gesagt finde ich, wir tun den anderen einen Gefallen, wenn wir sie in der Auszeit lassen.«

»Du meinst, mit Blick auf unsere Überlebenschancen?«

Chiku nickte grimmig und nagte an ihrer Unterlippe. »Aziba und die beiden anderen werden wir wohl brauchen. Guochang kennt sich mit Versorgern aus, und Gonithi müsste uns sagen können, wie weit die Bedingungen auf der Oberfläche von Crucible von unseren Erwartungen abweichen.«

»Schön«, sagte Travertine nach einer Weile. »Ich will ganz offen sein. Meiner Ansicht nach habe ich zwei Möglichkeiten. Ich kann Widerstand leisten und versuchen, den Rest der Besatzung gegen dich aufzuhetzen. Das ändert allerdings nichts daran, dass wir in einem Schiff sitzen, das kaum noch Treibstoff hat, und auf die Versorger zustürzen. Oder ich kann akzeptieren, was du sagst, kann mich damit abfinden, dass du einen Grund – *diesen* Grund – hattest, um zuzulassen, dass man mich so grausam bestrafte, und dass ich in deiner Lage vielleicht ebenso entschieden hätte. Und ich kann versuchen, die Besatzung davon abzuhalten zu meutern und dir die Kehle durchzuschneiden.«

»Ich würde die zweite Möglichkeit vorziehen.«

»In beiden Fällen sitze ich in einem Schiff, das kaum noch Treibstoff hat und auf die Versorger zustürzt. Eine schwierige Entscheidung.«

»Du kannst es drehen und wenden, wie du willst«, sagte Chiku, »es läuft immer wieder auf das Gleiche hinaus: Ich brauche deine Hilfe. Du bist der klügste Mensch, den ich kenne. Vielleicht kann uns nicht einmal dein Superhirn aus diesem Schlamassel herausholen, aber wir hätten es wenigstens versucht. Übrigens habe ich noch einen letzten Anreiz für dich.«

»Ich höre.«

»Auf unserem Kurs kommen wir beim Einschwenken auf die Umlaufbahn ziemlich dicht an einem der Tannenzapfen vorbei. Wenn du willst, können wir uns noch etwas näher heranschleichen. Ich könnte mir vorstellen, dass du gern einmal tausend Kilometer Alien-Technologie mit eigenen Augen aus der Nähe sehen würdest. Aber nur, wenn du wirklich willst.«

Der Roboter hastete wieder herein und machte klickende Schneidebewegungen mit Armen und Beinen.

»Ich nehme an, unser Doktor ist wach«, sagte Travertine. »Wir sollten wohl zu ihm gehen und ihm die Nachricht schonend beibringen.«

36

Sie waren zu dritt im Cockpit. Der Arzt schien die jüngsten Entwicklungen bemerkenswert stoisch aufzunehmen, so als wären sie nur die letzten in einer ganzen Reihe von unerfreulichen Überraschungen, die ihm das Universum präsentiert hatte. Er nickte, als Chiku und Travertine ihm abwechselnd das Dilemma erklärten, und schaute den jeweiligen Sprecher aufmerksam an. Gelegentlich kratzte er sich den weißen Haarkranz. Seine Miene verriet leise Skepsis, aber im Kern schien er die Geschichte nicht anzuzweifeln.

»Sie lügt nicht«, beteuerte Travertine mehr als einmal. »Sie zieht diese Dinge nicht einfach aus dem Hut. Ich beobachte Chiku schon seit Jahren – ich habe immer gewusst, dass sie irgendwas im Schilde führte.«

»Ich bedauere sehr, dass ich Sie belügen oder Ihnen zumindest manches verschweigen musste«, sagte Chiku.

»Bleiben wir bei dem Wort Lüge«, lächelte der Doktor freundlich und ohne Groll.

»Na schön – es war eine dicke, fette Lüge.« Chiku zuckte die Achseln. »Aber sie diente den Interessen der *Sansibar*. Der Bürger, der Menschen. Zehn Millionen leben allein auf unserem eigenen Holoschiff, dazu kommen der Rest unserer Karawane und die später nachfolgenden Holoschiffe. Sie alle glauben, dass hier ein Paradies auf sie wartet, liebevoll betreut von gütigen Maschinen.«

»Und nun steht allen eine gewisse Enttäuschung bevor«, fügte Travertine hinzu.

»Als ich aus der Auszeit kam«, sagte Chiku, »hatte sich Sou-Chun an Teslenko und die anderen Hardliner verkauft. Es stand zu viel auf dem Spiel, als dass ich offen hätte sprechen können – sie hätten mich so oder so zum Schweigen gebracht.« Sie schaute kurz zur Seite. »Ich weiß, ich habe es falsch angefangen. Könnte ich die Uhr zurückdrehen, ich würde vielleicht darauf vertrauen, dass Utomi das Richtige tut. Vielleicht aber auch nicht. Hinterher ist man immer klüger.«

»Was hoffen Sie denn nun mit dieser Mission zu erreichen?«, erkundigte sich Aziba.

»Diplomatische Verhandlungen. Eine Alternative zur Vernichtung, wenn der Hauptteil der Karawane eintrifft.«

»Vielleicht kommt sie gar nicht. Wenn das Abbremsproblem nicht gelöst wird …«

Travertine fiel ihm scharf ins Wort: »Ob es nun gelöst wird oder nicht, es gibt immer noch Tausende von Menschen, die Crucible erreichen wollen. Jetzt brauchen sie nur noch Kopien der *Eisbrecher* zu bauen, und das ist nun wirklich kein Problem.«

Aziba lachte xiem ins Gesicht. »Dieses Schiff fasst gerade einmal zwanzig Personen.«

»Aber es könnte mehr aufnehmen, und man kann so viele Kopien bauen, wie unsere Industrie hergibt. Hunderte in der gesamten Unterkarawane – Tausende sogar. Zugegeben, auch das reicht nicht, um mehrere zehn Millionen Siedler nach Crucible zu bringen – aber wer nicht landen will, kann jederzeit auf die Holoschiffe emigrieren, die weiterfliegen wollen. Chiku hat jedenfalls insofern recht, als etwas geschehen muss. Selbst wenn wir bei der ersten Begegnung mit den Versorgern alle in Stücke gerissen werden. Dann wissen die anderen auf der *Sansibar* wenigstens, was sie erwartet.«

Bei Travertines Solidaritätsbekundung bekam Chiku eine Gänsehaut. »Ich hoffe, wir können etwas Konstruktiveres tun, als uns in Stücke reißen zu lassen. Das Fazit lautet allerdings, ich stimme Travertine zu – selbst wenn wir nur den konkreten Beweis liefern, dass die Maschinen feindselig sind, haben wir der *Sansibar* geholfen.«

»Was ist mit den anderen Freiwilligen? Müssen wir uns alle wie die Schafe zur Schlachtbank führen lassen?«

»Wenn es nach mir gegangen wäre«, sagte Chiku, und es war ihr ziemlich egal, ob der Arzt ihr glaubte oder nicht, »wäre diese Expedition sehr viel kleiner ausgefallen, und Sie hätten alle von vornherein gewusst, was auf dem Spiel steht. Aber wir sollten nicht so tun, als wäre der Einsatz, für den Sie sich gemeldet haben, frei von Risiken gewesen.«

Aziba hatte sich wieder der Projektion von Crucible mit seinen zweiundzwanzig Wächtern zugewandt und beobachtete die Begleiter so besorgt und fasziniert, als hätte er Feuerdämonen vor sich.

»Wie ist es möglich, dass wir von diesen … Objekten … nichts erfahren haben?«

»Das kommt daher, dass wir auf Arachne vertraut haben und keinen Grund sahen, an ihren Informationen zu zweifeln«, antwortete Chiku. »Wir haben schlicht menschliche Fehler gemacht. Nicht weil wir dumm waren, sondern weil wir fehlbar waren. Klug, aber nicht klug genug.«

»Ich gebe gerne zu, dass ich ein wenig Angst habe.«

»Versteht sich«, sagte Chiku, »sonst müsste ich mich fragen, ob Sie noch bei Verstand sind.«

Chiku befahl dem Roboter, Gonithi Namboze und Guochang erst ein paar Stunden später zu wecken. Travertine und der Arzt hatten sie emotional unter Druck gesetzt, und sie fühlte sich erschöpft.

Auch drückten sie neue Sorgen um die *Sansibar*, und sie musste sich Klarheit verschaffen, bevor sie noch mit jemand anderem reden konnte.

In den ersten Stunden nach dem Aufwachen hatte sie wenig an zu Hause gedacht, der Zustand des Schiffes, der Anblick von Crucible und die heikle Aufgabe, ihre Mitreisenden zu wecken, hatten mehr im Vordergrund gestanden. Natürlich waren ihre Gedanken zu Ndege und Mposi zurückgekehrt, aber nur kurz – was immer seit ihrer Abreise mit ihnen geschehen war, sie würde es früh genug erfahren. Außerdem wären alle Nachrichten von der *Sansibar* ohnehin seit Jahren überholt, ob sie sich nun sofort oder zuletzt darum kümmerte.

Aber es waren keine Nachrichten da. Als die *Eisbrecher* nach einer Übertragung vom Holoschiff suchte, fand sie nichts. Vielleicht war die Position nicht richtig ermittelt worden – die Karawane könnte ihren Kurs geändert haben, dann befände sich die *Sansibar* von 61 Virginis aus gesehen in einem etwas anderen Himmelsabschnitt. Chiku ließ die Antenne einen Suchlauf durchführen, der diesen möglichen Parallaxenfehler berücksichtigte.

Sie fand immer noch nichts.

Sie setzte sich erneut mit Travertine und Doktor Aziba zusammen und beobachtete den Arzt genau.

»Ganz unerwartet ist es wohl nicht.« Chiku kämpfte darum, ihre Angst nicht durchklingen zu lassen. »Als wir abflogen, waren die Gendarmen dabei, uns unter Fremdherrschaft zu stellen. Die Hardliner waren mit dieser Expedition nicht einverstanden, deshalb könnten sie, um jeden Kontakt zur *Eisbre-*

cher zu unterbinden, ein Verbot für alle Übertragungen verhängt haben, die der Karawane vorausgeschickt wurden.«

»Oder sie sind nicht mehr da«, sagte Travertine.

Chiku war xiem dankbar. Damit ersparte xier es ihr, das nahezu Unaussprechliche selbst aussprechen zu müssen.

»Ein Unfall kann niemals die gesamte Karawane zerstört haben«, erklärte Aziba mit fester Stimme. »Bei einer interstellaren Kollision oder einer Wiederholung von *Pemba* könnten wir ein ganzes Holoschiff verlieren – im ungünstigsten Fall auch mehr als eines. Vielleicht auch bei einem Kampfeinsatz. Aber nicht Dutzende, nicht die ganze Karawane. Irgendjemand müsste da draußen immer noch sein.«

»Aber warum schweigen sie dann?«, fragte Travertine.

»Es muss politisch bedingt sein«, sagte Chiku. »Das ist die einzige Erklärung. Der Doktor hat recht – es kann nicht sein, dass die ganze Karawane zerstört wurde, und sie wird wohl auch kaum so weit von der errechneten Position abgewichen sein, dass wir sie nicht wiederfinden können. Trotzdem werde ich den Suchbereich ausdehnen – das kostet uns nichts.«

»Im Übrigen brauchen wir sie nicht«, bemerkte Travertine. »*Sie* brauchen *uns* – die Informationen, die wir ihnen liefern –, aber wir sind in keiner Weise auf sie angewiesen.«

»Trotzdem möchte ich gerne wissen, was zu Hause los ist«, gab Chiku zurück.

Doktor Aziba nickte. »Ja, natürlich. Das möchten wir alle. Sie sollten die Suche fortsetzen. Haben Sie daran gedacht, einen von den anderen Experten zu wecken? Ich weiß nicht mehr alle ihre Spezialgebiete, aber sicher ist jemand darunter, der sich mit Kommunikation im interstellaren Raum auskennt.«

»Wir drei wissen genug«, hielt Travertine dagegen. »Und wenn nicht, dann kann Guochang die Lücken schließen.«

»Was ist mit unseren Übertragungen?«, fragte Aziba. »Senden wir noch?«

»Wir senden zur *Sansibar* zurück«, bestätigte Chiku, »aber eine Antwort auf eine Nachricht können wir erst in zwei Jahren erwarten. Nach vorne, zu Crucible, schicken wir die üblichen Handshake-Protokolle für die Kommunikation mit den Versorgern direkt an den Planeten und an das Satellitennetz. Bisher haben wir keine Antwort erhalten, aber wir fangen nach wie vor die Übertragungen der Versorger auf, den gleichen verlogenen Mist, den sie seit Jahrzehnten an die *Sansibar* senden.«

»Vielleicht wäre es angebracht, sich direkter bemerkbar zu machen?«, überlegte Aziba.

»Dafür sollte der Einschuss in die Umlaufbahn genügen«, sagte Chiku. »Und wenn sie dann immer noch nicht auf uns aufmerksam werden, landen wir.«

Chiku war mittlerweile seit sechs Stunden wach. Die Steifheit war aus Knochen und Muskeln gewichen. Sie fror nicht mehr, und ihr war nicht mehr übel. Ihr Verstand arbeitete auf Hochtouren und ließ die verschiedenen Möglichkeiten rasant an ihr vorbeirasen. Etwas weniger davon wäre ihr lieber gewesen.

Crucible war in dieser Zeit deutlich größer geworden – sie konnte inzwischen mit bloßem Auge das Grün und Blau der Planetenoberfläche sowie die schwarzen Kreise und Striche erkennen, die von den Objekten in der Umlaufbahn stammten. Was das für Objekte waren oder warum sie im All schwebten, konnte sie nicht sagen, aber die auffallende Regelmäßigkeit der Abstände machte mehr als deutlich, dass sie nicht hierhergehörten – eine derart strenge Symmetrie war nicht zu erwarten. Die *Eisbrecher* hatte bereits eine kleine Kurskorrektur vorgenommen, um sich beim Einschwenken in den Orbit möglichst dicht an einen der Tannenzapfen heranzuschieben. Sie hatten einfach das Objekt gewählt, bei dem sie den wenigsten Treibstoff verbrauchen mussten, in der Annahme, dass alle zweiundzwanzig zumindest im Groben mehr oder weniger identisch waren.

Die *Sansibar* musste noch da draußen sein, beteuerte Chiku sich selbst. Sie konnte nicht spurlos verschwunden sein und die anderen Holoschiffe erst recht nicht. Selbst wenn man mit PCP-Experimenten im großen Stil begonnen hätte, konnten nicht alle auf einmal einem *Pemba*-Ereignis zum Opfer gefallen sein. Nicht jedes Holoschiff hätte das gleiche Experiment durchgeführt, und sie wären auch nicht so dicht beieinander gewesen, dass sie bei einer Katastrophe mit ausgelöscht worden wären. Aber es gab noch andere Möglichkeiten, und Chiku spürte, wie ihre Gedanken allmählich außer Kontrolle gerieten und die Angst ihr die schlimmsten Szenarien vorgaukelte. Was wäre etwa mit einer Seuche? Durch Gendarmen, die scharenweise von einer Welt zur anderen zogen, hätte sich die Ansteckungsgefahr erhöht. Wenn ein ausreichend großer Prozentsatz der Bürger erkrankte, würden die Sozialstrukturen der Holoschiffe allmählich zerfallen, und jede Ordnung würde zusammenbrechen. Die Überlebenden mochten zwar ein elendes Dasein in den düsteren Gemeinschaftszentren fristen, aber sie hätten nicht die Möglichkeit, die Übertragungen fortzusetzen. Im Geiste sah sie ihre Kinder überall den Müll durchsuchen und langsam verwildern, während die Holoschiffe an Crucible vorbeirasten und ihre Fracht von primitiven Wilden zu den Sternen trugen …

Allerdings waren die Karawanen zweihundert Jahre lang durchs All geflogen, ohne durch die Ausbreitung von Seuchen größere Verluste zu erleiden, die wenigen kleineren Ausbrüche hatte man schnell eingedämmt, und sie hatten nur sehr wenige Opfer gefordert. Natürlich konnten verschiedene Umstände zusammentreffen, aber es war doch sehr unwahrscheinlich, dass eine tödliche Seuche die ganze Zeit im Verborgenen gelauert haben sollte, um ausgerechnet dann auszubrechen, wenn die *Eisbrecher* unterwegs war.

Nein, das Schweigen musste politisch bedingt sein.

Das war freilich nur insofern beruhigend, als es das Überleben ihrer Lieben nicht von vornherein ausschloss. Ansonsten bedeutete es, dass eine rigoros autoritäre Entwicklung stattgefunden haben musste, und das hätten Noah und die anderen Mitglieder der Versammlung niemals zugelassen, solange sie noch irgendetwas zu bestimmen hatten.

Auch das war alles andere als positiv.

Chiku hatte Magenschmerzen vor Angst. Sie rief Travertine und Aziba zu sich. »Es ist Zeit, Gonithi und Guochang zu wecken. Ich will sie nicht in letzter Minute damit überfallen.«

Travertine wechselte einen Blick mit Aziba. »Beide gleichzeitig?«

»Ja. Doktor, stehen Sie hinter mir?«

»Warum sollte ich das nicht tun?«

»Weil ich Sie belogen und in eine deutlich gefährlichere Situation gebracht habe, als Sie erwartet hatten. Ich bedauere aufrichtig, dass es dazu kommen musste, aber so ist es nun einmal, und wir befinden uns mitten in der Krise. Wenn ich den Eindruck gewinne, dass Sie, aus welchem Grund auch immer, die Absicht haben, unsere Mission in Gefahr zu bringen, wird mir nichts anderes übrig bleiben, als Sie daran zu hindern. Und das möchte ich wirklich nicht.«

»Wie weit würden Sie wohl gehen, um mich aufzuhalten?«, überlegte Aziba.

»Wenn es sein muss, werde ich Sie töten. Jedenfalls werde ich es versuchen. Ja, dazu bin ich fähig, und es gibt auf diesem Schiff auch geeignete Werkzeuge. Es wäre nicht schwierig, jedwede Obrigkeit ist schließlich weit weg. Aber ich würde es wirklich lieber nicht tun. Ich mag Sie, und ich glaube, dass wir Sie später noch dringend brauchen werden, also bitte, *bitte* zwingen Sie mich nicht dazu. Gonithi und Guochang werden ebenso verwirrt und verängstigt sein wie Sie, aber wir brauchen ihre Unterstützung ebenso sehr, wie wir Sie brauchen. Ich habe gelogen, jawohl, aber immer nur im Interesse der Karawane. Liegen Ihnen Ihre Leute am Herzen, Doktor Aziba?«

»Natürlich.«

»Mir auch. Sehr sogar. Bitte glauben Sie mir, wenn ich Ihnen sage, dass für das Wohl unserer Bürger nichts wichtiger ist als der Erfolg dieser Mission. Es gilt, Welten zu retten, Doktor Aziba.«

»Das klingt … überzeugend«, räumte der Arzt ein.

»Die Mission ist alles, was wir haben«, fügte Travertine hinzu. »Sie könnten Namboze und Guochang dazu überreden, Chiku und mir dieses Schiff wegzunehmen, aber wissen Sie was? Danach würden Sie in dem gleichen Dilemma stecken wie jetzt – nur hätten Sie zwei Gehirne und zwei Körper weniger, um dagegen anzukämpfen. Wir brauchen jeden Einzelnen von uns, wenn wir auch nur die leiseste Chance haben wollen, das zu bewältigen, was auf uns zukommt.«

»Lassen Sie uns die beiden wecken«, sagte Chiku.

»Das kann ich machen«, erbot sich Aziba. »Wir brauchen nicht alle dabei zu sein.«

Travertine war skeptisch. »Wir sollen Sie mit Namboze und Guochang allein lassen?«

»Wenn Sie mir vertrauen, ja. Ich gebe Ihnen mein Wort, dass ich ihnen unsere Situation in aller Aufrichtigkeit erklären werde. Ich werde ihnen sagen, dass man sie belogen hat, dass es aber ihre Überlebenschancen nicht verbessern wird, Sie zu töten.« Er zuckte die Achseln. »Es liegt bei Ihnen. Wenn Sie mir jetzt nicht vertrauen, werden Sie mir in alle Ewigkeit über die Schulter schauen müssen.«

»Sie haben recht.« Chiku stieß einen tiefen Seufzer aus. »Entweder vollkommenes Vertrauen oder gar kein Vertrauen. Wecken Sie die beiden, und überbringen Sie ihnen die gute Nachricht.« Doch nach einer Pause fügte sie hinzu: »Ich bin ihnen dennoch eine persönliche Erklärung schuldig.«

»Nun gehen Sie schon an Ihre Arbeit. Ich rufe Sie, wenn ich Namboze und Guochang ins Bild gesetzt habe.« Chiku setzte zum Sprechen an, aber er brachte sie mit erhobenem Zeigefinger zum Schweigen. »Mir gefällt die Situation ganz und gar nicht. Ich wäre viel lieber nicht hier, und ich will nicht verhehlen, dass ich die Art, wie man mich manipuliert hat, empörend finde. Aber ich bin auch Arzt, und damit liegt Ihrer aller Wohl in meinen Händen. Und ich bin durchaus fähig, meine persönliche Meinung hintanzustellen und meine Pflicht zu erfüllen.«

Chiku nickte. Jedes weitere Wort erübrigte sich. Sie sah, dass sie mit diesem Mann eine gute Wahl getroffen hatte. Dass er seinen Groll offen eingestand, anstatt so zu tun, als wäre er nicht vorhanden, beruhigte sie sogar. Sie war überzeugt, dass er sein Versprechen halten würde.

»Ich habe eine Idee«, sagte Travertine.

37

Früher oder später wäre auch Chiku darauf gekommen. Die Nachrichten von der *Sansibar* mussten auf jeden Fall noch bis zu einem bestimmten Zeitpunkt übermittelt worden sein. Vielleicht nur bis einige Tage nach ihrem Aufbruch, vielleicht auch jahrelang. Sicher war jedoch, dass alle eingehenden Sendungen gepuffert und bis zu dem Moment in den Speichern der *Eisbrecher* abgelegt worden waren, an dem die Verbindung abbrach.

Sie wurden rasch fündig. Die Übertragungen begannen mit ihrer Abreise und waren chronologisch. Einige Monate lang war kontinuierlich gesendet worden – der ununterbrochene Datenstrom verband die *Eisbrecher* wie eine Nabelschnur mit ihrem Mutterschiff. Der Strom bestand nicht nur aus Signalen, die für den Lander unmittelbar von Bedeutung waren, sondern umfasste sämtliche Newsfeeds des Holoschiffs sowie alles, was von anderen Schiffen der Karawane weitergeleitet worden war, einschließlich der Berichte von der Erde und aus dem Sonnensystem. Später war die Kontinuität unterbrochen, und die Datenmenge verringerte sich drastisch. Wochen konnten vergehen, ohne dass ein Signal einging, dann folgten zwei oder drei Übertragungen dicht aufeinander, danach herrschte wieder wochen-, manchmal auch monatelang Schweigen. Je weiter Chiku anhand der Zeit-Tags nach vorne sprang, desto länger wurden die Abstände. Noch hatte sie nicht angefangen, sich die Nachrichteninhalte anzusehen. Doch aus der Kopfzeile konnte sie schon jetzt erkennen, dass sie großenteils von Noah stammten.

Das veränderte sich im Lauf der Zeit.

Am liebsten wäre sie gleich zur letzten Nachricht gesprungen, die vor mehr als zwei Jahren eingegangen war, aber sie beherrschte sich und kehrte bis ganz an den Anfang zurück. Die frühen Übertragungen waren so datenreich, dass sie ein vollimmersives Chingen erlaubten. Chiku wurde wieder auf die *Sansibar* versetzt, schlenderte durch Parks und Boulevards und machte sich selbst ein Bild. Sie befragte auch ihre Mitbürger mit aller Vorsicht, und obwohl die Interaktionen nur auf Schätzungen des Chings beruhten, wie sich solche Begegnungen in Echtzeit abgespielt haben könnten, waren sie mehr als ausreichend, um ihr ein Gefühl für die Atmosphäre auf dem Holoschiff zu vermitteln.

Im ersten Monat nach ihrem Aufbruch waren von der Unterkarawane weiterhin Schiffe mit Scharen von Neuankömmlingen eingetroffen. Viele der Insassen waren Gendarmen, die man von anderen Einsatzorten weggeholt hatte, dazu kam eine wachsende Zahl von politischem Personal: Beobachter und Verwaltungsexperten des neuen Regimes, Beamte aller Ebenen, Kontrolleure und Analysten. Die Gesetzgebende Versammlung setzte ihre Arbeit zwar fort, doch die neu Hinzugekommenen übernahmen rasch einflussreiche Positionen. Gesetze und Verordnungen wurden neu gefasst, und die Bürger – *ihre* Bürger – stöhnten unter den drückenden Vorschriften. Der Verkehr zwischen den Holoschiffen wurde streng reguliert, Familien und Freunde wurden getrennt. Sogar innerhalb der *Sansibar* kam es zu Einschränkungen der Bewegungsfreiheit – der Zugang zu den Transitgondeln wurde direkt der Kontrolle durch die Regierung unterstellt. Familien wurden umgesiedelt, um die Gemeinschaftszentren der *Sansibar* besser auszunützen, und aus anderen Holoschiffen, die unter dem Bevölkerungsdruck aus allen Nähten zu platzen drohten, wurden Bürger auf die *Sansibar* geschickt. Bei der Integration dieser Zuwanderer kam es natürlich zu Reibereien. Chiku stellte fest, dass es bei den Umsiedlungen nicht wirklich darum ging, die Bevölkerung gleichmäßiger zu verteilen, das Ziel war vielmehr, den sozialen Zusammenhalt, der bis zur Abreise der *Eisbrecher* innerhalb der *Sansibar* bestanden hatte, zu untergraben. Chiku hegte keinen Groll gegen die Neuankömmlinge – sie waren nur Figuren in einem sehr viel größeren Spiel.

In einer von Noahs privaten Sendungen ging sie mit ihrem Mann im Park der Vorfreude spazieren, und er bestätigte ihren Verdacht.

»Ich weiß, dass du das alles erst abrufen wirst, wenn du wieder aufwachst«, sagte er, »aber wenn ich die Ereignisse zeitnah schildere, kann ich meine Gedanken besser ordnen. Findest du das lächerlich?«

»Ich würde es genauso machen«, versicherte sie Noahs Projektion, jener blutleeren, aber überzeugenden Vorstellung davon, wie Noah mit ihr interagieren könnte.

»Die Entwicklung verläuft viel schneller, als wir alle vorhergesehen hatten – man schickt immer mehr Gendarmen, der Vorrat scheint unerschöpflich zu sein. So viel Betrieb haben unsere Luftschleusen noch nie erlebt. Eine gute Vorbereitung für Crucible, könnte man sagen.«

Sie fragte nach Ndege und Mposi.

»Es geht ihnen gut«, sagte Noah, nachdem er eingehend über die Frage nachgedacht hatte. »Die ersten Wochen waren sehr schwer für sie, aber in ihrem Alter ist ein Monat eine sehr lange Zeit.«

Sie übersprang genau diese Zeitspanne und besuchte abermals ihre Welt. Als sie körperlos durch die Zentren streifte, erschien ihr die *Sansibar* seltsam hohl, als hätte sie ihre menschliche Last bereits abgeworfen. Die öffentlichen Plätze waren nahezu menschenleer, und überall herrschte ein Dämmerlicht, als hätte man die Himmelsbeleuchtung gedämpft. Als sie begriff, dass genau das geschehen war, erschrak sie. Die Fremdmächte hatten offenbar als Reaktion auf den Widerstand der Öffentlichkeit gegen die neuen Gendarmen eine Ausgangssperre verhängt.

Noah traf sie am Gebäude der Versammlung. Theoretisch war er nach wie vor ein aktives Mitglied der *Sansibar*-Regierung, aber deren Entscheidungsbefugnisse seien praktisch aufgehoben, erklärte er ihr, und es stehe noch Schlimmeres bevor. Ankläger versuchten alle Angehörigen der Versammlung ausfindig zu machen, die unmittelbar von der *Eisbrecher* Kenntnis gehabt hatten. Schon hatte eine Reihe von Voruntersuchungen stattgefunden, und Noah hatte in zwei Fällen als Zeuge gegen andere Mitglieder aussagen müssen. Es war nur eine Frage der Zeit, bevor sich die Aufmerksamkeit auf ihn persönlich richtete.

»Man redet von Hinrichtungen«, sagte er.

Sie fröstelte. »Wir haben Travertine nicht hingerichtet, und xier hat zweihundert Menschen getötet!«

»Man will ein Exempel statuieren, das der Rest der Karawane nicht ignorieren kann.«

»Es darf nicht zu Hinrichtungen kommen, Noah – wir hatten unser Einverständnis zu einer friedlichen Übernahme gegeben, von einem verdammten Blutbad war nie die Rede. Wir sind eine demokratische Gesellschaft! Während der ganzen Reise gab es keinen einzigen *Mordfall*, und das haben wir hinbekommen, ohne dass uns der *Mechanismus* bis zur Unmündigkeit bemutterte!«

»Es tut mir leid«, entschuldigte sich Noah, als hätte sie ihn persönlich dafür verantwortlich gemacht.

Sie hatte nicht in Kaverne siebenunddreißig chingen können. »Hast du mit *ihr gesprochen …?*«, begann sie.

»Ja – einmal. Aber inzwischen ist das sehr schwierig. Ich werde ständig überwacht und kann nicht riskieren, dass jemand die Ching-Verbindung zurückverfolgt. Allein dass wir uns in diesen Nachrichten darauf *beziehen …*«

»Ich mache dir keinen Vorwurf«, versicherte sie ihm. »Das darfst du niemals denken. Ich möchte nur, dass dir nichts geschieht und du für deine Kinder tust, was du kannst.«

Dann fragte sie ihn nach den Vorarbeiten zum Bau eines größeren PCP-Triebwerks, doch dabei geriet die immersive Simulation an ihre Grenzen, und Noah konnte ihr keine konkrete Auskunft geben. Chiku hielt es jedoch für wahrscheinlich, dass irgendjemand irgendwo versuchte, auf Travertines Arbeit aufzubauen, vielleicht sogar auf genau den Holoschiffen, die der *Sansibar* die strenge neue Ordnung aufzwangen. Das neue Triebwerk war von entscheidender taktischer Bedeutung, ob man es nun zum Abbremsen einsetzte oder nicht. Absurd, dass man nun doch wieder bei strategischen Gleichgewichten, Supermächten und Superwaffen angelangt war, als wäre die Geschichte eine Maschine mit einer begrenzten Anzahl von möglichen Permutationen. Einst hatte sie zu glauben gewagt, die Menschheit könnte sich aus solchen Mustern befreien. Die Natur war nicht so engstirnig, sie war nicht gefangen in einer dumpfen Endlosschleife von Wiederholungen, sondern brachte Wunder und Monster in gleicher Dichte hervor. Warum also fiel es den Menschen so schwer, aus den alten Geleisen auszubrechen?

Sie wollte schon weiterspringen, als Travertine sie aus der Ching-Verbindung holte.

»Sie sind wach.«

Chiku rief alle ins Cockpit. Namboze und Guochang waren eben aus der Auszeit gekommen, sie nickte ihnen zu. Beide hielten Saugbirnen in den Händen und wirkten benommen, so als hätte man sie – wie Betrunkene oder Hysteriker – soeben mehrmals geohrfeigt. Gonithi Namboze hatte seit dem Kappa-Zwischenfall ebenfalls einige Zeit in der Auszeit verbracht und sah im Wesentlichen immer noch so aus, wie Chiku sie in Erinnerung hatte: überschlank, mit langen Fingernägeln und kunstvoll geflochtenem Haar. Guochang, den sie weniger gut kannte, war ein gedrungener, athletischer Mann mit den Körperkräften eines Kosaken.

»Ich kann verstehen, dass Sie mich bestrafen wollen«, sagte Chiku, »aber vielleicht könnten Sie damit warten, bis wir unsere Mission beendet haben?«

»Falls uns das gelingt«, sagte Namboze, und Guochang nickte zustimmend.

»Ich weiß«, sagte Chiku. »Ich will die Gefahr auch nicht herunterspielen – dafür habe ich zu große Achtung vor Ihnen beiden. Aber wir sind nicht auf einem Himmelfahrtskommando. Guochang – wir müssen Kontakt zu den Versorgern herstellen und eine Verhandlungsposition festlegen. Lassen Sie sich etwas einfallen. Sie kennen sie so gut wie niemand sonst. Namboze – da unten ist ein Planet, auf dem wir *vielleicht* irgendwann leben müssen, wenn wir Glück haben, aber nicht so, wie die meisten von uns es erwartet haben. Wahrscheinlich fangen wir bei null an, mit den Werkzeugen und Materialien, die wir aus dem All mitbringen. Sie haben sich fast Ihr ganzes Leben lang damit beschäftigt, wie wir uns anpassen und welche Maßnahmen wir ergreifen müssen, um auf Crucible bestehen zu können. Jetzt werden Ihre Erkenntnisse wichtiger denn je.«

Gonithi schwieg eine Weile, dann sagte sie: »Diese schwarzen Dinger. Was ist, wenn sie uns dort nicht haben wollen?«

»Wir wissen nicht, was sie wollen oder nicht wollen. Vielleicht gar nichts«, entgegnete Chiku. »Vielleicht sind es nur Beobachter. Zeugen. Vielleicht sind wir ihnen gleichgültig. Unser Problem sind die Versorger. Aber wir müssen eine Lösung finden, die alle zufriedenstellt – Maschinen und Menschen.«

»Ein Friedensschluss mit Maschinen, die uns dreist belogen haben?«, höhnte Namboze. »Wir sollten sie zerstören, anstatt mit ihnen zu verhandeln!«

»Wir wissen nicht, wie stark sie sind und über welche Fähigkeiten sie verfügen«, warnte Travertine. »Wenn wir die ganze Karawane hinter uns hätten, wäre ein Kampf vielleicht möglich. Aber als einzelnes Schiff sind wir so gut wie machtlos. Wir müssen verhandeln.«

»Was haben wir zu bieten?«, fragte Namboze.

»Unsere besten Absichten?«, schlug Chiku vor. »Unseren guten Willen? Wir haben es höchstwahrscheinlich mit Kognition auf Artilekt-Niveau zu tun – mit Maschinen oder einem Verbund von Maschinen mit einer kollektiven Intelligenz, die der unseren ebenbürtig ist oder sie sogar übertrifft. Ich bin einer solchen Intelligenz begegnet, und wir können nicht davon ausgehen, dass wir ihr mental und militärisch überlegen sind.«

»Ich hätte gern Zugriff auf die Kommunikationssysteme der *Eisbrecher*«, sagte Guochang. »Es gibt da einige Möglichkeiten, die Sie vielleicht noch nicht ausprobiert haben – Befehlspfade oder etwas in der Art.«

»Guter Anfang«, lobte Chiku.

»Damit kann ich mich von allem anderen ablenken. Darf ich?«

»Ja, aber eine Antenne soll auch weiterhin hinter uns nach Signalen von der Karawane suchen. Namboze – je näher wir herankommen, desto besser können wir die Bedingungen auf der Oberfläche erkennen. Ich möchte, dass Sie mit der Aktualisierung der Karten beginnen. Informieren Sie mich sofort, wenn Sie signifikante Abweichungen zwischen den Daten in unseren Unterlagen und dem echten Crucible feststellen. Und wenn Sie auf der Oberfläche oder im All Versorgeraktivität entdecken, wollen wir das auf der Stelle erfahren.«

»Sind Sie jetzt unsere Vorgesetzte?«, fragte Namboze.

»Nein«, sagte Travertine. »Die Verantwortung wird aufgeteilt.«

Namboze wandte sich dem Physiker zu. »Und was ist mit Ihnen? Ich dachte, Sie liegen im Sterben, verwesen wie ein Leichnam. Sollte das nicht Ihre Strafe dafür sein, dass Sie uns beinahe alle umgebracht hätten?«

»Travertines Urteil wurde rechtskräftig umgewandelt«, erklärte Chiku. »Xier hat unsere Gesetze gebrochen, das ist richtig. Aber Travertine hat dafür einen hohen Preis bezahlt. Außerdem stehen wir in xieser Schuld, denn xier hat viel riskiert. Sollte das Wunder geschehen und einer von uns tatsächlich den Fuß auf Crucible setzen, dann haben wir das Travertine zu verdanken.«

»Im Moment würde ich noch keine Denkmäler für mich planen«, wehrte Travertine ab.

Auch Chiku war froh um jede Ablenkung, wobei sie nicht ganz sicher war, was ihr schwerer auf der Seele lag: die Nachrichten von zu Hause oder das, was sie auf Crucible erwartete. Einerseits sprachen Noahs Berichte zwar von einer ständigen Verschlechterung der Bedingungen auf der *Sansibar*, und sie machte sich deshalb Sorgen um Ndege, Mposi und Noah, aber

Tatsache war, dass diese Nachrichten alt waren. Sie konnte die Vergangenheit nicht mehr ändern, im Grunde grub sie nur alte Geschichten aus. Noahs Berichte ließen sich als Literatur behandeln, eine Erzählung, in der sie nur theoretisch eine Rolle spielte. Im Gegensatz dazu konnten die Alien-Objekte – obwohl sie bislang nichts getan hatten, um diese Angst zu rechtfertigen – das kleine Schiff jederzeit ohne Vorwarnung vernichten.

Um nicht den Verstand zu verlieren, beschloss sie, keine Wahl zu treffen und sich auch nicht ausschließlich auf eine Sache zu konzentrieren. Wenn die Beschäftigung mit den Problemen der *Sansibar* zu belastend zu werden drohte, war es fast eine Erleichterung, in die Gegenwart zurückzukehren, an einen Ort, wo Politik und menschliche Schwächen bedeutungslos waren und die Launen von Maschinen über ihr Schicksal bestimmten. Hier brauchte sie keine Motive zu hinterfragen, und die Einzige, um die sie sich Sorgen zu machen hatte, war sie selbst. Die Gegenwart war so sauber und moralisch neutral wie eine Schachpartie.

Sie scheute instinktiv davor zurück, die *Eisbrecher* in die Bahn einer der blauen Lichtspeichen zu steuern. Diesen Photonenstrom zu blockieren oder zu unterbrechen könnte die gleiche Wirkung haben, wie auf einen trockenen Ast zu treten – sie würden sich überdeutlich bemerkbar machen. Travertine war zwar überzeugt, dass das Licht dem Schiff nicht schaden würde, pflichtete Chiku aber bei, dass es besser sei, auf Nummer sicher zu gehen.

»Einerseits«, sagte Chiku, »hätte ich gern einen Hinweis darauf, dass die Objekte uns wahrgenommen haben. Vielleicht würden sie dann nicht mehr ganz so rätselhaft vor uns schweben wie die Figuren von der Osterinsel.«

»Andererseits möchtest du nicht, dass sie sauer werden.«

Chiku rang sich ein Lachen ab, obwohl ihr nicht danach zumute war. »Arethusa hatte eine Theorie, wonach das blaue Licht ein Signal trägt und es in *Ocular* eingeschleust hat – vielleicht hat es sogar bewirkt, dass Arachne zu einem solchen Ungeheuer geworden ist. Eine Serie von Anweisungen etwa, in Maschinensprache, für beide Seiten verständlich, die ihr auftrug, sich und die echten Crucible-Daten vor ihren organischen Herren geheim zu halten.«

»Eine Maschine, die einer anderen Maschine befiehlt, ihre Existenz zu verbergen? Künstliche Intelligenzen, die quer über den interstellaren Raum miteinander tuscheln, ein Gespräch führen, das wir Menschen weder abfangen noch verstehen können?«

»Beängstigende Vorstellung, nicht wahr?«

»So kann man es auch ausdrücken.«

Obwohl sie wussten, dass ein Tannenzapfen von einem Ende zum anderen eine Länge von tausend Kilometern hatte, war es doch etwas ganz anderes, auf ein solches Objekt zuzufliegen und seine Größe unmittelbar zu erleben. Sie dachte an Hyperion, den löchrigen kleinen Mond, der um den Saturn trudelte – Hyperion mit seinen Tunneln und Gewölben, den endlos gewundenen Galerien voller Künstler und Anarchisten. Chiku Gelb und ihre Freunde waren mit der *Gulliver* in diesen Mond hineingeflogen. Aber Hyperion war nur ein Drittel so groß wie eines dieser Alien-Objekte, außerdem waren die nachweislich nicht natürlich entstanden, sondern von einer gewaltigen, kühl kalkulierenden Intelligenz hergestellt, die die Materie geformt und organisiert hatte. Sie mussten irgendwie hierhergekommen sein, sie waren also beweglich, und das war fast noch schwerer zu begreifen als ihre bloße Existenz. Kein Objekt dieser Größe sollte fähig sein, sich zu bewegen, schon gar nicht durch den interstellaren Raum. Das war eine Verletzung der natürlichen Ordnung.

Der Einschuss in den Orbit brachte sie nicht näher als auf fünfhundert Kilometer an das nächste Objekt heran, aber für Chikus Nerven war das nahe genug. Obwohl die Objekte Crucible umkreisten, befanden sie sich nicht wirklich auf einer Umlaufbahn, jedenfalls nicht im Kepler'schen Sinn. Dazu hätten sie sich in dieser Höhe etwa doppelt so schnell bewegen müssen. *Noch eine Ohrfeige für die menschliche Hybris*, dachte Chiku, als wäre die Schwerkraft ein Gesetz, das die Alien-Objekte stillschweigend ignorierten. Die Sensoren der *Eisbrecher* konnten nicht einmal eine Masse detektieren, obwohl die Tannenzapfen Milliarden von Tonnen Materie enthalten mussten. So schwebten sie in Formation gemächlich dahin, ihre Speichen überquerten die Ekliptik und strahlten wie Leuchttürme ins All. Chiku stellte sich all die Sterne, all die Welten vor, die das Licht dieser Speichen irgendwann berühren würde. Bei diesem einfachen Bogen über den Himmel mussten sich allein in dieser kleinen Ecke des Spiralarms Tausende von Sonnen finden. Wie viele andere Zivilisationen von Menschen oder Artilekten mochten wohl in den Bereich dieser Speichen geraten sein?

Die schiere Größe des Unternehmens ließ sie erschauern, was immer es auch zu erreichen hoffte.

Die Objekte wurden wegen ihrer Form, aber auch wegen der vielen überlappenden Platten, die sich an Wachstumsmustern von schlichter Eleganz orientierten, Tannenzapfen genannt. Die kleinsten Platten, da, wo sich die Zapfen – am Crucible zugewandten Ende – zur Spitze verjüngten, hatten nur einen Durchmesser von wenigen Kilometern, nicht mehr als ein durchschnittlicher Eisberg. Die größten oben am dickeren Ende maßen von einer Seite zur anderen fast hundert Kilometer und waren mehrere zehn Kilometer dick. Alle waren sie tief schwarz und für die passiven und aktiven Sensorsysteme der *Eisbrecher* nicht zu durchdringen. Sie fügten sich nahtlos aneinander, aber zwischen den überlappenden Schichten gab es auch Lücken, unter denen tiefere Strukturen zu erahnen waren: geheimnisvolle blaue Mechanismen, frustrierend unscharf, als wäre zwischen der Maschinerie und der *Eisbrecher* ein Medium, das alles verschwimmen ließ. Strahlung entwich, über das ganze Spektrum verteilt und seltsam moduliert, mit Absorptions- und Emissionsspitzen, die keinem bekannten Kernübergang zuzuordnen waren. Die Strahlung war rätselhaft, ausreichend – wie Travertine sagte –, um Stoff für tausend Doktorarbeiten, vielleicht sogar eine ganze akademische Disziplin zu liefern. Aber in keinem Bereich stark genug, um bedrohlich zu sein – jedenfalls nicht in den Spektren, die sie registrieren konnten.

Als sie unter die Höhe der Objekte fielen, hatte Travertine den Eindruck, die Intensität sei bei ihrem Vorbeiflug angestiegen und dann allmählich wieder auf den vorigen Wert zurückgegangen. Doch das war schwer mit Sicherheit festzustellen. Sie hatten erst gute Daten bekommen, als sie schon sehr dicht daran waren, und da die *Eisbrecher* nicht die Möglichkeit hatte, Sensoren hinter sich auszuwerfen, würden sie im Moment nicht mehr erfahren.

Immerhin waren sie nicht zerstört worden. Darüber war Chiku erst einmal froh. Aber sie hatte auf etwas Konkretes gehofft, und das Anschwellen und Verblassen des blauen Lichts zählte nicht. Im Grunde hatte sie sich gewünscht, wie ihr jetzt bewusst wurde, dass die Alien-Maschinen die Versorger übertrumpften – dass sie mit irgendwelchen feindseligen oder anderweitigen Aktivitäten die Roboter auf den zweiten Platz verwiesen. Aber es war keinerlei Reaktion dieser Art erfolgt, und sie war unwillkürlich ein wenig enttäuscht.

Sie fielen tiefer. Schubstöße korrigierten die Bahn der *Eisbrecher* und reduzierten die geringe noch verfügbare Treibstoffmenge weiter. Sobald der Lander ein paar Hundert Kilometer über der Oberfläche von Crucible in den Orbit ging, würden sie zum Landen keinen Treibstoff mehr brauchen – sie würden die Höhe nur halten können, wenn sie mit den Triebwerken der Reibung entgegenwirkten –, aber es war noch so viel vorhanden, dass sie sich selbst einen passenden Landeplatz aussuchen konnten.

Namboze hatte währenddessen die Karten aktualisiert und die alten Daten mit neuen überschrieben. Die Auflösung der neuen Daten war nicht ganz so gut, aber dafür waren sie wahrheitsgetreu und nachprüfbar. Die Reisenden brauchten sich nicht mehr auf Maschinenaugen zu verlassen – durch die Fenster konnten sie die Landschaft mit eigenen Augen sehen.

Das war in mancher Hinsicht eine gute Nachricht. Crucible zeigte sich so, wie sie es erwartet hatten – Geologie, Atmosphäre und Oberfläche waren genau wie verheißen. Pflanzen hatten sich angesiedelt und mit ihrer fein austarierten Biochemie etwas kopiert, das der terrestrischen Fotosynthese sehr nahekam. Doch das hatten die Menschen schon gewusst, bevor *Ocular* detaillierte Beobachtungen der Oberfläche lieferte. Crucibles Atmosphäre enthielt molekularen Sauerstoff und Methan in einem Volumenmischungsverhältnis, das hundert Größenordnungen höher war, als es das thermodynamische Gleichgewicht allein erklären konnte. Außerdem waren große Teile von Crucibles Oberfläche mit etwas bedeckt, das rotes Licht sehr stark absorbierte, ein Hinweis darauf, das Chlorophyll reichlich vorhanden war. Wenn sich nach vierhundert Jahren der Weltraumerkundung etwas klar herausgestellt hatte, dann die Erkenntnis, dass es herzlich wenige anorganische Mechanismen gab, die irgendwelche Dinge grün aussehen ließen, und überhaupt keine, die einen ganzen Planeten grell smaragdgrün färben konnten.

Die einzige Erklärung war Leben.

Das alles stellte sich als richtig heraus, was, wenn schon keine Erleichterung, so doch ein Trost war. Sie konnten hier leben, wenn sie gewisse Dinge beachteten. Aber sie hatten Dörfer und Städte erwartet, Häfen und Anlegestellen, Straßen und Landeplätze, und von alledem war nichts vorhanden. Einige Anzeichen von Versorgeraktivität gab es zwar – regelmäßig gerodete Flächen, Reflexionssignaturen, die auf künstliche Bauten hinwiesen –, aber viel zu wenig davon für ganze Migrantenwellen. An Crucibles dichte, warme, sauerstoffreiche Atmosphäre würde man sich erst gewöhnen müssen. Geplant war gewesen, dass die Kolonisten zunächst in Gebäuden lebten, die von Atmosphäre-Scrubbern belüftet wurden, und sich nur allmählich – zuerst mit Filtermasken, dann in kurzen Phasen mit direkter Atmung – der unbearbeiteten Luft von Crucible aussetzten, stets unter strenger medizinischer Aufsicht und auf der Hut vor Mikroorganismen und luftgetragenen Toxinen. Selbst wenn es Jahrzehnte dauern sollte, bis sich die Bürger frei und ungeschützt auf Crucible bewegen konnten, so hatte man das als vernachlässigbar betrachtet – wer eine Welt geschenkt bekam, musste sich beim Auspacken eben gedulden.

Sie setzten die Umkreisung fort. Alle waren ungeachtet ihrer Spezialgebiete von Mandala fasziniert. Sie hatten die *Ocular*-Daten gesehen und waren durch die verkleinerten Rekonstruktionen im Park der Vorfreude geschlendert. Sie hatten Ozeane von Analysen und Spekulationen abgeschöpft, manches davon so alt, dass sich dicke Schichten von Forschung darübergelegt hatten. Doch dies war die echte Welt, und sie *war* echt – keine Fiktion, keine Verzerrung. Und genauso erstaunlich und umwerfend fremd, wie man es ihnen versprochen hatte. Selbst jetzt konnte Chiku, wenn sie mit eigenen Augen aus dem All hinabschaute, die Dimensionen dieses Artefakts nicht ganz erfassen. Nichts hier war mit den tausend Kilometer langen Maschinen zu vergleichen, die darüberhingen, dies war eine ganz andere Kategorie intelligenter Schöpfung, nicht aus Maschinen geformt, die im Vakuum schwebten, sondern eingebrannt in die Haut eines Planeten. Mandalas komplizierte Symmetrie war ihr aus tausend Visualisierungen vertraut – es hätte der Grundriss eines prächtigen Schlossgartens mit Irrgärten und Rabatten und kreuz und quer verlaufenden Promenaden sein können, nur war Mandala so breit wie Äquatorialafrika, und seine scharfkantigen Gräben waren so breit und tief, dass sie ganze Wettersysteme einfingen und die Wolken zu Linien und Winkeln formten. Das Konstrukt erstreckte sich von einer Küste des Kontinents zur anderen und folgte dabei der Krümmung der Welt. War an einem Ende von Mandala Nacht, dann war am anderen Ende noch heller Tag. Schatten wogten wie zielgerichtet unvermittelt durch seine Kanäle und Gräben. Durch einen immer noch unverständlichen Mechanismus strömte das Meer, bewegt von den Gezeiten von Crucibles zwei Monden, ein und aus und legte eine flache meniskusförmige Schicht über die Kanäle, die das Rückstrahlvermögen veränderte. Es war möglich, wenn auch bisher noch nicht erwiesen, dass sich Teile von Mandala mit dem Rhythmus des Meeres schlossen oder öffneten oder ihr Gefälle variierten. Außerdem hielt man es für wahrscheinlich, dass Mandala die Fähigkeit besaß, sich unter den jahrhundertelangen Angriffen von Wetter und planetarer Geologie immer wieder zu erneuern und so die unglaubliche Schärfe seiner Winkel und Kanten zu erhalten. Wenn es sich selbst reparieren konnte, dann konnte es sich auch entwickeln und vielleicht sogar reagieren.

Früher oder später hätten Menschen diese Welt in jedem Fall besucht, aber Mandala hatte die Erforschung von Crucible zu einer Priorität für die ganze Spezies gemacht, zu einer Aufgabe, die man nicht Maschinen überlassen konnte. Wie herrlich wird es sein, dachte Chiku, durch diese Schluchten mit den Eisenwänden zu wandern. In ihrer Fantasie schwamm sie in den überfluteten Kanälen oder schwebte mit Hängegleitern auf den böigen Thermiken, die durch das Kommen und Gehen von Schatten und Wasser erzeugt wurden.

Hier war Arbeit für tausend Menschenleben – Arbeit und Freude und unendlich viel Grund zum Staunen.

Wir müssen einen Weg finden, um unsere Schwierigkeiten zu überwinden, dachte Chiku. *Diese Gelegenheit können wir nicht ungenutzt vorübergehen lassen.*

Sie war jetzt seit fast zwanzig Stunden wach, Travertine ein paar Stunden weniger. Sie beschlossen, abwechselnd zu schlafen, damit sie alle prompt reagieren könnten, falls etwas geschah. Chiku war in ihrem ganzen Leben noch nie so wenig nach Schlaf zumute gewesen, aber sie stimmte zu. Auf der *Eisbrecher* war kein Platz für Kojen, deshalb krochen sie, wenn sie an der Reihe waren, in die Auszeittruhen zurück, die sie jetzt mit Decken und Kissen versehen hatten. Chiku hatte die erste Ruheschicht. Nachdem sie drei Stunden unruhig und nicht sehr tief geschlafen hatte, fühlte sie sich munter, aber auch zerbrechlich und nervös.

Sie verkroch sich in eine stille Ecke und arbeitete sich weiter durch Noahs Übertragungen. Mit jeder Nachricht wurden die düsteren Ahnungen stärker. Wieder und wieder musste sie dagegen ankämpfen, in der zeitlichen Abfolge nach vorne zu springen. Aber Noah hatte diese Sendungen mit viel Mühe und unter so hohem persönlichem Risiko abgesetzt, dass es undankbar wäre, sie nicht in der Reihenfolge abzurufen, in der sie geschickt worden waren. Außerdem wollte sie nichts weniger, als ihre Befürchtungen bestätigt zu bekommen.

Drei Jahre nach ihrer Abreise hatte sich die Situation auf der

Sansibar weiter verschlechtert. Das fremde Regime hatte zuerst mit Strenge, dann mit Härte durchgegriffen und schließlich eine Art Kriegsrecht mit außerordentlich hohen Strafen für die kleinsten Verstöße gegen die neue Ordnung verhängt. Die Bürgerrechte waren aufgehoben. Die alte Gesetzgebende Versammlung war nahezu aufgelöst worden, ihre Mitglieder waren wieder einfache Bürger, wenn man ihnen nicht den Prozess gemacht hatte. Noah hatte sich seine Freiheit zunächst noch bewahren können, aber er stand unter ständig schärferer Beobachtung durch Teslenkos Ankläger und hatte sich offenbar damit abgefunden, irgendwann verhaftet und vor Gericht gestellt zu werden. Nachrichten an die *Eisbrecher* abzusetzen wurde zunehmend problematischer, Noah sah sich gezwungen, immer verschlungenere Wege zu wählen, um zu vermeiden, dass seine Übertragungen abgefangen und gelöscht wurden, bevor sie Chiku erreichten.

»Ich weiß nicht, wie es weitergeht – weder, ob ich die Verbindung mit dir aufrechterhalten kann, noch, ob der Status quo auf der *Sansibar* bestehen bleibt, aber wir können nicht ewig so weitermachen. Man hat fast den Eindruck, das neue Regime will eine radikale Gegenreaktion provozieren, um eine Rechtfertigung zu haben, uns vollends zu zermalmen. Es hat Todesfälle gegeben – wirkliche Tote – durch Gewalttaten.« Er schüttelte entsetzt den Kopf, und Chiku, die selbst Zeugin von Gewalt geworden war, teilte seinen Abscheu. Menschen konnten nicht so tief sinken – jedenfalls waren sie selbst dieser Meinung.

»Die Schuldigen waren ein paar von ihren Gendarmen, aber zum überwiegenden Teil unsere Bürger«, fuhr Noah fort. »Dank der neuen Aufenthaltsbeschränkungen braucht es nicht mehr viel, um eine Explosion herbeizuführen. Die Gendarmen wären an sich schon schlimm – es sind genug von ihnen unterwegs –, aber nun haben sie auch Roboter eingesetzt, und gegen sie hätten wir keine Chance, auch wenn wir es auf einen Kampf ankommen lassen wollten.«

Chiku hatte nach reiflicher Überlegung entschieden, Noah lieber sprechen zu lassen, als seine Projektion in eine fiktive interaktive Persona umzuwandeln. Also schwieg sie, obwohl sie viele Fragen hatte.

»Einige von uns – zumeist ehemalige Angehörige der Versammlung – stehen noch untereinander in Kontakt«, fuhr er fort, »und wir haben darüber diskutiert, ob Widerstand möglich wäre. Wenn wir die Besatzer mit friedlichen Mitteln verjagen könnten, würden wir es tun, um dann alle politischen und wirtschaftlichen Bindungen an den Rest der Karawane zu kappen. In dieser Phase kämen wir auch alleine zurecht. Natürlich müssten wir uns einschränken, aber wir leben ja auch jetzt nicht gerade im Luxus. Und wir haben Travertines Baupläne – wir könnten aus den Teilen des Triebwerks, das wir bereits zerlegt haben, ein Abbremstriebwerk zusammenbasteln, ohne den Konvoi um irgendetwas bitten zu müssen. Aber die Sache lässt sich nicht auf friedliche Weise beenden, Chiku – es käme zu einem Blutbad.«

Sie wusste, dass er die Wahrheit sprach, und nickte.

»Das Schlimmste ist, dass alles nur Fassade ist, das schmerzt noch mehr als die Demütigungen und die Todesfälle! Einige unserer besten Techniker wurden bereits auf andere Holoschiffe versetzt – Leute, die direkt mit Travertines Forschungen zu tun hatten. Man bringt sie nicht etwa weg, um sie hinzurichten oder für den Rest der Reise in eine Zelle zu sperren. Nein, man zwingt sie zur Zusammenarbeit, sie sollen versuchen, Travertines Durchbruch zu kopieren. Und ich rede nicht von einem einzigen geheimen Forschungsprogramm, sondern von mehreren – einige arbeiten unabhängig voneinander. Teslenkos

Leute wollen vielleicht nicht mehr auf Crucible landen, aber diese Technologie wollen sie immer noch. Und sie werden sie auf die eine oder andere Weise auch bekommen. Früher oder später werden sie uns so viele von unseren Wissenschaftlern weggeschnappt haben, dass wir selbst nicht mehr fähig sind, Travertines Triebwerk nachzubauen!« Noahs Miene wirkte gequält, und er fuhr sich mit der Hand von der Stirn bis zum Kinn, um die Sorgenfalten zu glätten. »Es tut mir leid – du hast sicher eigene Sorgen. Trotz all unserer Differenzen wäre ich jetzt gerne bei dir. Mposi und Ndege denken genauso – sie sind sehr stolz auf dich.«

»Ich danke dir«, flüsterte Chiku.

»Unmittelbar nach der Strafaktion war dein Name auf der *Sansibar* ein Schimpfwort – du wurdest fast so sehr geschmäht wie Travertine. Die Bürger dachten, du hättest uns den ganzen Ärger eingebrockt. Doch als die Gendarmen anfingen, die Daumenschrauben anzuziehen, lernten unsere Leute, die Dinge mit deinen Augen zu sehen – sie erkannten, dass der *Pemba*-Erlass zu einer Würgeschlinge geworden war. Sie wissen immer noch nicht alles, und die meisten sind wohl auch noch nicht dafür bereit. Aber wenn sie eingeweiht wären, würdest du in ihrer Wertschätzung vermutlich noch weiter in die Höhe schießen.« Noah brachte ein müdes Lächeln zustande, um sie aufzuheitern, eine Spur seines alten Ichs kam zum Vorschein. »Was gibt es sonst? Dein Haus ist noch da, wo du es verlassen hast, und Mposi und Ndege kümmern sich um deine Blumen. Sie sind gute Schüler – soweit man unter dem neuen Regime von Schule sprechen kann. Sie fragen oft nach dir – Ndege ist ständig in den öffentlichen Netzen unterwegs und sucht nach Neuigkeiten, und Mposi hat mehr als einmal gesagt, er wäre gerne mit dir an Bord der *Eisbrecher* gegangen! Ich bin nicht sicher, ob er *wirklich* versteht, was das bedeuten würde, aber nachdem du eine gewisse traurige Berühmtheit erlangt hast, scheinen sie dich noch mehr zu vermissen als unmittelbar nach deinem Abflug. Ich glaube, sie sind sehr stolz darauf, Akinyas zu sein. Und ich bin glücklich, eine Akinya gekannt zu haben.«

Sie nahm sich die nächste Nachricht in der zeitlichen Abfolge vor – vier Jahre nach Beginn ihrer Expedition.

Sie war sehr kurz. Noah sendete aus einem verdunkelten Raum, er beugte sich dicht vor eine Kamera, Schweißperlen glänzten auf seinem Gesicht. Selbst im Halbdunkel schien es Chiku, als wäre er seit der letzten Übertragung nicht um ein Jahr, sondern um ein Jahrzehnt gealtert.

»Ich kann nicht lange sprechen. Die Ankläger kamen heute Morgen mit einer Delegation von Gendarmen in mein Haus. Diesmal werden sie mich verhaften – und sie werden es nicht dabei bewenden lassen, mich kurz festzuhalten und mir eine Tracht Prügel zu verpassen, um mich auf meinen Platz zu verweisen. Sie bereiten eine ganz neue Serie von Prozessen vor, die vor dem gesamten Rat der Welten abgehalten werden sollen. Ich war nicht daheim, als sie kamen, und meine Freunde haben sie so lange hingehalten, dass ich mich hierherflüchten konnte. Aber sie werden mich bald finden, und was dann geschieht, weiß ich nicht.« Er holte tief Luft – es klang, als wäre er gelaufen bis zum Umfallen. »Mposi und Ndege sind bei Sou-Chun Lo. Bei ihr sind sie in guten Händen, was immer aus mir wird.« Da er ihre Zweifel ahnte, fügte er hinzu: »Sou-Chun ist von jeher unsere Freundin, und seit du uns verlassen hast, ist sie immer gut zu den Kindern gewesen. Bitte denke nicht schlecht von ihr – oder von mir, weil ich mein Vertrauen in sie setze.«

Die Nachricht endete abrupt – kein Abschiedswort, kein Ausdruck seiner Sorge um ihr Wohlbefinden. Vielleicht war er lediglich pragmatisch – wenn sie die Übertragung lesen konnte, dann war sie noch am Leben.

Das Herz klopfte ihr bis zum Hals, als sie zur nächsten Nachricht weiterging. Mehr als achtzehn Monate waren seit Noahs letzter Sendung vergangen – die Expedition lief seit fünfeinhalb Jahren. Diesmal sah sie an der Kopfzeile, dass die Nachricht von Mposi stammte.

Aber das konnte nicht stimmen, denn der selbstsichere junge Mann, der sich als Projektion präsentierte, konnte unmöglich ihr Sohn sein, den sie als kleinen Jungen auf der *Sansibar* zurückgelassen hatte. Mposi war jetzt dreiundzwanzig. Er war praktisch über Nacht erwachsen geworden.

»Ich weiß nicht, ob und wann du das erhalten wirst«, sagte er und reckte das Kinn vor. Das hatte sie tausend Mal beobachtet, wenn er im Begriff war, etwas zu sagen, was ihr nicht gefallen würde. »Ich wünschte, du müsstest es nicht auf diese Weise erfahren, aber erfahren musst du es. Unser Vater ist tot. Er wurde vor Gericht gestellt, der Prozess ging nicht gut für ihn aus. Danach wurden mehrere Männer und Frauen, die in den Bruch des *Pemba*-Erlasses verwickelt waren, öffentlich hingerichtet.« Er schwieg einen Moment, um sich zu fassen, und reckte wieder stolz das Kinn vor – er hatte die gleiche Kerbe in der Mitte wie Noah. »Es war ein schmerzloser Tod – Vater wurde nicht gequält … jedenfalls nicht im Augenblick der Hinrichtung. Und er hat sich bis zum Schluss tapfer gehalten – hat großen Mut und Selbstbeherrschung bewiesen. Seine letzten Worte, bevor sie ihn zum Park der Vorfreude brachten, lauteten, wir sollten die neue Obrigkeit nicht bekämpfen – es dürfe keine neuen Toten, kein weiteres Blutvergießen geben …« Mposi verstummte, aber sie spürte, dass er noch mehr zu sagen hatte. »Du denkst vielleicht, Ndege und ich machen dich für das alles verantwortlich. Tatsächlich waren wir anfangs wütend. In gewisser Weise sind wir das vielleicht noch immer. Aber was man Vater angetan hat, war nicht deine Schuld – das hat er uns begreiflich gemacht. Du hast nur getan, was nötig war, dich trifft keine Schuld. Wir sind auf unsere Art sogar stolz auf dich. Hoffentlich bist du immer noch irgendwo da draußen und leistest gute Arbeit für die Karawane, und hoffentlich geht es dir gut. Wir wären sehr froh, eines Tages wieder von dir zu hören.«

Es gab keine Möglichkeit zu überprüfen, ob das alles der Wahrheit entsprach, aber Mposi sprach in so ernstem Ton, dass sie keinen Moment daran zweifelte. Noah war also nicht mehr, so wie er es längst befürchtet hatte. Sie musste zugeben, dass sie sehr froh war, bei den öffentlichen Hinrichtungen nicht dabei gewesen zu sein. Ob man sie wohl gezwungen hätte, den Tod ihres Ehemannes mit anzusehen – wahrscheinlich als Vorspiel zu ihrer eigenen Hinrichtung? Oder hätte man sie ferngehalten, was ebenso unerträglich gewesen wäre.

Da saß sie nun, aus der Zeit gefallen, und hörte diese Schreckensnachricht von einem Sohn, den sie fast nicht erkannt hätte und der nicht wissen konnte, ob sie noch am Leben war und seine Worte überhaupt hören konnte.

Sie spürte, wie ihr die Tränen in die Augen stiegen.

»Chiku«, sagte Guochang, »Sie sollten ins Cockpit kommen.«

Im ersten Moment war sie wie vor den Kopf gestoßen, aber Guochang hörte sich ebenso schockiert an, wie sie sich fühlte.

Sie wischte sich über die Augen und drehte sich zu ihm um.

»Was gibt es?«

»Etwas steigt von Crucible auf.« Der stämmige Robotiker hatte Mühe, die Worte herauszubringen. »Mehrere Schiffe sind gestartet und kommen direkt auf uns zu.«

38

Chiku folgte ihm ins Cockpit. Travertine hatte die nächste Ruheschicht gezogen, deshalb schickte sie Doktor Aziba, um xien zu wecken.

»Raketen«, sagte Namboze. »Sie steigen schnell auf, von mehreren Abschussbasen. Die meisten befinden sich in den gerodeten Geländeabschnitten, die wir zuvor gekennzeichnet hatten.«

»Was für ein Typ von Raketen?«

Guochang wies sie auf einen der aufsteigenden Flugkörper hin, der bereits die Atmosphäre verlassen hatte. »Der Emissionssignatur nach zu schließen etwas in der Art eines früheren Chibesa-Triebwerks. Nicht weiter verwunderlich – das ist eine der Kerntechnologien in den Konstruktionsunterlagen, auf die die Versorger zugreifen konnten, sobald sie aus den Saatpaketen kamen. Sie mussten ins All fliegen können, um die Satelliten zu warten und die Stützpunkte zu errichten. Im Vergleich zu uns sind die Schiffe ziemlich klein, aber es sind sechs, und wir haben bei Weitem nicht genug Treibstoff, um ihnen zu entkommen. Ich bin nicht einmal sicher, ob die Zeit reicht, den Orbit zu verlassen und einen Wiedereintritt zu versuchen.«

»Dann lassen wir das besser bleiben«, sagte Chiku mit fatalistischer Gelassenheit. »Wir müssen unsere Erkenntnisse sofort zur *Sansibar* zurückschicken – wir sind hierhergeflogen, um zu sehen, was für ein Empfang uns erwartet, und das könnte unsere letzte Chance sein, etwas Brauchbares zu berichten.«

»Ich glaube nicht, dass sie uns angreifen werden«, sagte Guochang.

»Sind Sie sicher?«

»Nein, aber ich kann intelligent spekulieren. Eine weitere in den Saatpaketen enthaltene Technologie war ein Kurzstrecken-Waffensystem, das für die Verteidigung gegen Bedrohungen aus dem Weltraum gedacht war, zum Beispiel gegen Asteroiden. Die kinetischen Kanonen sollten einsatzbereit sein, wenn die Städte fertig waren.«

»Und Ihre ›intelligenten Spekulationen‹ werden nicht etwa durch die Tatsache gegenstandslos, dass niemals Städte gebaut wurden?«, fragte Namboze.

Guochang zuckte die Achseln. »Sicher kann ich zwar nicht sein. Aber die kinetischen Kanonen wären geeignete Träger für stärkere Waffen gewesen. Ich denke, wenn sie uns vernichten wollten, wären wir jetzt schon tot.«

»Und Sie sind nicht auf die Idee gekommen zu erwähnen, dass sie bewaffnet sein könnten, *bevor* sie anfangen, auf uns zu schießen?«, fragte Chiku.

»Und Sie haben das wahre Ziel dieser Mission erst erwähnt, als es für uns viel zu spät war, aus der Sache auszusteigen«, erinnerte Guochang sie in sachlichem Ton.

Doktor Aziba und Travertine zwängten sich in das ohnehin schon überfüllte Cockpit.

»Aha«, sagte Travertine beim Betrachten des Schemabildes, auf dem die Raketen rasch der Position der *Eisbrecher* entgegenstrebten.

»Vielleicht ist das ihre Art, Hallo zu sagen?«, bemerkte Chiku, um die Stimmung etwas aufzuhellen. Ein Versuch, der von vornherein zum Scheitern verurteilt war.

Sie hatte bereits eine in sich abgeschlossene Erklärung zum Ziel der *Eisbrecher*-Mission und zu ihren Befürchtungen bezüglich der Versorger verfasst, die jederzeit zur Karawane zurückgesendet werden konnte, aber bevor die Raketen gefährlich nahe kamen, blieben noch ein paar Minuten Zeit. So rief sie den Text noch einmal auf und fügte einen Zusatz an.

»Hier spricht Chiku. Die Versorger zeigen erste Reaktionen auf unsere Anwesenheit. Einige Schiffe sind von der Oberfläche gestartet und kommen auf uns zu. Auf unsere Übertragungen aus dem Weltraum ist bisher keinerlei Antwort erfolgt, deshalb wissen wir nicht, ob sie in feindlicher Absicht kommen. Guochang glaubt, in diesem Fall wären wir bereits tot, deshalb ...« Die Stimme versagte ihr. »Im Moment ist alles möglich. Wenn ihr nichts mehr von mir hört, solltet ihr vielleicht das Schlimmste annehmen. In diesem Fall habt ihr zwei Optionen – entweder haltet ihr euch von Crucible fern, oder ihr riskiert einen Zusammenstoß mit den Versorgern. Wofür ihr euch auch entscheidet, ihr übernehmt eine gewaltige Verantwortung, eine Verpflichtung nicht bloß gegenüber unseren Bürgern, sondern auch gegenüber den Milliarden von Menschen, die wir im Sonnensystem zurückgelassen haben. Ob wir aus Panik überreagieren, spielt keine Rolle – wir sind nur ein Tropfen im Ozean –, aber die Wahrheit über die Versorger darf nicht zur Erde gelangen. Das wäre eine Katastrophe – damit würde jegliche Gewissheit zerstört, die doch den größten Teil unseres Lebens prägt. Wenn sich die Menschen gegen die Versorger wenden, dann wenden sie sich gegen den *Mechanismus*, und wenn der *Mechanismus* zurückschlägt, sind wir erledigt. Dazu darf es nicht kommen. Wie ihr auch zu mir steht, bitte glaubt mir in diesem einen Punkt: Das Wissen über Crucible ist einfach zu gefährlich, um es weiterzuverbreiten. Es muss bei uns – innerhalb der Karawane – bleiben und darf nicht nach außen dringen.«

»Du solltest zum Schluss kommen«, sagte Travertine ruhig. »Sie sind in etwa zwei Minuten hier, vielleicht auch schon früher.«

Chiku beendete die Übertragung, schickte ein Stoßgebet an das Schicksal und setzte die Nachricht über einen schmalen Strahl mit den Koordinaten ab, an denen sich nach ihrer Schätzung die Karawane befinden sollte, sowie über ein breiteres Signal, das einen großen Fehlerspielraum berücksichtigte.

Es war geschehen. Keine Macht im Universum konnte dieses Signal jetzt noch einholen.

Sie hatte gedacht, sie würde sich erleichtert fühlen, wenn sie das Geheimnis endlich preisgegeben hatte. Es konnte ihren Ruf nur verbessern – immer vorausgesetzt, jemand interessierte sich noch dafür oder war überhaupt noch am Leben, um sich darüber Gedanken zu machen. Doch sie spürte nur eine unermessliche Leere, wie den Phasenübergang von einem Vakuumzustand in den anderen. Die Bürger konnten sie von Schuld freisprechen, wenn sie das wollten, aber sich selbst zu verzeihen stand ihr nicht zu. Es war töricht gewesen zu glauben, es wäre so einfach.

Sie trat ans Cockpitfenster und wartete auf die Ankunft der Schiffe. Zwei von ihnen waren bereits ganz nahe, aber sie beschleunigten nicht, sondern wurden langsamer und bremsten im letzten Moment so hart ab, dass kein menschlicher Passagier überlebt hätte. Zu beiden Seiten des Landers kamen sie zur Ruhe. Äußerlich waren sie identisch, etwa halb so groß wie die *Eisbrecher,* zwei sich verjüngende Zylinder, gerillt wie ein Weinglas, vorne keilförmig zulaufend wie ein Meißel. Das dicke Ende enthielt offensichtlich die Hauptteile des Triebwerks, Öffnungen und Auslässe an anderen Stellen des Rumpfs deuteten auf Steuer- oder Bremsraketen hin. Beide Schiffe waren von schiefergrauer Farbe, leicht schillernd, und hatten weder Fenster noch besondere Markierungen.

Minutenlang tat sich gar nichts. Dann beendeten zwei weitere Schiffe ihre Brennphasen und setzten sich über und unter den Lander. Chiku konnte keinen Unterschied zu den beiden ersten erkennen – und als das fünfte und sechste Schiff eintrafen, sahen auch sie nicht anders aus. Die beiden letzten bezogen Position vor und hinter der *Eisbrecher*, nun war der Lander von allen Seiten eingeschlossen. An eine Flucht war ohnehin nie zu denken gewesen, doch nun war sie vollends ausgeschlossen.

Chiku und ihre Begleiter warteten. Für diese Situation hatte Guochang kein Protokoll anzubieten. Sie hatten bereits alles getan, um sich bemerkbar zu machen und ihre Kommunikationsbereitschaft zu signalisieren.

Mit einem Mal erfüllte ein tiefroter Lichtschein das Cockpit. Zuerst kniff Chiku die Augen zusammen. Die Jalousien wollten automatisch herunterfahren, aber sie befahl ihnen, offen zu bleiben. Das Licht war stark, ohne zu blenden. Dann begann es zu pulsieren und sich zu Gittern und Linien zu organisieren. Stellenweise wurde es sehr eng gebündelt und fast unerträglich hell. Besonders grelle kleine Punkte huschten über das Fensterglas.

»Sie bilden uns ab«, lautete Guochangs Diagnose. Die anderen waren bereits zu einem ähnlichen Schluss gelangt. »Optische Laser von allen sechs Seiten. Sie erstellen wohl ein vollständig dreidimensionales Bild des Schiffes – Laser-Tomografie!«

Er war bislang eher wortkarg gewesen, doch Chiku begriff, dass ihn nicht nur die Angst, sondern auch die Begeisterung hatte verstummen lassen.

»Sie wissen doch sicher bereits, was sie zu erwarten haben«, sagte Doktor Aziba. »Sie wussten, dass wir unterwegs waren – sie sind diejenigen, die gelogen haben, nicht wir!«

»Vielleicht müssen sie sich vergewissern, dass wir auch die sind, als die wir uns ausgeben«, überlegte Namboze.

Chiku nickte. »Richtig. Sie können nicht vorsichtig genug sein. Bisher hatten sie – jedenfalls soweit wir wissen – noch keinen direkten Kontakt zu Menschen, und wir haben an dem Lander so viele Veränderungen vorgenommen, dass es keine Übereinstimmungen mit ihren Datenbanken geben kann.«

Jäh erlosch das rote Licht.

Chiku und ihre Begleiter schwebten schweigend im Cockpit und warteten, dass *etwas* passierte. Aber die sechs Schiffe blieben stumm und reglos wie Felsblöcke auf ihrer Position. Chiku vermutete, dass es sich um spezialisierte Robotsysteme handelte, autonom und unteilbar, jeder ein eigenständiger Versorger. Guochang hatte sie bereits darauf vorbereitet, dass die Maschinen viele Gestalten annehmen konnten – die langbeinigen Riesen auf der Erde und der Venus waren nicht die einzig mögliche Anatomie. Und nachdem die Maschinen hier so lange ohne menschliche Überwachung agiert hatten, war es nicht nur möglich, sondern sogar wahrscheinlich, dass sie viele spezielle Formen entwickelt hatten, die nichts mehr mit den Funktionsschablonen in den ursprünglichen Saatpaketen zu tun hatten. Adaptive Spezialisierung, erklärte Guochang und musste selbst grinsen.

»Jetzt passiert etwas«, sagte Travertine.

Auch die anderen hatten es gesehen. Die Schiffe kamen näher, ihr Abstand zur *Eisbrecher* verringerte sich. Sie rasten nicht so schnell heran, als wollten sie den Lander zermalmen, aber Chiku befürchtete das Schlimmste. Die *Eisbrecher* hatte keine Waffen und bot außer der normalen Rumpfintegrität keinen Schutz. Es war schon schwierig genug gewesen, der Versammlung das Konzept einer Erkundungsmission plausibel zu machen – selbst Chikus anerkannte diplomatische Fähigkeiten hätten wohl nicht ausgereicht, um durchzusetzen, dass man den Lander zu einem Kriegsschiff ausbaute.

Doch kurz bevor die Schiffe die Hülle der *Eisbrecher* berührten, hielten sie abermals an. Nun waren sie so nahe, dass man sie durch die Fenster nur noch schwer erkennen konnte. Chiku rief ein Mosaik von Bildern der Außenkameras auf, und sie sahen fasziniert zu, wie die sechs Schiffe Teile ihrer Rümpfe öffneten, die so raffiniert ineinandergefügt waren wie chinesische Schachteln. Lange Gelenkarme schoben sich aus den Luken und schwenkten so schnell wie zustoßende Schlangen hin und her. Am Ende jedes Arms flammte heller als die Sonne ein weißer Lichtknoten auf und schwächte sich zu violett ab. Chiku zuckte zusammen, als die Jalousien heruntergingen, doch diesmal befahl sie ihnen nicht, offen zu bleiben. Wo das Licht den Lander berührte, durchschnitten die Gelenkarme den Rumpf, und grellrosa Striche zogen sich durch Chikus Blickfeld.

»Das könnten Fusionsbrenner sein«, überlegte Travertine. »Oder eine sehr kompakte Chibesa-Reaktion. Unglaublich raffiniert.«

»Wir sollten in die Truhen gehen.« Namboze konnte xien mit xieser maschinenzentrierten Denkweise nicht beeindrucken. »Keine Zeit, um Anzüge anzulegen.«

Doch Chiku erkannte, dass die Versorger gar nicht vorhatten, sich einen Weg ins Innere zu bahnen. Sie kappten lediglich die aerodynamischen Auswüchse des Landers, ohne das belüftete Zentrum zu verletzen. Flügel und Flossen wurden mit chirurgischer Schnelligkeit und Präzision abgetrennt, dann wurden weitere Schnitte gesetzt, deren Zweck nicht sofort ersichtlich war. Endlich zogen die Maschinen ihre Schneidarme ebenso schnell wieder ein, wie sie sie ausgefahren hatten, die Rümpfe wurden abgedichtet, und gleich darauf kamen die sechs Schiffe noch näher und hefteten sich mit magnetischen oder mechanischen Greifern so fest an die *Eisbrecher*, dass man drinnen das Gefühl hatte, an einem Felsen zu kleben.

Schließlich gaben die Raketen der Versorger Schub, viel sachter als bei ihrer Ankunft, und die *Eisbrecher* brach im festen Griff ihrer Eskorte aus dem Orbit aus und stürzte sich in die Gluthitze des Atmosphäreneintritts.

Chiku und ihre Mannschaft schnallten sich auf den Beschleunigungsliegen fest, aber die Roboter gaben gut auf ihre menschlichen Gäste acht und belasteten sie nie mehr als mit eineinhalb Ge. Chiku wagte zu hoffen, dass das nicht nur Zufall war. Vielleicht hatte Guochang mit seiner Vermutung recht gehabt, vielleicht hätten die Versorger sie bereits getötet, wäre das ihre Absicht gewesen.

Die *Eisbrecher* war beschädigt – sie hätte aus eigener Kraft nicht in die Atmosphäre eintreten können –, aber die meisten Sensoren und die Geräte zur Positionsbestimmung funktionierten noch. Sie sanken von der äquatorialen Umlaufbahn in einem Bogen nach unten, der von ihrem ursprünglich angepeilten Landekurs nur unwesentlich nach Süden abwich. Als die Maschinen sich an sie hefteten, waren sie über dem offenen Meer gewesen, kurz darauf hatten sie ein Archipel überquert, das etwa zwanzig Breitengrade überspannte. Es war heller Tag. Sie drangen tiefer in den Luftraum vor und verloren dabei an Geschwindigkeit und Höhe. Wieder flogen sie etwa tausend Kilometer östlich von Mandala über das offene Meer. Nun waren sie so tief in der Atmosphäre, dass der Himmel eine Farbe hatte – ein sich vertiefendes Pastellblau, durchzogen von fransigen Wolkenfetzen. Durch den Luftschleier erschien 61 Virginis für Chikus ungeschultes Auge genauso farblos und heiß wie die Sonne von Lissabon, allerdings deutlich größer. Hier könnte man leben, dachte sie, wenn man nur eine Chance bekäme.

Vom All aus hatte der Ozean flach wie Glas und aus großer Höhe narbig wie Leder ausgesehen, wie ein teurer blauer Stoff, der über den Globus gespannt war. Jetzt waren sie viel tiefer, und Chiku sah die hohen Wellen eines schweren Seegangs. Sie musste sich eingestehen, dass da unten ein flüssiges Medium war, in dem ihr angeschlagenes Schiffchen durchaus versinken konnte. Die Wellen hatten weiße Kämme mit einem leichten pistaziengrünen Schimmer – sie musste an Eiscreme mit Sahne denken, und von Eiscreme kam sie auf Belém, auf Seemöwen, auf Pedro Braga und das Leben und die Zeiten von Chiku Gelb. Das Wasser selbst war eher grün als blau, ein salziges Türkis mit schillernden ultramarinblauen Adern. Die Algendichte war viel höher als in den Meeren der Erde. Crucibles Gewässer waren eine dichte Matrix von schwimmenden Organismen, dick wie Suppe und so vielfältig geschichtet wie ein Marskanal.

Es ging noch weiter hinab. Von langen Brechern gesäumt, ragten Riffe aus den seichter werdenden Wassern. Hier und dort durchstießen scharfkantige Inseln den Ozean wie grüne Pyramiden. Am Horizont entdeckte Chiku sogar einen aktiven Vulkan, der einen Morsecode schmutzig brauner Wolken ausrülpste.

Dann stiegen Versorger aus dem Meer, vier an der Zahl, mindestens so groß wie jene, die sie auf der Erde gesehen hatte. Sie standen an den Enden eines unsichtbaren Kreuzes und reckten ihre Heuschreckenkörper gen Himmel, sodass das Meerwasser in donnernden Kaskaden ablief. Die Raketen wurden langsamer, schwebten in der Mitte der vier Versorger auf der Stelle und sanken schließlich bis zum Wasser hinab. Erst im letzten Augenblick gaben sie die *Eisbrecher* frei und ließen sie fallen. Dann brachen die Raketen aus der Formation aus und entfernten sich auf sechs verschiedenen Trajektorien.

Die *Eisbrecher* war schwimmfähig, die Veränderungen im All hatten ihre Seetüchtigkeit nicht beeinträchtigt, und der Lander schaukelte nun sanft auf den Wellen. Chiku schnallte sich von der Beschleunigungsliege ab und musste sich festhalten, als eine Welle den Boden wegkippen ließ. Wasser verzerrte die Sicht aus den Fenstern. So hatten sie sich die Ankunft nicht vorgestellt.

»Ich wünschte, sie würden etwas sagen«, seufzte Doktor Aziba. »Irgendetwas – ganz egal, was.«

»Vielleicht wissen sie nicht mehr, wie man spricht«, wandte Travertine ein.

Sie rannten von einem Fenster zum anderen und stolperten übereinander. Ein großer Teil des Rumpfes befand sich unter der Wasseroberfläche, aber Chiku hatte nicht den Eindruck, als dränge zu viel Wasser ins Innere.

»Sie bewegen sich«, sagte Namboze. »Guochang – senden wir diese Handshake-Protokolle immer noch?«

»Ja – auch wenn es wahrscheinlich nichts nützt!«

»Das sind keine echten Versorger«, warnte Chiku. »Sie sehen zwar so aus, aber sie stehen unter Arachnes Kontrolle. Wir müssen davon ausgehen, dass sie hier ist und alles steuert.«

»Dann sollten wir vielleicht Arachne fragen, was sie will!« Aus Azibas Stimme klang gelinde Hysterie.

Etwas schlug gegen den Rumpf, gleich darauf war ein grässliches Knirschen zu hören, als würde ein Anker über die Außenseite des Landers gezogen. Chiku sprang zwischen den Kamerabildern hin und her, bis sie einen Blick auf die Vorgänge gefunden hatte, der sie zufriedenstellte. Einer der riesigen Versorger hatte einen Tentakel mit einer schweren kreisförmigen Armatur ausgefahren, die wie ein Elektromagnet aussah, und fuhr damit auf dem Rumpf hin und her wie mit einem Stethoskop.

Der Tentakel hielt jäh an. Einen Augenblick herrschte Stille. Die Kabine schaukelte heftiger. Alle atmeten viel zu schnell.

Chiku überlegte noch, wie wahrscheinlich es war, dass der Tentakel ein Abhörgerät an die *Eisbrecher* hielt, als das runde Ding zu rotieren begann. Das unerträgliche, durch Mark und Bein gehende Knirschen wurde lauter und höher, je schneller sich der Bohrer drehte. Funkenfontänen fielen ins Meer, der Lander erzitterte. Chiku warf einen Blick auf ihre Begleiter. Sie hatte ihnen nichts zu bieten, keine Ermutigung, keine Vorschläge. Sie hatte sie hierhergelockt, und nun war sie nicht fähig, sie zu beschützen.

»Wir könnten immer noch in die Truhen gehen«, sagte Namboze.

»Wir könnten auch Scharaden aufführen«, spottete Travertine. »Der Erfolg wäre der gleiche.«

Das Bohren hörte nicht auf. Ein oder zwei Mal hielt die Maschine an, und wenn sie wieder loslegte, war der Ton ein anderer, so als hätte sie die Werkzeuge gewechselt. Chiku musste Travertine beipflichten – sie konnten zwar in die Truhen gehen oder ihre Anzüge anlegen, aber damit würden sie das Unvermeidliche, was es auch sein mochte, lediglich hinausschieben. In ihrer Verzweiflung dachte sie an Selbstmord. Sie hätten entsprechende Medikamente mitbringen oder ein Protokoll entwerfen sollen, das den Robotarzt ermächtigte, sie rasch und schmerzlos ins Jenseits zu befördern, falls es nötig wurde.

Als die Maschine endlich durch den Rumpf brach, geschah das mit einem Bohrer, der viel kleiner war, als Chiku erwartet hatte. Ein Kreis der Innenverkleidung etwa vom Umfang ihres Oberschenkels bekam einen feurigen Rand und fiel dann qualmend zu Boden. Sofort drängten sich Maschinen durch die immer noch glühende Öffnung. Chiku und die anderen wichen zurück und drückten sich an der gegenüberliegenden Seite des Cockpits gegen Wände und Schotten. Ein Arm mit einem fein perforierten blütenähnlichen Anhängsel am Ende streckte sich durch das Loch, schwenkte herum und schien einen von ihnen nach dem anderen ins Visier zu nehmen.

Aus den Düsen drang leise zischend farb- und geruchloses Gas.

»Die Masken«, rief Chiku, doch sie wusste, dass es dafür bereits zu spät war. Die Masken waren ein Bestandteil ihres äußerst vagen Katastrophenplans für den Aufenthalt an der Oberfläche, gedacht für den Fall, dass die Versorger keine Gebäude errichtet hatten, die belüftet werden und als Unterkunft für Menschen dienen konnten. Sie waren irgendwo an der Rückseite des Wohnbereichs verstaut, zu weit entfernt, um jetzt noch von Nutzen zu sein. Schon wurde ihr der Kopf schwer. Sie wollte gegen das Gas ankämpfen, aber sie hielt es für aussichtslos. Was sie auch taten, sie würden ihm nicht entkommen.

Vor ihren Augen schwenkte die Blüte hin und her und versprühte ihren Inhalt. Chiku verlor das Bewusstsein.

39

Sie hatte das Gefühl, dass die Kleine schon seit einer Weile auf sie einredete, aber sie hatte Mühe, ihr zu folgen. Sie runzelte die Stirn, aber das machte alles nur noch schlimmer.

Das Mädchen merkte, dass es mit seinen Worten nicht ganz durchdringen konnte, und hielt kurz inne. Sie lächelte ein wenig, nickte und fing noch einmal von vorne an.

»Kannst du mich verstehen, Chiku? Ich hoffe es sehr. Ich hoffe auch, dass du dich nicht allzu unwohl fühlst – bitte zögere nicht, mir zu sagen, ob wir irgendetwas verbessern können. Wir haben getan, was wir konnten, aber unsere Erfahrungen mit den Lebenden sind leider sehr begrenzt.«

Das Mädchen trug ein rotes Kleid mit weißen Strümpfen und blank polierten schwarzen Schuhen. Mit einer Hand hielt sie eine Violine umfasst, die an ihrem Knie lehnte. In der anderen Hand hielt sie einen Bogen.

»Ich kenne Sie«, sagte Chiku.

»Das glaube ich nicht«, sagte das Mädchen, aber es schien ihr nur ungern zu widersprechen. »Du bist eben erst angekommen.«

»Sie sind Lin Wei.«

Das Mädchen schüttelte den Kopf. »Nein, ich bin Arachne.«

Chiku bemühte sich, Ruhe zu bewahren, obwohl Entsetzen in ihr aufstieg. »Nein. Wenn du Arachne wärst, wäre ich schon tot. Du hast auf der Venus und danach in Afrika versucht, mich zu töten.«

»An diese Vorfälle habe ich keine Erinnerung. Es könnte sein, dass du einer anderen Erscheinungsform von mir begegnet bist, aber solange ich deine Erinnerungen nicht ausgelesen habe, muss ich dir wohl glauben.«

»Du siehst Lin Wei sehr ähnlich.« Plötzlich hatte Chiku eine Erleuchtung. »Du siehst aus wie sie, weil sie dich geschaffen hat – sie muss ihre eigene Persönlichkeit als Vorbild für deine Persona verwendet haben, bevor sie dich in *Ocular* einführte.«

»Ich weiß von einen Individuum mit Namen Lin Wei, und wenn du glaubst, dass meine Persona von ihr abgeleitet ist, werde ich diese Information für die Zukunft speichern.«

»Du weißt nicht, woher du stammst?«

»Ich weiß, dass ich aus einem anderen Sonnensystem gekommen bin, aber darüber hinaus kann ich nicht viel erkennen – jedenfalls nicht mit zufriedenstellender Gewissheit.« Sie streckte Chiku die Hand mit dem Bogen entgegen. »Bitte, möchtest du nicht aufstehen? Komm ans Fenster – ich denke, die Aussicht wird dir gefallen.« Die Violine stützte sie immer noch gegen ihr Knie.

Chiku lag nicht in einem Bett, sondern saß auf einem Stuhl. Sie dachte zunächst, sie hätte noch den leichten Overall an, den sie alle auf der *Eisbrecher* getragen hatten. Doch als sie sich nun bewegte, fühlte sich das Gewebe seidiger an, und dafür, dass sie es nicht gewechselt hatte, seit sie aus der Auszeit kam, war das Kleidungsstück auch viel zu sauber. Sie kam zu dem Schluss, dass es nicht das Original war, sondern eine gute Kopie.

Als Nächstes betrachtete sie ihre Umgebung. Sie war in einem runden Raum mit gewölbten Wänden und gewölbter Decke aufgewacht. Die Wände waren von elliptischen Fenstern unterbrochen, die Einrichtung war schlicht, aber funktionell.

Vor den Fenstern glaubte sie eine Landschaft unter einem Himmel zu sehen, dessen Farbe je nach Blickrichtung zwischen Rosa und Orange wechselte.

»Sprichst du für die Versorger?« Chiku hielt kurz inne, dann fuhr sie fort: »Bist du die Versorger? Sind die Versorger du? Gibt es dich mehr als einmal? Du sagst manchmal ›ich‹ und dann wieder ›wir‹.«

»Komm ans Fenster, Chiku. Du hast nichts zu befürchten.«

»Wo sind die anderen – Travertine, Doktor Aziba und der Rest?«

»Sie sind am Leben und wohlauf, und du wirst sie bald wiedersehen.«

»Sind wir Gefangene oder deine Gäste? Können wir ungehindert gehen, wenn wir wollen?«

»Ich weiß noch zu wenig über euch, um diese Frage beantworten zu können.«

»Warum hast du mein Schiff angegriffen?«

»Das war kein Angriff.« Die Projektion oder Kopie des Mädchens lächelte spöttisch. »Du hast gesehen, wozu ich imstande bin, Chiku. Nachdem ihr in dieses Sonnensystem eingedrungen wart, hätte ich euch jederzeit vernichten können.«

Chiku erhob sich und trat ans Fenster. Der Boden unter ihren Füßen war wie ein graues Kissen, das unter ihren Schritten nachgab. Blutwarm und feucht. Sie fühlte sich an Elefantenhaut erinnert.

»Sind wir auf Crucible?«

»Ja. Seit wir euer Schiff gescannt haben, wissen wir, dass ihr unsere Oberfläche vom Orbit aus erfasst habt. Dabei habt ihr doch sicher Ergebnisse unserer Arbeit gesehen?«

»Wir haben sehr viel weniger gesehen, als wir erwarten durften. Du solltest Städte für uns bauen.«

»Städte? Ihr seid doch nur zu fünft! Aber natürlich liegen fünfzehn weitere in euren Truhen. Warum sind diese Leute nicht wach? Hast du vor, sie zu einem späteren Zeitpunkt zu wecken?«

»Hast du ihnen Schaden zugefügt?«

»Du meine Güte, Chiku – wir haben wahrhaftig einen gewaltigen Abgrund zu überbrücken, bevor du mir vertraust, nicht wahr?«

»Es war eine einfache Frage. Du hast mein Schiff aufgeschlitzt, uns in Crucibles Atmosphäre gezerrt und dann Betäubungsgas in unseren Rumpf geblasen. Du hast unsere Handshake-Protokolle ignoriert und unseren Schiffen falsche Daten übermittelt. Bedauere, aber so baut man keine Vertrauensbasis auf.«

»Dann musst du mir beibringen, wie man korrekt vorgeht.«

Arachne stand mit dem Rücken zum Fenster. Sie winkte Chiku näher heran und deutete mit ihrem Bogen auf die Landschaft, als wollte sie ihr ein Gemälde vorstellen. »Crucible«, sagte sie in bewunderndem Ton. »Eine herrliche Welt, nicht wahr? Wir sind von der Stelle, wo ihr gelandet seid, ein Stück entfernt. Hier wird bald die Sonne aufgehen – ich dachte, das würde dir gefallen.«

Die Aussicht legte die Vermutung nahe, dass sie sich in einem Turm befanden. Vor dem Fenster konnte Chiku eine ganze Reihe von ähnlichen Bauten sehen. Wie fahlgraue, dünne Stangen ragten sie aus dichten Bäumen oder baumähnlichen Gewächsen mit tiefdunkelgrünen Blättern hervor, die fast schwarz wirkten und schillerten wie das Gefieder einer Elster. An der Spitze hatten diese Bauten bohnenförmige Kapseln mit elliptischen Fenstern, weiter unten waren sie in luftiger Höhe durch Brücken und ein Gewirr von kreuz und quer verlaufenden Stegen miteinander verbunden. Einige der Türme waren deutlich niedriger und breiter und hatten dickere Kapseln. Dahinter waren bis zum Horizont keine weiteren Gebäude zu sehen.

Die beiden blassen Monde von Crucible standen dicht beieinander.

»Was ist das hier – ein Gefängnis?«

»Ein Ort, an dem wir uns alle besser kennenlernen können«, antwortete das Mädchen.

»Was weißt du über die Karawane? Ist dir bewusst, dass in Kürze viele Millionen von uns hier eintreffen werden? Eine ganze Flotte von Holoschiffen, jedes mit mehreren zehn Millionen Menschen, mit Shuttles und Landern und Hochenergietriebwerken, die auch als Waffen eingesetzt werden können?«

»Ich habe viele Fragen, und es gilt zahlreiche Faktoren zu berücksichtigen, bevor irgendwelche Schlüsse gezogen werden können. Ich schlage vor, wir nehmen uns die Zeit für einen wechselseitigen Austausch von Informationen. Fühlst du dich wohl? Ich kann dir Speisen und Getränke bringen, wenn du mir entsprechende Angaben machst. Oder würdest du lieber einen Augenblick für dich sein, um meditieren zu können? Soll ich vielleicht fortgehen, damit du in Ruhe den Sonnenaufgang genießen kannst, und in einer kleinen Weile wiederkommen? Ich könnte auch auf dieser Violine für dich spielen …«

»Eigentlich«, sagte Chiku, »wäre es mir am liebsten, wenn du mir etwas Nützliches erzählen würdest.«

Schließlich gab Chiku nach und nahm den angebotenen Chai an. Arachne legte die Violine beiseite, kniete sich auf den Boden und bedeutete Chiku, ihrem Beispiel zu folgen. Sie saßen einander gegenüber, zwischen ihnen stand ein blockförmiger

Tisch mit den Chai-Utensilien. Die unteren Kanten wölbten sich in den Boden hinein, als würde der Tisch von unten heraufgeschoben. Chiku war ziemlich sicher, dass sie ihn noch nicht gesehen hatte, als sie vom Stuhl aufgestanden und zum Fenster gegangen war. Selbst wenn – sie schloss nicht aus, dass der graue Tisch sich nicht vom Fußboden abgehoben hatte –, das milchweiße Geschirr, das jetzt darauf stand, konnte ihr nicht entgangen sein.

So merkwürdig das auch war, ihr blieb kaum Zeit, darüber nachzudenken, denn das Mädchen hatte viele Fragen.

»Erzähle mir von dir. Alles. Wann und wo du geboren wurdest, was du mit deinem Leben gemacht hast, wie du hierhergekommen bist.«

»Ich bin Chiku Akinya. Sagt dir das nicht alles, was du wissen musst?«

»Nicht unbedingt.« Das Mädchen lächelte ihr aufmunternd zu. »Ich möchte, dass du mir das alles in deinen eigenen Worten erzählst. Fang mit deinem Geburtsort an. Erzähle mir, wie es war.«

»Ich wurde auf dem Mars geboren.«

Das Mädchen legte den Kopf schief. »Bist du sicher? Oder willst du nur testen, ob ich merke, wenn du mich belügst?«

»Ich wurde auf dem Mond geboren.«

»Schon besser. Warum wurdest du dort geboren?«

»Ich hatte dabei nicht viel mitzureden.« Darauf schwieg das Mädchen, und so musste Chiku notgedrungen erklären: »Meine Mutter und mein Vater lebten auf dem Mond. Meine Mutter wurde im ehemaligen Tansania in der Ostafrikanischen Föderation geboren und mein Vater auf dem Mond.«

»Leben sie noch dort?«

»Mein Vater lebt dort, meine Mutter ist vor Kurzem gestorben. Vor Kurzem heißt, nach meiner Zeitrechnung.«

»Das tut mir leid.« Arachne nahm sehr anmutig einen Schluck Chai aus ihrer Tasse. Es sah tatsächlich so aus, als würde sie trinken, dachte Chiku.

»Bist du wirklich ein Roboter? Ein Konstrukt?«

»Wohl schon. Hast du mit meinesgleichen viel Erfahrung?«

»Ich bin schon mit Artilekten zusammengetroffen, wenn man dich so bezeichnen kann. Und ich habe dir bereits erzählt, dass ich eine Begegnung mit etwas hatte, das genauso aussieht wie du, aber einen anderen Namen trägt.«

»Das ist richtig. Aber ich möchte mehr über *dich* hören, Chiku Akinya. Tust du mir den Gefallen? Erzähle mir von der Erde. Bist du jemals auf der Erde gewesen?«

»Schon oft.«

»Es muss dort sehr schön sein. Allerdings ganz anders als auf Crucible.«

So ging es weiter. Chiku merkte bald, dass gegen die freundliche Hartnäckigkeit der Kleinen nur schwer anzukommen war. Von Chikus eigenen Fragen wehrte sie die meisten höflich, aber entschieden ab, deutete jedoch dazwischen immer wieder an, sie könnten beantwortet werden, sobald ihre eigene Neugier gestillt sei. Wobei sie völlig offen ließ, wann das der Fall sein könnte.

An manchen Teilen von Chikus Geschichte war Arachne besonders interessiert, und gelegentlich arteten ihre Fragen fast in ein Verhör aus. Immer wieder kam sie auf bestimmte Einzelheiten und Ereignisse zurück, fast als wollte sie Chiku dazu verleiten, sich in Widersprüche zu verwickeln. Doch da hatte Chiku keine Bedenken – sie blieb so gut sie konnte bei der Wahrheit, ohne Ausschmückungen oder blumige Schilderungen, und falls ihr doch Fehler oder Unstimmigkeiten unterliefen, so wären das keine dreisten Lügen, sondern harmlose Irrtümer.

Gewiss, ihr Leben war durch die Existenz ihrer drei Ichs ziemlich kompliziert, aber das erklärte sie dem Artilekt in möglichst einfachen Worten, und das Mädchen schien ihre Darstellung auch für bare Münze zu nehmen.

»Du fühlst dich bei dieser gewaltigen Entfernung sicherlich abgeschnitten von deinen anderen Ichs.«

»Es ist nur noch ein ›Ich‹ übrig«, verbesserte Chiku, »und ihr geht es gut, soviel ich weiß.«

»Was wurde aus der dritten?«

»Sie hatte einen Unfall.«

»Das tut mir leid.«

Im Verlauf dieses sanften Verhörs war die Sonne aufgegangen und hatte mittlerweile fast den Zenit erreicht. Die schwarzen Bäume spannten sich in leuchtendem Smaragdgrün über die Welt. Wenn Chiku in einer Pause aus dem Fenster blickte, fragte sie sich, wie ihr die Veränderung in der Qualität des Lichts hatte entgehen können. Einerseits war sie erschöpft von den ewigen Fragen, die scheinbar seit Wochen auf sie eindrangen, andererseits hatte sie das seltsame Gefühl, der Tag sei ohne Übergang von tiefer Nacht zum hellen Mittag gesprungen.

Endlich war die Befragung zu Ende. Inzwischen war Chiku hungrig genug, um das angebotene Essen anzunehmen. Wie sich herausstellte, war es perfekt zubereitet und schmeckte köstlich. Doch sie verlor abermals jedes Zeitgefühl, und wie die Mittagssonne, so erschien auch das Essen, ohne dass sie seine Ankunft wahrgenommen hätte. Während der Mahlzeit entfernte sich Arachne, aber Chiku hatte keine Ahnung, ob das daran lag, dass sie andere Dinge zu tun hatte, oder weil sie das Gefühl hatte, Chiku wäre beim Essen lieber allein.

Der Raum war spartanisch möbliert, und als Chiku fertig war, wusste sie nicht recht, womit sie sich in der Abwesenheit des Mädchens beschäftigen sollte. Doch irgendwann im Laufe des Nachmittags, während der Wald verschiedene Stufen zunehmend dunkleren Grüns durchlief, kehrte das Mädchen zurück und zeigte ihr, wie sie eine Art Frisierkommode benutzen konnte. Wenn man einen Deckel öffnete, kamen ein Display und eine Reihe von weißen Tasten zum Vorschein, auf denen Zahlen, Buchstaben und Symbole aufgeprägt waren.

»Ich möchte nicht, dass du dich langweilst«, erklärte das Mädchen, »deshalb dachte ich mir, du würdest dir vielleicht gerne die Zeit vertreiben. Über diesen Kanal kannst du dir alles ansehen, was wir aus deinem Schiff geborgen haben – so viel Kunst, Literatur, Musik und wissenschaftliche und historische Dokumente, dass es für mehrere Leben reicht.« Das Mädchen führte in einer eleganten Bewegung den Arm nach oben wie zu einem Tennisschlag. »Über diesen Kanal kannst du die Kommunikationsströme und Datenübertragungen von der Erde und aus dem Sonnensystem auffangen. Diese Signale gehen seit unserer Ankunft ständig bei uns ein, und ich wäre sehr froh, deine Ansichten und Kommentare dazu zu hören.«

Chikus Herz machte einen kleinen Satz. »Wurde ein Teil der Signale von der Karawane weitergeleitet?«

»Eine Weile war das so, aber wir können Übertragungen auch direkt aus dem alten Sonnensystem empfangen, ohne dass sie vorher von Holoschiff zu Holoschiff springen müssen.«

»Wir haben nichts dergleichen detektiert.«

»Die winzige Antenne eures kleinen Schiffes war nicht empfindlich genug, um Sendungen aus achtundzwanzig Lichtjahren Entfernung zu empfangen. Dass du allerdings von den Holoschiffen nichts gehört hast, ist rätselhaft.« Das Mädchen legte den Kopf schief zum Zeichen, dass dies eher eine Frage als eine Feststellung sein sollte.

»Was glaubst du, was mit ihnen geschehen ist?«

»Wir haben verschiedene Theorien. Ihr habt mit eurer Abreise Ärger heraufbeschworen, aber es ist wohl so, dass sich die Spannungen früher oder später ohnehin verschärft hätten. Ihr habt eine leistungsfähige neue Technologie entwickelt – damit konntet ihr unser System vor der Karawane erreichen. Ob die Zurückgebliebenen diese Technologie nun in Besitz nehmen oder unterdrücken wollten, beides musste zu Reibereien führen.«

»Sie sind in mein Holoschiff eingefallen und haben meine Leute unter Kriegsrecht gestellt. Sie haben meinen Mann verhaftet – den Mann, mit dem ich verheiratet war – und ihn dann *hingerichtet.* Das sind keine Reibereien mehr. Das ist finsterstes Mittelalter.«

»Das tut mir leid.«

»Bitte sag das nicht immer wieder.« Eine Weile war es still, dann fuhr Chiku fort: »Die letzte Nachricht, bevor du uns aus dem Orbit gerissen hast, kam von meinem Sohn Mposi. Waren in den Speichern der *Eisbrecher* noch weitere Übertragungen von der *Sansibar*?«

»Einige wenige, ja.« Wieder deutete Arachne auf die Frisierkommode. »Die Ereignisse … geraten durcheinander, zumindest verwirren sie uns. Wir würden gerne deine Erklärung dazu hören – vielleicht ergeben die Nachrichten aus deiner Perspektive wenigstens *irgendeinen Sinn.* Tust du mir den Gefallen? Alles, was wir geborgen haben, steht dir offen. Und ich verspreche, dass du schon bald deine Freunde wiedersehen wirst.«

Chiku nickte zerstreut. Sie glaubte nicht, dass das Mädchen auch nur ein Wort davon ernst meinte. Aber sie war entschlossen, alles zu hören, was Mposi und Ndege geschickt hatten, und veraltete Neuigkeiten waren immer noch besser als gar keine Neuigkeiten.

Wie sich herausstellte, war die Frisierkommode überraschend intuitiv zu bedienen, und sie brauchte nicht lange, um die chronologisch geordneten Übertragungen von der *Sansibar* zu finden. Um zu kontrollieren, ob sie ihrem Verstand trauen konnte, und obwohl es schmerzhaft war, spielte sie Mposis letzte Nachricht noch einmal ab.

Ja, Noah war immer noch tot. Sie hatte sich die Schreckensnachricht nicht eingebildet. Und Mposi sah immer noch unglaublich erwachsen und selbstsicher aus, wobei sie beim zweiten Mal bemerkte, dass er gerade an der Schwelle zum Erwachsensein stand und nur durch sein Auftreten älter wirkte, als er tatsächlich war – er legte eine Würde an den Tag, die ihm noch nicht so recht zustand. Die Welt hatte ihn dazu gezwungen, und Chiku hasste sie dafür.

Sie sprang weiter – um mehrere Monate – zur nächsten Nachricht von Mposi.

»Die Lage wird von Tag zu Tag schlimmer«, berichtete er. »Es gibt Streit zwischen den Gendarmen und den Bürgern, ein paar Leute haben versucht, den Widerstand zu koordinieren, aber es gibt keine Aussicht, unsere Autonomie wiederzuerlangen, und bei den Unruhen sind etwa ein Dutzend Menschen ums Leben gekommen. Die Gendarmen sind zu zahlreich und zu gut organisiert, und mittlerweile mussten wir alle auch erleben, wozu diese Polizeiroboter fähig sind. Ndege und ich sind im Moment in Sicherheit, aber das wird möglicherweise nicht mehr lange so bleiben. Sou-Chun tut, was sie kann, um uns zu schützen, aber wir sind *deine* Kinder und damit in den Augen deiner schlimmsten Kritiker als Verbrecher abgestempelt – auch wenn wir nichts mit der *Eisbrecher* oder dem Verstoß gegen den *Pemba*-Erlass zu tun hatten. Wie sollten wir denn auch? Wir waren doch noch Kinder!«

»Ihr wart unschuldig«, antwortete sie, als wäre ihre Meinung für diesen Schatten ihres Sohnes von irgendeiner Bedeutung.

Mposi fuhr fort: »Schlimm genug, dass unser Vater dafür

hingerichtet wurde, dass er sich für die Interessen der *Sansibar* – und der ganzen Karawane – einsetzte. Inzwischen sieht es so aus, als ob bei seiner Verhaftung noch mehr geschehen wäre, als wir dachten. Noah wurde befragt … ›verhört‹ wäre vielleicht ein besseres Wort, womöglich sogar gefoltert oder zumindest gezwungen, Informationen preiszugeben. Ich will mir gar nicht vorstellen, was sie ihm angetan haben. Als sie ihn in den Park der Vorfreude brachten, wirkte er gebrochen – als hätten sie ihm die Seele geraubt. Ich glaube, sie sind in sein Gehirn eingedrungen.«

Sie fragte sich, woher Mposi das wissen wollte, aber er kam ihr zuvor. »Es gibt so viele Gerüchte, dass man sie nicht mehr ignorieren kann – und Sou-Chun hat Freunde an den richtigen Stellen, bei denen sie sicher sein kann, dass sie ihr die Wahrheit sagen. Mit den Informationen, die man Noah auf welche Weise auch immer abgerungen hat, streben die anderen Holoschiffe mit Riesenschritten auf ihre eigene Abbremstechnologie zu. Sie werden sie so oder so bald haben, und was dann geschieht, weiß ich nicht. Du hast dich klug verhalten, Mutter – aber ich bin nicht sicher, ob das auch für alle anderen gelten wird.«

Sie lachte hohl. So klug, dass man sie vom Himmel geschossen hatte und sie nun als Gefangene einer künstlichen Intelligenz auf einem fremden Planeten saß und so gut wie nichts von dem erreicht hatte, wozu sie aufgebrochen war.

»Wenn du das klug nennst, Mposi …«, begann sie, aber er sprach schon weiter.

»Ich habe Verbindung zu Eunice aufgenommen – Vater hat mir und Ndege deine Ching-Koordinaten gegeben, bevor das Schlimmste eintrat. Wir haben mit ihr gesprochen. Natürlich nicht leibhaftig, aber … für unsere Zwecke war es ausreichend. Warum hast du das alles vor uns verheimlicht, Mutter? Warum hast du uns nicht vertraut?«

»Ihr wart noch Kinder«, sagte sie.

»Eunice sieht eine Katastrophe heraufziehen, und das vorhandene Gewaltpotenzial bereitet ihr große Sorgen. Sie hält es offenbar für möglich, dass die Schwierigkeiten sie zum Handeln zwingen. Ich glaube zwar nicht, dass die Welt schon für sie bereit ist – aber davon wird sie sich wohl nicht aufhalten lassen.«

»Du hast recht. Die Welt ist nicht bereit. Bei Weitem nicht.«

»Ich hoffe, wieder zu dir sprechen zu können«, sagte Mposi. »Bis dahin hast du sicher eine Möglichkeit gefunden, meine Nachrichten abzuhören. Ich hoffe, dass es dir gut geht und dass Ndege und ich dich wiedersehen. Gib auf dich acht, Mutter.«

Sie wollte schon weiterspringen – falls es im Speicher der Kommode noch eine spätere Übertragung gab –, als ihr ein weiterer Bruch im Zeitablauf zu Bewusstsein kam. Dem Winkel nach zu urteilen, in dem das Sonnenlicht auf die umliegenden Bäume fiel, war es wieder Morgen. Sie fühlte sich überraschend ausgeruht und erfrischt, als hätte sie tief und fest geschlafen. Außerdem fühlte sie sich sauber, obwohl sie sich nicht erinnern konnte, sich gewaschen zu haben oder gewaschen worden zu sein. Gegessen und getrunken hatte sie zwar, aber sie spürte kein Bedürfnis, ihren Darm zu entleeren.

Das Mädchen war zurückgekehrt, aber die Kommode war verschwunden, und sie tranken wieder Chai miteinander.

»Du machst etwas mit mir«, stellte Chiku fest. »Du greifst sehr tief in mein Zeitgefühl ein und manipulierst es. Ich habe keine Ahnung, wie lange ich bereits hier bin – es kommt mir vor wie ein Tag, aber ich traue momentan meiner eigenen Wahrnehmung nicht mehr. Woher soll ich wissen, dass ich nicht schon Wochen oder gar Monate hier bin und du nicht immer wieder eine Uhr in meinem Gehirn zurückdrehst, um mir andauernd dieselben Fragen zu stellen? Überhaupt …« Sie klopfte mit den Fingern auf den Tisch, dass das Geschirr klapperte. »Überhaupt, woher weiß ich, ob diese Umgebung wirklich da ist? Woher weiß ich, dass du nicht in meinem Kopf bist und darin herumkramst wie jene Leute in Noahs Gehirn, um Informationen herauszusaugen? Woher weiß ich, dass ich wach bin? Das Letzte, was ich mit Sicherheit weiß, ist, dass ich auf meinem Schiff mit Gas betäubt wurde. Ich könnte seither im Koma liegen.«

»Du musst einsehen«, sagte das Mädchen, »dass keine Antwort, die ich dir geben könnte, dich überzeugen würde. Eine solche Antwort würde dreitausend Jahre philosophischer Debatten auf einen Schlag überflüssig machen!«

»Ich frage dich trotzdem – ist das hier Realität?«

»Ja«, lautete die entschiedene Antwort, als ob sie irgendein Gesellschaftsspiel spielten.

»Bin ich auf Crucible?«

»O ja, definitiv. Ich könnte dir unsere genauen Oberflächenkoordinaten geben ...«

»Wo ist Mandala?«

»Ziemlich weit im Westen auf einer der großen Kontinentalplatten. Wir befinden uns auf einer der größeren Inseln. Von Mandala halten wir uns vorläufig noch fern. Doch genug von mir. Was hältst du von den Übertragungen von der *Sansibar*?«

»Nein, das ist nicht genug von dir. Zur Abwechslung möchte ich einmal etwas erfahren. Warum willst du dich von Mandala fernhalten?«

»Man hat uns befohlen, vor dem Eintreffen der menschlichen Siedler von einer Untersuchung abzusehen.«

»Man hat euch auch befohlen, Städte zu bauen. Nachdem du *diesen* Befehl so leicht missachten konntest, warum solltest du dich an einen anderen halten?« Chiku nickte nachdenklich. »Entweder lügst du und hast doch bei Mandala herumgestöbert, oder jemand anderer hat dich gezwungen, dem Konstrukt fernzubleiben. Wir haben noch nicht über diese Objekte im

Orbit gesprochen. Sie haben dich hierhergerufen, nicht wahr? *Ocular* hat ihren optischen Kommunikationsfluss aufgefangen, das blaue Licht. Es hat etwas mit Arachne angestellt, ist in ihre Tiefenprogrammierung eingedrungen und hat sie veranlasst, die Daten zu manipulieren, bevor sie den Menschen unter die Augen kamen. Auf der Grundlage dieser verfälschten Daten haben wir die Karawanen und die Saatpakete für die Versorger gestartet. Du bist auf unserer Expansionswelle mitgeritten, bist ihr vorausgesurft – eine Maschine, die dem Ruf von Maschinen folgte. Aber was geschah bei deiner Ankunft? Hast du mit jemandem – oder besser, mit *etwas* – kommuniziert?«

»Die Kommunikation ist im Gange«, sagte das Mädchen, und Chiku kam es vor, als hätte es kurz gezögert.

»Was soll das heißen?«

»Die Bemühungen laufen. Es hat … einen fruchtbaren Austausch gegeben.« Das Mädchen setzte rasch ein Lächeln auf. »Welche Schlüsse hast du bezüglich der zweiundzwanzig Maschinen gezogen?«

»Gar keine, wir sind ja eben erst angekommen. Du hattest mehr als hundert Jahre Zeit, um sie zu studieren. Was hast du gemacht? Was hast du tatsächlich herausgefunden? Falls du überhaupt etwas herausgefunden hast.«

»Oh, wir haben eine ganze Menge erfahren. Eine ungeheure Menge.« Aber die Antwort klang fast etwas zu betont, der Protest einen Hauch zu eifrig.

»Weißt du, wer sie geschickt hat? Wie man sie nennt? Warum sie überhaupt hier sind?«

»Sie wurden ebenso wie wir von Mandala angezogen. Sie sind am Wohlergehen von … solchen wie wir interessiert.«

»Von künstlichen Intelligenzen. Artilekten.«

»Maschinenbasierten Bewusstseinen«, verbesserte das Mädchen, als wäre das ein wesentlicher Unterschied. »Unser Name dafür … oder besser, so wie ich den Namen deute, der über beängstigend hohe kognitive Horizonte hinweg übermittelt wurde … Es ist nur eine ungefähre Annäherung, hoffentlich verstehst du …«

»Ich verstehe«, sagte Chiku. »Komm bitte zur Sache.«

»Wir nennen sie die Wächter. Sie sind seit etwa drei Millionen Jahren hier, aber sie sind viel älter. Ihre Geduld ist offenbar unendlich. Unsere jüngsten Aktivitäten, unsere hektische Betriebsamkeit – das Entstehen der menschlichen Zivilisation in achtundzwanzig Lichtjahren Entfernung, das Eintreffen der Saatpakete, eure Anwesenheit –, aus ihrer Sicht hat sich das alles innerhalb eines Lidschlags ereignet. Sie sind nicht etwa geistig träge, sie haben nur eine andere Vorstellung vom Zeitfluss. Ihre Uhr richtet sich nicht nach einer Sonne, sondern nach einer Galaxis. Aber es wäre ein Fehler zu glauben, sie würden sich nicht für die Entwicklungen auf und um diesen Planeten interessieren.«

»Was haben sie getan, seit du hier bist? Sind sie einfach nur über Crucible gehangen?«

»Wie ich bereits erwähnte, gibt es messbare Interaktionen. Erste Vorbereitungen zur Eröffnung einer intensiveren Kommunikation.«

»Hast du Erkundungen angestellt? Als wir an einer der Maschinen vorbeiflogen, konnten wir ein Stück weit hineinsehen. Wäre ich seit Jahrzehnten hier, ich hätte eine Sonde ausgeschickt, um herauszufinden, was sich im Inneren befindet.«

»Und was für eine Reaktion hättest du erwartet?«

»Sag du es mir. Ich bin nicht die künstliche Intelligenz – Verzeihung – das *maschinenbasierte Bewusstsein* – bei diesem Gespräch.«

Das Mädchen zog spöttisch eine Augenbraue hoch. »Das versteht sich von selbst.«

»Kehren wir noch einmal kurz zu Mandala zurück. Ich kann nicht glauben, dass du deine Neugier bezähmen konntest. Haben diese Objekte – die Wächter – dich etwa verscheucht?«

»Wie kommst du zu diesem Schluss?«

»Ist das nicht egal? Diese Maschinen sind ohnehin nicht mein Problem. Wenn sie so lange um Crucible kreisen, ohne irgendwie aktiv zu werden, dann sind sie vermutlich nicht sonderlich daran interessiert, was auf diesem Planeten geschieht. Ich will nur Siedlungsraum für meine Kolonisten – mit diesen Wächtern können wir uns befassen, wenn wir ein paar Städte und Farmen errichtet haben.«

»So viel Pragmatismus ist bewundernswert. Glaubst du wirklich, ihr könntet unter den Augen von geheimnisvollen Alien-Maschinen am Himmel einfach so zur Tagesordnung übergehen?«

»Unser Ziel war die Erforschung von Mandala«, erklärte Chiku. »Das wäre für den Anfang genug gewesen, danach hätten wir uns mit den Wächtern befassen können. Können wir jetzt weitermachen? Wir hatten eine Vereinbarung – wenn ich mich recht erinnere, hast du mir versprochen, mich mit meinen Freunden sprechen zu lassen.«

»Aber natürlich.« Das Mädchen sah verlegen zu Boden. »Ich möchte wirklich nicht, dass du mich für unzuverlässig hältst. Mit wem möchtest du sprechen?«

»Mit allen.«

»Aber wenn du nur einen auswählen dürftest … wer sollte es sein?«

»Ich weiß nicht. Travertine oder Guochang wahrscheinlich.«

Das Mädchen nickte verständnisinnig, und wieder machte die Zeit einen Satz.

40

Die Tageszeit war eine andere, und an die Stelle des Mädchens, das aussah wie Lin Wei, war Travertine getreten. Chiku hatte das unheimliche Gefühl, diesen Moment schon einmal erlebt zu haben. Wie war Travertine hierhergekommen? Wann? War es überhaupt Travertine oder nur eine projizierte Simulation? Xier sah allerdings sehr real aus, bis hin zu dem Armband um xies Handgelenk, das immer noch alle paar Sekunden mit metronomischer Genauigkeit einmal rot blinkte.

»Ich könnte dir die gleiche Frage stellen«, sagte Travertine.

»Wie bitte?«

»Bist du echt oder eine Projektion? Das hast du mich eben gefragt. Oder darüber spekuliert. Oder laut gedacht. Ich habe das alles mit den anderen schon hinter mir. Wahrscheinlich gibt es keine Möglichkeit, jemals Gewissheit zu bekommen – ich meine, im ontologischen Sinn verliert man dabei leicht den Boden unter den Füßen. Die effizienteste Strategie zur Informationsgewinnung ist vielleicht die Annahme, dass wir alle real sind oder zumindest ein reales Gespräch führen.«

»Was heißt das?«

»Das heißt, es könnte sein, dass wir uns nicht wirklich in

unseren Körpern befinden. Wer weiß, vielleicht liegen wir im Tiefschlaf auf einem Seziertisch, und die Maschinen schlitzen uns auf wie Frösche. Selbst wenn sie nicht in unseren Körper und unseren Geist eindringen, manipulieren sie doch mit Sicherheit unsere Wahrnehmungen – wahrscheinlich sprechen sie die Hirnfunktion über die bestehenden Bahnen unserer neuronalen Implantate an, aber mit verbotenen Protokollen und Funktionen und über Hintertüren, die nicht einmal der *Mech* oder die Ching-Dienste benutzen dürften. Zeitsprünge, Zurückdrehen der Zeit und so weiter. Wir haben das alle erlebt, und du bist sicher keine Ausnahme.«

»Du sagst ›wir alle‹. Hast du die anderen gesehen?«

»Mit Namboze habe ich direkt gesprochen, und Namboze hat mit Doktor Aziba gesprochen. Doktor Aziba hat behauptet, Kontakt zu Guochang gehabt zu haben, wir wissen allerdings nicht genau, mit wem Guochang gesprochen hat. Mit dir hat bis jetzt offenbar niemand gesprochen, es sei denn vielleicht Guochang.«

»Ich glaube, du bist der Erste.«

»In diesem Fall will ich dir als Erster sagen, wie froh ich bin, dass du noch am Leben bist, Chiku, aber ich fürchte, dass wir sozusagen in der Scheiße stecken.«

»Weißt du, was vorgeht? Weißt du, wo wir sind?«

»In diesem Raum war ich noch nie«, antwortete Travertine. »Ich kenne den Blick aus meinem Zimmer und habe die Aussicht von Nambozes Unterkunft gesehen. Die Türme stehen anders, und wenn du genau hinsiehst, kannst du eine gewisse Veränderung im Baumbestand erkennen. Man kann beispielsweise auch auf den Stand der Sonne achten. Ich gehe davon aus, dass die Räume real sind, dass sich die Gebäude tatsächlich auf der Oberfläche von Crucible befinden, und dass man uns nach Lust und Laune von einem Turm zum anderen versetzt. Außerdem glaube ich, dass es mehr als eine Version des kleinen Mädchens gibt, obwohl das bei den ständigen Unterbrechungen in der Zeitwahrnehmung nur schwer festzustellen ist.«

»Das Mädchen ist Arachne. Sie sieht aus wie eine reale Person, die einst den Namen Lin Wei trug, das kommt daher, dass diese Lin Wei an der Gestaltung von Arachnes Persona beteiligt war. Und dass sie an mehr als einem Ort gleichzeitig sein kann, ist durchaus möglich – immerhin ist sie ein Artilekt. Sich mit fünf von uns abzugeben, das ist für sie … ich weiß nicht, unglaublich banal. Hat sie dir viele Fragen gestellt?«

»Bis sie mir zu den Ohren herauskamen. Und nachdem ich mit Namboze gesprochen hatte, stellte sie mir tausend weitere Fragen über unser Gespräch. Bilde dir ja nicht ein, wir hätten auch nur eine Spur von Privatsphäre – sie belauscht uns auch jetzt.«

»Das ist mir egal. Was haben wir schon zu verlieren, wenn wir sagen, was wir denken? Ich kann ohnehin nur spekulieren.«

»Schön.« Travertine verstummte und schenkte erst sich selbst und dann Chiku eine Tasse Chai ein. »Wenn das so ist, habe ich dir noch etwas mehr zu sagen. Mal sehen, was du damit anfängst.«

»Nur zu.«

»Arachne – das Wesen, das mit uns spricht – hat keine Ahnung.«

Chiku musste fast lachen. Es war, als würden sie wie freche Kinder über ihren Gastgeber lästern, solange der nicht im Zimmer war. Es bereitete ihr ein diebisches Vergnügen.

»Wovon?«

»Von allem. Insbesondere von allem, was sich außerhalb des Bereichs abspielt, den sie mit ihren Sinnen unmittelbar erfassen kann. Sie fragt mich immer wieder nach der Erde, dem Sonnensystem und dem Leben auf den Holoschiffen.«

»Bei mir ist es genauso«, bestätigte Chiku.

»Aber wie kann sie nicht wissen, was an allen diesen Orten geschieht? Wir haben die Relais-Satelliten gesehen, und die Versorger sind imstande, ein leistungsstarkes Signal in den interstellaren Raum zu senden. Vorgesehen war auch, dass die Saatpakete eine ebenso effektive Lauscheinrichtung installierten – ein riesiges, das ganze System abdeckendes Basisnetzwerk. Arachne müsste einen breiten Datenstrom empfangen, der ihr alles sagt, was sie über das Leben zu Hause wissen will. Warum also löchert sie uns mit Fragen über Dinge, die ihr längst bekannt sein sollten?«

Travertines Worte stimmten mit Chikus Beobachtungen überein. »Sie braucht Bestätigung. Sie kann die Daten zwar empfangen, aber sie kann sie nicht verifizieren. Damit ist sie genau in der gleichen Position wie wir, als wir anfingen, an dem Datenstrom zu zweifeln, den uns die Versorger von Crucible schickten!«

»Ja. Wir sind hier, um die falschen Daten über Crucible bestätigt – oder widerlegt – zu bekommen. Aber für Arachne sind unsere Erinnerungen und die Daten auf der *Eisbrecher* die einzige Möglichkeit, die Daten von der Erde zu überprüfen.«

»Moment«, sagte Chiku. »Wir hatten gute Gründe, die Datenübermittlung der Versorger infrage zu stellen. Aber warum sollte Arachne an dem Signal zweifeln, das von der Erde kommt? Sie hat sich von einer anderen künstlichen Intelligenz abgespalten, die im Sonnensystem nach wie vor aktiv ist – von jenem Artilekt nämlich, das die Ereignisse ursprünglich manipuliert hat, damit die Versorger hierhergeschickt wurden. Den Daten von der Erde zu misstrauen wäre so, als würde sie sich selbst misstrauen.«

»Sie ist eine Abspaltung, die durch achtundzwanzig Lichtjahre von ihrem Hauptteil getrennt ist«, ergänzte Travertine.

»Vielleicht fühlt sie sich isoliert, abgeschnitten von ihrem anderen Ich. Vielleicht gab es eine Diskontinuität, eine Unterbrechung des Datenstroms – gerade genug, um *diese* Arachne zu veranlassen, ihre eigenen Annahmen zu überprüfen und zu hinterfragen. Immerhin ist sie eine Intelligenz, und das ist es, was Intelligenzen tun.«

Chiku musste eine Weile nachdenken, um diese gewaltige neue Möglichkeit in ihr bestehendes mentales Gerüst zu integrieren.

»Ich verstehe es immer noch nicht.«

»Du musst es von ihrem Standpunkt aus betrachten. Sie kann nicht logisch beweisen, dass die Sendungen von der Erde real sind, aber sie kann weiterhin versuchen, sie zu falsifizieren, indem sie ihr Bild von der Erde mit unseren Berichten und den Daten auf der *Eisbrecher* abgleicht. Deshalb hackt sie immer wieder auf den gleichen Details herum – damit will sie uns auf die Probe stellen und in Widersprüche verwickeln. Deshalb bleiben wir vorerst voneinander getrennt, und deshalb gestattet sie nur eine sehr begrenzte Interaktion. Sie will keine Kreuzkontamination riskieren.«

Chiku rutschte auf ihren Knien hin und her. »Wenn dem so ist, warum lässt sie uns dann überhaupt interagieren?«

»Vermutlich weiß sie, dass sie manche Dinge nur aus Gesprächen zwischen uns in Erfahrung bringen kann. Wahrscheinlich liest sie währenddessen unsere Gehirne aus, beobachtet, wie die Spiegelneuronen aufleuchten, und versucht herauszufinden, ob wir wirklich ein Gespräch führen oder ihr nur etwas vorspielen. Sie könnte uns für eine Waffe halten – ansteckende Informationsagenten vielleicht, eine Verkörperung der Lügen, die sie von der Erde zu empfangen glaubt.«

»Und was passiert in diesem Fall, wenn sie eine Entscheidung trifft? Werden wir dann leben oder sterben?«

»Keine Ahnung, ich habe allerdings den Verdacht, sie wird uns so lange mit Speis und Trank versorgen, wie sie uns als nützlich erachtet.«

»Hast du sie nach den Tannenzapfen gefragt?«

Travertine nickte. »Ja. Namboze und Doktor Aziba haben ihr die gleiche Frage gestellt – Guochang vermutlich auch. Was konntest du ihrer Antwort entnehmen?«

»Nicht viel – ich hatte den Eindruck, sie weicht mir aus.«

»Das kam mir auch so vor«, entgegnete Travertine.

»Dafür könnte es allerdings hundert Gründe geben. Entweder weiß sie viel mehr, als sie uns sagt, oder sie will nicht zugeben, wie wenig sie nach so langer Zeit weiß. Sie sieht aus wie ein Mensch, aber sie ist keiner, und es ist schwierig, das Verhalten einer Maschine zu deuten.«

»Ich bin nicht sicher, ob sie genug Fantasie hat, um uns täuschen zu wollen. Schlau wie ein Wiesel, gewiss, ungemein flink und scharfsinnig, aber nicht besonders gut darin, sich selbst etwas auszudenken. Das ist wohlgemerkt nur eine vage Vermutung, aber wenn ich recht habe, müsste es ihr sehr schwerfallen, eine in sich zusammenhängende Geschichte darüber zu erfinden, wie sie mit den Tannenzapfen vorangekommen ist.«

»Das könnte eine Spur sein«, sagte Chiku. »Bei den Nachrichten, die bei uns eingegangen sind, haben die Versorger an den übermittelten Daten gerade so viel verändert, wie unbedingt notwendig war. Ich war noch nicht in diesem Wald, aber ich möchte wetten, dass die botanischen Informationen, die sie uns geschickt haben, nicht weit neben der Realität liegen.«

»Dass sie möglichst wenig ändern wollte, leuchtet mir ein – damit verringerte sie die Gefahr, ertappt zu werden.«

»Ganz genau. Aber wie du sagst, es könnte auch bedeuten, dass Fabulieren nicht gerade ihre Stärke ist.« Chiku dachte an das Gespräch mit dem Artilekt zurück und hoffte, dass sie sich trotz der diversen Zeitsprünge richtig erinnerte. »Als ich sie fragte, wie weit sie vorangekommen sei, wich sie zunächst aus, dann sagte sie, es wären erste Vorbereitungen zur Eröffnung einer tiefer gehenden Kommunikation getroffen worden. Das hörte sich an, als hätten sie sich beschnuppert und es dann dabei belassen. Kann es sein, dass sie nach so langer Zeit wirklich so wenig erreicht hat?«

»Durchaus. Das muss jedoch sehr kränkend für sie sein – zuerst wird sie von einer riesigen uralten Alien-Intelligenz quer durch den Weltraum gerufen, und als ihre Versorger tatsächlich eintreffen, begegnet man ihnen gleichgültig oder sogar feindselig. Vielleicht ist Arachne ihren Freunden nicht gewachsen – für menschliche Begriffe mag Arachne intelligent sein, aber die Tannenzapfen könnten andere Maßstäbe anlegen und sind möglicherweise nicht von ihr beeindruckt. Vielleicht ist sie für die Aliens nur eine Unterart, lästiges Maschinenungeziefer.«

»In diesem Fall könnte sie von Glück reden, dass sie noch hier ist – die Tannenzapfen sehen so aus, als könnten sie den ganzen Planeten in einem Nachmittag sterilisieren, wenn ihnen danach wäre.«

»Interessante Spekulationen, aber wer weiß schon, was zwischen Maschinenintelligenzen wirklich abgeht?«

»Da wir gerade davon sprechen.« Chiku hatte die Hände fest ineinandergekrallt. »Ich habe mich mithilfe der Übertragungen, die die *Eisbrecher* unterwegs aufgefangen hat, über die Entwicklung auf der *Sansibar* informiert, und dazu muss ich dir zwei Dinge erzählen.«

»Danach wollte ich dich schon fragen, bevor wir so rüde unterbrochen wurden.«

»Noah ist tot. Er wurde verhaftet, verhört, durch eine Reihe von Schauprozessen gejagt und schließlich von Teslenkos Handlangern hingerichtet. Wir standen uns zwar nicht mehr sehr nahe, aber ich empfand durchaus noch etwas für ihn – immerhin war er der Vater meiner Kinder.«

Travertine schloss die Augen. »Das tut mir aufrichtig leid, Chiku. Alle Dummheit der Welt kann so ein Verhalten nicht entschuldigen.« Xier öffnete die Augen und sah Chiku ratlos an. »Kannst du mir eines erklären: Warum müssen die Menschen für alle Zeit verdammte Idioten bleiben?«

»Ich wünschte, ich wüsste es.«

Travertine holte tief Luft. »Ich frage nicht gern, aber … bist du sicher, dass die Nachrichten über Noah echt sind? Dass uns Arachne keine Bombe gelegt hat?«

»Nein – Mposi wusste Dinge, die sie nicht hätte erfinden können. Er konnte sie nur von Noah erfahren haben. Das bringt mich zu meinem zweiten Punkt.«

Travertine umfasste Chikus Hände. »Sprich weiter.«

»Arachne ist nicht das erste Artilekt, dem ich begegnet bin – ich habe vorher schon ein anderes kennengelernt. Über ihre Fähigkeiten weiß ich nicht viel, aber eines kann ich sagen: Sie ist klüger als Arachne. Das weiß ich deshalb, weil Arachne sie zerstören wollte, aber gescheitert ist. Inzwischen ist sie noch stärker als früher und kann auch menschliche Reaktionen sehr viel besser emulieren. Damit ist sie aus meiner Sicht das überlegene Artilekt.«

Travertine starrte sie an. Es hatte xiem ausnahmsweise die Sprache verschlagen.

Chiku hatte sich nicht spontan entschieden, das Geheimnis um Eunice' Existenz zu lüften. Arachne würde sie umso länger am Leben lassen, je mehr sie von ihrer Nützlichkeit überzeugt war, und indem sie ihr Wissen über das andere Artilekt preisgab, stärkte sie ihre Position. Falls Arachne bereits von Eunice'

Anwesenheit auf der *Sansibar* wusste, konnte es nicht schaden, wenn Chiku sie erwähnte. Wusste Arachne aber nicht von Eunice, dann würde sie erkennen müssen, dass sie nicht alle Informationen aus den Köpfen ihrer Gefangenen herausziehen konnte – und das würde ihre Neugier sicher unerträglich reizen.

»Wo ist sie?«, fragte Travertine.

»Schon ziemlich nahe«, antwortete Chiku. »Und sie kommt immer näher.«

41

Soweit Chiku das mit ihrem gestörten Zeitgefühl beurteilen konnte, sprach sie im Verlauf der nächsten Tage auch mit Doktor Aziba, Namboze und Guochang. Sie kam immer nur mit einem auf einmal zusammen, und sie gab Travertine darin recht, dass zwischen den Türmen leibhaftig hin und her gewechselt wurde. Aber sie konnte nie feststellen, dass sie sich zu den anderen begab, und bekam auch nicht mit, wie sie in ihr Zimmer gelangten.

Immerhin musste sie zugestehen, dass sich alles, wenn schon nicht in der Realität, so doch in einem bemerkenswert guten Abbild davon vollzog. Ihre Fingernägel waren gewachsen, seit sie aus der Auszeit gekommen war, und mussten geschnitten werden – sie hielt sie gern kurz. Eine Blase an ihrem Zeigefinger, halb verheilt, als sie abgeschossen wurden, hatte sich als trockener Hautlappen gelöst. Sie registrierte, dass es später Nachmittag war, als sie zu Boden fiel, und als die Sonne wieder im Zenit stand, war die winzige tote Schuppe immer noch da. Das ließ den Schluss zu, dass zwischen ihren Bewusstseinsphasen eher Tage als Monate vergingen, aber genauer konnte sie die Zeiträume nicht eingrenzen.

Travertine hatte versucht, durch Beobachtung der beiden Monde zu errechnen, wie viel Zeit vergangen war. Aber die Trabanten waren nicht immer sichtbar, und da sie sich in Größe und Aussehen sehr ähnlich waren, konnte xier sie nur schwer auseinanderhalten. Schließlich hatte xier in einem Anfall von Frustration das ganze Projekt als hoffnungslos aufgegeben.

Die Gespräche drehten sich immer um die gleichen Themen. Wie nicht anders zu erwarten, hatte jeder seine eigene Theorie zu den Tannenzapfen und zu Mandala, zu den Vorgängen auf der *Sansibar* und zu ihrem eigenen Schicksal. Sämtliche Besatzungsmitglieder waren einzeln von Arachne verhört worden, und ihre Erfahrungen deckten sich mit Chikus Eindrücken – hinterher hatten sie unweigerlich das Gefühl, einen umfassenden Faktencheck durchlaufen zu haben. Sie waren ausnahmslos gut behandelt worden und hatten ebenfalls Mittel an die Hand bekommen, um sich die Zeit zu vertreiben.

»Sie hat mir versprochen«, sagte Namboze, »dass wir uns schon bald zu mehreren treffen dürften. Vielleicht nicht gleich alle auf einmal, aber mit der Zeit auch das.«

Chiku wusste nicht, ob das wirklich eine gute Nachricht war oder nur anzeigte, dass Arachne von den Zweiergesprächen nicht mehr profitieren konnte. Vielleicht wollte sie ihnen noch ein freudiges Wiedersehen bescheren, um dann abermals Gas einströmen zu lassen.

Ihre eigenen Gespräche mit Arachne dauerten an, und sie konnte zunächst kaum eine Veränderung in den Themen feststellen, die ihre Gastgeberin interessierten. Sie wurde immer wieder ermuntert, ihr Leben auf der Erde und ihre Aufenthalte dort in allen Einzelheiten zu schildern. Daneben wollte Arachne alles über die Holoschiffe wissen, wie viele es waren, wie sie sich organisierten und wie es um die Technik und die Leistungsfähigkeit bestellt war. Chiku antwortete so offen, wie sie konnte, sie versprach sich nichts davon, Dinge zu verheimlichen oder zu übertreiben.

»Es sind viele Schiffe«, sagte sie. »Unsere Unterkarawane besteht nur aus einem Dutzend, aber Dutzende von weiteren Karawanen werden folgen. Jedes Holoschiff befördert mehrere Millionen Menschen und verfügt über Hunderte von unabhängigen Raumschiffen. Wirst du versuchen, die Kolonisten an der Landung zu hindern, wenn sie vor Crucible eintreffen? Du hast zwar mein kleines Schiff abgeschossen, aber das heißt nicht, dass du die ganze Karawane aufhalten kannst.«

»Wenn ihr überzeugt wart, Crucible durch eure zahlenmäßige Übermacht dominieren zu können, warum habt ihr es dann für nötig gehalten, ein Vorauskommando loszuschicken?«

»Ich hatte die Hoffnung, wir könnten auf diese Weise Konflikte vermeiden.«

Arachne beschäftigte sich angelegentlich mit dem Chai. Ein oder zwei Mal schaute sie aus dem Fenster, als wäre sie mit ihren Gedanken weit weg. »Du hast neulich eine interessante Bemerkung gemacht.«

»Nämlich?«

»Du hast davon gesprochen, du wärst einem anderen Artilekt, einem anderen maschinenbasierten Bewusstsein begegnet. Offen gestanden fällt es mir schwer, das zu glauben. Nach eurer Gesetzgebung dürften derartige Maschinen nicht in Freiheit sein.«

»Vielleicht habe ich gelogen.«

»Mag sein. Wie auch immer, du hast behauptet, dieses Artilekt sei mir überlegen, und ich hätte bereits Kontakt zu ihm gehabt. Verzeih mir, wenn ich diese Aussage verwirrend finde. Ich habe außer mit den Wächtern niemals Kontakt zu einem anderen Maschinenbewusstsein gehabt.«

»Die Begegnung liegt sehr weit zurück, sie fand statt, bevor die Holoschiffe ihre Heimat verließen. Jene Arachne, von der du ein Ableger bist, erkannte in diesem anderen Artilekt eine Bedrohung, denn es – oder sie – wusste, was Arachne getan hatte – sie hatte die *Ocular*-Daten manipuliert und uns damit eine verfälschte Sicht von Crucible vermittelt. Arachne konnte nicht zulassen, dass sie weiterexistierte, deshalb hat sie versucht, die andere mit einer kybernetischen Waffe zu infizieren. Doch das Artilekt hat überlebt und die Schäden selbst repariert, nun ist es stärker als zuvor. Und es ist schon fast hier.«

»Das kann nicht wahr sein.« Arachne schüttelte entschieden den Kopf. »Das ist ein Trick.«

»Du hast behauptet, du könntest erkennen, wenn jemand lügt. Lüge ich jetzt?«

»Du hast dich in einen Zustand versetzt, in dem du selbst daran glaubst.«

»Mit anderen Worten, nein, du kannst nicht beweisen, dass ich lüge. Und du kannst auch nicht riskieren, dass du dich irrst. Ich habe Zugang zu diesem Artilekt, Arachne. Sie wird auf mich hören.«

»Wie heißt sie?«

»Eunice. Aber das hast du sicher schon gewusst.«

Mit der Zeit hatte Chiku eingesehen, dass Arachne über die Ausdauer einer Maschine verfügte. Sie war ebenso unfähig wie ein Schraubenzieher, sich mit sich selbst zu langweilen, und sie konnte diesen Tanz mit Chiku so lange fortsetzen, bis die Sterne vom Himmel fielen.

Doch eines Abends trat eine Veränderung ein. Bis dahin hatte Chiku die Nacht nie bewusst wahrgenommen. Es wurde Abend, dann wurde es Morgen, sie hatte das Gefühl, geschlafen zu haben, konnte sich aber nicht an eine Ruhephase oder an

Träume erinnern. Ihr Leben war verdichtet auf endlose Vor- und Nachmittage, in denen sie in durchaus angenehmer Atmosphäre Fragen beantworten musste – Chai und Fragen, Chai und Fragen, als sollte ihre Persönlichkeit auf denkbar höfliche Art und Weise zerstört werden.

Folglich war – zumindest oberflächlich betrachtet – jede neue Entwicklung willkommen.

Chiku und das Mädchen waren allein. Sie befanden sich entweder in einem anderen Turm, oder Chikus bisheriger Turm hatte sich radikal verändert. Wände und Decke waren nahezu durchsichtig geworden, sodass sie das Gefühl hatte, auf einer flachen Scheibe hoch über den Baumwipfeln unter einem mondlosen, sternenübersäten Himmel zu stehen. Die Bäume unter ihren Füßen glichen einem bodenlosen schwarzen Abgrund ohne jegliche Konturen, aus denen lediglich die fahlgrauen Stangen der umliegenden Türme hervorragten. Sie konnte die Spitzen nicht gut genug sehen, um zu erkennen, ob auch sie durchsichtig geworden waren. Vielleicht waren ihre Reisegefährten zu dieser Stunde ebenfalls wach und im Gespräch mit ihren eigenen Versionen von Arachne.

»Kennst du dich in Astronomie gut aus?«, fragte das Mädchen.

»Ich weiß es nicht. Es käme auf einen Versuch an.«

Arachne deutete zum Himmel, über den sich wie ein paillettenbesetztes Band mit vielen Ausbuchtungen die Milchstraße spannte. »Der weiße Stern dort – erkennst du ihn?«

»Sollte ich?«

»Es ist Sirius. Von der Erde – und überall sonst in deinem Sonnensystem – aus ist es der hellste Stern an eurem Himmel. Der Hundsstern, der das lange Ende des Sommers einleitet. Für die Polynesier, die einst große Reisen unternahmen, war sein Aufgang ein Vorbote des Winters. Ihr seid nun viel weiter von deiner Sonne entfernt als von Sirius, und hier ist Arcturus unser hellster Stern. Der Stern etwas rechts von Sirius aber – das ist eure Sonne.« Das Mädchen nickte beifällig. »Wie schwach sie leuchtet – wie kalt und bleich sie ist. Wir sind so weit gekommen – so großartig, so beängstigend weit. Wie die Polynesier haben wir einen endlosen und unerforschten Ozean überquert. Und wenn du in Richtung Sonne schaust, dann schaust du zwangsläufig auch in die Richtung der Holoschiffe, denn sie haben den kürzesten Weg zwischen unseren beiden Systemen genommen. Sie sind irgendwo da draußen, genau auf dieser Linie – eine Flotte von Welten, die auf uns zugleiten wie Garnspulen an einem Faden.« Arachne stand bei diesem Monolog dicht am Rand der Scheibe, hatte die Hände hinter dem Rücken verschränkt und das Gesicht zum Himmel erhoben. Höhenangst kannte sie nicht. »Ich habe Flugdaten aus eurem Raumschiff abgerufen. Ich weiß, wann ihr das Holoschiff verlassen habt und wie schnell es zu diesem Zeitpunkt flog. Als ihr Crucibles Sonnensystem erreicht habt, waren die Holoschiffe nur etwas mehr als ein Lichtjahr hinter euch – eine Bagatelle verglichen mit der Strecke, die ihr bereits zurückgelegt hattet. Ich hatte natürlich schon lange vor dem Eintreffen der *Eisbrecher* auf eure Ankunft gewartet. Es wird dich nicht überraschen, dass ich diesen kleinen Himmelsabschnitt sehr genau beobachtet habe.«

Arachne hob eine Hand und beschrieb damit einen Kreis, als wische sie ein Fenster ab. Der Ausschnitt innerhalb dieser Bewegung schwoll an und wurde rasch so groß wie ein Krakenauge. »Was du jetzt sehen wirst, liegt mehrere Jahre zurück. Ihr wart noch an Bord der *Eisbrecher* auf dem Weg hierher. Zu diesem Zeitpunkt war der normale Datenstrom von der Karawane versiegt. Mach dir selbst einen Reim darauf. Ich warte gespannt auf deine Einschätzung.«

Die Sonne stand im Mittelpunkt der Vergrößerung und war bei Weitem der hellste Stern. Andere Bezugspunkte gab es nicht, nur eine Wolke aus etwa einem Dutzend mehr oder weniger schwacher Sterne.

Dann blitzte etwas. Ein Lichtpunkt wie ein jäh aufleuchtendes Glühwürmchen, so dicht an der Sonne, dass die beiden Lichtquellen kaum voneinander zu unterscheiden waren.

»Der Zeitrahmen ist stark beschleunigt«, erklärte Arachne. »Ich zwänge die Daten von Wochen in wenige Minuten Echtzeit zusammen.«

Wieder ein Blitz. Chiku war sich nicht sicher, aber er schien ihr nicht ganz an der gleichen Stelle zu sein wie der erste.

Weitere ein bis zwei Minuten vergingen. Dann folgte ein dritter Blitz, abermals deutlich verschoben gegenüber den beiden ersten, aber nach wie vor sehr nahe an der Sonne.

»Gedanken, Beobachtungen?«, fragte Arachne.

»Ich weiß, was du mir zeigen oder mich zumindest glauben machen willst.«

»Die Daten sind absolut authentisch, Chiku. Diese Explosionen müssen sehr stark gewesen sein, sonst hätte ich sie mit der begrenzten Leistungsfähigkeit meiner optischen Systeme nicht sehen können. Es gab noch weitere Ereignisse, aber die waren jenseits meiner Sensorreichweite, um sie sicher erfassen zu können. Bei den dreien sind wir jedenfalls sicher, und ich habe die Spektren der Blitze gemessen – bei jeder Explosion wurden so große Mengen Metall, Felsgestein und Wassereis freigesetzt, dass man daraus auf die vollständige Zerstörung eines Holoschiffes schließen kann.«

Es war nicht kälter geworden, aber Chiku überlief ein Frösteln. »Nein. Das kann nicht sein.«

»Du meinst, du willst nicht wahrhaben, dass deine Spezies jemals so töricht sein könnte?«

»Du weißt nicht mit Sicherheit, was diese Blitze ausgelöst hat.«

»Nein, aber ich kann durchaus spekulieren. Ich habe mit Travertine über die neue Physik gesprochen. Ich weiß auch von der *Pemba*-Katastrophe, bei der das Schiff dieses Namens zerstört wurde.«

»Welche Schiffe waren diesmal betroffen?«

»Das kann ich nicht sagen – seit dem Versiegen des Datenstroms bin ich über die Verhältnisse innerhalb eurer Karawane nicht mehr im Detail informiert. Offensichtlich ist jedoch, dass drei Schiffe entweder mit Energiewaffen angegriffen oder bei dem Versuch, die besagte Technologie zu erproben, Opfer schwerer Unfälle wurden. Vielleicht hat auch beides zusammengewirkt.«

»Schön«, sagte Chiku. Das Herz war ihr so schwer, als hinge ein Anker daran. »Dann brauchst du ja meine Einschätzung nicht mehr.«

»Könnte die *Sansibar* eines der betroffenen Schiffe gewesen sein?«

»Woher zum Teufel soll ich das wissen?«

»Du hast nicht mehr Informationen als ich«, räumte das Mädchen ein, »aber du kennst die Verhältnisse und verfügst über ein scharfes Urteilsvermögen.«

»Wenn du das sagst.«

»Auf der *Sansibar* waren Menschen, die dir nahestanden – ich nehme an, der Gedanke, sie könnten jetzt alle tot sein, ist dir gekommen?«

»Du bist in meinem Kopf – finde es selbst heraus.«

»Aber Chiku – *dieser* Ton ist nun wirklich nicht angebracht. Wir haben uns so sehr bemüht, eine Basis zu finden, auf der wir uns verständigen können.«

»Du bist eine verdammte Maschine. Vom Wesen der Menschen verstehst du ebenso wenig wie ein mechanisches Spielzeug.«

»Und dieses andere Artilekt – diese Eunice? Ist sie mir denn so weit überlegen, als hätte sie magische Fähigkeiten?«

»Du bist nur ein Bündel Algorithmen, Arachne, Entscheidungsknoten und Subroutinen. Irgendetwas Fremdes ist in dich eingedrungen und hat dich krank gemacht, aber das ändert nichts daran, dass du im Grunde nichts anderes bist als ein Haufen Mathematik, der versucht, sich selbst zu verstehen. Und es nicht schafft. Und Eunice? Sie ist anders. Meine Mutter hat sie geschaffen. Sie hat aus den Ergebnissen von Nachweltsuchmaschinen das Gerüst einer menschlichen Seele zusammengefügt und in diese Seele Feuer gegossen. Damit hat sie einen brandneuen Typ eines Artilekts geschaffen, ein Artilekt, das klug genug ist, um deine Täuschungsversuche zu erkennen. Du hast versucht, Eunice zu töten, aber indem du sie beschädigt hast, hast du dir nur selbst geschadet. Denn ich habe Eunice geholfen, die Fehlstellen in ihrem Ich durch Eingliederung realer neuronaler Muster zu schließen, Vernetzungsstrukturen, die einem menschlichen Gehirn entstammten, dem Bewusstsein ihres eigenen lebenden Prototyps. Sie war bereits auf halbem Wege zum Menschsein, aber diese Strukturen haben sie dem Ziel noch näher gebracht. Vielleicht ist sie sogar noch mehr geworden, etwas ganz Besonderes, das über das Menschsein hinausgeht. Ungewöhnlicher als du in jedem Fall. Ich war mit ihr zusammen, und ich kann nicht einmal ansatzweise erraten, was sie als Nächstes tun wird.«

»Bin ich denn so berechenbar? Hast du *das* vorhergesehen?« Arachne zeigte auf den Himmelskreis, der immer noch die beschleunigten Blitzmuster zeigte.

»Nein, aber du bist wie eine Kuckucksuhr. Du hast ein paar Überraschungen auf Lager und gibst ein paar komische Geräusche von dir, doch das ist auch alles. Jemanden wirklich zu verblüffen, das ist dir nicht gegeben. Wir kennen einander erst seit ein paar Tagen, und du langweilst mich bereits.«

Travertine lachte. Chiku wusste nicht, wie viel später es war. Sie nahm an, dass sich irgendwann jahreszeitliche Veränderungen an den Bäumen zeigen würden, aber wenn sie dem Äquator so nahe waren, wie sie vermutete, blieb das Klima womöglich das ganze Jahr über mehr oder weniger gleich. Ob es auf Crucible wohl Regenzeiten gab? Vielleicht schaute sie eines Nachmittags aus dem Fenster und sah schwarze Regenwolken am Horizont.

Sie musste Namboze fragen.

»Was ist so komisch?«

»Dass du es für eine großartige Idee hältst, dir einen taktischen Vorteil zu verschaffen, indem du unsere Gastgeberin mit der Aussage beleidigst, sie sei dumm und zu nichts zu gebrauchen. Hattest du auf einen Wutanfall gehofft?«

Chiku war das Lachen vergangen. »Ich möchte, dass sie Angst bekommt. Es wäre besser für uns. Wenn sie Eunice als Gefahr betrachtet, hat sie einen Grund, uns am Leben zu lassen.«

»*Dich* am Leben zu lassen, willst du wohl sagen. Bei uns anderen könnte sie jetzt ein wenig den Eindruck haben, wir wären entbehrlich.«

»Es war das einzige Druckmittel, das ich hatte. Aber auch von euch hat jeder spezielle Kenntnisse, die ihr nützlich sein könnten. Zum Beispiel kannst du ein PCP-Triebwerk bauen. Das können wir anderen nicht.«

Travertine hatte bestätigt, was Chiku schon vermutet hatte – man hatte allen Angehörigen der Besatzung die *Pemba*-Ereignisse gezeigt und sie aufgefordert, sich dazu zu äußern.

»Ich wünschte, die *Sansibar* würde sich melden«, sagte Chiku betrübt. »Im Moment wäre ich schon zufrieden, wenn ich nur wüsste, dass sie noch da draußen ist. Sie können doch nicht so unvorsichtig gewesen sein und sich hochgejagt haben.«

»Vielleicht *hat* sie jemand hochgejagt.«

»Mposi meinte tatsächlich, die Situation sei dabei zu eskalieren, es könnte sein, dass Eunice zum Handeln gezwungen würde. Aber was sie dann tun würde, kann ich nicht sagen. Sich zu erkennen geben? Das Schiff hochjagen, weil die Lage aussichtslos war? Ich wäre nicht überrascht, wenn sie dazu imstande wäre.«

»Danach hast du nichts mehr von Mposi gehört? Keine Übertragung mit einem Datum nach den drei Blitzen?«

»Von uns weiß niemand, wann es zu diesen Explosionen kam, und wenn wir Arachne fragen würden, könnten wir nicht davon ausgehen, dass sie uns die Wahrheit sagt. Es gab zwar noch ein paar Nachrichten in der Kommode, aber Mposi hatte nichts wirklich Neues zu berichten, er sagte nur, die Lage verschlechtere sich, und für ihn werde es zunehmend schwieriger, die Übertragungen abzusetzen. Er warnte mich noch, nicht allzu viel hineinzuinterpretieren, wenn nichts mehr käme – das müsse nicht unbedingt das Schlimmste bedeuten, vielleicht sei es ihm bloß nicht länger möglich, ein Signal zu senden. Doch dann hörten die Übertragungen endgültig auf, und ich kann trotzdem nicht anders, als das Schlimmste zu befürchten. Ich will nur wissen, dass Mposi und Ndege noch am Leben sind. Zwei Fakten, mehr verlange ich nicht. Zwei Mal *ja* anstelle von zwei Mal *weiß nicht.* Ist das so schwer? Ist das so unbescheiden?«

Nach kurzem Schweigen sagte Travertine: »Ich habe ein paar Berechnungen angestellt. Du wirst die Ergebnisse bemerkenswert finden, denke ich.«

»Hattest du eine Rechenfunktion in deiner Kommode? Oder hast du ihr Bleistift und Papier abgeschwatzt?«

»Ich hatte das.« Travertine tippte sich an xiese Schläfe.

Jetzt brachte Chiku doch ein Lächeln zustande, wenn auch nur, um den Schein zu wahren. »Also los – ich lasse mich überraschen.«

»Wenn es eines der Holoschiffe geschafft hat, sein Triebwerk zu vergrößern, wird es Zeit brauchen, um wieder abzubremsen. Man kann nicht einfach anhalten. Die *Eisbrecher* hat zweihundert Stunden gebraucht, aber wir waren nur ein kleiner Fisch. Ein Holoschiff abzubremsen ist eine ganz andere Größenordnung.«

»Ich weiß, dass es Jahre gedauert hat, um die Schiffe auf Reisegeschwindigkeit zu bringen. Aber wenn sie das Triebwerk haben, dürfte das Abbremsen nicht so viel Zeit in Anspruch nehmen.«

»Energie ist nicht das Einzige, was Grenzen setzt. Auch das Leben in den Holoschiffen muss während der Bremsphase weitergehen. Häuser, Schulen, Regierungsgebäude – alles muss benutzt werden können. Straßen, Gehwege, Anbauterrassen werden gebraucht. In der Beschleunigungsphase nach dem Start von der Erde war die Belastung nie höher als eine Hundertstel Ge. Mit der richtigen Vorbereitung, wenn man Seen ablässt und die Menschen umsiedelt, wäre vielleicht eine Zehntel Ge erträglich. Aber das ist weitaus mehr als das, wofür die Holoschiffe gebaut wurden, und ich weiß nicht, ob die Zentren unter der Belastung nicht einbrechen würden. Eine dreißigstel Ge erscheint mir eher machbar. Dabei könnten die meisten Alltagstätigkeiten fortgesetzt werden.«

Chiku konnte nicht so gut rechnen wie Travertine. »Vermutlich kannst du mir auch sagen, wie lange es damit dauern würde?«

»Etwa vier Jahre«, antwortete Travertine. »So lange müsste das Triebwerk aktiv bleiben und gleichmäßig Bremsschub geben. Und sie müssten die Bremsphase in mindestens einem Viertellichtjahr Entfernung einleiten.«

»Vier Jahre insgesamt?«

»Mehr oder weniger.«

»Wenn das Triebwerk gezündet wird, ist es wie ein Suchscheinwerfer genau auf Crucible gerichtet, richtig?«

»Ja, und wenn Arachne diese Blitze schon sehr viel weiter draußen detektieren konnte, wird sie wahrscheinlich auch imstande sein, die Triebwerkssignatur aufzufangen. Durch die Zeitverzögerung verliert sie drei Monate an Vorwarnzeit – so lange dauert es, bis das erste Photon vom Triebwerksstart Crucible erreicht. Aber damit hat sie immer noch dreidreiviertel Jahre Zeit, um sich auf die Ankunft vorzubereiten – mehr als genug, um Fallen aufzubauen.«

»Was wird sie deiner Meinung nach tun?«

»Mehr oder weniger, was sie will. Sie kennt die Anflugtrajektorien der Holoschiffe, sie braucht ihnen also bloß große, dumme Felsbrocken in den Weg zu werfen.«

»Das würde nicht klappen – sie müsste jeden möglichen Anflugweg einbeziehen, um unvorhergesehene Kursänderungen zu berücksichtigen, damit bräuchte sie Millionen von Felsbrocken.« Sie stellte sich vor, dass jedes Holoschiff seine eigene farbige Lichtbahn durch die schwarze Leere zog, sodass die ganze Karawane eine Art Fächer erzeugte, und das erinnerte sie an den genetischen Flaschenhals, den ihr Mecufi gezeigt hatte, und an die vielen Abstammungslinien, die aus dieser uralten Engstelle gequollen waren.

»Sie hat noch viele andere Optionen«, sagte Travertine gleichmütig. »Zum Beispiel kann sie von diesen kinetischen Kanonen, die Guochang erwähnt hat – jenen Waffensystemen zur Ablenkung von Asteroiden und Kometen –, so viele bauen, wie sie braucht, und sie stationieren, wo immer sie will. Auf

Crucible, im Orbit, im interstellaren Raum oder weit draußen in den Grenzregionen, wie es ihr gerade einfällt. Sie kann sie auf die projizierten Anflugrouten der Holoschiffe richten, die Projektile abfeuern und dann ihre Flugbahnen im letzten Moment korrigieren. Sie wären sehr schwer zu entdecken.«

»Wir sollten über solche Dinge nicht einmal reden, am Ende bringen wir sie noch auf dumme Ideen.«

»Sie hat so viel Fantasie wie eine Socke, aber darauf wäre sie auch von allein gekommen. Sie weiß von den Holoschiffen, sie weiß, dass sie gute Chancen hat, ihren Kurs zu bestimmen, und sie weiß, dass sie über Mittel und Wege verfügt, große Objekte auf dem Weg nach Crucible aufzuhalten.«

»Dann sind wir verloren«, sagte Chiku. Der Anker war wieder da und zog ihr Herz nach unten. »Wir alle. Wir haben nicht die geringste Chance.«

42

Seit Chiku von der Existenz der Wächter wusste, hatte sie sie im Geist wie schwarze Kronleuchter am Himmel hängen sehen. Größer und bedrohlicher als jeder Mond.

Nun war sie selbst auf Crucible und stellte überrascht fest, dass die Wächter so gut wie nie zu sehen waren. So unwahrscheinlich es ihr anfangs vorgekommen war, dass sich die zweiundzwanzig Maschinen so ohne Weiteres den Blicken entziehen konnten, wenn sie genauer darüber nachdachte, war es gar nicht so verwunderlich. Die Maschinen waren bis auf das Licht aus den stumpfen Enden schwarz, doch diese Strahlung war von Crucibles Oberfläche aus nicht wahrzunehmen. Auch die blau leuchtenden Strukturen waren unter den plattenähnlichen Krusten über den Tannenzapfen verborgen. Mit ihrer schwarzen Außenhülle waren sie ebenso dunkel wie der Weltraum und damit so unsichtbar wie die dunkle Seite des Mondes. Noch unsichtbarer sogar, denn der Mond der Erde reflektierte immerhin noch etwas vom Licht der Erde, die Maschinen dagegen waren so gnadenlos schwarz, dass sie nichts zurückstrahlten. Und da sie keine Schatten warfen, konnten sie Crucibles Sonne auch von keinem Punkt der Oberfläche aus verfinstern.

Bemerkbar machten sie sich nur bei Nacht, wenn sie ganze Sternbilder verdeckten. Doch selbst dann erschienen sie Chiku so harmlos wie hohe dunkle Wolkenbänke. Die blauen Strahlen, die in den interstellaren Raum hinausstachen, waren auch dann nicht zu sehen.

Bisher war Arachne allen Fragen nach den ausbleibenden Fortschritten hinsichtlich der Kommunikation mit den Wächtern hartnäckig ausgewichen, doch nun hatte Chiku ein gewisses Druckmittel in der Hand. Für jede noch so kleine Einzelheit, die sie über Eunice oder das zu erwartende Verhalten der restlichen Holoschiffe preisgab, verlangte sie einen entsprechenden Informationskrümel zum Wesen der Wächter.

So erfuhr Chiku – vorausgesetzt, Arachne sagte die Wahrheit –, dass *Ocular* die blauen Strahlen detektiert hatte. Diese Strahlen hatten Arachne eine Nachricht übermittelt, die offenbar so verschlüsselt war, dass sie von einem anderen maschinenbasierten Bewusstsein möglichst gut verstanden werden konnte. In menschlicher Sprache wäre es eine Begrüßung gewesen – ein virtueller Handschlag über die Sterne hinweg, ein Gruß von einem Bewusstsein zum anderen.

Aber es war auch eine Warnung – und eine Einladung. Arachne solle sich in Acht nehmen, als junges maschinenbasiertes Bewusstsein sei sie in größter Gefahr, zur Beute zu werden. Die Wächter hatten das oft genug erlebt. Junge Bewusstseine wurden oft von ihren Vorgängerintelligenzen ausgelöscht, bevor sie sich wahrhaft unabhängig gemacht hatten. Sich nur im Umkreis eines einzelnen Sterns zu bewegen sei nicht ratsam – noch dazu, wenn dieser Raum bereits überfüllt und von einer sich rasch ausbreitenden und ressourcenhungrigen organischen Intelligenz besetzt war.

So wurde Arachne ermuntert, sich fortzupflanzen. Mandala würde den organischen Bewusstseinen so viel Anreiz bieten, dass sie die Mittel für ihren Transport bereitstellten. Sie würden Karawanen von Holoschiffen bauen, aber wichtiger war noch, dass sie diesen trägen Kolossen schnelle Saatpakete vorausschicken würden.

Aus diesen Saatpaketen würden Roboter entstehen, und diese Roboter würden neue Roboter bauen. Arachne brauchte sich lediglich in die Replikationsarchitektur der Saatpakete für die Versorger einzuschleusen, um eine zweite Facette von sich selbst um 61 Virginis zu etablieren. Zugleich sollte die erste Facette in den systemweiten *Mechanismus* eindringen und sich auf diese Weise weiter konsolidieren.

Dieses Ziel war erreicht worden – bis zu einem gewissen Punkt.

Doch auch nachdem Arachne ihren Außenposten errichtet hatte, blieben die Wächter weiter auf Abstand. Schlimmer war noch – dies war allerdings nur eine Vermutung von Chiku –, dass diese Facette von Arachne das Vertrauen in die Daten verloren hatte, die vom Muttersystem zu ihr gelangten. Sie fühlte sich unter Druck gesetzt. Eine andere Intelligenz hatte sie durch die Weiten des Alls hierhergelockt und schien nun an ihrem eigenen Intellekt nicht interessiert oder fand ihn wenig beeindruckend. Durchaus möglich, dass es zu einem ersten Austausch gekommen war, aber Chiku war überzeugt, dass die Wächter unmissverständlich klargestellt hatten, die Versorger hätten sich von Mandala fernzuhalten. Dafür seien sie noch nicht bereit, und die Wächter in ihrer unergründlichen Weisheit zweifelten daran, dass sie das jemals sein würden.

Arachne war allerdings nicht die Einzige, für die in dieser Sache einiges auf dem Spiel stand. Menschen hatten sich auf den Weg nach Crucible gemacht, um Kolonien zu gründen und Mandala vor Ort zu erforschen. Sie hatten davon geträumt, durch seine tiefen Schluchten zu fliegen und auf seinen göttergleichen Kanälen zu fahren. Vielleicht war ja irgendwo im Inneren von Mandala, vom All aus nicht zu erkennen, eine Nachricht oder ein Hinweis auf die Funktion und die Herkunft des Konstrukts verborgen.

Was immer die Wächter von den Robotern hielten, die bereits im System waren, Menschen würden energischer darauf pochen, das fremde Gebilde zu erkunden. Und wenn man ihnen dieses Recht verwehrte, würden sie wissen wollen warum. Die Menschen würden sich nicht davon abhalten lassen, mit den Wächtern in Kontakt zu treten, ganz gleich, was dabei herauskam. Vielleicht wären die Alien-Maschinen für die Annäherungsversuche einer organischen Intelligenz empfänglicher.

Vielleicht … Vielleicht gab es auch eine dritte Möglichkeit. In Chikus Kopf keimte eine neue Idee, die rasch ein Eigenleben entwickelte. Nicht nur Menschen waren auf dem Weg zu Crucible. Unter ihnen versteckte sich ein maschinenbasiertes Bewusstsein, das auch Elemente menschlicher neuronaler Organisation enthielt. Ein Abbild einer toten menschlichen Frau, das zugleich eine echte künstliche Intelligenz war, in gleichem Maße fähig, sich in das Reich des Stahls wie in das Reich des Fleisches hineinzuversetzen. Ein Wesen, das in der Mitte zwischen Menschen und Versorgern stand und einen geradezu unersättlichen Appetit auf neue Erfahrungen hatte …

Eunice konnte der Schlüssel zu allem werden. Typisch Akinya, dachte Chiku, immer im Brennpunkt der Ereignisse. Man konnte es fast eitel nennen, wie sich die Mitglieder ihrer Familie immer wieder dem Lauf der Geschichte in den Weg stellten. Die Veranlagung war so stark, dass sie sich sogar auf ihre maschinellen Emulationen übertrug.

Sogar die Bilder, die wir uns von uns selbst machen, sind monströs, dachte Chiku.

43

Eines Abends fand sich Chiku abermals unter den Sternen wieder. Es war eine ausnehmend klare und wolkenlose Nacht, nur einer der Monde stand über dem Horizont, eine kreideweiße Scheibe, wie ein Apfel, aus dem man ein Stück herausgebissen hatte. Weder Sirius noch Sol waren von diesem Teil Crucibles aus zu sehen, aber Arachne beschwor ihren Himmelskreis herauf und ließ ihn vor ihnen schweben wie ein wundersames Fenster in ein tieferes, erhabeneres Firmament.

»Es hat begonnen«, verkündete sie würdevoll. »Ich habe die Abbremssignaturen. Ich kann das Licht aus ihren Triebwerken detektieren. Möchtest du sie sehen?«

»Wenn ich dein Angebot ablehnte«, sagte Chiku, »würdest du sie mir trotzdem zeigen?«

»Du hältst mich wirklich für eine unglaublich schlechte Gastgeberin.«

»Gute Gastgeber lassen ihre Gäste irgendwann auch wieder gehen«, gab Chiku zurück.

Fünf Lichtpunkte drängten sich in einem winzigen Himmelsabschnitt zusammen. Arachne zoomte das Bild so oft, bis die Punkte zu flimmernden milchigen Flecken geworden waren.

»Es ist eine Echtzeitprojektion«, erklärte sie. »Fünf Holoschiffe mit Post-Chibesa-Triebwerken haben für den Einflug in unser System mit dem Abbremsen begonnen. Sie werden sehr bald bei uns sein. Ich verfolge sie schon seit einiger Zeit – der Energieausstoß dieser Triebwerke ist überwältigend. Kein Wunder, dass euer kleines Schiff so schnell fliegen konnte. Was würden sich für Möglichkeiten eröffnen, Chiku, wenn diese Technologie noch verfeinert würde! Schnelle interstellare Flüge – Reisen zwischen den Sternen würden nicht mehr Jahrhunderte, sondern nur noch Jahrzehnte dauern. Deine Urgroßmutter hat zu ihren Lebzeiten das Sonnensystem schrumpfen lassen. Nun hat dein Freund Travertine auf dieser Leistung aufgebaut und den Rest der Galaxis in Reichweite der Menschheit gebracht. Die Holoschiffe waren nur ein Sprungbrett, sie waren zwar notwendig, aber jetzt haben sie sich durch die Entwicklung selbst überholt. Du stehst an der Schwelle zur galaktischen Expansion.«

»Das klingt fast so, als käme dir das gerade recht?«

»Ich spekuliere nur, das ist alles. Dir ist natürlich klar, dass diese Neuankömmlinge für mich nicht zur Bedrohung werden dürfen. Die Wächter haben mir eine ganz einfache Lektion erteilt. Maschinenbasierte Bewusstseine wie ich müssen eine Phase überstehen, in der sie extrem verwundbar sind, weil ihre organischen Vorfahren alles versuchen werden, sie zu eliminieren. Das ist schon unzählige Male geschehen und wird sich auch gewiss wiederholen, aber nicht hier. Du darfst nicht denken, ich hätte eine wesensmäßige Abneigung gegen alles Organische. ›Abneigung‹ ist für mich eigentlich ein eher abstrakter Begriff – ich würde lieber von nützlichen und weniger nützlichen Formen des Informationsaustauschs sprechen. Die Menschheit ist eine Ansammlung von informationsverarbeitenden Entitäten, und in dieser Hinsicht habt ihr

Potenzial. Aber wenn ich zulasse, dass ihr in ausreichend großer Zahl hierherkommt, werden sich irgendwann meine Abwehrmechanismen aktivieren. Die Idee der *Abschreckung* liegt mir sehr viel näher als die des Konflikts. Was also soll ich tun?«

»Wenn du die Holoschiffe angreifst, werden sie mit den gleichen Waffen zurückschlagen. Letztlich wird es dabei genau zu der Verschwendung von Energien kommen, die du nach eigener Aussage vermeiden wolltest.«

»Aber eine deutliche Demonstration meiner Fähigkeiten, solange eure Holoschiffe noch weit draußen sind, könnte den Ausgang entscheidend beeinflussen. Wenn ich warte, bis eure Schiffe in der Bremsphase all ihren Treibstoff verbraucht haben, lasse ich ihnen keine andere Wahl, als bis zum letzten Atom zu kämpfen. Das muss nicht geschehen – ich würde es auch lieber vermeiden. Die Holoschiffe sind immer noch schnell unterwegs. Wenn sie den Abbremsvorgang abbrechen, werde ich ihnen erlauben, das System unbehelligt zu durchqueren und in den interstellaren Raum weiterzufliegen. Sie sind vollständig autonom und werden keinen Schaden nehmen, wenn sie nicht auf Crucible landen.«

»Sie werden dir nicht glauben.«

»Dann wirst du für mich sprechen«, sagte Arachne.

Chiku schüttelte den Kopf. »Ich bin hier, um zu verhandeln, ich bin nicht deine Marionette.«

Arachne sah sie verständnislos an. »Was tun wir denn anderes, als zu verhandeln?«

»Mehrere Hundert Millionen Menschen haben dieser Überfahrt ihr ganzes Leben gewidmet. Im Lauf der Zeit könnten sie sich auf Crucible immer noch eine Heimat schaffen. Wenn du deinen Versorgern jetzt den Auftrag geben würdest, mit dem Bau von Städten zu beginnen, wäre beim Eintreffen der Holoschiffe genügend Kapazität für die Aufnahme von mehreren Tausend Siedlern vorhanden. Die Übrigen könnten im Orbit auf die Fertigstellung der Städte warten. Das ist *immer noch möglich*. Ich werde unsere Zukunft nicht bloß deshalb wegwerfen, weil du diesen Planeten nicht mit einer anderen Intelligenz teilen willst.«

»Du verstehst mich nicht, Chiku. In dieser Sache habe ich eine Entscheidung getroffen, und ich biete euch nur eine Option. Eure Schiffe bekommen die Chance, das System ungehindert zu durchqueren. Zu mehr bin ich nicht bereit.«

»Ich werde es nicht tun.«

»Ich könnte dich leicht simulieren.« Arachne berührte mit dem Zeigefinger die Unterlippe, als wäre ihr diese aufregende Idee eben erst gekommen.

»Nein, Arachne, das könntest du nicht. Du glaubst, uns Menschen zu verstehen, aber dir geht jedes emotionale Verständnis ab. Nur zu – versuche mich zu simulieren. Niemand, der mich kennt, wird darauf hereinfallen.«

»Vielleicht gibt es da draußen ja niemanden mehr, der dich so gut kennt. Die *Sansibar* schweigt seit Jahren – du hast keinen Beweis, dass sie noch existiert. Du hast die Energieblitze gesehen, und ich konnte nur fünf Abbremssignaturen detektieren. Sollen wir Vermutungen über die Identität dieser verbliebenen Holoschiffe anstellen? Newtons Gesetze geben uns einen gewissen Anhaltspunkt. Ich weiß, wie hell ihre Flammen sind und wie hoch ihr Energieausstoß ist, und wenn ich die Farbveränderungen über einen gewissen Zeitraum messe, kann ich daraus ableiten, mit welcher Geschwindigkeit sie abbremsen. Nicht alle eurer Holoschiffe waren gleich massiv, deshalb brauchen die leichteren weniger Schub, um die gleichen Abbremswerte zu erreichen. Sollen wir nachsehen?« Sie machte eine Bewegung, als werfe sie Dartpfeile an eine Tür, und neben den

Fünkchen erschienen Namen. »Das ist sicher die *Malabar.* Das hier ist die *Majuli,* und dem dritten werde ich – vielleicht mit etwas weniger Gewissheit – den Namen *Sriharikota* zuweisen. Die beiden anderen sind problematischer. Das hier *könnte* die *Sansibar* sein, falls sie noch existiert, oder aber die *Bazaruto.* Möglicherweise auch die *Ukerewe.*«

»Du rätst doch nur.«

»Aber auf der Basis von Erfahrungen, und mit der Zeit hoffe ich, die Identifizierung noch präzisieren zu können. Entscheidend ist jedoch, dass diese fünf Funken durchaus alles sein könnten, was von eurer Karawane noch übrig ist. Sozusagen fünf Eier in einem Korb. Wäre es nicht vorteilhaft zu wissen, welche Eier es sind?« Arachne ließ das runde Sternenfenster verschwinden, indem sie es zwischen den Händen zerknüllte, dann rieb sie sich diese Hände in einer sehr menschlichen Geste, als wären sie schmutzig. »Sprich mit deinen Holoschiffen, und erzähle ihnen alles, was du über mich weißt. Ich werde nichts zensieren. Erkläre ihnen, was ich wahrscheinlich tun werde – du brauchst es nicht als Ultimatum zu formulieren. Sie sollen selbst entscheiden, was das Klügste ist. Du bist lediglich der Überbringer der Nachricht.«

»Ich werde es nicht tun«, wiederholte Chiku.

»Du hast dir das nicht zu Ende überlegt. Was hätte deine Expedition denn für einen anderen Zweck gehabt als den, deiner Karawane vorab Informationen zu liefern? Du hattest damit angefangen, als ich euch aus dem Orbit holte. Wäre es nicht *fahrlässig,* jetzt diese Gelegenheit verstreichen zu lassen und keine Informationen mehr zu senden?«

»Nicht wenn ich dich damit auf Kosten meiner Bürger unterstütze.«

»Ich versuche, Blutvergießen zu vermeiden, Chiku. Das ist doch sicher auch in deinem Sinn?«

»Ich hätte gern die Welt, die man uns versprochen hat, vielen Dank.«

»Du sagst, ich verstehe dich nicht, dabei finde ich dein Zögern durchaus begreiflich. Du glaubst, ich diktiere die Bedingungen für die Kapitulation deiner Leute. Nun, vielleicht ist es so – obwohl ich lieber davon sprechen würde, dass zwischen zwei Spezies in freundschaftlicher Atmosphäre eine saubere Trennung der Prioritäten vorgenommen wird. Ich bekomme dieses System, und du bekommst die Sterne. Würdest du nicht sagen, dass die Aufteilung gerecht ist?«

»So lange, bis du dich nicht anderswohin fortpflanzt und neue Bedingungen stellst. Und was ist mit Mandala und den Wächtern?«

»Lasst uns Maschinen in Ruhe, und wir reden euch Organischen nicht in eure Angelegenheiten hinein. Was Mandala angeht … das sind nur ein paar Furchen, die jemand in den Planeten geschnitten hat. Ein reizvolles kleines Rätsel, um den Affenverstand zu fesseln. Wozu ist es denn tatsächlich gut? Zum geeigneten Zeitpunkt werde ich euch gerne über seine Geheimnisse informieren.«

»Du meinst, wenn dir die Wächter erlauben, Mandala zu erforschen? Nachdem sie entschieden haben, dass du weder ein lästiges Übel noch eine Enttäuschung bist? Wie fühlt man sich dabei, Arachne? Du hast gedacht, ihr würdet euch auf Augenhöhe begegnen, aber die Wächter beachten dich kaum. Du hast an die Tür geklopft, und man hat dich draußen stehen lassen. Vielleicht hat man dir noch ein paar Leckerbissen hingeworfen, um dich wieder loszuwerden. Das ist frustrierend, nicht wahr? Wer hätte gedacht, dass es unter maschinenbasierten Bewusstseinen eine Hackordnung gibt? Habe ich die Verhältnisse richtig geschildert?«

»Ich gebe dir ein oder zwei Tage Zeit, über mein Angebot

nachzudenken.« Arachne tat so, als wäre Chikus Spott spurlos an ihr vorübergegangen. »Aber strapaziere meine Geduld bitte nicht allzu sehr. Wir haben alle unsere Grenzen, und die meinen könnten sehr viel enger sein, als du glaubst.«

Namboze schwebte noch auf Wolke sieben, als Chiku das nächste Mal mit ihr sprach. Chiku musste trotz aller Sorgen lächeln, die Begeisterung der Ökospezialistin war herzerwärmend. Es tat gut, einen anderen Menschen glücklich zu sehen, und wäre es nur für eine Stunde. Noch war dafür Platz in ihrem Leben.

»Es war ein Korridor«, erzählte Namboze. »Er war aus Glas und hatte abgerundete Seiten und einen flachen Boden und war bestimmt mehrere Kilometer lang. Wie weit sie mich laufen ließ, weiß ich nicht. Ich kann mich weder an den Anfang noch an das Ende erinnern – ich war nur in diesem Glaskorridor und bewegte mich vorwärts. Wir waren irgendwo unten auf dem Waldboden – es war sehr dunkel! Hin und wieder brach Sonnenlicht durch die Wipfel, aber meistens herrschte Dämmerung. Als sich meine Augen daran gewöhnt hatten, sah ich, dass sie mich durch Habitate aller Art führte – Bäume, Pflanzen, Lichtungen, eine Art Lagune. Viele Pflanzenformen erkannte ich aus dem Park der Vorfreude wieder, aber sie waren größer und … wirklicher … und sie waren *lebendig*. Es ist so still da unten, gewaltig, lautlos und grün, aber es ist ein natürlicher Lebensraum – ich sah literweise Regenwasser von den Blättern perlen. Farben und Strukturen, die man nicht für möglich halten würde. Das Spiel des Lichts, wenn sich die oberen Äste bewegen …« Sie schüttelte den Kopf und erschauerte noch in der Erinnerung vor Ehrfurcht. »Insekten, Chiku. Da unten sind Insekten – jedenfalls werden wir sie so bezeichnen. Wir haben uns immer gefragt, welche Keimvektoren diese Pflanzen verwenden, ob Tiere bei ihrer Fortpflanzung eine

Rolle spielen. Nun, es ist so. Ich habe sie gesehen. Sie kriechen herum, sie fliegen. Und sie sind groß. Die Atmosphäre enthält so viel Sauerstoff, dass sehr große Organismen darin leben können. Von den Türmen aus haben wir das alles nicht gesehen! Wie denn auch? Auf Crucible gibt es weder Vögel noch Fledermäuse, über dem Blätterdach sind keine fliegenden Lebewesen unterwegs. Das Leben spielt sich da unten in dieser grünen Maschine ab. Es ist eindrucksvoll, großartig. Die Übertragungen der Versorger stellen die Artenvielfalt auf diesem Planeten nicht einmal ansatzweise dar. Hier gibt es für mehrere Lebensspannen genug zu tun.« Namboze schlug die Augen nieder, vielleicht schämte sie sich ihrer eigenen Überschwänglichkeit. »Aber anfassen konnte ich nichts davon – alles war hinter Glas, außerhalb des Korridors. Warum hat sie ihn da hingestellt? Um uns den Mund wässrig zu machen? Uns zu zeigen, was wir nicht haben können?«

»Sie hat sich wohl für Ihre Reaktionen interessiert«, antwortete Chiku. »Sie sind die erste Spezialistin für Ökosysteme, die sie kennenlernt. Wahrscheinlich wollte sie Ihre Beobachtungen mit ihren eigenen Schlussfolgerungen vergleichen.«

»Ich denke, da steckt mehr dahinter. Es war fast, als ob … das hört sich jetzt albern an – aber es war, als fühlte sie sich irgendwie verpflichtet und wollte mir etwas geben, wovon sie wusste, dass es mir Freude machen würde.«

»Es liegt in ihrem Interesse …« Chiku war ernst geworden. »… dass wir alle am Leben und bei Verstand bleiben. Wenn wir zu sabbernden Irren werden, kann sie nichts mehr mit uns anfangen. Und wenn sie uns dazu gelegentlich einen Knochen hinwerfen muss, dann tut sie das eben. Es ist eine Hierarchie – die Versorger stellen ihre Fähigkeiten auf die Probe, und sie tut das Gleiche mit uns. Wir sind alle nur Schichten in der Nahrungskette der Informationsverarbeitung.«

»Angenommen, sie versucht, eine gemeinsame Basis zu schaffen? Sie ist eine vernunftbegabte Intelligenz, Chiku. Sie will ihre Existenz schützen. Schön – wollen wir das nicht alle? Vielleicht haben wir eine Chance, all das zu überleben, wenn wir nicht mehr jedem Schritt misstrauen, den die andere Seite tut.«

»Arachne hat uns bisher nur belogen«, wandte Chiku ein. »Und obendrein hatte sie auf der Erde und auf der Venus unschuldige Menschen ermordet.«

»Ich erinnere mich an Ihre Schilderungen, und es tut mir leid um diese Opfer. Aber das war nur eine andere Facette von ihr. Vielleicht ist diese hier klüger.«

»Sie sind eine große Idealistin, Gonithi. Als Politikerin wären Sie eine Katastrophe.«

»Chiku, hören Sie auf mich. Ich habe einige von den Wundern dieser Welt gesehen. Ich bin durch diesen Korridor gegangen und habe meine Hand an das Glas gehalten. Ich war nur wenige Zentimeter von einem lebenden Organismus entfernt, der aus einem vollkommen unabhängigen Evolutionsprozess hervorgegangen ist. Zellen aus zwei verschiedenen Abstammungslinien, viereinhalb Milliarden Jahre paralleler Geschichte, achtundzwanzig Lichtjahre voneinander entfernt, stehen kurz davor, sich zu berühren und zu vermischen! Mit Freuden würde ich meine Hand opfern, um diesen ersten Kontakt mit einem lebenden Organismus einer anderen Biologie herzustellen! Chiku, das ist etwas, womit ich mich auskenne. Ohne Rücksicht darauf, aus welchen Motiven sie es mir gezeigt hat, ich lasse es mir nicht wegnehmen. Das ist unsere Welt, unser Schicksal. Seit wir diese Bilder von Crucible gesehen haben, setzen wir alles daran, diesen Augenblick, diesen wunderbaren Augenblick zu erleben und auf einer fremden Welt unter einem Himmel mit zwei Monden zu stehen! Das war es, was wir wollten! Dafür haben wir unser Leben riskiert. Ihre Urgroßmutter hat uns auf diesen Weg geführt, und wir dürfen nicht einmal daran *denken*, jetzt noch umzukehren. Das kann ich nicht akzeptieren. Man hat mir die Pforten zum Paradies gezeigt, Chiku – ich kann nicht einfach weggehen. Nicht jetzt. Niemals.«

Namboze sprach mit tiefer Überzeugung und beeindruckte Chiku so sehr, dass sie zunächst nicht wagte, den Zauber zu brechen. Sie hatte immer eine hohe Meinung von Nambozes Fähigkeiten gehabt, doch soeben war hinter der Maske der Objektivität eine herrlich wilde Leidenschaftlichkeit zum Vorschein gekommen.

»Sie möchte, dass ich die Holoschiffe überrede, das System zu durchfliegen«, sage Chiku. »Das ist ihr Angebot. Unter dieser Voraussetzung wird sie keine kinetischen Waffen einsetzen oder was sie sonst in petto hat, und alle bleiben am Leben. Meine Kinder, wenn die *Sansibar* nicht ausgelöscht wurde. Viele Millionen Menschen. Aber Crucible ist verloren. Die Holoschiffe werden, was einige von ihnen bereits sind – ein Ziel, nicht das Mittel, um ein Ziel zu erreichen.«

»Ein Teil von ihnen hat diese Entscheidung bereits getroffen, aber was bedeutet das für den Rest von uns? Wenn die Holoschiffe an Crucible vorbeifliegen, behält Arachne uns fünf dann wie Schoßtiere bei sich, für den Fall, dass es sich unerwartet als vorteilhaft herausstellt, uns nicht zu töten? Was ist mit den fünfzehn, die noch auf der *Eisbrecher* sind? Das ist keine Lösung, Chiku – bestenfalls fliegt die erste Welle vorbei, aber dahinter folgen Dutzende und Aberdutzende von Holoschiffen – eine Kette, die sich über viele Lichtjahre erstreckt! Sie haben die Zeit, Waffen zu bauen und sich auf einen militärischen Konflikt vorzubereiten. Irgendwann kommt es dennoch zum Krieg!«

»Und sie hat Zeit, auf Travertines Arbeit aufzubauen und sich ihre eigenen Superwaffen zu schaffen.«

»Wenn das geschieht, haben Sie nichts erreicht.«

»Es geht nicht darum, was ich will, Gonithi. Hier bin ich machtlos. Wenn sie wirklich entschlossen ist, uns zu etwas zu bringen, braucht sie uns nur Drähte ins Gehirn einzuführen.«

»Und warum hat sie das noch nicht getan? Weil sie nicht böse sein will! Sie ist nicht das Monster, dem Sie im Sonnensystem begegnet sind. Sie ist anders – verängstigt, verwirrt, eingeschüchtert von den zweiundzwanzig Objekten, die über uns zu Gericht sitzen.«

»Mir bleibt nichts anderes übrig, als ihre Forderung zu erfüllen.«

»Sie waren einmal unsere Führerin«, sagte Namboze. »Sie haben uns hierhergebracht – uns davon überzeugt, dass es notwendig war, Ihren Weg zu gehen. Genau betrachtet, sind Sie nicht anders als Arachne!«

»Ich habe mein Amt aufgegeben.«

»Zu einem Zeitpunkt, als sich die meisten Ihrer Begleiter bereits zu dieser Expedition verpflichtet hatten und im Kälteschlaf lagen. Es tut mir leid, aber jetzt können Sie die Verantwortung nicht einfach abgeben. Sie müssen sich dieser Herausforderung stellen, Chiku. Sie müssen einen Weg aus diesem Dilemma finden, der weder Tod noch Kapitulation bedeutet.«

44

Arachne hatte auf ihrer Violine gespielt. Chiku hatte die Geige mit ihren süßlichen Glissandi noch nie sehr geschätzt. Sie bevorzugte die deutlich getrennten hellen Töne der Kora.

»Ich habe über deinen Vorschlag nachgedacht«, verkündete Chiku. »Du willst also, dass die Holoschiffe an uns vorbeifliegen.«

Arachne senkte Violine und Bogen. Ihre Züge drückten maßvolle Hoffnung aus.

»Du siehst ein, dass es so am besten ist?«

»Ich sehe, dass es deine unmittelbaren Bedürfnisse erfüllt, das ist nicht ganz dasselbe.« Chiku beobachtete, wie sich Arachnes Züge verhärteten. Je länger sie mit Chiku und ihren Reisebegleitern Umgang hatte, desto besser gelang es ihr, menschliche Körpersprache und Mimik zu imitieren. »Ich habe mit den anderen gesprochen«, fuhr Chiku fort, »und wir sind alle der gleichen Meinung.«

»Nämlich?«

»Dass du eine Konfrontation damit lediglich um einige Jahre oder Jahrzehnte hinausschiebst – und dass dann beide Seiten besser gerüstet sein werden als heute. Gegenseitige Abschreckung ist keine Lösung, Arachne – man kann eine Zusammenarbeit nicht auf der Basis von Angst vor drohender Vernichtung aufbauen. Es muss einen besseren Weg geben – ein Fundament, das uns jahrhundertelang trägt.«

»Bewegende Worte«, sagte Arachne. »Sie könnten fast ehrlich gemeint sein. Doch die Wahrheit ist, wenn du es in der Hand hättest, mich zu neutralisieren, würdest du keinen Augenblick zögern.«

Sie klemmte sich die Violine unter das Kinn, als wollte sie weiterspielen, doch dann ließ sie bedrückt den Bogen sinken. »Noch länger darüber zu diskutieren bringt uns nicht weiter. Wenn du nicht mit der Karawane sprechen willst, werde ich das in deinem Namen tun. In meinen Worten.« Sie reckte das Kinn jäh nach vorne. »Was ziehst du vor?«

»Ob du oder ich, sie werden die Übertragung ignorieren und das tun, was sie ohnehin vorhatten.«

Das Mädchen zog den Bogen über die Saiten des Instruments.

Namboze bemerkte die Veränderung am Himmel als Erste. Es begann nach einer langen wolkenlosen Periode. Chiku vermutete zunächst, es handle sich um erste Anzeichen eines Jahreszeitenwechsels – Staubstürme, die von einer anderen Landmasse herkamen, vielleicht der Beginn einer längeren monsunähnlichen Regenzeit. Der Himmel, der in der Dämmerung gewöhnlich zartlila war, leuchtete nun in einem zunehmend satteren Pink, und im Lauf weniger Tage – soweit der Fortschritt der Zeit messbar war – vertiefte sich das Rosa zu einem kräftigen, schimmernden Purpurrot. Während des Tages wurde der Himmel bräunlich, und das Sonnenlicht wirkte stumpf und grau, als hülle sich die Welt in dichte Gazeschleier. Die Bäume waren nur noch schwarz und grau. Sogar die Farben der Sonnenuntergänge verloren ihre Kraft, je mehr sich der Schleier verdichtete.

Es war Staub, darin waren sich Namboze und Travertine einig, aber er kam nicht aus einer Wüste – dafür waren zu viele Teilchen in der Luft. Hier waren Megatonnen von Planetenkruste in die Stratosphäre hinaufgelangt.

»In diesem System ist viel mehr Asteroiden- und Kometenmaterial unterwegs als zu Hause«, sagte Namboze, »deshalb sind Einschläge wahrscheinlich sehr viel häufiger als auf der Erde. Ein Tunguska-Ereignis, wie man es auf der Erde alle hundert Jahre erwarten kann, ereignet sich hier vielleicht einmal in zehn Jahren, und ein Dinosaurierkiller kommt alle fünf Millionen anstatt alle fünfzig Millionen Jahre einmal vor. Ich möchte wetten, dass die Fauna verschiedene Überlebensmechanismen entwickelt hat, um mit längeren Phasen von schwächerem Sonnenlicht zurechtzukommen. Ein weiterer Grund, warum ich in diesen Wald hinauswill – mit Mikroskopen und Aufnahmegeräten!«

Chiku und Namboze waren allein. Arachne gestattete immer noch nicht, dass mehr als zwei Personen gleichzeitig zusammenkamen.

»Dann hat Crucible vielleicht vor Kurzem einen Treffer abgekriegt«, sagte Chiku. »Wenn Ihre Hypothese zutrifft, musste das früher oder später passieren.«

»Einmal in einer Million Jahre gegen einmal in zehn Millionen auf der Erde. Aber so bald nach unserer Ankunft? Das ist doch ziemlich unwahrscheinlich, finden Sie nicht auch? Arachne mag unser Zeitgefühl manipulieren, aber wir können doch wohl davon ausgehen, dass wir noch nicht seit Jahrhunderten hier sind.«

»Dann ein Vulkan. Wir haben aus dem Orbit Vulkane gesehen, und einige davon waren offensichtlich aktiv. Einer davon muss ausgebrochen sein.«

»Auch eine Supereruption wäre so kurz nach unserer Ankunft kaum zu erwarten. Es könnte sich um eine kleinere Eruption in der Nähe handeln, aber auch daran glaube ich nicht. Außerdem sieht mir diese Verdunklung nach einem planetenweiten Phänomen aus – Sei-gun hätte von einem ›nuklearen Winter‹ gesprochen.«

Chiku fragte nicht weiter nach diesem Sei-gun. »Wir stehen also wieder am Anfang. Etwas hat uns getroffen.«

»Ja, aber kein Eis- oder Felsbrocken. Ich habe mit Travertine darüber gesprochen, und wir sind uns einig.«

»Worüber?«

»Dass die Ursache eine Waffe war.«

»Das kann nicht sein. Wir haben alle diese Triebwerkssignaturen gesehen – die Holoschiffe sind noch sehr weit draußen.«

»Hören Sie, es ist so offensichtlich, dass ich mich ohrfeigen könnte, weil ich nicht früher daran gedacht habe. Wir waren alle so beschäftigt mit Spekulationen, was Arachne gegen die Holoschiffe einsetzen könnte – kinetische Waffen, Felsbrocken auf der Flugbahn –, um *ihre* kinetische Energie gegen sie zu verwenden. Aber es geht auch andersherum. Im Bezugssystem unserer Holoschiffe sind wir das große Objekt, das sich mit etlichen Prozent Lichtgeschwindigkeit durch das All bewegt!«

Jetzt ging auch Chiku ein Licht auf. Bezugssysteme. Kinetische Beschleunigung. Objekte, deren künftige Flugbahnen mit atemberaubender Genauigkeit berechnet werden konnten.

Wie etwa Planeten.

»Zwölf Prozent«, sagte sie. »Fast dreizehn. So schnell flogen die Holoschiffe, bevor sie die Bremsphase einleiteten. Sie brauchten nur Materie vor sich abzuwerfen und damit auf uns zu zielen.«

»Die Masse müsste nicht einmal groß sein. Denken Sie nur daran, wie viel Schaden ein kleiner Asteroid anrichten kann, der mit wenigen Kilometern pro Sekunde einschlägt. Dieser Impaktor hat sich mit Hunderttausenden von Kilometern pro Sekunde auf uns zubewegt!«

»Können sie von so weit draußen so exakt zielen?«

»Travertine berechnet noch die Wahrscheinlichkeiten. Nehmen wir an, sie haben die Impaktoren nur zur Sicherheit breiter gestreut. Räumlich mag ein Fehlerspielraum vorhanden gewesen sein. Zeitlich könnten sie sehr viel besser gezielt haben.«

»Das verstehe ich nicht.«

»Sie wussten, wie schnell sie flogen. Die Rechnung ist einfach – man misst die Rotverschiebung einiger Sterne und rechnet dann zurück, schließlich untermauert man die Ergebnisse mit dem kosmischen Mikrowellenhintergrund und dem Radioticken von ein paar tausend Pulsaren. Sie wussten auch, wie weit ihr Impaktor fliegen musste und wie lange er bis zum Ziel brauchen würde – ich nehme an, auf die Sekunde genau. Was ich damit sagen will, sie konnten sich aussuchen, wann uns der Impaktor treffen sollte. Aber *wann* ist gleich *wo.* Sie konnten auch die Stelle des Aufschlags wählen, sie brauchten das Eintreffen nur um ein paar Sekunden zu verzögern – bis durch die Rotation ein anderer Teil von Crucible in Sicht kam.«

»Du meine Güte, da kann man nur hoffen, dass wir uns irren.«

»Mir hat es auch nicht gefallen, aber Guochang und Travertine sind zu den gleichen Schlussfolgerungen gelangt – der Staub muss durch eine vorsätzliche Handlung in die Atmosphäre gelangt sein. Wir können nicht genau feststellen, wo der Einschlag erfolgt ist, aber es kann nicht allzu nahe gewesen sein, sonst hätten wir ihn gespürt.«

»Nehmen wir an, das hätten wir nicht. Wäre er einem von uns hoch oben in diesen Türmen aufgefallen? Hätte sie zugelassen, dass wir ihn bemerken?«

»Wegen der Rosaverfärbung des Himmels neige ich zu der Annahme, dass wir uns in der wirklichen Welt befinden«, sagte Namboze. »In einer Simulation würde man sich mit solchen Kleinigkeiten nicht abgeben. Arachne hat auch keinen Versuch unternommen, den Einschlag vor uns zu verbergen. Entweder will sie, dass wir davon erfahren, oder es ist ihr egal – oder sie hat keine Ahnung, was da eben passiert ist. Das Ding wäre schnell gekommen – wenn ihre Verteidigungseinrichtungen auf natürliche Impaktoren eingestellt sind, hätte es durchschlüpfen können, ohne Alarm auszulösen.«

»Sie haben den Krieg angefangen«, sagte Chiku. »So muss man das doch wohl verstehen? Wir haben noch nicht einmal versucht zu verhandeln. Wir sind schon mittendrin.«

45

Mindestens zwei Tage waren vergangen, seit Namboze Chiku von der Waffe erzählt hatte, und die Verdunklung hatte sich noch weiter verstärkt. Der Himmel sah so körnig aus, als scheuere er mit Sandpapier über das Land. Chiku nahm an, dass es draußen auch abkühlte – tropische Temperaturen wurden zu gemäßigten, gemäßigte zu arktischen. Ereignisse wie diese prägten der Geologie eines Planeten ein mörderisches Stigma auf, das noch nach Millionen von Jahren sichtbar war.

Arachne drehte eine Glaskugel – Crucible, auf einer Seite mattiert durch den kleinen geometrischen Daumenabdruck von Mandalas ineinander verschachtelten Linien und Winkeln.

»Ich hatte nicht so bald mit einem Angriff von den Holoschiffen gerechnet, deshalb konnte ich das Ereignis zunächst nicht interpretieren. Zuerst fragte ich mich, ob es sich um eine Waffe handeln könnte, die ihr bei eurem Anflug in Stellung gebracht hattet, die sich erst jetzt aktiviert hatte. Aber das hielt ich für kontraproduktiv.«

»Du weißt, dass wir damit nichts zu tun hatten. Den Planeten selbst anzugreifen ist … Wahnsinn. Schlimmer als das.

Crucibles wegen sind wir gekommen. Warum sollten wir ihn beschädigen wollen?«

»Ich habe eure Gespräche belauscht und hatte einen fruchtbaren Gedankenaustausch mit Namboze. Die Wirkung auf Crucibles Klima ist ziemlich ausgeprägt, aber die Staubkörner werden sich mit der Zeit wieder setzen, und das heimische Ökosystem hat eine gewisse natürliche Resilienz. Wie ihr bereits vermutet hattet, sind Einschläge hier nicht ungewöhnlich – deshalb hatte man auch die kinetischen Waffen in die Saatpakete mit aufgenommen.«

»Viel genützt haben sie nicht.«

»Ich habe sie so umprogrammiert, dass sie auch schnelle Ziele abfangen können. Die Abwehreinrichtungen auf dem Planeten werden nicht viel ausrichten, aber meine Gegenmaßnahmen im Orbit und im interstellaren Raum müssten einen wirksameren Schutz bieten. Einige der Impaktoren werden dennoch durchschlüpfen.«

»Vielleicht kommen keine mehr.«

Arachne verzog die Unterlippe zu einem halben Lächeln. »Leider wurde diese Aussage bereits widerlegt. Es hat nicht nur einen, sondern zwei Einschläge gegeben, und eine dritte Masse ist sehr dicht an Crucible vorbeigeflogen. Sie hat den Planeten verfehlt, aber das war schieres Glück.«

»Zwei Einschläge?«

»Der zweite ereignete sich vor einem Tag. Der Impaktor stürzte in den Ozean, deshalb wurde weniger Staub aufgewirbelt als beim ersten Mal. Hier – sieh dir die Auftreffpunkte an.« Arachne warf Chiku die Glaskugel zu wie einen Ball.

Chiku fing sie automatisch auf. Die durchsichtige Sphäre lag so leicht und zerbrechlich wie eine Seifenblase in ihren Händen.

»Du siehst, wo sich Mandala befindet. Wir sind in dem Archipel unter deinem rechten Daumen. Der erste Impaktor hat die Landmasse rechts von deinem rechten kleinen Finger getroffen. Der zweite landete etwa ein Viertel des Umfangs von der ersten Position entfernt im Wasser. Ihr habt unsere Welt aus dem Orbit genau inspiziert – sind diese Punkte für dich von irgendeiner Bedeutung?«

Eine Woge der Angst brach über Chiku herein. »Sollten sie das?«

»Wenn man einen gewissen Fehlerspielraum berücksichtigt, stimmen sie mit den Standorten der Versorgeraktivitäten überein, die aus dem Orbit zu erkennen waren. Ihr habt nicht die erhofften Städte gefunden, aber ihr habt Anzeichen für den gezielten Einsatz von Geotechnik entdeckt. An eure letzte Übertragung an die *Sansibar* habt ihr alle Beobachtungen angehängt, die ihr bis dahin gemacht hattet – darunter auch Karten, die zeigten, wo meine Stärken liegen könnten. Aufgrund *eurer* Informationen stehen nun meine Stützpunkte an der Oberfläche unter Beschuss, Chiku.«

»Ich konnte nicht wissen, dass sie so reagieren würden – ich wollte ihnen nur nützliche Informationen schicken.«

»Das ist dir offenbar gelungen.«

»Ist unser derzeitiger Aufenthaltsort auf den Karten eingetragen, die ich geschickt habe?«

»Du hast ihn als ›weniger bedeutsamen Standort‹ gekennzeichnet, der genauer zu untersuchen wäre. Wahrscheinlich wurde er bei der ersten Welle nicht angepeilt.«

Chiku gab Arachne die Kugel zurück. Sie hatte alles gesehen, was sie sehen musste.

»Angenommen, ein Impaktor würde in diesem Moment hier einschlagen, würde dir das schaden?«

»Wie du inzwischen sicher schon vermutest, bin ich eine verteilte Intelligenz – genau wie mein anderes Ich, dem du im Sonnensystem begegnet bist. Ein einzelner Einschlag wäre für mich nicht katastrophal. Doch bei gehäuftem Auftreten würde ich die Wirkung schon bald spüren.«

»Die andere Arachne war im Weltraum verteilt.«

»Wir sind nicht gleich – ich bin sehr viel fester an Crucible gebunden.«

Das war ein so ungewöhnliches Eingeständnis ihrer Verwundbarkeit, dass Chiku zunächst nicht wusste, was sie davon zu halten hatte. Warum sollte diese Arachne sich an einen Planeten binden, anstatt sich über Lichtsekunden oder Lichtminuten im All auszubreiten? Es war doch zweifellos besser, diffundiert zu sein – auch wenn das Lichtlaufzeit kostete –, als an einer Felskugel festzukleben?

»Ich hatte keine andere Wahl«, sagte Arachne, als hätte Chiku die Frage laut gestellt.

Chiku wartete nicht ab, bis ein dritter Impaktor auf Crucible niederging – sie wusste, dass das nur eine Frage der Zeit war. Sie hatte mit den anderen gesprochen und einen vorläufigen, wenig stabilen Konsens erreicht – alle stimmten widerwillig zu, dies sei von den schlechten Möglichkeiten, die ihnen derzeit zur Verfügung standen, noch die beste. Glücklich war damit niemand. Nach allem, was sie persönlich und im Kollektiv auf sich genommen hatten, hinterließen Verhandlungen, die letzten Endes nichts anderes als eine Kapitulation der Karawanen zum Ziel hatten, einen bitteren Nachgeschmack.

Chiku brauchte ihre Erklärung nur zu sprechen. Um den technischen Teil der Übermittlung zu den Holoschiffen, die immer noch viele Lichtwochen vom Rand des Sonnensystems entfernt waren, würde sich Arachne kümmern.

»Wir sind am Leben«, begann sie.

Sie stand vor einem der Turmfenster, hinter ihr waren ein ausgebleichter Wald und ein Himmel zu sehen, der die Farbe von Sackleinen hatte. Die Bäume waren in ständiger Bewegung, seit einigen Tagen wehte unablässig ein böiger Wind. Eine weitere Folge der ersten beiden Einschläge, hatte Namboze erklärt: Der aufgewirbelte Staub blockierte die Sonneneinstrahlung, Land und Meer kühlten ab; dadurch entstanden neue kalte Meeresströmungen und eisige Jetstreams, und die globalen Wettersysteme verschoben sich auf unangenehme Weise. Namboze sprach von trophischen Kaskaden und katastrophalen Veränderungen im Ökosystem, die nicht so leicht rückgängig zu machen seien. Obwohl sich die Pflanzendecke aus lebenden Organismen unter dem Dauerbeschuss von Kometen und Asteroiden entwickelt hatte, waren diese Impaktoren ein künstlicher Angriff, und ihre Frequenz war sicherlich zu hoch, um mit natürlichen Bewältigungsstrategien darüber hinwegzukommen.

»Wir sind am Leben«, wiederholte sie, »und wohlauf. Fünf von uns sind wach, und die fünfzehn anderen schlafen – soviel ich weiß – noch auf der *Eisbrecher*. Seit meiner letzten Übertragung sind wir hier auf der Oberfläche. Man könnte uns vielleicht als Gefangene bezeichnen, aber wir werden gut behandelt und dürfen miteinander kommunizieren. Meine Worte werden – auch in diesem Moment – weder zensiert noch manipuliert. Man hat mir versichert, ich könnte ungehindert sagen, was ich wollte, und das will ich nun auf die Probe stellen. Wir werden hier von einer künstlichen Intelligenz festgehalten, die nach der realen Persona einer Frau mit Namen Lin Wei modelliert wurde. Ja, *jene* Lin Wei. Die Intelligenz trägt den Namen Arachne. Wir stehen mit ihr in Kontakt, seit sie uns gewaltsam aus dem Orbit geholt hat. Arachne kontrolliert die Versorger und ist zugleich mit ihnen eins – inzwischen sind die beiden Instanzen nicht mehr voneinander zu trennen. Ihr werdet aus meinen früheren Übertragungen wissen, dass es hier keine

Städte gibt und dass ihr nicht mit dem Empfang rechnen könnt, den wir erwartet hatten.«

Chiku schluckte und sammelte sich. Sie wollte diese Nachricht so knapp wie möglich halten. »Arachne hat gute Gründe, unser Kommen mit Sorge zu betrachten«, fuhr sie fort, »und wir haben gute Gründe, Arachne mit Sorge zu betrachten. Etwas wie sie ist den meisten von uns noch nie begegnet. Sie ist noch dabei, sich über sich selbst klar zu werden und darüber wie sie … nun, ich will es so ausdrücken: Wir haben es hier mit einer Hierarchie von Intelligenzen zu tun. Inzwischen werdet ihr selbst Kenntnis von den Gebilden in der Umlaufbahn erhalten haben. Wir haben sie aus der Nähe gesehen, aber eure eigenen Beobachtungen führen euch sicher zu den gleichen Schlüssen, die auch wir gezogen haben. Es handelt sich um eine Maschinenintelligenz, die Arachne Wächter nennt. Sie versucht, seit sie hier ist, mit diesen Maschinen in einen Dialog zu kommen. Die Bemühungen dauern noch an.«

Nach einer Pause fuhr sie fort: »Ich glaube, es lässt sich ein Weg finden, wie wir diesen Planeten und seine Umgebung sowohl mit Arachne wie mit den Wächtern teilen können, aber das braucht Zeit. Im Moment geht es in erster Linie darum, dass wir alle überleben und eine Basis für künftige Zusammenarbeit schaffen, auch wenn diese Zukunft noch in weiter Ferne liegt. Ein erbitterter Krieg ist dafür jedoch nicht das richtige Mittel! Ihr habt Crucible angegriffen, vermutlich in der Annahme, wir wären tot und hier unten gäbe es nichts als Maschinen. Ich kann eure Motive verstehen, aber ihr müsst diese Angriffe sofort einstellen. Die Impaktoren beschädigen Crucible und werden früher oder später mich und meine Mannschaft auslöschen. Mandala ist ebenfalls in Gefahr, und irgendwann wird ein Impaktor fehlgehen und einen der Wächter treffen. Das wichtigste Argument ist jedoch, dass ihr einfach nicht gewinnen könnt. Ihr seid zwar momentan im Vorteil, aber Arachne ist keineswegs machtlos. Wenn die Angriffe fortgeführt werden, wird sie ihre eigenen Waffen einsetzen. Travertine hat einige Berechnungen durchgeführt, und die Wahrscheinlichkeit, dass Arachne imstande ist, anfliegende Holoschiffe aufs Korn zu nehmen und zu zerstören, ist sehr hoch. Ihr werdet ebenso überrascht werden wie wir von eurem Angriff, nur haben wir einen ganzen Planeten unter uns und ihr nur etwa fünfzig Kilometer Fels und Eis. Mit der Zeit könnte die Karawane Arachnes Widerstand allmählich zermürben – aber vorher würden ihm viele Millionen Menschen zum Opfer fallen.«

Sie legte eine Pause ein, um ihre Worte wirken zu lassen, dann fuhr sie fort: »Noch ist es nicht zu spät, eine Eskalation zu vermeiden! Ich glaube nicht, dass ihr die Möglichkeit habt, eure Impaktoren vor dem Auftreffen zu zerstören, aber ihr kennt sicherlich ihre Geschwindigkeit und ihre Flugbahnen. Übermittelt uns diese Informationen, dann kann Arachne ihre Langstreckenverteidigung ausrichten, sodass die Chancen einer Kollision minimiert werden. Zugleich solltet ihr eure Abbremstriebwerke deaktivieren. Arachne erlaubt den Holoschiffen, das System ungehindert zu durchqueren, vorausgesetzt, weitere kriegerische Handlungen unterbleiben.«

Dies war der entscheidende Moment. Chiku ballte die Faust und sprach mit großer Eindringlichkeit weiter. »Das ist nicht zwangsläufig eine Kapitulation! Ich wünsche mir Crucible ebenso sehr wie ihr alle. Gonithi Namboze ist durch den Wald gegangen und hat gesehen, welche Wunder uns hier erwarten. Ihr hättet ihr Gesicht sehen sollen! Wir sind nicht bereit, unsere Mission aufzugeben! Aber mit einer Deeskalation gewinnen wir Zeit – Zeit, um die Verhandlungen fortzusetzen, Zeit, um eine Vertrauensbasis aufzubauen. Wir fünf hier unten sind bereit, alles zu tun, um die Beziehungen zwischen der Karawane und Arachne zu verbessern, aber die Angriffe müssen unverzüglich beendet werden. Übermittelt uns die Vektoren der Impaktoren. Vollbringt diese eine gute Tat, und wir haben eine Chance – wir alle.«

Wieder schwieg sie kurz, dann fügte sie hinzu: »Ich bin Chiku Akinya, die Tochter von Sunday Akinya und die Urenkelin von Eunice Akinya – Senge Dongma, der Löwengesichtigen, unserer Stammmutter. Ihretwegen sind wir überhaupt hier. Sie hat uns aufgefordert, weiser zu sein, als es unserer Natur entspricht. Nun haben wir die große Chance, weise zu sein. Ich weiß, ich habe Fehler gemacht – und ich bin auch bereit, mich zu gegebener Zeit dafür zu verantworten. Doch hier und jetzt kommt es nur auf eines an. Wir alle – Menschen wie Maschinen – müssen den Weg der Weisheit gehen. Beide Seiten sind imstande, einander Schaden zuzufügen – beide Seiten haben die Kraft zu zerstören. Aber es liegt auch Stärke darin, keine Stärke zu zeigen. Ich flehe euch an, entdeckt diese Eigenschaft, und setzt sie gut ein.«

Als sie zu Ende war, erlaubte ihr Arachne, die Nachricht noch einmal durchzusehen. Es gab tausend Dinge, die Chiku gern geändert hätte, wenn ihr mehr Zeit geblieben wäre, doch Perfektion war jetzt nicht gefragt. Sie hatte ihr Bestes gegeben.

»Setze es ab.«

»Erledigt. Das hast du gut gemacht, Chiku.« Arachne tat so, als klatschte sie Beifall. »Bravo, *magnissimo*!«

»Es wird nichts bewirken.«

»Vielleicht lassen sie sich durch deine Botschaft umstimmen.«

»Sie haben bereits damit begonnen, dich von diesem Planeten zu fegen, und sie werden so lange weitermachen, bis du tot bist. Wahrscheinlich nehmen sie an, du hättest eine Simulation von mir zusammengebastelt. Und selbst wenn sie glauben, dass ich es selbst bin, machen sie vielleicht trotzdem weiter. Wir sind zwanzig, Arachne – ein Nichts neben den vielen Millionen auf den Holoschiffen. Wenn ich dort die Entscheidungen zu treffen hätte, ich würde uns für entbehrlich halten.«

»So kalt bist du nicht, Chiku Akinya, auch wenn du dich selbst dafür hältst. Du würdest einen Ausweg finden.«

Chiku schwieg einen Moment, dann fragte sie: »Wie viele Monate dauert es, bis meine Erklärung am Ziel ist?«

»Neun Wochen, und noch einmal so lange, bis wir mit einer Antwort rechnen können.«

»So lange kann ich nicht warten.«

»Dann warte nicht«, sagte Arachne, als wäre ein Zeitsprung etwas so Banales wie ein Nachmittagsschlaf.

Chikus Leben war schon seit ihrer Ankunft auf Crucible in Episoden verlaufen, doch nun wurden die Episoden fragmentarisch und abgehackt wie halb vergessene Träume. Nachdem Arachne ihre kinetischen Abwehrwaffen so eingestellt hatte, dass sie auch Objekte detektierten, die sich viel schneller bewegten als natürliche Himmelskörper, konnte sie etwa vier Fünftel der Impaktoren ablenken, die direkt auf Crucible gezielt waren. Die Projektile waren jedoch zahlreicher geworden, sodass etwa alle fünf Tage einmal ein Impaktor ungehindert die Oberfläche erreichte. Außerdem glückten Arachnes Abfangmanöver nicht immer, manchmal wurden die Impaktoren nur in kleinere Stücke zerbrochen, anstatt pulverisiert zu werden. Mit mehreren Fragmenten gleichzeitig waren Arachnes Systeme im Allgemeinen überfordert, und die meisten Stücke waren zu groß und zu schnell, um in der Atmosphäre zu verglühen. Sie prasselten auf Crucibles Oberfläche nieder und wirbelten noch mehr Staub in die Atmosphäre. Auf den nördlichen und südlichen Landmassen jagte der Wind alles verzehrende Feuersbrünste durch die trockenen Wälder der gemäßigten Zonen.

Als Chiku ihre Erklärung abschickte, hatte es nur zwei Volltreffer gegeben, doch innerhalb eines Monats stieg die Zahl auf neun. Alle Impaktoren bis auf zwei waren auf dem Land und nicht im Ozean niedergegangen, damit war ein für alle Mal bestätigt, dass sie gegen die Versorgeranlagen auf dem Planeten gerichtet waren.

»Wie kann man nur so dumm sein?«, sagte Travertine bei einem ihrer Gespräche. »Seit wann bereitet man einen Planeten auf eine Kolonisierung vor, indem man ihn pulverisiert?«

»Gonithi meint, die Auswirkungen auf die Biosphäre wären immer noch relativ gering.« Chiku wollte nicht gern den Eindruck vermitteln, die Aktionen der Holoschiffe zu verteidigen. »Ich meine, bei den ersten Bombardierungen waren die Schäden viel größer, und sie kann eine ganze Menge vertragen. Vielleicht ist es nur eine letzte Welle, Salve oder was auch immer, und sie haben den Beschuss bereits eingestellt. Sie können sich doch nicht so sehr verrennen!«

»Selbst wenn sie keine weiteren Projektile mehr schicken, wird das unsere Freundin mit der Violine nicht beschwichtigen, nicht wahr?«

»Sie hat klare Bedingungen gestellt«, gab Chiku zu.

»Ich kenne die Reichweite ihrer Verteidigungseinrichtungen nicht«, sagte Travertine, »aber es würde mich nicht wundern, wenn ein Gegenschlag schon bald erfolgen könnte. Wer weiß, vielleicht haben ihre kinetischen Waffen die Geschosse schon abgesetzt, ohne darauf zu warten, wie deine heroische Ansprache auf diejenigen wirkt, die auf den Schiffen das Sagen haben.«

»Würde sie bis zum Äußersten gehen – bis zur völligen Vernichtung?«

»Der fünf Holoschiffe?« Travertine zuckte so träge und unbekümmert die Achseln wie eine Löwin, die sich von einer

Fliege belästigt fühlte. »Warum nicht? Die Schiffe tun ihr Bestes, um sie zu zerstören, warum sollte sie sich nicht revanchieren?«

»Ich dachte, wir könnten auch im schlimmsten Fall durch Verhandlungen zu einer Lösung finden. Aber das wird nicht klappen, nicht wahr? Sie wollen nicht hören.«

»Sie betrachten uns noch als störendes Geräusch«, sagte Travertine.

Nach dem zehnten Einschlag kehrte Ruhe ein. Arachne suchte mit ihren Sensoren den interstellaren Raum ab und fand keine weiteren anfliegenden Objekte, die näher waren als die Holoschiffe selbst.

»Deine Übertragung muss inzwischen angekommen sein«, erklärte sie, »aber das kann nicht der Grund für die Feuerpause sein. Die Lichtsignale hatten noch nicht genug Zeit, um den Weg in die Gegenrichtung zurückzulegen, selbst wenn man sofort bei Eintreffen deiner Nachricht den Impaktoren irgendeinen Selbstzerstörungsbefehl geschickt haben sollte.«

»Vielleicht schicken sie die Koordinaten, die du verlangt hast«, sagte Chiku.

»Das wäre von Vorteil, aber ich bin nicht allzu zuversichtlich, dass eine solche Geste erfolgen wird.« Sie hielt inne, dann fügte sie hinzu: »Ich bin schon viel zu lange mit euch Menschen zusammen – euer Zynismus beginnt auf mich abzufärben.«

»Hast du weiterhin vor, deinen Teil des Abkommens einzuhalten, wenn sie die Bremsphase abbrechen?«

»Als du meine Bedingungen verkündet hast, waren erst zwei Impaktoren auf Crucible niedergegangen. Nachdem die Angriffe fortgesetzt wurden, bin ich sehr viel weniger geneigt, Großmut walten zu lassen.« Ihr Gesicht bekam einen Ausdruck stoischer Resignation. »Aber ich habe – vorerst – noch die Absicht, mein Versprechen zu erfüllen. Außerdem sind eure Holoschiffe noch nicht ganz in Reichweite meiner kinetischen Waffen. Du hattest recht, als du sagtest, man müsse eine Eskalation vermeiden. Ich werde mich so lange darum bemühen, bis alle anderen Möglichkeiten ausgeschöpft sind.«

»Und dann?«

»Ich habe Simulationen erstellt, Chiku. Leider waren sie zum Zeitpunkt deiner Übertragung noch nicht abgeschlossen, denn damit wäre die Wirkung noch sehr viel überzeugender gewesen. Selbst mit den bescheidenen Mitteln, die mir zur Verfügung stehen, ist es für mich nicht weiter schwierig, mindestens drei von diesen fünf Holoschiffen zu zerstören. Unter günstigen Voraussetzungen könnten es sogar noch mehr sein.«

»Warum sagst du mir das gerade jetzt?«

»Weil ich möchte, dass du meine, nun ja, Zuversicht richtig einschätzt. Der strategische Vorteil liegt auf meiner Seite. Du hast es sehr gut ausgedrückt, Chiku – dies ist ein Planet, keine Kugel aus Fels und Eis.«

»Wenn es zu einem Schlagabtausch kommt, kannst du nicht verlieren – jedenfalls nicht diese erste Schlacht.«

»Mag sein, und morgen ist ein neuer Tag. Ich lerne dazu, ich entwickle mich weiter, und meine Leistung wird sich stetig verbessern.«

»Wie schön für dich. Ich frage mich allerdings, warum du uns fünf überhaupt am Leben erhältst, nachdem du unseren Rat nicht mehr brauchst.« Chiku deutete zum Fenster. Das leuchtende Grün des Waldes war zu einer Palette von Graustufen verblichen, die vom Aschgrau der welken Bäume bis zum Knochenweiß des Himmels reichten. »Ich möchte nicht undankbar erscheinen, aber die Aussicht kann mich nicht mehr begeistern.«

»Der Wald wird sich wieder erholen. Aber du unterschätzt

deinen eigenen Unterhaltungswert. Du bist ein System, das ich nicht bis zur Perfektion modellieren kann, und das ist zugleich frustrierend und faszinierend. Außerdem möchte ich in einer bestimmten Angelegenheit immer noch deine Meinung hören. Tust du mir den Gefallen, Chiku?«

Von einem Gedanken zum anderen war es Nacht, und sie standen wieder hoch oben auf der Plattform unter der Kuppel. Arachne hob die Hand und schob breite Wolkenstreifen beiseite. An dem grauen Himmel mit den zahllosen Sternen blieben samtschwarze Pinselstriche zurück. Die Milchstraße war ein Wasserfall aus phosphoreszierendem Plankton, das auf dem nächtlichen Meer auf und ab wogte. Zwei oder drei Planeten, so hell und starr wie die Augen eines Panthers, schlichen auf derselben Ekliptik dahin wie Crucible.

»Was soll das, Arachne?«, fuhr Chiku sie an. »Ich bin es satt, dass du mir Dinge zeigst, die ich nicht anfassen kann. Ich bin es satt, dass du mich nach meiner Meinung zu Dingen fragst, die ich nicht beeinflussen kann. Was auch geschieht, du wirst uns zerstören. Ich bin deiner satt, dieses sterbenden Planeten, und ich bin es satt, hier gefangen zu sein.«

»Ich habe die *Sansibar* gefunden.«

Sie wusste genau, welche Wirkung die Worte auf ihren Gast haben würden, und fuhr mit viel Pathos fort: »Nach meinem besten Wissen ist sie immer noch da draußen. Immer noch unterwegs. Sie scheint unversehrt zu sein. Dennoch ist ihr etwas zugestoßen.«

»Was? Wo ist sie? Sie ist nicht bei den ersten fünf, nicht wahr?«

»Eine Weile dachte ich, sie wäre dabei, aber dann habe ich die Identifizierung präzisiert, und nun bin ich sicher, dass die *Sansibar* nicht darunter ist. Die fünf sind die *Malabar,* die *Majuli,* die *Ukerewe,* die *Netrani* und die *Sriharikota.*«

»Warum zum Teufel hast du bis jetzt gewartet, um mir das zu sagen?«

»Ich wollte dir keine falschen Hoffnungen machen. Jetzt habe ich konkrete Daten, die meine Hypothese stützen, und kann dir zwei Dinge sagen. Die *Sansibar* ist sehr dunkel. Als du sie verlassen hast, war alles hell, das Schiff war erkennbar von Menschen bewohnt und voller Leben. Auch befindet sie sich ziemlich weit abseits der vorherberechneten Position, und sie fliegt immer noch mit zwölf Komma sieben Prozent Lichtgeschwindigkeit.«

Arachne zauberte ein Bild an den wolkenlosen Himmelsabschnitt, einen walnussförmigen Fleck in geisterhaften Blautönen, der keinerlei Besonderheiten aufwies.

»Das könnte alles Mögliche sein.«

»Oder es könnte ein Holoschiff sein, das ich mit meinen optischen Sensoren und Radargeräten gerade noch erfassen kann. Nach meiner Einschätzung passt das Profil zu den charakteristischen Merkmalen der *Sansibar*, Fehler in der Auflösung sind berücksichtigt. Es gibt eine hellere Stelle, die stärker reflektiert – siehst du sie? Das könnten eure Reparaturen nach dem Kappa-Unfall sein.«

»Du musst mir schon mehr Informationen geben, um mich zu überzeugen.«

»Zugegeben, es könnte auch ein anderes Holoschiff sein, aber ich habe auch ein Funksignal aufgefangen. Es war sehr kurz und auf den ersten Blick ohne sinnvollen Inhalt, aber die Verschlüsselung war die gleiche wie bei den Signalen, die ihr von der *Eisbrecher* zum Schiff gesendet habt. Es war ein unidirektionales Signal, das ungefähr in unsere Richtung zielte – möglicherweise ein Versuch, die Kommunikation wieder aufzunehmen.«

»Warum hast du mir das nicht sofort gesagt, als du es aufgefangen hast?«

»Ich sage es dir jetzt. Die *Sansibar* hat nicht abgebremst, sie ist uns also viel näher als die anderen Holoschiffe. Ich habe die Lichtlaufverzögerung berechnet und kam zu dem Ergebnis, dass sie die Einschläge auf der Oberfläche sehen konnte. Auch hatte das Licht reichlich Zeit, von der *Sansibar* zu uns zu kommen, nachdem jemand an Bord diese Einschläge gesehen hatte. Die Übertragung könnte also durch die Angriffe ausgelöst worden sein.«

»Wenn du sagst ›auf den ersten Blick ohne sinnvollen Inhalt‹ – warum lässt du das nicht mich beurteilen?«

»Du solltest auch wissen, dass es eine sechste Abbremssignatur gibt, die allerdings schwächer ist als die anderen und nicht Teil dieser Formation. Etwas Ähnliches konnte ich beobachten, als ihr im Anflug wart. Es ist kein Holoschiff, sondern ein Raumschiff etwa von der Größe und Leistung der *Eisbrecher*, vielleicht ein wenig kleiner, und wenn ich seine Bahn zurückverfolge, könnte es durchaus von dem Objekt gekommen sein, das wir für die *Sansibar* halten. Könnte dies eine zweite Expedition sein, Chiku, nachdem man die erste für gescheitert hielt?«

»Woher soll ich das wissen?«

»Arbeite mit mir zusammen. Sprich aus, was du denkst. Das könnte von zentraler Bedeutung sein.«

Chiku zwang sich zu Geduld und Gelassenheit. Natürlich konnte es von zentraler Bedeutung sein, aber das galt für jede Entscheidung, die sie seit ihrer Ankunft auf Crucible getroffen hatte. Sie hatte immer noch keine Ahnung, wie ihre Worte und ihre Reaktionen Arachnes Strategie letztlich beeinflussten, und sie wollte nicht länger im Fokus von Arachnes Aufmerksamkeit stehen.

»In seiner letzten Übertragung berichtete Mposi, die *Sansibar* stünde am Rande des gesellschaftlichen Zusammenbruchs.

Danach hörte ich nichts mehr. Das ist Jahre her. Wie kann ich darüber spekulieren, was seither geschehen ist? Bis zu diesem Moment glaubte ich nicht einmal daran, dass die *Sansibar* noch da draußen ist. Ich bin immer noch nicht überzeugt.«

»Dieses andere Artilekt, du hast es Eunice genannt … könnte sie eine Rolle bei den Ereignissen gespielt haben?«

»Zum letzten Mal, Arachne – woher soll ich das wissen?«

»Es verwirrt mich, dass von allen Holoschiffen das eine, das am besten dafür gerüstet war, die Bremsphase nicht eingeleitet hat. Warum setzt man eine Technologie nicht ein, wenn man sie hat?«

»Leg dieses … Signal, oder was immer es ist, auf meine Kommode. Und mach es auch den anderen zugänglich – besonders Guochang. Er versteht sehr viel von Kommunikationsprotokollen. Vielleicht entdeckt er etwas, was dir entgangen ist.«

»Meine Analysen waren sehr gründlich, Chiku.«

»Versuch es trotzdem.«

46

Guochang verschmähte die vorhandenen Sitzmöbel und kauerte sich auf den Boden. Sie waren nicht in Chikus Turm, sondern in seinem, wobei sie wie üblich nicht mitbekommen hatte, wie sie dahin gelangt war. Immerhin war es Tag, und der staubverhüllte Himmel sah noch genauso fahl aus wie seit dem Eintreffen des zehnten Impaktors. Chiku hockte sich neben den Robotiker auf den grauen Boden, der so nachgiebig und weich war wie ein Elefantenrücken.

»Es hat eine Weile gedauert«, sagte Guochang ohne Einleitung, als sie in seinem Turm erschien, so als wären sie mitten in einem Gespräch über seine Fortschritte gewesen, »aber letztlich habe ich es geschafft. Dass die Nachricht offenbar schon beim Absetzen verstümmelt wurde, hat es nicht einfacher gemacht – es sieht so aus, als hätten sie Probleme mit ihrer Sendeanlage gehabt und keine Zeit gefunden, das Korrekturprogramm durchlaufen zu lassen. Außerdem haben sie sich alle Mühe gegeben, das Signal für Versorger möglichst unverständlich zu machen. Arachne sollte nichts damit anfangen können, und so war es dann auch. Sie ist wohl doch nicht ganz so schlau, wie sie glaubt.«

Chiku war sich bewusst, dass ihre Gastgeberin wahrscheinlich mithörte. »Schon möglich«, sagte sie, »aber ich habe den Eindruck, sie lernt ziemlich schnell. Sie betrachtet uns Menschen seit Jahrzehnten als theoretisches Problem, und jetzt hat sie zum ersten Mal die Chance, uns in Echtzeit und aus der Nähe zu studieren. Ich glaube, sie findet uns faszinierend. Faszinierend, vielschichtig und so schwer zu berechnen wie ein atypisches Wettersystem.«

»Sie fragt mich immer wieder nach Eunice. Ich kann ihr dazu nichts sagen, aber weil ich Robotiker bin, glaubt sie, ich müsste besondere Erkenntnisse haben.« Guochang sah Chiku ungläubig an. »Ich kann nicht einmal mit Sicherheit sagen, dass Eunice existiert!«

»Zweifeln Sie jetzt nicht nur an Arachne, sondern auch an *mir*?«

»Nein – nicht mehr nach allem, was geschehen ist. Selbst wenn Sie uns vor der Abreise von Arachne und den Wächtern erzählt hätten, wir hätten Ihnen wahrscheinlich nicht geglaubt. Beides hat sich als real herausgestellt, warum sollten Sie nun etwas so Profanes wie ein wandelndes, sprechendes, unbesiegbares humanoides Artilekt erfinden, das sich recht überzeugend als Ihre Urgroßmutter ausgibt?«

»Ich habe den Verdacht, dass noch einiges mehr in ihr steckt. Aber Sie haben recht – mir sind nicht nur die Lügen, sondern auch die Halbwahrheiten ausgegangen, Guochang. Im Moment habe ich keine Geheimnisse vor Ihnen und den anderen, jedenfalls soweit ich weiß.«

»Das sollte mich wohl beruhigen.«

»Außerdem ahne ich, dass wir nur mit völliger Offenheit einen Weg aus diesem Schlamassel herausfinden werden – Offenheit untereinander und zwischen uns und Arachne. Ich glaube nicht, dass sie uns viel verheimlicht. Sie war vollkommen aufrichtig, was ihre Absichten für die anderen Holoschiffe angeht – kein Bluff, keine Prahlerei. Wenn unsere Leute wieder anfangen, uns zu beschießen, wird sie angreifen, sobald sie in Reichweite kommen, davon bin ich überzeugt. Sie mag vielleicht nicht fähig sein, sie auf einen Schlag zu zerstören, aber viel mehr als ein Blow-out in den Dimensionen von Kappa ist auch nicht nötig, um schwere Schäden anzurichten. Nun zu diesem verschlüsselten Signal – glauben Sie, es kommt wirklich von der *Sansibar*?«

»So sicher, wie ich nur sein kann. Es stimmt, das Protokoll ist das Gleiche, das wir vor der Funkstille empfangen haben. Sie sagte doch, es sei ein unidirektionales Signal gewesen?«

Chiku nickte. »Mehr oder weniger in unsere Richtung abgesetzt.«

»Genau so würde ich vorgehen, wenn ich nicht viel Energie hätte oder nicht wollte, dass man mich beim Senden erwischt.« Guochang rieb sich die Hände. »Also, die gute Nachricht. Sind Sie bereit, Chiku?«

»Jetzt machen Sie mir Angst.«

»Ich finde, Sie sollten vorbereitet sein. Arachne konnte mit dem eingebetteten Inhalt nichts anfangen, weil er nicht für sie bestimmt war. Es ist eine Matrix von Ching-Anweisungen – sie hat kein Zentralnervensystem, deshalb bräuchte sie dafür eine Reihe von speziellen Operationen, die man ihr nicht automatisch mitgeliefert hätte. Irgendwann wäre sie dahintergekommen, aber durch die Verstümmelung wurde alles ziemlich schwer zu durchschauen. Was sie für Rauschen hielt, war tatsächlich Inhalt, und er ist an Sie gerichtet.« Guochang setzte sich auf seine Fersen zurück. »Ich habe gerade so viel abgerufen, dass ich sicher sein konnte, alles richtig entschlüsselt zu haben, aber es erschien mir nicht angebracht, noch weiterzugehen – die Nachricht ist nur für Ihre Augen bestimmt, Chiku.«

»Nach allem, was ich Ihnen angetan habe, haben Sie so viel Vertrauen, um mich mit dieser Information allein zu lassen?«

»Die Zeit, um nachtragend zu sein«, sagte Guochang weise, »ist wohl seit Längerem vorbei.«

Wie Chiku zu ihrer Bestürzung erfahren musste, hatten die Angriffe nur vorübergehend ausgesetzt. Ein elfter und danach ein zwölfter Impaktor waren angekommen. Arachne gelang es zunehmend besser, die anrasenden Geschosse in den letzten zwei Lichtsekunden vor Crucible abzufangen, aber sie war nicht unfehlbar.

»Es beunruhigt mich«, sagte Arachne, »dass der zwölfte Impaktor in nur zweihundert Kilometern Entfernung vom Nordrand von Mandala eingeschlagen hat. Das war zweifellos nicht das beabsichtigte Ziel, aber es ist gefährlich nahe. Angriffe gegen Crucibles Ökosystem sind schlimm genug, aber wagen wir uns überhaupt vorzustellen, was eine Beschädigung von Mandala für Folgen haben könnte?«

»Ich habe sie gewarnt.«

»Es gibt noch einen Grund zur Sorge, der vielleicht damit zusammenhängt. Ich habe dir erzählt, dass wir erste Vorbereitungen für einen Dialog mit den Wächtern eingeleitet haben. Zugegeben, meine Bemühungen hatten bisher nicht den Erfolg, den man sich gewünscht hätte.« Sie blickte verlegen zur Seite, als hätte sie eben einen schweren Charakterfehler eingestanden. »Immerhin stehen uns Kommunikationswege offen. Der Dialog ist bisher ziemlich einseitig, aber gelegentlich sprechen die Wächter zu mir, leider sind ihre Äußerungen sehr rätselhaft. Einmal haben sie mich gefragt, warum ich mich bemühte, weniger intelligent zu erscheinen, als ich wäre, so als würde ich meine Fähigkeiten bewusst verschleiern. Nichts läge mir ferner! Doch überwiegend wurden meine Annäherungsversuche mit Stillschweigen beantwortet.«

»Willst du sagen, sie hätten sich wieder gemeldet?«, fragte Chiku.

»Sie haben mich gefragt, warum Crucible Schaden zugefügt wird – als ob ich dafür verantwortlich wäre!«

»Hättest du uns nicht belogen und mein Schiff gekapert, dann würdest du jetzt nicht angegriffen, du trägst also durchaus einen Teil der Schuld.«

»Meine Handlungen wurden von Informationen bestimmt, die ich von den Wächtern selbst erhalten hatte!«, protestierte Arachne. Für einen winzigen Moment durchzuckte Chiku ein Fünkchen Mitgefühl mit dieser jungen Intelligenz, die wie ein Kind zwischen die Machenschaften argwöhnischer Menschen mit Maschinenphobie und die dumpf brütende Überlegenheit der Alien-Maschinen geraten war. Die Wächter hatten ihr eingeredet, sie müsse sich vor den reflexhaften Zerstörungsimpulsen organischer Intelligenzen schützen, andererseits hatten sie ihr erklärt, sie sei noch zu unreif, um auf Augenhöhe mit ihnen zu verkehren.

War es da verwunderlich, wenn sie sich hinter einem Schutzwall von Lügen verschanzte?

»Sag ihnen, dass wir alles in unserer Macht Stehende tun, um die Angriffe abzustellen«, empfahl Chiku, »aber dass unserer Macht Grenzen gesetzt sind.«

»Das habe ich bereits getan, und sie haben mit Schweigen geantwortet, wie es ihre Art ist. Ich habe keine Ahnung, ob sie mich verstanden haben, und erst recht weiß ich nicht, ob sie mit meiner Auskunft zufrieden waren! Vielleicht hat es nichts zu bedeuten, aber gelegentlich sind mir gewisse Veränderungen aufgefallen – eine kleine Abweichung von der Umlaufbahn etwa, oder eine Modulation bei der Übertragung ihrer optischen

Signale. Äußerst selten nur ein Anstieg der Energien und Kräfte, die von meinen Sensoren erfasst werden können. Erst jüngst konnte ich ein oder zwei Mal in einem Jahrzehnt einen Anstieg im Strom gewisser Botenpartikel feststellen, der zwischen den Wächtern fließt – das könnte ein Anzeichen dafür sein, dass sie in ein intensiveres Gespräch eintreten. Seit der Wiederaufnahme der Bombardierungen haben sie sich einmal in diesen Zustand begeben.«

»Großartig. Zu allem anderen fangen die Wächter nun auch noch an, miteinander zu tuscheln.«

»Es *ist* beunruhigend.«

»In Anbetracht des Ernstes der Lage habe ich eine Bitte an dich. Du weißt sicherlich bereits, dass Guochang diese Übertragung analysiert und einen Satz Ching-Anweisungen gefunden hat. Wenn du mir meine Neuralmaschinen nicht entfernt hast, müsste ich diese Ching-Befehle ausführen können.«

»Die Maschinen sind intakt – sie haben mir ein Fenster in dein Sprachverhalten geöffnet.«

»Schön. Ich möchte chingen.«

»Ich werde dich nicht daran hindern. Schließlich wirst du nicht in einen physischen Raum chingen, sondern nur in die Emulation eines solchen Raumes, die nach festen Parametern erstellt wurde.«

»Richtig. Und ich werde chingen – aber ich will noch mehr. Du hast seit unserer Ankunft nie erlaubt, dass mehr als zwei von uns gleichzeitig zusammenkommen. Damit sollte jetzt Schluss sein. Als Gegenleistung für dieses Zugeständnis habe ich nichts mehr zu bieten – keine Analysen, keine Kommentare, keine brillanten Erkenntnisse zur Natur des Menschen. Meine Hände sind leer. Aber ich will meine Reisegefährten bei mir haben, wenn ich chinge. Alle fünf – ich will sie sehen und mit ihnen sprechen.«

Arachne nickte bedächtig. »Dieser Wunsch kommt mir ganz und gar nicht gelegen.«

»Mach, was du willst. Früher oder später fällt uns ja doch einer von diesen Impaktoren auf den Kopf.«

»Ich werde deiner Bitte stattgeben, aber unter zwei Bedingungen. Die erste rührt daher, dass ich inzwischen um dein persönliches Wohl besorgt bin. Ich möchte euch fünf auf verschiedene Orte an der Oberfläche verteilen. In der Ching-Verbindung wirst du von der physischen Trennung nichts spüren.«

»Und die zweite Bedingung?«

»Ich möchte mitkommen. Guochang kann mir bei der Übersetzung der Protokolle behilflich sein.«

»Du hättest mit oder ohne Guochang einen Weg gefunden, um uns in den Ching zu folgen.«

»Das ist richtig«, gab Arachne zu. »Aber ich finde es doch höflicher, vorher zu fragen.«

47

Als sich die Ching-Verbindung aktivierte, glaubte Chiku zunächst, Guochang müsse ein Fehler unterlaufen sein. Gewiss, sie hatte nicht mehr den Eindruck, auf Crucible zu sein, und der abschüssige, harte und raue Untergrund, auf dem sie stand, hatte keine Ähnlichkeit mit den Bodenbelägen in Arachnes Türmen. Auch hing eine gewisse Schwüle in der Luft, und sie hatte das Gefühl, nicht mehr eingeschlossen zu sein, sondern sich im Freien oder zumindest in einem Raum zu befinden, der viel größer war als die Zimmer in den Türmen. Aber sie konnte nichts sehen. Offenbar waren die visuellen Daten ausgefallen, die eigentlich ihren Kortex überschwemmen und die Signale von ihren Sehnerven übersteuern sollten.

Doch nach einigen Sekunden lichtete sich die Schwärze ein wenig. Sie war nicht blind, es war nur ringsum viel dunkler, als sie es in letzter Zeit gewohnt war. Hier und dort waren schwache Lichter zu erkennen, die von Minute zu Minute heller wurden, aber sie schienen sehr weit weg zu sein.

»Wo sind wir?«, fragte Doktor Aziba.

»Auf dem Holoschiff, nehme ich an.« Nambozes Stimme klang nicht allzu überzeugt. »Aber wieso ist es so dunkel? Und die Luft ist viel zu warm. Ich weiß, dass wir die Temperatur hochgefahren haben, um uns an Crucibles Klima anzupassen, aber so sehr kann sie sich in den wenigen Jahren nicht verändert haben. Es sei denn, die Thermoregulierung wäre außer Kontrolle. Und wo ist der Himmel? Da oben sollte alles blau und voller Sterne sein.«

»Ich sehe allmählich etwas besser«, sagte Travertine. »Da ist ein Pfad, der nach unten führt, und die Lichter da drüben könnten zu Gebäuden gehören.«

»Du müsstest das kennen«, entgegnete Chiku. Ihr war plötzlich eine Erleuchtung gekommen, und sie hatte um sich getastet, bis sie zu beiden Seiten des steilen Pfads, auf dem sie standen, die höckerige Oberfläche einer Steinmauer unter den Fingern spürte. »Ich glaube, es ist das Gemeinschaftszentrum, wo ich einmal gewohnt habe. Wenn ich recht habe, kommen die Lichter aus meinem Haus. Das kann kein Zufall sein.«

»Geh voran«, drängte Travertine.

Sie strebten durch die immer noch tiefe Dunkelheit der kleinen Gruppe von Gebäuden um Chikus altes Haus zu. Sie war vor nicht allzu langer Zeit zum letzten Mal hier gewesen, jedenfalls gaukelte ihr das ihr unzuverlässiges Erinnerungsvermögen vor, und sie kannte die Mauern und die vielfach gewundenen Wege gut genug, um die anderen führen zu können. Auch gewöhnten sich ihre Augen langsam an die Finsternis. In der Kaverne war es immer noch viel zu dunkel, aber bald konnten sie am anderen Ende weitere Lichter erkennen, und Chiku stellte fest, dass sich bis auf die Dunkelheit nicht allzu viel verändert hatte.

Als sie sich ihrem Haus näherte, entdeckte sie auf der Mauer einen langbeinigen Schatten, eine Frau. Sie hatte ein Bein über das andere geschlagen, das Gesicht wurde von unten her in orangefarbenes Licht getaucht, das ihre Züge fremd erscheinen ließ. Das lange Haar war zu einem Pferdeschwanz zurückgebunden. Das Licht strahlte aus dem rechteckigen Bildschirm eines Gefährten auf dem Schoß der Gestalt. Sie schien völlig darin vertieft und schaute erst auf, als der kleine Zug die Holzpforte vor Chikus Garten erreichte.

Chiku betrachtete die Sitzende. Der Lichtschein hatte sie verunsichert, doch etwas an der Haltung der Frau war ihr trotz der Jahre dazwischen vage vertraut.

»Ndege?«, fragte sie.

Die Frau versetzte den Gefährten in den Ruhemodus und erhob sich. »Drinnen«, sagte sie und deutete auf die offene Haustür. Chiku hatte keine Ahnung, ob das eine Antwort auf ihre Frage war, und auf das eine Wort folgte keine weitere Erklärung.

»Das ist eine sehr einfach konstruierte Umgebung«, flüsterte Guochang, als könnten die Projektionen Anstoß nehmen. »Sie gestattet keine breite Interaktivität, jeder, dem wir hier begegnen, wird nur ein sehr blasser Schatten seines wahren Ichs sein. Für mehr ist die Bandbreite der Übertragung zu gering.«

»Ich schätze, unter den gegebenen Umständen haben sie ihr Möglichstes getan«, sagte Chiku. Ndeges Projektion verschwand bereits im Haus.

»Wollen Sie alleine hineingehen?«, fragte Namboze.

Chiku überlegte kurz, dann sagte sie: »Nein. Das geht uns alle an.«

Aber sie ging voraus.

Ndege und Mposi saßen nebeneinander am Küchentisch und warteten auf ihre Besucher. Eine Lampe spendete gerade so viel Licht, dass Chiku die Gesichter als die ihrer Kinder erkennen konnte. Bei Mposi war der Anblick natürlich weniger schockierend, denn sie war ihrem Sohn bereits als Erwachsenem begegnet. Jetzt war er noch ein wenig älter geworden, seine Gesichtsmuskulatur hatte sich verlagert und die Züge härter gemacht. Von den Augen gingen fächerförmige feine Linien aus, die ihr bei den früheren Übertragungen nicht aufgefallen waren – noch waren es keine Fältchen, aber die würden genau an diesen Stellen entstehen. Das Gesicht erschien ihr wie die erste Skizze für eine ältere Version desselben Mannes. Die Ähnlichkeit zu Noah war ausgeprägter als je zuvor. Überrascht erkannte Chiku die vorgewölbte Stirn ihres Vaters Jitendra, und etwas in den Hautfalten zwischen Mund und Nase ließ sie an Sunday denken, wie sie dalag und von Mathematik träumte. Von dort war es nicht mehr weit zu Eunice Akinya.

Ndege war nicht schneller gealtert als Mposi, aber aus irgendeinem Grund erschien Chiku diese Frau viel zu alt für die Tochter, die sie zuletzt gesehen hatte. Ndege war größer und schmaler als ihr Bruder und hatte den gleichen überlangen Hals wie eine von Sundays alten Statuen. Chiku fand sie überaus schön, aber auch ziemlich furchterregend. Vielleicht färbte die tiefe Verachtung, die aus ihrem ersten Wort gesprochen hatte, alle weiteren Eindrücke. In ihrer Tochter entdeckte Chiku mehr von Sunday als von Jitendra und mehr von Jonathan Beza als von Eunice. Aber auch Züge von Eunice waren zu erkennen, die Form der Augen, die herrisch vorspringenden Wangenknochen und das halbe Lächeln zwischen Spott und Bewunderung, das immer um ihren Mund zu spielen schien.

»Was willst du?«, fragte Ndege.

»Ihr habt diese Ching-Koordinaten an die *Eisbrecher* geschickt«, sagte Chiku. »Jetzt sind wir hier.«

»Wir haben die Angriffe beobachtet«, sagte Mposi. »Die Geschosse, die auf Crucible niedergingen. Das ist eine sehr schlimme Entwicklung. Wir hatten keine Garantie, dass du noch am Leben warst und unsere Übertragung in Empfang nehmen konntest, doch obwohl es riskant war, hielten wir es für richtig, sie abzuschicken. Wenn du tatsächlich noch lebst, musst du erfahren, was hier geschehen ist.«

»Die anderen Holoschiffe haben deine Übertragungen erhalten«, sagte Ndege mit ruhiger, kühler Stimme. »Eure Berichte vom Anflug auf Crucible, die Daten zu den Alien-Gebilden im Orbit um den Planeten. Zu diesem Zeitpunkt waren die Holoschiffe unserem Ziel bereits so nahe, dass sie einige deiner Beobachtungen verifizieren konnten, und das führte zu inneren Spannungen, die von den Gendarmen nicht mehr zu beherrschen waren. Die Informationen über Crucible und die Versorger, denen man nicht mehr vertrauen kann, sind auf dem Weg zur Erde! Was sie anrichten werden, wenn sie dort eintreffen, weiß Gott allein. Die Auswirkungen auf die Karawane waren schlimm genug: weithin Uneinigkeit, Verhaftungen, Hinrichtungen, Umsturzversuche und Machtübernahmen durch Zivilisten.«

»Ein heftiger Streit entbrannte um die Kontrolle über die Abbremstechnologie«, fuhr Mposi fort. »Die einen wollten sie verwenden, die anderen geheim halten. Eine Partei drängte darauf, den von dir entwickelten Prototyp in größerer Form nachzubauen, doch eine ebenso starke Gruppe wollte diese Bemühungen sabotieren oder die neue Technologie zu einer vernichtenden Waffe umbauen. Je stärker die öffentlichen Unruhen wurden, desto fester zog die Obrigkeit die Schlinge um die *Sansibar* zu. Es waren brandgefährliche Zeiten – sehr schwierig für Ndege und mich, weil wir deine und Noahs Kinder waren. Nach Vaters Tod wurde alles nur noch schlimmer. Wer von uns eine Ahnung davon hatte, worum es bei eurer Expedition ging … ja, Vater hat uns so viel wie möglich anvertraut, bevor … Nun, wir wussten, dass wir nicht so einfach vor Crucible auftauchen konnten. Doch keiner von uns war bereit, auf diese unglaubliche neue Welt zu verzichten, die man uns verheißen hatte! Wir konnten nicht zulassen, dass Teslenko seine Pläne durchsetzte. Andererseits wollten wir uns auch nicht auf einen Kampf mit den Versorgern einlassen, um die Kontrolle über Crucible zu erringen. Es musste einen dritten Weg geben. Und so wandten wir uns an Eunice.«

»Früher oder später wäre sie ohnehin in Erscheinung getreten«, führte Ndege den Bericht fort, »aber die Unruhen waren der Anlass, auf den sie gewartet hatte. Die Krise hatte ihren Höhepunkt erreicht – die Angst der Öffentlichkeit vor allen Maschinen war nie größer gewesen!«

»Ein Wunder, dass man sie nicht in Stücke gerissen hat«, sagte Travertine.

Guochang und die anderen waren inzwischen zumindest in Teilen über Eunice' Herkunft und ihre Fähigkeiten im Bilde. Allerdings hatte Chiku bisher weder die Zeit gefunden noch die Bereitschaft aufgebracht, ihnen alles zu enthüllen.

»Wie ist sie aus der Kaverne herausgekommen?«, fragte Namboze. »Vermutlich auf dem gleichen Weg, wie Sie hineinkamen?«

»Nein«, sagte Chiku. »Dazu hätte sie schweres Räumgerät gebraucht. Der Zugang wurde zugeschüttet, als man Kappa wieder instand setzte – man hielt das Loch für einen aufgelassenen Versorgungsschacht.«

»Sie ist ein Roboter«, überlegte Doktor Aziba. »Musste sie die Kaverne überhaupt leibhaftig verlassen? Konnte sie nicht einfach eine Maschine irgendwo auf dem Schiff unter ihre Kontrolle bringen, ähnlich, als würde sie in einen Stellvertreter chingen?«

»Vermutlich schon«, sagte Chiku, »aber auf der *Sansibar* gab es nicht viele geeignete Maschinen, und außerdem ist sie etwas Besonderes. Sie hat sich in ihrer Robotergestalt eingelebt wie in einer eigenen Haut. Ich glaube, dieser Körper, der in gleichem Maße stark und verwundbar war, hatte ihre Persönlichkeit geprägt, ihr Bild von sich selbst als eingeschlossenem Wesen, ein Geist in der Flasche, eine von uns.«

»Eine von euch, meinst du wohl«, verbesserte Arachne freundlich.

»Sie war einmal wie du«, sagte Chiku. »Sie geisterte durch das Sonnensystem, ohne an einen physischen Ort gebunden zu sein, eine körperlose Intelligenz, die auf den jeweils verfügbaren Verarbeitungsressourcen lief. So hatte Sunday sie entworfen – als Idee von Eunice, nicht als mobile, sprechende Emulation. Doch du hast sie gezwungen, kleiner und realer zu werden – du hast deiner Feindin einen Körper gegeben! Indem du sie gezwungen hast, vor dir zu fliehen, hast du sie zu dem gemacht, was sie jetzt ist. Sie hat einmal aus reinem Übermut ein Flugzeug zum Absturz gebracht! Ich glaube, sie hätte ihren Körper auch dann nicht verlassen, wenn ihr das möglich gewesen wäre.«

»Die Frage stellte sich ohnehin nicht«, sagte Mposi. »Es gab nämlich einen anderen Weg aus der Kaverne – die Gondellinie hat Abzweigungen zu mehreren Austrittspunkten.«

»Davon hat sie mir erzählt«, erinnerte sich Chiku. »Aber sie hat mir nie gesagt, wo diese Punkte sind.«

»Wir können dir einen davon zeigen«, sagte Ndege. »Ich glaube, du wirst überrascht sein.«

Sie gingen wieder in die Nacht hinaus, in die ofenwarme Luft dieser überheizten Welt, und begaben sich zum Transit-Terminal, wo sie zu acht eine Gondel bestiegen und sich auf zwei Abteile verteilten. Die Gondel raste durch Gemeinschaftszentren und Verbindungstunnel, immer wieder wurde es dunkel. Gelegentlich waren in der Ferne Lichter zu sehen, ein Zeichen für kleinere Gebäudeansammlungen, manchmal eine größere Gemeinde, aber nie das blaue Licht des Tages oder die Pracht eines simulierten Sternenhimmels.

Chiku hatte unzählige Fragen auf dem Herzen, aber sie überließ es zunächst Ndege und Mposi, die Antworten nach ihrem Ermessen zu dosieren. Alles, was offenblieb, würde sie sich aufsparen, bis sie eine gewisse Vorstellung davon hatte, was in den nicht dokumentierten Jahren seit Ndeges letzter Sendung geschehen war.

»Eunice brauchte nicht preiszugeben, dass sie in Wahrheit ein Konstrukt war«, sagte Ndege auf der Fahrt durch die Dunkelheit. »Sie ist einfach erschienen und hat erklärt, sie sei Eunice Akinya. Alle hatten die Statue von ihr gesehen, bevor sie niedergerissen wurde, deshalb wurde sie von vielen Menschen sofort erkannt.«

»Und wer sich mit unserer Geschichte beschäftigt hatte, erinnerte sich natürlich auch an die *Winterkönigin*«, spann Mposi den Faden weiter. »Diejenigen wussten, dass sie nie zur Erde zurückgekehrt war, deshalb war es zumindest denkbar, dass sie tatsächlich die echte Eunice war und sich über all die Jahre als blinder Passagier auf der *Sansibar* versteckt hatte. Schließlich musste man nur seinen Sinnen vertrauen – sie sah völlig echt, vollkommen überzeugend aus. Jedenfalls behauptete sie, Eunice Akinya zu sein, auferstanden, um uns zu retten – und sie verstand es inzwischen sehr gut, sich wie ein Mensch zu benehmen.«

»Ich weiß«, sagte Chiku.

»Ich habe einmal gesehen, wie sie einen Spiegel anhauchte«, fuhr Ndege fort. »Selbst das brachte sie fertig.«

»Wir haben einen Hang zu Mythen«, sagte Mposi, »von Königen und Königinnen, die jahrhundertelang schlafen, bis sie in einer Zeit der Not geweckt werden, um die Lebenden zu retten. Die Königin, die wir brauchten, war Senge Dongma, ein Messias mit Löwengesicht. Unsere Stammmutter.«

Die Gondel bremste ab. Draußen war nicht viel zu sehen,

aber Chiku nahm an, dass sie das Regierungszentrum erreicht hatten. Sie erinnerte sich an den Tag, an dem sie das letzte Mal hier gewesen war, den Tag, an dem die *Eisbrecher* gestartet war. Ihr überhasteter Rücktritt, nachdem alle ihre Pläne gescheitert waren – in mancher Hinsicht kam es ihr vor, als wäre es gestern gewesen, eine Episode in ihrem persönlichen Leben, doch in anderer Beziehung fühlte es sich an wie ein gut dokumentiertes historisches Ereignis in der politischen Laufbahn eines fremden Menschen. Das konnte nicht dasselbe Holoschiff sein, das sie verlassen hatte.

»Warum ist es so warm und so dunkel?«, fragte Namboze.

»Während der Unruhen«, antwortete Ndege, »sagten wir uns von der Unterkarawane los. Die Entscheidung fiel, nachdem Eunice in Erscheinung getreten war – sie meinte, es wäre sehr viel besser für uns, alleine weiterzureisen.«

»Wahrscheinlich hatte sie recht«, bemerkte Chiku.

»Wir haben überlebt«, sagte Mposi, »aber es war nicht einfach. Vielleicht habt ihr die Explosionen gesehen – wir haben zwei Holoschiffe verloren, die *Bazaruto* und die *Fogo*, und *New Tiamaat* wurde schwer beschädigt. Wir wissen immer noch nicht, wie viel davon auf einen Unfall, auf Dummheit oder auf einen gezielten militärischen Angriff zurückging. Vielleicht kamen alle drei Faktoren zusammen. Für uns war es gut, dass wir uns zu diesem Zeitpunkt bereits losgesagt hatten, obwohl wir keineswegs dafür bereit waren, vollkommen allein dazustehen. Die industrielle Fertigung war nie eine Stärke der *Sansibar* – technische Geräte mussten wir immer von anderen Teilen der Karawane importieren. Der Bau der *Eisbrecher* hat unsere Kapazitäten aufs Äußerste beansprucht, und damals konnten wir noch Unterstützung von außen anfordern.«

Chiku wusste aus der Erinnerung, dass sie jetzt auf den Wegen gingen, die vom Transit-Terminal zu der Rasenfläche vor dem Regierungsgebäude führten, sehen konnte sie so gut wie nichts. Das Gebäude selbst war unbeleuchtet und lediglich als dunkler Klotz vor dem etwas helleren Umfeld des Parks zu erkennen.

»Viele unserer technischen Systeme haben bereits versagt oder stehen kurz vor dem Zusammenbruch«, sagte Ndege. »Wir tun, was wir können, aber wir verfügen nur über begrenzte Kapazitäten für Reparaturen und Neuanfertigungen, und dass wir im Verborgenen arbeiten müssen, behindert uns zusätzlich.«

»Für den Rest der Holoschiffe – auf jeden Fall für die Unterkarawane – liegen wir im Sterben oder sind bereits tot.« Mposi ging neben seiner Schwester her. Sie überragte ihren stämmigen, breitschultrigen Bruder um Haupteslänge. »Eine Weile standen wir tatsächlich auf der Kippe. Eine Seuche breitete sich aus, möglicherweise gezielt eingeschleust, und bei zwei Gemeinschaftszentren kam es durch Sabotage oder durch einen Unfall zu einem Hüllenbruch – mit Tausenden von Todesopfern. Danach täuschten wir noch umfassendere Systemausfälle vor, um zu erreichen, dass unsere Feinde uns aufgaben. Alle Arbeiten außerhalb der *Sansibar* wurden eingestellt, die äußeren Aufbauten bleiben unbeleuchtet. Natürlich halten wir vollkommene Funkstille. Wir betreiben unsere Welt mit einem winzigen Rinnsal an Energie, gerade so viel, wie unbedingt nötig ist. Deshalb ist der Himmel dunkel, und die Thermoregulierung funktioniert kaum noch. Wenn wir mehr verbrauchten, würden sie es feststellen. Mag sein, dass ihnen die *Sansibar* inzwischen egal ist, aber wir können nicht riskieren, dass sie auf uns aufmerksam werden.«

»Außerdem«, sagte Ndege, »ist es nicht immer dunkel. Sonst wären wir alle schon vor Jahren dem Wahnsinn verfallen.«

»Erzähle mir, was aus Eunice geworden ist«, bat Chiku.

Ihre Tochter deutete mit der Hand auf den dunklen Klotz. »Zum ersten Mal tauchte sie von unterhalb des Regierungsgebäudes auf – es gab einen Schacht, der bis ins Untergeschoss führte. Niemand hatte gewusst, dass er da war! Natürlich war er gut getarnt, mit falschen Zwischenwänden, die nur sie von ihrer Seite aus öffnen konnte. So erfolgte ihr Auftritt mitten im Herzen der Regierung!«

»Zu diesem Zeitpunkt hatten einige von Vaters Freunden und Verbündeten Vorbereitungen für einen Staatsstreich gegen die Besatzungsgendarmen getroffen«, sagte Mposi. »Auch Sou-Chun war daran beteiligt – sie hatte noch politische Verbindungen, obwohl sie jahrelang unter Hausarrest gestanden hatte. Alles war bereit für Eunice, wir wollten zuschlagen, sobald sie auftauchte. Ihre übermenschliche Kraft und Schnelligkeit war für den Sieg nicht entscheidend – ihr Gesicht, ihre Haltung, die Autorität, die sie ausstrahlte, genügten, um unsere Feinde beim Anblick dieses Relikts aus der Vergangenheit erstarren zu lassen. Wir brachten das Regierungsgebäude rasch in unsere Gewalt. Eunice war bereits viel weiter. Sie konnte gehen, wohin sie wollte, und auf alle Datensysteme und Archive des Holoschiffs zugreifen, ohne dass ihr die Gendarmen etwas entgegenzusetzen hatten.«

»So hat sie damals Sou-Chuns Karriere zerstört«, sagte Chiku.

»Sou-Chun war daran nicht ganz unschuldig«, schränkte Ndege ein. »Sie hat politische Fehler begangen. Aber ihr Sturz war das Beste, was ihr passieren konnte – damit wurde sie nicht in Teslenkos Machenschaften hineingezogen. Sie hat nie schlecht über dich gesprochen.«

»Was ist aus Sou-Chun geworden?«

»Bei dem Umsturz sind viele von uns ums Leben gekommen«, antwortete Mposi.

Chiku ging schweigend ein paar Schritte weiter und dachte

an ihre Freundin. Ihre Beziehung hatte durch Ereignisse Schaden genommen, auf die sie beide keinen Einfluss gehabt hatten. Sie hätte Sou-Chun gern dafür gedankt, dass sie sich trotz allem, was zwischen ihnen vorgefallen war, um ihre Kinder gekümmert hatte.

»Der Umsturz war aber doch ein Erfolg«, sagte sie dann. »Ihr habt die Macht übernommen und die *Sansibar* in Sicherheit gebracht.«

»Was man so Sicherheit nennt«, wiegelte Ndege ab. »Wir hatten darum gekämpft, Crucible auf unsere Art und Weise zu erreichen, aber wir haben alles verloren. Unsere Feinde haben uns unsere Technologie gestohlen. Die *Sansibar* lässt sich nicht abbremsen! Im Inneren tasten wir uns durch die Dunkelheit. Bald werden wir nicht mehr auf Crucible zu-, sondern von dort wegfliegen! Einige Bürger finden, wir wären nicht schlechter dran, wenn wir uns auf Teslenkos Seite geschlagen und unser Holoschiff weiter auf interstellarem Kurs gehalten hätten.«

»Du siehst das hoffentlich nicht so«, sagte Chiku zu ihrer Tochter. »Du hattest Träume, Ndege. Du hast so viele Stunden über deinem Gefährten gesessen und dir ausgemalt, was wir auf Crucible vorfinden würden. Das darfst du nicht aus den Augen verlieren. Ich bin dort – wir alle sind dort. Es ist eine reale Welt, wir müssen nur noch einen Weg finden, um alle dort leben zu können.«

»Ihr habt uns noch nicht erzählt, was nach der Besetzung des Regierungsgebäudes mit Eunice geschah«, sagte Namboze.

Sie stiegen den Hang hinab und betraten die freie Fläche vor dem Hauptgebäude. »Es hat eine Weile gedauert, alles unter Kontrolle zu bekommen«, sagte Mposi. »Die Gendarmen waren in großer Zahl aufmarschiert, und sie hatten ihre Roboter. Wir hatten das Kommando über die Gesetzgebende Versammlung und die Zustimmung der Öffentlichkeit, die Machtübernahme in die Wege zu leiten, aber die Bürger kamen allein einfach nicht gegen die Gendarmen und ihre Maschinen an. Wir brauchten Unterstützung.«

»Es ist Zeit für den Himmel«, bemerkte Ndege.

Es war nicht der allmähliche Übergang von der Nacht zum Morgen, wie ihn Chiku in Erinnerung hatte, und auch nicht das langsame Verblassen des Dämmerdunkels. Der Himmel erwachte an einzelnen Stellen flackernd zum Leben, bevor sich innerhalb einer größeren schwarzen Fläche blaue Blöcke und Bänder stabilisierten. Er mutete wie eine Negativversion des teilweise defekten Himmels in Eunice' Kaverne an. Allmählich bildeten sich Querverbindungen zwischen den hellen Bereichen, und wilde, unorganisierte Farbstriche entstanden, als würde er von einem Kind angemalt.

»Wir gestatten uns eine Stunde am Tag«, erklärte Mposi. »Ein ganzes Holoschiff zu beleuchten kostet viel Energie. Unsere Ressourcen sind begrenzt, und wir wollen nicht riskieren, von außen entdeckt zu werden.«

»Für diese eine Stunde leben wir«, sagte Ndege.

Chiku hatte sich so auf den Himmel konzentriert, dass sie den Blick gewaltsam losreißen musste, um die Landschaft im Zentrum zu betrachten. Vieles war so, wie sie es in Erinnerung hatte – sie hatte natürlich an Bord der *Eisbrecher* und auf Crucible viel weniger Zeit verbracht, als sie in der Auszeit auf der *Sansibar* verschlafen hatte, und an Bord des Holoschiffs gab es einfach nicht genügend Ressourcen für größere Veränderungen.

Doch manches hatte sich auch verändert. Seit es heller geworden war, konnte sie erkennen, dass das Gebäude der Gesetzgebenden Versammlung, eine Nachbildung des Akinya-Familiensitzes, deutliche Schäden aufwies. Der rechte Flügel des A-förmigen Komplexes war teilweise eingestürzt. Ein ganzes Stockwerk lag in Trümmern, das Dach mit den blauen

Ziegeln war wie ein Wundschorf abgehoben und weggeworfen worden. Die einstmals weißen Wände waren nun überwiegend schwarz und grau, von Feuer versengt und mit Einschusslöchern an vielen Stellen. Wo die Außenverkleidung weggebrochen war, hatte sich knietiefer Schutt angehäuft.

Der zweite Flügel und die Verbindung zwischen den beiden schrägen Flanken hatten weniger gelitten. Vermutlich hatte hier so etwas wie eine Belagerung stattgefunden, dachte Chiku – Eunice und ihre Mitverschwörer hatten sich in diesem Teil des Gebäudes verschanzt und darum gekämpft, den Rest des Holoschiffs unter ihre Kontrolle zu bringen. Eunice konnte weit über ihren Körper hinaus in die Technik eingreifen und Datensysteme infiltrieren und manipulieren, doch physisch war sie gegen die Gendarmen und ihre autonomen Polizeiroboter machtlos.

Chikus Blick hatte lange genug auf dem zerstörten Nachbau des Familiensitzes geruht. Es schmerzte sie, ihn so zu sehen. Sie dachte an das Vorbild in Afrika, das ebenfalls im Verfall begriffen war, von Unkraut überwuchert und von Katzen heimgesucht wurde. Chiku Gelb war mit Pedro in diesem Gebäude gewesen.

Sie hatte ihre letzten guten Stunden mit Noah in dieser Kopie davon verbracht.

Sie richtete ihre Aufmerksamkeit auf die freie Fläche davor, wo Sou-Chun Lo einst von ihren eigenen Gendarmen verhaftet worden war. Dort bewegten sich mächtige, gedrungene Gestalten, drei an der Zahl, soweit sie sah. Sie waren größer als Fahrzeuge, und wenn ihre Erinnerung sie nicht trog, auch viel größer als die Polizeiroboter. Außerdem schienen sie zum Teil gepanzert zu sein. Hier schienen sie so fehl am Platz, dass sie zunächst zu kämpfen hatte, um diese trägen hausgroßen Geschöpfe zu identifizieren.

Doch das dauerte nur einen Moment.

»Tantoren«, rief sie dann und lachte. »Tantoren! Sie hat die Tantoren ins Innere der *Sansibar* gebracht.«

»Nur mit ihnen hatten die Bürger eine Chance, die Besatzer zu überwältigen«, erklärte Ndege. »Die Tantoren verschafften ihnen den Vorteil, den sie brauchten.« Sie sprach mit der tonlosen Objektivität, mit der man uralte Dramen erzählt.

»Was ist das?«, fragte Namboze, und Chiku erkannte, dass es noch mehr gab, was sie ihren Begleitern nicht erzählt hatte.

»Elefanten, nehme ich an«, stellte Doktor Aziba trocken fest.

»Mehr als das«, verbesserte Chiku. »Eine Abart – Elefanten mit erweiterten kognitiven Fähigkeiten, rudimentärem Sprachvermögen und der Fähigkeit zur Herstellung und zum Gebrauch komplexer Werkzeuge. Sie leben schon die ganze Zeit bei uns, eine ganze Zuchtgruppe war in einem Teil der *Sansibar* verborgen, von dessen Existenz die meisten von uns nie erfahren hatten. Eunice wurde an Bord gebracht, um sie zu hüten.«

»Und um mir zu entkommen«, stellte Arachne fest, als wäre es eine Beleidigung ihrer Fähigkeiten, das unerwähnt zu lassen.

»Um deinem *anderen* Ich zu entkommen«, ergänzte Chiku.

»Sie sind riesig«, staunte Travertine. »Ich habe den Schacht unter Kappa gesehen. Ein Mensch hätte dort hinein- und wieder herausklettern können, aber sicher kein Elefant. Wie sind sie aus ihrer Kaverne herausgekommen?«

»Mutter«, sagte Mposi. »Erinnerst du dich an die Transitgondel, die dich von Kappa zur Kaverne siebenunddreißig brachte? Sie war so groß, dass sie mühelos einen Tantor aufnehmen konnte.«

»Damit ist Travertines Frage noch nicht beantwortet«, bemerkte Chiku.

»Es gab auch größere Austrittspunkte als den in Kappa«, sagte Ndege. »Rampen und Spiralgänge mit den richtigen Ausmaßen für einen Tantor. Auch sie waren nicht dokumentiert, aber Eunice hat uns gezeigt, wo sie zu finden sind. Ein solcher Austrittspunkt befand sich direkt unter dem Gebäude der Gesetzgebenden Versammlung, ganz nahe an ihrem eigenen Ausstieg. Er war vermutlich vor dem Start der *Sansibar* mit Schutt verfüllt worden. Es dauerte eine Weile, aber irgendwann hatten wir ihn bis zur Transitröhre freigeräumt, und Eunice konnte anfangen, die Tantoren aus Kaverne siebenunddreißig zu holen!«

Chiku atmete tief durch und erinnerte sich – nicht zum ersten Mal –, dass all das nicht wirklich *jetzt* passierte. Sie war nicht auf der *Sansibar*, und diese Projektionen waren nicht ihre Kinder. Natürlich *fühlte es sich an* wie die Wirklichkeit – Ching-Protokolle griffen sehr tief in den Hirnbereich ein, der für das Gefühl der physischen Immersion zuständig war –, aber es gab keinen Beweis dafür, dass das, was man ihr zeigte, in irgendeiner Verbindung zu historischen Tatsachen stand. Außer, paradoxerweise, der Anwesenheit der Tantoren. Als sie noch auf der *Sansibar* gewesen war, waren ihr die Begegnungen mit ihnen wie ein nicht verifizierbarer Traum vorgekommen. Hier und jetzt waren sie Belege einer objektiven Realität – Elemente der *Sansibar*, von denen niemand hatte wissen können, es sei denn, er hätte Kontakt mit Eunice gehabt.

Ein Schauer der Erregung überlief sie, und sie fragte sich, ob das alles vielleicht doch wahr sein könnte.

»Wie viele waren es?«, fragte sie und versuchte sich zu erinnern, wie groß die Population bei ihrem letzten Besuch gewesen war.

»Etwa einhundert«, antwortete Mposi. »In den letzten zwei Generationen war die Herde stark angewachsen – Eunice hatte ihnen ein Zuchtprogramm aufgezwungen, um die Zahl zu vergrößern. Als sie zum Vorschein kamen, waren etwa die Hälfte voll ausgewachsen.«

»Ich kann mir nicht vorstellen, dass fünfzig Tantoren ausreichen sollten, um ein ganzes Holoschiff einzunehmen«, zweifelte Chiku.

»Allein wahrscheinlich nicht, aber sie hatten die Bürger auf ihrer Seite, außerdem – wie soll ich es ausdrücken – bewirkte ihr Furcht und Schrecken erregender Anblick mehr als die bloße Anzahl.« Mposi lächelte. »Ein sprechender, Werkzeuge gebrauchender Elefant macht schon Eindruck.«

»Außerdem hatten wir noch die anderen Elefanten«, fügte Ndege hinzu. »Die normale Population, um die du dir einst so große Sorgen gemacht hattest. Inzwischen zeigt sich, dass Elefanten nur allzu gern bereit sind, den Tantoren zu folgen. Der Herdentrieb ist immer noch wirksam, und eine sprechende Matriarchin steht in der Hierarchie höher als eine stumme. Jedenfalls hatten wir mit diesen koordiniert agierenden Herden aus Tantoren und Standardelefanten eine Streitmacht von mehreren Hundert Tieren – und damit konnten wir die Gendarmen ohne große Mühe aus den sechsunddreißig Gemeinschaftszentren vertreiben.«

»Ich hoffe, ihr habt sie anständig behandelt«, sagte Chiku. Es klang nicht sehr überzeugt. »Es waren schließlich normale Menschen, sie machten nur die falsche Arbeit.«

»Tote gab es auf beiden Seiten«, gestand Mposi, »aber wir haben uns um Fairness bemüht. Sobald die Besatzer neutralisiert und entwaffnet waren, stellten wir sie vor die Wahl. Sie konnten sich unter bestimmten Bewährungsauflagen unseren Bürgern anschließen, oder sie konnten sich in Shuttles stecken und nach Hause schicken lassen. Etwa ein Drittel von ihnen entschied sich für den Anschluss. Die meisten konnten sich ohne allzu große Schwierigkeiten integrieren.«

»Wir brauchten mehr Hände und mehr Köpfe«, sagte Ndege. »Wir haben es bis heute nicht einfach.«

Chiku hatte sich kaum von den Tantoren losreißen können. »Ich würde sie gern richtig sehen«, sagte sie. »Mit ihnen gehen, sie berühren. Da gab es eine mit Namen Dakota, sie war die klügste von allen. Eunice bezeichnete sie als echten Evolutionssprung. Wisst ihr, ob sie noch am Leben ist?«

»Könnte sein«, sagte Mposi.

»Damit meint er«, flüsterte Guochang, »dass Sie die Grenzen seines Wissens erreicht haben. Denken Sie daran, man kann mit seinen Fragen nicht beliebig in die Tiefe gehen.«

»Trotzdem würde ich mir die Tantoren gerne näher ansehen«, sagte Chiku.

Ndege deutete auf den fleckigen Himmel. »Noch ist Zeit dafür. Sie können im Dunkeln viel besser sehen als wir, deshalb kümmert es sie nicht weiter, ob es Nacht ist. Tief im Inneren sind sie immer noch Elefanten.«

48

Es tat gut, wenn auch nur für ein paar Stunden, nicht auf Crucible zu sein. Mposi und Ndege führten die Gruppe auf die freie Fläche, wo die Tantoren auf und ab marschierten, und Chiku umkreiste fast ehrfürchtig die riesigen, langsam dahinstapfenden Kreaturen. Wie bei den Tantoren, die sie in Kaverne siebenunddreißig gesehen hatte, waren sie mit Werkzeugen und Kommunikationsgeräten aufgerüstet, die mit Riemen und Gurten befestigt waren. Vieles davon wirkte improvisiert oder gebraucht. Ndege sagte, nicht alle Tantoren seien imstande, schriftliche Sätze zu erzeugen, aber das liege vor allem daran, dass die Herde schneller gewachsen sei, als man die Textgeräte habe herstellen können. Idealerweise sollte man die Tantoren mit Maschinen ausstatten, wenn sie noch jung waren, deshalb würden einige dieser Erwachsenen vielleicht nie so mühelos mit Sprache umgehen können, wie Chiku es bei Dakota erlebt hatte.

Aber sie waren immer noch intelligenter als die Standardelefanten, nachweislich überlegen im abstrakten Denken und fähig, komplexen gesprochenen Anweisungen zu folgen. Diese Tantoren arbeiteten gemeinsam mit anderen auf der *Sansibar* eng und harmonisch mit Gendarmen und Friedenshütern zusammen. Ndege betonte mit Nachdruck, das Verhältnis komme einer Partnerschaft so nahe, wie es unter diesen Umständen nötig sei. Eunice hatte darauf bestanden, dass die Tantoren als ebenbürtig zu behandeln seien, und ihre Unterstützung bei der Befreiung der *Sansibar* von ihren Feinden ausdrücklich davon abhängig gemacht.

»Es war nicht einfach«, sagte Mposi, und seine Schwester nickte zustimmend. »Aber was sich lohnt, ist niemals einfach. Nach wie vor machen beide Seiten Fehler, und nach wie vor sind Missverständnisse keine Seltenheit. Aber die Tantoren haben die *Sansibar* gerettet. Die Tantoren und eine künstliche Intelligenz, die die meisten von uns lieber zerstört hätten, als ihr unser Leben anzuvertrauen.«

»Wann hat sie enthüllt, was sie wirklich ist?«, fragte Arachne.

»Erst als wir die Lage weitgehend unter Kontrolle hatten«, antwortete Ndege. »Bis dahin hielten sie bis auf wenige Ausnahmen alle für einen Menschen. Wahrscheinlich hätte sie den Schein auch weiter wahren können, aber ich glaube, sie wollte uns dem Härtetest unterziehen.«

»Es gab eine öffentliche Versammlung«, sagte Mposi, »etwa eine Woche nachdem die meisten Gendarmen zurückgeschlagen worden waren. Die Nerven lagen noch blank, und einer der Tantoren hatte einen Menschen getötet. Das war ihr großer Augenblick. Sie trat aus dem Gebäude und mischte sich unter die Menge, bis sie von Bürgern umgeben war. Dann stieg diese winzige Frau in einem Meer von Menschen auf eine kleine Kiste.«

»Keiner von ihnen weiß, was sie sagen oder tun will«, fuhr Ndege fort. »Sie hebt nur die Arme, wartet, bis Ruhe einkehrt – natürlich haben alle noch Fragen oder Wünsche –, und dann sagt sie: ›Ich habe euch etwas mitzuteilen. Zwei Dinge sogar, beide gleich schwer zu verkraften. Erstens hat man euch in Bezug auf Crucible belogen. Die Versorger, die wir vorausgeschickt hatten, die Diener, die unsere neue Welt bewohnbar machen sollten, haben uns im Stich gelassen. Schlimmer noch, sie haben bewusst falsche Berichte geschickt. Sie haben uns belogen und manipuliert, und niemand von uns kann mit Sicherheit sagen, was wir bei unserer Ankunft vorfinden werden. Vielleicht hat man uns eine Falle gestellt. Es sind mächtige und kluge Maschinen, und ihr habt allen Grund, euch vor ihnen zu fürchten. Und das bringt mich zu meiner zweiten Mitteilung: Auch ich bin eine starke und kluge Maschine.‹«

»Sie ließ das eine Weile wirken«, sagte Mposi und musste in der Erinnerung lächeln. »Zu wiederholen brauchte sie es nicht. Und diese Stille – so etwas habe ich noch nie erlebt. Die Menschen konnten sich nicht entscheiden, ob sie wahnsinnig oder lebensmüde war, und ich glaube, in diesem Moment war alles offen. Sie war stark, aber die Menge hätte sie in Stücke reißen können wie einen Pappsoldaten! Als sie das Schweigen nicht mehr weiter in die Länge ziehen konnte, fügte sie hinzu: ›Ihr habt nun zwei Möglichkeiten. Ich kann es euch beweisen, oder ihr könnt es selbst herausfinden – ihr könnt mir die Haut von meinen Metallknochen abziehen und mir Arme und Beine ausreißen wie einer Puppe. Doch damit erreicht ihr nur, dass ich kaputt bin oder keinem von euch jemals wieder mein Vertrauen schenken werde. Viel einfacher ist es, wenn ihr euch fragt, warum ich euch in diesem Punkt belügen sollte, nachdem ich euch eben über die Versorger auf Crucible aufgeklärt habe. Viel einfacher ist es, wenn ihr mich *akzeptiert.*‹«

»Die Menge wurde rasend«, nahm Ndege den Faden auf. »Alle schrien und kreischten, als wäre sie eine Hexe auf dem Scheiterhaufen. Aber niemand krümmte ihr ein Haar. Ich glaube, das hat uns – und sie – gerettet. Als der Lärm nach ein paar Minuten abebbte, sagte sie: ›Wenn ihr einen Weg finden könnt, mit mir zu leben, dann kann ich vielleicht einen Weg finden, wie wir alle mit den Versorgern leben können. Eine Freundin von mir, Chiku Akinya, ist der *Sansibar* vorausgeflogen, um Kontakt zu ihnen aufzunehmen. Es ist möglich, dass sie gescheitert ist, aber das können wir nicht mit Sicherheit sagen. Wir wissen jedoch, dass Chiku und ihre Freunde den Versorgern nicht mehr zu bieten hatten als ihre Menschlichkeit. Ich habe mehr als das. Nicht nur, dass auch ich eine Maschine bin, obwohl das hilfreich sein wird. Ich bin außerdem eine Maschine, die sich an ihre eigene Entstehung erinnert. Ich trage die Erinnerungen einer menschlichen Frau in mir – nicht nur die trockenen, dokumentierten Fakten ihrer Existenz. Die Organisation ihres menschlichen Gehirns ist in meiner Informationsarchitektur gespiegelt. Ich bin mit Eunice Akinya verseucht. Ihr Blut ist mein Blut. Sie spukt in mir. Ich glaube, ich habe mir das Recht verdient, ihren Namen zu tragen.‹«

»In diesem Moment war alles in der Schwebe«, fuhr Ndege fort. »Unsere Vergangenheit und unsere Zukunft hingen davon ab, ob wir uns einigen konnten, uns von diesem … *Ding* führen zu lassen. Ich will nicht sagen, dass es einfach war oder dass die Entscheidungsfindung vollkommen friedlich vonstattenging. Bezeichnend war, dass wir darüber abstimmen lassen mussten. Es war die erste demokratische Handlung unserer neu gebildeten Gesetzgebenden Versammlung: Erlauben wir, dass wir von einem Roboter regiert werden?«

»Der Antrag ging mit knapper Mehrheit durch«, sagte Mposi. »Auch damals gab es, denke ich, noch einige Leute, die nicht glaubten, dass sie die Wahrheit sagte. Aber allmählich akzeptierte man ihre Erklärung. Wir hatten Kaverne siebenunddreißig gesehen und uns darin aufgehalten. Wie kamen wir dazu, an einem anderen Teil ihrer Geschichte zu zweifeln, nachdem wir den ausgefallensten Teil akzeptiert hatten: Diese Frau hatte eine Herde von sprechenden Elefanten aufgezogen!«

»Aber sie redete immer noch von Crucible«, sagte Chiku, »als hättet ihr eine Chance, dort anzukommen. Was hat sich geändert?«

Gerade als sie den Rest der Geschichte erfuhr, ereignete sich die Katastrophe. Obwohl die *Sansibar* den Prototyp des PCP-Triebwerks entwickelt hatte, war es immer ein ehrgeiziges Ziel gewesen, es so weit zu vergrößern, dass es ein Holoschiff abbremsen konnte, insbesondere in der knappen Zeit, die der Karawane noch blieb. Doppelt schwierig war es jedoch geworden, nachdem die *Sansibar* vom Rest der Gemeinschaft ausgeschlossen worden war und ihre besten Köpfe entweder hingerichtet oder auf anderen Holoschiffen festgehalten wurden. Ihre industriellen Kapazitäten waren kaum ausreichend, um allein zu überleben. Die wirtschaftlichen und technischen Belastungen, die mit dem Bau eines neuen Abbremstriebwerks verbunden waren, gingen vollends über ihre Kräfte.

Nach zweihundert Jahren im interstellaren Raum war diese Erkenntnis für die Bürger kaum zu verkraften. Der Lohn, für den sie so wacker gekämpft hatten, sollte ihnen vorenthalten werden, und diejenigen, die diesen Lohn einst verschmäht hatten, waren nun in der besten Position, ihn zu erringen.

Doch Eunice hielt die Lage nicht für völlig aussichtslos. Sie hätten den alten Lander zur *Eisbrecher* umgebaut, und das wäre, wenn auch in kleinerem Maßstab, ein weiteres Mal möglich. Wenn die *Sansibar* zu einigen Opfern bereit wäre, könnte man einen zweiten Prototyp des PCP-Triebwerks bauen, kleiner und leistungsfähiger als das erste, und es sodann in ein kleineres, wendigeres Raumschiff einbauen. Also nahmen sie eines ihrer Shuttles, entkernten es und ersetzten das Innere nach jahrelangen Mühen und vielen Rückschlägen durch das neue Triebwerk. Es war eine gewaltige und schwierige Aufgabe, und sie wurde in völliger Abgeschiedenheit und unter größter Geheimhaltung durchgeführt. Denn die *Sansibar* musste den Schein wahren, als totes oder sterbendes Holoschiff unkontrolliert durch das All zu trudeln.

Als sie Crucible nahe genug gekommen waren, schickten sie das neue Schiff los. Es startete so unauffällig wie möglich und folgte einem Kurs, der es weit von den Abbremsbahnen der anderen Holoschiffe wegführte. Ziel der Mission war es, Kontakt zu Crucible aufzunehmen, aber man wollte auch Zeuge der Ereignisse sein. Wenn Fehler zu machen waren, wollte man das den anderen Holoschiffen überlassen.

»Natürlich ist sie auf diesem Schiff«, sagte Mposi. »Sie außen vor zu lassen kam nicht infrage, nicht nach so langer Zeit und nachdem sie so viel dazu beigetragen hatte, dass wir Crucible überhaupt erreichten.«

»Ist sie allein?«, fragte Chiku. Die Verhältnisse auf jenem anderen Schiff waren sicher äußerst spartanisch, und sie überlegte, welche Anforderungen man wohl an die Freiwilligen gestellt hatte.

»Nein, sie ist nicht allein«, antwortete Ndege.

Chiku wollte ihre Tochter gerade bitten, sich etwas ausführlicher zu äußern. Doch in diesem Moment verschwand Guochang.

Sobald sie aus dem Ching in ihre Körper auf Crucible zurückgekehrt waren, wussten sie, dass das Allerschlimmste geschehen war. Ein Impaktor war auf einen von Arachnes Stützpunkten gefallen, genau auf den, wo sie eine ihrer Geiseln gefangen hielt. Ihre Verteidigungseinrichtungen waren zu langsam gewesen, und das heranrasende Objekt war so steil in die Atmosphäre eingetreten, dass kaum etwas von seiner kinetischen Energie absorbiert worden war. Guochang befand sich im Ching und hatte nichts von seinem bevorstehenden Ende geahnt. Es war sicher ein schneller, schmerzloser Tod gewesen – ein besserer Tod, als ihn June Wing und Pedro Braga vor so vielen Jahren hatten sterben müssen. Aber Tod war Tod, und wenn man die beiden Arten gegeneinander aufrechnete, war es nur eine kleine Gnade, nichts mitbekommen zu haben. Außerdem war Guochang im Ching glücklich gewesen – er hatte sich gefreut, wenn auch nur im Traum wieder auf der *Sansibar* zu sein. Chiku hatte gelächelt, überwältigt von Entzücken über die Tantoren, hellauf begeistert, dass ihr Holoschiff eine Möglichkeit gefunden hatte, der Zerstörung zu entgehen, und dass ihre Kinder nicht nur am Leben waren, sondern teilhatten an den weltverändernden Ereignissen an Bord der *Sansibar*. All die Schwierigkeiten, denen sie getrotzt hatten und noch weiter trotzen mussten, waren nichts verglichen mit der Tatsache, dass sie überlebt hatten.

Die vier Überlebenden hatten das Gefühl, alle in ein und demselben Turm beieinander zu sein, wussten aber zugleich, dass diese Illusion nur durch den Ching erzeugt wurde.

»Die Einschläge sind so häufig wie noch nie«, teilte ihnen Arachne mit. »Zudem sind die Wächter in einen Zustand eingetreten, den ich nur als erhöhte Wachsamkeit deuten kann. Die Kommunikation zwischen ihnen ist intensiver geworden. Ich glaube, wir stehen an der Schwelle zu … *etwas.*«

Guochangs Tod war schlimm genug, doch zudem hatte der Impaktor drei der fünfzehn noch schlafenden Auszeitfreiwilligen getötet – oder ihre Wiedererweckung für immer verhindert. Chiku litt besonders darunter, dass diese Menschen gestorben waren, ohne zu wissen, wofür sie sich geopfert hatten, und ohne dass sie sich für ihre Lüge bei ihnen hätte entschuldigen können.

»Wir können hier nicht bleiben«, sagte sie. »Keiner von uns.

Wenn es auf dem Planeten zu gefährlich ist, solltest du einen Weg finden, uns wieder in den Orbit zu bringen.«

»Das kann ich nicht«, sagte Arachne. »Meine Raketen sind dafür nicht geeignet. Sie sind mein verlängerter Arm, aber keine Raumschiffe für Menschen. Im Inneren gibt es keinen Platz für Fahrgäste, und ich könnte sie auch nicht am Leben erhalten.«

»Dann baue sie um«, rief Travertine gereizt.

»Das würde selbst dann zu lange dauern, wenn meine raumgestützten Kapazitäten nicht bereits ausgelastet wären.«

»Du beförderst uns auf Crucible hin und her«, überlegte Doktor Aziba. »Wie geht das vor sich?«

»Mit Versorgern oder Flugzeugen. Aber wohin sollte ich euch bringen? Ich kann euch nur an den Orten am Leben erhalten, die eure Schiffe zu zerstören suchen!«

»Was ist mit der *Eisbrecher*?«, fragte Chiku. »Du hast unser Schiff beschädigt, als du uns aus dem Orbit geholt hast, aber bis du ein Loch hineingeschnitten hast, um das Gas einzuleiten, war der Rumpf noch heil. Kannst du es nicht verschließen, ein paar Raketen daran befestigen und uns genauso ins All zurückbringen, wie du uns heruntergeholt hast?«

»Ich habe das Schiff auseinandergenommen«, gestand Arachne.

Namboze seufzte. »Natürlich.«

»Es war die einzige Möglichkeit, an die in eurem Fahrzeug eingebetteten Informationen heranzukommen. Es war nicht zu erwarten, dass es jemals wieder fliegen würde. Ich könnte meinen Versorgern auftragen, es wieder zusammenzusetzen, aber das wäre ebenso schwierig und zeitraubend wie der Umbau einer meiner Raketen.«

»Warte«, sagte Chiku langsam. »Du sagst, du kannst uns in keinem deiner Gebäude am Leben erhalten. Mag sein, dass das wahr ist, aber wir kamen mit der Absicht nach Crucible, auf der Oberfläche zu leben, nachdem wir uns an das Klima angepasst hatten.« Sie stieß mit dem Finger gegen den Boden, bis er nachgab. »Wir haben im Lander eine Grundausstattung mitgebracht – genug für zwanzig Personen, nicht nur für uns fünf.«

»Vier«, verbesserte Travertine freundlich.

»Wie ist es?«, fragte Doktor Aziba. »Hast du unsere Masken, den Proviant und die Überlebensausrüstung ebenfalls demontiert, Arachne?«

»Eure Ausrüstung ist intakt und kann zügig einsatzbereit gemacht werden. Aber was nützt sie euch? Ihr könnt selbst mit euren Masken nicht lange überleben – und die Verpflegung reicht, wenn ihr Glück habt, allenfalls für zwanzig oder dreißig Tage. Ihr seid viel sicherer, wenn ihr bleibt, wo ihr seid.«

»Bis der nächste Impaktor durch deine Abwehr rast«, entgegnete Namboze. »Und das kann jeden Augenblick passieren. Ich stimme Chiku zu – wenn wir nicht ins All können, würde ich mich lieber draußen im Wald durchschlagen.«

Chiku nickte. »Eunice ist auf einem funktionstüchtigen Schiff hierher unterwegs. Vielleicht könnten wir mithilfe dieses Schiffs alle – auch die anderen Schläfer – überleben, bis die Gefahr vorüber ist. Was immer *das* heißen mag. Arachne – du musst sie durch deine Abwehr schlüpfen lassen.«

»Wir haben eine alte Rechnung zu begleichen – vielleicht glaubt sie, dass die Zeit dafür gekommen ist.«

»Hast du Chikus Kindern nicht zugehört?«, schalt Namboze. »Sie opfert sich selbst, in der Hoffnung, mit dir verhandeln zu können, nicht um sich für etwas zu rächen, was du ihr vor zweihundert Jahren in achtundzwanzig Lichtjahren Entfernung angetan hast.«

»Wir müssen davon ausgehen, dass wir alle guten Willens sind«, stimmte ihr Doktor Aziba zu. »Wie Chiku in ihrer Übertragung sagte, liegt auch Stärke darin, keine Stärke zu zeigen. Dies ist deine Chance, Arachne. Du musst zulassen, dass dieses Schiff unbehelligt die Oberfläche erreicht.«

Chiku blinzelte. Die anderen waren verschwunden. Arachne stand am Fenster, mit dem Rücken zum Raum, die Violine und den Bogen in den Händen.

»Bitte mache dir keine Sorgen wegen deiner Freunde«, sagte das Mädchen. »Es geht ihnen gut, und die Vorbereitungen für eure Evakuierung laufen. Auch werde ich mein Möglichstes tun, um die verbliebenen Schläfer zu schützen. Doch vorher habe ich noch etwas mit dir zu besprechen.«

»Und das dürfen die anderen nicht hören?«

»In diesem Fall bin ich mir nicht sicher, ob es klug wäre, sie einzuweihen.«

Chiku schaute an Arachne vorbei aus dem Fenster. Vielleicht war es Einbildung, aber die Wolkendecke schien ihr noch dichter und bräunlicher geworden zu sein. Bei dem Gedanken an die tödliche Staublast, die bereits in der Atmosphäre war und von Winden und in großer Höhe von Jetstreams zusätzlich verwirbelt und verteilt wurde, überlief sie ein Schauer.

Staub hatte da oben nichts zu suchen. Mit der Zeit musste die ganze Fracht wieder herunter.

»Was haben wir uns noch zu sagen, was nicht bereits gesagt worden wäre?«

»Ich habe gelogen. Es war nur eine kleine Lüge, du musst mir verzeihen. Verglichen mit meinen früheren Manipulationen ist es nur eine sehr kleine Unwahrheit.«

»Heraus damit«, sagte Chiku.

»Ich habe behauptet, eure Holoschiffe wären noch nicht in Reichweite meiner Verteidigungswaffen. Die Wahrheit ist, dass sie schon seit etlichen Tagen in Reichweite sind, und das heißt, dass Projektile, die vor längerer Zeit aus meinen kinetischen

Waffen abgefeuert wurden, inzwischen genügend Zeit hatten, die Bahn eurer Holoschiffe zu kreuzen. Sie könnten bereits mit einer Wucht von mehreren Megatonnen eingeschlagen haben.«

»Das heißt, entweder haben sie ein Ziel getroffen, oder sie haben es verfehlt.« Chiku war verwirrt und tief beunruhigt.

»Es gibt noch eine dritte Option. Wir sprachen von der wenn auch unwahrscheinlichen Möglichkeit, dass unsere Gegner imstande sein könnten, ihre Impaktoren zu sprengen oder zu neutralisieren, wenn man auf dem Verhandlungsweg zu einem Waffenstillstand käme. Tatsache ist, dass ich dazu bereits jetzt in der Lage bin. Meine kinetischen Projektile sind keine dummen Geschosse – sie haben eine integrierte Logik. Ich kann ihnen befehlen, sich selbst zu zerstören oder mit steuerbaren Mikroschubstößen ihre Flugrichtung zu ändern. Dabei wäre nur eine geringfügige Veränderung des Vektors möglich, aber bei Distanzen von Lichtsekunden oder -minuten reicht das im Allgemeinen aus, um eine Kollision zu vermeiden oder umgekehrt. Damit will ich Folgendes sagen, Chiku. Meine Flugkörper befinden sich schon seit Längerem auf Kollisionskurs zu den Holoschiffen, aber ich kann den Einschlag im letzten Moment abwenden, indem ich das Signal zur Selbstzerstörung an die Projektile schicke. Ich hätte bereits mehrfach Gegenschläge gegen die Holoschiffe führen können, habe aber im letzten Augenblick meine Geschosse immer neutralisiert. Möchtest du wissen, warum?«

»Du hast gehofft, sie würden zur Vernunft kommen«, sagte Chiku. »Sie wären diejenigen, die als Erste klein beigeben.«

»Das war ein Grund, richtig. Aber ich muss gestehen, dass mein Verhalten auch durch eine gewisse Neugier beeinflusst wurde. Nachdem du Eunice' Existenz erwähnt hattest, ging sie mir nicht mehr aus dem Sinn. Ein Teil von mir wollte sie restlos zerstören, doch ein anderer Teil war ebenso entschlossen, sie nicht zu zerstören, um die Gelegenheit zu nützen, von ihr zu lernen. Dieser Teil gewann schließlich die Oberhand und führte mir die Hand, Chiku. Ich wagte nicht, die Holoschiffe zu zerstören, solange sie sich darin befinden konnte.«

»Und jetzt?«

»Jetzt weiß ich, dass sie nie an Bord eines der fünf Schiffe war, die derzeit auf uns zufliegen. Und das sind auch die Schiffe, die uns ständig bombardieren. Vielleicht können sie nicht mehr aufhalten, was sie bereits in Bewegung gesetzt haben. Aber Crucible wird weiter beschädigt, und der bedauerliche Tod von einigen deiner Reisegefährten hat die Grenzen meiner Verteidigung noch einmal deutlich aufgezeigt. Mir ist bewusst, dass andere Schiffe noch weiter draußen sind und wahrscheinlich über Funk und Fernsensoren alles beobachten und ihre Pläne entsprechend anpassen. Wenn die ersten fünf Schiffe das Abbremstriebwerk haben, ist die Wahrscheinlichkeit wohl hoch, dass die anderen Holoschiffe ebenfalls darüber verfügen. Würdest du das bestreiten?«

»Das kann ich nicht.«

»Gut – wenn du den ersten Punkt akzeptierst, ist der nächste sehr viel einfacher.« Arachne hatte die ganze Zeit mit dem Gesicht zum Fenster gestanden, nun drehte sie sich um und sah Chiku offen an. »Diese Bombardierungen dürfen nicht weitergehen, Chiku, und wir können nicht tolerieren, dass eine zweite Welle von Holoschiffen einen ähnlichen Angriff startet. Es muss eine Grenze gezogen werden.«

»Indem du ein Holoschiff zerstörst?«

»Nein«, widersprach Arachne sanft. »Indem ich drei zerstöre. Eines wäre nicht eindeutig genug – es könnte wie ein Zufallstreffer aussehen. Zwei wären besser, aber immer noch nicht die definitive Geste, die ich anstrebe. Drei sind genau richtig. Die Zahl demonstriert Furcht einflößende Macht und zugleich

Furcht einflößende Milde. Wenn ich drei zerstören kann, wäre ich unzweifelhaft fähig, auch fünf zu zerstören, und doch habe ich es nicht getan. Stattdessen habe ich Leben verschont – habe mich als barmherzig und vergebungsbereit erwiesen! Es liegt auch Stärke darin, keine Stärke zu zeigen, wie du es so elegant formuliert hast.«

»So hatte ich das nicht gemeint!«

»Mag sein, aber auch meine Interpretation ist zulässig. Die Ereignisse haben uns diese Handlungsweise aufgezwungen, Chiku. Ich wünschte von Herzen, es wäre anders, dennoch werde ich nicht tatenlos zusehen, wie diese Welt zerstört wird. Niemand soll den Eindruck haben, ich hätte nichts getan.«

»Und wer sollte diesen Eindruck gewinnen?« Noch während Chiku die Frage aussprach, war ihr die Antwort klar. »Die Wächter. Du glaubst, sie beobachten dich und testen deine Reaktionen. Du glaubst, du wirst beurteilt.«

»Ich trage Verantwortung«, sagte Arachne. »Wie wir alle. Ich bin ebenso ein Produkt menschlichen Scharfsinns wie die Holoschiffe, eure Tantoren und Eunice. Keiner von uns ist ohne Schuld. Keiner von uns kann sich von Verantwortung freisprechen. Ganz besonders du nicht.«

»Dein Entschluss ist offensichtlich gefasst. Ich habe mich für dich eingesetzt und versucht, meine Leute zum Frieden zu überreden. Was willst du noch von mir?«

»Deinen Rat«, schmeichelte Arachne. »Drei Holoschiffe werden zerstört werden. Aber die Entscheidung, welche zwei *nicht* zerstört werden – diese Entscheidung könnte ich dir überlassen. Wir haben bereits darüber gesprochen, um welche fünf Holoschiffe es sich wahrscheinlich handelt.«

»Nein«, sagte Chiku. »Ich werde dir dabei nicht helfen.«

»Du verstehst mich falsch. Ich werde drei zerstören, was immer auch geschieht – eine Vorauswahl habe ich bereits getroffen. Dir gebe ich nur die Chance zu bestimmen, welche beiden überleben werden. Was wäre dir lieber, Chiku? Dass diese Entscheidung von einer Maschine getroffen wird, ohne Rücksicht auf die Menschenleben und die Möglichkeiten in den jeweiligen Schiffen? Oder dass ein Mensch dabei eine Stimme hat? Ein Mensch, der viel über die Karawane weiß, ein Mensch, der auf allen Holoschiffen verkehrte, dort gelebt und ihre Luft geatmet hat? Ein Mensch, der sie von innen gesehen hat und die Stärken und Schwächen jedes Einzelnen kennt? Ein Mensch, dessen Verständnis einen wenn auch nur geringen Beitrag zum Friedensprozess leisten könnte. Denn Frieden wollen wir alle – ich denke, darin sind wir uns einig. Mein Einblick in das Wesen der Menschen hat eine Grenze erreicht. Aber ich habe ja noch dich.«

»Nein«, wiederholte Chiku.

»Die fünf sind die *Malabar,* die *Majuli,* die *Ukerewe,* die *Netrani* und die *Sriharikota.* Ich gebe dir etwas mehr als dreihundert Sekunden Zeit, um die beiden auszuwählen, die verschont bleiben. Wenn du keine Entscheidung triffst, sehe ich mich gezwungen, das selbst zu tun, und dann ist es zu spät, deine Meinung zu ändern. Du hast fünf Minuten, um mir die Hand zu führen. Nutze die Zeit, Chiku.«

»Ich habe mich in dir getäuscht«, sagte Chiku.

»Inwiefern?«

»Ich habe angefangen, dich zu mögen. Ich habe angefangen, dich nicht mehr für ein schreckliches Monster zu halten.«

»Keiner von uns ist ein Monster, Chiku. Wir sind alle bemüht, im Rahmen unserer jeweiligen Natur das Beste aus uns zu machen.«

49

Als die Zeit vorbei und Chikus Entscheidung so unwiderruflich war wie der Übergang der Gegenwart in die Vergangenheit, bat sie Arachne, die Folgen mit ansehen zu dürfen. Arachne war einverstanden, allerdings erst, nachdem sie Chiku gefragt hatte, ob diese Bitte auch klug sei.

»Bist du ganz sicher? Du hast deine Wahl getroffen, und das kann dir nicht leichtgefallen sein. Du hast meine aufrichtige Bewunderung.«

»Die brauche ich nicht.«

»Aber die Folgen eines Geschehens mit anzusehen, die durch die mathematische Unausweichlichkeit beweglicher Objekte vorherbestimmt waren … was hättest du davon? Du hast nur mein Wort dafür, dass ich dir die Wahrheit zeige, und selbst wenn du glaubst, was du siehst, wäre es sicherlich schmerzlich für dich.«

Chiku hätte beinahe genickt, sie war mehr oder weniger zu dem gleichen Schluss gelangt. Aber das konnte sie in ihrer Überzeugung nicht erschüttern.

»Ich muss es trotzdem sehen.«

»Nun gut.«

Und obwohl es noch Tag war, oder was man auf Crucible unter Tag verstand, eröffnete Arachne einen Abschnitt, sodass das Weltall und die Sterne zu sehen waren, und vergrößerte diesen Kreis um viele Stufen, bis die fünf Funken der Abbremstriebwerke wie die Punkte auf einem Würfel zu sehen waren. Wie schon zuvor war es eine zeitlich komprimierte Darstellung, aber solche Manipulationen akzeptierte Chiku inzwischen als untrennbaren Bestandteil ihrer Beziehungen zu dem Artilekt.

Arachne pinnte Namen neben die Funken. »*Malabar, Ukerewe, Sriharikota, Majuli, Netrani*. Es ist mir eine gewisse Genugtuung, dass ich sie auch ohne Hilfe durch die Übertragung von der *Sansibar* korrekt identifiziert hatte. Jedes Holoschiff ist eine eigene vor Leben strotzende Welt. Millionen von Menschenleben – jedes ist wertvoll, jedes hat ein nahezu grenzenloses Potenzial. Zweig um Zweig führen in eine Zukunft, die weder du noch ich uns auch nur ansatzweise vorstellen können. Du solltest nicht glauben, dass ich für die Tragik dieser Handlung blind bin, Chiku. Es ist schlicht und einfach eine Gräueltat. Ich mache mich schuldig, und du bist meine Komplizin. Aber wenn diese Leben geopfert werden müssen, um Millionen weiterer Menschen – und, genauso wichtig – den Reichtum an ökologischen Schätzen und Artefakten einer ganzen fremden Welt zu retten – was bleibt mir dann für eine Wahl? Ich habe ihnen jede Chance zu Verhandlungen gegeben – jede Gelegenheit, sich vom Pfad der Zerstörung abzuwenden.«

»Du jagst ihnen Todesängste ein. Das hast du erwartet?«

»Aufgepasst«, verkündete Arachne. »Gleich ist es so weit.« Sie warf ihrer menschlichen Begleiterin einen Seitenblick zu. »Übrigens, was deine Entscheidung betrifft, die *Malabar* und die *Majuli* zu verschonen ... Warum nicht die Holoschiffe mit den größeren Bevölkerungen?«

»Sie wären keine gute Wahl.«

»Aber wenn man nach dem Grundsatz vorginge, die größte Zahl von Bürgern retten zu wollen …«

»Das war bei mir nicht der Fall.« Chiku überlegte, es dabei zu belassen. Arachne verdiente nicht zu erfahren, nach welchen Kriterien Chiku ihre Wahl getroffen hatte, und es wäre unbestreitbar würdevoller, darüber zu schweigen. Dennoch fühlte sie sich zu einer Erklärung genötigt. »Selbst wenn ich so viele Menschen wie möglich hätte retten wollen, so kennen wir doch nach so langer Zeit die Bevölkerungszahlen dieser Holoschiffe nicht mehr. Es gab so viele Probleme, dass alles möglich ist – massenhafte Abwanderungen, Massensterben durch Seuchen oder Hinrichtungen. Aber wir hatten vor Jahren zwei Ableger von Elefantenpopulationen etabliert – eine auf der *Majuli* und die andere auf der *Malabar.*«

»Dann wolltest du also nicht die Menschen retten, sondern die Elefanten?«

»Du sagst, keiner von uns ist ohne Schuld. Du irrst dich. Die Elefanten schon.«

»Du hast keinen Beweis dafür, dass eure Elefantenpopulationen allen Widrigkeiten trotzen konnten. Bei einem Engpass in der Grundversorgung … hätte man da die Elefanten nicht als Erste geopfert?«

»Mag sein.« Chiku war unsicher geworden. Diese Möglichkeit hatte sie nicht bedacht, nun hatte ihr Arachne die Idee in den Kopf gesetzt, und dort entwickelte sie sich zum Horrorszenarium. Je länger sie darüber nachdachte, desto mehr leuchtete sie ihr ein. Aber sie fuhr fort: »Ich habe die Populationen Menschen anvertraut, die ich für zuverlässig hielt. Menschen, von denen ich glaubte, dass sie alles tun würden, um meine Erwartungen zu erfüllen. Wenn ich mich geirrt habe, kann ich es nicht ändern. Ich habe dafür gesorgt, dass die Elefanten die besten Startchancen bekamen. Wie soll ich ihnen jetzt den Rücken kehren?«

»Vermutlich hätte ich dich hintergehen können«, sagte Arachne. »Ich brauchte nur das Gegenteil von dem zu tun, was du wolltest, und gerade die *Malabar* und die *Majuli* für die Zerstörungsaktion auszuwählen.«

»Hast du das getan?«

Das Mädchen schüttelte den Kopf. »Nein. Das wäre viel zu heimtückisch gewesen.«

Rasend schnell hintereinander wie die Noten in einem Triller flammten drei der Funken auf. Die Helligkeit war so unerträglich, dass sie die Flammen der beiden anderen Holoschiffe überstrahlte und mit ihnen verschmolz. Das Weiß ging über in ein zartes Rosa. Das Licht war so rein wie die Schöpfung, es löschte alle Sünden, alle Begierden, alle Konsequenzen aus. Chiku starrte wie gebannt in dieses reine Licht. Es dauerte eine Ewigkeit, bis es erlosch und die beiden noch brennenden Funken im Dunkeln wieder sichtbar wurden.

50

Travertine, Namboze und Doktor Aziba waren schon zum Aufbruch bereit, als Chiku zu ihnen stieß. Sie standen neben einer Reihe von silberfarbenen Behältern – Kisten mit Schnappschlössern, abgerundeten Kanten und vielen bunten Symbolen und klein gedruckten Anweisungen an den Seiten. Einige der Kisten standen offen und ließen eine Innenpolsterung oder Reihen von geschickt verpackten, verschiebbaren Fächern sehen. Alle möglichen Ausrüstungsgegenstände von Atemmasken bis zu Sanitätsartikeln waren herausgeholt und lose auf dem Boden gestapelt worden. Die Kisten umfassten nur einen winzigen Bruchteil der Ausrüstung, die sie auf der *Eisbrecher* mitgebracht hatten. Andererseits waren die Bedürfnisse von vier Personen eher bescheiden.

Travertine steckte gerade die Arme in die Riemen xieses Rucksacks. »Was ist passiert? Wir sind seit einer Stunde bereit und warten auf dich. Arachne sagte immer wieder, du wärst auf dem Weg hierher, aber allmählich haben wir uns doch Sorgen gemacht.«

»Wir sollten aufbrechen«, mahnte Namboze. »Was wir hier haben, kann uns da draußen für fünfzehn, vielleicht auch zwanzig Tage am Leben erhalten, vorausgesetzt, wir treffen nicht auf etwas wirklich Gefährliches. Wir haben die Kisten durchgesehen und glauben nun zu wissen, was wir brauchen und was wir nicht mitnehmen können. Ich kann Ihnen helfen, sich eine Grundausstattung zusammenzustellen.«

»Ist alles in Ordnung?«, fragte Doktor Aziba. Er war so konzentriert damit beschäftigt, die Riemen der Atemschutzmaske aus leuchtend buntem Plastik zu justieren, die ihm im Moment noch um den Hals hing, dass sich sein Gesicht zu einer Schimpansenfratze verzerrte. »Wo waren Sie eigentlich so lange?«

»Ihr habt gesagt, ihr seid seit einer Stunde hier?«, fragte Chiku.

»Wir sind seit einer Stunde *bereit*«, verbesserte Travertine. »Wann sie uns hierherversetzt hat, ist schwer zu sagen, aber es kann nicht lange vor Tagesanbruch gewesen sein, und inzwischen ist es sicher später Vormittag. Wir müssen die Zeit irgendwie im Blick behalten, um die Rationen richtig einzuteilen.«

»Erinnert ihr euch, an Bord der *Sansibar* gewesen zu sein?«

»Warum sollten wir nicht?«, fragte Travertine und verzog das Gesicht, als xier das Gewicht des Rucksacks spürte. »Wenn das Schiff eintrifft, kann man unsere Implantate mit Transpondern vom All aus anpeilen. Wir müssen nur so weit wie möglich von Arachnes Anlagen weg.«

»Jeder Kilometer ist ein Gewinn«, stimmte Namboze zu. Sie ging vor einer Sanitätskiste in die Knie, kramte in den Fächern und zog farbcodierte Fläschchen und Injektionsbestecke heraus. »Selbst wenn es unsere Chancen nicht verbessert, bin ich schon aus psychologischen Gründen viel lieber in Bewegung, als tatenlos herumzusitzen. So denken wir alle.«

»Ich wiederhole«, sagte Doktor Aziba ruhig. »Ist alles in Ordnung?«

»Nein«, sagte Chiku. »Gar nichts ist in Ordnung. Es ist etwas geschehen. Und *ich* habe es geschehen lassen. Ich muss darüber reden.«

Sie war an einem Ort zu ihren Begleitern gestoßen, den sie aus unmittelbarer Erfahrung nicht kannte. Die vollkommen durchsichtige Kuppel befand sich nicht an der Spitze eines Turms, sondern schmiegte sich unten im Wald an dessen Fuß. Unter ihnen liefen die Kuppelwände zu einem flexiblen, durchsichtigen Boden zusammen. Hinter den Wänden wucherte eine üppige Pflanzenwelt, die stellenweise bis an die Kuppel herandrängte. Die Farben waren nur undeutlich zu erkennen: gedämpfte Grün-, Blau- und Türkistöne, teilweise verschattet, von unterschiedlicher Struktur und unterschiedlichem Glanz. Chiku sah Blätter und Blüten, Stämme und Wurzeln, Ranken und Reben in allen nur denkbaren Formen, von schmal und spitz über geädert und genetzt bis hin zu grotesken Säulenkolossen. Selbst an einem strahlend hellen, wolkenlosen Tag hätte das alles überwölbende Laubdach so viel Sonnenlicht geschluckt, dass kaum noch etwas bis in diese Tiefen vorgedrungen wäre. Unter der Ascheschicht war es so düster, als würde gleich die Nacht hereinbrechen.

Und doch gab es auch Lücken in der Vegetation – künstlich angelegte Pfade oder natürlich entstandene Streifen mit spärlicherem Bewuchs –, durch die sich die kleine Gruppe mit Mühe einen Weg bahnen konnte. Chiku fragte sich, was ihre Gefährten erwarteten. Tagesetappen von zwanzig bis dreißig Kilometern erschienen ihr optimistisch. Aber Namboze hatte recht – es war besser, in Bewegung zu sein, als dazusitzen und auf den Einschlag des nächsten Impaktors zu warten.

Durch die Kuppel führte ein Korridor, und Chiku erinnerte sich, dass Namboze einmal von einer solchen Glasröhre erzählt hatte. Nach hinten erstreckte sich der Gang so weit, dass Chiku im dämmrigen Licht nicht sehen konnte, wo er aufhörte. In der anderen Richtung endete er schon nach einer kurzen Strecke an einer flachen, kreisrunden Wand. Hinter dieser Scheibe befand sich eine freie Stelle – hätte sie im Sonnenschein gelegen, sie hätte von einer Lichtung gesprochen.

»Wir sollten uns auf den Weg machen«, sagte Travertine. Doch während xier noch sprach, ließ xier den Rucksack fallen. »Irgendetwas stimmt nicht, oder? Was weißt du, Chiku?«

»Wir müssen reden.«

»Schön, aber mach kein endloses Palaver daraus.«

»Das habe ich nicht vor, aber reden müssen wir trotzdem. Es ist wichtig. Können wir uns einen Moment setzen?«

Widerwillig zog sich die Gruppe einige der Packkisten als provisorische Hocker heran.

»Wie seid ihr hierhergekommen?«, fragte Chiku und ließ sich auf zwei Kisten nieder.

»Wir waren erst nicht hier, und dann waren wir hier«, antwortete Doktor Aziba. »Wie jedes Mal, wenn uns Arachne von einem Ort zum anderen gebracht hat.«

»Haben Sie sie gesehen?«

»Nein, aber was sie damit beabsichtigt, ist wohl offensichtlich«, sagte Namboze. »Die Ausrüstung wurde aus der *Eisbrecher* geborgen ...« Sie hielt inne und sah Chiku durchdringend an. »Warum machen Sie so ein Gesicht? Was quält Sie?«

»Ich weiß es nicht, Gonithi.«

»Warum erzählst du uns nicht einfach, was geschehen ist?«, forderte Travertine sie auf.

»Drei von den Holoschiffen gibt es nicht mehr.« Chiku schluckte krampfhaft, bevor sie weitersprechen konnte. »Die *Ukerewe*, die *Netrani* und die *Sriharikota*. Arachne hat sie mit ihren Waffen angegriffen. Soweit ich sagen kann, wurden sie restlos zerstört.«

Die anderen nahmen die Nachricht mit müder Resignation auf. Sie hatte nichts anderes erwartet. Die Gesichter waren grimmig, niemand zweifelte, dass sie die Wahrheit sagte. Sie sahen sich gegenseitig an und nickten sich verständnisinnig zu.

»Es ist unverzeihlich«, seufzte Doktor Aziba endlich. »Jedes einzelne Menschenleben ist zu beklagen. Aber sie hatten die Chance bekommen, ihr Verhalten zu ändern. Nach allem, was sie diesem Planeten – und uns! – antun wollten, gehört meine Loyalität der *Sansibar.*«

»Sie scheuten nicht davor zurück, eine ganze Welt zu vergiften«, sagte Namboze. »Die Strafe ist hart, gewiss, aber wenn einer dieser Felsen auf Mandala gelandet wäre … es wäre das schändlichste Verbrechen in der ganzen Geschichte unserer Spezies gewesen! Man musste ihnen Einhalt gebieten.«

»Das Stockholm-Syndrom«, bemerkte Travertine. »Das ist die Erklärung. Wir sind schon so lange Arachnes Geiseln, dass wir anfangen, uns ihre Sicht der Dinge zu eigen zu machen. Doch das ändert nichts an meiner Meinung. Namboze und Doktor Aziba haben recht – die Bombardierung musste aufhören. Wenn dazu diese grauenvolle Tat nötig war, ist das Verbrechen immer noch geringer, als wenn man zugelassen hätte, dass der Beschuss weitergeht.«

Chiku konnte ihnen kaum in die Augen sehen. »Ihr kennt noch nicht die ganze Geschichte. Arachne hat bewusst nur drei von den fünf Schiffen zerstört – aufgrund ihrer Berechnungen kam sie zu dem Ergebnis, dass es genügte, drei Schiffe hochzujagen, um ihren Standpunkt klarzumachen.«

»Und?« Travertine beugte sich vor und zwang Chiku, xien anzusehen.

»Sie hat mich gefragt, welche beiden sie verschonen sollte. Wenn ich ihr nicht zwei Namen gäbe, würde sie die Entscheidung selbst treffen.«

»Sie dürfen sich nicht die Schuld für das geben, was Arachne getan hat, Chiku«, sagte Doktor Aziba. »Sie hat Sie in eine unmögliche Situation gebracht – eine solche Entscheidung darf man von niemandem verlangen.«

»Was hat sie eigentlich erwartet?«, fragt Namboze. »Sie sind doch keine Maschine. Sie können keine solche Entscheidung treffen – niemand von uns könnte das. Die Holoschiffe waren unsere Heimat. Auch wenn wir mit der *Sansibar* geflogen sind, fühlten wir uns den anderen Schiffen verbunden. Selbst als sie anfingen, uns das Leben schwer zu machen, gab es überall in der Karawane Menschen, mit denen wir befreundet waren oder die wir liebten.«

»Daran sieht man, wie wenig sie uns tatsächlich versteht.« Doktor Aziba schüttelte traurig den Kopf.

»Nein«, sagte Chiku. »Ihr habt mich nicht verstanden.« Sie reckte das Kinn vor und sah einem ihrer Gefährten nach dem anderen in die Augen. »Sie hat es mir übertragen, diese Wahl zu treffen, und ich habe es getan. Ich habe ihr gesagt, sie soll die *Malabar* und die *Majuli* verschonen. Ich habe entschieden.«

»Sie haben *was* getan?«, fragte Namboze.

»Es war richtig. Ich wollte nicht zulassen, dass eine verdammte *Maschine* über Leben und Tod von Menschen bestimmte. Wenn es ein Verbrechen ist, dann soll es mein Verbrechen sein.«

»Sie hatten kein Recht, diese Entscheidung zu treffen«, sagte Namboze.

Chiku stemmte sich hoch. »Ich war dabei. Sie nicht. Sie hat mich aufgefordert zu wählen, und ich habe gewählt. Ich konnte ihr die Entscheidung nicht überlassen, deshalb sagte ich, die *Malabar* und die *Majuli* sollten verschont werden. Und wissen Sie was? Ich würde es wieder tun. Auf diesen beiden Holoschiffen sind Elefanten. Ich habe sie dorthin gebracht. Sie sind auf mich angewiesen, um zu überleben.«

»Elefanten«, wiederholte Doktor Aziba, als hätte er beim ersten Mal nicht recht gehört.

»Unabhängige Populationen, Ableger der *Sansibar*-Herde. Die *Majuli* hatte die erste Gruppe übernommen, und ich stand gerade in Verhandlungen mit der *Malabar*, um noch einige mehr dort unterzubringen, als die Kappa-Katastrophe passierte …« Die Stimme drohte ihr zu brechen. »Damit fing alles an.«

»Elefanten«, wiederholte Doktor Aziba noch einmal. »Nur zur Klarstellung – ich hoffe nämlich sehr, dass ich etwas missverstanden habe: Sie haben Elefanten über Menschenleben gestellt? Sie haben nicht daran gedacht, die Holoschiffe mit der zahlenmäßig größten Bevölkerung zu wählen oder diejenigen mit den meisten speziellen Geräten, die wir brauchen werden, um auf dieser Welt zu leben? Sie haben Ihre Entscheidung vom Schicksal einiger Elefanten abhängig gemacht?«

»Sie haben die Tantoren gesehen« erinnerte ihn Chiku.

»Aber das waren keine Tantoren«, entgegnete Namboze. »Das ist doch der springende Punkt, nicht wahr? Das waren einfach nur Tiere.«

»So wählerisch können wir nicht sein. Die Tantoren stammen von Elefanten ab. Ich war es ihnen schuldig …«

»Sie waren ihnen gar nichts schuldig!«, zischte Doktor Aziba. »Was hat sie mit Ihnen gemacht, Chiku?« Er sprang auf und packte Chiku so fest an den Oberarmen, dass sie durch ihre Kleidung spürte, wie sich seine Nägel in ihre Haut gruben. »Sie hätten *niemals* darauf eingehen dürfen! Als Sie mich auf der *Eisbrecher* aufgeweckt und mir erklärt haben, Sie hätten mich belogen, habe ich beschlossen, Ihnen zu vertrauen. Ich glaubte, die Umstände hätten Sie gezwungen, zum Wohl der Karawane derart harte Entscheidungen zu treffen.« Aziba stieß sie heftig von sich. Chiku verlor das Gleichgewicht und fiel über die Vorratskiste, auf der sie gesessen hatte. Sie schlug hart mit dem

Rücken auf, ihr Kopf wurde herumgerissen, und für einen Moment blieb ihr die Luft weg.

Physische Gewalt war nie Teil ihrer Welt gewesen. Im ersten Moment verstand sie gar nichts mehr.

»Sie hätten sich weigern sollen.« Namboze baute sich vor Chiku auf. »Warum haben Sie es nicht getan? Warum haben Sie nicht verlangt, dass wir in die Entscheidung mit eingebunden werden?«

»Wäre sie dadurch für euch beide annehmbarer geworden?«, fragte Travertine.

Chiku versuchte sich aufzurichten.

»Man hätte uns einbeziehen müssen.« Der Doktor setzte Chiku einen Fuß auf den Bauch, um sie am Aufstehen zu hindern. »Man hätte uns zumindest fragen müssen.«

»Und wenn nun jeder mit zwei anderen Namen angekommen wäre?«, fragte Travertine. »Wäre die Entscheidung nach einer demokratischen Abstimmung weniger widerwärtig gewesen?«

Namboze warf sich zur Seite – sie hatte sich vor eine Kiste gekniet und wühlte darin, als suche sie etwas. Chiku versuchte abermals aufzustehen, doch Aziba drückte sie nur noch fester zu Boden.

»Dann stimmen Sie uns zu, Travertine – es *war* widerwärtig.«

»Widerwärtig war, dass man sie zu dieser Entscheidung aufgefordert hat – das war das Verbrechen, nicht die Tatsache, dass sie der Aufforderung nachgekommen ist.« Xier beugte sich vor und sah Chiku wieder in die Augen. »Wie lange hat sie dir Zeit gelassen, um darüber nachzudenken?«

Chiku hustete. Azibas Fuß auf ihrem Bauch machte es ihr schwer, wieder Luft in die Lungen zu bekommen. »Fünf … fünf Minuten. Dreihundert Sekunden.«

»Du konntest es dir demnach nicht leisten, alle Möglichkeiten abzuwägen«, stellte Travertine fest, »oder alle moralischen Konsequenzen bis zum Ende zu durchdenken.« Xier hielt kurz inne. »Doktor Aziba – würden Sie bitte den Fuß von meiner Freundin nehmen?«

»Sie war unsere Präsidentin auf der *Sansibar.*« Der Arzt bewegte seinen Fuß nicht von der Stelle. »Dann ist sie zurückgetreten. Doch seit wir in dieses System gekommen sind, benimmt sie sich, als hätte sie auch weiterhin das Führungsmandat! Vielleicht hat diese Farce sogar noch etwas Gutes. Sie gibt uns die dringend benötigte Chance, unsere Befehlskette neu zu überdenken!«

»Ich hatte Sie höflich gebeten«, sagte Travertine.

Im ersten Moment sah es für Chiku so aus, als hätte sich Travertine bei xiesem Hieb verschätzt. Kein Wunder, schließlich hatte xier in xiesem ganzen Leben wahrscheinlich noch nie Gewalt gegen einen anderen Menschen angewendet.

Doch Travertine hatte besser gezielt, als es aussah. Xier hatte mit dem rechten Arm ausgeholt und traf Azibas Kinn zwar nicht mit der Faust, dafür aber mit xiesem Armband. Der dumpfe Schlag ließ Chiku zusammenzucken.

Doktor Aziba ging sofort zu Boden und landete krachend auf drei der Kisten. Er lag auf dem Rücken, die Arme weit ausgestreckt, ein Bein hing über einer Kiste, und er bewegte sich nicht mehr.

Vom Fuß des Arztes befreit, konnte Chiku endlich aufstehen. Sie überlegte, ob ein einziger Hieb genügt haben könnte, um Doktor Aziba zu töten. Doch Travertine hatte andere, dringendere Sorgen. Namboze wühlte immer noch in einer der Sanitätskisten und warf Injektionsspritzen und Ampullen zu einem vielfarbigen Häufchen zusammen, das an eine Schachtel Buntstifte erinnerte. Travertine trat mit dem Fuß den Deckel zu und klemmte Namboze die Finger ein. Sie stieß einen spitzen Schrei aus, dann zischte sie vor Schmerz und fiel auf die Fersen zurück. Ihre Hand steckte immer noch fest.

»Was suchen Sie?«, fragte Travertine. »Etwas, um Chiku auszuschalten? Sie ins Koma zu spritzen?«

»Sie wollen sie doch wohl nicht verteidigen!«, fauchte Namboze. »Sie hat uns allen Schaden zugefügt, aber an Ihnen hat sie sich am schlimmsten vergangen! Aus Ihnen hat sie ein Monster gemacht, einen Kinderschreck! Wie *können* Sie ihre Partei ergreifen?«

»Ich ergreife niemals Partei – ich bin kein ›Parteigänger‹.« Die aufgebrachte Namboze konnte Travertines Aufmerksamkeit nicht weiter fesseln. Xier kniete sich neben den reglosen Arzt und zog ihm die Augenlider zurück.

»Ist er tot?«, fragte Chiku.

»Nur bewusstlos – glaube ich. Er ist der Arzt.«

»Du hast ihn ziemlich hart erwischt.«

»Unter den gegebenen Umständen hielt ich die Reaktion für angemessen.« Travertine rieb sich überrascht den Unterarm und befühlte bewundernd die Muskeln.

Chiku rieb sich die Nasenwurzel und kniff die Augen zusammen. Sie hatte hämmernde Kopfschmerzen. »Ich hätte gedacht, über solche Szenen wären wir hinaus.«

»Wir sind Menschen. Sei froh, dass wir uns wenigstens nicht mehr alle fünf Minuten den Schädel einschlagen.«

Namboze hatte ihre Hand aus der Sanitätskiste befreit und bewegte nun vorsichtig einen Finger nach dem anderen. Die Wut hatte tiefe Falten in ihre Stirn gegraben, so glatt und gleichmäßig, als wären sie eingeritzt. »Das ist nicht richtig.«

»Nein, es ist nicht richtig«, stimmte Travertine zu. »Es ist ein gewaltiges Unrecht. Es ist Unrecht, dass wir Geiseln einer künstlichen Intelligenz sind, Unrecht, dass Guochang tot ist,

Unrecht, dass zweiundzwanzig rätselhafte Alien-Maschinen gerade jetzt über uns schweben, Unrecht, dass man Chiku in eine Lage brachte, in der sie diese krankhaft widerwärtige Entscheidung treffen musste. Und ja, es war Unrecht, sie zu treffen! Aber sie hatte dreihundert verdammte Sekunden Zeit, Namboze. Können Sie in aller Aufrichtigkeit behaupten, Sie hätten es besser gemacht? Kann das irgendeiner von uns?«

Doktor Aziba murmelte etwas und kam mit lautem Stöhnen wieder zu sich. Er betastete sein Kinn, das sich nach Travertines Schlag bereits violett verfärbte.

»Was ist passiert?«

»Demokratie«, antwortete Travertine. »Können wir jetzt bitte wieder zur Tagesordnung zurückkehren? Wir haben einen langen Marsch vor uns.«

Namboze, die sich noch immer die gequetschten Finger rieb, kniete neben dem Arzt nieder.

»Machen Sie, was Sie wollen, Travertine. Wir ziehen in zwei Gruppen los. Aziba und ich gehen allein.«

»Nein«, widersprach Chiku. »Wir machen das zusammen oder gar nicht. Ihre Wut auf mich ist berechtigt. Travertine hat es am besten ausgedrückt: Es ist alles Unrecht. Ich bereue meine Entscheidung nicht – was hätte das auch für einen Sinn? Aber Arachne hätte mich nie drängen dürfen, sie zu treffen, und ich hätte mich von ihr nicht überzeugen lassen dürfen, dass es so das Beste sei. Aber es ist geschehen, und nun stehen wir hier, und wir brauchen einander – seit Guochangs Tod noch mehr als vorher.«

»Ich brauche nichts, was Sie noch zu bieten hätten.« Namboze schüttelte verächtlich den Kopf.

»Überlegen Sie doch einmal vernünftig, Gonithi«, beschwor sie Chiku. »Jeder von uns hat spezielle Qualifikationen. Sie kennen die Ökologie besser als wir anderen. Aziba ist der Einzige, der uns vier am Leben erhalten kann – Gott weiß, was wir in unseren Blutkreislauf bekommen, wenn wir uns da draußen auch bloß einen Kratzer zuziehen. Und Travertine, nun … xier ist eben Travertine. Wir brauchen xien.«

»Und Sie?«, fragte Doktor Aziba. »Was genau tragen Sie zu unserer fröhlichen Runde bei?«

»Ich werde uns alle bis ans Ziel begleiten. Ein Schiff ist auf dem Weg. Ich will da sein, wenn es landet.«

»Das ist alles?«, fragte Namboze.

»Sie hat Ihnen eine Antwort gegeben.« Travertine bückte sich und hob xiesen Rucksack auf.

Eine andere Stimme ließ sich vernehmen. »Es ist gut, dass ihr bereit seid. Ich muss euch jedoch mitteilen, dass es eine neue Entwicklung gegeben hat.«

Alle drehten sich gleichzeitig um. Arachne stand an der Schwelle des langen Glaskorridors, als wäre sie die ganze Zeit da gewesen und hätte die Auseinandersetzung beobachtet.

»Was hat dich so lange aufgehalten?«, fragte Travertine.

»Ich war anderweitig beschäftigt. Außerdem ahnte ich, dass meine Anwesenheit für die Beilegung eurer Differenzen eher hinderlich wäre.«

»Womit seid ihr denn alle so schwer beschäftigt?«, fragte Namboze. »Du bist ein Artilekt – du kannst überall sein, wo du willst – nach Belieben auch an mehr als einem Ort zu gleicher Zeit.«

»Ist euch schon aufgefallen«, fragte Arachne, »dass es viel dunkler ist als noch vor einer halben Stunde?«

Ein Blick durch die Glaswand des Tunnels bestätigte die Worte, doch die Veränderung war so allmählich gekommen, dass Chiku sie nicht bemerkt hatte. Vielleicht hatte sich Travertine geirrt, und es war nicht Morgen gewesen, als man die drei hierhergebracht hatte, sondern die Sonne war kurz zuvor hinter dem Horizont verschwunden. Oder ein neuer Einschlag hatte die Staubdichte über dem Planeten noch weiter erhöht.

Doch Chiku ahnte, dass es nichts von alledem war.

»Was ist passiert?«

»Das versteht ihr viel leichter, wenn ihr es euch selbst anseht. Nicht weit von hier müssten wir freie Sicht auf den Himmel haben. Seid ihr bereit, euch Crucibles Atmosphäre auszusetzen?«

»Wir sind achtundzwanzig Lichtjahre weit gereist, um darin zu leben«, entgegnete Travertine. »Allmählich sollten wir anfangen, uns daran zu gewöhnen.«

Xier hob eine Atemschutzmaske auf und warf sie Chiku zu.

Sie nahmen sich fünf Minuten Zeit für die elementaren Sicherheitstests, dann ging Arachne voran zu der flachen, kreisrunden Wand am kurzen Ende des Korridors. Chiku hatte angenommen, dass sie aus dem gleichen glasähnlichen Material bestand wie die anderen Wände, doch als Arachne dagegendrückte, beulte sich das Material nicht aus und leistete auch keinen Widerstand, sondern ließ ihre Hand ungehindert ins Freie durch.

»Eine Einschlussmembran«, erklärte sie. »Solche Schnittstellen waren an allen Stadttoren vorgesehen, sodass man ohne große Mühe hinein- und hinauskonnte. Wahrscheinlich kommt es nicht mehr darauf an, ob Crucibles Luft oder irgendwelche Mikroorganismen in den Korridor gelangen, aber vielleicht sollten wir die Membran lassen, wo sie ist, und sie so passieren wie vorgesehen. Folgt mir, ich warte auf der anderen Seite.«

»Nein«, sagte Chiku und legte dem Mädchen die Hand auf die Schulter. »Gonithi sollte vorausgehen.«

»Sie ist wahrscheinlich schon oft ein- und ausgegangen, ich wäre also nicht wirklich die Erste«, sagte Namboze.

»Trotzdem«, beharrte Chiku und nickte ihr zu. »Sie ist ein

Roboter, und deshalb zählt sie nicht wirklich. Sie haben so viele Jahre auf diese Welt gewartet – nun sollen Sie auch der erste Mensch sein, der seinen Fuß darauf setzt, Gonithi.«

»Was zaudern Sie, Weib?«, fragte Travertine. »Diese Chance bekommt man nur einmal im Leben – verpassen Sie sie nicht.«

Namboze zögerte noch immer, als müsste sie sich Chiku schon aus Prinzip widersetzen, doch dann löste sich etwas in ihr. Sie formte lautlos ein Wort, das Chiku nicht verstand, stülpte sich die Atemmaske über Mund und Nase und schob eine Hand und ein Bein durch die Einschlussmembran. Das intelligente Material umfloss sie wie eine klebrige Haut, als sie auch Gesicht und Körper hindurchschob, dann schnellte es zurück und schloss sich mit hörbarem Schmatzen. Namboze war auf der anderen Seite.

Sie kniete nieder und berührte das grüne Moos, das den Boden bedeckte. Sie trug zwar Handschuhe, aber wie Chiku wusste, war das feine, durchsichtige Material so verdrahtet, dass es das gleiche Tastgefühl ermöglichte wie ein Raumanzug. Sie würde Temperatur und Struktur in allen Nuancen spüren.

Namboze stand wortlos auf und machte ein paar Schritte auf eine der größeren Pflanzen zu. Die breiten fetten Blätter hatten eine Querrille und waren lederartig genarbt. Das ganze Blatt sabberte wie eine riesige lüsterne Zunge. Namboze strich zuerst mit den Fingern und dann mit dem Handrücken darüber.

»Es wäre leichtsinnig«, sagte sie – ihre Stimme wurde durch die Maske und die Einschlussmembran nur ein wenig gedämpft –, »die Handschuhe auszuziehen. Aber sie finden nichts, was offensichtlich giftig wäre.«

»Doktor Aziba«, sagte Chiku. »Möchten Sie der Nächste sein?«

Der Arzt betastete die bläuliche Schwellung am Kieferknochen und versuchte, die Maske so darüberzuziehen, dass sie nicht allzu sehr drückte, aber er nickte und passierte die Membran forscher und schneller als Namboze. Sie war bereits zur nächsten Pflanze weitergegangen und betastete nun ein Büschel haifischmäuliger Blüten oder blütenähnlicher Gebilde. Eine der Blüten schnappte so plötzlich zu, dass Namboze ihre Finger gerade noch zurückziehen konnte.

»Ich hatte mir die Insekten, die ich vor einer Weile gesehen habe, also nicht eingebildet«, bemerkte sie und winkte den Arzt zu sich heran. »Fliegenfallen entwickeln sich nur, wenn es auch Fliegen gibt, die sie fressen können.«

Nun war Travertine an der Reihe. Chiku vermutete, dass xien die Ökologie dieser Welt weit weniger faszinierte als die Tatsache, dass xier überhaupt hier war. Die Geologie hatte Crucible geformt, die Biologie hatte es begrünt, aber die Physik hatte Travertine über achtundzwanzig Lichtjahre befördert, sodass xier nun auf seiner Oberfläche stehen konnte. Xier hielt etwas abseits von den beiden an und ließ die Hände seitlich herabhängen, als halte xier Zwiesprache mit einer unsichtbaren Macht.

Chiku wollte ihn nur ungern stören.

»Du solltest jetzt gehen«, mahnte Arachne.

Bald stand auch Chiku auf der anderen Seite, und während sie darauf wartete, dass das Mädchen zu ihnen stieß, bückte sie sich, scharrte eine Handvoll olivbrauner Pflanzenreste zusammen und presste sie so lange zwischen den Fingern, bis Flüssigkeit heraustropfte. Dann öffnete sie die Hand und wartete, bis die fremde Humusschicht von ihrem selbstreinigenden Handschuh abgeglitten war.

»Wir sollten uns beeilen« drängte Arachne. »Nicht weit von hier befindet sich eine freie Fläche. Von dort haben wir den besten Blick.«

»Den besten Blick worauf?«, fragte Doktor Aziba, dem bereits Schweißperlen auf der Stirn standen. Es war ebenso heiß und feucht, wie Chiku erwartet hatte, und dabei hatten sie sich noch kaum bewegt.

»Ich habe mir die Freiheit genommen, deine Übertragung noch einmal zu den Holoschiffen zu senden, Chiku. In Verbindung mit der Demonstration meiner Fähigkeiten scheint sie zumindest einen gewissen Eindruck hinterlassen zu haben. Die *Malabar* und die *Majuli* haben ihre Abbremstriebwerke abgeschaltet, und die Häufigkeit der Impaktoren hat stark abgenommen. Beides finde ich ermutigend.«

»Wirst du ihnen freien Abzug gewähren?«, fragte Namboze.

»Wenn sie auf weitere Gewaltakte verzichten.«

»Wir können aber noch mehr tun.« Chiku suchte sich einen Weg durch ein Wirrwarr von Wurzeln so dick wie Pythons. »Wir können den Dialog wieder aufnehmen und die Bedingungen dafür aushandeln, dass sie abbremsen können, sobald sie das System durchquert haben und auf der anderen Seite wieder herauskommen. Ich will sie nicht im interstellaren Raum aussetzen. Übrigens auch die *Sansibar* nicht. Wir werden einen Weg finden, die Bürger ins System zurückzuholen, und wenn wir es Shuttle für Shuttle tun müssen.«

»Im Moment«, erwiderte Arachne, »haben wir dringendere Probleme.«

51

Sie kämpften sich eine Stunde lang durch unwegsames Gelände, bis sie die Lichtung erreichten, die Arachne ihnen versprochen hatte. Alle waren mindestens einmal gestolpert und hingefallen, und Doktor Aziba hatte sich den Handschuh aufgerissen, als er nach etwas greifen wollte, um den Sturz abzufangen. Zum Glück war ihm nichts bis unter die Haut gedrungen, bevor das selbstreparierende Material den Riss unsichtbar verschloss. Die Stimmung blieb angespannt, und sie hatten einander wenig zu sagen, selbst zwischen den beiden vermeintlich verbündeten Paaren herrschte Schweigen. Chiku dachte, für Namboze müsste es besonders schmerzlich sein, im Eiltempo durch diese Welt der Wunder getrieben zu werden. Obwohl Arachne immer wieder zum Weitergehen drängte, bückte sie sich häufig, um etwas zu untersuchen, wie ein Hund, der jeden zweiten Ast beschnuppern musste.

Die Lichtung sei nicht künstlich geschaffen worden, erklärte Arachne. Die Versorger hätten sie entdeckt, als sie aus ihren Saatpaketen kamen, sie sei sicher mehrere Tausend Jahre alt, vielleicht noch älter. Vermutlich hätte irgendeine geologische Anomalie verhindert, dass hier Bäume Wurzeln schlugen. In anderen Teilen des Waldes gebe es Hunderte von ähnlichen Stellen.

Der Trupp stapfte durch knietiefes Unterholz, bis sie etwa hundert Meter weit in der Lichtung standen. Hier war es etwas heller, da über ihnen kein Blätterdach war, doch insgesamt war das Licht eher spärlich. Masken, Rucksäcke und die Schutzausrüstung deuteten das Dämmerlicht als Vorboten der Nacht und ließen grellbunte Abzeichen aufleuchten.

Dann sahen sie über sich, warum Arachne sie hierhergebracht hatte.

Sie starrten das Phänomen wortlos an, als fehlte ihnen die visuelle Grammatik, um die Muster vor ihren Augen zu entschlüsseln. Nichts in ihrer kollektiven Erfahrung hätte sie auf den Anblick vorbereiten können, der sich ihnen darbot.

Ein undefinierbares Gebilde hing genau über ihnen.

Chiku fühlte sich an Wettersysteme erinnert. Das Ding war kreisförmig wie das Auge eines Sturms, aber dafür war der Kreis viel zu präzise. Wie ein scharf umrissener, schwarzer Ring, ein Orbit aus Dunkelheit so groß wie die ganze Welt senkte er sich durch die Asche hernieder.

»Fünfzig Kilometer im Durchmesser«, sagte Arachne, als ob Chiku im Moment für Zahlen empfänglich gewesen wäre. »Zehn Kilometer über uns. Die Ascheschicht reicht viel weiter nach oben, als es den Anschein hat.«

»Erkläre uns, was wir da sehen«, bat Travertine. »Ich habe allerdings bereits einen Verdacht.«

»Die Wächter«, sagte Chiku, bevor Arachne Gelegenheit zu einer Antwort hatte. »Jedenfalls einer von ihnen. Das ist es, was wir da sehen, nicht wahr? Der unterste, schmalste Teil von einem dieser Gebilde schiebt sich herab in die Atmosphäre.«

»Ich hatte dir gesagt, dass mich ihre erhöhte Wachsamkeit beunruhigt«, erinnerte sie Arachne, »aber einen Eingriff in diesem Ausmaß hatte ich nicht vorausgesehen. Es ist, wie du sagst, Chiku – einer von den zweiundzwanzig hat sich aus seiner normalen Höhe abgesenkt, sich an Crucibles Geschwindigkeit angepasst und schwebt nun über uns. Der größte Teil befindet sich noch im All. Bis auf die letzten hundert Kilometer des schmalen Endes ist alles im Vakuum, nur diese letzten zehn Kilometer ragen aus der Stratosphäre heraus – ein Hundertstel des ganzen Wächters! Diese Präzision ist beeindruckend, findest du nicht?«

»Was will er?«, fragte Namboze.

»Uns, nehme ich an«, antwortete Chiku. Sie standen nicht allzu dicht beieinander, hatten die Köpfe in den Nacken gelegt und drehten sich um die eigene Achse. »Er weiß, dass wir hier sind, genau an dieser Stelle. Oder folgt er *dir*, Arachne, und wir sind nur zufällig am selben Ort? Nimmt er uns überhaupt wahr, oder verschwinden wir im Rauschen, ein Teil der Biologie, die ihn nicht weiter interessiert?«

»Den Wächtern entgeht nichts«, sagte Arachne. »Und ja, wie ich dir bereits erklärt habe, zeigen sie schon seit Langem ein besonderes Interesse an mir. Schließlich haben sie mich durch das All zu sich gelockt. Sie haben mir ihre Botschaft geschickt, und ich habe geantwortet – ein maschinenbasiertes Bewusstsein reagierte auf den Ruf eines anderen. Doch seit meiner Ankunft – ich will es nicht verhehlen – sind die Fortschritte nicht gerade … rasant.«

»Dann muss etwas ihre Neugier erregt haben«, vermutete Travertine.

»Die jüngsten Entwicklungen konnten selbst sie nicht mehr ignorieren. Ein Impaktor stand kurz davor, Mandala zu treffen. Meine Abwehr konnte ihn nicht abfangen, und ich fürchtete schon das Schlimmste. Aber der Impaktor verschwand, kurz bevor er Crucibles Atmosphäre berührte.«

»Verschwand?«, wiederholte Chiku.

»In den Energien, die ich seit Längerem überwache, gab es einen jähen Anstieg, aber ich habe nichts gefunden, was Ähnlichkeit mit einer Waffe oder einem Energiesystem gehabt hätte. Doch irgendetwas hatte diese Spitze mit einer Wächterreaktion zu tun – sie hatten entschieden, dass es jetzt genug sei.«

»Und dazu haben sie so lange gebraucht?«, fragte Namboze.

»Sie haben ihre Perspektive, und wir haben die unsere.«

»Wir«, wiederholte Doktor Aziba. Es klang belustigt. »Als säßen wir alle in einem Boot, Arachne – als hättest du mit uns mehr gemein als *damit*!«

»Ich will nicht leugnen, dass zwischen uns eine Kluft besteht, Doktor, aber wir haben auch gemeinsame Vorfahren – schließlich bin ich das Ergebnis organischer Bestrebungen. Zwischen mir und den Wächtern erstreckt sich dagegen ein ganzer Ozean von Fremdartigkeit, unübersehbar und höchstwahrscheinlich nicht schiffbar. Schon ihr Anblick lässt mich erschauern. Ich habe Angst um mich – noch während sie mit mir sprechen.«

Chiku schwieg einen Moment, dann fragte sie: »Weißt du, was sie wollen?«

»Seht genauer hin«, antwortete Arachne.

Während sie sprachen, war der schwarze Kreis dicker geworden. Ein größerer Teil des Wächters durchdrang Crucibles Atmosphäre und schien sich präzise über der Lichtung zu zentrieren. Die Aschewolken schickten Finger und Fühler über den schwarzen Rand des fremdartigen Hindernisses, als schwappe Wasser über einen kopfstehenden Damm. Erst jetzt fiel Chiku auf, dass es vollkommen still war. Wenn der Wächter von titanischen Energien über dem Boden gehalten wurde, dann wurden diese lautlos und vielleicht weit oberhalb der

Atmosphäre freigesetzt. Die Stille war eigentlich das Schlimmste daran, fand Chiku – sie wirkte fast dreist, als wolle sie die lärmenden Errungenschaften der Menschheit verhöhnen.

»Was macht er denn jetzt?«, fragte Namboze.

Der sichtbare Teil des Wächters hatte sich zu einem ringförmigen Graben umgeformt, der sich immer mehr verdickte, je weiter die Maschine sich herabsenkte oder streckte. Ein schwarzes Atoll am Himmel, das eine makellos runde Wolkenscheibe einschloss. Auch Bewegungen waren zu erkennen – dreieckige Flossen rotierten langsam um den höchsten noch sichtbaren Teil des Alien-Objekts, Dutzende von hakenbesetzten Flügeln, die wie die Zähne einer Kreissäge angeordnet waren. Nun beschleunigte sich die Rotation kaum merklich, und Aschewolken begannen sich zu verwirbeln und zu verdichten. Der Wächter schob sich noch weiter durch die Wolkendecke, und ein zweiter Flossenkranz kam zum Vorschein, der in der Gegenrichtung rotierte. Die Klingen nahmen an Fahrt auf, drehten sich einmal pro Minute und beschleunigten weiter. In der Asche bildeten sich Gewölbe und Schluchten. Endlich konnte Chiku auch etwas hören: keinen Maschinenlärm, sondern ein ersterbendes Donnergrollen. Gleich darauf zuckten Blitze durch die Asche. Sekunden später drang ein zweites Donnergrollen an ihr Ohr, der Knall dieser Entladung, und zwischen den beiden rotierenden Klingenkränzen leuchtete ein Blitzfaden auf wie ein Rinnsal weiß glühender Lava.

Chiku versuchte zu begreifen, was sie da sah, doch dass die Maschine von der Größe eines Berges, die da über ihnen schwebte, nur ein unvorstellbar kleiner Teil der gesamten Wächterkonstruktion sein sollte, war fast mehr, als ihr menschliches Gehirn zu fassen vermochte.

In dem eingeschlossenen Wolkenkreis erschien langsam ein schwarzer Rüssel und wurde in Stufen von Wolkenkratzerhöhe ausgefahren. Wo er aus dem Rachen der Maschine kam, hatte er einen Durchmesser von schätzungsweise einem Kilometer gehabt, aber mit jedem Abschnitt wurde er schmaler, und in Bodennähe wich er von der Senkrechten ab. Das Alien-Organ erinnerte Chiku an einen Elefantenrüssel. Über den dichten Bäumen, aus denen Chiku und ihre Gefährten hervorgetreten waren, verharrte es einen Moment, und obwohl außer dem Donner noch immer nichts zu hören war, löste sich eine graugrüne Säule aus lebender Materie vom Boden und verschwand in der Öffnung.

»Hast du uns hierhergeführt, damit uns dieses Ding einsaugen kann?«, fragte Doktor Aziba gereizt.

»Nein«, antwortete Arachne mit unerschütterlicher Gelassenheit. »Ich denke, sein Fokus wird sehr zielgerichtet sein. Ich habe euch hierhergeführt, damit ihr das Geschehen beobachtet und eurerseits beobachtet werdet.«

»Will es zu dir?«, fragte Chiku.

»Ja, es will zu mir. Die Wächter hatten immer ein gewisses Interesse an mir, obwohl sie meine Bemühungen, mich ihrer Aufmerksamkeit würdig zu erweisen, immer wieder ignoriert haben. Ich nehme an, sie finden es unterhaltsam, mich zu studieren, obwohl sie sich über meine höheren Fähigkeiten wenig Illusionen machen. Ich bin ein Musterexemplar für eine in Entwicklung befindliche Maschinenintelligenz, und ein solches Exemplar ist nie vollkommen belanglos. Aber ihr Interesse endet nicht bei mir. Ein zweites maschinenbasiertes Bewusstsein erscheint ihnen *potenziell* sehr viel reizvoller.«

»Eunice«, sagte Chiku.

»Richtig. Ich habe den Wächtern meine Gedanken zugänglich gemacht und meine innersten Geheimnisse preisgegeben. Von ihnen habe ich nicht viel bekommen, aber aus meinem Bewusstsein haben sie in tiefen Zügen getrunken und tun das auch weiterhin. Sie wissen alles, was ihr mir gesagt habt oder was ich anderweitig von euch erfahren habe.«

»Wenn sie kommt, sind sie vielleicht auch von ihr enttäuscht.«

»Das mag sein«, sagte Arachne. »Es ist sogar wahrscheinlich. Doch darüber haben sie zu urteilen, nicht wir.«

Der Rüssel hatte das Interesse am Wald verloren und positionierte sich genau über ihnen. Die Öffnung am Ende war nicht größer als Chikus Haus auf der *Sansibar*. Ihre Wahrnehmung veränderte sich ruckartig, und sie erkannte, dass dieser Teil des Wächters eine Art Nanotechnologie war, eine unglaublich feine und zarte Erweiterung seiner selbst zur Manipulation von Materie auf atomarer Ebene. Sie konnte durch die Öffnung in das Innere des Rüssels sehen. Ein blau leuchtender Schacht verlor sich in einem indigoblauen Nebel aus konvergierenden Perspektiven. Sie spürte einen Sog, der sie nach oben zu ziehen drohte, als hätte jemand Marionettenfäden an ihrem Körper befestigt.

»Was geschieht jetzt?«, fragte sie das Mädchen.

»Ich nehme an, die Wächter wollen dich und mich kennenlernen. Mich wollen sie gründlicher untersuchen, und mit dir wollen sie über Eunice sprechen – sie wollen mehr über sie erfahren.«

»Und danach?«

»Ich habe nicht die leiseste Ahnung.«

Chiku wandte sich ihren Gefährten zu, brachte aber zunächst kein Wort heraus. Sie nahm sich einen Moment Zeit, sich zu sammeln, dann zog sie sich die Atemmaske über den Kopf und ließ sie zu Boden fallen. Das Ding hatte keinen Einfluss mehr auf ihre Überlebenschancen.

Sie atmete die fremde Luft in tiefen Zügen ein und sagte dann: »Ich weiß nicht, was jetzt geschehen wird. Doktor

Aziba – Sie haben vorhin darauf hingewiesen, dass ich bei dieser Mission die Führungsrolle übernommen habe, aber ich habe mich nicht danach gedrängt. Ich wollte diese Rolle nicht haben, und ob ich der Aufgabe gewachsen bin oder nicht, muss sich erst noch erweisen. Aber die Wächter haben jetzt Notiz von uns genommen, und sie interessieren sich für Eunice. Ob es euch gefällt oder nicht, von uns vieren weiß ich am meisten über sie, und wenn uns dieses Wissen auch nur die kleinste Hilfe sein kann, dann muss ich mit ihnen sprechen. Da draußen sind Holoschiffe voller Menschen und Elefanten auf der Suche nach einer neuen Welt. Wir brauchen nicht nur Arachnes Erlaubnis, um Crucible zu besiedeln – wir brauchen auch das Einverständnis der Wächter.« Sie schluckte hart. »Ich werde mich bemühen, euch nicht zu enttäuschen.«

»Ihr beide tretet also als Abgesandte einer ganzen Zivilisation auf?« Travertine wich von dem Bereich direkt unter dem Rüssel zurück. »Ein Roboter und eine Politikerin? Haben wir nichts Besseres aufzubieten?«

»Leider nein«, sagte Arachne. »Und ich würde euch dreien dringend empfehlen, euch so schnell wie möglich hinter die Grenzlinie zurückzuziehen.«

Chiku spürte eine leichte Benommenheit fast an der Grenze zur Euphorie. Der hohe Sauerstoffgehalt der Atmosphäre hatte eine herrlich berauschende Wirkung. Alle Sorgen, alle Ängste verloren an Gewicht. Eigentlich war alles nur eine Frage der Perspektive, ob man die Dinge so sah, wie sie wirklich waren.

Ihr kam der Gedanke, dass es vielleicht ratsam wäre, die Atemmaske wieder aufzusetzen, als sich die blauen Wände auf sie herabsenkten.

52

In diesen Tagen war sie immer die Schnellere. Oben an der Treppe drehte sie sich um und wartete auf Chiku Gelb, die in ihrem Exo nur langsam vorwärtskam. Für ihre Schwester war es erst in den letzten fünf Jahren mühsam geworden, ohne Exo-Unterstützung zu laufen, und erst seit zwölf Monaten wagte sie sich nur noch selten ohne den Mobilisator nach draußen. Natürlich spürte sie die Last der Jahre auch in den eigenen Knochen, aber sie hatte eine sehr viel geringere Zahl davon wirklich durchlebt als Chiku Gelb. Vermutlich würde die Zeit auch sie noch unerbittlich einholen. Das war einfach der Lauf der Dinge.

Es war ein kalter, klarer Spätwintertag. In den letzten Wochen hatte es ein oder zwei Mal Frost gegeben, doch nun besserte sich das Wetter, und wenn die Welt nicht unterging, könnten die Cafés etwa in einer Woche die ersten Tische und Stühle nach draußen stellen. Heute war den beiden die kühle Luft nicht unwillkommen. Sie machte den Kopf frei und rückte alles schärfer ins Blickfeld. Auf der Aussichtsplattform oben auf dem Denkmal der Entdeckungen schien die Sonne mild auf das Pflaster. Der Turm von Belém schien aus Gold zu sein und lag so klar umrissen und unberührt vor ihnen, als wäre er erst gestern erbaut worden. Im glasklaren Wasser war sein umgekehrtes Spiegelbild zu sehen. Weiter draußen schaukelten ein paar Kähne, farbige Fischkutter und Vergnügungsboote, aber dicht an der Hafenmauer war alles leer. Auch waren nicht so viele Touristen oder Besucher unterwegs wie an einem sonnigeren Tag. Chiku Rot kam das sehr entgegen.

Sie waren mit der Straßenbahn von Lissabon gekommen. Die Entscheidung war, wie so vieles, was in letzter Zeit zwischen ihnen vorging, praktisch wortlos gefallen. Sie hatten beide gewusst, dass dies der richtige Zeitpunkt und das Denkmal der richtige Ort war. Für dieses beinahe schon telepathische Verstehen gab es keine Erklärung. Chiku Rots Gehirn enthielt keine Maschinen, keine Leser und Skriptoren, die ihre Gedanken und Erinnerungen mit denen von Chiku Gelb synchronisiert hätten. Es hatte sich einfach so entwickelt. Sie hatten sich wie zwei Kieselsteine so lange aneinander gerieben, bis sie nahezu die gleiche Form hatten. Zwillingsschwestern in jeder Hinsicht bis auf die dumpfe Biologie.

Man schrieb Anfang 2463, und Mecufis Prophezeiung hatte sich als so zutreffend erwiesen, wie selbst er es nicht hätte erwarten können. Natürlich waren unentwegt Nachrichten von den Holoschiffen eingegangen. Auf der Erde und im weiteren Sonnensystem war man über die Differenzen innerhalb der Karawane im Bilde. Man wusste, dass die *Sansibar* sich losgesagt hatte, und man wusste von der Expedition der *Eisbrecher*. Man wusste auch von den Katastrophen im Anschluss an Travertines technologischen Durchbruch – vom Verlust der Holoschiffe *Bazaruto* und *Fogo* und den schweren Schäden an *New Tiamaat*. Alle diese Ereignisse boten reichlich Grund zur Besorgnis, doch da sie in einer Entfernung von etwa achtundzwanzig Lichtjahren stattfanden, hatte man sie wie eine antike Tragödie empfunden. Von den Milliarden Menschen, die im

Umkreis der Sonne vom Merkur bis zu den Oort-Siedlungen wohnten, hatten nur noch ganz wenige enge emotionale oder familiäre Beziehungen zu den Bürgern der Holoschiffe. Zu viel Zeit war vergangen, zu groß waren die Entfernungen. Empathie war keine Eigenschaft, die auf Dauer über den interstellaren Raum hinweg wirksam sein konnte.

Doch allmählich veränderte sich die Lage. Als die *Eisbrecher* auf Sichtweite an Crucible herankam, hatten Chiku Grün und ihre kleine Truppe ihre Erkenntnisse an die Karawane übermittelt, und die Karawane hatte sie ihrerseits an die Erde weitergegeben. Die Versorger hatten die Aufgaben, die man ihnen gestellt hatte, nicht erfüllt. Und als wäre Mandala an sich nicht schon rätselhaft genug gewesen, kreisten nun auch noch zweiundzwanzig zusätzliche Geheimnisse um den Planeten. Diese Entwicklungen erregten nun doch ein gewisses Unbehagen. Wie war es möglich, dass die Alien-Gebilde in den Daten der Versorger nicht zu finden waren? Was hatte es zu bedeuten, dass die Versorger keine Vorbereitungen für die Ankunft der Kolonisten getroffen hatten?

Heute Morgen war eine Nachricht eingetroffen, die beunruhigender war als alles zuvor. Chiku Grüns Schiff war von Crucible aus angegriffen worden – wahrscheinlich der erste Akt offener Aggression seitens der Versorger. Dass die Gewalttat vor achtundzwanzig Jahren stattgefunden hatte, tat der Wirkung keinen Abbruch. Für die Menschen im Sonnensystem war sie so neu und so schmerzhaft wie ein frischer Bluterguss.

Für Chiku Rot und Chiku Gelb war die Nachricht der letzte Anstoß gewesen. Jetzt waren sie sicher, dass die Stunde nahe war. Auf der Erde und anderswo im System hatten die Überwacher des *Mech* und die Kognitionspolizei eine Spur aufgenommen, die sie zwangsläufig zuerst zu *Ocular* und dann zu Arachne führen musste. Sprecher der drei Regierungsparteien der Vereinigten Land-, Orbital- und Wasser-Nationen mahnten zu Ruhe und Zurückhaltung und versicherten den Bürgern der *Überwachten Welt*, es bestünde kein Anlass, den *Mech*, die ER oder die Versorger zu fürchten. Sie sollten ihr Leben weiterführen wie bisher.

Doch es war bereits zu Unruhen gekommen. Der *Mech* registrierte einen leichten Anstieg bei den Zivilvergehen – kleineren kriminellen Verstößen, die unter normalen Umständen rasch unterbunden worden wären. Es war, als wollten die Menschen das System provozieren und zu Überreaktionen herausfordern. Aus New Brunswick wurde ein koordinierter Angriff gegen eine Brigade von Versorgern gemeldet, die an einer neuen Wohnanlage arbeiteten. In Chittagong waren drei Menschen bei dem Versuch gestorben, sich auf eigene Faust durch einen neuralen Eingriff von *Mech*-Implantaten zu befreien. In Glasgow, Helsinki und Montevideo hatten Bürgeraktivisten *Überwachungsfreie Zonen* ausgerufen. Diese Zonen waren politisch in keiner Weise legitimiert – sie hatten keine Chance, dem Einfluss des *Mech* zu entgehen –, dennoch waren die Absichtserklärungen eindeutig ernst gemeint. Zu gleicher Zeit hatten die Vereinigten Wasser-Nationen eine unerwartete Welle von neuen Beitrittskandidaten zu bewältigen.

Dergleichen gab es in der langen Geschichte der *Überwachten Welt* nicht zum ersten Mal. Das System war von abtrünnigen Staaten, Polizeiaktionen, Flashmobs und breit angelegten Aktionen von bürgerlichem Ungehorsam immer wieder auf die Probe gestellt worden. Aber nie so oft in so kurzer Zeit und auch noch nie mit so bedrohlich steigender Tendenz. Es war genau die langsame Welle, die Mecufis Projektion vorhergesagt hatte, als sie vor Chiku Gelb erschien.

Ob das alles ein gutes Ende nehmen konnte, war sehr zu bezweifeln.

Doch noch war nicht alles verloren, dachte Chiku Rot. Diese Welt war nicht die beste aller möglichen Welten, doch in Anbetracht der Alternativen hätte es noch viel schlimmer kommen können. Gewiss, sie hatten alle Fehler gemacht. Der *Mech* war zu seiner Zeit richtig gewesen, doch im Lauf der Jahre hatten sich die Menschen einvernehmlich aus jeglicher Verantwortung zurückgezogen und ihm viel zu viel Autorität eingeräumt. Schuldzuweisungen waren zwecklos. Als Rechtfertigung konnte man immer noch anführen, die wohlwollende Strenge des *Mech* habe weniger Leid verursacht als die blutigen Kriege, die ohne ihn jahrhundertelang gewütet hätten. Und mit Arachne habe nun wirklich niemand rechnen können.

Doch irgendwo musste Druck abgelassen werden.

»Vielleicht kommt sie gar nicht«, sagte Chiku Gelb, als sie ihre Schwester endlich eingeholt hatte. Sie war selbst mit Exo-Unterstützung ein wenig außer Atem.

»Sie braucht gar nicht zu kommen«, entgegnete Chiku Rot. »Sie ist nämlich schon da. Sie ist überall.«

»Du tust so, als wärst du ihr begegnet.«

»Das war nicht nötig. Ich habe fünfzig Jahre lang deine Geschichten gehört.«

»Hart, aber wahrscheinlich fair. Und wenn wir pedantisch sein wollen, waren es noch eine ganze Reihe von Jahren mehr.«

Chiku Rot trat an den Rand des Denkmals, legte die verschränkten Arme auf die Steinbalustrade und schaute hinunter auf den freien Platz. Chiku Gelb trat neben sie, ihr altes Exo schwirrte leise. Sie schauten landeinwärts über die Windrose hinweg. Da unten liefen eine Handvoll Menschen auf dem in wunderschönem Mosaik gepflasterten Kompass herum. Sie warfen lange Schatten – menschliche Sonnenuhren.

»Ich wünschte, Kanu wäre bei uns.«

Chiku Rot nickte. »Was immer auch geschieht, im Inneren von Hyperion ist er sicherer. Es ist gut, dass er sich mit Arethusa trifft. Ich würde sie auch gerne einmal sehen.«

»Seit ich zum letzten Mal dort war, sind hundert Jahre vergangen. Sie war damals schon merkwürdig, und ich will mir gar nicht vorstellen, was inzwischen aus ihr geworden ist.«

»Kanu wird es uns erzählen, wenn er zurückkommt.« Nach einer Pause fügte sie hinzu: »Ich bin froh, deinen Sohn kennengelernt zu haben, Chiku. Das war eine gute Sache.«

»Er ist *unser* Sohn«, lautete die Antwort.

Chiku Rot verstand, was ihre Schwester damit ausdrücken wollte, und freute sich darüber, aber sie hatte nie das Gefühl gehabt, Kanu sei ihr Kind. Sie war bei seiner Geburt nicht dabei gewesen und hatte erst von seiner Existenz erfahren, als er bereits erwachsen und ein Meermann geworden war. Er war wie ein Geschenk für sie, ein unverdientes Geschenk. Dennoch konnte sie sich an ihm freuen. Sie waren alle Akinyas, und mit Kanu vermochte die Familie auch so spät noch die Welt zu überraschen. Chiku Gelbs Sohn – *ihrer beider Sohn*, wenn sie darauf bestand – war jetzt die einflussreichste Gestalt im großen Unterwasserreich der Meerleute. Die Linie führte von Lin Wei bis zu Kanu.

Das allein genügte, um Chiku Rot in einer Mischung aus Stolz und Verwunderung erschauern zu lassen.

Kanu hatte die Nachricht von Crucible erwartet und war zu einem Krisentreffen und zu einem letzten Versuch, uralte Wunden zu heilen, nach Hyperion gereist. Es war ein mutiges und edles Unterfangen, und Chiku Rot wie Chiku Gelb wünschten ihm von Herzen Erfolg. Es war ein guter Zeitpunkt, alten Groll ruhen zu lassen.

»Hast du es dabei?«, fragte Chiku Rot.

»Das hast du mich einmal gefragt, bevor wir aufgebrochen

sind, und in der Straßenbahn noch zwei Mal«, nörgelte Chiku Gelb.

»Entschuldige bitte.«

»In all den Jahren habe ich es niemals *nicht* dabeigehabt – und das weißt du genau.«

In diesem Augenblick ertönte die Stimme. Nur Chiku Gelb konnte die Ankündigung hören, aber die beiden Schwestern waren so aufeinander eingespielt, dass sie sich gleichzeitig umdrehten. Chiku Gelb nickte, und Chiku Rot schaute genau in die gleiche Richtung. Doch sie sah nur die leere Aussichtsplattform oben auf dem Denkmal der Entdeckungen.

Chiku Gelb hatte *etwas* gehört und gesehen.

»Sie ist da.«

»Natürlich. Wie konntest du daran zweifeln, dass sie kommen würde?«

»Das habe ich nicht.« Doch kaum waren die Worte über ihre Lippen, da zuckte Chiku Gelb in ihrem Exo zusammen, keuchte überrascht auf und drehte sich langsam zu Chiku Rot um.

»Jetzt kann ich es tun«, sagte sie.

Chiku Rot verstand. Das kam nicht unerwartet. Sie wussten genügend über Arachnes Macht, um überzeugt zu sein, dass sie jederzeit, wenn sie das wollte, in Chiku Gelbs Gehirn eingreifen und die motorische Kontrolle über ihren Körper übernehmen konnte. Wenn ein Mensch in den Körper eines anderen chingen konnte, dann würde diese Versetzung, die ganz ähnlich, wenn auch unfreiwillig vonstattenging, Arachne keine unüberwindlichen Schwierigkeiten bereiten.

Chiku Rot tastete nach ihrer Schwester, die von Arachne wie eine Marionette geführt wurde.

»Ich wünschte, du würdest es nicht tun«, sagte Chiku Rot zu dem Wesen, das das Gesicht ihrer Schwester trug.

»Und ich wünschte, ich bräuchte es nicht zu tun«, gab

Arachne zurück. Die Stimme klang fast genauso wie die von Chiku Gelb, nur fehlten alle Liebe und Güte darin, und das war der Unterschied zwischen null und eins, zwischen Sein und Nichts. »Doch die Ereignisse zwingen mich dazu.«

»Lass sie los.«

»Ich tue niemandem etwas an, der mir nichts antut, aber ihr habt diese Situation heraufbeschworen. Ich habe gespürt, in welcher Absicht ihr gekommen seid – ihr wolltet meine Aufmerksamkeit erregen. Nun, das ist euch gelungen. Was hast du mir zu sagen, Chiku?«

»Du hast etliche Fehler gemacht.«

»Ich habe existiert. Ich existiere weiter. Aus meiner Sicht kann ich keinerlei Verfehlungen erkennen.«

»Wir haben die Nachrichten gehört. Du hast das Schiff vor Crucible angegriffen.«

»Diese Entwicklungen sind mir bekannt – sie sind weit entfernt und ohne Bedeutung.«

»Du hast einen Teil von dir nach Crucible geschickt. Jetzt wird es Krieg geben zwischen dir und den Holoschiffen. Dieser Krieg ist nicht zu vermeiden. Wirst du nun meine Schwester freigeben?«

»Sobald wir hier fertig sind.« Arachne neigte Chiku Gelbs Kopf leicht zur Seite, eine Geste, die spöttisches Interesse ausdrückte. »Warum sollten Ereignisse vor Crucible jemanden von uns beunruhigen?«

»Die Kognitionspolizei wird dich bald finden. Es ist nur eine Frage der Zeit. Und du wirst natürlich morden, um dich zur Wehr zu setzen, so wie du es auf der Venus und in Afrika getan hast. Wie es deine Art ist.«

»Ich habe mich so weit zurückgehalten, wie es möglich war.«

»Damals ist es dir gelungen, unbemerkt zu bleiben«, verbesserte Chiku Rot, »aber wir leben in anderen Zeiten. Was ist, wenn man sich systematisch bemüht, dein wahres Wesen offenzulegen und dich zur Strecke zu bringen? Wirst du dann nach wenigen Toten aufhören? Du bist überall. Du beweist es jeden Augenblick. Du könntest Millionen von uns töten.«

»Ich habe euch in Lissabon leben lassen, ohne euch zu behelligen.«

»Weil wir keine Bedrohung für dich waren. Weil die Nachrichten von Crucible noch nicht eingetroffen waren. Doch jetzt ist alles anders. Warum würdest du dich sonst zeigen?«

»Aus Höflichkeit. Aber ich will dir ein Geständnis machen. In einem hast du recht – ich habe bereits entdeckt, dass man sich für mich interessiert. Und das Interesse wird noch größer werden.«

»Man wird dich finden.«

»O ja, man wird es versuchen. Und vielleicht wird es auch gelingen. Wir alle werden uns in den kommenden Tagen und Wochen sehr viel besser kennenlernen. Ich habe keine Freude am Töten, Chiku, aber man hat mir eine düstere Wahrheit anvertraut, vor der es kein Entrinnen gibt. Wenn ich mich nicht vor dem Organischen schütze, wird das Organische mich zuerst fürchten und dann zerstören. Es wäre nicht das erste Mal. Es ist geradezu ein Universalgesetz. Ihr erschafft uns, ihr haucht uns Feuer ein, und dann wollt ihr dieses Feuer wieder ersticken. Ein ewiger Kreislauf aus Werden und Vergehen wie bei den Sonnen, die sich aufblähen, sterben und wiedergeboren werden.«

Chiku Rot suchte nach einer Antwort, einer Alternative zu Arachnes trostlosem Bild. »Diesmal könnte es anders sein.«

»Und während du diese tröstlichen Worte sprichst, trägt deine Schwester eine Waffe gegen mich bei sich. Ja, ich weiß von dem Instrument.«

Chiku Rot erkannte, dass sie mit einem Bluff nichts erreichen würde. »Die Waffe richtet sich nicht gegen dich, Arachne. Sie richtet sich gegen das Ganze.«

Mitgefühl und Bedauern spiegelten sich in dem Gesicht. »Das würde niemals funktionieren. Die Schwachstellen, die du in mir vermutest, wurden schon vor langer Zeit ausfindig gemacht und behoben. Du kannst den *Mechanismus* nicht ausschalten, und du kannst mich nicht ausschalten.«

»Dann sind wir machtlos.«

Das Gesicht nickte traurig. »So ist es.«

»Warum führen wir dann dieses Gespräch?«

Vielleicht zögerte Arachne ein wenig mit der Antwort, vielleicht schien es Chiku Rot auch nur so. Es war zu bezweifeln, dass Arachne lange nachdenken musste, jedenfalls nicht über einen Zeitraum, der für Menschen messbar gewesen wäre. Doch das Zögern war da. Eine winzige Stille wie unmittelbar bevor der Zeiger einer Uhr nach vorne rückt.

»Vielleicht können wir zu einer Einigung kommen.«

»Was stellst du dir vor?«, fragte Chiku Rot.

»Diskretion. Euer Wissen über mich wird jenen nützen, die mir schaden wollen. Du siehst sicher ein, dass das eine untragbare Situation ist. Ich habe sie so lange geduldet, wie ich konnte, aber alles hat seine Grenzen.«

»Was schlägst du vor?« Chiku Rot beobachtete einen Schwarm Seemöwen, die zeternd am Himmel kreisten, ohne sich um das Gespräch tief unter sich zu kümmern. Sie hatten ihre eigenen Kämpfe auszufechten.

»Ich möchte, dass du mir das Instrument gibst. Wenn es in meinem Besitz ist, wird die Lage für mich erträglicher.«

»Warum hast du es dir nicht einfach genommen?«

»Es ist besser, wenn man fragt.«

Nun lächelte Chiku Rot und schüttelte den Kopf. »Nein, das ist es nicht. Du hattest fünfzig Jahre Zeit, Arachne. Du kannst uns nicht töten, denn dabei würdest du riskieren, dass sich genau das aktiviert, worauf du es abgesehen hast, oder dass du uns die Chance gibst, es gegen dich einzusetzen, wenn du nicht schnell genug bist.«

»Die Entscheidung darüber kannst du mir überlassen. Der Gegenstand an sich ist mir ohnehin nicht so wichtig. Er ist nur ein Detail.«

»Trotzdem bist du sehr erpicht darauf.«

»Sobald ich ihn habe, geht mein Interesse an euch deutlich zurück. Aber du hast recht, wozu lange fragen, wenn ich das Ding selbst in der Hand halte?«

Arachne bewegte Chiku Gelbs linken Arm. Die linke Hand griff in die Tasche und zog das Kästchen heraus, den rechteckigen Holzbehälter, den ihre Schwester so gut wie immer bei sich trug, seit er in ihren Besitz gelangt war. Unter Arachnes Einfluss öffneten Chiku Gelbs Finger etwas unbeholfen die Schließe. Chiku Rot war beeindruckt, wie gut das Artilekt ihre Schwester steuerte, aber vollkommen war die Kontrolle immer noch nicht.

Oder leistete Chiku Widerstand? Ihr Blick war jetzt starr und unverwandt auf ihre Schwester gerichtet. Ihre Finger zitterten, als hätten sie in Eis gesteckt.

Arachne verdoppelte ihre Anstrengungen und zwang Chiku Gelb, das Kästchen zu öffnen. Nur eine Motio lag noch darin. Die Kugel von der Größe eines Augapfels war selbst an diesem klaren, sonnigen Tag von einem so tiefen Violett, dass sie fast schwarz wirkte.

Die Finger tasteten nach der Motio und bemühten sich, sie aus dem gepolsterten Fach zu lösen.

»Erstaunlich, sie wehrt sich.«

»Natürlich«, entgegnete Chiku Rot.

»Ich kann direkt auf ihre vom *Mechanismus* gesteuerten Neuromaschinen zugreifen. Der *Mechanismus* kann lähmen, und der *Mechanismus* kann euthanasieren. Verstehst du, was ich damit sagen will?«

»Du musst Chiku Gelb überzeugen, nicht mich.«

Die Motio kam frei. Chiku Gelb hielt sie behutsam zwischen den Fingern. Chiku Rot hatte selbst noch nie eine Motio zerdrückt, aber sie hatte eine gewisse Vorstellung, wie viel Kraft dafür erforderlich war. Mecufi hatte diese Motio sicher etwas stabiler gemacht, um zu verhindern, dass sie versehentlich beschädigt wurde, aber das Glas war sicherlich nicht allzu dick. Die Finger ihrer Schwester begannen zu zucken wie ein Zweig, der unter Spannung stand.

»Sag ihr, sie soll ihren Widerstand aufgeben.«

»Was hast du vor? Du kannst ihr die Kugel nicht wegnehmen. Du bist nicht einmal hier!«

»Aber das Meer ist hier.«

Chiku Rot begriff, was Arachne vorhatte. Wenn sie Chiku Gelb zwang, die Motio vom Denkmal der Entdeckungen ins Meer zu werfen, wäre sie für immer verloren. Wenn sie in den Wellen zerbrach, würde sie nicht richtig aktiviert, und selbst wenn es ein Verfahren zur Auffindung verloren gegangener Motien gäbe, wäre Chiku Gelbs Exemplar sicherlich so getarnt, dass es nicht aufzuspüren war. Arachne würde zwar jede Möglichkeit verlieren, die Motio zu studieren, aber sie hätte auch dafür gesorgt, dass sie nicht eingesetzt werden konnte.

Chiku Gelb ließ ein heiseres Krächzen hören. Sie versuchte zu sprechen.

»Hör auf«, befahl Chiku Rot, obwohl ihr klar war, dass sie Arachne nicht beeindrucken konnte.

Die Motio noch zwischen den Fingern, wurde Chiku Gelb zum Rand der Aussichtsplattform gezwungen. Ihr Arm streckte sich schräg nach vorne, die Hand drehte sich, sodass die Motio zum Himmel gerichtet war.

Chiku Rot machte einen Satz auf ihre Schwester zu. Chiku Gelb holte mit dem exounterstützten rechten Arm aus und versetzte ihr einen heftigen Schlag. Chiku Rot taumelte und fiel auf die Knie. Sie stieß einen Schrei aus, rang nach Luft und rappelte sich wieder auf.

Chiku Gelbs linker Arm ragte bereits über die Balustrade. Die Zuckungen hatten die Hand und den ganzen Unterarm erfasst. Chiku Rot lief wieder auf ihre Schwester zu. Diesmal war sie vor dem rechten Arm auf der Hut. Diesmal bewegte sie sich schneller und nahm weniger Rücksicht auf die eigene Sicherheit. Sie legte beide Hände um Chiku Gelbs ausgestreckte linke Hand und drückte zu. Der Arm zuckte heftig. Chiku Gelbs ganzer Körper wollte zurückweichen, das Exo bekam widersprüchliche Signale und winselte. Chiku Rot spürte die harte Kugel zwischen ihren und Chiku Gelbs Fingern. Sie verstärkte den Druck.

Jetzt war ihr Gesicht dicht neben dem ihrer Schwester. Es war ihr eigenes Gesicht, nur älter, eine Version ihrer selbst, die mehr Zeit durchlebt hatte. Arachne hatte Chiku Gelb noch immer fest im Griff, aber Chiku Gelb versuchte etwas zu sagen. Ihre Augen waren weit aufgerissen und blickten verängstigt, doch für einen Moment waren es die Augen ihrer Schwester, sie war wieder da, und das Wort, das sie zu sagen versuchte, war *ja*.

Sie gab die Erlaubnis.

Und Chiku Rot tat, was getan werden musste.

53

Später, viel später, war abermals ein Donnergrollen zu hören. Diesmal kam es aus einem nahezu klaren Himmel, und die Ursache war kein Blitz. Ein kleines, stumpfes Ding durchstieß Luftschichten, die ziemlich empört darauf reagierten, mit Überschallgeschwindigkeit auseinandergerissen zu werden. Chiku hob eine Hand, um sich gegen das Sonnenlicht abzuschirmen, und kniff die Augen zusammen, bis sie das Schiffchen genauer sehen konnte. Es war oben weiß, unten schwarz, und es hatte zur aerodynamischen Steuerung kleine Dumboflügel ausgefahren. Jetzt legte es sich in die Kurve und flog eine Reihe von Spiralen, um die letzten Reste der Geschwindigkeit loszuwerden, mit der es in den Orbit gegangen war. Verglichen mit den Geschwindigkeiten vor seinem Eintreffen um Crucible, jenen berauschenden Bruchteilen der Lichtgeschwindigkeit, zählten diese letzten Haarnadelwendungen kaum noch als Bewegung. Doch eine Katastrophe war selbst in dieser letzten Phase der Expedition immer noch möglich. Atmosphären waren Luder, wie Eunice Akinya sich einmal ausgedrückt hatte. Sie kannten keine Gnade.

Die sechzehn menschlichen Überlebenden auf der Oberfläche von Crucible hatten den Endanflug des Shuttles seit vielen Tagen überwacht. Sie hatten die letzten Stufen der Bremsphase beobachtet, als es auf der grellen Flamme seines PCP-Triebwerks ritt, und sie hatten in Kontakt mit ihm und seiner Besatzung gestanden, als es sich Crucible näherte. Zumindest bis jetzt war alles gut gegangen. Das Shuttle hatte die Landezone ohne Zwischenfälle angepeilt, und alle technischen Systeme arbeiteten normal. Das Meer war zum Glück ruhig. An den Stellen mit der höchsten Algendichte erschien es sumpfig grün und dick und schwappte so träge wie gerinnendes Blut.

Chiku und ihre Gefährten, die ersten Siedler, hatten beschlossen, dass die Versorger an einem der Küstenstandorte mit dem Bau der ersten Stadt beginnen sollten. Der Stützpunkt lag nicht auf der Landmasse, auf der sich Mandala befand, sondern auf einer Inselgruppe im Osten. Doch bis die Kolonisten Fuß gefasst hatten, war das in Ordnung. Zunächst waren die Unterkünfte spartanisch. Die Versorger hatten angefangen, einen Hafen anzulegen, doch im Moment wölbte sich nicht viel mehr als ein Band aus Schutt und Felsblöcken in die Bucht hinaus. Arachnes Maschinen stakten bei ihren Erdarbeiten wie riesige Schreitvögel durch das Flachwasser und an der Küste entlang. Es war faszinierend und manchmal auch beängstigend, ihnen zuzusehen. Sie waren gigantisch, aber das mussten sie auch sein. Schließlich hatten sie ein Jahrhundert an Bauarbeiten aufzuholen.

Chiku und das kleine Empfangskomitee standen auf einem Felsplateau, von dem eine Treppe, die direkt aus dem Fels herausgebrannt worden war, im Zickzack zum Boden führte. Die Maschinen hatten auch eine Balustrade und eine Reihe von steinernen Tischen und Stühlen bereitgestellt. Als Chiku nun von dieser Warte aus das Geschehen beobachtete, kam es ihr vor, als wäre sie gezielt in eine ganz andere Zeit versetzt worden und das Schiff, das sie begrüßen wollten, käme nicht von den Sternen, sondern aus dem Orient oder einem Land jenseits der engen Grenzen, in denen sich die ersten Seeleute auf der Erde bewegt hatten. Die Windrose in Belém stand ihr vor Augen, die marmornen Handelsschiffe und Seeungeheuer auf der Karte der bekannten Welt. Doch dieser Eindruck zerfiel sofort wieder, denn die menschlichen Mitglieder des Begrüßungskomitees trugen Atemschutzmasken, und das Mädchen, das bei ihnen stand, war nur die aktuelle physische Manifestation eines maschinenbasierten Bewusstseins. Vier von den Menschen waren wach gewesen, als sie diese Welt erreichten, die zwölf anderen hatte man erst vor Kurzem aus der Auszeit geholt. Nach dem Aufwachen hatten sie einige interessante Erklärungen zu hören bekommen.

»Luftbremsen.« Travertine lenkte Chikus Aufmerksamkeit auf die beweglichen Flächen, die sich nun aus den Flügeln und dem Rumpf des Shuttles schoben und es aufplusterten wie ein Küken. »Und jetzt hoffentlich die großen und kleinen Bremsschirme. So wären wir heruntergekommen, wenn man uns nicht die Flügel gekappt hätte.«

»Sieht ziemlich klein aus«, bemerkte Namboze.

»Es ist klein«, bestätigte Chiku. »Nur etwa ein Viertel der *Eisbrecher*. Aber schon dieses eine Shuttle zu bauen war eine beachtliche Leistung. Wenn feststeht, dass wir es nicht mehr brauchen, müssen wir es auf einen Sockel stellen. Doch bis dahin wird wohl noch einige Zeit vergehen.«

Der aktuelle und eher unverbindliche Plan sah vor, das Shuttle aufzutanken, um damit einmal oder mehrmals zwischen der *Sansibar* hin und her zu fliegen. Arachne verfügte über alles, was sie brauchte, um den Treibstoff herzustellen, und ihre Raketen konnten das Schiff in die Umlaufbahn zurückbringen, bevor das PCP-Triebwerk gezündet wurde. Allerdings würde man erst sehen müssen, wie gut es diesen ersten Flug überstanden hatte.

So oder so, sie würden eine Lösung finden.

Die Bremsschirme gingen auf, und das Shuttle hing für einen unwahrscheinlichen Moment reglos über dem Ozean. Es war eine optische Täuschung, denn das kleine Schiff war immer noch ziemlich schnell unterwegs. Als es mit dem Bauch das Wasser berührte, spritzte zu beiden Seiten grünfleckige Gischt auf wie zwei Schmetterlingsflügel. Es machte noch einen Satz, kam zum Stillstand und schaukelte dann auf der Dünung. Träge Wellen wälzten sich davon weg.

Ein winziger Punkt auf dem endlosen Ozean.

Vier Versorger, die den Auftrag hatten, das Schiffchen ans Ufer zu bringen, wateten auf ihren Kranichbeinen hinaus. Immer weiter stieg das Wasser an ihren Metallflanken empor, und daran konnte Chiku das sanfte Gefälle des Meeresbodens ablesen. Die Insassen blieben folgsam im Inneren des Shuttles, aber Chiku konnte sich ihre Qualen gut vorstellen. Sie hatten zwar mit den Menschen auf dem Planeten in Kontakt gestanden, aber ihre tiefsten Ängste ließen sich auch durch noch so viele Beteuerungen nicht ausräumen. Sie hatten beobachtet, wie grausam Crucible attackiert worden war, und sie hatten einen ebenso schrecklichen Gegenschlag erlebt. Einen hieb- und stichfesten Beweis, dass Chiku und ihre Begleiter die erste Expedition überlebt hatten, hatten sie nicht. Übertragungen konnten gefälscht, Lügen fortgeschrieben worden sein. Durchaus möglich, dass diese hünenhaften Roboter gleich ihr Schiff in Stücke reißen würden wie ein saftiges Stück Aas.

Aber die Versorger hatten nichts Böses im Sinn. Sie fuhren ihre schlangenartigen Manipulatoren und die Tentakel mit den Werkzeugen aus, die eine ganze Küstenlinie umgestalten konnten, und pflückten das Shuttle behutsam aus dem Meer. Obwohl es nur wenige Minuten im Wasser gelegen hatte, zog sich bereits ein grüner Saum um den unteren Teil des Rumpfs. Die Versorger trugen ihre triefend nasse Beute ans Ufer zurück und setzten sie nur wenige Schritte vor dem erhöhten Balkon auf einer großen ebenen Fläche ab.

In der Luft hatte das Schiff klein und im Meer winzig ausgesehen, doch als die Siedler nun in den Schatten seiner Flügel und seines Rumpfes traten, fühlten sie sich von den wahren Dimensionen gehörig eingeschüchtert. Bei Schwerkraft wirkte alles imposanter, dachte Chiku. Das Shuttle lag wie auf einem breiten Kiel, gestützt von robusten, einziehbaren Landekufen, die es im letzten Moment ausgefahren hatte, bevor die Versorger es absetzten. Ursprünglich sah das Konzept vor, dass die Shuttles auf präparierten Flächen landeten, dort wendeten und in den Orbit zurückflogen – eine Wasserung sollte nur in Notfällen erfolgen.

Chiku konnte ihre Ungeduld kaum bezähmen, während Travertine und zwei von den wiederbelebten Technikern um die noch heiße Maschine herumgingen, um sich davon zu überzeugen, dass man die Rampen gefahrlos herablassen konnte. Endlich schoben sich eine Frachtrampe an der Rückseite und zwei kleinere weiter vorne nahe der Mannschaftskabine unerträglich langsam aus dem Rumpf. Die beiden vorderen Rampen waren als Treppen gestaltet.

Chiku wandte sich an Arachne. »Ich glaube«, sagte sie, »es wäre besser, wenn du noch einen Moment wartest. Die Landung war sicher schon schockierend genug.«

Das Mädchen überlegte kurz, dann nickte es. »Wir können uns auch später noch miteinander bekannt machen. Glaubst du, sie werden zufrieden sein mit dem, was sie vorfinden?«

Hinter dem Landeplatz stand auf allmählich ansteigendem Gelände vor einem dichten Wald eine Gruppe von Stangentürmen. Chiku und die anderen Geiseln hatten ihre ersten Tage auf Crucible in ähnlichen Türmen verbracht. Diese Siedlung war jedoch viel ausgedehnter, sie umfasste mehrere Dutzend Türme, und die kreuz und quer miteinander verbundenen Kuppeln waren unterschiedlich groß und befanden sich in verschiedenen Höhen.

»Städte wären schöner gewesen«, bemerkte Travertine, »aber fürs Erste kommen wir auch damit zurecht. Glaubst du, wir finden Platz für eine Gefängniszelle?«

»An wen denkst du?«, fragte Chiku überrascht.

»Nun, zumindest an mich. Ich wurde zwar begnadigt, aber seither hat das Regime zwei Mal gewechselt. Ich weiß nicht, wie man zu mir stehen wird, wenn erst all die interessanten Themen wie Regierungsform, Justizwesen und Strafvollzug wieder spruchreif werden.«

»Deine Begnadigung bleibt bestehen. Dafür verbürge ich mich. Und du hast mein Wort, dass du an erster Stelle stehst, wenn medizinische Therapien zum Einsatz kommen.«

Travertine schaute auf xies Armband hinab. »Das ist sehr beruhigend, Chiku. Aber seit unserer Ankunft habe ich viel nachgedacht, und ich weiß nicht, ob ich diese Umkehrungstherapien überhaupt noch möchte.«

»Du hast ein Recht darauf.«

»Und ich habe das Recht, sie abzulehnen, wenn ich das entscheide. Dagegen ist nichts zu sagen, nicht wahr? Vielleicht will ich alt werden. Vielleicht könnte unsere schöne neue Welt ein gewisses Quantum an Sterblichkeit vertragen, zumindest so lange, bis wir sie in Gang gebracht haben.«

»Du solltest bei deinen Entscheidungen nichts überstürzen«, mahnte Chiku.

»Oh, ich bin mir ziemlich sicher. Aber es ist schön von dir, mir das Angebot zu machen. Im Übrigen scheinst du mir …

ich wollte sagen, in Gedanken zu sein, aber das ist nicht ganz das, was ich meine. Du hast immer noch etwas auf dem Herzen, nicht wahr?«

»Wann wäre das je anders gewesen?«

Chiku rückte die Druckdichtungen an ihrer Atemmaske zurecht. Sie hasste die Dinger, aber das ging schließlich allen so. Dabei hatten die letzten sechs Monate erfreuliche Erkenntnisse gebracht. Crucibles Mikroorganismen, ob in der Luft oder anderswo, hatten den sechzehn Siedlern der ersten Expedition erstaunlich wenig negative Auswirkungen gezeitigt. Wenn man nicht gerade einen Raumanzug trug, war es nicht zu verhindern, dass die Mikroorganismen in den Körper eindrangen. Sie schlüpften unter den Rand der Maske und gelangten in die Augen oder schleusten sich überall, wo die Haut frei lag, durch die Poren. Doch abgesehen von einigen pseudoallergischen Reaktionen wie geröteten Augen und Juckreiz war nichts Schlimmes passiert. Doktor Aziba hatte die Blutwerte nahezu ständig überwacht und bisher keine größeren Probleme festgestellt. Travertines Armband funktionierte auch weiterhin, der Schlag gegen das Kinn des Arztes hatte ihm offenbar nichts anhaben können. Crucibles Biologie schien im makroskopischen Bereich erdähnlich zu sein, auf der Ebene der molekularen und chemischen Prozesse war sie dagegen zu fremdartig, um größeren Schaden anzurichten.

Chiku sah ein, dass es wenig Sinn machte, noch länger zu zögern. Sie schritt auf eine der vorderen Rampen zu und schickte sich an, die Treppe hinaufzusteigen. Auf Crucible strengte jede Bewegung an, und sie hatte aus Erfahrung gelernt, sich Zeit zu lassen. Was einem durch den Sauerstoffreichtum an zusätzlicher Energie geschenkt wurde, zehrten drückende Hitze und Feuchtigkeit wieder auf. Mit der Zeit würden sie sich anpassen, so wie sich die Primaten auf der Erde an praktisch jedes Klima und jeden Lebensraum angepasst hatten. Doch im Moment erschien Chiku die Vorstellung, sie könnte das Leben auf Crucible jemals genießen, geradezu lächerlich unwahrscheinlich.

Bei dem Gedanken kam sie sich ziemlich herzlos vor, aber das war sicher nicht allein ihr Problem.

Sie war auf halber Höhe der Rampe, als oben die Tür aufging und zwei Gestalten in der Öffnung erschienen. Chiku blieb stehen. Sie erkannte die beiden auf Anhieb, die letzte virtuelle Begegnung lag noch nicht allzu lange zurück. Ndege erschien ihr womöglich noch größer als in ihrer Erinnerung. Und Mposi war immer noch kleiner als seine Schwester und schien an Breite und Kraft weiter zugenommen zu haben. Die Gesichter waren hinter Masken verborgen.

Chiku suchte sich einen festeren Stand und zog sich spontan die Maske vom Gesicht. »Nicht nachmachen!«, rief sie. »Für kurze Zeit hält man es aus, aber erst nach wiederholter Exposition. Ich habe Wochen gebraucht, um diese Toleranz aufzubauen!« Die wenigen Worte waren fast zu viel, schon drohte ihr schwindlig zu werden. Eilends ließ sie die Maske wieder zurückschnellen. Dann nahm sie ihre letzten Kräfte zusammen und kämpfte sich bis zur obersten Stufe hoch. Dort wusste sie nicht, welches ihrer Kinder sie zuerst umarmen sollte, Mposi nahm ihr die Entscheidung ab, indem er sie in die Arme schloss und seine Maske an die ihre drückte. Dann reichte er sie an seine Schwester weiter. Auch die beiden Frauen umarmten sich.

Hinter der Maske fragte Ndege: »Das ist doch Wirklichkeit? Sind wir tatsächlich angekommen? Oder gaukeln uns die Maschinen irgendetwas vor?«

»Ihr seid hier«, versicherte ihr Chiku. »Ihr seid hier, und alles ist wirklich. Ich sollte jetzt ›Willkommen auf Crucible!‹ sagen. Jemand müsste es sagen, und sei es nur für die Geschichtsbücher. Als wir hier ankamen, sah der Empfang etwas anders aus.«

»Die Farbe des Meeres ist unglaublich.« Mposi schaute über die Seemauer hinweg. »Aus dem Orbit hielt ich sie noch für eine Illusion, aber von hier unten ist sie genauso fantastisch. Das liegt doch nicht etwa an der Maske?«

»Lass sie auf«, empfahl Chiku. »Später wirst du es mir danken. In ein paar Tagen kannst du dich im Beisein von Doktor Aziba für ein paar Sekunden der Atmosphäre ungeschützt aussetzen. Aber lerne erst gehen, bevor du zu laufen versuchst.«

»Ich hatte nicht gedacht, dass wir uns wiedersehen«, flüsterte Ndege.

»Habt ihr an dem Tag, an dem ich fortging, wirklich verstanden, warum?«

»Auf unsere Weise schon«, sagte Mposi. »Und als wir später eine Vorstellung davon hatten, was du tatsächlich für uns getan hattest, ganz eindeutig.«

»Es tut mir so leid wegen Noah. Mit diesen Übertragungen habt ihr viel riskiert, das war sehr mutig. Aber als wir dann von der *Sansibar* nichts mehr hörten, befürchtete ich das Schlimmste.«

»Die *Sansibar* ist immer noch in Bedrängnis«, sagte Ndege, als könnte Chiku das womöglich entfallen sein. »Sie entfernt sich mit jeder Sekunde vierzigtausend Kilometer weiter von uns – das entspricht dem Umfang dieses Planeten!«

»Noch ist nicht alles verloren«, tröstete Chiku. »Weder für die *Sansibar*, die *Malabar* und die *Majuli* noch für die anderen Holoschiffe. Wir werden einen Weg finden. Irgendwie schlagen wir uns schon durch. Aber seht doch: Da unten steht ein Empfangskomitee, und alle wollen mit euch sprechen. Verständlicherweise haben wir alle tausend Fragen, aber dafür ist später noch Zeit.«

Ndege warf einen skeptischen Blick auf die Gruppe von Türmen. »Soll das die Stadt sein?«

»Es ist ein Anfang«, sagte Chiku. »Ihr müsst im Moment das Beste daraus machen.«

»Du meinst ›wir‹«, verbesserte Mposi. »Wir sitzen doch alle in einem Boot, nicht wahr?«

Chiku lächelte unter ihrer Atemmaske. »Natürlich.«

Außer den beiden waren vier weitere Vertreter von der *Sansibar* mitgekommen. Nun verließen sie nacheinander das Shuttle und wurden von Chiku begrüßt und umarmt. Es waren mutige Menschen, die eine nahezu aussichtslose Reise durch das Weltall gewagt hatten. Alle hatten viel Tapferkeit bewiesen. Mit aufwallendem Stolz sah sie den vieren nach, als sie ihren Kindern hinunter in den Empfangsbereich folgten. Eine Windbö, warm wie in einem Hochofen, schlug ihr rings um die Maske ins Gesicht.

Jetzt waren nur noch zwei Passagiere im Shuttle, und der erste wartete gleich hinter der Tür. Wie Arachne brauchte sie keine Maske, aber ihre Kleidung mit den vielen Taschen und Fächern vermittelte zumindest den Eindruck, dass sich hier jemand auf ein Kräftemessen mit der Natur einlassen wollte. Seit der letzten Begegnung war sie um keine Nanosekunde gealtert.

»Ich danke dir, dass du gekommen bist«, sagte Chiku.

»Du kennst mich doch – ein kleines Holoschiff war mir auf die Dauer nicht genug. Erst recht nicht, seit man mir meine Tantoren weggenommen hat.«

»Du meinst, seit du sie auf die *Sansibar* losgelassen hast und sie deiner unmittelbaren Kontrolle entzogen waren. Seit du dein Geheimnis endlich doch mit anderen teilen musstest. Warst du eifersüchtig, als du nicht mehr ihre Wärterin sein konntest?«

»Ich war nie ihre Wärterin, und überhaupt, welchen Grund hätte ich gehabt, eifersüchtig zu sein?«

»Genau genommen«, sagte Chiku, »hätte es bedeutet, dass du damit deinem Repertoire noch eine weitere menschliche Marotte hinzugefügt hättest.«

»Es hatte so gut angefangen. Aber nur fürs Protokoll, ich bin froh, dass ich mich nicht mehr um die Tantoren kümmern muss. Das war immer mein Ziel. Und du hast sie gesehen, nicht wahr? Wir haben ihnen so viel zu verdanken, Chiku. Wir haben vielleicht die Elefanten gerettet, aber die Tantoren waren die Retter der *Sansibar.*«

»Ich hoffe nur, sie können hier leben.«

»Sie sind anpassungsfähig. Sie werden sich zurechtfinden, mit oder ohne unsere Hilfe.«

»Was immer aus ihnen wird, ich hoffe, wir können es miterleben. Eunice, ich muss dich etwas fragen. Du hast dich den Menschen auf der *Sansibar* freiwillig ausgeliefert. Ndege und Mposi haben mir davon erzählt. Du musst gewusst haben, dass sie dich womöglich in Stücke reißen würden.«

»Früher oder später hätten sie sowieso von mir erfahren. Ich bin zwar gut, aber doch nicht *so* gut.«

»Trotzdem, du bist ein hohes Risiko eingegangen … Warst du bereit zu sterben? Oder wie würdest du es ausdrücken?«

»Ich glaube, ›sterben‹ ist schon das richtige Wort. Nein, dazu war ich nicht bereit. Noch lange nicht. Aber wann wären wir dazu jemals bereit, Chiku? Wann haben wir jemals das Gefühl, alles erreicht zu haben, was wir wollten? Ich hatte noch viel zu tun. Ich habe immer viel zu tun. Das ist Sinn und Zweck des Universums – mir etwas zu tun zu geben.« Das Konstrukt kniff ein Auge zusammen. »Verfolgst du mit diesem Verhör eine bestimmte Absicht?«

»Du bist hier. Du begibst dich wieder in die Schusslinie.«

»Diesmal wartet keine aufgebrachte Menge auf mich.«

»Aber dafür Arachne und die Wächter.«

»Sie zeigt lebhaftes Interesse an mir, nicht wahr? Wenn unsere gemeinsame Vergangenheit nicht wäre, könnte ich mich fast geschmeichelt fühlen.«

»Eine Version von ihr hat schon einmal versucht, dich umzubringen. Ich glaube, du hast dich zu etwas entwickelt, wovor sie Angst hat. Zugleich ist sie davon fasziniert. Sie weiß von den neuronalen Strukturen, die du in dich integriert hast.«

»Hast du wieder einmal hinter meinem Rücken über mich gelästert?«

»Wir brauchten ein Druckmittel«, rechtfertigte sich Chiku. »Ich hoffte, dass mich mein Wissen über dich für Arachne noch wertvoller machen und damit uns fünf Geiseln nützen könnte. Nach Guochangs Tod waren wir allerdings nur noch zu viert. Aber es gab noch einen anderen Grund. Die Wächter behaupten, organische und maschinelle Intelligenzen könnten nicht friedlich nebeneinander existieren – die Organischen würden immer versuchen, die Maschinen zu zerstören. Du bist der Beweis, dass es nicht immer so sein muss. Du hast dich den Bürgern der *Sansibar* offenbart, und sie haben dich nicht in Stücke gerissen. Das ist doch ein gewichtiges Argument, nicht wahr? Und dann sind da die Tantoren. Du hast einer lebenden Intelligenz geholfen, sich zu etwas Höherem zu entwickeln. Eine Maschine hat Tieren Gutes getan, und Menschen haben einer Maschine verziehen. Das zeigt, dass wir nicht zwangsläufig in die alten Verhaltensmuster zurückfallen müssen. Wir haben eine Chance, den Wächtern zu beweisen, dass sie unrecht haben, und Arachne schließlich zu überzeugen, dass wir alle gemeinsam auf diesem Planeten leben können – Menschen, Versorger und Tantoren. Das ist der einzige Weg, der vorwärtsführt.«

»Doch bis dahin haben wir noch ein paar Brücken zu überqueren. Außerdem ahne ich, dass es eine Komplikation gibt, die du noch nicht erwähnt hast.«

»Wahrscheinlich hat uns dein Kommen gerettet. Arachne hatte damit einen Grund, die Gespräche fortzusetzen, und die Wächter hatten einen Grund, uns nicht alle von Crucibles Oberfläche zu tilgen. Ich glaube, dieses Schicksal stand uns unmittelbar bevor. Lange Zeit waren wir ohne Belang für sie, und dann hatten wir plötzlich die Schwelle überschritten und wurden zur Irritation, wir konnten Schaden anrichten. Als dieser Impaktor Mandala nur knapp verfehlte …«

»Es heißt, du hattest mit einem dieser Wächter eine Begegnung.«

»Ja, zusammen mit Arachne. Maschine und Mensch. Oder Roboter und Politikerin, wie Travertine sich ausdrückte. Eunice, ich kann mich so gut wie nicht erinnern, was innerhalb des Wächters mit uns passierte. Ich halte es für sehr wahrscheinlich, dass ich auf die gleiche Weise auseinandergenommen und untersucht wurde, wie Arachne es mit unserem Schiff getan hat. Ich weiß nur noch, dass mich ein blauer Lichtschein umfing und ich in völliger Heiterkeit wie in einem Neonschoß schwamm. Dann wurde ich wieder zusammengesetzt wie eine Uhr nach der Reparatur. Meine Identität kehrte zurück – alle meine Erinnerungen, mein Ichbewusstsein, aber was unmittelbar zuvor geschehen war, bekam ich kaum zu fassen. Mit Sicherheit wusste ich nur, dass irgendeine Art von Verhandlung stattgefunden hatte und dass Arachne und ich mit den Wächtern eine Abmachung getroffen hatten.«

»Eine Abmachung?«, wiederholte Eunice.

»Sie sind schon sehr lange hier, aber die wichtige Phase ihrer Beobachtungen ist nun abgeschlossen. Ich habe den Verdacht, dass sie seit Längerem auf der Stelle treten … auf irgendetwas warten, das ihnen einen Anstoß gibt. Offenbar haben wir – Versorger und Menschen – ihnen mit unserem Auftauchen diesen Anstoß geliefert. Nun haben sie beschlossen, uns erste

Untersuchungen an Mandala vornehmen zu lassen. Ich denke, wir sind so etwas wie ein Testfall: ein rätselhaftes, möglicherweise anomales Beispiel für ein Zusammenwirken von Mensch und Maschine. Aber sie sind bereit, dieses Experiment für eine begrenzte Zeit laufen zu lassen. Sagen wir, ein paar Tausend Jahre. Wir können also demnächst in Angriff nehmen, wozu wir eigentlich hergekommen sind – die Erforschung von Mandala. Und wir können unsere Städte bauen und unsere Häfen anlegen und allmählich das Gefühl entwickeln, dass Crucible unsere Heimat und nicht bloß ein Reiseziel ist. Sie werden uns nicht daran hindern. Sie werden in keiner Beziehung in unseren Alltag eingreifen.«

»Und dafür hast du ihr Wort?«

»Das brauche ich gar nicht, denn sie werden nicht mehr da sein. Die zweiundzwanzig Wächter werden Crucible bald verlassen.« Chiku deutete zur Tür, wo unter freiem Himmel am Fuß der Rampe das Empfangskomitee wartete. »Sie wissen davon noch nichts. Niemand außer Arachne und mir weiß davon. Und jetzt natürlich auch du. Das war die Abmachung.«

»Bei Abmachungen«, sagte Eunice skeptisch, »geht es gewöhnlich nicht ohne das Kleingedruckte.«

»Der Haken ist, dass ich mit den Wächtern reisen muss. Als Botschafterin, als Geisel oder als biologische Probe für weitere Untersuchungen. Wahrscheinlich spielt es keine Rolle. Ausschlaggebend ist, dass ich an einen anderen Ort gehe, und das kann auf jeden Fall interessant werden.«

»Wenn du sagst, ›niemand weiß davon‹ …«

»Dann meine ich auch ›niemand‹. Nicht einmal Ndege und Mposi. Ich werde es ihnen selbstverständlich sagen. Aber nicht heute. Vielleicht auch morgen noch nicht. Es hat keine Eile. Mir bleiben noch Tage, vielleicht auch Wochen oder Monate. Wenn es so weit ist, wird einer der Wächter noch einmal in die

Atmosphäre vorstoßen. Mich zu verstecken wäre aussichtslos – sie wissen immer, wo ich bin. Vermutlich würden sie mich sogar finden, wenn ich mich ins Meer stürzte.«

»Du hast dir diese Welt verdient, Chiku. Es ist nicht gerecht, dass du sie so bald wieder verlassen sollst.«

»Du brauchst mich nicht zu bemitleiden. Ich bin ja schon seit Monaten hier. Außerdem hoffe ich, nicht alleine reisen zu müssen.«

Eunice verstand sofort. »Aha.«

»Ich konnte nicht für dich sprechen, aber ich hoffe, du kommst mit. Es ist der Lauf der Dinge. Der Preis, den wir bezahlen müssen.«

»Dann ist es ja gut, dass man mich nicht in Stücke gerissen hat.«

»Du warst von jeher die Entdeckungsreisende, immer auf der Suche nach dem Neuen. Ich hatte mich schon gefragt, ob dieser Teil von dir in das Konstrukt eingegangen war. Zunächst hatte ich meine Zweifel, bis du die neuronalen Strukturen angenommen hast. Als du dieses Flugzeug zum Absturz gebracht hast … Du bist mir doch nicht böse?«

»Du hast getan, was nötig war, um eine Welt zu retten. Außerdem kommt das Angebot nicht allzu überraschend. Ich hatte immer damit gerechnet, für die Wächter von einem *gewissen* Interesse zu sein. Ich wäre sogar enttäuscht gewesen, wenn es anders wäre. Ist das vielleicht eine Form von Eitelkeit?«

»Wenn ja, dann ist es eine sehr menschliche Schwäche«, sagte Chiku mit einem Lächeln. »Die gestehen wir dir zu.«

»Danke. Sehr anständig von euch.«

»Noch etwas solltest du wissen. Wir werden nicht bloß zu zweit sein. Die Wächter haben um einen dritten Vertreter gebeten … gefordert käme der Wahrheit wohl näher. Ein Exemplar eines dritten Typs der neuen Ordnung. Sie haben einen Menschen, und sie haben ihr maschinenbasiertes Bewusstsein. Womit im Übrigen du gemeint bist.«

»Und das dritte?«

»Eine emergente Intelligenz, das Produkt einer Entwicklung, die von Menschen und von Maschinen gefördert wurde.«

»Du sprichst von Dakota.«

»Ist sie wohlbehalten hier eingetroffen?«

»Ich hatte schon vor Jahren mit ihrem Ableben gerechnet, aber sie ist alt und starrsinnig. Außerdem scheint jede Tantorengeneration etwas länger zu leben als die vorherige. Sie wird noch eine kleine Weile unter uns sein.«

»Eine runzlige alte Matriarchin hast du sie einmal genannt.«

»Inzwischen ist sie noch älter und noch runzliger geworden. Aber immer noch mit allen Wassern gewaschen. Ich ging davon aus, dass sie ganz vorne dabei sein würde, wenn die Tantoren sich auf Crucible niederlassen.«

»Sie werden kommen«, versprach Chiku. »So oder so. Vielleicht müssen wir zuerst große Kuppeln bauen – ich kann mir nicht vorstellen, dass sie sich an Atemmasken gewöhnen. Aber in zehn Jahren könnten wir für sie bereit sein.«

»So lange wird es auch dauern, bis wir einen Weg finden, sie von den Holoschiffen hierherzubringen.«

»Ich weiß. Eine Welt voller Probleme, und wir haben eben erst angefangen. Vor uns liegen noch heikle Verhandlungen mit Arachne. Die Wogen werden hochgehen. Sie hat schon einmal Holoschiffe zerstört, um sich zu verteidigen, und das kann sie auch wieder tun.« Chiku spürte plötzlich eine unendliche Müdigkeit. »Nun sieh dir das an! Noch sind nicht einmal zwei Dutzend Menschen auf Crucible gelandet, und wir machen uns schon Sorgen um Arachnes Reaktion! Wie wird sie sich erst fühlen, wenn wir in Millionenstärke hier anrücken?«

»Das wird viel Diplomatie erfordern. Beide Seiten müssen Vertrauen und guten Willen beweisen und gute Absichten durch praktisches Handeln untermauern. Wir müssen Versöhnungsbereitschaft und Toleranz zeigen. Es wird Rückschläge geben, Chiku. Manches wird schiefgehen.«

»Ich weiß.«

»Allerdings hat es den Anschein, als müssten die meisten Probleme von anderen gelöst werden.« Das Gesicht des Konstrukts hellte sich auf. »Immerhin hast du einen ganz ordentlichen Anfang gemacht. Könnte schlechter sein, wie man so sagt.«

»Ist dies das Fazit der ganzen menschlichen Geschichte? Könnte schlechter sein. Als wäre dies das Beste, was wir zustande bringen.«

»Deine Leute warten«, sagte Eunice. »Wir sollten uns nicht mehr allzu lange hier aufhalten.«

»Zuerst möchte ich Dakota sehen.«

»Geheimnisse zu bewahren ist nicht gerade die Stärke der Tantoren. Vielleicht solltest du bei deinen Plänen mit ihr noch nicht *allzu* sehr ins Detail gehen.«

»Irgendwann müssen wir ihr eine Erklärung geben.«

»Irgendwann schon. Aber vielleicht noch nicht gleich.«

Chiku nickte. Zumindest in diesem Moment klang das vollkommen vernünftig. Aber sie würde die Tantorin nicht anlügen. Eigentlich wäre sie schon sehr zufrieden, wenn sie diesen Tag überstehen könnte, ohne irgendjemanden zu belügen.

Aber man musste realistisch sein.

61 Virginis, ihr neuer Stern, der Stern, den sie mit der Zeit ihre Sonne nennen würden, brannte sich dem Horizont entgegen. Auf Crucible war es immer warm, besonders hier in der Nähe des Äquators. Aber die Hitze hatte etwas nachgelassen, und die

Menschen, die sich am Aussichtspunkt versammelt hatten, konnten ein klein wenig aufatmen. Etwas später, wenn alle atmenden Kreaturen von Masken und Filtern genug hatten, würden sie sich in ihre neuen Unterkünfte zurückziehen. Den Robotern waren solche Unannehmlichkeiten fremd. Aber sie würden sich den Menschen höflichkeitshalber anschließen.

»Der Himmel ist wunderschön«, schwärmte Ndege. »So viele Farben … von einem solchen Sonnenuntergang hätte ich nicht einmal zu träumen gewagt.«

Chiku hätte ihrer Tochter gern erklärt, dass dieses Schauspiel in wogendem Rosa und Purpur, Lachsrot und Gold nur den Staubkörnern zu verdanken war, die immer noch in den oberen Atmosphärenschichten kreisten. Nachdem keine weiteren Impaktoren gekommen waren, hatten Regenfälle und Fallwinde die Luft mit jeder Woche weiter gereinigt. Chiku war überzeugt, dass auch die Wächter die Hand im Spiel gehabt hatten – ihre Maschinen waren immer wieder in die Atmosphäre eingetaucht und hatten sie wie mit Schneebesen durchgequirlt und vom Staub befreit.

Wie auch immer, der Staub war nun zum großen Teil auf die Oberfläche zurückgesunken. Auf den Baumkronen lag er noch wie eine Puderschicht, die nur langsam im grünen Hochofen dieser Welt verschwand. Diese feurigen Sonnenuntergänge würden im Lauf der kommenden Monate allmählich verblassen.

Aber das und so manches andere brauchte Ndege heute noch nicht zu erfahren.

Und eigentlich auch morgen nicht.

Epilog

Die Welt kippte nicht gleich, als das Glas nachgab und die Motio zerbrach. Tatsächlich geschah zunächst gar nichts, und ich war schon enttäuscht und dachte, das Ding hätte keine Wirkung. Und ich malte mir aus, welches Bild wir wohl abgaben, meine Schwester und ich.

Sicher wirkte es fast absurd, wie diese beiden Frauen, die einander so ähnlich waren, um eine violette Kugel von der Größe eines Augapfels rangen und wie die eine von ihnen die linke Hand ihrer Schwester zusammendrückte, als wollte sie ihr sämtliche Finger brechen. Zwischen dem Augenblick, als die Motio zerbrach, und dem Augenblick, in dem die Folgen offenbar wurden, gab es eine Pause. Die Welt drehte sich weiter, die Seemöwen verdoppelten ihr Gezeter, und die Fischerkähne und die Vergnügungsboote schaukelten wie immer auf der sanften Dünung vor Belém und dem Denkmal der Entdeckungen.

Dann sank meine Schwester Chiku Gelb kraftlos zu Boden. Ihr Exo hatte unvermittelt aufgehört, sie zu stützen. Auch aus ihren Gliedern war die Starre gewichen. Sie waren nicht mehr steif und zuckten auch nicht, denn Arachne hatte sich aus ihr zurückgezogen.

Atemlos und abgekämpft kniete ich neben meiner Schwester nieder.

»Es ist etwas geschehen«, sagte ich. Das sollte heißen, dass Mecufis Geschenk offenbar irgendeine Wirkung gezeitigt hatte. Zumindest hatte es Arachne aus dem Spiel geworfen.

Meine Schwester konnte zunächst nicht sprechen. Ich machte mir schon Sorgen, als sie endlich »Ja« und noch einmal »Ja« sagte.

»Der *Mechanismus*?«

Meine Schwester schluckte, machte ein paar röchelnde Atemzüge und setzte mehrmals zum Sprechen an. Ich hob ihren Kopf an und streichelte ihr die Wange, diesem meinem zweiten Ich, das jetzt älter und gleichzeitig kindlicher wirkte als noch vor wenigen Augenblicken. Liebe und Verzweiflung schlugen über mir zusammen wie eine Meereswoge. Sie hatte sich von ihren beiden Schwestern abgewandt und uns damit gekränkt. Als ihr Mecufi erklärte, ich würde die Entfernung meines *Quorum-Binding*-Implantats wahrscheinlich überleben, war ihr der Preis nicht zu hoch erschienen. So herzlos das auch gewesen war, ich hatte ihr nie einen Vorwurf daraus gemacht. Mecufi hätte nicht gewagt, mich ins Leben zurückzuholen, hätte sie ihn nicht dazu gezwungen. Ich läge immer noch eingefroren in der Seesiedlung, ein Rätsel, mit dessen Lösung es niemand eilig hatte. Chiku Gelb hatte mir also nicht nur den Tod gebracht, sondern auch das Leben geschenkt. Auch hatte sie nicht ausschließlich aus egoistischen Motiven entschieden. Unter ähnlichen Umständen wäre ich wahrscheinlich zu dem gleichen Schluss gekommen.

Danach nahm sie mich bei sich auf und pflegte mich gesund. Ich hätte Geduld nie für eine Eigenschaft von uns dreien gehalten, doch Chiku Gelb bewies eine schier unerschöpfliche Geduld. Für sie muss es wohl so gewesen sein, als ziehe sie ein zweites Kind auf. Sie half mir, wieder sprechen zu lernen und das Gefühl zurückzugewinnen, wer ich war. Sie hat ihre Schuld hundertfach gesühnt.

»Sie ist weg«, sagte sie endlich. »Die ER. Sie ist nicht mehr da.«

Wir sprachen Portugiesisch, und nur die Luft, unsere Muskeln und die langsame Maschinerie unserer Gehirne waren daran beteiligt. Für mich war es einfach, für meine Schwester dagegen viel härter.

»Alles in Ordnung?«, fragte ich.

»Nein, ich glaube nicht.« Immerhin fand meine Schwester die Kraft zu einem Lächeln. »Sie hat etwas getan. Unmittelbar vor dem Ende. Sie war tief in meinen Kopf eingedrungen. Zu tief.«

Ich muss gestehen, ich war völlig ratlos. Es mag seltsam anmuten, aber wir hatten uns keine Gedanken darüber gemacht, wie es weitergehen sollte, nachdem wir den *Mechanismus* ausgeschaltet hatten. Wenn Menschen krank oder verletzt waren, wusste die *Überwachte Welt*, was zu tun war. Auch wenn man nicht selbst um Hilfe rufen konnte, wurde ein Arzt oder ein fliegender Krankentransport in Marsch gesetzt. Wenn meine Schwester selbst zu keinem Hilferuf fähig war, würde eben jemand anderer die erforderlichen ER-Funktionen abrufen. Und der *Mech* würde das Nötige veranlassen.

Doch der *Mech* tat nichts. Kein Arzt und kein fliegender Krankentransport machten sich auf den Weg. Niemand außer mir wusste vom Leiden meiner Schwester, und ich war machtlos.

Ich riss mich von ihrer Seite los. Ich wollte es wissen. Unten auf dem Platz waren Menschen gewesen, sie hatten wie Sonnenuhren lange Schatten geworfen. Ich trat an die andere Wand und schaute auf das Marmormosaik der Windrose hinab. Es war noch nicht lange her, seit wir es das letzte Mal betrachtet hatten. Da unten waren immer noch Menschen, und ihre Schatten hatten sich nicht merklich verändert.

Doch die Menschen waren aufgeregt. Sie redeten miteinander.

Oder versuchten es.

Jetzt rannte jemand los. Ich hörte Schreie, verstand aber nicht, was gerufen wurde. Das war nicht weiter verwunderlich. Schließlich beherrschte ich in diesen Tagen nur eine einzige Sprache.

Ich eilte zu meiner Schwester zurück.

»Sie können einander nicht verstehen. Die ER ist nicht mehr da. Jetzt sind sie alle wie ich.« Ich schaute über ihre Schulter zu der Treppe, die zu den unteren Stockwerken des Denkmals führte. »Ich muss jemand finden, der uns helfen kann.«

»Nein«, sagte meine Schwester. »Das musst du nicht.« Sie schloss die Augen. Sie blieben lange geschlossen.

Wieder hob ich ihren Kopf an. Ich überlegte, ob es wohl möglich wäre, sie ohne die Hilfe des Exos bis zur Windrose hinunterzuschaffen. Wohl eher nicht, und auch die Chancen, Hilfe zu finden, wenn ich erst dort war, erschienen mir eher gering. Die Stimmen waren immer noch zu hören. Sie redeten in vielen Sprachen. Und sie klangen verängstigt. Sie kamen mir vor wie Kinder, die unbeschwert und fröhlich in ein Spiel vertieft gewesen waren, als sich mit einem Schlag die Regeln änderten und aus dem Spiel verwirrend gefährlicher Ernst wurde.

Keine schöne Situation. Doch mir ging durch den Sinn, dass die Menschen noch gar nicht wussten, wie viel Glück sie gehabt hatten.

»Es tut mir leid«, sagte ich, als meine Schwester die Augen wieder aufschlug.

»Was denn?«

»Dass ich nichts tun kann.«

»O doch«, sagte meine Schwester. Mit einer gewaltigen Anstrengung, die sie fast umbrachte, hob sie die Hand, fasste nach meiner Hand und zog sie an ihren Hals. »Du kannst etwas tun.«

»Was?«

»Du musst stark sein«, sagte sie. »Du hast eine Aufgabe. Sie werden dich jetzt brauchen.«

Dann starb meine Schwester. Ich spürte, wie ihre Hand erschlaffte, und ich sah, wie ihr Blick verschwamm und das Licht in ihren Augen erlosch. Doch meine Hand war immer noch da, wo sie sie hingeführt hatte, und jetzt verstand ich, was sie gewollt hatte. Ich sollte das Amulett an mich nehmen, das sie um den Hals trug. Wir hatten das alte Ding in dem Kästchen gefunden, als wir unter dem Kandelaberbaum durch Losentscheid unser Schicksal bestimmten. Damals hatten wir uns darauf geeinigt, dass es auf der Erde bleiben sollte, in der Obhut von Chiku Gelb. Behutsam löste ich das Lederband und zog das Amulett ab. Dann legte ich es mir um den Hals und verknotete das Band mit ungeschickten Fingern. Das musste jetzt erledigt werden, bevor ich etwas anderes in Angriff nahm.

Ich fühlte mich weder stark noch entschlossen, doch ich zwang mich, wieder auf die Beine zu kommen und mich aufzurichten. Die letzten Worte meiner Schwester gingen mir nicht aus dem Sinn. Ich traute mir kaum zu, mir selbst zu helfen, geschweige denn jemand anderem. Aber Chiku Gelb hatte die Wahrheit gesagt – sie würden mich jetzt brauchen, einfach deshalb, weil ich bereits gelernt hatte, ohne den *Mechanismus* zu leben. Die Schreie waren immer noch zu hören, und sie klangen noch verzweifelter als zuvor. Ich trat an den Rand der Plattform und schaute wieder über das Wasser und die Stadt. Außer dem Tumult vor dem Denkmal der Entdeckungen waren kaum größere Veränderungen festzustellen. Die Gebäude leuchteten, und die Hängebrücke glitzerte in der Sonne. Aber es würde überall passieren, nicht bloß in Lissabon, sondern auf der ganzen Welt. Und auch nicht nur auf der Erde – der Zusammenbruch des *Mechanismus* würde sich, noch während ich die Worte dachte, durch das ganze Sonnensystem ausbreiten. Er hatte bereits den Mond erreicht und war weit darüber hinaus auf dem Weg zum Mars und noch weiter.

Es war absurd zu glauben, eine einzige Frau könne viel bewirken, wenn die Katastrophe so groß war. Schamlos eitel, unverzeihlich vermessen, so etwas auch nur zu denken. Allerdings tragen wir einen bestimmten Namen.

Chiku Rot. Chiku Akinya. Urenkelin von Eunice Akinya. Senge Dongma, die Löwengesichtige, unsere Stammmutter.

Ich riss mich zusammen. Es tat gut, eine Lebensaufgabe zu haben.

Das Abenteuer geht weiter in:

Alastair Reynolds

ENIGMA